AF197827

fv *Fehnland-Verlag*

Zehm, Carsten: Die Dämonenschatz-Saga. Die Abenteuer von Bandath, dem Zwergling. Hamburg, Fehnland Verlag 2022

1. überarbeitete Neuauflage
ISBN: 978-3-96971-183-5

Dieses Buch ist auch als ebook erhältlich und kann über den Handel oder den Verlag bezogen werden.
PDF-ebook: ISBN 978-3-86282-046-7
ePub-ebook: ISBN 978-3-86282-069-6

Lektorat: Steffen Gaiser, acabus Verlag
Umschlaggestaltung: ds, acabus Verlag
Umschlagmotiv: © grafikdesign-silva.de
Illustrationen: Karte: © Antonia Zehm

Der Fehnland Verlag ist ein Imprint der Bedey & Thoms Media GmbH, Hermannstal 119k, 22119 Hamburg.

Bibliografische Information der Deutschen Nationalbibliothek Die Deutsche Nationalbibliothek verzeichnet diese Publikation in der Deutschen Nationalbibliografie; detaillierte bibliografische Daten sind im Internet über http://dnb.d-nb.de abrufbar.

Carsten Zehm

Die Dämonenschatz-Saga

Die Abenteuer von Bandath, dem Zwergling

Band 2 der Bandath-Trilogie

 Fehnland-Verlag

Für Antonia und Matthes.
Ihr seid das größte Abenteuer meines Lebens.

Karte 1

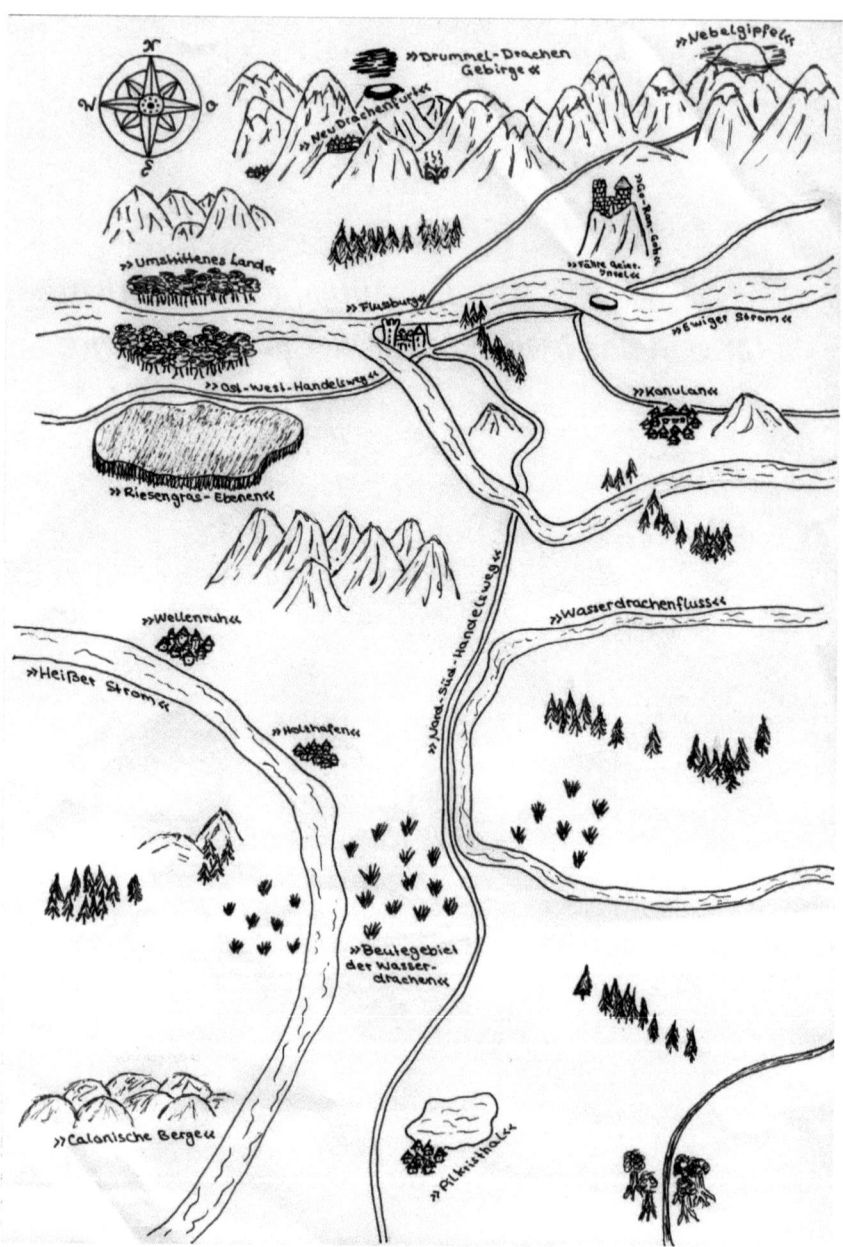

Anschluss: Karte 2 →

Karte 2

Inhalt

Mehr als 6.000 Jahre lang ruhte der Dämonenschatz von Cora-Lega in der Todeswüste – verloren, doch nicht vergessen. Zur selben Zeit, als sich eine kleine Gruppe von Abenteurern aufmacht, ihn zu suchen, erwacht der Dämon aus seinem Jahrtausende währenden Schlaf ...

Vor 6.000 Jahren

Als aber Ibn A Sil, Herrscher über das riesige Reich Cora-Lega, eine unermessliche Menge an Schätzen angehäuft hatte und diese Reichtümer nicht nur Schatzkammern, sondern ganze Paläste füllten, bekam er Angst, dass nach seinem Tod Räuber seine Grabstelle plündern könnten. Denn er wollte sich mit seinen Schätzen, seinem gesamten Hofstaat, seinen zahmen Mantikoren, Kamelodoonen, Laufdrachen und Leh-Muhren, riesigen Wüstenelefanten mit ihren acht Stoßzähnen und auch mit all seinen Frauen beerdigen lassen. Nicht zu Unrecht befürchtete er auch, dass seine gierigen Söhne sich seines Besitzes bemächtigen und diesen verschleudern könnten, so dass sein mühsam zusammengefügtes Reich zerbrechen würde. Wie konnte er das verhindern? Das Problem bereitete ihm schlaflose Nächte und irgendwann vertraute er sich seinem ersten Minister an.

„Ich habe eine Lösung, Gebieter", sagte dieser, nachdem er viele Tage gegrübelt hatte. Er suchte mit seinem Herrscher zusammen eine versteckte Oase tief in der endlosen Trockenwüste aus, die in der Mitte des Reiches Cora-Lega lag. Auf geheimen Pfaden brachten sie Tausende von Untertanen dorthin und nicht einer von ihnen durfte bis zum Tode des Herrschers die Oase wieder verlassen. Die Untertanen bauten über Jahre hinweg ein Grabmal, groß wie eine Stadt, prächtig wie nichts anderes, was zu jener Zeit existierte. Es bot Platz für all die Schätze des Herrschers, für seinen gesamten Hofstaat und alle Frauen. Ibn A Sil aber nannte die Stadt seines Todes Cora-Lega, genau wie sein Reich.

„Wenn ich gestorben bin und in vielen Jahren nichts mehr bleibt von mir und meinem Reich, dann soll die Sage von der Stadt meines Todes und ihren unermesslichen Schätzen in den Köpfen der Völker spuken und sie an mich erinnern."

Als nun der Tag seines Todes gekommen war und sein Leichnam im höchsten Gebäude der Stadt Cora-Lega aufgebahrt wurde, so wurden mit dem Herrscher sein gesamter Hofstaat, seine Reittiere und all seine Frauen in den Gebäuden der Todesstadt lebendig eingemauert. So hatte *es Ibn A Sil ihnen geheißen. Die übrigen Untertanen aber feierten ein rauschendes Fest bis zum nächsten Morgen und übertönten mit ihrer Musik die Schreie der so grausam Gerichteten.*

Beim Morgengrauen wanderten sie hinaus in die Wüste, um endlich heimkehren zu können. Hinter ihnen verklangen die dumpfen Hilferufe der Eingemauerten. Auf halber Strecke zwischen der Todesstadt und dem Ende der Wüste kamen ihnen jedoch zweitausend Soldaten entgegen, angeführt vom ersten Minister des verstorbenen Herrschers. Auf Befehl des Ministers griffen die Bewaffneten die Untertanen an und töteten alle – Männer, Frauen, Kinder. Nicht einer, der die Lage der Todesstadt Cora-Lega kannte, durfte überleben. Nachdem alle Untertanen getötet worden waren, befahl der Minister den einzelnen Abteilungen des Heeres, sich gegenseitig zu töten. Es war ein grauenvolles Morden, dort zwischen den Sanddünen der Wüste. Der erste Minister war der letzte Überlebende. Da aber auch er wusste, wo sich Cora-Lega befand, vollendete er ihren gemeinsamen Plan und stürzte sich am Ende in sein Schwert.

Somit gab es niemanden mehr, der die Lage von Cora-Lega kannte.

... ausgenommen diejenigen, die in den Häusern der Todesstadt auf ihr unausweichliches Schicksal warteten.

Bevor sich aber der erste Minister tötete, verfluchte er Ibn A Sil und seine eigene Treue zu ihm, denn er hatte die zweite Frau seines Gebieters geliebt. Da diese jedoch, wie alle anderen auch, eingemauert und er selbst seinem Herrn treu ergeben war, erfüllte er den letzten Befehl des Herrschers. Allein der Fluch blieb ihm.

Als Gerüchte über den tausendfachen Tod in der Wüste bis zu den Bewohnern des Reiches drangen, nannten sie sie fortan Todeswüste. Sie behaupteten, die Geister der Toten würden durch die Einöde streifen und Reisende in die Irre führen. Schon bald traute sich kein Lebender mehr über die Sanddünen und nahm lieber lange, sehr lange Umwege in Kauf.

Das große Reich Cora-Lega zerfiel unter dem Streit der Söhne des Herrschers, wie dieser gemutmaßt hatte. Und nur wenige hundert Jahre später sprach niemand mehr vom Imperium Ibn A Sils. Die Todesstadt aber, deren eingemauerten Bewohner sich in Dämonen verwandelt haben sollen, wie die Leute sagten, hieß bald nur noch die Dämonenstadt Cora-Lega. Ihr unermesslicher Schatz, von dem die Legenden berichteten, lockte so manch einen Abenteurer in die Todeswüste, doch keiner von ihnen wurde je wieder gesehen.

Im Hier und Jetzt

Mitten in der Todeswüste kam der Sand am Abhang einer Düne ins Rutschen. Ein Sandkorn fügte sich an ein zweites. Ein drittes kam hinzu, weitere und noch mehr. Aus dem Sand heraus bildete sich ein Hügel, groß wie ein Pferd, aber noch ungestalt. Die Sonne ging unter und wieder auf. Überflüssiger Sand rieselte herab, die Umrisse eines Kopfes wurden sichtbar, vier stämmige Beine unter einem massigen Körper. An den Vorderbeinen bildeten sich Tatzen, an den Hinterläufen Hufe. Wie von unsichtbaren Händen geformt, wurde dem Wesen aus Sand Gestalt gegeben. Im Kopf öffnete sich ein Maul mit langen, spitzen Zähnen, die Klauen bekamen Krallen, der lange, echsenartige Schwanz Hörner am Ende, wie sie die Drummel-Drachen hatten. Der unsichtbare Geist, der dieses Wesen schuf, hatte beim vollen Mond angefangen und beendete seine Arbeit beim nächsten Vollmond. Er hauchte dem Wesen Leben ein und das Sandpferd hob seinen Kopf und brüllte. Es brüllte lauter und schrecklicher als ein Mantikor. Tiere, die sich in der Nähe befanden, erstarrten vor Schreck und einige kleinere starben sogar, weil der Schrei dieses Wesens gar zu grässlich war.

Der Geist des Ministers schwebte über der Wüste und war zufrieden. Jetzt endlich konnte sein Fluch wahr werden. Lange genug hatte er warten müssen, um die Magie in dieser Art zu beherrschen. Er hatte sein Leben für den Herrscher geopfert, seine Geliebte war lebendig eingemauert worden und elendiglich umgekommen. Und rund um die Wüste lebten fröhlich und sorglos die Nachkommen dieses Herrschers. Aber das zumindest würde sich ändern. Er war jetzt in der Lage, eine ganze Armee von Sandkreaturen zu erschaffen, unverwundbar durch Schwert, Bogen oder Feuer, ohne Mitleid gegenüber den Lebenden, nur seinem Willen untertan. Der rachsüchtige Geist des Ministers würde mit seinen Kreaturen in die Länder rund um die Wüste einfallen und Schrecken verbreiten, Schrecken, Tod und Verderben.

... und am Ende würde er selbst in die Welt treten und sie sich untertan machen.

Irgendwo weit westlich
der Drummel-Drachen-Berge

„Fast ein ganzes Jahr!" Die Stimme des Minotauren troff vor Hass. „Dieser elende Magier hat uns für fast ein ganzes Jahr hypnotisiert."

„Ja", krächzte der Gnom, „und er hat ..."

„Halt's Maul!", fuhr ihn der Minotaurus an. „Ich weiß es selber. Schließlich musste ich mit dir ein Jahr lang Tisch, Stuhl und ...", er würgte vor Ekel, „... Bett teilen, bevor die Wirkung der Hypnose nachließ." Der Minotaurus schüttelte sich. „Die *Blaue Blume der Glückseligkeit* haben wir gesucht! Wir! Für diese Idee wird er bluten. Hörst du, Claudio? Dafür wird er bluten!"

„Ich höre seit dem letzten Vollmond nichts anderes mehr, Sergio."

Der Minotaurus fuhr fort, als hätte er den Einwurf des Gnoms nicht vernommen. „Er, diese dürre Zwergin in seiner Begleitung, der grüne Fliegenmann, der Elf und der Troll, alle werden sie bluten dafür!", eiferte er.

„Die Trolle haben unsere Reittiere gefressen", erinnerte der Gnom seinen Kumpan an ihr Dilemma. Es war nicht leicht, für Gnome oder Minotauren passende Reittiere zu bekommen. Pferde ließen sich von ihnen nicht reiten.

„Ich weiß, wo wir neue herbekommen. In ein paar Tagen halten die Menschen in der Gegend einen Pferdemarkt ab." Der Minotaurus machte einen sehr selbstzufriedenen Eindruck.

„Pferde?", wagte der Gnom erneut einen Einwand. „Ich glaube nicht, dass Pferde ..."

„Ich denke da an ein paar ganz spezielle Pferde. Seit wir den Kaufmann letztens erwischt haben, dürfte für unser Vorhaben endlich genügend Gold in unseren Beuteln sein."

Der Minotaurus ließ seinen Blick in die Ferne schweifen. Weit im Osten zeichnete sich die dunkle Silhouette des Drummel-Drachen-Gebirges ab. Als würde sich der Punkt seines Hasses dort befinden, musterte er die Berge.

„Nur noch ein paar Tage, Magier, dann sind wir dir auf den Fersen, wo immer du dich befindest. Und dieses Mal wird nicht geredet, wenn wir uns treffen. Dein Tod wird lang und schmerzhaft sein, sehr schmerzhaft." Sergio die Knochenzange flüsterte mehr, als dass er sprach.

„Ja", zischte der Gnom Claudio Bluthammer und geiferte dabei.

Das Duell im
Gasthaus Zum Rülpsenden Drummel-Drachen

Der Troll kniff die Augen zusammen. Seine buschigen Brauen zogen sich tief herab, so tief, dass selbst die Augen kaum mehr zu sehen waren. Starr fixierten sie seinen Gegner. Der Blick des Elfen war genauso unnachgiebig auf den Troll gerichtet. Nicht eine Wimper zuckte. Ganz langsam hob sich seine Hand und strich eine Strähne des blonden Haares aus der Stirn. Der Troll entblößte im Gegenzug seine gelben Hauer. Schief und krumm standen sie. Besonders die beiden äußeren Zähne des Unterkiefers, die dick wie Zwergenfinger über die Oberlippe ragten, gaben dem Gesicht etwas Bedrohliches. Das Entblößen des ganzen Gebisses konnte genauso gut eine Drohung wie ein Grinsen sein. Die spitze Zunge des Elfen kam zum Vorschein. Nervös fuhr sie über die Lippen.

„Ich bin bereit für das Duell, Troll. Du auch?"

„Was fragst du, Elflein? Trolle kneifen nicht, Elfen schon eher. Ihr seid von Natur aus feige."

„Hör auf mit deinen Sprüchen! Lass uns anfangen!"

Der Troll nickte zustimmend. Totenstille herrschte ringsumher. Langsam hob der Schiedsrichter, ein Zwerg, die Hand. „Bei drei", sagte er und wartete, bis die beiden Kontrahenten mit dem Kopf genickt hatten.

„Eins!"

Jetzt zwinkerte der Troll doch.

„Zwei!"

Erneut leckte der Elf sich über die Lippen.

„Drei!"

Die schwielige Hand des Schiedsrichters krachte auf den Tisch und brüllendes Anfeuerungsgeschrei erhob sich in der Gaststube des *Rülpsenden Drummel-Drachen*. Die Hände des Trolls und des Elfen schossen zeitgleich nach vorn, packten einen der je zwanzig vor ihnen auf dem Tisch stehenden Bierkrüge und setzten zum Trinken an. Schaum schwappte aus den Humpen über ihre Münder und troff ihnen auf die

Brust, als sie begannen, die Bierkrüge um die Wette zu leeren. Theodil Holznagel, der Schiedsrichter, beobachtete beide aufmerksam und zählte die geleerten Krüge. Der Rest der Gäste feuerte entweder den Troll oder den Elf an und brach in lauten Jubel aus, wann immer ihr Favorit einen geleerten Krug auf den Tisch knallte. Menschen, Halblinge und Zwerge, zum größten Teil Einwohner Neu-Drachenfurts, schwenkten Bierkrüge, Weinbecher, Zigarren oder längst erloschene Pfeifen, schlossen Wetten ab, klopften sich gegenseitig auf den Rücken, johlten, schrien, pfiffen. Kurz: Sie veranstalteten einen infernalischen Lärm, der außerhalb des Gasthauses dumpf bis weit ins Dorf schallte. So manch eine zu Hause gebliebene Frau verdrehte ob des Radaus die Augen und rechnete damit, ihren Mann heute nur unter großen Schwierigkeiten ins Bett bringen zu können.

Wie konnte man nur bereits weit vor dem Abend schon so gewaltig zechen? Der Zeitpunkt des Duells war aber bewusst auf den Nachmittag gelegt worden, da Rulgo, der Troll, sich bei Sonnenuntergang zu seiner Schlafstatt begeben musste. Als Taglicht-Troll verschlief er die Nacht.

Nach dem fünften Bierkrug ging der Troll leicht in Führung. Seine Anhänger quittierten das mit noch lauterem Gejohle. Die Wetten stiegen. Einzig die Person neben Theodil Holznagel beteiligte sich nicht am allgemeinen Tumult. Auf den ersten Blick schien sie eine Zwergin zu sein. Wenn sie auch so groß war wie ein Zwerg, war sie dafür ausgesprochen schlank und grazil. Still beobachtete sie die beiden Wettkämpfer. Den Troll Rulgo kannte sie schon seit dem letzten Jahr, den Elf erst seit einigen Tagen. Und so unglaublich es erschien, der Elf war ihr Bruder. Oder zumindest ihr Halbbruder, der Sohn ihres Vaters. Dieser nämlich, Gilbath, der Fürst der Elfen der Riesengras-Ebene, hatte vor vielen Jahren ein Liebesabenteuer mit einer Zwergin gehabt, ihrer Mutter. Barella Morgentau war eine Zwelfe, das Kind einer Zwergin und eines Elfen. Sah man genauer hin, so konnte man es an ihren Augen erkennen, sie waren blau (Zwerge haben braune Augen) und an ihrer für Zwerge schlanken und athletischen Figur (Zwerge sind bekanntermaßen stämmig-untersetzt). Auch waren ihre Ohren spitz wie die der Elfen, was allerdings unter ihrer braunen Lockenpracht nicht auffiel.

Barella betrachtete ihren Halbbruder Korbinian skeptisch. Er war erst vor wenigen Tagen in Neu-Drachenfurt angekommen. Während der Ereignisse des letzten Jahres, die die alte Feindschaft zwischen Trollen und

Elfen zu einem neuen Höhepunkt gebracht und beinahe zu einem Krieg zwischen den beiden Völkern geführt hatte, weilte er weit im Osten, noch hinter den Mogohani-Wäldern.[1] Bei seiner Rückkehr konnte er sich nicht mit dem neuen Verhältnis zwischen Trollen und Elfen abfinden, das sein Vater mit Rulgo verhandelt hatte.

„Ich werde den Frieden, den du ausgehandelt hast, akzeptieren, Vater", sagte er. „Aber verlange nicht, dass ich je einen Troll oder Zwerg meinen Freund nenne."

Er war ein eingeschworener Feind der Trolle und betrachtete alle anderen Rassen als minderwertig. Das galt auch für seine Halbschwester und deren Freunde.

Nach dem zwölften Bierkrug musste der Troll lange, laut und ausführlich rülpsen. Korbinian holte auf.

Einer der Zwerge rief lautstark: „Eh, Kendor, du solltest das Gasthaus in *Zum Rülpsenden Troll* umbenennen!" Gelächter folgte. Doch Rulgo hatte schnell weitergetrunken und, als er endlich zu seinem zwanzigsten Krug griff, stellte der Elf gerade den sechzehnten auf den Tisch.

„Sieg", knurrte Rulgo mit schwerer Zunge und donnerte den geleerten Bierkrug auf die Tischplatte. Glasig stierte Korbinian die Humpen auf dem Tisch an und brauchte einen Moment, bis er seine Niederlage begriff.

„V-v-verflucht", lallte er. Seine Zunge war noch schwerer als die des Trolls. „V-verf-fluchte Zwergensch…schei…" Wütend wollte er mit der Hand auf den Tisch hauen, schlug aber vorbei. Durch den Schwung nach vorn gerissen krachte er mit dem Kopf zwischen den herumstehenden Bierkrügen auf die Tischplatte. Mühsam richtete er seinen Oberkörper wieder auf und rieb sich verdutzt die Stirn. Gelächter folgte. Allerdings, das musste man den Umstehenden lassen, klang im Lachen keine Gehässigkeit mit. Die Leute wussten, dass sie den letzten Winter, als ihr Dorf durch den Vulkanausbruch völlig zerstört worden war, nur durch die Hilfe der Trolle und Elfen überstanden hatten.

Rulgo erhob sich, wankte und trat um den Tisch herum. Vorsichtig, um nicht das Gleichgewicht zu verlieren, beugte er sich zu dem Elf.

---

[1] Die komplette Darstellung der Ereignisse des letzten Jahres findest du in dem Buch „Die Diamantschwert-Saga".

„Wa ganichschlächt, Elflein. Hasdich wakka gehaltn. Obwohl ja Elfn vonnatur aus nüscht vertragn." Er hob seine Pranke und ließ sie auf die Schulter des trübe vor sich hin stierenden Elfen fallen. Der verlor jetzt seinerseits das Gleichgewicht und krachte erneut mit dem Kopf auf die Tischplatte.

„Umpf", kommentierte er das Geschehen, bekam den Oberkörper aber dieses Mal nicht mehr in die senkrechte Position. Resigniert legte er die Arme um den Kopf und begann zu schnarchen. Der Troll lief, als würde er gleich umfallen, und verschwand durch die Tür der Gaststube nach draußen in die beginnende Dämmerung.

„Toll!" Barella sah ihren Halbbruder verächtlich an. „Und du willst mit mir verwandt sein?"

Theodil hob jetzt seinerseits den Krug und prostete der Zwelfe zu. „Nimm es ihm nicht krumm, Barella."

„Nicht krumm? Ich weiß seit vier Tagen, dass ich einen Bruder habe. Er kommt nach Neu-Drachenfurt, tönt laut herum, dass er mit mir verwandt sei und stößt hier alle Leute mit seiner Art vor den Kopf. Ich weiß überhaupt nicht, warum er hierher gekommen ist."

„Er meint es nicht so", versuchte Theodil sie zu beruhigen. Es hatte genau den gegenteiligen Effekt.

„Er stänkert, Theodil. Mit mir, mit den Zwergen, den Menschen, den Halblingen, er stänkert sogar mit Waltrude, aber vor allem mit den Trollen und Bandath. Ich dachte schon, mein Vater sei ein Idiot. Der hat sich allerdings im letzten Jahr einigermaßen auf die Reihe gekriegt. Korbinian aber setzt allen Elfen die Krone auf, die Narrenkrone. Er ist überheblicher und eingebildeter als das ganze Elfenvolk zusammen. An keiner anderen Rasse lässt er ein gutes Haar. Seit er hier ist, hat er sich mit Thordred Weißbuche geprügelt, Menach zum Messerwerfen herausgefordert, Kendor im Schwertkampf und mich im Bogenschießen. Und er hat alle Wettkämpfe verloren. Ich meine, Theodil, er ist ein *Elf*! Wie kann er gegen einen Zwerg im Ringkampf und einen Menschen im Schwertkampf verlieren?" Frustriert setzte Barella ihren Krug an und leerte ihn mit einem Zug. Die Zuschauer rund um die zwei Duelltrinker hatten sich gegenseitig ihre Wetteinsätze ausbezahlt und saßen jetzt wieder in der Wirtsstube verteilt an ihren Tischen. Sie werteten das Geschehene aus und bestellten bei Kendor Bier, Wein oder eine Mahlzeit.

Den Neu-Drachenfurtern ging es gut. Im Frühjahr des letzten Jahres hatte der Vulkan den nördlichen Pass zerstört. Nur der Winter war zwischendurch hart gewesen, aber ein erlegter Schweine-Drache hatte den Bewohnern geholfen, die drohende Hungersnot zu überwinden. Seit diesem Frühjahr jedoch kamen viele Händler auf dem Weg zum Großen Markt am Nebelgipfel durch den Ort. Kendors Wirtshaus war zu einem beliebten Haltepunkt auf dieser Reise geworden. Die Bewohner des Ortes nutzten das und boten ihre Produkte auf dem Platz vor dem Wirtshaus den Händler an oder kauften von ihnen Waren.

„Komm, *Bruderherz!*" Barella erhob sich und zog den Elf hoch, der sich schwer auf ihre Schultern stützte.

„Brauchst du Hilfe?", wurde sie von Theodil gefragt, der sich halb erhob und seine Bereitschaft andeutete, nötigenfalls mit anzufassen.

„Nein, danke. Wenn ich dafür Hilfe brauche, dann bin ich entweder zu alt oder schwanger. Und für beides ist noch lange nicht die Zeit."

„Was'n los?", lallte Korbinian.

„Nach Hause geht's. Ich stelle dir einen Eimer vors Bett und der Urzwerg sei mit dir, wenn du den nicht triffst. Dann wird Waltrude dich morgen das ganze Haus schrubben lassen." Sie zerrte ihn unsanft vorwärts.

„Barella!", rief ihr Theodil hinterher. Die Zwelfe, schon auf halbem Weg zur Tür, hielt an und drehte sich noch einmal um.

„Wann brecht ihr auf?"

„In zwei Tagen."

„Isch gommit", stammelte ihr Halbbruder, den Kopf vor der Brust pendelnd.

„Du schlaf erst mal deinen Rausch aus, bevor wir darüber reden", bemerkte Barella und zerrte den viel größeren Elf aus dem Wirtshaus.

„Herr Magier, du wirst doch wohl nicht wirklich so kurz vor dem Winter noch einen längeren Ausflug unternehmen wollen?"

Wie gelang es Waltrude nur, die Worte ‚Herr Magier' stets so auszusprechen, als glaube sie nicht an seine magische Begabungen?, fragte sich Bandath zum wiederholten Male. Die alte Zwergin stand mitten in seinem Arbeitszimmer. Auf ihrer großen Schürze schimmerten feuchte Flecken vom Abwasch. Beide Hände hatte sie in die Hüften gestemmt, rechts hielt sie einen hölzernen Kochlöffel, als wolle sie einem Lausbu-

20

ben damit das Hinterteil versohlen. Und immer, wenn Waltrude in diesem Ton mit ihm sprach, kam er sich vor wie ein solcher Lausbub kurz vor einer berechtigten Tracht Prügel – auch wenn er schon weit über hundert Jahre alt und damit im besten Alter war. Die Zwergin, seine Haushälterin und gleichzeitig ein wichtiges Mitglied des vierköpfigen Rates von Neu-Drachenfurt, starrte ihn wütend an.

„Oh!" Niesputz erhob sich sirrend in die Luft. „Da fällt mir ein, ich habe noch eine wichtige Verabredung mit einigen Gräsern, draußen im Wald. Da ihr eure schwerwiegenden Probleme sicherlich allein lösen könnt, gehe ich dann mal. Ihr wisst ja, wenn's am Schönsten ist ..."

Niesputz war ein Ährchen-Knörgi, ein Angehöriger eines kleinen Volkes weit im Süden – das behauptete er jedenfalls von sich. Der Magier jedoch hatte im letzten Jahr feststellen müssen, das bedeutend mehr in seinem kleinen, grünen Freund steckte, als dieser zugab. Smaragdfarbene Funken versprühend surrte das Ährchen-Knörgi aus dem offenen Fenster in die Dämmerung davon.

„Sieh deinem kleinen Kameraden nicht so traurig hinterher, Herr Magier, ich rede mit dir", herrschte die Zwergin ihn an. Seit Jahren bat er sie, ihn mit seinem Namen anzureden, vergebens. Sie hatte zwar bei seiner Geburt geholfen und ihm nach dem frühen Tod seiner Mutter erzogen, aber seit er von seiner Magierausbildung aus Go-Ran-Goh zurückgekehrt war, redete sie ihn nur noch mit *Herr Magier* an.

„Ich habe mir im letzten Jahr genug Sorgen um dich gemacht. Da musst du nicht schon wieder losziehen, vor allem, da du nun endlich eine junge und hübsche Frau in deinem Haus hast."

„Aber von Barella stammt doch die Idee, nach Cora-Lega zu gehen! Sie hatte den Wunsch und ich habe es ihr im letzten Jahr versprochen", wagte Bandath einen Einwurf.

Natürlich überhörte Waltrude diesen Zwischenruf. Wenn sie Bandath die Leviten lesen wollte, dann tat sie das auch und zwar gründlich. Irgendwelche Gegenargumente zählten da nicht und brauchten also auch nicht beachtet werden. Kleinliche Hinweise auf Schuld oder Unschuld tat sie mit einer Handbewegung ab, gerade so, als wolle sie eine lästige Stechfliege verscheuchen. Ihr war das Abendessen nicht gelungen (schließlich hatte Bandath ihr mitgeteilt, dass Barella, Niesputz und er in zwei Tagen aufbrechen würden) und soeben hatte sie eines der guten Gläser zerbrochen, die sie erst beim letzten Vollmond von diesem aal-

glatten Händler aus dem Westen erstanden hatte. Übrigens ein ausge-
kochtes Schlitzohr und ein Betrüger obendrein, wenn man sie fragte.
Aber sie wurde ja nicht gefragt, *niemals* fragte auch nur *irgendeiner* nach
ihrer Meinung. Es hieß ja hier in diesem Haus einfach: „Waltrude, wir
ziehen los", und sie konnte sehen, wie sie zurande kam, so kurz vor dem
Winter. Sie wurde ja nie gefragt, ihr teilte man einfach mit.

Dass sie als eines der angesehensten Mitglieder des Rates von Neu-
Drachenfurt galt, interessierte sie im Moment nicht. Die einzige Person,
auf die sie sich augenblicklich konzentrierte, saß vor ihr im Lehnsessel
des Arbeitszimmers, machte einen außergewöhnlich unglücklichen Eindruck und schaute sehnsüchtig aus dem offenen Fenster dem grünen
Leuchten seines Freundes hinterher. Dieses aber verlor sich bald zwischen den dunklen Schatten des Waldes. Der einzige Ausgang des Raumes, die Tür zum Flur, war durch Waltrudes füllige Gestalt versperrt, als
wäre die Zwergin mit voller Absicht dort stehen geblieben. Kurz nur
überlegte der Magier, ob er Niesputz durch das Fenster folgen sollte.
Sein geheiltes Knie würde es erlauben. Nur ein leichter Schmerz und ein
kaum wahrnehmbares Hinken wiesen auf die schwere Verletzung hin,
deren Ausheilung über ein Jahr benötigt hatte. Aber wie würde das aussehen? Er, Bandath, der berühmte Magier, floh vor seiner Haushälterin
durch das offene Fenster seines Arbeitszimmers. Garantiert würde genau
in diesem Moment irgendjemand draußen vorbeigehen. Mindestens ein
halbes Jahr würde er sich daraufhin nicht im *Rülpsenden Drummel-
Drachen* sehen lassen können.

Resigniert drehte er sich wieder Waltrude zu. „Also gut, sag, was du
zu sagen hast und dann lass mich nachdenken." Er wusste im selben
Moment, dass er mit diesem Satz einen Fehler gemacht hatte. Zu oft kamen ihm solch unachtsame Worte über die Lippen, ohne dass er die Folgen bedachte.

„Ach? Stellen wir uns das so einfach vor? Mag die alte Waltrude ruhig
ein wenig meckern und jammern, Hauptsache sie wird schnell fertig und
ich, der berühmte und bedeutende Magier, habe dann wieder meine Ruhe
und kann mich meinen schwerwiegenden Gedanken widmen, ja? Haben
wir uns das so gedacht, Herr Magier?"

Es war wirklich ein Fehler gewesen. Bandath seufzte und schloss resigniert die Augen. Das hier würde auf *keinen Fall* schnell vorbeigehen,
wenn nicht ein Wunder geschah.

„Nein, Waltrude, habe ich nicht. Entschuldige bitte." Er wünschte, er wäre mit Barella und Korbinian ins Wirtshaus gegangen, auch wenn er im Normalfall keinen Wert auf die Gegenwart des Elfen legte.

„Was soll ich entschuldigen? Dass du mich abwimmeln willst wie einen lästigen Vertreter für Giftstaub gegen Wollspinnen? Oder dass du deine junge Frau nimmst und sie kurz vor dem Winter aus ihrem warmen Haus reißt?"

Es war schlimmer, als er gedacht hatte. Egal, was er sagte, es war verkehrt. Das Problem war nur, dass er reagieren musste, sonst würde er Waltrude noch mehr erzürnen. „Wir wollen in den Süden, Waltrude, weit in den Süden, dort liegt kein Schnee."

„Papperlapapp! Kein Schnee im Winter? Hast du das aus deinen schlauen Büchern?"

Jedes Wort schien zwecklos. Er hätte genauso gut darauf bestehen können, dass dies hier nicht Barellas, sondern zumindest ihr gemeinsames Haus war (so hoffte er jedenfalls) und dass es nicht seine, sondern Barellas Idee gewesen war, den Dämonenschatz von Cora-Lega zu finden. All diese Bemerkungen wären völlig ungehört verhallt. Wenn Waltrude in *dieser* Stimmung war, half kein noch so durchdachtes Argument. Hätte er darauf bestanden, dass Barella nicht seine Frau war, so hieße das nur, Öl in ein weiteres von Waltrudes Feuern zu gießen. Seit dem Frühjahr lag sie vornehmlich ihm (eigentlich *nur* ihm) in den Ohren. Es würde ja auch zu gut passen: Er, der Zwergling, dessen von Zwergen abstammender Vater damals eine junge Halbling-Frau geheiratet hatte, heiratet eine Zwelfe.

Was hatte sie vor nicht einmal ein paar Tagen gefragt? Ob er denn nun *endlich mal* an Heirat gedacht hätte?

„Heirat?", hatte er geantwortet. „Barella soll mich heiraten? Aber es ist doch alles gut so, wie es ist. Warum denn alles durch eine Heirat noch komplizierter gestalten?"

Man hatte Waltrudes Stimme daraufhin wahrscheinlich weit außerhalb des Hauses gehört. Das solle er nur nicht Barella hören lassen! Eine Frau wolle geheiratet werden und der Mann habe den ersten Schritt zu machen! So sehe das aus. Alle aus dem Dorf würden damit rechnen.

Das stimmte allerdings. Hier in Neu-Drachenfurt hatte er etwas gefunden, was er als „Mischling", wie er während seiner Lehrzeit in Go-Ran-Goh von einigen seiner Mitschüler abfällig genannt worden war, nirgends sonst gefunden hatte. Und Barella hatte es ihm bestätigt. Sie wurden beide akzeptiert und als ganz normale Bewohner der Siedlung betrachtet. Diese Art von Akzeptanz und Toleranz suchte er in anderen Siedlungen und Städten rund um die Drummel-Drachen-Berge vergeblich. Wahrscheinlich, weil einerseits Bandath seit hundert Jahren hier lebte, andererseits hatten die Menschen, Halblinge und Zwerge gemeinsam die Probleme des Vulkanausbruchs gemeistert. In dieser Hinsicht bildete die Siedlung eine löbliche Ausnahme. Selbst Trolle und Elfen, die seit einem Jahr in einem bedeutend stabileren Frieden lebten, hatten ihre Probleme mit anderen Rassen. Eigentlich bildete niemand eine Ausnahme. Die Menschen biederten sich bei den Elfen an, Gnome verachteten alle anderen, Zwerge lebten am liebsten für sich, Halblinge wollten ihre Ruhe, Trolle dachten, sie seien die Stärksten … Wen man auch ansah, keiner, wirklich nicht einer sah vorurteilsfrei auf andere Rassen. Vor allem die Elfen nicht. Und von allen Elfen, die er kannte, war Korbinian, Barellas Halbbruder, einer der Schlimmsten.

Wie auf dieses geheime Stichwort hin polterte es plötzlich an der Eingangstür und unterbrach Waltrudes Rede, die unbeachtet an ihm vorübergezogen war.

„Na toll", knurrte die Zwergin. „Jetzt kommt wohl der andere Taugenichts." Dass sie Bandath mit diesen Worten auf eine Stufe mit Korbinian stellte, war wirklich hart für den Magier. Sie drehte sich um und sah die Zwelfe in der Tür.

„Barella, Liebes, was ist passiert?"

„Ein Wettkampf! Mit Rulgo!"

„Ein Trinkwettkampf? Am helllichten Tag?" Obwohl Bandath Waltrude nur von hinten sah, konnte er an ihrer Körperhaltung förmlich sehen, wie sie die Augen verdrehte. „Typisch Männer. Schon vor Sonnenuntergang saufen, dass sie nicht mehr stehen können. Ich war ja von Anfang an gegen dieses Wirtshaus. Aber wer hört schon auf mich?"

Auch hier war völlig egal, dass Rulgo als Taglicht-Troll grundsätzlich *alles* vor Sonnenuntergang machen musste. Aber wie gesagt (jetzt verdrehte Bandath die Augen), wenn Waltrude in *dieser* Stimmung war …

„Leg ihn ins Bett, Kind. Ich hole ihm einen Eimer mit Wasser. Und wenn er den nicht trifft, dann sollen diesem Nichtsnutz all unsere und seine Vorfahren gnädig sein."

Wieso eigentlich konnte Barella in Waltrudes Augen keinen Fehler machen? Sie hieß immer nur ‚Kind' oder ‚Liebes' bei ihr. Bandath hingegen bekam den ganzen Ärger ab.

Erneut seufzte Bandath, dieses Mal schicksalsergeben: Der Abend war noch lange nicht zu Ende – und Waltrude hatte noch so viel zu sagen …

Aufbruch

Sie wollten zwei Tage später aufbrechen, sehr zum Missfallen von Waltrude. Bis zum Schluss lag sie Bandath in den Ohren, doch hierzubleiben. Nun war die Tatsache, dass Bandath zu einer Reise aufbrach, an sich nicht ungewöhnlich. Seit seiner Rückkehr von der Magierausbildung vor nunmehr fast einhundert Jahren, war er jedes Jahr zwei- bis dreimal zu irgendwelchen Reisen aufgebrochen, auch während des Winters – mehr oder weniger zweifelhaften Reisen übrigens, wie Waltrude ständig anmerkte. Oft genug kam er mit einem Beutel voller Silber- oder gar Goldmünzen zurück, schwieg aber stets, was die Art seiner „Geschäfte" betraf. Wahrscheinlich hatte Waltrude recht, wenn sie diese als „windig" bezeichnete. Auch wenn er immer darauf bestand, dass durch seine Geschäfte noch nie jemand ernsthaft zu Schaden gekommen war.

Der Magier wollte am Nachmittag vor dem Aufbruch die letzten Einzelheiten besprechen. Um nicht von Waltrude gestört zu werden, gingen er, Niesputz und Barella in das Wirtshaus. Es war für sie eindeutig der beste Platz, denn Waltrude hatte heute ihren Groß-Reinemach-Tag. Natürlich kam Korbinian mit, als er hörte, wo sie sich treffen wollten. Und kaum saßen sie am Tisch, kam Rulgo hinzu.

„Na, Elflein", seine Pranke krachte auf Korbinians Schulter und schleuderte den Elf gegen den Tisch. „Der Kopf wieder frisch?" Der massige Körper des Trolls sackte auf die Bank, die unter dieser plötzlichen Belastung hörbar ächzte. Ohne auf eine Antwort des Elfen zu warten, der sich stöhnend die Schulter und die geprellte Brust rieb, wandte er sich an Bandath: „Eigentlich sollte ich beleidigt sein, Magier."

Der Zwergling hob die Augenbrauen. „Wieso das denn?"

„Die Grünspatzen pfeifen von den Dächern, dass ihr morgen oder übermorgen zu einer Reise aufbrechen wollt. Allerdings weiß keiner so richtig, wohin."

„Und?"

„Ihr habt euren alten Freund Rulgo nicht gefragt, ob er mitkommen möchte." Der Troll blickte Bandath mit unschuldigem Blick an. „Geht es um die Sache, die ihr im letzten Jahr angesprochen hattet, diese Dämonenstadt und den riesigen ..."

Ruckartig hob Bandath die Hand und stoppte den Redefluss Rulgos. „Bitte noch kein einziges Wort zu irgendjemanden. Klar?" Dann nickte er resigniert. Er hatte gehofft, die Reise mit Barella und Niesputz alleine unternehmen zu können. Anscheinend war ihm das nicht vergönnt. Gegen Rulgo hatte er nichts, allerdings würde seine Angewohnheit, bei Sonnenuntergang in todesähnlichen Schlaf zu fallen und erst am Morgen wieder zu erwachen, sie doch etwas behindern.

„Wenn du denkst, mich hierlassen zu können ..." Der Troll ließ offen, was dann wäre. „Komm schon, Bandath. Wir hatten so viel Spaß im letzten Jahr. Und wenn dabei ein paar Münzen für mich abfallen, dann ist das auch in Ordnung."

„Hast du als Anführer der Taglicht-Trolle denn nichts zu tun?", wagte der Magier einen Einwand.

„Ich? Habe ich dir das nicht erzählt? Im Sommer gab es eine neue Wahl bei uns. Es gibt keine Elfen mehr zu verprügeln und kein Diamantschwert mehr zu bewachen. In das Umstrittene Land kommen wir auch nicht mehr rein. Was soll ich dann tun, als Anführer? Ich habe mir lange genug Sorgen um die Vorräte und das Zusammenleben mit den Elfen gemacht. Sollen sich andere jetzt den Kopf zerbrechen."

Niesputz kicherte. „Ist dir langweilig, Fleischklops?" Er drehte sich zu Bandath. „Lass ihn uns mitnehmen. Vielleicht können wir ihn abrichten und mit einer Kette am Hals im Süden gegen Geld auf den Märkten herumzeigen."

Als auch Barella zustimmte, hob Bandath resigniert die Hände. „Also gut, komm mit."

„Und ich auch", ergänzte Korbinian. Bei Rulgos Erwähnung von Münzen hatte er sich ruckartig gerade hingesetzt und die ohnehin schon spitzen Ohren weiter aufgerichtet.

„Vergiss es", zischte Barella.

Der Elf sah misstrauisch in die Runde. „Wenn ihr mich nicht mitnehmt, werde ich euch auf eigene Faust folgen."

„Verfolgen?", dröhnte Rulgo. „Kannst du das genauso gut wie trinken? Dann haben wir dich nämlich nach einer halben Stunde abgehängt. Bandath, bitte lass mich einen Felsen auf ihn wälzen. Ich nehme den Stein auch wieder runter, wenn wir im Frühjahr zurückkommen."

Ihre Diskussion wurde unterbrochen, als Kendor an den Tisch trat. „Vier Bier und …", der Wirt sah Niesputz an, „ein Getreidekorn, nehme ich an?"

Das Ährchen-Knörgi schüttelte den Kopf. „Nein, heute nehme ich auch ein Bier." Niesputz hob die Hand und spreizte Daumen und Zeigefinger auseinander. „So ein großes!"

Kendor nickte lächelnd. „Irgendetwas zu essen?"

Jetzt grinste Bandath säuerlich. „Wenn wir bei dir essen, Kendor, schicke ich dir hinterher Waltrude auf den Hals, der du erklären kannst, weshalb wir nicht das essen, was sie zu Hause gekocht hat. Das müsstest du doch mittlerweile wissen."

Kendor griente breit und ging zurück zur Theke. Bandath wandte sich an Korbinian: „Nenne mir bitte einen vernünftigen Grund, weshalb wir dich mitnehmen sollten."

Mit erhobener Hand, den Daumen abgespreizt, fing dieser an, aufzuzählen: „Der Troll kommt auch mit!"

„Uäh!", greinte Rulgo übertrieben wie ein kleines Kind. „Ich will das auch, der Troll kommt auch mit!"

Korbinian ignorierte Rulgos Einwurf und klappte den Zeigefinger aus. „Ich will meine Schwester kennenlernen, da ich nun nach vielen Jahren erfahren habe, dass sie existiert."

„Woher dieser plötzliche Familiensinn?", fauchte Barella und wurde, genau wie Rulgo zuvor, ignoriert.

Der Mittelfinger: „Vater hat gesagt, ich soll dich unterstützen, wenn du Hilfe brauchst, Bandath."

„Oh, ich denke, der Zauberer schafft das auch ohne dich, schließlich hat er mich." Niesputz plusterte sich auf.

„Magier", korrigierte Bandath das Ährchen-Knörgi. Nach seiner Auffassung traten Zauberer auf Jahrmärkten zur Belustigung der Besucher auf. Er war ein ernsthafter Magier.

Korbinian zeigte den Ringfinger. „Ich kenne den Süden einigermaßen und kann euch dort helfen." Als Letztes folgte der kleine Finger. Mit einem Seitenblick auf den Troll senkte der Elf die Stimme. „Und ganz ehrlich, ich könnte auch ein paar Münzen gebrauchen."

„Was heißt *du könntest*? Wahrscheinlich brauchst du sie dringend, da du irgendwo Schulden hast", knurrte seine Schwester.

Der Elf grinste wortlos.

„Was berechtigt dich zu der Annahme, dass ein paar Münzen für dich abfallen könnten?", fragte Bandath.

„Der Troll hat es doch eben erwähnt. Sag schon, Magier, geht es um einen lukrativen Auftrag oder um einen Schatz?"

Bandath schwieg, schaute den Elf nur an.

„Wenn ihr mich nicht mitnehmt, erzähle ich in allen Wirtshäusern südlich des Drummel-Drachen-Gebirges herum, dass ihr auf der Suche nach einem Schatz seid. Dann werden sich bald Hunderte von Schatzsuchern und Abenteurern an eure Fersen ..." Korbinian stoppte abrupt, als sich Rulgos Hand um seinen Nacken legte.

„Hast du schon mal davon gehört, Elflein, dass Trolle mit einer einzigen Handbewegung das Genick von Elfen brechen können?"

Bandath hob beschwichtigend die Hand. „Langsam, Rulgo. Der Friede zwischen euren Völkern ist noch jung und empfindlich. Störe ihn nicht mit einem Mord, der es nicht wert ist." Er seufzte resigniert. „Dann sind wir also fünf", sagte er, nachdem Barella ihm zugenickt hatte.

Bandath griff in den Schultersack, den er ständig bei sich trug, und holte eine Landkarte heraus. In einem sehr großen Maßstab zeigte sie die Ländereien südlich des gewaltigen Drummel-Drachen-Gebirges bis hin zur Todeswüste und den Urwäldern des Südens.

„Unsere erste Station sollte Pilkristhal sein." Sein Finger stupste auf einen Punkt der Karte. Südlich des Ewigen Stroms erstreckte sich über viele Tagesreisen hinweg das Drei-Strom-Land. Der Grünhaifluss, der Wasserdrachen-Fluss und der Heiße Strom durchflossen eine abwechslungsreiche Landschaft. Wälder wechselten sich mit riesigen Heidelandschaften ab, Berge mit Tälern und Ebenen. Natürlich war keiner der Berge so hoch, wie ihre größeren Verwandten hier im Gebirge. Hunderte von Bauernhöfen lagen dort verteilt, Getreide wurde angebaut und Vieh gezüchtet. Aber auch Städte konnte man da finden. Auf eine von diesen Städten zeigte Bandath – Pilkristhal. „Ich denke, dort sollten wir uns treffen."

„Treffen?" Unverständnis spiegelte sich in den Blicken seiner Mitstreiter.

„Wieso treffen?", fragte Rulgo. Er zeigte in die Runde, als würde Bandath die anderen nicht sehen. „Wir sitzen doch schon zusammen."

„Ich habe lange nachgedacht", erklärte der Magier. „Wenn wir Erfolg haben wollen, brauche ich noch ein paar Informationen. Und ich denke, ich weiß auch, wo ich die bekomme."

„Und?", fragte Barella schließlich, als Bandath schwieg. „Woher bekommst du die?"

„Aus der Bibliothek von Go-Ran-Goh. Die Magierfeste hat die umfangreichste Sammlung an Büchern, die man sich nur vorstellen kann." Er wies auf einen einsamen Berg im Osten. „Ich bin mit meinem Laufdrachen bedeutend schneller als ihr beide." Der Zwergling sah zu Rulgo und Korbinian.

„Ich habe ein sehr gutes Pferd. Ich wette um fünf Goldstücke, dass es deinen Laufdrachen …"

„Vergiss es!", fuhr ihn Barella an. „Du würdest doch wieder nur verlieren. Wenn du dabei sein willst, dann halte dich an Regel Nummer eins!"

„Regel Nummer eins?"

„Es wird gemacht, was Bandath und ich sagen, grundsätzlich, sofort und ohne Fragen zu stellen. Klar?"

„Aber wenn …", versuchte Korbinian zu widersprechen.

„Klar?!", schnitt ihm Barella scharf das Wort ab.

„Verstanden", maulte der Elf und griff als erster nach dem Bier, das Kendor in diesem Moment brachte.

„Und wenn die beiden nicht da sind, gilt Regel Nummer eins für mich!", nahm Niesputz für sich in Anspruch und griff seinerseits zu seinem kleinen Bierkrug, den Bandath ihm zur Winntersonnenwend-Feier geschenkt hatte und den Kendor für ihn verwahrte.

„Und dann für mich", legte Rulgo fest. „Elfen haben nämlich von Natur aus nichts zu sagen."

Korbinian sah die um den Tisch Sitzenden belustigt an. „Na prima, eine ganze Bande von Stellvertretern. Auch mal nicht schlecht. So lange ich nicht jeden Abend für das Essen verantwortlich bin."

„Für das Essen nicht", murmelte seine Schwester, „aber für den Abwasch."

„Was genau ist denn unser Ziel? Ich vermute mal, dass es sich um eine Truhe voller Gold handelt?" Erwartungsvoll sah Korbinian den Magier an.

„Regel Nummer zwei", sagte dieser ungerührt. „Keine Fragen! Zu gegebener Zeit wirst du alles erfahren." Er nahm einen tiefen Schluck und wischte sich den Bierschaum von der Oberlippe. Seit er im letzten Jahr unter der Erde in ein Feuer geraten war, trug er keinen Bart mehr. Sein graues Haar hielt er sich neuerdings mit einem ledernen Band aus der Stirn, genau wie Barella dies tat. Die Zwelfe hatte ihm eins gefertigt. Während sie jedoch ihr tiefbraunes Haar offen trug, hatte sich Bandath seines zu einem langen und kräftigen Zopf gebunden. Er kratzte sich unter dem Lederband. „Also noch mal: Barella und ich sind bedeutend schneller. Wir werden über Go-Ran-Goh nach Pilkristhal kommen, ihr beide nehmt den direkten Weg, am besten über Flussburg." Er sah den Elfen an. „Du kennst Pilkristhal?"

Korbinian nickte.

„Kannst du uns ein Wirtshaus empfehlen, in dem wir uns treffen können?"

„Der *Würfelbecher*", antwortete der Elf sofort.

„Und welches würdest du uns auf keinen Fall empfehlen?", fragte seine Schwester.

„Den *Fröhlichen Zimmermann*."

„Gut", entgegnete sie.

„Dann treffen wir uns also im *Fröhlichen Zimmermann*", ergänzte Bandath.

„He!", rief Korbinian empört. „Weshalb fragt ihr mich nach meiner Meinung, wenn ihr dann sowieso das Gegenteil macht?"

„Eben deshalb", lachte Rulgo und schlug dem Elf auf die Schulter. Den schleuderte es gegen die Tischkante. Mit schmerzverzerrtem Gesicht rieb er sich die Brust. „Könntest du das *bitte* sein lassen?"

„Ich glaube", rief Niesputz und surrte zwischen Elf und Troll, „ich werde den Fleischklops und das Spitzohr begleiten, damit nicht einer den anderen heimlich zerhackstückelt."

„Gut." Bandath lehnte sich zurück und verschränkte die Arme. „Dann wäre also auch das geklärt."

Eine Stunde und zwei Bier pro Person später löste sich die kleine Versammlung auf.

Bei Sonnenaufgang am nächsten Morgen verließ die Gruppe Neu-Drachenfurt. Der Zwergling ritt auf seinem Laufdrachen Dwego, Barella

auf Sokah, ihrem weißen Leh-Muhr, einem Laufvogel, der es in Kraft, Geschwindigkeit und Ausdauer mit jedem Laufdrachen aufnahm. Niesputz saß auf der Schulter der Zwelfe. Hinter den beiden tapste Rulgo mit dem eigentümlich wiegenden Gang der Trolle her, gefolgt von Korbinian auf seinem schwarzen Hengst Memoloth.

Neben den unvermeidlichen und unergründlichen Schultersäcken, die Bandath und Barella auf ihren Rücken trugen, waren die Reittiere und Rulgo mit Proviantsäcken beladen, die Waltrude ihnen gepackt hatte. Sie würden, zumindest in der ersten Zeit, keinerlei Probleme mit ihrer Verpflegung bekommen.

Am frühen Nachmittag verließen sie die höheren Bereiche der Drummel-Drachen-Berge und kamen in die Vorgebirge. Weite Hänge mit vereinzelten Baumgruppen erstreckten sich vor ihnen. Ganz weit in der Ferne konnte man das silbrig glänzende Band des Ewigen Stroms erkennen, an dessen Ufer die Stadt Flussburg lag. Das Land dazwischen war wildreich und fruchtbar, aber nur dünn besiedelt.

Bevor sich Bandath und Barella von den anderen verabschiedeten, sprach der Magier noch einmal kurz mit dem Troll. Er nahm ihm das Versprechen ab, den Elf lebend bis nach Pilkristhal zu bringen.

Barella ihrerseits redete mit ihrem Halbbruder. „Ich will, dass ihr Pilkristhal lebend und unversehrt erreicht. Beide! Sollte dem Troll unterwegs irgendetwas geschehen, so verspreche ich dir, dass ich dich finden und lebendig zu den Trollen schleifen werde."

Korbinian schüttelte den Kopf. „Was mein Vater nur an euch gefunden hat …"

Rulgo, Korbinian und Niesputz brachen nach Süden auf, Bandath und Barella nach Osten.

Zwei Tage später stapfte Waltrude nördlich von Neu-Drachenfurt durch ein bewaldetes Tal, in dem sie schon seit vielen Jahren Kräuter sammelte, die sie für den Winter brauchte. Vor allem ihre Vorräte an Urinella, einem harntreibenden Kraut, und Schnupfwurz, einem Kraut gegen Erkältung, bedurften dringend der Auffrischung. Erfreut schnaufte sie, als die Bäume zu einer kleinen Lichtung auseinandertraten und der Boden vor der Zwergin fast vollständig mit den kleinen, blauen Blüten der Urinella bedeckt war. Sie griff nach ihrem Messer in der Tasche und konnte sich plötzlich nicht mehr bewegen. Begleitet von einem höhnischen Kichern trat auf der anderen Seite der Lichtung ein Gnom aus dem Gebüsch hervor. Claudio Bluthammer. Die Angst, die Waltrude im ersten Moment ergriffen hatte, wurde durch unbändige Wut abgelöst. Dieser Gnom hatte zusammen mit seinem hässlichen, ochsenköpfigen Kumpan das alte Haus des Magiers und damit seine wertvolle Büchersammlung verbrannt – nicht zu vergessen Waltrudes gesamtes Hab und Gut. Wenn sie den in ihre Finger kriegen könnte. Aber leider hatte er sie wohl mit Lähmungs-Magie belegt. Sie konnte nicht einmal ihre Augenlider rühren. Hinter ihr hüstelte eine tiefe Stimme und der Minotaurus schritt gewichtig in ihr Blickfeld – Sergio die Knochenzange.

„Also, alte Schachtel, wir wollen uns gar nicht lange aufhalten." Sergio spazierte gestelzt vor ihr auf und ab, während Claudio leicht gebückt etwas im Hintergrund stand und mit seinen klobigen Gnomenfüßen auf der Urinella herumtrampelte. Zu ihrem Schreck hatte der Gnom ein langes, spitzes und wohl auch äußerst scharfes Messer gezückt und ließ das Licht der Herbstsonne auf der Klinge blitzen.

„Wir wissen", grunzte der Minotaurus, „dass du die Haushälterin des Mischling-Magiers bist. Wo ist er? Wir haben ihn in eurer Siedlung nicht gesehen." Er machte eine nachlässige Handbewegung und sie spürte, wie die Lähmungs-Magie ihren Kopf freigab.

„Gib mich ganz frei, Ochsenkopf, und ich werde dich in die Richtung werfen, in die der Herr Magier aufgebrochen ist …" Die Lähmungs-Magie erfasste sie erneut. Ochsenkopf kam ganz nah ans Waltrudes Gesicht heran, während der Gnom im Hintergrund kicherte.

„Pass auf, Zwergenweib! Ich frage, du antwortest! Und zwar nur auf meine Fragen!"

Waltrude bemerkte, dass die Lähmungs-Magie zwar ihren Körper zur Bewegungslosigkeit verdammte, ihre Nase jedoch konnte weiterhin ungestört ihre Funktion ausführen. Der Minotaurus stank gewaltig aus seinem Maul. All die Verachtung, die sie den Wegelagerern gegenüber empfand, versuchte die Zwergin in ihren Blick zu legen. Sollten die beiden doch mit ihr anstellen, was sie wollten. Die Informationen, die sie interessierten, würden sie nicht bekommen – jedenfalls nicht von ihr.

„Noch mal, alte Vettel. Ich glaube, du weißt nicht, wen du vor dir hast. Ich bin ein Magier, Sergio die Knochenzange. Rate mal, warum man mich *die Knochenzange* nennt?" Er schwieg einen Moment theatralisch, als wolle er den Gedanken ganz tief in Waltrudes Hirn einsickern lassen. „Also, wo ist Bandath?" Wieder schlenkerte er mit seiner Hand. Waltrude bewegte den Kopf, als müsse sie ihren Nacken entkrampfen.

„Der Herr Magier? Er ist zum Großen Markt am Nebelgipfel aufgebrochen."

„Was will er denn dort?"

„Da gibt es eine besondere Sorte von Eisenstäben. Die kann ich bei unserem Schmied ins Feuer legen und wenn sie dann glühen, werde ich sie euch ganz tief in eine bestimmte Körperöffnung schieben, ihr verfluchtes Gesindel. Habt wohl Angst vor einer fetten, alten Frau, dass ihr mich hier so feige lähmt? Hört mit eurer verkorksten Magie auf und gebt mich frei, dann klären wir das – von Zwerg zu Ochse!"

Unsichtbare Fesseln pressten Waltrude zum dritten Mal die Kiefer aufeinander. Wütend funkelten sie die Augen des Minotauren an.

„Du hast es so gewollt, Weib. Ich werde jetzt meine Spezialität bei dir anwenden …"

„Au ja!", rief der Gnom und hüpfte freudig erregt hinter seinem Kumpan auf und ab. „Die Knochenzange! Ja, Sergio, mach ihr die Knochenzange!"

Ruhe gebietend hob der Minotaurus die Hand und Claudio verstummte abrupt.

„Ich fange mit dem kleinen Finger der linken Hand an, Weib. Wenn der gebrochen ist, folgen nach und nach die anderen Finger, dann die Arme, danach die Füße und die Beine. Du glaubst gar nicht, wie viele Knochen ein Zwerg hat. Und jeden einzelnen davon werde ich dir brechen, bis du mir sagst, wo der Mischling ist." Er begann, seine Finger in einem komplizierten Spiel zu bewegen. Wie mit eisernen Klammern gepackt, wurde Waltrudes Arm nach oben gezogen. Zitternd versuchte sie, dagegen anzukämpfen, vergeblich. Die unsichtbare Kraft bog ihr den Arm, bis sich ihre Hand vor ihrem Gesicht befand, und spreizte dann die Finger ab. Eines musste man dem Minotaurus lassen, diese Magie beherrschte er wirklich. Waltrude brach der Schweiß aus, aber sie kam nicht gegen die Kraft an, die er heraufbeschwor. Sie fühlte und sah, wie ihr kleiner Finger nach hinten gebogen wurde, weiter und weiter. Allerdings brauchte sie sich das Stöhnen kaum zu verkneifen, die Geburt ihrer zweiten Tochter war bedeutend schmerzhafter gewesen. Dennoch vernahm sie mit einer gewissen Erleichterung das trockene Knacken, mit dem der Finger brach.

Die Fessel um ihr Gesicht löste sich. Bevor jedoch der Minotaurus seine Frage stellen konnte, spuckte sie ihm ins Gesicht. „Wenn ich es mir recht überlege, werde ich den Schmied zuerst bitten, mir Widerhaken an die Eisenstäbe zu schmieden, bevor ich sie ins Feuer lege. Zu zweit eine arme, alte, wehrlose Frau quälen. Zu mehr hat es bei euch wohl nicht gereicht? Kein Wunder, dass sie euch aus Go-Ran-Goh geschmissen haben ..."

Der Minotaurus schrie wütend auf. Dass sie beide vor vielen Jahren ihre Ausbildung auf der Magierfeste abbrechen mussten, weil sie Bandath einen lebensgefährlichen Streich gespielt hatten, hatte er noch immer nicht verwunden. Erneut fühlte Waltrude die unbarmherzige Klammer der Lähmungs-Magie.

„Du wirst schreien!", geiferte ihr der rasende Minotaurus ins Gesicht. „Du wirst betteln. Aber ich werde nicht aufhören. Ich werde dir jeden einzelnen Knochen brechen ..."

Der Gnom unterbrach die Tirade seines Freundes mit einem Schmerzensschrei. Unwillig drehte Sergio sich zu seinem Gefährten um. „Was ...?"

Ein heranzischender Stein traf ihn an der Stirn und ließ ihn zurückstolpern. Aufstöhnend riss er die Hände hoch und hielt sich die blutende Wunde zwischen den Augen. Plötzlich folgte ein regelrechter Hagel von runden, weißen Kieselsteinen, die, einer nach dem anderen, aus dem Gebüsch herausgeschossen kamen, aus dem kurz zuvor der Gnom aufgetaucht war. Sie prasselten auf jede ungeschützte Körperstelle der beiden Schurken, die schreiend umhersprangen und verzweifelt versuchten, sich vor den Steinen zu schützen. Durch den unverhofften Angriff abgelenkt, verlor die Lähmungs-Magie ihre Wirksamkeit, Waltrude war frei. Mit den Worten „Du brichst mir keinen Finger mehr!", holte sie mit ihrer rechten Hand das Messer aus dem Beutel, dessen Griff sie schon die ganze Zeit umspannt gehalten hatte. Blitzartig zuckte die Klinge nach vorn und biss Sergio in den Oberschenkel. Der Minotaurus schrie gepeinigt auf und schlug nach ihr. Mit einer Gewandtheit, die man der fülligen Zwergin niemals zugetraut hätte, wich sie dem Schlag aus und führte ihrerseits einen Angriff gegen Claudio Bluthammer. Sie traf ihn am Oberarm. Das Jaulen des Gnoms schrillte über die Lichtung und panisch schlugen sich beide in die Büsche, gefolgt von den letzten Kieselsteinen, die Löcher in die Blätter rissen. Noch eine ganze Weile hörte sie das

Brechen der Zweige unter den Füßen des Gnoms und den Hufen des Minotaurus'.

Waltrude atmete heftig, steckte ihr Messer weg und fasste vorsichtig ihren nach hinten abstehenden kleinen Finger. Energisch bog sie ihn wieder in die richtige Position. Es knackte trocken in ihrer Hand.

„Komm schon vor!", rief sie ihrem unsichtbaren Retter zu. „Ich tue dir nichts."

„Davon bin ich überzeugt", ließ sich eine tiefe, angenehm klingende Stimme vernehmen. Es raschelte und ein großer, kräftiger Mensch trat hinter dem Busch hervor. Seine kurz unter den Knien endende Leinenhose wurde mit einem Ledergürtel auf der Hüfte gehalten. Unten schauten stachelig behaarte Beine heraus, die in braunen Stiefeln endeten. Ein weites, weißes Hemd steckte in der Hose. Aus dem Brustausschnitt quoll wolliges Haar hervor. Es war genauso schwarz wie sein Kopfhaar, das in leichten Wellen auf die Schultern fiel. Das Gesicht war, nach Art der Menschen, rasiert. Die braunen Augen strahlten Klugheit aus. Eine scharf geschnittene Nase und ein energisches Kinn gaben dem Gesicht einen entschlossenen Ausdruck. In der rechten Hand hielt der Mann eine Steinschleuder, in der linken einen noch zur Hälfte mit Kieselsteinen gefüllten Leinenbeutel. Sein schwarzer Umhang fiel von den Schultern fast bis auf die Erde und konnte beinahe für eine Verlängerung seines Haares gehalten werden. Er lachte ein offenes, sympathisches Lachen.

„Die werden so schnell nicht wiederkommen." Nach drei Schritten mit seinen langen Beinen stand er vor Waltrude, legte die rechte Hand aufs Herz und verbeugte sich elegant. „Baldurion Schönklang, fahrender Musikant, Flötenspieler und …", er richtete sich wieder auf, „… Retter von edlen Damen in Not. Brauchst du Hilfe?"

„Blödsinn!", knurrte Waltrude. „Erstens bin ich keine Dame, zweitens nicht edel und drittens hast du mich nicht gerettet, du hast mir maximal geholfen. Viertens wird kein Zwerg je Hilfe brauchen, bloß weil er sich den Finger gebrochen hat."

„Selbstverständlich." Baldurion nickte und lächelte. „Wahrscheinlich wärst du früher oder später alleine frei gekommen … mit zwei gebrochenen Armen." Er wies auf ihren Finger. „Brauchst du wirklich keine Hilfe?"

„Ich wäre nicht Waltrude, wenn mich so eine kleine Verletzung umhauen würde." Während sie ein sauberes, weißes Tuch aus ihrer Tasche zog, einen daumendicken Ast aufnahm und begann, sich den Finger zu bandagieren, betrachtete sie ihren „Helfer".

„So, so. Und du willst ein Sänger sein, und ein Steine werfender noch dazu?"

„Ich habe die Steine nicht geworfen, sondern geschleudert." Baldurion wies auf die am Gürtel hängende Lederschlaufe, seine Schleuder.

Waltrude betrachtete interessiert ihren unnatürlich abgespreizten Finger, als überlege sie, in welche Richtung sie ihn jetzt biegen müsse.

„Du brauchst wirklich keine Hilfe?", bot sich Baldurion noch einmal an.

„Zwerge brauchen sich von Natur aus nicht von Menschen helfen lassen, die herumziehen, Steine werfen und alte Frauen ausfragen." Sie hielt den Ast an den Finger und richtete diesen dann nach dem Holzstück aus.

„Also, Balduin, oder wie du heißt …"

„Mein Name ist Baldurion", stellte er richtig und sah zu, wie sie den Bruch noch einmal richtete, ohne eine Miene zu verziehen. „Ich bin Flötenspieler und Musikant. Selbstverständlich singe ich auch hin und wieder, aber meine Passion ist das Flötenspiel."

„Und wo hat der Herr Flötenspieler gelernt, so gewandt mit der Schleuder umzugehen?"

Baldurion begann die herumliegenden Kiesel wieder einzusammeln. „Nun, ich bin oft unterwegs, meistens allein und nicht immer treffe ich auf mir wohlgesinnte Reisende, wie auch du heute bemerken musstest."

Waltrude schüttelte unwillig den Kopf. „Quatschst du immer so gestelztes Zeug? Rede wie ein normaler Zwerg, wenn du mit mir sprichst." Sie hatte ihren Finger mit Holz und Taschentuch geschient. „Was tust du denn da?"

„Ich sammle die Steine wieder ein. Wunderbar runde, weiße Bachkiesel. So etwas findet man nicht überall."

„Wir sollten hier verschwinden." Waltrude sah sich um. „Wenn die zwei Idioten zurückkommen, könnten wir eventuell doch noch ernsthafte Probleme kriegen."

Baldurion nickte, steckte zwei Finger in den Mund und ließ einen schrillen Pfiff ertönen. Kurz darauf trat eine weiße Stute aus dem Wald. Waltrude konnte nicht umhin festzustellen, dass sie wunderschön war. Das Pferd schritt auf den Flötenspieler zu, der ihr sacht die Nüstern streichelte. Wohlig schnaubte es. „Fiora", sagte der wandernde Musikant.

„Ich möchte dir Waltrude vorstellen, eine edle Zwergendame, der ich in der Not half. Waltrude", er drehte sich halb zur Zwergin, „meine Stute Fiora ist bereit, uns in die Richtung zu tragen, die du uns weist."

Mit Hilfe eines Baumstubbens gelangte Waltrude, unwillig schimpfend, auf den Rücken des Pferdes. Baldurion schwang sich elegant hinter ihr in den Sattel. Noch niemals zuvor hatte Waltrude so hoch oben auf einem Reittier gesessen. Krampfhaft griff sie in die Mähne des Pferdes.

„So ein blödes Gerede", brummelte sie vor sich hin, als sie auf dem Weg nach Neu-Drachenfurt waren. *„Edle Waltrude.* Gnomengefasel!" Plötzlich jedoch verstummte sie. Wie ein brennender Pfeil schoss ihr ein Gedanke durch den Kopf. Die zwei Halunken waren dem Herrn Magier auf den haarigen Fersen seiner Halblingsfüße. Wenn sie auch von ihr keinen Hinweis erhalten hatten, so würde es doch nur eine kleine Weile dauern, bis sie seine Spur finden würden. Bandath musste gewarnt werden und Waltrude wusste auch schon, wer ihn warnen würde.

Eine halbe Stunde später ritten sie in Neu-Drachenfurt ein und erregten gewaltiges Aufsehen. Fast sofort wurde ein Trupp Bewaffneter zusammengestellt, der sich unter Leitung von Menach auf die Suche nach den beiden Kopfgeldjägern machte. Menach war der Mensch im Rat Neu-Drachenfurts und unter anderem verantwortlich für Aufgaben der Sicherheit.

Waltrude verband ihre Hand neu, während Baldurion dem Zwerg Theodil die Ereignisse schilderte.

„Kann schon sein, dass es mich etwas schlimmer erwischt hätte, wenn der Flötenmann nicht vorbeigekommen wäre", knurrte Waltrude einige Minuten später. „Hat es aber nicht, also hör auf, mir die Ohren vollzujammern, Theodil." Sie stapfte in die Küche und begann, Proviant auf den Tisch zu häufen.

„Was hast du vor, Waltrude?" Theodil war ihr gefolgt, Baldurion im Schlepptau.

„Was schon? Ich werde losziehen und den Herrn Magier warnen."

„Weißt du denn, wo er ist?"

„Ich weiß zumindest, wo er sich mit dem klobigen Troll und diesem Taugenichts von einem Elfen treffen will. Wenn ich mich beeile, dann kann ich sie dort abfangen. Er muss wissen, dass die beiden Kopfgeldjäger hinter ihm her sind."

„Meinst du nicht, dass er alleine mit ihnen fertig wird?"

Waltrude unterbrach ihre Wühlerei und sah den Zwerg an. „Ist er das schon einmal?", antwortete sie mit einer Gegenfrage. „Und nein", ergänzte sie, Theodil zuvorkommend, der den Mund zum nächsten Argument öffnen wollte. „Ich bin *nicht* der Meinung, dass das jemand anderes machen sollte. Jetzt wo die beiden Idioten hinter ihm her sind, sollten keine Unbeteiligten hineingezogen werden."

„Er wird merken, dass etwas nicht stimmt, wenn er uns mit Fernsicht-Magie beobachtet."

„Warum sollte er? Als er im letzten Jahr unterwegs war, da waren wir vor dem Vulkan auf der Flucht. Er machte sich Sorgen, nur deshalb hat er nach uns geschaut. Bei seinen sonstigen Reisen beobachtete er uns auch nie. Weshalb soll er also gerade jetzt nach uns sehen? Neu-Drachenfurt geht es gut wie nie zuvor. Die Vorratskammern sind für den Winter gut gefüllt. Er braucht sich keine Sorgen zu machen. Wir uns aber um ihn, Theodil. Du hast sie nicht gesehen. Ich habe noch nie bei einem lebenden Wesen einen solchen Hass verspürt. Sie werden ihn sofort töten, wenn sie ihn treffen. Er wird keine Chance von ihnen bekommen. Bandath *muss* gewarnt werden."

„Und das willst ausgerechnet du tun?"

Der Blick, den sie Theodil zuwarf, sprach Bände: Er konnte sich jede weitere Diskussion sparen. Gegen Waltrudes Willen war einfach nicht anzukommen.

„Gut", seufzte er. „Dann erlaube mir wenigstens, dich zu begleiten."

Ohne mit dem Packen innezuhalten, nickte Waltrude. „Ich breche in einer Stunde auf. Wenn du mit deinem Pony vor der Tür stehst, kannst du mitkommen. Hast du dich bis dahin nicht von deiner Frau verabschiedet, reise ich allein."

„Nicht ganz allein", mischte sich Baldurion ein. „Geht es gegen diese beiden Schurken, Zwergenfrau, dann streite ich an deiner Seite."

„An meiner Seite? Wieso willst du dich streiten?" Waltrude imitierte den gestelzten Tonfall des Musikanten.

„Ich will nicht streiten, sondern dir beistehen!", reagierte dieser etwas irritiert.

„Aha! Und wer fragt mich?"

„Oh!" Jetzt grinste der Flötenspieler, wieder sicherer geworden. „So wenig wie du dich umstimmen lässt, so wenig werde ich meine Meinung ändern. Gegen diese beiden Bösewichte können du und dein Meister jeden einzelnen Kieselstein gebrauchen." Er klopfte auf den prall gefüllten Beutel, der direkt neben der Schleuder und einem Messer an seinem Gürtel hing.

„Er ist nicht mein Meister! Und das sind keine Bösewichte, das sind hundsgemeine Diebe und Mörder!" Sie knurrte und warf dann resignierend die Hände in die Luft. „Also, bei den Hallen meiner Vorfahren und dem Urzwerg, der darin wandelt, dann kommt eben mit." Sie schüttelte den Kopf und packte weiter. „Ich weiß, ich werde diese Entscheidung bereuen", brummte sie dem Brot zu, das sie in ein Tuch schlug.

Und so kam es, dass knapp eine Stunde später Theodil Holznagel und Waltrude Birkenreisig auf kräftigen Zwergenponys Neu-Drachenfurt in Richtung Süden verließen, gefolgt von Baldurion Schönklang auf seiner weißen Stute Fiora.

„Ich habe dir doch gesagt, dass es klappt." Der Minotaurus grinste. Eines seiner Augen war zugeschwollen. Mehrere blutende Stellen am Kopf zeugten von den Treffern der Steinschleuder. Den Oberschenkel zierte ein Verband, um die Blutung der Wunde zu stillen, die er durch Waltrudes Messer erhalten hatte.

„Bissu sicher?" Dem Gnom fehlten vorn zwei Zähne. Er biss auf einen blutbesudelten Lappen und nahm ihn zum Sprechen nur kurz aus dem Mund. Es würde eine Weile dauern, bis die Zähne nachgewachsen waren. Auch er blutete aus mehreren Wunden am Kopf und hatte sich an verschiedene Stellen des Körpers nasse Tücher gelegt, um die Blessuren zu kühlen. Von Zeit zu Zeit wusch er das Tuch aus seinem Mund in dem neben ihm plätschernden Bach aus. Rote Wolken trieben dann das Wasser herab und lösten sich langsam auf.

„Ich hoffe nur, daz eß daz wert war!"

„Vertrau mir, Claudio", erwiderte der Minotaurus. Er lag bäuchlings einige Schritte entfernt und spähte die steile Bergflanke herab, an deren höchsten Punkt sie lagerten. „Die Tölpel aus dem Dorf suchen uns. Aber das ist nicht wichtig. Wichtig ist, dass die Alte aufgebrochen ist. Ich garantiere dir, die ist unterwegs zu diesem Mischling." Er stand auf und kam zu seinem Kumpan. „Alles läuft nach Plan. Wir brauchen ihr bloß zu folgen." Triumphierend hielt er einen Knopf hoch. „Von ihrer Schürze. Selbst wenn wir sie nicht mehr sehen, können wir sie immer noch mit einem Finde-Zauber aufspüren."

Sein Blick ging zu ihren schwarzen Reittieren. Man hätte sie fast für Pferde halten können, wären da nicht die krallenbewehrten Tatzen an Stelle der Hufe, die beiden zusätzlichen Klauen unter dem Hals und das mit scharfen Raubtierzähnen versehene Gebiss gewesen. Rauch stieg aus ihren Nüstern, als sie schnaubten.

Unterwegs

Rulgo, Niesputz und Korbinian hatten Flussburg bereits nach wenigen Tagen hinter sich gelassen. Die Entscheidung, nicht in Flussburg zu übernachten, fiel ihnen relativ leicht, da sie die Fähre am Ewigen Strom bereits am frühen Vormittag erreichten. Gegen Mittag hatten sie die Stadt auf der gegenüberliegenden Seite wieder verlassen und bewegten sich durch die Wälder westlich des Grünhaiflusses. Zwischen dem Troll und dem Elf herrschte eine gespannte Atmosphäre. Während Rulgo keine Gelegenheit ausließ, seinen beiden Begleitern ständig zu erklären, was Elfen „von Natur aus" wären oder nicht könnten, machte Korbinian ihnen im Gegenzug begreiflich, was er von ihnen und ihren Freunden hielt. Und das zum Teil in recht drastischen Worten.

Sie folgten dem Nord-Süd-Handelsweg, der zunächst am Grünhaifluss entlangführte, um sie ein paar Tage später über eine Brücke auf die gegenüberliegende Seite zu führen. Das Gebiet der Elfen, die die Riesengras-Ebenen bewohnten, endete hier. Die Landschaft wurde vielgestaltiger und war dichter bewohnt. Im Westen erhoben sich Berge. Regelmäßig kamen sie an Bauernhöfen, kleinen Siedlungen und Dörfern vorbei. Öfter konnten sie jetzt auch in Wirtshäusern übernachten und mussten ihr Lager nicht mehr unter Bäumen aufschlagen. Eines der größeren Wirtshäuser auf ihrem Weg war der *Blutige Knochen*, eine heruntergekommene Kaschemme, die sie gegen Abend kurz vor Sonnenuntergang erreichten. Das Bier war fad, das Essen schlecht, aber Zimmer gab es, in denen sogar Trolle schlafen konnten und das gab den Ausschlag. Sie ließen sich ein großes Stück gebratenes Fleisch und Brot auf ihr Zimmer bringen. Von der angebotenen Suppe, die in einem Topf über dem Feuer in der Wirtsstube hing, nahmen sie nichts, da sie nicht erkennen konnten, welche Zutaten der Wirt für die Mahlzeit genutzt hatte. Betten waren in dem Zimmer nicht zu finden, aber schmierige Strohsäcke, die man nach Belieben zusammenschieben konnte. Hätte es draußen nicht ohne Unterlass geregnet, Rulgo, Korbinian und Niesputz wären gern wieder verschwunden. In seltener Einmütigkeit schlangen sie schweigend ihr ungewürztes

Fleisch herunter, aßen das Brot dazu und spülten den schimmeligen Geschmack des Brotes mit fadem Bier aus dem Mund.

„Da schmeckt Wasser bedeutend besser", grunzte Rulgo, schob sämtliche im Raum verteilten Strohsäcke mit den Füßen zusammen, schmiss sich auf sie und fiel sofort in den todesähnlichen Schlaf seiner Rasse, ohne Bewegung, ohne Schnarchen, schutzlos allem ausgeliefert, was sich ihm in böser Absicht nähern könnte.

Korbinian fluchte. „Trolle sind von Natur aus egoistisch!" Wütend zerrte er zwei der Strohsäcke unter dem Troll hervor, breitete seine eigene Decke darüber und legte sich ebenfalls hin. Niesputz rauchte am offen stehenden Fenster noch eine Pfeife, blickte sinnend in die Dunkelheit, in der der Regen gleichmäßig rauschte und rollte sich schließlich auf der Fensterbank zusammen. Kurz darauf schlief er leise schnarchend ein.

Als er mitten in der Nacht wach wurde, wusste er sofort, dass etwas nicht stimmte. Er lauschte, hörte aber nur das Plätschern des vorübergehend nachlassenden Regens. Dann erhob er sich und sah sich um. Korbinian war weg. Er wusste nicht, wie lange schon. Unruhig surrte Niesputz in die Luft, flog zur halb offen stehenden Tür und dort dem Gang folgend bis zur Treppe, die in die Wirtsstube führte. Er sah den Elf, wie dieser, am Tresen stehend, einige Worte mit dem Wirt wechselte und dann eine Münze über den Tisch schob. Als sich Korbinian umdrehte und auf die Treppe zuschritt, flog Niesputz rasch ins Zimmer zurück und legte sich wieder auf die Fensterbank. Leise betrat der Elf den Raum, schloss die Tür vorsichtig und schlich unhörbar zu seiner Schlafstelle. Erst, als er sich hinlegte, knarrte eine Diele und die Strohsäcke raschelten.

Niesputz knurrte, als sei er gerade erwacht. „Was schleichst du denn hier herum?", fragte er, Müdigkeit vorspielend.

„Ich musste mal. Das Bier – du verstehst?"

Nein, Niesputz verstand überhaupt nicht, antwortete aber auch nicht. Jedoch nahm er sich vor, Korbinian etwas genauer im Auge zu behalten. Falls der etwas im Schilde führte, dann sollte es ihm nicht gelingen. Zuerst musste dieser Elf an ihm, Niesputz, vorbei. Und das hatten bisher noch nicht viele geschafft.

Waltrude, Theodil und Baldurion Schönklang erreichten den *Blutigen Knochen* zwei Tage später. Ein Reitknecht führte die Ponys und das

Pferd in einen Stall, der aussah, als wäre er lange vor den großen Drummel-Drachen-Kriegen vor viertausend Jahren gebaut worden.

„*Hier* sollen wir übernachten?" Waltrude stand in der Eingangstür des Wirtshauses, die Hände in die Hüften gestemmt, als wolle sie sofort zufassen und das gesamte Haus säubern. „Das ist nicht euer Ernst!"

Theodil sah sich zweifelnd um. „Der Fuhrmann heute Morgen hat gesagt, dass der *Blutige Knochen* das einzige Rasthaus weit und breit ist."

Baldurion schob sich an den beiden Zwergen vorbei. „Auch wenn das Quartier nicht deinen Anforderungen entspricht, edle Zwergendame, so brauchen wir doch eine Unterkunft. Seit Tagen regnet es und wir haben keinen trockenen Faden mehr am Leib oder in unserem Gepäck. Zwei Zimmer für uns lassen sich hier bestimmt finden. Ich werde den Wirt fragen."

Waltrude und Theodil beobachteten von der Tür aus, wie Baldurion sich durch die verqualmte Schankstube schob und am Tresen ein Gespräch mit dem Wirt begann.

„Ich mag den Flötenmann nicht", knurrte die Zwergin. „Warum musstest du ihm sagen, dass wir nach Pilkristhal wollen?"

„Warum? Waltrude, du leidest unter Verfolgungswahn. Wieso sollte ich es ihm nicht sagen? Er will uns begleiten, dann hat er auch ein Recht zu erfahren, wo wir hinwollen."

„Und wenn der Herr Magier bei unserer Ankunft schon weg ist? Erzählen wir Balduin dann auch, was er vorhat?"

Der Zwerg schwieg und beobachtete, wie der Musikant dem Wirt ein paar Münzen über den Tisch schob. Blitzschnell ließ der Wirt die Münzen verschwinden. Über seinem dicken Bauch spannte sich ein ehemals weißes, ärmelloses und sehr fleckiges Etwas, das früher wahrscheinlich einmal ein Hemd gewesen war. Aus dem Brustausschnitt quoll graues Haar. Von seiner speckig glänzenden Halbglatze ringelten sich einige fettige Haarsträhnen bis zu den Schultern.

„Fehlt bloß noch, dass von seinen Haaren das Fett in die Suppe tropft", kommentierte Waltrude angeekelt.

Der Wirt schniefte und strich sich mit dem Handrücken unter der Nase entlang. Gleich darauf griff er mit derselben Hand hinter sich, nahm einen Suppenteller von einem schmierigen Wandbord und füllte ihn einem anderen Gast auf, während er zu Baldurion sprach.

„Uäks!" Waltrude schüttelte sich. „Ich jedenfalls esse hier nichts. Wir haben noch Proviant und können in den nächsten Tagen bei einem Bauern unterwegs etwas kaufen."

Baldurion kam zurück. „Der Wirt erinnert sich an einen Troll, einen Elf und einen kleinen, grünen Kerl, die vor zwei oder drei Tagen hier durchgekommen sind. Sie haben übernachtet und sind nach Sonnenaufgang und einem reichhaltigen Frühstück am nächsten Morgen weitergezogen."

„Was denn nun? Zwei oder drei Tage?" Waltrude funkelte ihn ungehalten an.

„Das weiß er nicht mehr so genau."

„Aber an das reichhaltige Frühstück, daran erinnert er sich noch?"

„Ja, weil der Elf extra noch einmal herunterkam und das Frühstück für den nächsten Tag bestellt hat."

„Was ist mit den Zimmern?", fragte Theodil.

„Wir haben zwei Räume, einen für die Dame und einen für uns beide."

Waltrude stapfte die Stufen der altersschwachen Treppe nach oben. Sie verdrehte übertrieben die Augen, hatte die Oberlippe über die Zähne gezogen und äffte den Musiker nach. „Wir haben zwei Zimmer. Eines für die Dame." Wütend schüttelte sie den Kopf. „Wann begreift dieser Gargylendrecksammler, dass Zwergenfrauen keine Damen sind?" Gargyle waren für sie die furchtbarsten Lebewesen, seit die beiden Kopfgeldjäger im letzten Jahr auf diesen Tieren in Drachenfurt aufgetaucht waren.

Am nächsten Morgen, als sie das Rasthaus verließen, hatte der Regen endlich aufgehört.

Abends betraten zwei neue Gäste den Schankraum: Sergio die Knochenzange und Claudio Bluthammer. Wortlos setzten sie sich an einen der freien Tische, weitab von Zwergen, Menschen und anderem Gesindel, das sich in der Schankstube herumtrieb. Diensteifrig eilte der Wirt herbei und wischte mit einem Lappen von undefinierbarer Farbe und unbestimmbarem Alter die schmierige Tischplatte ab, deren Sauberkeit sich nach diesem symbolischen Vorgang um keinen Deut gebessert hatte.

„Die Herren wünschen?"

Sergio schnippte mit dem Daumen eine Münze aus der Hand in die Luft und fing sie geschickt wieder auf. Die Augen des Wirtes waren gierig dem goldenen Glitzern gefolgt.

„Essen? Trinken? Ein Zimmer?" Er senkte verschwörerisch die Stimme. „Gesellschaft?"

„Essen und Trinken und ein Zimmer", antwortete der Minotaurus. „Aber nicht den gleichen Fraß, den du deinen anderen Gästen anbietest!"

Der Wirt nickte, dass man denken konnte, sein Kopf würde bald abfallen. Er verbeugte sich und wollte gehen.

„Halt!", herrschte Sergio ihn an. „Warte!"

Der Wirt blieb stehen, legte den Kopf schief und musterte die beiden Gäste abwartend.

Sergio legte die Goldmünze auf den Tisch und senkte jetzt seinerseits die Stimme. „Vor einigen Tagen sind zwei Gruppen von Reisenden hier durchgekommen. In der einen müsste ein Troll und ein Elf gewesen sein, in der anderen eine alte, fette Zwergin."

Der Wirt nickte zögernd. „Und?"

„Hat man für uns eine Nachricht hinterlassen?"

„Eine Nachricht?" Nachdenklich starrte der Wirt auf die einzelne Goldmünze, die auf der Tischplatte lag. Sergio legte eine zweite daneben. Wie nebenbei strich die Hand des Wirtes über den Tisch und die Münzen verschwanden.

„Pilkristhal. Er hat gesagt, ich soll euch ausrichten: Sie wollen nach Pilkristhal und den Magier dort treffen."

„Mehr hat er nicht gesagt?"

Der Wirt schüttelte den Kopf und verschwand in Richtung Tresen.

Sergio lehnte sich zufrieden zurück, verschränkte die Hände hinter seinem mächtigen Stierschädel und grinste breit. „Na also! Klappt doch."

Alles lief, wie er es geplant hatte.

„Pilkristhal?" Der Bauer schüttelte den Kopf. „Zu Fuß und mit dem Pferd könnt ihr das vergessen. Die Herbstregenfälle haben den Wasserdrachen-Fluss viele Tagesreisen weit über die Ufer treten lassen, schlimmer, als all die Jahre zuvor. Da kommt keiner durch." Er packte Rulgo und Korbinian die gekauften Vorräte ein und reichte ihnen die Pakete. „Das passiert jedes Jahr. Ihr müsst einfach einen bis zwei Mondzyklen warten, dann wird das Land wieder passierbar."

„Jetzt könnten wir eine Karte gut gebrauchen", knurrte der Troll ratlos. „Wir müssen unbedingt nach Pilkristhal."

„Trolle können Karten lesen?", stichelte Korbinian, wurde aber ignoriert.

Der Bauer, ein gutmütiger, älterer Mann, kratzte sich nachdenklich am Hinterkopf. „Also, wenn das unbedingt sein muss, dann geht nach Holzhafen. Das ist die Siedlung der Flößer am Heißen Strom, etwa sechs Tagesreisen von hier Richtung Westen. Die können euch für ein paar Goldmünzen ein ganzes Stück den Fluss abwärts nach Süden bringen, bis auf Höhe der Calonischen Weinberge, da gibt es eine Fähre. Dort geht an Land, ihr müsstet dann das Überschwemmungsgebiet hinter euch gelassen haben. Eine Straße führt euch direkt nach Pilkristhal. Ich schätze, von da braucht ihr nicht mehr als zehn oder zwölf Tage."

„Pilkristhal? Ihr auch?" Der Bauer sah Waltrude, Theodil und Baldurion erstaunt an. „Ich habe es vor zwei Tagen schon jemandem empfohlen. Die Flößer am Heißen Strom haben momentan nichts zu tun. Gegen ein paar Goldmünzen bringen die euch den Fluss hinunter bis zur Fähre an den Calonischen Weinbergen. Von dort ist der Weg nach Pilkristhal wieder frei, glaube ich."

„Wem habt ihr es denn empfohlen, guter Mann?" Baldurion wedelte mit dem rechten Arm, als wolle er sich verbeugen. Der Bauer hob erstaunt die Augenbrauen. In seinen Blick trat ein leiser Zweifel an der Intelligenz des Musikanten.

„Was heißt hier ‚guter Mann'? Ich bin ein Bauer und verkaufe meine Waren an Durchreisende und Händler. Und was soll das Gefuchtel mit dem Arm?"

„Lass mal." Waltrude rutschte von ihrem Pony. „Der ist nicht ganz richtig im Oberstübchen", flüsterte sie dem Bauer zu. „Waren die anderen vielleicht so ein spitzohriger Galgenstrick, ein trampeliger Troll und ein kleiner, fliegender Mann?"

Der Bauer nickte. „Freunde von euch?"

„Nun, nicht unbedingt", entgegnete Waltrude. „Ich würde sie eher als entfernte Bekannte bezeichnen. Welchen Weg sind sie gegangen?"

„Es gibt nur einen Weg nach Holzhafen." Er wies auf die nach Westen führende Straße. „Passt aber auf. Gegen Abend erreicht ihr eine Weggabelung. Nehmt den linken Weg, den südlichen. Wenn ihr falsch abbiegt, dann kommt ihr nach Wellenruh. Das ist auch eine Flößersiedlung, sie liegt aber viel weiter stromaufwärts. Für euch würde das einen Umweg von mindestens sechs bis sieben Tagen bedeuten."

Waltrude bedankte sich und während Theodil die gekauften Vorräte in ihre Satteltaschen packte, bestieg Waltrude wieder ihr Pony. „Was ist, Theodil? Wie lange brauchst du noch für die paar Brote und das Fleisch? Wir müssen schneller werden, sonst holen wir sie nie ein."

Sergio und Claudio knurrten unwillig. „Das kostet uns viele Tage!", fauchte der Gnom den Bauern an, als ob dieser etwas für die Herbstüberschwemmung konnte. „Wieso sollen wir nach Wellenruh? Holzhafen liegt viel näher."

„Weil", erklärte der Bauer geduldig, „die Flößer von Holzhafen beim alljährlichen Herbstflößerfest in den Calonischen Weinbergen sind. Ihr werdet in Holzhafen nicht einen Flößer finden, der euch den Heißen Strom herab bringt."

„Und warum sind die Wellenruher Flößer nicht bei dem Fest?"

„Die feiern ihr eigenes, in etwa zwanzig Tagen. Die Wellenruher waren noch nie zum Flößerfest in den Calonischen Bergen." Der Bauer sah die beiden Magier an. Sie hatten es nicht einmal für nötig gehalten, abzusteigen, als sie Brot, Fleisch und Wein für ihre Proviantsäcke orderten und ihn dann nach dem besten Weg nach Pilkristhal und anderen Reisenden in diese Richtung ausfragten. Er hatte ihnen den dreifachen Preis abverlangt und, weil sie sich so überheblich gebärdeten, den schlechtesten Wein, das älteste Fleisch und hartes Brot in ihre Proviantsäcke gepackt. Vermutlich waren sie hinter dem Troll, dem Elf und den Zwergen her, würden also nicht so bald wieder hier vorbeikommen. Solche Typen konnte er „besonders gut" leiden.

„Woher wissen wir, dass du die Wahrheit sagst?", zischte der Gnom.

„Oh", der Bauer blieb ganz ruhig. „Wenn ihr mir nicht glaubt, dann geht ruhig nach Holzhafen. Der Weg nach Wellenruh wird für euch aber dann fünf", er sah sich die Reittiere der zwei Magier an und korrigierte sich, „nun vielleicht drei Tage länger werden."

„Die anderen …?", grollte der Minotaurus.

„… sind auch nach Wellenruh gegangen", ergänzte der Bauer seelenruhig.

Das gab den Ausschlag. Sergio und Claudio machten sich auf den Weg nach Wellenruh – in aller Ruhe, schließlich waren ihre einäugigen Drago-Zentauren bedeutend schneller als all die Ponys und Pferde, die die Zwerge, Elfen und Menschen ritten.

Die Offenbarung des Verrückten von Pukuran

Barella und Bandath reisten in der Zwischenzeit zum Berg Go-Ran, auf dem sich die Magierfeste Go-Ran-Goh befand. Als sie dort nach vier Tagen ankamen, herrschte Schweigen zwischen ihnen, ein unangenehmes, unfreundliches Schweigen. Bandath gab sich selbst die Schuld, wusste aber nicht genau, worin diese bestand. Er vermutete, dass die letzte ausführliche Unterhaltung dazu beigetragen hatte. Es hatte ganz simpel begonnen, wie es immer begann, wenn er mit Barella ins Streiten kam. Sie hatten sich über Korbinian unterhalten und waren sich einig gewesen. Da es bei langen Reisen oft so ist, dass das Gespräch von einem Punkt zum nächsten kommt, sich sozusagen verselbstständigt, kamen sie über Korbinian, Rulgo und Theodil schließlich zu Waltrude. Die alte Zwergin hatte besonders Bandath die letzten Tage sehr schwer gemacht. Trotzdem kam Barella, als er von seiner Haushälterin sprach, nicht umhin zu bemerken: „Du magst sie trotzdem sehr, nicht wahr?"

Bandath schwieg einen Moment, in dem ihre Reittiere den letzten steilen Abhang der Drummel-Drachen-Berge hinter sich ließen, bevor er antwortete. „Waltrude war die Hebamme, die meiner Mutter bei der Geburt half. Als meine Mutter dann später krank wurde und starb, kam Waltrude in das Haus meines Vaters und führte ihm den Haushalt. Ich sah, wie sie ihm bei seiner Trauer half. Sie erzog mich, entdeckte meine magische Begabung und sorgte dafür, dass ich nach Go-Ran-Goh gehen konnte. Nicht ohne mir in meiner Kindheit zuvor ausgiebig den Hintern zu versohlen, wenn ich es verdient hatte."

„Hattest du es oft verdient?"

Bandath lachte auf. „Oh ja. Frage lieber nicht. Aber sie nahm mich auch in Schutz, wenn ich ihn brauchte. Waltrude war einfach immer da. Verstehst du?"

Barella nickte. „Wie meine Mutter."

„Ja. Nur das meine Mutter starb, als ich fünf Jahre alt war."

„Aber manchmal kann Waltrude ganz schön anstrengend sein."

Bandath sah Barella erstaunt an. „Das sagst *du*? Du kannst doch gar nichts falsch machen. Im Gegenteil. Seit du da bist, habe ich eher den Eindruck, dass sie noch mehr auf mir herumhackt. Wie neulich Abend zum Beispiel, als du mit Korbinian aus dem Wirtshaus gekommen bist. Bis Mitternacht hat sie gezetert. Aber nicht mit dir, nein, ich allein habe den ganzen Frust abbekommen. Ihr passte einfach nicht, dass wir sie so kurz vor dem Winter allein lassen. Aber was soll schon passieren? Wir wohnen doch nicht mehr mitten im Wald, wie noch vor einem Jahr. Wenn sie Hilfe braucht, dann hat sie ein ganzes Dorf voller Menschen, Halblinge und Zwerge." Bandath schüttelte den Kopf. Er bemerkte gar nicht, wie sehr er sich in Rage redete. „Oder neulich. Weißt du, was sie mich da fragte?"

Barella verneinte.

„Sie wollte wissen, wann ich denn nun endlich gedenke, dich zu heiraten. Kannst du dir das vorstellen?"

„Und, was hast du geantwortet?"

Ihm fiel nicht auf, dass sich Barellas Tonfall geändert hatte. War er bisher unbeschwert gewesen, bekam er nun fast schon etwas Lauerndes.

„Was schon? Wieso sollen wir durch eine Heirat alles komplizierter machen? Es ist doch gut so, wie es ist. Du lebst bei mir, wir mögen uns. Fertig."

„Fertig?"

„Fertig", bestätigte er noch einmal.

„Es ist alles so, wie es sein soll?"

Bandath fiel der mittlerweile leicht eisige Unterton in Barellas Stimme immer noch nicht auf. „Na klar! Warum heiraten? Außerdem ist Waltrude doch allen Ernstes der Meinung, dass eine Frau gefragt werden will – vom Mann. Kannst du dir das vorstellen?" Bandath schüttelte über so viel Unvernunft erneut den Kopf. „Wir und heiraten …"

In diesem Sinne hatte er noch gut eine halbe Stunde weitergeredet, ohne dass ihm auffiel, dass Barella immer stiller geworden war. Als er es dann doch bemerkt und sie gefragt hatte, was denn sei, hatte sie nur mit einem Wort geantwortet: „Nichts!" Allerdings in einem Ton, der ihm deutlich machte, dass doch etwas im Argen lag. Was allerdings, müsse er schon selbst herausfinden.

Er fand es nicht heraus, da Barella an diesem Tag kein Wort mehr mit ihm sprach. Abends, nachdem sie ihr Lager aufgeschlagen, ein Feuer angezündet und gegessen hatten, breitete sie nicht, wie gewohnt, ihre Decke neben der seinen aus. Sie legte sich auf die andere Seite des Feuers.

„Kannst du mir bitte sagen, was ich jetzt wieder für einen Fehler gemacht haben soll?", hatte er daraufhin gefragt.

„Lass mich einfach in Ruhe", fauchte sie zurück und schloss die Augen. Obwohl sie natürlich nicht sofort einschlief, wie er an ihren Atemzügen erkennen konnte.

Die Unterhaltung an den nächsten Tagen beschränkte sich auf das Wesentliche. Es hatte sich bei ihnen eingebürgert, dass Barella die Mahlzeiten bereitete (sie konnte bedeutend besser kochen als der Magier) und er sich um das Feuer und den Abwasch ihres Essgeschirrs kümmerte. Dabei blieb es auch. Nur ihre Unterhaltungen schliefen ein. Barella war wegen irgendetwas, das Bandath gesagt hatte, sauer auf ihn – und zwar richtig sauer. Und allmählich griff diese Stimmung auch auf den Magier über.

Sollte sie doch sagen, welche Laus ihr über die Leber gelaufen war. Er war ein Magier, aber doch kein Gedankenleser. Hatte er sie irgendwie verletzt, dann konnte sie ihm das mitteilen und nicht alles in sich hineinfressen. Davon würde es auch nicht besser werden.

Die Zwelfe aber sagte nichts, antwortete auf seine Fragen einsilbig und sprach ihn von sich aus nicht an. Vergebens zerbrach sich Bandath den Kopf über den Grund. Als sie nach ein paar Tagen Go-Ran-Goh erreichten, war das Schweigen fest wie Erde, auf die mehrere Monde lang kein Wasser gefallen war.

Die Magierfeste erhob sich weit oben an der Flanke des Go-Ran, eines einsam stehenden Massivs. Der gewaltige Berg aus Kalkstein, die Flanken öde und leer, nur mit wenigen Bäumen bewachsen, die sich krumm und ängstlich an die Steine schmiegten, beherrschte das Land südwestlich des Drummel-Drachen-Gebirges. Am Fuße des Go-Ran dehnten sich Blutbuchenwälder, die jedoch recht schnell in Bereiche übergingen, die von Krüppelholz beherrscht wurden. Zerschnitten von Pfaden, die aus allen Richtungen auf die Feste zuführten, erstreckte sich die karge Öde der geröllübersäten Hänge. Die Spätherbstsonne tauchte den Hang in helles Licht. Ein mächtiges stählernes Tor öffnete sich nur für Magier und ausgewählte Besucher. Die Mauer aus grauem Stein schien nahtlos aus dem Berg zu wachsen, gekrönt von Zinnen, die jeden Angreifer, wenn es einen solchen gegeben hätte, abgeschreckt hätten. Hinter der hohen Mauer ragte das zentrale Gebäude der Feste hervor, das mit mehreren Seitenflügeln, etlichen Türmen, Hunderten von Erkern und Balkonen und mehreren hundert Fenstern versehen war. Überdachte Brücken überspannten den Abgrund zwischen den Türmen. Seit Tausenden von Jahren wurden in Go-Ran-Goh Magierschüler ausgebildet. Eine Gruppe hochrangiger Magier, der Ring, wie sie sich nannten, wählte unter den Bewerbern die aus, die in der Feste lernen durften. Verließen sie sie nach einer mehrjährigen Ausbildung, wurden sie automatisch Mitglied in der Magiergilde. Man erkannte sie an ihren Magierstäben, die meist ebenso groß wie ihre Träger waren. Bandath hatte seine Lehre vor vielen Jahren abgeschlossen, so erfolgreich, dass der Weise Romanoth Tharothil, der Schulleiter der Magierfeste, ihm einen Platz als Lehrer auf Go-Ran-Goh angeboten haben soll, so munkelte man. Aber das war schon fast hundert Jahre her. Der Zwergling jedoch hatte abgelehnt. Seiner Meinung nach verschanzte sich der Ring der Magier in der Feste. Diese Leute lebten ein Leben weitab von den täglichen Sorgen und Problemen der Bewohner in den umliegenden Ländern. Sie lehrten, wie ihre Vorgänger vor tausend Jahren gelehrt hatten. Nie durfte etwas Neues ausprobiert werden. Nur die alte Magie war gut und richtig, außerhalb dessen gab es nichts.

Es war ja nicht so, dass die alte Magie nichts taugte. Was aber, wenn sie eines Tages nicht mehr ausreichen würde? Solche Fragen aber durften auf Go-Ran-Goh nicht gestellt werden. Eine Änderung der Methoden auf der Feste oder gar der Ansichten der Magier dort schien weiter entfernt als der Mond, der in diesem Moment über dem Gipfel des Go-Ran stand.

Als Bandath weit unterhalb der Feste nach Süden abbog und an der Bergflanke entlangzog, anstatt zur Feste emporzusteigen, brach Barella doch das Schweigen.

„Ich dachte, du willst nach Go-Ran-Goh? Könntest du Planänderungen bitte mit mir absprechen!"

„Es gibt keine Planänderung. Wenn du mit mir reden würdest, dann hätte ich dir schon lange erklären können, dass die Bibliothek der Magierfeste etwas außerhalb der Burg in einer Höhle im Berg liegt und über einen zweiten Eingang verfügt. Nur wenige kennen ihn. Ich will aus naheliegenden Gründen nicht durch die Burg. Allein in die Bibliothek zu müssen, reicht mir völlig."

Barella musste zugeben, dass sie seine Gründe nachvollziehen konnte. Während ihrer Suche nach dem Erd-Drachen im letzten Jahr war Bandath durch den Ring ständig gegängelt worden. Permanent bestanden sie darauf, dass er mit dem Diamantschwert zur Feste zurückkehren müsste. Sie würden schon einen Weg zur Lösung ihrer Probleme finden. Natürlich fanden sie keinen Weg und selbstverständlich war Bandath ihren Anweisungen nicht gefolgt und am Ende trotzdem – oder gerade deshalb – erfolgreich gewesen. Das hatte die Magier des Rings, allen voran den weisen Romanoth Tharothil, mächtig verärgert. Kein Wunder also, dass der Zwergling, auch wenn sich seine Handlungen letzten Endes als richtig erwiesen hatten, einer Begegnung möglichst aus dem Weg gehen wollte. Allerdings würde es nicht ganz ohne Begegnung mit einem Magier abgehen. Bandath hatte Barella bereits am Anfang ihrer Reise erzählt, dass sie sich mit Bethga würden einigen müssen. Sie war die Meisterin der Bücher auf Go-Ran-Goh. Auf Grund der exponierten Lage der Bibliothek hielt sie sich für etwas Besonderes. Kein Mitglied des Rings durfte ihr Anweisungen erteilen, auch wenn sie selbst dem Ring nicht angehörte. Sie entschied in der Bibliothek, und was sie entschied, geschah.

Nun gut, ein zweiter Eingang war für Bandath sehr praktisch, dachte Barella. *Aber musste er ihr das so von oben herab mitteilen?*

Der steinige Pfad wand sich halb um den Berg herum und stieg dann erneut an. Weit unter ihnen fiel der Hang des Berges in eine Ebene ab, in der das blaue Band des Ewigen Stroms schimmerte. Sie konnten eine Insel im Strom erkennen, die Geierinsel. Gnome betrieben dort eine Fähre.

Bandath führte sie bis zu einem kleinen Absatz. Dort hielt er an und stieg von Dwego.

„Du wirst hier mit den beiden warten müssen. Nicht-Magiern ist das Betreten der Bibliothek verboten."

„Ach ja! Ihr und euer elitärer Kreis. Lass dir ruhig Zeit. Wir *Normalen* fühlen uns ganz wohl, wenn euresgleichen nicht da sind und versuchen, für Ordnung zu sorgen."

Wortlos ließ Bandath die Zwelfe stehen. *Versteh einer die Frauen*, dachte er bei sich. Was sollte das nun wieder? Lange konnte er allerdings nicht grübeln. Die letzten Schritte des Aufstieges forderten seine uneingeschränkte Konzentration. Nicht nur lose Steine und der steile Hang, auch magische Fallstricke, getarnte Gruben und unsichtbare Eindring-lings-Zermalmer säumten den Weg. Letztendlich stand er jedoch vor einer senkrechten Felswand, murmelte einen Spruch, hob seinen Magier-stab etwas an und trat durch den Fels hindurch als wäre er Nebel.

Als Bandath die Bibliothek der Magierfeste Go-Ran-Goh betrat, nahm ihn sofort wieder die eigentümliche Atmosphäre gefangen, die ihn schon immer in diesen unterirdischen Räumen in ihren Bann gezogen hatte. Niemand wusste, wie es Bethga, der Meisterin der Bücher, gelang, diese Höhlen trocken zu halten. Wahrscheinlich setzte sie eine ordentliche Portion Magie ein, um hier ein Klima zu schaffen, das es gestattete, Bücher, Papyri, Pergamentrollen und ähnliches Hunderte von Jahren aufzuheben.

„Bandath." Die zischende Stimme der Meisterin ertönte hinter ihm. „Niemand hat mich über dein Kommen unterrichtet."

Der Magier fuhr herum. Bethga hing hinter ihm an einem langen, klebrigen Faden, den sie an der Decke befestigt hatte. Acht ihrer zehn Spinnenbeine – jedes einzelne war mindestens dreimal so lang wie Bandath groß war – klammerten sich an den Faden, die anderen beiden bewegte sie langsam in der Luft, als wolle sie Bandath fassen und in einen dicken Kokon aus Spinnenfäden einwickeln. Ihr schwarz-roter Insektenkörper glänzte im Licht der Leuchtkristalle, die überall hier in den Wänden eingelassen waren. Bethgas Gesicht jedoch war menschlich. Über einer spitzen Nase funkelten ihn zwei kleine, schwarze Augen böse an. Bandath konnte sich nicht erinnern, sie jemals anders als *böse* funkeln gesehen zu haben. Die schmalen Lippen über dem eckigen Kinn hatten unentwegt verkniffen herabgezogene Mundwinkel. Ihr streng nach hinten gebundenes Harr war glatt und schimmerte schwarz. Nicht menschlich jedoch war die Farbe der Haut. Ein blasses, ungesundes Blau überzog das Gesicht von der hohen Stirn bis zum Kinn, aus dem einzelne borstige Haare sprossen.

Bethga war eine Yuveika – eine Spinnendame. Ihr menschliches Gesicht passte nicht zu dem Insektenkörper, war aber typisch für alle Vertreter dieser Rasse. Die Yuveika lebten zurückgezogen in einem Land, weit im Nordwesten der Drummel-Drachen-Berge. Fast alle anderen Völker übertrugen den ihnen anhaftenden Widerwillen gegen Spinnen automatisch auch auf die Yuveika und mieden den Kontakt zu ihnen. Bethga bildete, soweit Bandath wusste, eine Ausnahme. Sie war die einzige Magierin ihres Volkes, die sich je auf Go-Ran-Goh hatte ausbilden lassen. Unter den Schülern hatte die Meisterin der Bücher einen üblen Ruf. Es geschah nicht selten, dass sie einen Magierschüler, der gegen die strengen Regeln der Bibliothek verstieß, packte, in einen Kokon aus klebrigen Fäden einspann und mehrere Tage an die Decke der Bibliothek hängte. Bandath selbst hatte öfter mit dem Kopf nach unten in der Bibliothek gehangen, als ihm lieb gewesen war.

„Sei gegrüßt, Bethga", sagte Bandath und neigte zum Gruß den Kopf, ohne die Yuveika aus den Augen zu lassen.

„Wieso weiß ich nichts von deinem Kommen?", wiederholte Bethga. Sie erwiderte den Gruß des Magiers nicht. Höflichkeit gehörte nicht zu ihrem normalen Verhalten.

„Ich bin nur zu dir in die Bibliothek gekommen."

„Das heißt, der Ring der Magier weiß nichts von deinem Erscheinen?"

Ich hoffe nicht, dachte Bandath, sagte aber: „Ich glaube nicht."

„So? In dem Falle: Was willst du?" Bethga zischte. Es schien ihr Spaß zu machen, den Magiern oben in der Feste etwas vorauszuhaben.

„Ich bin auf dem Weg in die Todeswüste, zur Oase Cora-Lega ..."

„Oh", unterbrach sie ihn. „Der kleine Magier will den großen Dämonenschatz heben. Ist deine Gier nach Gold so übermäßig geworden, dass du in den sicheren Tod rennen willst?"

„Ich glaube nicht, dass mich dort der Tod erwartet."

Bethga schwieg und musterte Bandath interessiert. „Nun", sagte sie dann, „möglicherweise könntest du recht haben. Es hat auch niemand damit gerechnet, dass du mit deiner kleinen Freundin lebend aus den Tiefen des Drummel-Drachen-Gebirges zurückkommst."

Der Magier sah der Spinnenfrau fest in die Augen. „Ich brauche Informationen zur Todeswüste und der Oase – und alles, was du über den Dämonenschatz hast."

Sie ließ sich vom Faden fallen, drehte sich in der Luft und landete, auf ihren Beinen wippend, vor Bandath auf dem Boden. „Komm mit!" Rasselnd huschte sie durch die Gänge, so dass der Magier Mühe hatte, ihr zu folgen. Dabei lief sie sowohl auf dem Boden als auch an den Regalen entlang oder an der Decke. Rechts und links an den Wänden befanden sich Regale, voll mit alten und uralten Folianten, Büchern und Urkunden. Papyrusrollen stapelten sich neben Tontafeln mit eingeritzten Zeichen nach einem System, dass sich nur Bethga erschloss. In unregelmäßigen

Abständen hingen die klebrigen Seile der Spinnendame von der Decke. Suchte man hier etwas zu einem bestimmten Thema, kam man ohne ihre Hilfe nicht aus. Es konnte passieren, dass man für die Beantwortung einer einzigen Frage zwei Bücher mit ähnlichen Inhalten brauchte, die Bethga aus Regalen an entgegengesetzten Enden der Bibliothek klaubte. Zielsicher führte sie den Magier durch Gänge, Kammern, Treppen herauf und Leitern herab, durch einen Saal, von dem er sicher war, dass er ihn noch nie gesehen hatte, bis in einen winzigen Raum. Wie der Rest der Bibliothek war er mit Regalen vollgestellt, deren Fächer bis zur Decke mit Büchern, Folianten, Papierrollen und Wälzern gefüllt waren.

„Cora-Lega soll es also dieses Mal sein?" Ihr menschlicher Kopf nickte, als würde er jeden Moment abfallen. „Kleiner ging es wohl nicht?"

Sie zischte wie eine Schlange. „Obwohl, wer schon das ganze Gebirge mit all seinen kleingeistigen Bewohnern gerettet hat, der kann sich auch an die Geisteroase und den Dämonenschatz wagen." Sie kletterte flink an einem der Regale empor. „Wie fühlt man sich so, als Held?"

Bandath reagierte nicht auf ihre Stichelei. „Hast du jetzt etwas über Cora-Lega, die Oase oder den Dämonenschatz?", wiederholte er seine Bitte.

Bethgas Kichern klang spöttisch. „Jaja. Immer fordert ihr alle was von der alten Bethga." Sie zog zwei Rollen aus einem der oberen Fächer und kletterte wieder am Regal zu Bandath herunter.

„Was meinst du? Wie würden die Magier oben reagieren, wenn sie wüssten, dass du hier bist?"

Bandath zuckte mit den Schultern. „Was sollen sie schon machen?" Er sah auf die Dokumente, die Bethga in ihren Klauen hielt.

„Nun, es gibt Stimmen, die verlangen, dass du aus der Magiergilde ausgeschlossen wirst."

Jetzt war Bandath doch überrascht. Sein Blick wanderte von den Papierrollen weg zu ihrem blauen, gefühllos wirkenden Gesicht. In ihre Augen trat ein Ausdruck, als würde sie sich über Bandaths Reaktion freuen, als liebte sie es, die Überbringerin schlechter Nachrichten zu sein.

„Damit hast du nicht gerechnet, oder?", zischte sie wie eine Schling-Würg-Natter, die das Opfer mit ihrem starren Hypnoseblick festhielt. „Du hast nur noch drei Magier hinter dir: Der weise Romanoth Tharothil persönlich, der Schulleiter unserer heiß geliebten Magierfeste, steht zu dir, wenn auch nicht mehr uneingeschränkt und obwohl keiner seine Haltung nachvollziehen kann. Moargid, die Heilmagierin ist sowieso auf deiner Seite, seit sie damals deine Verbrennungen auf dem Rücken kuriert hatte. Na, und selbstverständlich Malog der Troll, der Pförtner." Sie spuckte das letzte Wort förmlich aus. „Ich habe nie begriffen, warum man den Pförtner zum Mitglied des Inneren Ringes macht, die Meisterin der Bücher aber nicht. Ein typisches Beispiel dafür, dass Zweibeiner gegen alles und jeden zusammenhalten, egal wie zuwider sie einander auch sind." Ihr Blick wanderte kurz zur Decke, als würden direkt darüber die von ihr verachteten Mitglieder des Inneren Ringes sitzen. Dann kehrte er zu Bandath zurück.

„Ich sage dir, wenn der Ring der Magier dort oben erfährt, dass du in der Bibliothek warst, ohne ihrer dringenden Einladung in die Feste gefolgt zu sein …"

„Von wem sollten sie es erfahren?", unterbrach Bandath den Redefluss der Spinnendame.

„Du müsstest wissen, dass sie fast immer herausbekommen, wo sich ein Magier aufhält, wenn sie das wissen wollen!"

„Im Moment interessieren sie sich nicht für mich, sie haben vor mehreren Mondzyklen aufgegeben, mich in die Magierfeste zu *bitten*. Woher also sollten sie es wissen?"

„Von mir, kleiner Magier", flüsterte die Yuveika. „Von mir! Von wem denn sonst?" Ihre funkelnden Augen ließen keinen Zweifel daran, dass ihr genau das Spaß machen würde.

Bandath fluchte innerlich. Das sah dieser verknöcherten, vergreisten und weltfremden Ansammlung alter Magier in der Feste über ihnen wirklich ähnlich. Nicht das Ergebnis zählte für sie. Immerhin hatte er, Bandath der Zwergling, mit Hilfe seiner Freunde das ganze Drummel-Drachen-Gebirge gerettet. Nein, für die war nur wichtig, dass er sich von ihnen nicht hatte gängeln lassen, dass er noch nie so gehandelt hatte, wie sie es ihm von ihrer sicheren Feste aus vorschreiben wollten. Vielleicht sollte er wirklich die *Einladung* des Inneren Ringes nicht weiter ausschlagen und ihnen einmal ausführlich darlegen, wie die Dinge im letzten Jahr gelaufen waren.

Aber vorher musste er mit Barella nach Cora-Lega. Versprochen war versprochen. Sie hätte kein Verständnis dafür, wenn er jetzt für mehrere Tage auf Go-Ran-Goh bliebe.

„Was ist nun, Bethga? Hast du etwas über Cora-Lega für mich?"

Die Spinnendame kicherte. „Das Thema passt dir nicht, was? Nun, du wirst schon sehen. Ich denke, hier kommen noch ganz große Probleme auf dich zu. Du weißt genau: Wenn du erst aus der Magiergilde ausgeschlossen bist, dann hast du keinen Zugang mehr zur Bibliothek und brauchst von Go-Ran-Goh keinerlei Hilfe mehr zu erwarten."

„Cora-Lega!", erinnerte Bandath mit drängender Stimme an den Grund seines Besuches.

Bethga hielt die beiden Papierrollen hoch. Sie sahen uralt aus. „Die eine ist mehr als zweitausend Jahre alt und von einem gewissen Ib-Allo-Gandor. Er behauptet, in Cora-Lega gewesen zu sein. Allerdings ist sie in Alt-Baldit geschrieben. Kannst du das lesen?"

„Mühsam, aber es geht."

„Die andere ist nur fünfhundert Jahre alt. In ihr berichtet ein Schreiber des Meisters der Stadt Pukuran über einen Verrückten, der angeblich eine Offenbarung gehabt haben soll. Pukuran wurde kurz nach der Niederschrift dieses Ereignisses durch einen unglaublichen Sandsturm aus der Todeswüste zerstört. Die Rolle wurde erst vor fünfzig Jahren gefunden." Sie reichte Bandath unwillig die beiden Stücke. „Du hast eine Stunde. Keine Notizen, keine Abschriften."

Bandath nickte. Er würde sich weder Notizen noch die Mühe machen, die Dokumente abzuschreiben. Bethga funkelte ihn misstrauisch an, kletterte an einem der Bücherregale hoch und hangelte sich an der Decke, den Kopf nach unten hängend, aus dem Raum.

„Eine Stunde!" Ihre Stimme hallte durch die Gänge zu Bandath.

Der Magier rollte zuerst den Bericht Ib-Allo-Gandors auf dem kleinen, in der Mitte des Raumes stehenden Tisch aus. Die zweitausend Jahre alte Rolle knisterte besorgniserregend. Als Bandath Bethga gesagt hatte, er könnte Alt-Baldit mühsam übersetzen, war das geschmeichelt gewesen, sehr geschmeichelt. Selbstverständlich konnte er als Magier eine ganze Menge alte und ausgestorbene Sprachen, schon deshalb, weil viele Sprüche in diesen Sprachen abgefasst waren und man die Sprüche verstehen musste. Auswendiglernen half bei Magie nicht viel. Alt-Baldit gehörte allerdings nicht zu diesen Sprachen und so beschränkten seine Kenntnisse sich auf wenige Worte. Die Rolle war so lang wie sein Arm und sehr eng mit einer kleinen, feinen Handschrift beschrieben. Zügig überflog er den Inhalt. Mehrmals tauchten die Worte Cora-Lega auf. Verschiedene Städte wurden genannt, die rund um die Wüste lagen, von denen die meisten allerdings schon lange nicht mehr existierten. Ein paar Mal wurde auch Pukuran erwähnt, öfter, als andere Städte. Noch häufiger fand er allerdings die Worte Gero-Scha und Scha-Gero, beides Worte, die mit Dämon übersetzt wurden, falls er sich nicht irrte. Auch die Entsprechungen für Sonne, Nacht, Wüste und Tod fand er – Tod weitaus häufiger, als ihm lieb war. Scho-Bakka war ein weiteres Wort, das sich großer Beliebtheit erfreute und an einigen Stellen sogar unterstrichen und fetter geschrieben war als der Rest des Textes. Dessen Bedeutung kannte der Magier allerdings nicht.

Genervt strich er sich über den Kopf. Das war nicht sehr fruchtbar. Er lauschte in den Gang – kein Ton zu hören. Bethga krabbelte wahrscheinlich weit weg durch die Katakomben der Bibliothek. Leise kramte er in seinem Schultersack herum und zog einen in einen weichen Lederlappen gehüllten Gegenstand hervor. Behutsam legte er das Objekt frei, indem er Ecke für Ecke des Lappens öffnete. Ein smaragdgrünes, handlanges Prisma kam zum Vorschein, glasklar geschliffen, bis auf die milchige Unterseite. Das Licht der leuchtenden Kristalle an den Wänden wurde von dem Prisma aufgefangen und in tausend Farben gebrochen zurückgeworfen. Ein Regenbogen spannte sich in Kopfhöhe Bandaths über den Tisch. Vorsichtig nahm er leise murmelnd den Kristall auf und legte ihn mit der Unterseite auf die beschriebene Rolle. Langsam zog er den Lese-Kristall, denn um einen solchen handelte es sich, über die Schrift. So war er in der Lage, den Inhalt der Schriftrolle beliebig oft wieder erscheinen zu lassen und konnte sich in den kommenden Mondzyklen ausführlich und in aller Ruhe mit der Übersetzung beschäftigen. Er hoffte auch, sich ein Wörterbuch besorgen zu können. Allerdings würden Barella und er dazu einen kleinen Umweg über Konulan in Kauf nehmen müssen. Die Stadt war berühmt für ihre Buchbinder, Bibliotheken und Buchhändler. Nun, man konnte das Angenehme mit dem Nützlichen verbinden. Er hatte sowieso vor, seinen Bücherbestand wieder aufzustocken, nachdem ihm die beiden Kopfgeldjäger im letzten Jahr seine Bibliothek verbrannt hatten.

Dann musste er kichern, als er an Bethga dachte. Das, was er gerade getan hatte, war weder eine Notiz noch eine Abschrift. Sorgfältig rollte er das Papier zusammen und widmete sich der zweiten Schrift. Der Schreiber erging sich in weitschweifigen und blumigen Bemerkungen über den Meister der Stadt und seine weisen Entscheidungen. Bandath spürte einen Anflug von Übelkeit, als er diese Lobhudelei las. Ob dem Schreiber die Heuchelei etwas genützt hatte? Egal, es war mehrere hundert Jahre her. Erst ganz am Ende der Schrift erwähnte der Schreiber das, was er *die Offenbarung des Verrückten von Pukuran* nannte. Wörtlich, so der Schreiber, sei diese Offenbarung in einem Buch aufgeführt, das *Die Heyligen Schrifften des Almo von Konulan über Profeten, Hell-Seher, Rufer und Wahr-Sager* hieß. Bandath hatte noch nie etwas über *Almo von Konulan* gehört, noch über seine *Heyligen Schrifften*. Aber vielleicht könnte er auch darüber in Konulan einige Nachforschungen anstellen.

Er konzentrierte sich wieder auf den Text. Der *Verrückte*, wie der Schreiber ihn nannte, hätte mehrere Mondzyklen lang die Straßen der Stadt verunsichert und die Bürger Pukurans mit seiner Offenbarung, wie er selbst es nannte, beunruhigt. Natürlich hatte niemand dem *Verrückten* geglaubt. Erst als der Meister den Verrückten gefangen nehmen und hinrichten ließ, wäre die Unruhe unter den Bürgern Pukurans wieder abgeklungen. Es wurde geschildert, dass der erste Teil der Offenbarung in der Verkündung eines gewaltigen Staubsturmes bestand, der die ganze Stadt Pukuran zerstören und alle Einwohner töten würde. Ursache des Sturmes sollte ein Dämon sein, der in der Wüste hauste. Er wollte in dieser Form Rache nehmen an den Nachfahren des Herrschers von Cora-Lega.

Bandath kratzte sich nachdenklich am Kopf. Schon wieder wurde auf einen Dämon hingewiesen. Sollte das wirklich ein Zufall sein, das Pukuran kurz danach durch einen Staubsturm zerstört worden war? Er war lange genug Magier, um zu wissen, dass solche Zufälle eher unwahrscheinlich waren. Das Schicksal wählte sich oft unbedarfte, unauffällige Personen aus, die im entscheidenden Augenblick eine wichtige Rolle zu spielen hatten. Hätten die Einwohner Pukurans auf den *Verrückten* gehört, wäre ein großer Teil von ihnen wahrscheinlich mit dem Leben davongekommen.

Der zweite Teil der Offenbarung handelte wohl von einer Armee aus Sand, die aus der Wüste kommen und den Rest der Nachfahren auslöschen würde. Der Schreiber deutete an, dass in der Offenbarung auch etwas zur Bekämpfung dieser Armee aus Sand gesagt wurde – was genau jedoch, führte er nicht auf.

Mit langatmigen Schilderungen der Schönheit der Gattin des Meisters endete die Papierrolle. Was für ein kurzbeiniges Sumpfhuhn musste diese Frau gewesen sein, dass sie solch eine Schmeichelei nötig hatte.

Die Rolle würde Bandath nicht kopieren müssen. Vorsichtig wickelte er das Prisma wieder in sein Ledertuch und verstaute es in den unergründlichen Tiefen seines Schultersackes. Er hatte den Papyrus wieder zusammengerollt, als Bethga erschien.

„Nun, kleiner Magier", sagte sie, während ihr magisch verstärkter Blick Bandath und seinen Schultersack nach verbotenen Abschriften durchsuchte, „hat es dir etwas genützt?"

„Sagen dir die *Heyligen Schrifften des Almo von Konulan über Profeten, Hell-Seher, Rufer und Wahr-Sager* etwas?"

„Almo von Konulan ist sehr umstritten. Ich habe mehrere Werke von ihm, aber dieses nicht. Die Schriftrolle ist der einzige Hinweis auf dieses Werk, den ich kenne." Sie sah Bandath lange an. „Was wirst du jetzt tun? Gehst du direkt nach Cora-Lega?" Dann schüttelte sie den Kopf. „Nein, Bandath der Magier nicht – nicht, ehe er sich alle Quellen angesehen hat, derer er habhaft werden kann." Wieder musterte sie ihn prüfend. „Nach Konulan wirst du gehen, denke ich. Die Stadt der Bücher hatte es dir schon immer angetan. Nun, vielleicht wirst du dort etwas erfahren. Es ist nicht die schlechteste Idee, kleiner Magier." Ohne ein weiteres Wort drehte sie sich um und huschte durch die Gänge davon. Japsend folgte ihr Bandath, mit seinen kurzen Beinen schnelle Trippelschritte machend. Die Audienz in der Bibliothek war beendet, mehr würde er nicht erfahren.

Kurz vor dem Ausgang blieb Bethga so abrupt stehen, dass er beinahe gegen sie gelaufen wäre. Ohne sich umzudrehen sagte sie: „Wenn du die *Heyligen Schrifften* findest, lass es mich wissen." Dann schwang sie sich an die Decke und eilte über sie zurück in die Tiefen der unterirdischen Büchersammlung. Bandath durchschritt die Wand und blickte über den Berghang. Dwego stand friedlich an der Stelle, an der er ihn zurückgelassen hatte – allein. Barella war verschwunden.

Bandath fand Barella an der Fähre, die die Gnome am Fuße des Go-Ran betrieben, dort, wo die große Ost-West-Handelsstraße den Ewigen Strom überquerte. In einem weiten Bogen zog sich der Fluss um den gewaltigen Berg, auf dem kurz unter dem Gipfel die Magierfeste thronte und das Land südlich der Drummel-Drachen-Berge übersah. In der Nähe der Fähre betrieben die Gnome ein Wirtshaus, nicht besonders groß und auch nicht besonders erfolgreich. Gnome waren keine guten Gastgeber, das sollten sie lieber den Halblingen oder den Menschen überlassen. Bandath dachte das jedes Mal, wenn er die Fähre benutzte. Er war noch nie in den *Magier-Krug* eingekehrt, wie die Gnome das Wirtshaus nannten. Barella hatte sich dort mit gebratenem Fleisch, ein paar Brotfladen und einem Krug Wein eingedeckt, sich dann aber zu einer Steingruppe etwas abseits der Bänke gesetzt, die die Gnome vor dem Haus für die Reisenden aufgestellt hatten. Für Bandath stand ein extra Becher bereit, auch vom Brot und dem Fleisch lag etwas für ihn auf einem sauberen Tuch. Als Dwego neben ihr hielt und Bandath aus dem Sattel glitt, wies sie wortlos auf das Essen, sah jedoch nicht auf. Schweigend setzte sich der Zwergling, nahm einen Schluck, aß einen Bissen, sah sich den gemächlichen Fährbetrieb an, blickte zu Barella. Das Schweigen wurde drückend. Er hüstelte.

„Warum hast du nicht auf mich gewartet?"

„Ich hatte Hunger", knurrte sie einsilbig.

„Du hast doch Proviant in deinen Satteltaschen. Waltrude hat uns gut versorgt."

„Wir hatten nicht ausgemacht, dass ich warten soll. Wieso soll ich blöd vor der Felswand herumstehen, während der Herr Magier sich irgendwo dort drinnen mit alten Büchern amüsiert?"

Bandath sah sie an, sah ihre wütend blitzenden Augen, die zusammengezogenen Brauen und verkniffenen Lippen und spürte, dass da mehr war. Barellas Ärger ging tiefer.

„Was ist dein Problem?", fragte er leise. Er hakte zum ersten Mal auf ihrer Tour nach. Es war an der Zeit, das zu klären.

„Mein Problem?", fauchte sie und warf das angebissene Fleisch wütend Bandaths Laufdrachen zu. „Mein Problem?", wiederholte sie und atmete tief ein. „Du! Du bist mein verdammtes Problem!"

„Ich?" Bandath schnappte hörbar nach Luft. „Du bist doch diejenige, die seit Tagen schweigt."

„Genau das ist es. Du verwechselst Ursache mit Wirkung. Wenn du das bei deiner Zauberei auch machst …"

„Magie", korrigierte Bandath automatisch.

„Ach, halt den Mund!", schrie Barella wütend und sprang auf. Unten am Weg zügelten ein paar Reisende ihre Pferde und starrten zu ihnen hoch. Zu seinem Erstaunen gewahrte Bandath Tränen in Barellas Augen. Hilflos stand er ebenfalls auf und breitete die Hände aus.

„Was …"

„Du mit deiner ewigen Selbstgerechtigkeit! Merkst du überhaupt, dass es noch andere neben dir gibt? Immer denkst du, du hast recht."

„Was meinst du denn?"

„Hast du mich jemals gefragt, was ich will?"

„Du willst den Schatz von Cora-Lega."

„Das meine ich doch nicht, du ... du ..." Atemlos suchte sie nach einem Wort, dass sie ihm an den Kopf werfen konnte. „... du vernagelter Hexenmeister!"

„Ich bin kein Hexenmeister, sondern ein Magier. Dreimal getrockneter Zwergenmist! Dann hilf mir doch. Was willst du?"

„Dich, du Idiot. Noch nie wollte ich jemanden so sehr, wie ich dich wollte. Aber du sollst mich fragen, verdammt, wenn du etwas entscheidest. Du sollst es nicht als Selbstverständlichkeit hinnehmen, dass ich bei dir bin. Bemühe dich um mich, verflucht noch mal. Ich bin doch kein Möbelstück, für das du in deinem neuen Haus ein Zimmer mehr brauchst und das dort für den Rest aller Tage abgestellt wird." Jetzt liefen Barella tatsächlich die Tränen über die Wangen.

„Barella ... ich ...", stotterte Bandath.

„Ach, lass mich in Ruhe!" Barella raffte die Sachen zusammen und pfiff nach Sokah. Mit wenigen Handgriffen hatte sie den Proviant verstaut. Sie schwang sich in den Sattel und sah zu Bandath herab.

„Können wir?"

Bandath nickte, völlig betäubt von ihrem Ausbruch. „Wir ...", seine Stimme klang brüchig. Er räusperte sich. „Wir müssen ..." Er stockte, schluckte und begann noch einmal von Neuem. „Ich würde gern nach Konulan, wenn du nichts dagegen hast. In der Bibliothek gab es ein paar Hinweise, die ich dir unterwegs näher erläutern werde. Es ist wahrscheinlich, dass ich ... *wir* in Konulan mehr Informationen über Cora-Lega bekommen können. Das würde uns helfen, glaube ich."

Obwohl in Barellas Augen noch Tränen schimmerten, spielte ein angedeutetes Lächeln um ihre Mundwinkel. „Dann lass uns nach Konulan reiten. Wir sollten das in fünf bis sechs Tagen geschafft haben. Du ... vernagelter Hexenmeister!"

„Entschuldige, aber das ist nicht richtig. Hexenmeister sind ehemalige Magier, die unabhängig arbeiten und jeden Kontakt zur Magiergilde und Go-Ran-Goh abgebrochen haben. Oder sie haben ganz und gar nie dort gelernt. Sie sind sozusagen geächtet." Er sah zurück zum Berg. „Ich bin ein Mitglied der Magiergilde." *Noch* – dachte er, sagte es aber nicht.

Als sie sich auf der Fähre befanden, erzählte er Barella alles, was er aus den beiden Schriftrollen erfahren hatte. Sie legten gerade am anderen Ufer an, als Bandath mit seinen Ausführungen endete.

„Und du glaubst wirklich, dass wir in Konulan diese *Heyligen Schrifften* finden werden?"

Der Magier zuckte mit den Schultern. „Ich weiß es nicht. Aber wenn nicht dort, dann nirgendwo."

Bandath schritt ans Ufer, zog Dwego hinter sich her. Barella folgte mit Sokah. Langsam und nachdenklich gestimmt gingen sie zur Mitte der Insel, einem steinernen Hügel mitten im Strom. Bandath blieb stehen und schaute nach Südwesten. Dort irgendwo mussten seine Gefährten sein.

Barella legte ihm die Hand auf die Schulter. „Du machst dir Sorgen?"

Der Zwergling nickte. Barellas Händedruck wurde fester. „Brauchst du nicht. Die drei sind erwachsen. Sie werden das schon meistern."

„Hätte ich doch nur daran gedacht, etwas von ihnen einzustecken, dann könnte ich sie mit Fernsicht-Magie beobachten."

„Du kannst nicht an alles denken."

„Vor einer halben Stunde hast du genau das von mir verlangt."

Barella schüttelte den Kopf. „Nein, an *mich* sollst du denken. Aber hier, bei dieser Sache, werden wir auf Situationen treffen, die auch ein mächtiger Magier wie du nicht voraussehen kann. Und die er nicht allein bestehen kann."

Sie strich ihm über die Schulter und er genoss die Berührung, merkte erst jetzt, wie sehr er ihre Nähe in den letzten Tagen vermisst hatte.

Vorsichtig fasste er nach ihrer Hand. „Ich bin nicht allein."

„Ängstige dich nicht um sie. Die kommen schon zurecht – Niesputz ist bei ihnen."

Jetzt atmete der Magier tief durch. „Das ist meine Hoffnung."

Sie schritten nebeneinander zur Fähre auf der anderen Seite der Insel, die sie zum gegenüberliegenden Ufer bringen würde.

Schlechte Nachrichten

„Was heißt hier *keiner da*?", schrie der Minotaurus die Frau an.

Diese duckte sich unter den heftigen Worten wie unter einer auf sie niedersausenden Peitsche. „Alle Flößer sind stromauf zum Herbstfest der Flößer, wie jedes Jahr." Hinter ihr lagen die riedgedeckten Häuser der Flößersiedlung Wellenruh.

„Aber", keuchte Sergio die Knochenzange, „man hat uns gesagt, dass die Flößer aus Wellenruh nicht am Flößerfest teilnehmen. Nur die Holzhafener Flößer würden dorthin fahren."

„Holzhafen liegt stromabwärts, guter Herr. Das Flößerfest ist wie jedes Jahr in Wallburg, gut zehn Tagesreisen stromauf. Wir sind der am weitesten stromab gelegene Ort, der an diesem Flößerfest teilnimmt. Alle südlicher gelegenen Siedlungen, angefangen bei Holzhafen, fahren im Frühjahr stromabwärts zum Flößerfest in die Calonischen Berge."

„Dieser verfluchte Bauernlümmel!", wetterte der Magier.

„Sergio …", unterbrach ihn der Gnom, aber sein Kumpan hörte nicht, fuhr stattdessen die Frau an.

„Und dann sind wahrscheinlich in den letzten Tagen auch keine Reisenden hier angekommen, die stromab fahren wollten?"

Sie schüttelte eingeschüchtert den Kopf. „Keine Reisenden, Herr."

„Du, Sergio …"

Doch der Minotaurus brüllte so wütend auf, dass aus dem Ufergesträuch Schwärme von kleinen Rohrpfeifern aufstiegen und die Frau erschrocken mehrere Schritte zurückwich. Ängstliche Blicke warf sie dabei auf die furchterregend aussehenden Drago-Zentauren, die vor ihr im Uferschlamm nervös stampften.

„Sergio …", wagte der Gnom schließlich einen dritten Anlauf.

„WAS?", brüllte sein Kumpan, als wäre Claudio an der Misere schuld.

„Wir wissen doch, wo sie hinwollen. Warum reiten wir nicht einfach los und erwarten sie dort. Außerdem hast du doch noch den Knopf von ihrer Schürze. Zumindest die alte Vettel finden wir immer wieder."

Der Minotaurus sah den Gnom an, als ob er ihn für diese Idee niederschlagen wollte.

„Lass uns nach Pilkristhal gehen, Sergio", wiederholte Claudio Bluthammer vorsichtig, als erwarte er, sein Kumpan würde gleich in die Luft gehen. „Wir können ihnen dort einen schönen Empfang bereiten."

Wortlos drehte der Minotaurus sich von der Frau und Claudio weg. Seine ganze Haltung drückte Wut aus, als er zu den Drago-Zentauren stapfte. Er schwang sich auf sein Reittier und zerrte grob am Zügel, so dass der Drago-Zentaur schmerzhaft aufschrie und eine weiße Qualmwolke ausstieß. Kurze Flammen züngelten aus seinen Nüstern und das zahnbewehrte Gebiss schnappte wütend in die Luft, als wolle es einen unsichtbaren Feind zerfleischen.

„Komm schon!" Die Augen des Minotauren funkelten Claudio an. „Wenn wir vor dem Pack in Pilkristhal sein wollen, müssen wir uns beeilen."

Der Gnom drehte sich zu der Frau. „Es führt doch ein Weg am Ufer entlang zu den Calonischen Bergen, oder?"

Schweigend, ihre großen Augen weit aufgerissen, nickte sie, wollte etwas sagen, verkniff es sich aber.

Claudio Bluthammer und Sergio die Knochenzange preschten auf ihren beiden Drago-Zentauren am Flussufer entlang nach Süden. Sie hofften, die verlorene Zeit wettzumachen und in Pilkristhal so zeitig anzukommen, dass sie noch einen würdigen Empfang für Bandath und sein Gefolge vorbereiten konnten.

Die Flößerfrau aber, die noch am Ufer stand, als die beiden unsympathischen Gesellen schon lange hinter der nächsten Flussbiegung verschwunden waren, fragte sich, ob sie ihnen hätte mitteilen müssen, dass die Wasserdrachen-Weibchen im Herbst immer besonders aggressiv waren. Immerhin schwärmten sie weit in die umliegenden Lande zum Eierlegen aus, wenn der Wasserdrachen-Fluss über die Ufer trat. Niemand, der all seine Sinne beieinander hatte, würde um diese Zeit am Ufer entlang nach Süden reiten.

Sie legte den Kopf schief. Allerdings, wenn sie es sich genau überlegte, dann kamen ihr die beiden auch nicht so vor, als wenn sie alle Sinne beieinander hätten.

Kurz vor Holzhafen verordnete Niesputz seinen Reisekameraden eine Ruhepause.

„Wieso das denn?" Korbinian regte sich auf. „Können wir nicht nach Holzhafen und dort eine längere Rast einlegen? Ich bin sicher, die haben ein gutes Wirtshaus mit vernünftigen Betten und einem ordentlichen Essen. Ganz zu schweigen von dem Bier. Flößer brauen gutes Bier, müsst ihr wissen."

Niesputz schüttelte den Kopf. Der Troll jedoch ließ sich widerspruchslos unter einen Baum plumpsen. „Warum?", fragte er und seine Stimme kollerte wie der leere Magen eines Drummel-Drachen.

„Weil", antwortete das Ährchen-Knörgi und schwebte vor der ungeschlachten Gestalt seines Reisegefährten bewegungslos in der Luft, „ich erstmal die Gegend erkunden will. Ich habe ein komisches Gefühl. Und wenn ich vom Zauberer ..."

„Magier!", korrigierte Rulgo grinsend.

„... vom *Zauberer* etwas gelernt habe", wiederholte Niesputz wütend und ein wenig irritiert, „dann ist es, dass man ein klein wenig mehr auf sein Bauchgefühl vertrauen sollte." Er sah wie ein Feldherr wechselseitig vom Elf zum Troll. „Kann ich euch beide hierlassen, ohne dass einer den anderen zerhackstückelt?"

„Geh nur", knurrte der Troll. „Elfen haben in einem ehrlichen Kampf von Natur aus keine Chance gegen Trolle."

Korbinian schnaubte verächtlich. Er hatte es sich unter einem Busch gemütlich gemacht. „Im Gegensatz zu Trollen halten sich Elfen an gegebene Versprechen. Ich versprach meiner Schwester, dem Troll nicht zu schaden. Also flieg ruhig, kleiner Grünling, ich werde den Troll schon beschützen, wenn ein böses Hexenweiblein kommt und ihm ein paar weiße Zähne hexen will."

Wortlos surrte Niesputz davon.

Von einer waldlosen Anhöhe aus konnten Waltrude, Theodil und Baldurion die Ebene überblicken, in der der Heiße Fluss, noch etwa zwei Tagesreisen von ihnen entfernt, breit und gemächlich in großen Bögen dahinfloss.

„Trollspuren." Der Zwerg wies in den Staub des Weges, in dem sich die Umrisse von Rulgos mächtigen Füßen abzeichneten. „Höchstens einen Tag alt. Wenn wir Glück haben und uns beeilen, erwischen wir sie in Holzhafen."

„Bist du sicher, dass das die Spuren eurer werten Freunde sind?" Baldurion sah zweifelnd nach unten.

„Pass mal auf, Flötenspieler", fauchte Waltrude. „Das sind nicht unsere *werten Freunde*, sondern die vom Herrn Magier. Die einzige Vernünftige in der ganzen Bande ist Barella."

Theodil verdrehte die Augen. Baldurion konnte sagen was er wollte, Waltrude fuhr ihn permanent an. Der Zwerg bewunderte mittlerweile den Langmut, mit dem der Musikant auf die Sticheleien Waltrudes reagierte. Und je gelassener er dies tat, desto wütender wurde die Zwergin. Wie immer versuchte Theodil sofort, die Schärfe aus dem Gespräch zu nehmen.

„Siehst du den leicht abstehenden Zeh am rechten Fuß? Das ist Rulgos Spur, glaube mir. Außerdem dürften hier nicht allzu viele Trolle unterwegs sein." Er beschattete die Augen mit der Hand und sah nach Osten. „Wenn wir das Tempo beibehalten, sind wir übermorgen Mittag in Holzhafen." Theodil wies auf eine kleine, kaum erkennbare Siedlung am Ufer des Stromes. „Und vielleicht haben wir sie dann eingeholt."

„Halten eure Ponys das durch?" Baldurion klopfte selbstgefällig den Hals seiner Stute.

„Zwergenponys halten noch viel mehr aus, Balduin", knurrte Waltrude. „Sie können es vielleicht bei der Geschwindigkeit nicht mit deinem langbeinigen Gaul aufnehmen, aber was die Ausdauer angeht, gibt es nicht viele Pferde, die Zwergenponys schlagen können."

Der Musikant grinste. „Schon gut, Waltrude, ich zweifele nicht die Ehre eines Zwergenponys an. Vielleicht können wir bei Gelegenheit einmal einen kleinen Wettkampf veranstalten? Eure Ponys gegen meine Fiora." Er sah wieder zu dem silbrigen Band in der Ferne. Bevor die schnaufende Waltrude etwas entgegnen konnte, fuhr er fort: „Wie auch immer. Wenn wir auf dem Floß sind, können eure Ponys sich ein wenig ausruhen."

„Ausruhen?", zischte Waltrude. „Ausruhen? Das einzige, was ausruhen muss, wird wohl dein zarter Hintern sein, der das viele Reiten nicht gewöhnt ist!" Wütend stemmte sie ihrem Pony die Fersen in die Flanken, das daraufhin unwillig wieherte und sich zügig in Trab setzte, den Pfad hügelabwärts folgend in Richtung Holzhafen.

„Ausruhen!", brummte sie vorwurfsvoll vor sich hin, laut genug, dass die beiden Zurückgebliebenen es hören konnten.

„Nimm es ihr nicht übel", flüsterte Theodil. „Sie ist sonst nicht ganz so brummig. Ich glaube, sie macht sich Sorgen um den Magier."

Baldurion grinste. „Kein Problem. Ich bin so einiges gewöhnt. Schließlich lebe ich schon viele Jahre als fahrender Musikant. Waltrude ist auf keinen Fall das Schlimmste, was mir bisher passiert ist." Er ruckte am Zügel und Fiora folgte tänzelnd dem Pfad.

Theodil atmete tief durch. Er fragte sich, wer es schwerer hatte: Er mit Waltrude und Baldurion oder Niesputz mit Korbinian und Rulgo. Nun, sie würden es erfahren, recht bald sogar, so hoffte der Zwerg.

„Nichts", knurrte Niesputz. „Bis zum Dorf scheint es keine Probleme zu geben."

„Na, dann können wir ja weiter", brummte Rulgo, erhob sich, trat zu dem schlafenden Elf und stieß ihm den Fuß in die Seite. „Aufstehen, Schlafelf. Unser fliegender Spion hat sich getäuscht, was sein Bauchgrimmen angeht."

Korbinian stöhnte, kämpfte sich hoch und hielt sich mit schmerzverzerrtem Gesicht die Rippen da, wo ihn der Fuß des Trolls getroffen hatte. „Du sollst das bleiben lassen!"

Vorsichtig hob er den Arm und dehnte sich.

„Was habt ihr nur gemacht, du und mein Vater, zwei ganze Mondzyklen lang, da oben auf dem Berg, bevor euch der Drummel-Drache heruntergeholt hat?"

„Wir? Er! Nur er hat etwas gemacht. Ich habe kommentiert, egal *was* er gemacht hat."

„Und mein Vater hatte nicht das Bedürfnis, dich zu erschlagen?"

„Mich? Wieso? Die Hälfte meiner Anspielungen hat er gar nicht verstanden. Du weißt doch, Elfen kapieren von Natur aus schlecht."

„Und Trolle stänkern von Natur aus gern."

„Ich stänkere nicht, ich sage die Wahrheit. Aber es ist mir klar, dass du das nicht verstehst. Elfen haben von Natur aus Probleme mit der Wahrheit."

Korbinian schüttelte den Kopf. „Können wir weiter?", fragte er an Niesputz gewandt. „Was war jetzt mit deinem Bauchgefühl?"

Niesputz war unzufrieden und hatte den Disput der beiden nicht verfolgt. Ihm war unwohl. Er wurde das Gefühl nicht los, dass etwas in der Luft lag, eine Spannung, die er nicht näher beschreiben konnte. Anzeichen für Gefahr hatte er jedoch keine gesehen. Bis Holzhafen hatte er den Weg kontrolliert und er lag ruhig und sicher vor ihnen. Die Siedlung selbst machte einen ausgesprochen verschlafenen Eindruck. Ein paar Angler dösten auf einem Steg vor sich hin, Frauen hängten Wäsche auf und am Dorfrand hatten einige Kinder gespielt.

„Lasst uns aufbrechen. In zwei Stunden sind wir im Dorf."

Eine Stunde später passierten sie auf halber Strecke zur Flößersiedlung mehrere große Felsen, die aussahen, als hätte irgendein Riese sie vor Jahrhunderten hier sinnlos abgelegt und in die Erde gerammt. Kopfgroße Steine waren genauso zu finden wie Felsen in der Größe von Pferden. Bäume wuchsen zwischen ihnen, Farne bewegten sich im Wind. Niesputz flog unruhig mehrere hundert Schritte vor Rulgo her, Korbinian trottete mürrisch am Ende der kleinen Gruppe und führte sein Pferd am Zügel. Er beobachtete den breiten Rücken des Trolls vor sich, als er zu seiner Rechten eine kaum sichtbare Bewegung wahrnahm. Aufmerksam geworden drehte er den Kopf, sah aber nur Felsen, groß wie der Troll und klein wie einer dieser verdammten Zwerge. Korbinian blieb stehen. Hatte er sich getäuscht? Die ganze Szenerie erschien friedlich. Freundliche Sonnenstrahlen stachen Lichtfinger durch das herbstlich gefärbte Laub der Bäume. Ein Schwarm Gelbmeisen flog aus einem Gebüsch auf, drehte eine Runde in der Luft und ließ sich im Gras nieder, direkt neben einem lang ausgestreckten Findling. Irritiert sah er sich um und glaubte erneut aus den Augenwinkeln heraus eine Bewegung wahrgenommen zu haben, dieses Mal in der Nähe Rulgos.

„Troll", rief er halblaut und wandte sich nach vorn. Rulgo stapfte unbeirrt weiter, wahrscheinlich hatte er den Ruf des Elfen überhaupt nicht gehört. Unschlüssig zauderte Korbinian, griff nach seinem Schwert und hielt die Hand locker am Griff. Sollten sich irgendwelche Banditen hinter den Steinen verstecken? Sehr sorgfältig ließ er seinen Blick umherschweifen und zuckte zusammen, als der Schwarm Gelbmeisen schimpfend aufflog und wieder in einem Gebüsch verschwand. Vorsichtig zog er sein Schwert. Was hatte die Vögel aufgescheucht?

„Rulgo", rief er, lauter als vorher, doch der Troll lief weiter, als hätte er es noch immer nicht gehört.

Korbinian war jetzt sehr beunruhigt. Langsam steckte er das Schwert in die Erde, den Griff nur handbereit neben sich, und nahm den Bogen von der Schulter. Drei Pfeile zog er aus dem Köcher, zwei davon nahm er in die linke Hand, den Dritten legte er mit der rechten schussbereit auf die Sehne. Im selben Moment erfolgte der Angriff. Einer der Felsen, die Rulgo gerade passiert hatte, veränderte plötzlich seine Farbe von steingrau in grasgrün. Aus seinem Buckel schossen mehrere armlange Stacheln hervor. Beine wurden sichtbar und das stachelbewehrte Tier raste hinter dem Troll her. Jetzt konnte der Elf auch den Kopf mit der langen Schnauze und den Zähnen des Raubtieres sehen.

„Rulgo!", schrie Korbinian eine Warnung. „Chupacabras!" Er riss den Bogen hoch und feuerte. Mit einem dumpfen Schlag traf der Pfeil das Hinterteil des Tieres, das von der Wucht des Treffers herumgerissen wurde und wütend aufschrie. Rote und graue Streifen flimmerten über seine Haut. Unbeirrt setzte es seinen Angriff auf den Troll fort. Doch der Warnruf hatte sein Ziel genauso erreicht wie der Pfeil. Rulgo fuhr herum und schwang seine Keule, die er stets über der Schulter trug. Das angreifende Tier wurde durch den Schlag zur Seite geschleudert und blieb mit zerschmettertem Schädel und zuckenden Beinen neben dem Weg liegen.

„Was zum dreimal vom Blitz getroffenen Elfen ist das?", brüllte Rulgo. Niesputz surrte heran, er war eine ganze Strecke vorausgeflogen gewesen. Erschrocken musterte er das Wesen, auf dessen graugrünen Stacheln mehrere Grasbatzen aufgespießt waren, die es bei seinem Sturz aus der Erde gerissen hatte.

Korbinian kannte diese Tiere, allerdings hatte er gedacht, dass sie nur in der Nähe von Wüsten lebten.

„Ein Chupacabra!", rief Niesputz erstaunt. „Was macht das denn hier?" Dann sah er sich alarmiert um. „Wo sind die anderen?"

Stinkende Trollhöhle, fluchte Korbinian in Gedanken. Chupacabras jagten im Rudel – immer!

Im selben Moment brach die Hölle los.

Holzhafen

„Was, bei den steinernen Hallen der Vorfahren, ist denn das für ein Vieh?" Waltrude stand am Weg und starrte auf ein fast ponygroßes Tier, dem graugrüne Stacheln aus dem Rücken ragten. Das Maul zierten bedrohliche Raubtierzähne, die Krallen an den Pfoten konnten einem Wühlschwein den Leib von vorn bis hinten aufreißen. Das ganze Tier wirkte gefährlich und, zu Waltrudes Beruhigung, sehr tot. Ein Pfeil steckte in seinem rechten Auge, ein Elfenpfeil.

„Hier liegt noch eines!", ließ sich Baldurion vernehmen. Er ritt mit schussbereiter Steinschleuder auf seiner unruhig tänzelnden Stute den Weg entlang. Theodil eilte zu ihm, seine zum Schlag erhobene Axt in den Händen.

„Es ist auch tot", rief er Waltrude zu. Die Zwergin schloss auf.

„Es ist genau so ein Vieh … aber es hat eine andere Farbe!"

„Das müssten Chupacabras sein", sagte Baldurion.

„Schuppenkarpfen?", knurrte Waltrude.

„Chupacabras", wiederholte der Flötenspieler.

„Ach ja?" Waltrude war verärgert, dass er etwas kannte, von dem sie keine Ahnung hatte. „Und was soll ein Schuppen-Dingsda sein?"

„Wüstenbewohner, Raubtiere. Sie jagen im Rudel." Von seinem hohen Punkt auf Fiora sah er sich unruhig um.

„Raubtiere? Aus der Wüste? Balduin, ich mag mich ja vielleicht ein wenig täuschen, aber wo bitte sehr ist hier eine Wüste? Vielleicht dort vorn hinter den Felsen?"

„Ich weiß es auch nicht, Waltrude. Offensichtlich hat es hier einen Kampf gegeben …"

„Offensichtlich. Gut, dass du das sagst. Ich dumme, alte Frau wäre wohl nicht von alleine darauf gekommen." Sie zeigte auf ein drittes Tier, das mit zertrümmertem Schädel nur wenige Schritte entfernt lag. „Ich hatte vermutet, die wären an Altersschwäche gestorben – oder an Angst vor deinem Flötenspiel."

„Es sind Korbinians Pfeile", mischte sich Theodil in das Geplänkel. „Und der Schädel hier sieht aus, als hätte er Bekanntschaft mit Rulgos Keule gemacht." Unruhig schritt er den Weg weiter, sein Pony folgte, unsicher von einer Seite zur anderen schnaubend und den Kopf hochwerfend. Plötzlich blieb Theodil stehen, bückte sich und fasste in den Sand des Weges. Prüfend rieb er etwas zwischen Daumen und Zeigefinger, dann sah er zu Waltrude und Baldurion hoch. „Blut. Aber nicht von den Chuppu … Chappu …"

„Chupacabra", kam Baldurion ihm zu Hilfe, ritt an seine Seite und stieg ab. „Du hast recht, das könnte Trollblut sein."

Wenige Schritte weiter fanden sie noch mehr Blut auf der Erde.

„Es scheint, als wären beide verletzt." Theodil richtete sich auf und sah sich prüfend um.

„Die Spuren weichen nicht vom Weg ab", drängte Baldurion. „Wir sollten weitergehen. Chupacabras jagen im Rudel. Wenn sich hier noch welche verbergen …"

„… werden wir sie wohl rechtzeitig sehen", fuhr Waltrude dazwischen, blieb allerdings auf ihrem Pony sitzen und sah den Weg entlang in Richtung Holzhafen, als wolle sie sich gleich in Bewegung setzen.

„Nein." Baldurion schüttelte ohne die sonst gestenreiche Unterstützung seiner Worte den Kopf. „Chupacabras können sich in ihrer Farbe sehr gut dem Hintergrund anpassen. Deshalb auch die unterschiedliche Farbe der toten Tiere hier. Sie könnten mitten auf der Wiese stehen und selbst die scharfen Augen einer kräutersammelnden Zwergin würden sie erst entdecken, wenn dieselbe über ein Chupacabra stolpert."

Theodil schwang sich auf sein Pony. „Was ist mit Korbinian und Rulgo?"

Baldurion zuckte mit den Schultern. „Sie sind entweder entkommen, oder …" Er ergänzte nicht, was er mit *oder* meinte, blickte aber vielsagend zwischen die Felsen. Die beiden Zwerge wankten. Einerseits waren sie für einen Kampf mit diesen Tieren nicht ausgerüstet und wollten das Gelände schnellstmöglich verlassen, andererseits widerstrebte es ihnen, Rulgo und Korbinian eventuell einem ungewissen Schicksal überlassen zu müssen.

Theodil musterte aufmerksam den Weg, ritt ein Stück vor, wo die Spuren deutlicher wurden und nicht mehr durch die Abdrücke der Chupacabra-Tatzen überdeckt waren.

„Sie sind weitergegangen, langsam zwar und verletzt, aber sie sind hier lang." Seine Hand wies den Weg entlang. Weitere tote Chupacabras lagen dort. Es mussten insgesamt mehr als ein Dutzend sein. „Eure Freunde haben ganz schön gewütet." Baldurion sah sich um. „Ich habe noch nie gehört, dass zwei Mann ein ganzes Rudel Chupacabras erledigt haben."

Waltrude strafte Baldurion mit Schweigen. Natürlich würden sie überlebt haben. Immerhin war der kleine, grüne Mann bei ihnen, von dem der Herr Magier so viel hielt. Und außerdem würde sie wohl kaum so viel Glück haben, durch ein paar verrückt gewordene Schuppen-Dinger von Korbinian erlöst zu werden.

„Sie sind wirklich verletzt, beide", meldete sich Theodil, der den Weg weiter gefolgt war. Der Zwerg wies auf die Abdrücke und die dunklen Flecken im Sand. Eine halbe Stunde später fanden sie die Reste von Korbinians zerrissenem Hemd. Die Fetzen waren blutgetränkt und lagen neben dem Weg. Das Gras war niedergedrückt, als hätte hier jemand gelagert. Abdrücke von Stiefeln kamen hinzu, wahrscheinlich von Menschen, sowie Spuren eines Eselkarrens, der aus der Siedlung der Flößer gekommen sein musste. Er hatte hier gehalten, gewendet und war wieder zurückgefahren. Rulgos und Korbinians Fußspuren waren nicht mehr zu erkennen.

„Wahrscheinlich hat Niesputz Hilfe geholt", vermutete Theodil. „Menschen aus Holzhafen. Die werden sie mit dem Karren in die Flößersiedlung gebracht haben."

„Wann, meinst du, war das? Gestern?" Baldurion beobachtete noch immer wachsam die Umgebung.

Theodil musterte das niedergedrückte Gras, strich vorsichtig über einige, sich schon langsam wieder aufrichtende Halme. „Gestern Abend würde ich sagen."

„Dann sind sie in der Siedlung." Waltrude drückte ihre Fersen in die Seite des Ponys. „Wir sollten nicht länger zögern." Energisch trieb sie ihr Pony zurück auf den Weg und ließ es in Richtung Holzhafen traben.

Knapp zwei Stunden später erreichten sie die ersten Hütten der Flößersiedlung. Holzhafen war ein kleines Dorf, dessen einziger Zweck das Sammeln und Weiterleiten von Holz zu sein schien. Die Ansiedlung lag am Ufer des Heißen Stroms, der an dieser Stelle einen großen Bogen beschrieb. Stromaufwärts dehnten sich unendlich erscheinende Wälder, in denen Holzfäller Bäume schlugen, die sie anschließend in den Strom warfen. Der Fluss trieb die Baumstämme hier an das Ufer, das die Flößer künstlich zu einer Bucht erweitert hatten. Das Holz wurde in diesem Hafen zu großen Flößen gebunden und von den Flößern stromab geleitet. Der bevorstehende Winter hatte das Geschäft jedoch zum Erliegen gebracht. Ein paar zu spät eingetroffene Stämme lagen halb an Land gezogen im Hafen, mehrere breite, einmastige Boote dümpelten im Wasser. Die Blockhäuser standen verteilt am Ufer, eine Straße oder ein Dorfzentrum waren nicht zu erkennen.

Theodil musterte die Siedlung. „Kein Wirtshaus." Seine Stimme klang traurig.

„Wir haben keine Zeit für ein Bier", knurrte Waltrude.

„Mir geht es nicht um Bier, sondern um Neuigkeiten."

Waltrudes Blick nach zu urteilen, hielt sie das für eine Ausrede.

Zwei Kinder kamen über die Straße gerannt, blieben jedoch abrupt stehen, als sie die Reisenden sahen. Die Mädchen in Leinenröcken, hellen Jacken und mit sehr langem, lockigem Haar musterten die Zwerge und den Musikanten intensiv. Dann tuschelten sie, zeigten auf Waltrude und kicherten. Die Zwergin stieg schnaufend vom Pferd und trat auf die beiden Mädchen zu. Sie waren fast genauso groß wie Waltrude.

„Was ist denn so lustig an mir?"

„Wir haben noch nie eine Zwergin gesehen", sagte die Größere der beiden keck. Ihr Haar war etwas dunkler als das des anderen Mädchens.

„Und, seid ihr überrascht?"

Das Mädchen nickte. „Wir hätten nicht gedacht, dass ihr so klein seid."

„Aber Zwergenmänner habt ihr doch schon gesehen?"

Beide nickten. „Im Sommer kommen immer welche mit dem Holz aus dem Wald und ziehen nach Süden. Sie verkaufen dort die Steine, die sie unter der Erde finden. Die sind aber etwas größer als du."

„Ja, wir Zwerge aus den Drummel-Drachen-Bergen sind kleiner als eure Waldzwerge." Waltrude nickte, dann wechselte sie das Thema. „Gestern haben Leute aus eurem Dorf mit dem Wagen zwei Verwundete aus dem Wald geholt."

Beide nickten. Ihre Wangen glühten. Das alles schien mächtig aufregend für sie zu sein. „Ein Elf, ein Troll und ein Ährchen-Knörgi. Aber das war nicht verwundet, hat nur immer rumgemeckert."

„Bedora! Pela! Mit wem redet ihr dort?" Eine alte Frau hatte die Tür des nahe stehenden Hauses geöffnet und die beiden Mädchen gerufen.

„Mit Reisenden, Großmutter!", antwortete das Mädchen. „Sie fragen nach den Verwundeten von gestern."

Die Großmutter schwieg einen Moment. „Stellt eure Pferde vor das Haus", sagte sie dann, „und kommt in die Stube. Ich mache uns einen Tee."

„Gern", nahm Waltrude die Einladung an. Sie führte ihr Pony, begleitet von den Mädchen, zum Haus der alten Frau, drehte sich unterwegs aber ungeduldig zu ihren zwei Reisegefährten um. „Was ist nun? Theodil! Balduin! Habt ihr Angst vor der Großmutter dieser Mädchen?"

Die alte Frau ging weit nach vorn gebeugt, den Rücken krumm, den Kopf gesenkt. Eine spitze Nase hing tief über den Mund. Waltrude rechnete damit, dass sie jederzeit das weit nach vorn stehende, fast genauso spitze Kinn berühren würde. Tiefe Falten durchzogen das Gesicht und ließen die Augen fast verschwinden. Sie werkelte am Herd mit kochendem Wasser, als die kleine Gruppe den Raum betrat. Die Mädchen rückten zwei Bänke an den großen Holztisch und setzten sich neben Waltrude. Theodil und Baldurion teilten sich die zweite Bank. Schweigen breitete sich aus, unterbrochen nur vom leisen Getuschel der Mädchen, die unter ihren Locken jetzt dem Musiker Blicke zuwarfen, die Köpfe zusammensteckten und kicherten.

„Wer seid ihr?", fragte die Alte schließlich, als sie an den Tisch geschlurft kam, ein Tablett in der Hand, beladen mit einer großen Kanne und sechs Keramikbechern.

„Reisende", antwortete Baldurion schnell und wollte weiterreden, aber die Alte ließ ihm keine Zeit dazu.

„Ach?", unterbrach sie ironisch und schenkte ihm ein zahnloses Lächeln. „Das wäre mir gar nicht aufgefallen."

Sie stellte als erstes Waltrude einen Becher hin, dann den Mädchen, den Männern und sich selbst. Den Tee goss sie in derselben Reihenfolge ein.

„Ich bin Waltrude Birkenreisig", ergriff die Zwergin die Initiative. „Das ist Theodil Holznagel. Wir sind aus Neu-Drachenfurt, nördlich von Flussburg. Der lange Kerl hier ist Balduin, ein Flötenspieler den wir unterwegs aufgesammelt haben."

„Baldurion", korrigierte der Musikant, wurde von der Alten jedoch ignoriert.

Sie nickte jedem einen Gruß zu. „Ich bin Zudora. Seid ihr schon lange unterwegs?", fragte sie Waltrude. Baldurion verzog das Gesicht. Waltrude schmunzelte.

„Wir kommen aus den Drummel-Drachen-Bergen und müssen nach Süden."

„Genau wie die drei gestern."

„Wo sind sie?"

„Der verrückte Zidor bringt sie flussabwärts. Sie sind heute früh los." Die Alte schüttelte über so viel Unverständnis den Kopf. „Niemand fährt im Herbst nach Süden, nur Zidor und sein genauso verrückter Bruder."

„Wir hatten den Eindruck, dass sie verletzt waren. Es hatte einen Kampf gegeben, oben im Wald bei den Felsen." Die Zwergin nippte am Tee und verzog anerkennend das Gesicht.

„Gestern Abend kam ein Ährchen-Knörgi ins Dorf, erzählte von dem Angriff durch irgendwelche Biester, die es hier noch nie gab." Jetzt schlürfte die Alte an ihrem Tee, nickte den beiden Mädchen zu: „Trinkt Kinder. Der ist gesund, treibt euch das Blut in die Wangen und lässt euch wachsen."

Wieder kicherten die Mädchen, griffen jedoch gehorsam nach den Bechern mit dem heißen Getränk.

„Der Elf war am Bein verletzt, der Troll am Oberarm und am Rücken. Die Männer haben sie mit dem Karren geholt. Jetzt sind die meisten von ihnen unterwegs, durchkämmen die Gegend auf der Jagd nach noch mehr Schuppu ... Schappa ..."

„Schuppen-Dingern", half Waltrude. Die beiden Frauen schienen sich auf Anhieb zu verstehen.

„Die zwei Verletzten waren verrückt, wollten unbedingt weiter, sagten, die Wunden könnten auf dem Boot heilen. Wie gesagt, heute früh sind sie aufgebrochen."

„Kann uns auch jemand den Fluss abwärts bringen?" Theodil hielt seinen geleerten Becher in der Hand und beugte sich nach vorn.

„Höchstens Kudak, Zidors Bruder. Sonst ist keiner so verrückt. Im Herbst ziehen die Wasserdrachen-Weibchen umher, suchen Plätze für ihre Eier. Denen sollte man nicht zu nahe kommen." Das irgendjemand in dieser Jahreszeit unbedingt in den Süden wollte, schien jenseits ihrer Vorstellungskraft. Wieder sah sie Waltrude an. „Was wollt ihr dort?" Als ob das alles erklären würde, verdrehte die Zwergin ihre Augen. Die alte Frau nickte wissend. „Jaja, Männer und ihre *Geschäfte*. Und wir Frauen müssen immer darunter leiden." Sie strich der kleineren der beiden Mädchen übers Haar. „Pela-Schätzchen, flitz doch mal rasch zu Kudak rüber. Er soll herkommen und zwar schnell."

Pela nickte, schob sich hinter dem Tisch vor und huschte aus dem Raum. Während sie auf Kudak warteten, erzählte Zudora, dass die Flößer auch jetzt wieder auf der Jagd wären. Nein, beantwortete sie eine Frage Baldurions, diese Schuppen-Tiere – sie weigerte sich beharrlich, den Namen Chupacabra zu benutzen – seien hier noch nie vorgekommen. Es könne auch nicht mit der alljährlichen Eiablage der Wasserdrachen-Weibchen zusammenhängen, obwohl diese in diesem Jahr aggressiver seien als jemals zuvor, warum auch immer. Deshalb sei es einfach nur Blödsinn, den Fluss hinabzufahren, ein unnötiges Risiko sozusagen.

Waltrude schüttelte den Kopf. „Leider geht es nicht anders, Zudora."

Die Alte blickte prüfend von einem zum anderen, nickte wissend, murmelte etwas von „Männern" und polterte dann los, wo Kudak nur bliebe. Als habe er auf dieses Stichwort gewartet, öffnete sich plötzlich die Tür des Hauses und der Flößer trat ein. Er war so riesig, dass er sich bücken musste, als er wie verloren mitten im Raum stehen blieb und seinen breitkrempigen Hut in den Händen drehte. Dabei steckte er abwechselnd seine riesigen Finger durch eines der vielen Löcher in dem Filzhut. Die leinene Jacke spannte über den Schultern und die Arme sahen aus, als wäre er in der Lage, in Baldurion einen Knoten zu machen.

„Kudak." Die Alte stand auf und ging auf den Flößer zu. Vor ihm wirkte sie wie ein Zwerg. Sie sprach ganz langsam, als könne Kudak die Sprache nicht verstehen. „Diese nette Frau muss mit ihren Dienern in den Süden."

Ein Blick von Waltrude brachte Theodils ansetzenden Protest zum Erliegen und verwandelte seine Worte in ein trockenes Hüsteln. Baldurion zog die Augenbrauen hoch und atmete tief ein.

„Fünf Goldstücke", verlangte Kudak einsilbig.

Jetzt zog Waltrude die Luft zischend ein. Fünf Goldstücke? Nun, ganz so verrückt, wie Zudora glauben wollte, war Kudak wohl doch nicht.

„Fünf ist etwas viel für uns. Drei Leute, drei Goldstücke", antwortete Waltrude.

„Aber auch Pferde. Vier Goldstücke und fünf Silberlinge."

Waltrude warf die Arme in die Luft. „Wo sollen wir das denn hernehmen? Wir haben noch einen langen Weg vor uns."

„Ich muss meine Frau für lange Zeit allein lassen, vielleicht einen ganzen Mond, meine Kinder auch!", entgegnete Kudak. So langsam und bedächtig wie er redete und sich bewegte, so schnell schienen dagegen seine Gedanken zu laufen.

„Allerhöchstens drei Goldstücke und fünf Silberlinge!" Waltrude versuchte hart zu bleiben.

„Ihr habt aber auch drei Pferde dabei", wiederholte Kudak. „Vier Goldstücke und zwei Silberlinge."

„Pferde?", rief Waltrude. „Pferde? Du willst doch wohl nicht Balduins Klepper als Pferd bezeichnen? Und die winzigen Zwergenponys zählen doch nicht wirklich! Drei Goldstücke und sieben Silberlinge."

„Ich hatte mal 'ne Tour, da waren auch Pferde dabei. Die haben wirklich viel gefressen. Vier Goldstücke."

„Einverstanden", sagte Waltrude und hielt Kudak die Hand hin.

Der bückte sich und schlug ein. „Und ihr verpflegt mich mit."

Waltrude schluckte. Das könnte sich als kostspielig erweisen.

Kudak verabschiedete sich mit den Worten: „Wir treffen uns in einer Stunde am Boot."

Zudora wiegte den Kopf, als der Flößer das Haus verlassen hatte. „Einerseits nehmen die Flößer im Sommer sonst nur zwei Goldstücke für so eine Tour. Andererseits würdet ihr keinen finden, der im Herbst flussabwärts fährt. Und eure Freunde haben gestern vier Goldstücke und fünf Silberlinge bezahlt. Ihr seid also doch recht gut bei weggekommen."

Dann kicherte sie belustigt. „Dass Kudak allerdings Frau und Kinder hat, ist mir völlig neu. Wollt ihr noch einen Tee?"

Das Boot, welches Waltrude mit ihren „Dienern" im Gefolge etwas später betrat, war ein großer, flacher Lastkahn mit einem kleinen Häuschen im hinteren Bereich. Kudak hatte auf ihm Heu unter einer Plane vor Regen geschützt bereitgelegt. Im vorderen Drittel war bereits ein Gatter errichtet, hinter dem die Ponys und das Pferd sich einigermaßen bewegen konnten. Nachdem sie die Tiere eingestellt hatten, drückte er Baldurion eine Schaufel in die Hand.

„Wofür das denn?", fragte der Musikant.

„Für Pferdescheiße", antwortete Kudak, drehte sich um und ging über das Deck zur Anlegestelle, wo er sich an den Seilen zu schaffen machte, mit dem sein Kahn noch immer am Pier befestigt war.

Waltrude und Theodil brachen in Gelächter aus, während Baldurion verdutzt die Schaufel in seinen Händen anstarrte und dann dem Flößer hinterherblickte. „He!", protestierte er schließlich. „Das war so nicht ausgemacht. Warum soll ausgerechnet ich …"

„… die Pferdeäpfel wegräumen?", ergänzte Waltrude und grinste breit. „Damit du endlich einmal etwas Nützliches machst mit deinen zarten Musikantenfingerchen."

Ein Ruck ging durch das Boot. Kudak hatte abgelegt und eilte nach hinten, wo er den langen Steuerriemen in die Hand nahm. Kräftig legte er sich dagegen, das Boot drehte sich in die Strömung, nahm Fahrt auf und glitt flussabwärts davon. Waltrude und Theodil gingen über das leicht schwankende Deck zu Kudak.

„Wie kommst du wieder nach Hause?", fragte der Zwerg.

Kudak wies auf den Mast in der Mitte des Bootes. „Segeln", stieß er hervor. „Aber das geht nur bei gutem Wind und dauert lange. Ich hatte mal 'ne Tour, da habe ich zwei Monate für den Rückweg gebraucht."

Rechts und links zogen mehr oder weniger bewachsene Hügel vorbei. Die Blockhütten Holzhafens verschwanden hinter einer Biegung des Flusses.

„Was meinst du, wie lange werden wir bis zu den Calonischen Bergen brauchen?" Waltrude sah Kudak an.

Der Flößer musterte den Fluss, spuckte ins Wasser, sah zum Ufer. „Bei der Strömung – fünf bis sechs Tage."

„Haben wir eine Chance, deinen Bruder einzuholen?"

„Warum?"

„Weil wir die treffen müssen, die sich auf seinem Boot befinden."

Abwägend legte er den Kopf auf die Seite. „Ich weiß nicht …"

„Ein Goldstück zusätzlich, wenn wir es schaffen."

Ruckartig bekam der Kopf des Flößers wieder seine aufrechte Haltung zurück. „Wir müssen im Dunkeln anhalten, am rechten Ufer. Links treiben sich die Wasserdrachen herum. Wenn wir abends fahren, bis wir nichts mehr sehen und morgens vor Sonnenaufgang ablegen, sollten wir es in drei bis vier Tagen geschafft haben."

Als Baldurion und die Zwerge bereits den zweiten Tag auf dem Fluss unterwegs waren, passierten Sergio und Claudio Holzhafen. Sie schonten ihre Drago-Zentauren nicht, wollten unbedingt vor allen anderen in Pilkristhal sein. Dort hätten die Drago-Zentauren auch die Gelegenheit, sich auszuruhen. Sie wussten, dass ihre Reittiere das schaffen.

Der Weg, dem sie folgten, führte zwar parallel zum Fluss, jedoch nicht immer in seiner Nähe. Mal ritten sie direkt am Ufer, mal lagen Hügel mit ausgedehnten Wäldern zwischen ihnen und dem Wasser. So kam es, dass sie Kudaks Boot überholten, ohne es zu bemerken. Nur einen halben Tag später jedoch lagen sie auf einer Anhöhe und beobachteten das Boot seines Bruders, das unter ihnen langsam dahinglitt.

„Es ist der Troll, stimmt's?" Claudio lispelte noch immer, obwohl seine Schneidezähne schon fast komplett nachgewachsen waren.

Sergio nickte. Der Minotaurus starrte hasserfüllt auf das Boot. Auch die würden der gerechten Rache nicht entgehen. Er erinnerte sich an die Keulenschläge des Trolls und daran, dass sowohl Rulgo als auch der Elf ihn hatten umbringen wollen.

„Komm weiter!", flüsterte er heiser. „Wir wollen ihnen in Pilkristhal einen gebührenden Empfang bereiten!"

Sie schwangen sich im Schutz des Hügels auf ihre Drago-Zentauren und ritten eilig davon. Nur wenige Meilen weiter gerieten sie in eine Gruppe aufgeregter Wasserdrachen-Weibchen.

Konulan

Die Bücherstadt erstreckte sich am Hang eines einzeln stehenden, sanft
ansteigenden Berges. Südlich des Berges reichte ein dunkler Wald bis
zum Horizont. Ihn würden sie auf ihrer Reise von Konulan nach Pilkristhal durchqueren müssen. Nördlich der Stadt zog sich, soweit das Auge
reichte, eine Heidelandschaft hin, die von den Bürgern Konulans und den
in der Umgebung siedelnden Bauern meist zu Weidezwecken genutzt
wurde. Irgendwie war bisher fast jeder Krieg und jede bewaffnete Auseinandersetzung an Konulan vorbeigegangen – bis auf einen Bürgerkrieg
vor einigen Jahren. Das hatte der Stadt die Chance gegeben, groß zu
werden. Schön dagegen war Konulan nicht. Gut, es gab beeindruckende
Gebäude innerhalb der Stadtmauern, die Bibliothek zum Beispiel. Rie-
sengroß ragte sie mitten in der Stadt auf, überragte sogar den Tempel der
Berggötter und den Palast der Fürstenfamilie. Auch Tempel und Palast
waren groß und beeindruckend, ebenso viele der Bürgerhäuser. Aber
schön? Für Bandath gab es bedeutend schönere Städte und Barella
stimmte ihm zu, als er diesen Gedanken äußerte. Während sie zum
nächstgelegenen Stadttor ritten, stellten sie eine Liste der Städte auf, die
sie für schön hielten. Einig waren sie sich, dass sowohl Konulan als auch
Flussburg weit hinten in dieser Liste lagen, Neu-Drachenfurt jedoch sehr
weit vorn rangierte, auch wenn es eher ein sehr großes Dorf als eine
Stadt war.

Wie üblich ließen sie Dwego und Sokah vor der Stadtmauer frei und
die beiden verschwanden mit schnellen Sprüngen im Wald. Sie würden
da sein, wenn Bandath und Barella sie brauchten.

Die Wachen am Stadttor stellten gelangweilt die üblichen Fragen nach
dem *woher* und *wohin*, mehr am Wetter und ihrem baldigen Feierabend
interessiert, als an dem Magier und der Zwelfe. Bandath führte Barella zu
einer kleinen Herberge, die er von früheren Besuchen her kannte. Der
Verirrte Wanderer war sauber, mit einer guten Küche ausgestattet, sah
allerdings nicht preiswert aus. In der Wirtsstube, holzgetäfelt mit kleinen
Fenstern, standen nur acht Tische. Alle waren voll besetzt und der Ge-

ruch nach leckeren Speisen zog durch den Raum. Bandath schob Barella zwischen den Stühlen hindurch direkt zum Tresen, hinter dem der Wirt, ein grauhaariger Elf, Gläser putzte.

„Zwei Bier und ein Zimmer, wenn's recht ist", sagte Bandath.

Mit lautem Hallo begrüßte der Elf den Magier, als sei dieser einer seiner besten Kunden. Er kam hinter der Theke vor und umarmte den Zwergling herzlich. Barellas Augenbrauen rutschten jedoch in die Höhe, als der Wirt die Bezahlung der Unterkunft ablehnte.

„Wann hätte ich je von dir Geld genommen, Bandath?"

„Oh", der Zwergling lächelte. „Ganz am Anfang, Farutil. Als wir uns kennenlernten, hast du ordentlich kassiert."

„Ja, da wusste ich auch noch nicht, was in dir steckt. Aber du weißt genau, Magier", er sprach das letzte Wort mit Hochachtung aus, „dass ich seit damals nicht einen Silberling mehr von dir kassiere."

„Damals?", flüsterte Barella dem Magier zu, als sich der Wirt umdrehte und einen Knecht rief, um ihn zu fragen, ob das „gute Gästezimmer" gereinigt sei.

„Ich half Farutil einmal bei einer kleinen Schwierigkeit, nichts Bedeutendes."

„Nicht weniger bedeutend als mein Leben", mischte sich Farutil in das Gespräch. Er hatte die letzten Worte des Magiers gehört. „Unsere Stadt mag seit Jahrhunderten keinen Krieg geführt haben, schöne Begleiterin meines Lebensretters, das heißt aber nicht, dass es hier keine Banditen gibt." Er beugte sich weit über den schweren Eichentisch, der als Theke diente. „Sie waren zu zwölft, hatten mein Haus überfallen, raubten die Gäste aus und hatten eine ganze Menge unangenehme Sachen mit den Damen des Hauses vor, als Bandath dieses bescheidene Geschäft auf der Suche nach einer Unterkunft betrat … Meine Frau und die Töchter sind dir noch heute dankbar."

„Wo ist Tharwana?", nutzte der Zwergling das Stichwort, um von der Geschichte abzulenken.

Farutil stellte zwei Bierkrüge vor den Reisenden auf den Tisch. „Tharwana ist in der Küche. Sie hat als heutige Spezialität baloranische Schildkrötensuppe vorbereitet. Ihr könnt die Suppe nachher kosten. Sicherlich wird Tharwana nach vorn kommen, wenn ich ihr sage, dass du mal wieder im Lande bist. Meine Töchter sind mittlerweile beide aus dem Haus. Ro'hanna, die Große, hat einen Kaufmann geheiratet und

To'nella, die Jüngere, nun, du weißt ja, wie sie ist. Hat ihren Schulter-sack geschnürt und ist in den Süden aufgebrochen. Sie ist in Pilkristhal bei einem Waffenschmied in die Lehre gegangen. Alle vier bis fünf Mondzyklen kommt ein Brief von ihr." Er zuckte resigniert mit den Schultern. „Kinder eben, du weißt, wie sie sind. Wissen immer alles bes-ser als ihre Eltern, erwarten mehr vom Leben und kehren doch hoffent-lich ab und an wieder nach Hause zurück." Dann plötzlich, als käme ihm jetzt erst der Gedanke, huschte sein Blick zwischen Bandath und Barella hin und her.

„Äh, wollt ihr zwei Zimmer oder lieber eines mit einem großen Bett." Sein vorwurfsvoller Blick traf Bandath. „Du hast mir deine Reisebeglei-terin noch gar nicht vorgestellt!"

„Ich komme ja nicht zu Wort bei dir." Der Magier berührte die Zwelfe sacht an der Schulter. „Das ist Barella, seit über einem Jahr meine Ge-fährtin."

„Dann ist es wahr, was man sich erzählt? Ihr beide habt dort oben in den Drummel-Drachen-Bergen im letzten Sommer eine Katastrophe ver-hindert?"

Beide nickten und Farutil betrachtete Barella mit neuem Interesse. Plötzlich beugte er sich vor und strich ihr vorsichtig das wild gelockte Haar über dem Ohr zurück.

„Ich wusste es, als du diesen Raum betreten hast. In deinen Adern fließt neben dem Blut der Zwerge auch edles Elfenblut." Er musterte sie von oben bis unten. „Das Beste aus beiden Rassen. Wahrlich, wenn ich nicht so alt wäre und Bandath nicht mein Freund, ich würde alles daran setzen, dich ihm abspenstig zu machen."

Barella lächelte kokett und der Magier spürte erstaunt einen kleinen, eifersüchtigen Stich im Herzen.

„Was würde deine Frau dazu sagen?", flötete Barella.

„Nun", kam eine Stimme aus dem Hintergrund. „Die würde wahr-scheinlich in der Sprache der Bratpfannen mit ihm reden! Diese Sprache kann jede Frau sprechen, egal ob Elfin, Zwergin oder Menschenfrau."

Die Tür hinter dem Elf öffnete sich und zusammen mit großen Schwaden appetitlicher Gerüche kam eine Elfe aus der Küche und schwang eine gusseiserne Pfanne in der Hand. Sie war genauso alt wie Farutil, schlank, aber kräftig und machte einen sehr energischen Ein-

druck. Barella dachte sofort, dass diese Elfe sich wohl gut mit Waltrude verstehen würde.

„Raspelt der Alte schon wieder Süßholz? Hör nicht auf ihn, Mädchen." Sie schob sich an ihrem Mann vorbei und spähte über den Tresen. „Ich möchte von einem Troll geknutscht werden, wenn das nicht der kleinste und fähigste Magier von hier bis zu den Drummel-Drachen-Bergen ist." Sie eilte um die Theke herum und schloss Bandath kurz, aber heftig in die Arme und küsste ihn auf beide Wangen. Danach musterte auch sie Barella intensiv. „Bist du die, von der in Elfenkreisen gemunkelt wird, sie wäre die Tochter Gilbaths, des arroganten, eingebildeten und überheblichen Elfenfürsten der Riesengras-Ebene?"

„Du hast anmaßend, hochmütig und selbstherrlich vergessen, als du meinen Vater beschrieben hast."

Tharwana warf den Kopf zurück und lachte. „Du scheinst eine gesunde Einstellung zu haben, Mädchen. Kommt nach hinten in unser Esszimmer. Ihr sollt nicht in der Gaststube essen müssen."

Eine halbe Stunde später hatten sie ihre Sachen auf das Zimmer gebracht – ein Zimmer mit nur einem, aber dafür sehr breiten und äußerst weichen Bett, wie Barella bemerkte –, sich gewaschen, einen großen Teller der leckeren Schildkrötensuppe gegessen und ein zweites Bier getrunken. Farutil hatte die Geschäfte hinter dem Tresen in der Gaststube vorübergehend einer Magd überlassen und sich zu Bandath und Barella gesetzt.

„Ihr müsst mir unbedingt alles erzählen, was im letzten Jahr passiert ist. Wir haben hier nur von dem gewaltigen Vulkanausbruch gehört und dass du den Vulkan zum Erlöschen gebracht haben sollst."

„Ohne Hilfe hätte ich das nicht geschafft, aber dazu später. Zuerst brauche ich ein paar Informationen von dir."

Farutil legte zustimmend den Kopf schräg. „Was immer du brauchst, Bandath."

Der Zwergling erzählte ihm kurz von ihrem Vorhaben und den Informationen, die er in der Bibliothek von Go-Ran-Goh erhalten hatte.

„An eurer Stelle würde ich die Reise in den Süden verschieben." Farutils Gesicht nahm einen besorgten Ausdruck an. „Irgendetwas geht da unten vor sich, aber keiner weiß etwas Genaueres."

Barella lehnte sich auf den Tisch. „Kannst du mehr erzählen?"

„Es heißt, dass nie gesehene Kreaturen aus der Wüste kommen, Siedlungen überfallen, die Bewohner töten und wieder in der Wüste verschwinden. Eine Einheit Soldaten des Fürsten von Nithgohr soll gegen Wesen gekämpft haben, denen keine Waffen etwas anhaben konnten. Die Menschen befürchten jetzt bald Angriffe auf kleinere Dörfer oder Städte. Man munkelt von einem alten Fluch, der die Nachfahren des Herrschers von Cora-Lega treffen soll."

„Gibt es denn Nachfahren von ihm?", fragte Barella. Ihr Gesichtsausdruck ließ erkennen, dass sie daran zweifelte.

„Jedes Fürstenhaus rund um die Todeswüste rühmt sich mit seiner direkten Abstammung von Ibn A Sil, dem Herrscher Cora-Legas. Zieht man darüber hinaus in Betracht, dass die männlichen Nachfahren des Herrschers alle mehrere Frauen und damit Dutzende Kinder hatten, die oft in kleinere, adlige Familien und bedeutende Handelsclans verheiratet wurden, dann gibt es wahrscheinlich Tausende Menschen rund um die Todeswüste, die als Nachfahren Ibn A Sils gelten können."

Bandath lehnte sich zurück und grübelte. „Pass auf, Farutil. Erstens brauche ich jemanden, der mir sagen kann, ob ich irgendwo in der Stadt die *Heyligen Schrifften* eines gewissen *Almo von Konulan über Profeten, Hell-Seher, Rufer und Wahr-Sager* finde. Zweitens benötige ich dringend eine weitere Person, die Alt-Baldit spricht, oder ein Wörterbuch."

„Weißt du etwas?"

„Bisher noch nichts Genaues. Ich bin auf der Spur einer Prophezeiung aus Pukuran. In ihr wurde der Untergang der Stadt und andere Dinge vorausgesagt, aber leider fand ich in der Bibliothek der Magierfeste keinen weiteren Anhaltspunkt, außer, dass die Zerstörung Pukurans, wie geweissagt, eingetreten ist. In der Offenbarung heißt es, eine Armee aus Sand würde kommen und die Nachfahren des Herrschers von Cora-Lega auslöschen. Leider ist der vollständige Text in dieser Quelle nicht niedergeschrieben worden, soll aber in den *Heyligen Schrifften* zu finden sein."

„Und das alles ist auf Alt-Baldit geschrieben?", fragte Farutil nach.

„Nein, ich habe eine weitere Schriftrolle gefunden, die auf Alt-Baldit geschrieben ist. In ihr berichtet ein Mann über seine Reise nach Cora-Lega." Bandath hob ratlos die Hände. „Leider kann ich diese Sprache nicht."

Der Elf dachte nach. „Es gibt meines Wissens niemanden in Konulan, der Alt-Baldit spricht. Allerdings hat sich in der Südstadt ein Händler auf ausgestorbene Sprachen spezialisiert. Vielleicht findet ihr bei ihm ein Wörterbuch." Er beschrieb Bandath und Barella den Weg. „Mit diesem Almo von Konulan kann ich dir nicht weiterhelfen. Aber vielleicht weiß Kaugos etwas."

„Kaugos? Muss ich ihn kennen?"

„Kaugos ist einer der Bibliothekare in der Großen Bibliothek von Konulan", erläuterte Farutil. „Er ist ein überheblicher Federfuchser, aber sein Spezialgebiet sind Prophezeiungen und Offenbarungen. Ihr könnt ihn morgen besuchen."

„Genau!" Tharwana setzte sich zu ihnen an den Tisch. „Ich habe die Küche meinen Mägden überlassen. Du hast dich rar gemacht in letzter Zeit, Bandath. Da will ich es genießen, dass du hier bist."

Bandath hob entschuldigend die Hände. „Ich hatte zu tun."

Die Elfe kicherte. „Ich weiß. Du hast die Trolle und die Elfen hinters Licht geführt."

„Nun, ganz so würde ich es nicht bezeichnen …"

Bandath begann, unterstützt von Barella, seinen Freunden die Geschichte des letzten Jahres zu erzählen. Es wurde ein schöner, erholsamer Abend, bei gutem Essen, gutem Bier und mit guten Freunden. Lange saßen sie beisammen, schwärmten von den alten Zeiten und genossen es, friedlich und entspannt zusammenzusitzen. Erst spät in der Nacht löschte Tharwana die Lampen, nachdem sie ihre Gäste zu ihrem Zimmer begleitet und ihnen eine gute Nacht gewünscht hatte. Für Bandath und Barella sollte es die letzte erholsame Nacht für eine lange Zeit werden. Aber das wussten sie noch nicht, als sie sich in dem weichen Bett aneinander kuschelten und Arm in Arm einschliefen.

Nach einem reichhaltigen und guten Frühstück machten sich Bandath und Barella am nächsten Morgen zu dem Händler auf, der sich laut Farutil auf ausgestorbene Sprachen spezialisiert hatte. Bandath führte Barella zügig durch Konulan. Wenn Bethga Konulan als Bücherstadt bezeichnet hatte, dann war das keine Übertreibung. Es gab in jeder Straße mehr Buchhandlungen als anderswo in einer ganzen Stadt. Buchbinder, Buchdrucker, Zeichner und Papierschneider priesen ihre Leistungen förmlich an jeder Ecke an. Es gab Läden, in denen man Farbe zum Drucken und

Illustrieren von Büchern kaufen konnte. Federn und Hunderte verschiedener Pinsel waren im Angebot. Zwielichtige Gestalten boten „längst verschollen geglaubte" Dokumente an, Schreiber ihre Dienste. Der Magier suchte einen Weg durch die verwinkelten, engen Gassen, der sie am Viertel der Papiermacher vorbeiführte. Trotzdem drang der Gestank der Lauge bis zu ihnen.

„Was stinkt hier so?" Barella verzog angeekelt das Gesicht.

„Die Papiermacher lassen Lumpen faulen, um sie zu Papier zu verarbeiten. Das und die Lauge aus den Bottichen, aus denen das Papier geschöpft wird, ergibt ein unnachahmliches Parfüm ..." Bandath grinste, während er sie eilig in ein weiter entferntes Stadtviertel führte. Sie umrundeten dabei das Gebäude der Bibliothek. Gleich einem riesigen Findling, über den jemand einen Flickenteppich ausgebreitet hatte, strebte das unansehnliche Gebäude neben ihnen auf. Vor Jahrhunderten errichtet, war es irgendwann zu klein für die Schätze geworden, die es barg. Der seinerzeitige Fürst von Konulan beschloss eine Erweiterung und ein Baumeister ließ einen Seitenflügel anbauen. Bandath hatte einmal eine Zeichnung aus dieser Zeit gesehen und konnte nicht umhin, die damalige Schönheit des Gebäudes zu bewundern. Diese Schönheit jedoch war längst vergangen. Das ursprüngliche Gebäude und der berühmte Seitenflügel waren unter einer Vielzahl von Anbauten, Trakten, Nebenflügeln und Türmen verschwunden. Dabei hatte jeder Fürst und jeder Baumeister seinen eigenen Stil und seine Vorstellungen von einer Bibliothek durchgesetzt, sich aber keine Mühe bei der Gestaltung der Fassade gegeben. Das Ergebnis nach der vielhundertjährigen Bautätigkeit sah verheerend aus. Die Bibliothek beherrschte Konulan wie ein hässliches Geschwür und niemand konnte von außen erkennen, welch wertvolle Schätze sie barg. Denn im Gegensatz zu den Baumeistern bemühten sich die Bibliothekare, die dort arbeiteten, um den Schatz, den sie hegten, pflegten und vermehrten. Kundschafter der Bibliothek fand man ständig auf jedem großen Markt, in jedem Tempel und in jeder Stadt, immer auf der Jagd nach Büchern für ihre Bibliothek.

Vorbei an Schreibstuben und den Geschäften von Buchbindern gelangten Bandath und Barella endlich in die von Farutil beschriebene Gasse und fanden den Laden des Experten für ausgestorbene Sprachen. Der Inhaber, ein winziges Männlein, begrüßte sie wohlwollend. Erwartungsvoll die Hände reibend hörte er sich Bandaths Problem an und wuselte dann in den dunklen, um einige Stufen tiefer gelegenen Bereich seines Ladens. Er verschwand hinter einem bis an die Decke reichenden Regal voller alter Bücher und Papierrollen. Bandath kam sich beinahe vor wie in der Bibliothek von Go-Ran-Goh. Unwillkürlich huschte sein Blick zur Decke. Fast erwartete er dort, Bethgas Spinnengestalt zu sehen.

„Ich habe hier ein Alt-Baldit-Wörterbuch, ein einziges. Allerdings ist es auf Biluga geschrieben. Kannst du Biluga lesen oder sprechen, Magier?", fragte der Besitzer mit einem Blick auf Bandaths langen Magierstab.

„Es geht." Biluga war eine der vier alten magischen Sprachen. Jedes der vier Grundelemente – Wasser, Erde, Luft, Feuer – hatte eine eigene, Biluga war die des Wassers. Bandath hatte sich während seiner Ausbildung nie sonderlich mit dem Erlernen dieser Sprachen beschäftigt, gerade genug, um die Magie zu beherrschen.

„Was ist?", fragte Barella, als sie den Laden verließen. Bandath wog das Buch in der Hand, für das er, seiner Meinung nach, einen extrem überhöhten Preis bezahlt hatte.

„Meine Biluga-Kenntnisse sind nicht so toll."

„Ich denke, das ist eine der magischen Sprachen, die ihr auf Go-Ran-Goh lernen müsst."

„Nun, nicht unbedingt müssen. Du weißt doch, wie das ist. Wenn man der Meinung ist, dass ein anderer Kurs für einen wichtig ist, kann man gegebenenfalls einen Kurs …"

„… abwählen?", unterbrach ihn die Zwelfe fassungslos. „Sag bloß, du hast die Sprachkurse abgewählt, damit du Hypnotisieren lernen konntest?"

„Nun", rechtfertigte sich Bandath. „Es ging nicht nur um das Hypnotisieren. Da waren auch eine Reihe anderer interessanter Kurse …"

„Das darf doch nicht wahr sein!", stöhnte Barella. „Bitte nicht schon wieder. Immer wenn wir deine Fähigkeiten als Magier brauchen, hast du gerade mal wieder diesen einen Kurs abgewählt."

„Nun übertreibe nicht", rechtfertigte sich Bandath schwach.

„Lass das bloß nicht Niesputz hören. Kriegen wir hier irgendwo ein Wörterbuch für Biluga?"

Bandath schüttelte den Kopf. „Die magischen Sprachen dürfen nicht in unsere Sprache übersetzt werden. Ich glaube, es ist noch schwieriger ein Wörterbuch dafür zu bekommen als für Alt-Baldit."

„Das ist ja toll!" Wütend stapfte die Zwelfe los und nahm Kurs auf eine kleine Gasse, die zu der übermächtigen Mauer der Bibliothek führte, die hinter den Häusern hervorragte wie der dunkle Schatten eines Albtraumes.

„Barella, warte!"

„Was ist noch?", fauchte sie.

Bandath zog erschrocken den Kopf ein. „Wir müssen da lang." Er wies ängstlich auf eine andere Gasse. „Dort kommen wir zu dem Eingang, den Farutil uns genannt hatte."

„Dann lass uns gehen." Erneut stapfte Barella los und Bandath fragte sich, ob ihre Mutter vielleicht irgendwie mit Waltrude verwandt gewesen war. Er würde bei Gelegenheit versuchen, es herauszufinden.

Kaugos erwies sich, nachdem er endlich erschienen war, als Zwerg in einer dunkelbraunen Kutte. Barella und Bandath hatten mehr als zwei Stunden beim Pförtner warten müssen, bis Kaugos sich bequemt hatte, zu den Besuchern zu kommen. Der Magier staunte über das Alter des Zwerges, er war relativ jung für einen Bibliothekar. Bei früheren Besuchen hatte er nur alte Angestellte der Bibliothek kennengelernt, deren Haut die Farbe des Pergamentes angenommen hatte, das sie seit vielen Jahren behüteten, pflegten und ordneten.

„Almo von Konulan, also. Ja, von dem haben wir einige Bücher. Welches soll es denn sein?"

„Wir brauchen die *Heyligen Schrifften des Almo von Konulan über Profeten, Hell-Seher, Rufer und Wahr-Sager.*"

Kaugos kratzte sich an der Stirn. „Die *Heyligen Schrifften*? Von denen gibt es nur noch ein einziges Exemplar. Leider ist es so beschädigt, dass wir es nicht einmal von einem fähigen Schreiber abschreiben lassen können. Du kannst es gern für eine halbe Stunde im Lesesaal ansehen, Magier. Das kostet fünf Goldstücke."

„Fünf Goldstücke?!", riefen Barella und Bandath wie aus einem Mund. „Dafür kann ich mir unten auf dem Markt dreißig gute Bücher kaufen!", ergänzte Bandath wütend. Das letzte Mal, als er hier ein Buch gelesen hatte, brauchte er „bloß" ein Goldstück zu bezahlen und hatte es damals schon als sehr teuer empfunden.

„Das mag schon sein", bestätigte Kaugos ungerührt. „Aber ihr wollt ein ganz besonderes Buch. Das werdet ihr unten auf dem Markt nicht

finden. Der Unterhalt der Bibliothek ist teuer geworden. Wir planen einen neuen Anbau, haben noch ein paar Bibliothekare eingestellt ... nun, und alles wird teurer, ihr wisst schon ..." Er wedelte mit der Hand, als würde das alles erklären.

„Was ist nun?" Er sah die beiden Bittsteller auffordernd an. „Bezahlt ihr oder kann ich gehen? Ich habe nämlich noch mehr zu tun."

Seufzend griff Bandath in seine Lederbörse und zahlte dem Zwerg die fünf Goldstücke. Dieser ließ das Geld in einer Tasche seiner Kutte verschwinden und führte sie daraufhin in einen Lesesaal unweit des Einganges. Unterwegs erklärte er: „Die Regeln sind einfach. Ihr bekommt das Buch für eine halbe Stunde. Jede weitere halbe Stunde kostet weitere fünf Goldstücke. Das Buch verlässt den Lesesaal nicht. Keine Abschriften, keine Notizen. Ihr steht die ganze Zeit unter Beobachtung eines Novizen. Klar?"

Bandath nickte grimmig, schwieg aber, genau wie Barella.

Der Lesesaal, in den sie Kaugos führte, war riesig. Bestimmt einhundert Tische standen ordentlich in Reih und Glied angeordnet und durch Sichtschirme voneinander getrennt, die ein ungestörtes Arbeiten ermöglichten. Verteilt über den ganzen Raum saßen vielleicht fünfzehn Leute, eifrig, aber leise in Büchern blätternd, die sich vor ihnen auf den Tischen türmten. Eine gedämpfte Arbeitsatmosphäre herrschte hier. In jeder zweiten Reihe saß ein Novize in hellbrauner Kutte, der die Leser vor ihm überwachte. Im Saal befanden sich doppelt so viel Novizen wie Leser.

„Kein Wunder, dass ihr so viel Gold verlangt. Die Hälfte eurer Novizen hat nichts zu tun. Sitzen in allen Lesesälen so viele Nichtstuer?"

„Es könnte möglich sein, dass plötzlich mehrere Leute in unseren Büchern lesen wollen. Wir müssen vorbereitet sein." Kaugos führte sie an die Seite und platzierte sie direkt vor einen Novizen, der sie uninteressiert musterte.

„Bin gleich wieder da", murmelte Kaugos und verschwand durch eine hölzerne Tür. Sie schwiegen und der Novize vor ihnen blätterte in einem überdimensionalen Wälzer, der mehrere hundert Jahre alt sein musste. Bandaths Interesse für gute Bücher wurde wach. Wenn er an die Schätze dachte, die hier lagerten, unzugänglicher, als in der bedeutend kleineren Bibliothek von Go-Ran-Goh, dann kribbelte es ihn in den Fingern.

„Irgendwann gehe ich hier rein", flüsterte er Barella zu, ohne dass es der Novize mitbekam, „und dann hole ich mir die besten Bücher raus, ohne dass diese eingebildeten Bibliothekare es mitbekommen."

Barella sah sich um und grinste. „Ich kann dir auf Anhieb vier bis fünf Möglichkeiten nennen, hier einzusteigen." Sie war eine Diebin, hatte jahrelang mit Räubern gelebt. Bandath vergaß das immer wieder. Erstaunlicherweise dauerte es nicht lange, bis Kaugos zurückkam und ein kleines hölzernes Kästchen vor ihnen auf den Tisch legte.

„Was ist das?", fragte Bandath. „Wir wollten das Buch."

Kaugos nickte und schlug den Deckel des Kästchens zurück. Darin lagen etwa dreißig Blatt Papier, angesengt, eingerissen, zum Teil zerrissen oder gar nur halb.

„Das ist alles, was von dem Buch noch existiert. Ich sagte doch, es ist beschädigt."

„Beschädigt?", rief Bandath wütend und ignorierte die um Ruhe bittenden Gesten des Zwerges. „Beschädigt? Das hier ist kein Buch, das sind ein paar lose Blätter, kaputt und zum größten Teil unleserlich!"

„Dafür hast du fünf Goldstücke kassiert?", zischte Barella, huschte um den Tisch herum, packte den Zwerg am Kragen seiner Kutte und drängte ihn gegen den Tisch des Novizen.

„Raus!", krächzte Kaugos mehr ängstlich als wütend, auch wenn er versuchte, seiner Stimme einen energischen Klang zu geben. „Raus! Ihr verstoßt gegen die Ordnung der Bibliothek." Hinter ihm war der Novize aufgesprungen und hob hilflos die Hände.

Bandath knallte wütend das Kästchen zu, kam ebenfalls hinter dem Tisch hervor und zischte den Zwerg an: „Wenn ihr so weitermacht, dann könnt ihr eure Bibliothek bald zumachen." Kaugos erstarrte einen winzigen Moment, zwinkerte anschließend mit den Augen und stellte sich neben Barella. Der Zwergling drehte sich zu dem Novizen und musterte auch ihn unter zusammengezogenen Augenbrauen. Verschüchtert starrte der erst zurück, setzte sich dann aber still auf seinen Stuhl und begann erneut, in dem riesigen Wälzer vor sich zu blättern.

„Wir gehen", knurrte Bandath und drehte sich zum Ausgang. Der Vorfall war nicht unbeachtet geblieben. Als sie den Lesesaal durchschritten, gefolgt von dem eilig trippelnden Kaugos, senkten die anderen Novizen und Besucher erschrocken die Köpfe. Sie hatten zwar nicht mitbekommen, was genau Grund der Auseinandersetzung war, den heftigen Wortwechsel allerdings schon gehört. Immerhin aber hatten die Sichtschirme Einzelheiten vor ihnen verborgen. Bandath war darüber froh.

Als sie die Bibliothek verlassen hatten, spielte ein zufriedenes Lächeln um seine Mundwinkel.

„Und?", fragte Barella. „Hast du es?"

Glücklich klopfte sich der Zwergling auf die Brust. Unter seinem Umhang knisterte es verräterisch.

„Werden sie nicht merken, dass es fehlt?"

„Oh", er schüttelte den Kopf. „Ich glaube nicht. Beide habe ich einer kurzen, aber recht intensiven Hypnosemagie unterzogen, die die Ereignisse der letzten Stunde in ihrem Kopf durcheinanderbringt. Sie werden sich nicht daran erinnern können, ob wir Krach geschlagen haben, weil nur ein paar Blätter in dem Kästchen lagen oder weil da überhaupt nichts mehr darin war. Verstehst du?"

Barella nickte. „Sie werden denken, dass das Buch schon vor unserem Erscheinen verschwunden ist." Jetzt musste auch sie grinsen. „Wahrscheinlich haben sie deshalb anstandslos die Gebühr an uns zurückgezahlt." Sie öffnete ihre linke Hand und zeigte Bandath fünf Goldmünzen.

Er schüttelte den Kopf. „Du bist unmöglich!"

„Ich weiß!" Beide brachen in lautes Gelächter aus.

Ihre kleine Verstimmung wegen des abgewählten Sprachkurses war vergessen.

Auf dem Weg zu Farutil kehrte Bandath noch in einen Bücherladen ein, den er „von früher her" kannte, wie er Barella versicherte. Eine Stunde später verließen sie das Geschäft wieder – um fünf Goldstücke erleichtert. Dafür hatte Bandath gut zwei Dutzend Bücher gekauft, die der Händler über Boten direkt nach Neu-Drachenfurt schicken wollte. Bandath wusste, dass er sich darauf verlassen konnte.

Am Nachmittag verabschiedeten sie sich von Tharwana und Farutil. Sie hatten das Gefühl, dass es trotz der Hypnose-Magie eventuell besser wäre, Konulan für die nächste Zeit erst einmal den Rücken zu kehren.

Die Elfen gaben Bandath einen Brief für ihre Tochter To'nella mit, da er ja sowieso „über Pilkristhal reisen" würde. Sie beschrieben dem Magier, wo er in Pilkristhal ihre Tochter finden könnte („Sie arbeitet in der einzigen von Elfen betriebenen Waffenschmiede der Stadt!"). Und so machten sich Barella und Bandath – beladen mit frischem Proviant und vielen guten Wünschen – auf den Weg von Konulan nach Pilkristhal, um, wie sie hofften, Korbinian, Rulgo und Niesputz zu treffen.

Auf dem Strom

„Und wieso meint ihr beide, dass ich das tun sollte?"

Rulgo zuckte auf Korbinians Frage hin mit den Schultern. „Regel Nummer eins. Du hast zu machen, was wir sagen."

„Das ist nicht gerecht! Ich habe schon gestern Wasser geholt. Und vorgestern. Wieso gehst du nicht mal?"

Der Troll drehte sich gemächlich auf die andere Seite und schloss die Augen. „Erstens", brummte er, „weil gleich die Sonne untergeht. Zweitens sind Elfen von Natur aus zum Wasserholen geeignet und drittens, wie ich schon sagte: Regel Nummer eins. Haben wir im Wirtshaus in Neu-Drachenfurt ausgemacht. Mit Bandath und Barella. Du erinnerst dich?"

„Aber ich bin am Bein verletzt und kann schlecht laufen."

„Und ich am Arm und am Rücken und kann schlecht tragen. Nun hör auf zu jammern und hol Wasser."

„Aber ich habe schon gestern Wasser geholt!"

„Korbinian!", mischte sich Niesputz ein. „Du wiederholst dich. Soll ich etwa die Eimer füllen?"

„Du brauchst ja auch kaum Wasser."

„Wir waren mal auf einer Tour", mischte sich Zidor, der Flößer, ein, „da hatten wir nicht mal Eimer, um Wasser zu holen …"

Korbinian verdrehte die Augen. „Jetzt geht das wieder los!", nahm die beiden Wassereimer und hinkte an Land.

„… und niemanden, der Wasser holen konnte", brummte der Flößer dem Elfen hinterher und begann, die Seile zu überprüfen, mit denen sie das Boot an den Bäumen des Ufers befestigt hatten.

„Wir hatten mal 'ne Tour", murmelte er dabei, „da hatten wir nicht mal Bäume, um am Ufer festzumachen!"

„Der muss echt schlimme Zeiten erlebt haben, früher", flüsterte Niesputz seinem Freund zu. Dieser nickte, schloss aber gleich darauf die Augen. Die Sonne ging unter und er fiel in seinen Schlaf.

Zidor stapfte an den beiden vorbei. „Der kann schlafen. Ich hatte mal 'ne Tour, da konnte ich nicht mal schlafen!"

„Ich denke, ich werde nach dem Elfen sehen." Niesputz erhob sich in die Luft und flog Korbinian hinterher.

Zu beiden Seiten des Flusses erhoben sich langgestreckte Hügel, zum Teil bewaldet, zum Teil aber auch nur mit Gras und wenigen Buschgruppen bewachsen. Seit dem Angriff der Chupacabras prüfte Niesputz ihre nächtlichen Liegeplätze genau, bevor sie ankerten. Und anlegen mussten sie, denn von ihnen konnte keiner das große Boot durch den nächtlichen Strom steuern. Zidor jedenfalls weigerte sich, nachts zu fahren. Er brauchte seinen Schlaf, wie er sagte, seitdem er „… mal eine Tour gehabt hatte, auf der niemand zum Schlafen gekommen war …"

Wenn die drei Gefährten ihn reden hörten, so wunderten sie sich, dass Zidor überhaupt noch lebte, bei dem, was er schon alles erlebt haben musste – jedenfalls nach seiner Aussage. Es gab kaum eine Situation oder eine Bemerkung, die er nicht mit den Worten „Ich hatte mal 'ne Tour …" zu kommentieren begann. Mittlerweile verdrehten alle die Augen oder versuchten, ihm zu entkommen. So wie Niesputz im Moment, der die Gesellschaft des Elfen der des Flößers vorzog.

Die Verletzungen des Trolls und des Elfen heilten gut ab. Der alte Mann in Holzhafen musste heilende Hände gehabt haben. Dies und die heilsame Ährchen-Knörgi-Magie, die Niesputz einsetzte und von der Bandath auf ihrer letzten Tour so begeistert gewesen war, sorgten für rasche Fortschritte bei Rulgo und Korbinian. Trotzdem, eine erneute Begegnung mit so einem großen Trupp Chupacabras wünschte sich keiner von ihnen. Niesputz war noch immer beunruhigt. Diese Tiere so weit nördlich zu treffen, war nicht nur ungewöhnlich, es war schlechterdings unmöglich. Es sei denn, ein bedeutend gefährlicherer Feind hatte sie aus ihren angestammten Gebieten rund um die Todeswüste vertrieben.

Wie dem auch sei: Jetzt galt es erst einmal, die Überschwemmungsgebiete mit den Wasserdrachen-Weibchen zu durchqueren. Würden sie die nächsten drei bis vier Tage überstehen, ohne einen Wasserdrachen zu sehen, dann lägen bis Pilkristhal keine größeren Hindernisse mehr vor ihnen – normalerweise.

Niesputz fand Korbinian in der zunehmenden Dämmerung an einer Quelle am Rande eines kleinen Wäldchens. Die Wassereimer standen unbeachtet vor ihm und er starrte gebannt an Niesputz vorbei und be-

schattete die Hand gegen die letzten über den Himmel huschenden Strahlen der Abendsonne.

„He, Elf, keine Lust zum Wasserschöpfen?"

Korbinian wies mit der Hand nach Westen. „So einen Sonnenuntergang habe ich noch nicht gesehen."

Niesputz folgte dem ausgestreckten Arm des Elfen mit den Augen. Genau in Richtung Westen wischten Lichter über den Himmel, wie der Widerschein von Blitzen, die hinter den Hügeln auf der anderen Seite des Flusses zuckten.

„Das ist kein Sonnenuntergang", murmelte Niesputz. Die Lichter nahmen verschiedene Farben an, von rötlich bis bläulich. Sie hatten etwas Kämpferisches, etwas Wütendes an sich.

„Die Lichter erinnern mich an etwas." Das Ährchen-Knörgi war alarmiert. „Wenn Bandath mit seinen Feuerkugeln kämpft, sieht das so ähnlich aus."

„Du meinst, die beiden sind da drüben?"

„Ich weiß nicht. Hol Wasser und sag dem Flößer Bescheid. Es kann sein, dass er mit dem Boot auf die andere Seite muss."

Im selben Moment, als Niesputz mit seiner höchstmöglichen Geschwindigkeit in Richtung Lichtschein losflog, erlosch dieser. Das Ährchen-Knörgi überquerte den Fluss, schoss zwischen zwei Hügeln hindurch und hatte in wenigen Augenblicken das Gebiet erreicht, das Ausgangspunkt der Lichtblitze gewesen sein musste. Unter ihm lagen acht tote und mehrere verletzte Wasserdrachen-Weibchen. Sie waren etwa so groß wie Rulgo und flügellos. Mit ihren kräftigen Hinterbeinen und den kurzen Vorderbeinen ähnelten sie fast Bandaths Laufdrachen Dwego, wenn da nicht die Schwimmhäute zwischen den Krallen, der breite Schwanz und der sehr flache Kopf mit dem spitzen Maul gewesen wären.

Der größere Rest der Gruppe war augenscheinlich denen auf der Spur, die dieses Massaker angerichtet hatten. Niesputz schoss eilig umher, suchte auf der feuchten Erde und fand schließlich zwischen den unzähligen Abdrücken der Wasserdrachen im Schlamm die Spuren von zwei Drago-Zentauren. Erleichterung machte sich breit, hatte er doch befürchtet, die Spuren von Dwego und Sokah zu finden. Zumindest hatten also nicht Bandath und Barella hier gewütet. Kurz darauf entdeckte er die Ursache für die Aufregung der Wasserdrachen: Im Hang eines Hügels klaffte ein Loch, aus dem eine Anzahl zerschlagener Eier quoll. Die Angreifer hatten die Wasserdrachen wohl bei der Eiablage überrascht und, um sich selbst zu retten, das Gelege zerstört. Die verbliebenen Wasserdrachen brüllten wütend, rannten immer aggressiver umher, stießen gegeneinander und blieben hilflos vor den zerstörten Eiern stehen. Immer mehr Drachen kehrten in die Senke zurück. Wahrscheinlich hatten sie die Verfolgung aufgegeben. Mit der Schnelligkeit von Drago-Zentauren nahm es kaum jemand auf.

Niesputz erkannte die Gefahr, die ihnen drohte, und flog zum Boot zurück.

„Leinen los!", rief er schon von Weitem. Zidor erhob sich träge und legte das Brot weg, von dem er sich gerade einen Kanten abgeschnitten hatte.

„Was'n los?"

Korbinian kam fast zur selben Zeit an.

„Wasserdrachen!", stieß Niesputz hervor.

Die buschigen Augenbrauen des Flößers rutschten nach oben. „War mal auf 'ner Tour, da hatten wir auch Ärger mit den Wasserdrachen und nicht mal Waffen, um uns zu wehren."

„Das werden wir ebenfalls erleben, wenn wir nicht schnellstmöglich unterwegs sind."

„Was ist passiert?", fragte der Elf und begann, ungeachtet der Proteste des Flößers, die Leinen zu lösen, mit denen das Boot an den Bäumen befestigt war.

„Da sind wahrscheinlich ein oder zwei Zauberer in eine ganze Herde wütender Wasserdrachen hineingeraten, haben sie bei der Eiablage gestört, etliche getötet und das Gelege zerstört."

„Bandath?"

„Nein!"

„Das Gelege zerstört?" Zidors Gesicht wurde blass. „Das ist übel. Das ist wirklich übel. Ich war noch nie auf einer Tour, auf der das Gelege von Wasserdrachen zerstört wurde."

„Aber was geht das uns an?" Korbinian wirkte einen Moment verunsichert. Dann wurde sein Blick starr und wanderte zu den Hügeln am anderen Ufer. „Scheiße!", entfuhr es ihm. „Die Magier sind den Drachen entkommen und die Viecher sind jetzt etwas sauer?"

Niesputz nickte. „Wirklich sauer. Und es wird nicht lange dauern, dass sie umherziehen und schauen, an wem sie diese Laune auslassen können."

„Warum mussten wir auch einen Taglicht-Troll mitschleppen. Der nutzt uns gar nichts, jetzt, wo die Sonne untergeht." Er stierte missmutig zum Mast, neben dem Rulgo in der zunehmenden Dunkelheit wirkte wie ein Haufen unordentlich gelagerter Kartoffelsäcke.

„Ich hatte mal 'ne Tour, da hatten wir nicht mal einen Sonnenuntergang."

Verwirrt starrten Niesputz und Korbinian den Flößer einen Moment an, dann schüttelte der Elf den Kopf. „Wenn du uns jetzt nicht so schnell wie möglich hier wegbringst, dann wirst du nie mehr 'ne Tour haben."

Er packte eine der langen Stangen, die dazu dienten, das Boot vom Ufer abzustoßen und begann, genau das zu tun. Zidor stierte zum anderen Ufer, blickte dann Korbinian an und nickte. Wortlos griff er sich ebenfalls eine Stange und gemeinsam schoben sie das Boot in die Strömung. Ein wütender Schrei ertönte aus dem Wald vom anderen Ufer her, heiser und rau.

Korbinian erstarrte. „Da sind sie schon!"

Niesputz sah sich um, prüfte den Wind. „Das Segel hoch!", herrschte er den Flößer an.

Der schüttelte den Kopf. „Ich hatte mal 'ne Tour, da mussten wir auch in der Nacht segeln. Wir hatten hinterher nicht mal mehr ein Boot!" Der Elf sprang auf ihn zu und packte ihm am Kragen. „Wenn du das Segel nicht hochziehst, sind wir zu langsam, um ihnen zu entkommen. Dann werden wir nach dieser Tour nicht mal mehr ein Leben haben!"

Ein weiterer Schrei ertönte am Ufer und wurde von weiter hinten aus dem Wald beantwortet. „Sie rufen die anderen Weibchen", keuchte Niesputz. „Schneller!", brüllte er Zidor an, der sich am Mast zu schaffen machte. Langsam zog dieser das Segel nach oben, während Korbinian hektisch stakte, um das Boot in die tieferen Bereiche des Flusses zu bringen, dorthin, wo die Strömung sie rascher davontragen würde.

„Bin gleich wieder da!", rief Niesputz und verschwand. Kurz darauf kündeten grüne Funken und das wütende Brüllen der Wasserdrachen von seinen ersten Attacken, um sie vom Boot abzulenken. Langsam, viel zu langsam nahm das schwerfällige Gefährt Fahrt auf. Das Segel schlug im Abendwind leicht gegen den Mast, bevor es sich sachte blähte und dem

Boot zusätzliche Geschwindigkeit verlieh. Am Ufer sah Korbinian mehrere Schatten ins Wasser huschen und auf sie zugleiten. „Typisch Trolle", fluchte er, mit einem Blick auf den schnarchenden Troll. „Die schlafen von Natur aus, wenn es ernst wird." Er zerrte seinen Bogen und den Köcher aus dem Gepäck, legte auf und schoss. Schaumwirbel kündeten von einem Treffer. Zidor stand am Ruder, drückte gegen die lange Stange und zog gleichzeitig an der Leine, mit der er über eine Rolle an der Bordwand das Segel in den Wind drehte. „Ich hatte mal 'ne Tour ...", murmelte er, dann schüttelte er den Kopf und schwieg.

Korbinian schoss weiter, fluchte, wenn er nicht traf und schwieg, wenn ein Pfeil sein Ziel gefunden hatte. Für Zidors Geschmack fluchte der Elf viel zu oft. Kurz bevor eine ganze Reihe der schwarzen Schatten im Wasser das Boot erreichten, erschien Niesputz wieder bei ihnen.

„Einen Teil konnte ich ablenken."

„Ich sehe es!" Korbinian ließ den Bogen fallen und griff nach seinem Schwert. „Ich will nicht schon wieder kämpfen müssen. Ich dachte, wir gehen irgendwohin und holen uns eine Kiste Gold." Er starrte den ersten Wasserdrachen an, der seinen Kopf über die Bordwand streckte.

„Verflucht, lasst uns in Ruhe!" Sein Schwert sauste im großen Bogen gegen die Stirn des Reptils. Schmerzgepeinigt schrie es auf und rutschte zurück in die Wellen. Das nächste Tier wurde von Niesputz attackiert. Er sauste an dem Elf vorbei und knallte mit einem lauten, klatschenden Geräusch und einem grünen Funkenregen gegen die Nase des Drachen, der wie benommen nach hinten kippte und im Wasser versank. Ein Warnruf Zidors ließ Korbinian herumfahren. Zwei Wasserdrachen hatten hinter ihnen die Bordwand überwunden und schlichen geduckt in Richtung des Trolls. Korbinian griff beide gleichzeitig an. Schlug mit dem Schwert, sprang vor und zurück, lenkte sie von Rulgo ab und zog sich in die entgegengesetzte Richtung zurück. Die Wasserdrachen schnappten mit ihren zahnbewehrten Rachen fauchend nach ihm und schlugen sowohl mit ihren Vorderkrallen als auch ihren langen Schwänzen zu. Die Klinge des Elfen drang dem rechten Drachen unterhalb des Halses in die Brust. Er ging zu Boden und begann, unkontrolliert zu zucken. Ein Schlag mit dem Schwanz riss Korbinian zu Boden. Schon war der andere Drache über ihm, sperrte sein Maul auf und schnappte nach Korbinians Gesicht. Ihm war, als würde für einen winzigen Moment die Zeit stehenbleiben. Aus den Augenwinkeln sah er sowohl Zidor, der mit schreckgeweiteten Augen einen sich nähernden Wasserdrachen anstarrte, als auch Niesputz, der mit Mühe und vielen grünen Funken zwei Reptilien davon abhielt, sich auf den schlafenden Rulgo zu stürzen. Dann war dieser Moment vorbei, der Rachen des Tieres kam näher, Korbinian hob das Schwert und schloss die Augen. Er würde es nicht schaffen, diesen Angriff abzuwehren, das war ihm klar. Plötzlich hörte er einen dumpfen Schlag und neben ihm polterte etwas Kleines, Hartes auf die Planken. Irritiert hob er die Lider. Das Reptil über ihm hatte seine Augen verdreht und schwankte. Blitzschnell rollte er sich unter dem Drachen weg und schon krachte dieser genau auf die Stelle, an der der Elf soeben noch gelegen hatte. Neben dem Kopf des Drachen lag ein faustgroßer, weißer Stein.

Verwirrt erhob sich Korbinian und eilte Zidor zu Hilfe. Doch auch dieser Wasserdrache brach plötzlich zusammen und vor den Füßen des Flößers kam ebenfalls ein Stein zu liegen. Dann polterte es, das ganze Boot wankte, als wären sie gegen einen Felsen gefahren. Korbinian und Zidor verloren den Halt und fielen hin. Der Flößer rappelte sich schnell wieder auf, griff nach dem Ruder und versuchte, das Boot auf Kurs zu halten. Fremde Stimmen ertönten und mehrere Gestalten rannten über das Deck, Niesputz zu Hilfe kommend. Korbinian sah sich in der zunehmenden Dunkelheit um. An der Längsseite hatte ein zweites Boot angelegt, dabei waren einige Planken zu Bruch gegangen, aber das schien Zidor egal zu sein. Über das Getöse des Kampfes hinweg verständigte er sich mit dem fremden Flößer, als würde er ihn kennen. Ein Mensch und zwei Zwerge hatten durch die Bresche in der Bordwand die Boote gewechselt und gingen jetzt gegen die Wasserdrachen vor. Korbinian schloss sich ihnen an, ließ aber sofort wieder sein Schwert sinken, als er in einem der Zwerge Waltrude erkannte, die mit etwas, das wie eine mächtige Bratpfanne aussah, auf einen Wasserdrachen einschlug. Waltrude? Wie kam die denn hierher?

Mit Hilfe der drei neuen Streiter gelang es ihnen, den Angriff der Reptilien abzuwehren. Dann machten sie endlich mit ihren Booten so viel Fahrt, dass die Drachen die Verfolgung aufgaben. Trotzdem fuhren sie noch mehrere Stunden, den Fluss mühsam mit Fackeln beleuchtend, bevor sie sich trauten, an Land zu gehen und zu rasten. Sie steuerten ihre Boote in eine kleine Bucht am rechten Ufer, vermuteten sie doch in den Hügeln links vom Strom noch mehr umherstreifende Wasserdrachen.

An Land entzündeten sie ein Feuer und setzten sich um die wärmenden Flammen. Nur Rulgo, Zidor und Kudak blieben auf den Booten. Der Troll schlief natürlich noch immer und die Flößer unterhielten sich leise. „So." Niesputz schwirrte gewichtig zwischen den Sitzenden umher. Er sah Theodil, Waltrude und Baldurion an. „Wie kommt *ihr* denn hierher? Ich meine, nicht dass uns eure Hilfe nicht willkommen gewesen wäre, obwohl ich alles unter Kontrolle hatte. Aber wenn ich mit irgendjemanden gerechnet habe, dann nicht mit euch!"

Theodil holte tief Luft und setzte zu einer Erklärung an, aber Waltrude hob Einhalt gebietend die Hand.

„Du erinnerst dich an die beiden Verbrecher im letzten Jahr, die zwei Möchtegern-Magier, deren Reittiere, diese stinkigen Gargyle, dann von den Trollen gefressen wurden?"

Niesputz nickte und wurde ganz still. Bewegungslos hing er in der Luft vor der Zwergin. Er hatte das Gefühl, dass ihm nicht gefallen würde, was Waltrude jetzt sagen wollte.

„Sie sind zurück!"

„Der Ochsenkopf und der Gnom?" Die Frage war überflüssig und Niesputz wusste es. Aber manchmal war es so, dass man überflüssige Fragen stellen musste, obwohl man die Antwort ganz genau kannte – oder vielleicht auch, weil man sie kannte und insgeheim hoffte, sich zu irren und eine andere Antwort herbeiwünschte. Doch Waltrude nickte gnadenlos.

„Sie haben mich überfallen und sind hinter dem Herrn Magier her."

„Sie haben … sie haben was?"

Waltrude schilderte in kurzen Worten den Überfall der beiden gestrauchelten Magier im Wald bei Neu-Drachenfurt und ihre Rettung durch Baldurion. Wobei es allerdings so klang, als wäre der Musikant erst hinzugekommen, als sie die ganze Situation schon fest im Griff hatte. „Wir hofften, euch noch vor Pilkristhal einzuholen", beendete Waltrude ihre kurzen Ausführungen.

Das Ährchen-Knörgi schüttelte den Kopf. „Ich verstehe nicht ganz, was du hier willst."

„Sie will Bandath warnen", mischte sich Theodil jetzt in das Gespräch ein. „Und weil sie sich davon partout nicht abbringen ließ, haben wir sie begleitet."

„Das darf doch wohl nicht wahr sein!", rief Niesputz, sauste mehrere Schritte hoch in die Luft und versprühte zornig grüne Funken. „Was habt ihr nur angestellt?"

„Wir?", entgegnete Waltrude wütend. „Wie es mir schien, haben wir euren Hintern vor ein paar sehr wütenden Drachen gerettet. Was habt ihr angestellt, dass die Viecher so wütend auf euch waren?"

„Wir?!", rief jetzt Niesputz noch zorniger. „Wir?" Er wies mit seiner Hand irgendwo auf das gegenüberliegende Ufer. „Da drüben haben zwei durchgeknallte Magier einen ganzen Trupp Wasserdrachen-Weibchen angegriffen. Und wenn ich jetzt höre, was du erzählst, dann rechne ich einfach eins und eins zusammen. Eins und eins ist zwei! Nur bei den Elfen ist eins und eins manchmal so groß wie ein bisschen drei. Und weißt du, was bei deiner Geschichte rauskommt? Kannst du es dir denken, du selbstgefällige Zwergin?"

Waltrude wurde unsicher. „Ich kann dir nicht folgen …"

„Nein?", brüllte Niesputz. Er war jetzt richtig sauer. „Dann hör mal genau zu: Was meinst du, was die beiden machten, nachdem sie dich überfallen haben? Denkst du, sie haben sich wieder dorthin zurückgezogen, wo sie das ganze letzte Jahr waren? Denkst du etwa, sie sind weiter auf der Suche nach der nicht-existierenden Blauen Blume der Glückseligkeit? Was tun sie wohl, wenn sie so intensiv hinter dem Zauberer her sind, wie du sagst? Sich ausruhen? Auf Bandath warten?" Er schüttelte in einer selbst gegebenen Antwort den Kopf. „Oh nein. Sie haben sich an deine Fersen geheftet. Du hast sie ja geführt – direkt zu Bandath, den sie wohl in Pilkristhal erwarten werden. Irgendwie haben sie erfahren, wo wir hinwollen. Wahrscheinlich in Holzhafen. Und jetzt sind sie an uns vorbei und werden dem Magier auflauern." Er flog auf die Erde, hob ein kleines Steinchen auf, surrte wieder nach oben und warf es wütend auf den Boden. „Scheiße! Ein Riesenhaufen verdammte Trollscheiße ist das!" Erneut wies er auf die andere Seite des Ufers. „Das da drüben, das zerstörte Gelege, das ist genau ihre Handschrift!"

Waltrude sah irritiert und verunsichert von einem zum anderen. Theodil hatte verschämt den Kopf gesenkt, als er begriff, was sie angestellt hatten. Baldurion tat eher gelassen, ihn traf ja keine Schuld. Korbinian hingegen musterte sie wütend. Gut, sie hatten ihnen gegen die Wasserdrachen geholfen. Aber sich mit Magiern anzulegen, wagte er sich überhaupt nicht. Diese Reise wurde immer gefährlicher, je weiter sie vordrangen. So hatte er sich das nicht gedacht. „Sind das dieselben Typen, die mein Vater im letzten Jahr als Spione gegen die Trolle angeheuert hat und die dann beinahe alle in einen Krieg getrieben haben?"

„JA!", brüllten Waltrude und Niesputz zugleich.

„Scheiße!", wiederholte Niesputz und Korbinian nickte zustimmend. Das Ährchen-Knörgi schwirrte unruhig mehrere Runden um das Feuer. Alle schwiegen und sahen zu ihm auf.

„Wenn sie vor uns in Pilkristhal sind", begann Niesputz laut zu denken, „dann werden sie uns Steine in den Weg werfen wollen. Irgendwie werden sie versuchen, uns daran zu hindern, Bandath Bescheid zu geben. Und sie werden sich natürlich auch an uns rächen wollen."

„Also ich habe eigentlich nichts mit denen zu schaffen", unterbrach ihn Korbinian.

„Meinst du", fuhr Waltrude den Elf an, „dass das den Ochsenkopf interessiert? Du bist der Sohn Gilbaths, das würde den beiden schon reichen. Außerdem reist du mit dem Muskelpaket, der das alles hier so friedlich auf dem Boot verschläft. Allein diese Gesellschaft ist Grund genug, sie sich zum Feind zu machen."

Korbinian schüttelte resigniert den Kopf. „Trolle sind von Natur aus keine guten Reisebegleiter."

„Wir müssen versuchen", fuhr Niesputz ungeduldig in seinen Überlegungen fort, „unbemerkt nach Pilkristhal hineinzukommen. Sind wir erst drin, können wir uns umhören." Er schwirrte dem Elf auf die Schulter. „Gibt es da nicht diesen alten Kanal? Du kennst dich doch in der Stadt aus."

Der Elf musterte erst Niesputz, dann den Rest der Gruppe. „Erst greifen uns Chupacabras an, dann Wasserdrachen und jetzt wollen wir Schwierigkeiten in Pilkristhal machen? Das ist die einzige Stadt hier im Süden, in der ich bisher noch keine Probleme hatte."

„Nun, dann wird es Zeit, dass du das korrigierst. Und außerdem, was heißt hier: *wollen wir Schwierigkeiten machen*? Wir wollen keine machen. Es werden uns welche gemacht. Da bin ich mir sicher. Also, was ist nun? Gibt es diesen alten Kanal noch und ist er für uns zugänglich?"

Korbinian nickte. „Wir können uns bei Nacht an der Stadtwache vorbeischleichen. Tagsüber ist das nicht möglich. Allerdings sollten wir uns dann doch lieber im *Würfelbecher* verstecken. Ich kenne den Wirt, ihm kann man vertrauen, wenn man ihn entsprechend bezahlt. Der *Fröhliche Zimmermann* ist viel zu ehrbar. Dort verkehrt die Stadtwache."

„Werden sich nicht der Ochsenkopf und der Gnom auch in dieser Spelunke einquartieren?", fragte Waltrude.

„Das kriege ich raus", sagte Niesputz. „Ährchen-Knörgis sind die geborenen Spione."

Theodil wiegte nachdenklich den Kopf. „Was, wenn du versuchst, Bandath zu finden, bevor er nach Pilkristhal kommt?"

„Oh", mischte sich jetzt erstmals Baldurion in das Gespräch. „Nördlich und nordöstlich von Pilkristhal erstrecken sich riesige Wälder bis zum Wasserdrachen-Fluss. Das müsstet ihr eigentlich wissen. Dort gibt es dutzende von Straßen, hunderte Wege und endlos viele Pfade. Ich denke nicht, dass *irgendjemand* den Magier dort findet. Und außerdem wissen wir nicht, ob er vielleicht schon in Pilkristhal ist."

„*Das müsstet ihr eigentlich wissen*", äffte Waltrude ihn nach. Es ärgerte sie ungemein, auf ihren Fehler vor dem Musiker hingewiesen worden zu sein.

„Mit den Pferden wird das Eindringen in die Stadt aber nichts werden", warf Korbinian ein. „Auch den Troll können wir in der Nacht vergessen."

„Wir müssen die Tiere und Rulgo irgendwo außerhalb der Stadt verstecken", entschied Niesputz. „Dazu aber sollten wir uns vor Ort ein Bild machen." Seine Miene nahm etwas Endgültiges an. „So! Und jetzt wird geschlafen. Ab heute halten wir wechselseitig nachts Wache. Korbinian, du fängst an."

Der Elf hatte gedankenverloren ins Feuer gestarrt und schreckte hoch. „Wache? Ich? Wieso das denn?"

„Regel Nummer eins", erklärte Niesputz lakonisch und surrte in Richtung Boot davon. Die anderen folgten, schweigend und unzufrieden mit der Situation.

Unzufrieden war auch Rulgo am nächsten Morgen. Während sie mit ihren Booten stromabwärts dümpelten, schilderten sie dem Troll die Ereignisse der Nacht und die Situation, in der sie sich befanden.

„Sergio und Claudio? Dann wird es endlich ein wenig aufregend hier." Er griff nach seiner Keule und wog sie in der Hand. „Ich wollte ihnen schon im letzten Jahr die Schädel einschlagen, nur Bandath hat mich daran gehindert. Hätte er mich mal machen lassen, dann hätten wir jetzt weniger Probleme."

„Der Herr Magier würde sagen. ,Wer weiß, wozu es noch gut ist'", brummte Waltrude halblaut.

„Gut?", knurrte Korbinian. „Wozu sollen diese beiden gut sein? Nach allem, was mir mein Vater erzählt hat, sind die nur auf Ärger, Zwietracht und Unheil aus. Und das haben sie ja schon wieder zur Genüge angerichtet – dabei haben wir die Kerle noch nicht einmal zu Gesicht bekommen."

Rulgo ignorierte den Elf und redete weiter: „Aber dass ihr mich mit den Pferden in einem alten Bauernhof abstellen wollt, während ihr in Pilkristhal den ganzen Spaß habt, passt mir gar nicht."

„Du kannst dich aber schlecht als Zwerg verkleidet in die Stadt schleichen", sagte Niesputz.

Rulgo schmiss die Keule wieder auf die Planken. „Man, bist du eine Spaßbremse. Dann seht doch zu, wie ihr mit den zwei Gauklern fertig werdet. Mach ich euch eben den Pferdehirten."

Er stand auf und stapfte missmutig an den Bug des Bootes. „Elfen sind von Natur aus egoistisch. Und Zwerge auch. Gönnen mir kein bisschen Spaß."

Kudaks Boot pflügte durch die Wellen. Zidor folgte in einigem Abstand. Sie hatten die Pferde komplett auf seinem Boot untergebracht und fuhren gemeinsam mit Kudak. So waren sie wenigstens tagsüber den ewigen *Ich-hatte-mal-'ne-Tour*-Sprüchen entkommen. Am Horizont tauchten die Calonischen Berge auf. Dort irgendwo würden sie halten und den Fluss verlassen müssen.

Rulgo hielt sich auch in den nächsten Tagen aus den Gesprächen heraus, während seine Gefährten Pläne schmiedeten, wie sie in Pilkristhal gegen die beiden Magier vorgehen wollten. Die restlichen Tage auf den Booten verliefen ohne Zwischenfälle. Sie schienen das Wasserdrachengebiet hinter sich gelassen zu haben. Trotzdem erkundete Niesputz weiterhin sehr gründlich die Umgebung ihrer abendlichen Rastplätze, denn auch die Chupacabras stellten eine nicht zu unterschätzende Gefahr dar.

Sie brauchten noch vier Tage bis zu den Calonischen Bergen. In einer kleinen Siedlung am Fuße der Berge zahlten sie die Flößer aus und machten sich auf direktem Weg nach Osten in Richtung Pilkristhal auf.

Der zerbrochene Stab

Barella und Bandath tauchten in den Wald südlich Konulans ein und ritten den ganzen Tag und die folgende Nacht mit hohem Tempo. Sie wollten einen weiten Umweg nach Westen nehmen, um das Gebiet der Wasserdrachen zu umgehen. Es gab auf ihrem Weg drei Brücken, die sie überqueren mussten. Kurz hinter Pilkristhal überschritten sie den Grünhaifluss, der hier aus dem Westen kam. Weiter südlich wartete der Wasserdrachen-Fluss auf sie. Er kam aus dem Westen, schlug einen großen Bogen und kehrte ein paar Tagesreisen weiter südlich fast genau nach Westen zurück. Dieser Bogen und die ihn umgebenden, dichten Wälder waren Wasserdrachen-Gebiet. Wanderer mieden die Gegend. Mit den Wasserdrachen war nicht zu spaßen – zur Zeit der Eiablage erst recht nicht. Erst auf der Höhe des von ihnen gewählten Weges wurde es wieder sicherer. Bandath hatte den Weg über die Brücken vorgeschlagen. Eine östliche Umgehung des Wasserdrachen-Gebietes würde zu viel Zeit in Anspruch nehmen.

Am Abend des zweiten Tages deuteten sich zum ersten Mal Schwierigkeiten an. Dwego und Sokah hatten sich gerade, wie immer bei einer Rast, in den Wald verzogen, als Bandath plötzlich und unerwartet eine lange nicht gehörte Stimme in seinem Kopf vernahm: *Bandath!*

Wie immer in solchen Situationen drehte er sich zuerst irritiert um, als würde ihn jemand rufen, der sich hinter ihm im dichten Unterholz versteckt hielt. Natürlich wusste er im gleichen Moment, woher die Stimme kam. So riefen ihn nur die Mitglieder des Inneren Ringes der Magier. Diese hatten allerdings ihre Rufe bedeutend reduziert. Seit dem letzten Jahr, als sie ihn auf die Suche nach dem Diamantschwert geschickt und vergeblich geglaubt hatten, ihn mit diesem Kontakt an der langen Leine halten und kontrollieren zu können, hatten sie sich nur noch selten und sehr kurz gemeldet. Jedes Mal teilten sie ihm mit, dass es nun endlich an der Zeit sei, nach Go-Ran-Goh zu kommen und dem Ring der Magier seine Handlungen zu erklären. Und mit jeder Erklärung Bandaths, dass er dazu nicht nach Go-Ran-Goh müsste – die Ergebnisse hätten schließlich gezeigt, dass er recht gehabt hatte –, waren diese Kontakte frostiger und kürzer geworden. Natürlich dachte der Zwergling im ersten Moment, dass Menora, die als Meisterin der Fernsicht solche Kontakte pflegte, ihn auch jetzt wieder in die Magierfeste beordern wollte.

Bandath!

Das klang sehr ungeduldig.

‚Ja?‘ Der Zwergling antwortete in Gedanken.

Was machst du dort?

Jetzt war der Magier doch verwirrt. Was sollte diese Frage?

‚Wie …?‘ Er zögerte, wusste nicht, was er sagen sollte.

Du bist im Wald südlich von Konulan. Was willst du dort?

Es war Bandath schon immer ein Rätsel, woher die Magier des Inneren Ringes wussten, wo sich jedes einzelne Mitglied der Gilde aufhielt.

‚Nun, ich habe hier zu tun. Seit wann interessiert ihr euch für meine Geschäfte?‘

Nur, wenn sie unsere Geschäfte berühren, wie das hier wieder einmal der Fall zu sein scheint.

Jetzt wurde Bandath allmählich ärgerlich. Wieso sagte Menora nicht einfach, was sie wollte?

‚Warum hast du Kontakt zu mir aufgenommen?‘

Wir wollen, dass du aus der Gegend verschwindest.

Das verblüffte Bandath. Er versuchte allerdings, sich das nicht anmerken zu lassen. ‚Ich kann dich beruhigen, ich bleibe nicht hier im Wald. Was auch immer ihr hier vorhabt, ich reise weiter, schon morgen früh.‘

Ja, zurück in dein Dorf.

‚Ich soll …? Nein! Ich werde weiter in den Süden reisen.‘

Nein. Dort unten scheint es massive Probleme zu geben. Wir haben fähige Magier dort, die diese Probleme lösen. Deine Anwesenheit wäre nicht nur unerwünscht, sondern sogar störend. Der Innere Ring erwartet … er fordert von dir, dich rauszuhalten. Kehre zurück nach Neu-Drachenfurt! Ohne Umweg!

Bevor Bandath zu einer Entgegnung ansetzen konnte, spürte er den Abbruch des Kontaktes durch Menora. Auch das war neu. Bisher hatte immer er den Kontakt abgebrochen.

„Sag mal, hörst du mir eigentlich zu?“ Barella schnaufte ärgerlich und drehte den kleinen Buddelhasen am Spieß über dem Lagerfeuer.

„Entschuldige. Ich hatte eben ein Gespräch mit Menora.“

„Die Weitsicht-Magierin aus Go-Ran-Goh? Wollte sie dich wieder zu einem *klärenden Gespräch* auf die Feste einladen? Die geben wohl nie auf?"

„Fernsicht-Magierin", korrigierte Bandath. „Sie wollen, dass ich umkehre." Er starrte wie abwesend ins Feuer.

„Sie wollen *was?*" Barella war erstaunt. „Wieso das denn?"

Der Zwergling zuckte mit den Schultern. „Ich weiß es nicht. Sie sprechen von Problemen im Süden, dass sie Magier zur Klärung dieser Schwierigkeiten dahin gesandt haben und dass ich dort stören würde."

„Und?" Barella sah ihn fragend an.

„Was *und?*" Bandath antwortete zerstreut, grübelte noch immer über das kurze Gespräch nach.

„Da ist mehr. Ich spüre es. Irgendetwas beunruhigt dich."

Wie abwesend nickte Bandath, schwieg aber und starrte weiterhin ins Feuer. Barella drängte nicht. Sie kannte ihn und wusste, dass er ihr sagen würde, was ihn bewegte.

„Da war etwas Neues in ihrem Ton", sagte der Zwergling schließlich. „Eine Schärfe, die ich von ihr nicht kenne – eine Drohung vielleicht, unterschwellig, kaum wahrzunehmen, aber trotzdem in jedem einzelnen Wort präsent."

Jetzt schwieg Barella. Es war neu, dass der Ring der Magier Bandath drohte. Gut, er hatte sie im letzten Jahr wirklich vor den Kopf gestoßen, als er ihren dringenden Aufforderungen nicht Folge leistete und danach die mehrfachen Einladungen ignorierte. Aber Bandath hatte dies stets leicht genommen. „Das ist nicht so tragisch", hatte er mal zu ihr gesagt. „Es ist ja nicht so, dass ich die Welt zerstört habe."

Jetzt jedoch schien er ernsthaft besorgt.

„Was können sie tun?", fragte die Zwelfe.

Bandath schreckte hoch, löste den starren Blick aus den Flammen und sah sie irritiert an. „Was?"

„Ich wollte wissen, was der Ring der Magier machen kann, wenn du nicht gehorchst."

„Oh, da gibt es eine ganze Menge. Sie können sauer sein, furchtbar sauer. Sie werden schimpfen, drohen, toben und vielleicht wird der eine oder andere von ihnen vor Wut platzen. Das wäre nicht die schlechteste Lösung für so manche Probleme. Außerdem können sie mich ermahnen, verwarnen und auffordern, endlich nach ihren Regeln zu spielen."

„Das hört sich alles nicht sehr gefährlich an."

„Und ..." Bandath stockte und sein Ton wurde wieder ernst. „Sie können mich aus der Gilde ausschließen. Sie könnten mir sogar die Fähigkeit nehmen, meine magische Kraft zu nutzen."

„Das geht? Ich denke, du bist schon ein Magier gewesen, bevor du nach Go-Ran-Goh gegangen bist?"

„Nein. Ich hatte Begabungen, ja. Aber diese zu nutzen, lernt man auf Go-Ran-Goh. Und die Magier des Inneren Ringes bringen einem bei, wie. Doch nur, wenn man ihren Segen hat, kann man Magie ausüben."

„Ich glaube es nicht. Die beiden Eierköpfe im vorigen Jahr, die dich angegriffen haben, die haben die Erlaubnis des Rings, Magie einzusetzen?"

Bandath nickte.

„Aber ich dachte, sie sind während der Ausbildung gefeuert worden?"

„Deshalb dürfen sie trotzdem Magie anwenden. Sie sind nur keine vollwertigen Magier."

„Und was unterscheidet euch dann außer eurem Abschluss?"

„Eigentlich nichts."

Fassungslos stöhnte die Zwelfe auf. „Ich kann immer besser verstehen, warum du mit denen vom Ring nicht zusammenarbeiten willst." Jetzt starrte auch sie in die Flammen. „Gibt es denn niemanden, der sich dagegen auflehnt?"

„Doch, aber die werden geächtet und aus der Gilde ausgeschlossen. Sie fristen ein Dasein mit kümmerlichen Resten ihrer Magie, als Hexenmeister."

„Kennst du einen?"

Bandath schüttelte den Kopf. „Ich habe von ihnen gehört und gelesen. Hexenmeister sind abgehalfterte Magier, Kriminelle. Sie ziehen durch die Lande und leben von Almosen. Ihre Beherrschung der Magie beschränkt sich auf ein paar kleine Schutzzauber und vielleicht die eine oder andere Fähigkeit wahrzusagen oder ein wenig zu hypnotisieren. Kaum dass es sich lohnt, dafür den Begriff Magie zu verwenden."

„Wieso urteilst du so, wenn du keinen kennst?"

„Barella, Hexenmeister sind das Letzte! Sie ziehen umher, ohne feste Bleibe, stehlen, verursachen Schäden ..." Er hob in einer Geste der Hilflosigkeit die Hände. „Ehrlich, ich habe noch keinen getroffen, der auch nur ansatzweise etwas Gutes über Hexenmeister erzählen konnte."

„Wen kennst du, der einen Hexenmeister kennt?"

Bandath grübelte einen Moment. „Wenn du keinen kennst, dann nur die Magier des Inneren Ringes."

„Und du glaubst ihnen?"

„In den Büchern, die ich gelesen habe, steht dasselbe."

„Wo hast du die Bücher gelesen?"

Bandath schwieg, sah sie nur an.

„Auf Go-Ran-Goh vermute ich mal", antwortete Barella selbst auf ihre Frage. „Toll. Seit wann lässt du die dort für dich denken. Ehrlich, ich hätte dich für klüger gehalten. Ich meine: Die haben dir heute mit dem Rauswurf gedroht!"

„Nun", beschwichtigt er sie, allerdings nicht ganz aufrichtig sich selbst gegenüber, „ganz so schlimm war es gar nicht."

Für den Rest des Abends schwieg er allerdings und dachte angestrengt nach.

Später, als sie in ihre Decken gewickelt an der Glut des Feuers lagen, flüsterte Barella: „Wenn du willst, dann können wir umkehren. Lass es uns in ein oder zwei Jahren noch einmal probieren."

Sie fühlte, wie Bandath erneut den Kopf schüttelte. „Es geht jetzt nicht mehr nur um den Dämonenschatz. Der Innere Ring will mich davon abhalten, in den Süden zu reisen. Die planen irgendetwas. Ich will wissen, was da vor sich geht."

Das war der Bandath, den sie kannte. Sie hätte sich sehr gewundert, wenn er auch nur ansatzweise darüber nachgedacht hätte, jetzt aufzuhören – nicht nach dem Gespräch mit der Fernsicht-Magierin.

Gegen Mitternacht wurde der Magier wach, weil Barella leicht an seiner Decke zupfte. Er schlug die Augen auf. Im Mondlicht lag sie neben ihm und hatte ein Auge geöffnet. Ihre Nasenspitzen berührten sich beinahe.

„Psst!", hauchte sie, ohne die Lippen zu bewegen. „Da ist was im Wald."

Bandath zwinkerte einmal. Verstanden, signalisierten seine Augen. Vorsichtig tastete seine Hand nach dem Magierstab, der stets unweit seines Lagers lag. Langsam schlossen sich seine Finger um das glatte Holz und er spürte, wie die Magie durch den Stab in seinen Arm floss. Zeitgleich hörte er leise Geräusche wie von kleinen Füßen, die mit hastig trippelnden Schritten durch das Gebüsch huschten. Er spürte, wie Barella sich neben ihm anspannte und machte sich zum Aufspringen bereit. Angestrengt lauschten sie, wie sich die ungebetenen Gäste ihrem Lager allmählich näherten.

Dann ging alles blitzschnell.

Barella warf die Decke zur Seite und sprang elegant auf, den Bogen in der einen, einen Pfeil in der anderen Hand. Der Zwergling murmelte *Luzo* und versuchte ebenfalls aufzuspringen. Sein Magierstab begann zu glühen und tauchte die kleine Lichtung in ein grünlich fluoreszierendes Licht. Winzige, zweibeinige Gestalten erstarrten mitten in der Bewegung. Bandath verhedderte sich in seiner Decke und schlug der Länge nach auf die Erde. Tränen schossen ihm in die Augen, als er mit dem Gesicht auf den Boden krachte.

„Nicht schießen!", rief er Barella zu, die mit gespanntem Bogen neben ihm stand. Mühsam befreite er sich aus der Decke, rappelte sich auf und hielt die freie linke Hand vor die Nase, während er mit der anderen den leuchtenden Stab hob und die Szene rund um ihren Lagerplatz erhellte. Gut ein knappes Dutzend Zweibeiner, deren Scheitel ihm gerade mal bis zum Gürtel reichten (bei einem Zwergling, man stelle sich das vor!), umringten sie. Sie waren schwarz, mit einem feinen Fell bedeckt und hatten auf ihren dürren Hälsen unverhältnismäßig große Köpfe mit riesigen, spitzen Ohren.

„Kaukas", flüsterte Bandath Barella zu.

„Ich weiß", flüsterte sie zurück, behielt aber den Bogen gespannt. Diese kleinen Erdkobolde konnten sie innerhalb weniger Minuten bis aufs Hemd ausplündern und mit ihrem gesamten Hab und Gut verschwinden. Sie waren meist ungefährlich und lebten tief im Wald, fernab von allen Siedlungen. Einer Gruppe Kaukas, die gereizt war, begegnete man aber lieber nicht. Diese hier schienen nicht gereizt, aber äußerst nervös zu sein.

„Unser Wald!", piepste eines der Weibchen, das sich am weitesten vorgewagt hatte, vorwurfsvoll.

Bandath nickte. „Ich weiß. Wir wollen auch nur durchreisen und den Kaukas nichts antun."

„Unser Wald!", wiederholte das Kobold-Weibchen. Sie hatte sich deutlich zu Barella gedreht und schien Bandath zu ignorieren. Die Zwelfe senkte und entspannte den Bogen, ohne jedoch den Pfeil von der Sehne zu nehmen.

„Das wissen wir. Aber wir müssen nach Pilkristhal. Deshalb reisen wir durch euren Wald."

„Nicht ihr! Wasserdrachen! Andere Feinde! Unser Wald!"

„Wie meinst du das?"

„Wasserdrachen und andere kommen. Machen Jagd auf Kaukas. Nicht gut!"

„Was für *andere*?"

Die Kauka machte einige vertrauensvolle Schritte auf Barella zu und hob in einer Geste der Verzweiflung ihre beiden Händchen ratlos nach oben.

„Nicht weiß. Kommen aus Süd. Jagen Kaukas. Fressen Kaukas. Kaukas müssen fliehen."

„Wie weit seid ihr schon geflohen?"

„Beide Wasserdrachenflüsse!"

Das hieß, dass diese kleinen Erdkobolde schon eine große Strecke hinter sich gebracht hatten und zumindest aus der Gegend um Pilkristhal sein konnten.

„Frau nicht gehen weiter Süd!", flehte das Weibchen Barella an. „Nicht gehen Süd. Beschützen Mann!" Sie wies auf Bandath. „Kaukas fliehen weiter. Nicht wissen wohin. Überall schon jemand. Kein Platz für kleine Kaukas." Sie schluchzte kurz und plötzlich huschten alle Kobolde ins Gebüsch und waren verschwunden.

Bandath setzte sich knurrig auf seine Decke. „Beschützen Mann. Toll. Als ob ich deinen Schutz bräuchte."

Grinsend setzte sich Barella neben ihn. „Nun, ich kann mich an Situationen erinnern, da war dir meine Anwesenheit ganz angenehm."

„Das hat aber nichts mit Schutz zu tun. Das war mehr …" Er suchte nach Worten.

„Hilfe? Sicherung? Beistand?", fragte sie.

„Taktik", entgegnete er.

„So wie eben mit der Decke?"

„Wieso flieht alles aus dem Süden?", lenkte Bandath das Gespräch in weniger verfängliche Bereiche. „Warum entsendet der Ring seine eigenen Magier dorthin? Und warum will er mich aus der Gegend weghaben?"

„Betrifft das nur dich oder auch andere Magier?"

Bandath zuckte mit den Schultern. Magier waren eine eigenbrötlerische Spezies. Selten hielten sie Kontakt zueinander.

„Lass uns noch zwei Stunden schlafen", meinte er dann. „Wir kriegen hier sowieso keine Antworten."

Es dauerte nicht lange, da kündeten Barellas tiefe Atemzüge von ihrem Schlaf. Sie konnte fast zu jeder Gelegenheit einschlafen. Eigentlich hatte Bandath dieselbe Fähigkeit erworben während langer, langweiliger Unterrichtsstunden auf Go-Ran-Goh. Aber jetzt lag er wach, grübelte und starrte in den Sternenhimmel. Als er merkte, dass er nicht wieder einschlafen konnte, erhob er sich leise, schlich ein Stück zur Seite und hockte sich unter einen Baum. Dort setzte er eine kugelförmige Wanderflamme über sich in eine Astgabel und holte die Reste des Buches von Almo von Konulan hervor. Nach dem Diebstahl hatte er es sorgfältig in seinem Schultersack aufbewahrt. Im Licht der Wanderflamme begann er, die kümmerlichen Reste des Buches zu lesen. Viel von dem, was erhalten geblieben war, interessierte ihn nicht. Almo von Konulan hatte wahrscheinlich Hunderte von Prophezeiungen ohne System gesammelt und so, wie er sie erfahren hatte, niedergeschrieben. Auf den Blattresten fanden sich Fragmente der unterschiedlichsten Prophezeiungen. Von Wettervorhersagen über die Ankündigung von Geburten bis hin zur Verkündung des Weltunterganges war alles in den *Heyligen Schrifften des Almo von Konulan über Profeten, Hell-Seher, Rufer und Wahr-Sager* vorhanden. Erst als Bandath schon fast die Hoffnung aufgegeben hatte, fand er auf einem der letzten Blätter *die Offenbarung des Verrückten von Pukuran* – zumindest Bruchstücke von ihr. Ein großer Teil des Blattes fehlte und der Rest hatte Löcher. Der Text, den er entziffern konnte, sagte ihm nichts Neues. Der Verrückte hatte, so hieß es dort, die Bürger Pukurans vor der kommenden Zerstörung gewarnt. Im zweiten, wörtlich wiedergegebenen Teil der Offenbarung, warnte er vor der lange nach dem Staubsturm kommenden „Rache aus der Wüste für begangenes Unrecht", die die „Erben des Herrschers von Cora-Lega" mit aller „Härte und Grausamkeit" treffen würde. Das zumindest reimte sich Bandath zusammen, denn gerade dieser Teil des Blattes war sehr lückenhaft. Noch bruchstückhafter war der folgende Text, was sich als fatal erwies, denn Bandath vermutete darin konkretere Angaben zu der Art und Weise der „Rache", konnte er doch Worte wie „Sand", „wird kommen" und mehrfach „auftreten" entziffern. Der Satz „Dagegen hilft nur W…" endete am un-

teren Teil des noch vorhandenen Dokumentes. W...? Wüste? Würmer? Wurst? Was auch immer nach Ansicht dieses Propheten helfen konnte, war unwiederbringlich verloren.

Wütend packte der Magier die Blätter weg. Nach diesem mageren Ergebnis hoffte er, mehr aus dem Lese-Kristall zu erfahren, der ja immerhin das ganze Dokument über die Reise Ib-Allo-Gandors nach Cora-Lega gespeichert hatte. Als seine Gedanken die Magierfeste berührten, stieg noch mehr Wut in ihm auf. Er sammelte Holz, machte Feuer und kochte Wasser. Während es in dem kleinen Topf über den Flammen sprudelte, warf er ein paar der Kräuter hinein, die Barella am Abend zuvor gesammelt hatte. Dann weckte er seine Gefährtin. Die blinzelte in das Morgengrau.

„Der Tee ist fertig." Bandath strich ihr zart über die Wange. In solchen Augenblicken zog es ihm das Herz vor Freude zusammen. Barella war seine Gefährtin und es tat unendlich gut, sie an seiner Seite zu wissen, trotz all der Reibereien zwischen ihnen.

Am Abend des nächsten Tages bekamen sie erneut Besuch. Der Magier und Barella saßen nach dem Essen noch am Feuer. Die Zwelfe stocherte lustlos mit einem Stock in der Glut und Bandath hatte den Lese-Kristall vor sich auf der Erde liegen. Über dem zartgrün leuchtenden Prisma spannte sich kaum sichtbar der Regenbogen und zwischen diesem und dem Kristall leuchtete das Abbild des Dokumentes von Ib-Allo-Gandor. Es waberte, als würde man es durch heiße Luft betrachten. Der Magier hatte das Alt-Baldit-Biluga-Wörterbuch auf den Knien und blätterte verzweifelt hin und her, während er versuchte, sich an die einst gelernten Worte dieser alten Sprache zu erinnern. Eine kleine Wanderflamme auf seiner Schulter spendete Licht.

„Dieser Reisebericht macht mich verrückt!", brummte er missmutig. „Die Worte, die ich übersetzen kann, sind viel zu breit gestreut, als dass ich einen der Sätze deuten kann."

Barella sah auf. „Was hast du denn schon?"

„Hier oben", der Magier wies auf den ersten Teil des Dokumentes, „scheint es sich um eine Beschreibung des Weges zu handeln, den Ib-Allo-Gandor zur Geisteroase genommen hat. Die Wörter Sonne, Sand und Hitze tauchen regelmäßig auf. Er scheint von Pukuran aus gestartet zu sein, denn auch die Stadt wird mehrfach erwähnt. Ich glaube, anhand

116

einiger Geländebeschreibungen aus dem Text könnten wir den Weg nach Cora-Lega nachvollziehen. Wie gesagt, dieser Abschnitt bereitet mir kein Kopfzerbrechen."

„Aber das ist doch schon eine ganze Menge!" Barella war erfreut.

„Den Satz hier", Bandath zeigte auf eine Stelle weiter unten, „kann ich fast komplett übersetzen. *Am neunundzwanzigsten Tag erreichte ich Cora-Lega.*' Was dann folgt ist eher wirr. Einige Sätze ergeben überhaupt keinen Sinn, jedenfalls nicht mit diesem Wörterbuch. Was sollen Wortgruppen wie *gepustete Mäusesonne* oder *verheirateter Dämon*?

Oft kommen die Begriffe Scha-Gero und Gero-Scha vor. Gero-Scha heißt Dämon. Ich war der Meinung, dass Scha-Gero ebenfalls Dämon heißt. Das Wörterbuch jedoch sagt etwas anderes. Aber was? Ich kenne die entsprechenden Biluga-Wörter nicht. Dabei ist es sehr wichtig, denn es scheint, dass der Reisende, der diese Zeilen schrieb, dem Scha-Gero begegnet ist.

Auch mit Scho-Bakka kann ich nichts anfangen. Das Wort kommt oft in Verbindung mit Gero-Scha vor. Die Übersetzung im Wörterbuch kenne ich aber ebenfalls nicht!" Frustriert klappte der Magier das Wörterbuch zu.

Barella setzte gerade zu einer tröstenden Erklärung an, als sie unterbrochen wurden.

„Darf ich mich zu euch setzen?" Der Zwerg, der diese Worte sprach, musste sich lautlos wie ein Elf angeschlichen haben, denn er stand plötzlich neben ihnen, ohne das Bandath oder Barella seine Schritte gehört hätten. Beschwichtigend hob er die Hände, als die Zwelfe zu ihrem Messer und Bandath nach dem Magierstab griff.

„Meint ihr nicht, dass ich euch schon längst aus dem Dunkel heraus hätte angreifen können, so sorglos, wie ihr euch hier unter den Bäumen platziert habt und plaudert?" Er lächelte freundlich und setzte sich ans Feuer, ohne eine Entgegnung der beiden Verdutzten abzuwarten. Bandath ließ den Lese-Kristall erlöschen und schlug wie zufällig das Tuch über das Prisma. Allerdings entging ihm nicht, dass die wachen Augen des Zwerges zu dem Kristall gehuscht waren und dieser sehr wohl Bandaths Handlung bemerkt hatte.

Geschäftig kramte der ungebetene Gast in seiner Tasche und holte sich etwas Proviant heraus. Barellas Miene war grimmig gefurcht. Sie hätte es lange vor Bandath mitbekommen müssen, wenn sich jemand ihrem Lagerplatz näherte. Der Vorwurf, sorglos unter den Bäumen zu sitzen und *zu plaudern*, traf sie.

„Wer bist du?", schnaubte die Zwelfe.

Der Zwerg lächelte, biss in einen Brotkanten und schob sich ein Stück Hartkäse in den Mund. Er kaute genüsslich.

„Drei Jahre alt, der Bergstutenkäse", nuschelte er dann mit vollem Mund.

„Das rieche ich!", entgegnete Barella. „ Wer bist du?"

Bandath schwieg und musterte den fremden Zwerg eindringlich. Da war etwas um ihren ungebetenen Gast, dass er nicht zu deuten wusste. Er strahlte eine Aura aus, die Bandath verunsicherte.

„Nennt mich Thaim." Er musterte den Magier eindringlich und, als sein Blick auf Bandaths Halblingfüße fiel, lächelte er.

„Du musst Bandath sein, der Zwergling-Magier. Ich habe von deinen Taten im letzten Jahr gehört." Er nickte beifällig. „Beeindruckende Leistung für einen Magier. Vor allem, wenn man bedenkt, dass du durch die Schule von Go-Ran-Goh gegangen bist."

Bandath, der nicht wusste, ob das Gesagte Lob oder Ironie sein sollte, nickte unverbindlich, schwieg jedoch weiterhin.

„Dann bist du wahrscheinlich Bandaths Gefährtin, die Zwelfe aus dem Süden." Er sagte es, als erwarte er nun, dass Barella ihren Namen nennen würde. Sie aber schwieg und starrte den Zwerg feindselig an.

Der lachte und hob um Frieden bittend die Hände. „Kein Grund mich mit Blicken zu häuten. Selbst für eine Jägerin mit ihren geübten Ohren und dem wachsamen Blick eines Mantikors auf der Jagd, wie du es bist, ist es nahezu unmöglich, mich zu hören, wenn ich das nicht will. Siehst du!" Er wies unter sich und Barella keuchte. Bandath zog mit einem scharfen Zischen die Luft ein. Der Zwerg schwebte eine Handbreit über dem Gras in der Luft, ohne dass sich unter ihm ein Halm bog.

„Du bist ein Magier?", entfuhr es Bandath. „Dein Name sagt mir nichts. Und wo ist dein Stab?", doch im selben Moment stockte er, denn ihm dämmerte die Antwort auf die Frage.

„Du … du bist …" Sein Gesicht verschloss sich und er verschränkte abwehrend die Arme vor der Brust. „Du bist ein *Hexenmeister*!", stieß er dann hervor.

Ohne sich im Geringsten irritieren zu lassen, nickte der Zwerg lächelnd, biss noch einmal von dem stark riechenden Käse ab, wickelte ihn wieder in seinen Proviantbeutel und holte einen Weinschlauch und drei hölzerne Becher aus seiner Tasche.

„Es hat gewisse Vorteile, wenn man die Magie beherrscht." Er stellte die Becher vor sich auf die Erde, goss aus dem Schlauch dunkelroten Wein ein und bot zwei der Becher Bandath und Barella an. „Bitte trinkt mit mir. Der Schlauch wird nie leer, es ist also genug für uns da."

Barella nahm den Becher entgegen, Bandath ignorierte das freundlich dargebotene Getränk und so stellte Thaim den Becher vor ihm auf die Erde und prostete Barella zu.

„Zum Wohl, hübsche Zwelfe." Er trank einen langen Schluck und schenkte dann nach. „Du bist also die bezaubernde Gefährtin dieses mürrischen Magiers, von der man an den Lagerfeuern landauf und landab berichtet. Ich wusste gar nicht, dass ihr hier in der Gegend seid. Ist irgendwo ein Vulkan ausgebrochen?" Er sah sich um, als suche er den Feuerschein eines Vulkans hinter den dunklen Nachtschatten der Bäume.

Barella schüttelte den Kopf. „Nein, wir sind sozusagen in eigenem Interesse unterwegs."

„Ah, ihr wollt ein paar Elfen erleichtern oder Trolle hinters Licht führen?"

„Bist du immer so neugierig?", zischte Bandath und stieß, wie unbeabsichtigt, mit seinem Fuß den Becher um.

„Bandath!", fuhr Barella ihn an. „Was soll das?"

„Wieso fauchst du mich an? Der Hexenmeister kommt hierher, setzt sich ungebeten an unser Feuer und fragt dich nach unseren Plänen aus!" Er drehte sein Gesicht Thaim zu. „Unsere Angelegenheiten sind *unsere* Angelegenheiten und gehen keinen Dahergelaufenen etwas an. Willst dich wohl mit den Informationen beim Inneren Ring anbiedern, was?"

Thaim nahm einen weiteren Schluck, griff danach zu dem Becher, den Bandath umgestoßen hatte und füllte ihn erneut.

„Go-Ran-Goh hat entweder alle Informationen über uns zurückgehalten oder sie haben euch so viel Müll und Dreck über uns erzählt, dass selbst ein fähiger Magier wie du die Wahrheit nicht sieht. Trink einen Schluck mit mir und lass uns reden, mein Freund." Er reichte Bandath den gefüllten Becher.

Der Zwergling holte aus und schlug ihn dem Zwerg aus der Hand.

„Ich bin nicht *dein Freund*! Ich suche mir meine Freunde selber aus! Und das bestimmt nicht unter *deinesgleichen*!" Er erhob sich, stopfte den eingewickelten Lese-Kristall in seinen Schultersack, griff nach dem Magierstab und stapfte ohne ein weiteres Wort in den Wald. Nach wenigen Schritten hatten ihn die Dunkelheit und der Wald verschluckt.

Barella war zornesrot aufgesprungen und sah ihm nach.

„Lass ihn", besänftigte Thaim sie. „Es ist nicht leicht für *seinesgleichen*. Jahrhundertelang lehrten die Magier von Go-Ran-Goh ihnen, dass wir Hexenmeister der Abschaum seien, der es nicht würdig ist, Magier genannt zu werden. Erwarte nicht von ihm, dass er innerhalb von wenigen Minuten etwas lernt, was er in hundert Jahren nicht gelernt hat."

Er sah in den Wald. „Ich fürchte, er wird es auf die harte Tour lernen müssen." Thaim trank seinen Wein aus, nahm von Barella ihren und Bandaths Becher entgegen und packte alles in seine Tasche.

„Ich will nicht der Grund für Streit zwischen euch sein. Wenn er zurückkommt, dann grüße ihn von mir. Vielleicht sehen wir uns wieder, bevor alles vorbei ist. Und sei ihm nicht böse. Er weiß es nicht besser."

Zwei Schritte vom Feuer entfernt drehte er sich noch einmal zu der Zwelfe um.

„Nun denn, hübsche Zwelfe, haltet die Ohren steif, dort unten im Süden." Dann verschluckte ihn die Dunkelheit.

„*Was* sollte vorbei sein? Und wieso wusste er, dass wir nach Süden gehen?" Bandath und Barella ritten auf Dwego und Sokah. Die Sonne stand vor ihnen hoch am Himmel und sie hatten die erste Brücke hinter sich gelassen, mit der der Wasserdrachen-Fluss überquert werden konnte. Der Fluss floss weiter Richtung Westen, bevor er nach einem riesigen Bogen wieder nach Osten zurückkehrte und von ihnen erneut überquert werden musste. Westlich von ihnen lag Wasserdrachengebiet. Sie mieden es, indem sie weiter gen Süden zogen und erst nach der zweiten Brücke in Richtung Pilkristhal nach Südwesten abbiegen wollten.

Es hatte lange gedauert, bis Bandaths schlechte Laune nachließ. Und sicherlich waren Barellas Vorwürfe – zum Teil berechtigt, wie Bandath sich selbst gegenüber zugeben musste – durchaus mit Schuld an seiner Schweigsamkeit bis zur Mittagszeit. Was er sich einbilden würde, hatte sie ihn gefragt. Egal wer Thaim sei, er saß an ihrem Feuer und damit hatten sie die Gebräuche der Gastfreundschaft zu erfüllen. Das war Brauch in der Wildnis seit alters her und kein eingebildeter Magier dürfe sich diesem Brauch widersetzen.

Bandaths Einwände blieben schwach und kraftlos. Er könne gar nicht wissen, hielt Barella ihn in einer Flut von Sätzen entgegen, wer Thaim sei, was er getan habe und ob er überhaupt jemals in Go-Ran-Goh gewesen und von den dortigen Magiern verstoßen worden sei.

Und überhaupt, was hieße hier kümmerliche Restmagie, die Hexenmeister nach seinen Worten angeblich anwenden würden? Immerhin schwebte Thaim in aller Ruhe neben ihrem Feuer, während gewisse andere Magier ja den Kurs Levitations-Magie während ihrer Ausbildung abgewählt hätten und somit auch nicht schweben könnten.

Bandath hatte wütend geschwiegen. Nicht nur, dass sich Barella, genau wie Waltrude, jedes Wort merkte, dass er in einer Diskussion mit ihr fallen ließ. Nein, sie stocherte auch noch ständig in offenen Wunden, wie das auch Niesputz liebend gern tat.

Barella provozierte ihn mit Absicht.

Erst gegen Mittag war es ihnen möglich, wieder relativ normal miteinander zu reden. Aber zuvor musste Bandath seiner Gefährtin versprechen, nie wieder auf diese Art zu reagieren.

„Ich habe keine Ahnung, was er meinte", erklärte Barella auf Bandaths Frage. Keiner von beiden konnte sich die Bemerkung Thaims *‚Vielleicht sehen wir uns wieder, bevor alles vorbei ist'* erklären –, wobei Bandath wenig Lust verspürte, erneut mit einem *Hexenmeister* zusammenzutreffen. Für ihn versinnbildlichte der Hexenmeister all das, wogegen ein Magier kämpfte. „Ein Magier", so erklärte er Barella auf deren Frage hin, „ist verpflichtet zu helfen. Er kann Dienste gegen Bezahlung annehmen, darf aber niemandem schaden. Es gibt einen Ehrenkodex der Magiergilde, der sich mit einem einzigen Satz zusammenfassen lässt: *‚Bewahre das Gleichgewicht!'* Verstehst du?"

Barella schwieg einen Moment. „Als wir im letzten Jahr losgezogen sind, um dem Erd-Drachen die Hälfte seines Herzens zurückzubringen, wer hat dir da gesagt, dass diese Handlung das *Gleichgewicht* bewahrt? Die Magier von Go-Ran-Goh?"

Bandath schüttelte den Kopf. „Mein Herz und mein Bauchgefühl."

„Und dein Verstand?"

„Hat mir geraten, mit dem Diamantschwert nach Go-Ran-Goh zu gehen, so wie es der Innere Ring von mir verlangt hat."

„Aber du hast es nicht getan", erinnerte ihn Barella.

„Was sich als richtig erwiesen hat."

„Für wen?“

„Für all die, die in den Drummel-Drachen-Bergen leben und damit überlebt haben“, sinnierte Bandath nachdenklich.

„Und damit hast du das *Gleichgewicht* bewahrt?“

„Das Gleichgewicht, so wie ich es verstehe.“

„Ein guter Satz“, beendete Barella die Diskussion. „Über den solltest du nachdenken.“

Bandath sah sie an, Unverständnis im Blick.

„Du hast gerade zugegeben“, erklärte sie ihm, „dass du dir ein eigenes Bild vom *Gleichgewicht der Welt* gemacht hast, unabhängig vom Inneren Ring, und dass du danach gehandelt hast.“

Bandath schüttelte den Kopf. „Wie würde mein Freund Niesputz jetzt sagen? *He, Zauberer, du hast alleine gedacht!*“

An diesem Abend meldete sich Menora erneut. Bandath war kurz vor dem Einschlafen. Barella schnarchte friedlich neben ihm. Aus der Erfahrung der letzten beiden Abende heraus hatte der Magier ihren Lagerplatz mit einem einfachen Unauffälligkeits-Magieschild umgeben. Sie würden somit weder irgendwelchen Kobolden, Wanderern noch umherstreifenden Raubtieren auffallen.

Wir haben gesagt, dass du nicht weiter nach Süden vordringen sollst. Du tust es trotzdem!

Hoppla. Das erste Mal, dass sich der Ring bei ihm ohne die übliche Anrede meldete.

‚Ich muss nach Pilkristhal, dort sind Freunde von mir, mit denen ich mich treffen will.‘

Wir wissen, dass du nach Cora-Lega willst. Bandath, wir drohen ungern, aber wenn du nicht umkehrst, wirst du ernsthafte Konsequenzen befürchten müssen. Deine Anwesenheit stört unser Vorgehen. Kehre um! Sofort!

‚Du drohst mir?‘ Bandath war mehr erstaunt als verängstigt. Nicht darüber, dass Bethga ihn offensichtlich verraten hatte. Das war zu erwarten gewesen. Nein, Menora drohte ihm, ganz offen und unumwunden.

Nicht ich. Wir! Der gesamte Innere Ring der Magier von Go-Ran-Goh. Und dieses Mal sind wir uns einig – alle.

Es machte ihr sichtlich Spaß, das zu betonen. Anscheinend hatte Bandath jetzt jeden Rückhalt im Inneren Ring verloren. Es wunderte ihn nicht wirklich. Obwohl, zumindest von Moargid der Heilmagierin und Malog dem Troll hätte er erwartet, dass sie zu ihm hielten.

Kehre zurück in die Drummel-Drachen-Berge und überlass das Geschehen an der Wüste den drei Magiern, die wir dahin geschickt haben. Jetzt gleich, Bandath!

‚Und wen habt ihr dorthin geschickt?‘

Malog, Bolgan Wurzelbart und Anuin Korian.

Die Antwort kam nur widerwillig. Neben Malog war auch der Meister des Wachsens und Vergehens, Bolgan Wurzelbart, ein Mitglied des Inneren Ringes. Der Elf Anuin Korian war ein junger Magier, von dem Bandath schon gehört hatte. Er wäre wohl erst im letzten Jahr an die Magierfeste gekommen, hatte man sich erzählt. Allerdings bereitete Bandath allein die Tatsache, dass dieser Magier sich allgemeiner Beliebtheit beim Inneren Ring erfreute, schon Bauchschmerzen.

‚Nun, zumindest zwei fähige Magier habt ihr dorthin gesandt.‘

Der Ring musste die Situation in der Todeswüste sehr ernst nehmen.

Das hat dich nicht zu interessieren. Deine Anwesenheit dort stört unser Vorgehen. Kehre um, das ist unsere letzte Warnung!

‚Inwieweit soll meine Anwesenheit denn ...‘, doch da merkte er, dass Menora den Kontakt erneut abgebrochen hatte.

Er beschloss, Barella nichts von dem Gespräch zu sagen.

Sie überquerten die zweite Brücke über den Wasserdrachen-Fluss am Mittag des übernächsten Tages und rasteten auf einem kleinen Marktplatz am Rand der Siedlung, die sich rund um diese Brücke erstreckte. Während Barella die Gelegenheit wahrnahm, um bei den Händlern ihr Proviant zu ergänzen, setzte sich Bandath an ein Feuer, an dem Fleischspieße und Brot verkauft wurden. Ohne sich an den Gesprächen zu beteiligen, aß er und lauschte den Worten der anwesenden Reisenden und Händler. Von wilden, unbekannten Tieren im Süden war die Rede, von Überfällen auf Karawanen und von Zeiten, die „schlecht und übel" geworden waren. Etwas Genaues schien niemand zu wissen, aber Bandath bemerkte eine Unruhe unter den Reisenden, eine Unsicherheit, die ihn selbst ergriff.

Barella kam zurück und zeigte Bandath einen großen geräucherten Schinken, zwei Laib Brot und ein Stück Hartkäse, dass sie bei einem Händler erworben hatte. Als Bandath den Käse sah, wurde er wütend und begann damit, das Papier, in das der Käse eingewickelt war, zu entfernen.

Barella, die zuerst dachte, der Käse erinnerte Bandath an den Hexenmeister, fuhr ihn an, er solle sich nicht so haben.

„Nicht so haben?", rief Bandath und hielt Barella das Papier vor die Nase. „Ich soll mich nicht so haben? Weißt du, was das ist?"

Der Zwelfe fiel erst jetzt auf, dass der Käseverkäufer die Ware in ein Blatt eingewickelt hatte, das auf beiden Seiten mit Buchstaben bedruckt war.

„Dieser Idiot zerfetzt ein Buch, um seinen Käse darin einzuwickeln. Seinen *Käse!*" Bandaths Stimme zitterte vor Wut über diesen Frevel. Wenn er etwas höher schätzte als seine Magie, dann waren es gute Bücher. Und diese waren dazu da, Wissen aufzunehmen und es an die Leser weiterzugeben. Aber bestimmt nicht, um *KÄSE* darin einzuwickeln.

„Wo hast du das her?" Er fuhr Barella an, als hätte sie höchstpersönlich die Seite ausgewählt, die der Verkäufer dann aus dem Buch gerissen hatte.

„Gleich da vorn", sagte sie und wies auf eine Reihe Stände. Bandath schnappte seinen Magierstab und eilte auf den Käsestand zu, als wolle er die wehrhaften Mauern einer Stadt allein zum Einsturz bringen. Barella ging ihm nach, doch das Tempo des Zwerglings war so hoch, dass er den Händler lange vor ihr erreichte.

„Das Buch!", fauchte er den Verkäufer an, nachdem er einige laut protestierende Marktfrauen zur Seite gedrängt hatte.

„Eh Mann! Ich verkaufe Käse und keine Bücher."

„Das Buch, in das du deinen Käse einwickelst, will ich haben!" Bandath knallte eine Silbermünze auf den Tisch. Gleichzeitig zogen sich seine Brauen gefahrvoll zusammen und grüne Blitze knisterten an der Spitze seines Magierstabes. Der Händler zuckte zurück, griff unter den Verkaufsstand und holte einen Stapel Blätter hervor. Mit der gleichen Bewegung, mit der er die Blätter vor Bandath auf den Tisch legte, zog er die Münze zu sich heran. Bandath griff nach dem Stapel, drehte sich um und lief zurück zu Barella, die den Vorgang aus geringer Entfernung beobachtet hatte.

Kurz vor Barella blieb Bandath wie vom Blitz getroffen stehen. Ein Schmerz durchschoss seinen Körper, wie er ihn noch nie gefühlt hatte. Die Blätter entglitten seinen Händen und fielen zu Boden. Er krümmte sich und krampfte beide Hände um den Magierstab, der sich plötzlich brennend heiß anfühlte. Rote Flammen glitten an dem Holz entlang.

Unsere Geduld ist zu Ende! Und deine Existenz als Magier auch!

Die Worte in seinem Kopf bedurften keiner weiteren Erklärung. Eine unbarmherzige Macht entriss seinen Händen den Magierstab. Ihm war, als würde ein Messer aus weißglühendem Stahl einen Teil von ihm abschneiden. Das knackende Geräusch, mit dem der Stab zerbrach, sollte er den Rest seines Lebens nicht mehr vergessen. Dann war es vorbei. Zurück blieb eine Leere in ihm, trostloser als jede existierende Wüste.

Entgeistert blickte er auf den zerbrochenen Stab, der im Staub zu seinen Füßen lag. Dann hob er seine Hand, machte eine ungelenke Bewegung und murmelte ein paar Worte, die ihm holprig von den Lippen kamen. Nichts geschah. Er sah auf und sein Blick begegnete Barellas Augen. Sie sah Schrecken in den seinen, Tränen und eine Leere, die mehr und mehr Raum im Verstand des Zwerglings beanspruchte.

„Ich kann …", flüsterte er heiser. „Ich kann keine Magie mehr weben!"

Und das waren für lange Zeit die letzten Worte, die Bandath sprechen sollte.

Pilkristhal – Die Ankunft

Sergio!
Es war viele Jahre her, dass der Minotaurus den Ruf Go-Ran-Gohs vernommen hatte. Dementsprechend irritiert war er.
,Ja?'
Du bist in Pilkristhal.
Das war keine Frage, also konnte er es nicht leugnen.
,Ja.'
Was wollte der Innere Ring von ihm? Er war viel zu verblüfft, als dass er anders, als mit einzelnen Worten, hätte reagieren können.
In ein paar Tagen wird Bandath in die Stadt kommen. Wir wollen, dass ihr ihn dazu bewegt, nicht weiter Richtung Süden vorzudringen. Gelingt euch das, könnt ihr euch wieder offiziell als Magier der Gilde betrachten. Eure Verfehlungen würden wir vergessen und Go-Ran-Goh stände euch wieder offen.
Das war mal eine Neuigkeit. Endlich begriffen die verblödeten Magier von Go-Ran-Goh, was sie an ihm, Sergio der Knochenzange, hatten. Der Minotaurus frohlockte. Auf solch eine Wendung der Ereignisse hatte er nicht zu hoffen gewagt. Der Mischling war in Ungnade gefallen, mit allem was dazugehört.
Damit wir uns richtig verstehen, Sergio, wir wollen ihn nicht tot sehen. Er soll bloß für die nächste Zeit nicht mehr in der Lage sein, weiter nach Süden vorzudringen. Das Beste wäre, wenn er zurückkehrt.
Menora machte eine Pause. *Falls ihr dazu in der Lage seid.*
,Nun, das Aufhalten wird kein Problem werden, da wir ja zufällig auch gerade in Pilkristhal sind.'
Zumindest aufhalten. Je eher ihr ihn zur Rückkehr bewegt, wie auch immer, desto eher öffnen sich die Tore von Go-Ran-Goh wieder für euch.
,Das schaffen wir schon.'
Gut. Betrachtet es als offiziellen Auftrag Go-Ran-Gohs. Ich melde mich wieder bei euch.

Der Kontakt brach ab und Sergio stieß seinen Kumpan unsanft in die Seite. Der verschluckte sich an dem Gerstenbier, das er gerade trank und fluchte.

„Wir müssen unseren Plan ändern", sagte der Minotaurus.

„Wieso das denn?", maulte Claudio. „Der war doch gut."

Sergio informierte den Gnom mit wenigen Worten über die neue Entwicklung. Claudio jedoch war wenig begeistert.

„Wir handeln im Auftrag der Saftgesichter vom Berg? Und was ist mit unserer Rache?"

„Sei unbesorgt. Die werden wir bekommen. Wir können uns sogar noch ein wenig länger an ihr erfreuen. Lass uns zuerst den Mischling in die Hände kriegen. Und das wird jetzt einfacher als vorher. Immerhin handeln wir nun mit offizieller Genehmigung." Er dachte kurz nach und schob den Teller mit den Essensresten vor sich auf dem Tisch umher. Sein Blick streifte durch die Wirtsstube und blieb an einigen uniformierten Wachsoldaten hängen.

„Wir müssen mit dem Hauptmann der Stadtwache reden, morgen Mittag. Vorher brauche ich aber einen Buchdrucker oder so etwas ähnliches, der uns einen Stapel Steckbriefe drucken kann. Und jetzt", er schob sein angefangenes Gerstenbier von sich und winkte nach dem Wirt um zu bezahlen, „wartet Arbeit auf uns."

„Jetzt?", stöhnte der Gnom. „Es ist mitten in der Nacht."

„Eben!"

Die Straße lag leer und verlassen vor ihnen. Nur weit hinten öffnete sich eine Tür und trübes Licht fiel auf den Weg. Der Lärm einer heruntergekommenen Spelunke schallte zu den beiden im Dunkeln verborgenen Gestalten.

„Der geplünderte Geldbeutel. Was für ein passender Name für eine solche Kaschemme", flüsterte Sergio.

Ein Mann trat aus dem Haus und schritt taumelnd die Straße entlang.

„Wir handeln wie abgesprochen!" Sergios Stimme klang heiser vor Aufregung, als er seinen Kumpan ermahnte. „Ich mache ihm die Knochenzange, du konzentrierst dich auf die Trugbilder."

Claudio nickte und umklammerte seinen Magierstab. Mitten auf der Straße entstand ein Sog, der den trockenen Staub zu einer mannshohen Windhose aufwirbelte. Langsam zeichneten sich die Umrisse von vier

Gestalten ab: Die große massige Gestalt eines Trolls, die schlanken Umrisse eines Elfen und die kleinen Silhouetten zweier Zwerge. Die vom Gnom geschaffenen Trugbilder schwebten auf den Betrunkenen zu, der wankend stehenblieb.

„Wass wollt'n ihr?" Seine Stimme klang unsicher und die Zunge gehorchte ihm nicht so, wie er es wollte.

„Dein Geld!", rief Sergio aus der Dunkelheit und schlug mit der Knochenzange zu. Das rechte Bein des Trinkers brach sofort, er stürzte in den Straßenschmutz und seine schrillen Schmerzens- und Hilfeschreie hallten zwischen den aufragenden Häusern wider. Fast zeitgleich öffnete sich die Tür der Kaschemme und eine Horde angetrunkener Zecher stolperte mit Fackeln, Stühlen und Bierkrügen bewaffnet ins Freie, um ihrem Kumpan zu Hilfe zu eilen. Die Schemen, die der Gnom geschaffen hatte, bewegten sich hektisch von der auf der Straße liegenden Gestalt fort und verschwanden in einer Seitengasse, nicht ohne sich von den heranstürmenden Zechern so deutlich wie möglich zu zeigen. Dort, in der Dunkelheit der Gasse, verpufften sie zu Nebel.

Sergio die Knochenzange und Claudio Bluthammer zogen sich vorsichtig zurück, als die aufgeregten Trinker ihren wimmernden Kumpan erreichten.

„Gut." Der Minotaurus nickte zufrieden. „Genau so sollte es ein. Noch ein paar solcher Überfälle und wir dürften morgen keine Probleme haben."

„Jetzt gleich?" Der Buchdrucker hob verzweifelt die Hände. „Wie soll ich das denn machen? Ich habe einen ganzen Tisch voller Aufträge und da kommt ihr zwei Gockel hereinspaziert und verlangt, dass ich mal so nebenbei einhundert Steckbriefe drucke. Ihr könnt mir die Vorlagen dort auf den Tisch legen und in drei bis vier Tagen noch mal nachfragen. Vielleicht …"

Die Hand Sergios schoss nach vorn und packte den viel kleineren Mann mit stählernem Griff am Kragen. Mühelos hob er den Buchdrucker bis auf seine Augenhöhe. „Hör mal zu, du Gewitterfliege! Wir sind Magier im Auftrag von Go-Ran-Goh …"

„… und wenn ihr von den legendären Drummel-Drachen persönlich geschickt worden wäret, könnte ich euch nicht helfen …", krächzte der Buchdrucker, nach Luft schnappend.

„Du verstehst mich nicht." Sergios Stimme war jetzt gefährlich leise geworden. „Wir beide, du und ich, werden uns an deine Druckerpresse setzen und die Steckbriefe fertig machen. Jetzt gleich! In der Zwischenzeit wird sich mein Freund hier", er wies mit dem Daumen über die Schulter zu Claudio, der breit grinsend zurückwinkte, „ein wenig in deinem Haus umsehen. Das ist doch dein Haus hier, oder?"

Der Buchdrucker nickte mühsam und schluckte.

„Gut." Sergio grinste jetzt ebenfalls. „Was auch immer mein Freund dort anstellen wird, hängt ganz allein von der Schnelligkeit ab, mit der du deine Arbeit hier machst. Ich vermute mal, deine Frau und deine Kinder sind im Haus?" Das Grinsen des Minotauren wurde noch breiter. Obwohl der Buchdrucker nicht reagierte, fuhr der Magier fort: „Mein Freund hier heißt übrigens Claudio Bluthammer. Willst du wissen, wie er zu dem Namen kam oder wollen wir uns jetzt lieber an die Arbeit machen?"

„Ich glaube", krächzte der Buchdrucker unglücklich, „ich kann einen oder zwei Aufträge verschieben und euren dazwischen pressen."

Langsam setzte Sergio den Mann wieder auf die Erde. „Nun, dann besteht auch keine Notwendigkeit für meinen Freund, sich hier etwas umzusehen." Er griff in die Tasche und holte einen Beutel hervor, in dem es klimperte. „Ach, bevor ich es vergesse. Bezahlen werden wir selbstverständlich auch. Wir Magier von Go-Ran-Goh sind doch keine Banditen."

Eneos, der Hauptmann der Stadtwache, stöhnte. Fünf Überfälle in der letzten Nacht von einer geheimnisvollen Bande, die sich den übereinstimmenden Aussagen zufolge aus einem Troll, einem Elf und zwei Zwergen zusammensetzte. Das hatte es in den letzten Jahren in Pilkristhal nicht gegeben. Er war stolz darauf, dass solche verbrecherischen Aktionen in der Stadt der Vergangenheit angehörten, seit er Hauptmann der Wache war.

Ächzend stützte er den Kopf auf die Hände, die Ellenbogen rechts und links neben den Blättern auf dem Tisch postiert, auf denen die Aussagen der Betroffenen zu lesen waren. Irgendetwas aber stimmte an diesen Überfällen nicht. Wieder und wieder las er sich die Blätter durch. Was mussten das für Idioten gewesen sein? Fünf Überfälle. Fünf Verletzte. Alles Betrunkene, die aus irgendwelchen Kaschemmen gekommen waren. Was für ein Blödsinn! Was waren das nur für Stümper? Überfielen, verletzten, aber stahlen nicht und hauten wieder ab. Hatten die Freude am Knochenbrechen?

Jedes Mal waren diese Banditen wie aus dem Nichts aufgetaucht und hatten den Betroffenen einen Arm oder ein Bein gebrochen. Wobei sich ein Mann nicht einmal daran erinnern konnte, ob sie ihn überhaupt berührt hatten, zwei weitere behaupteten steif und fest, dass ihnen ihre Glieder gebrochen worden waren, als die Bande noch mehrere Schritt entfernt war. Das roch nach Magie.

Die eigentliche Beschreibung blieb sehr ungenau und beschränkte sich auf die groben Äußerlichkeiten der ominösen Bandenmitglieder. Wie hatte es einer der Betrunkenen formuliert? „Naja, Herr Hauptleutmann. Gesehen hab' ich sie. Aber nich' so genau. Nur mehr so wie ein Schatten. Versteht Ihr?" Nur eines stand fest: Es handelte sich bei den Unholden um einen Troll, einen Elf und zwei Zwerge. Zudem soll einer der beiden gemäß mehreren Aussagen eine sehr schlanke Zwergin gewesen sein. Trotzdem, Eneos blieb dabei: Irgendetwas stimmte hier ganz und gar nicht. Seit dem vorletzten Mond hielt sich kein Troll in Pilkristhal auf. Und gerade so ein Muskelpaket wie ein Troll, fast doppelt so groß wie ein Mensch, kam nicht unbemerkt durch eines der von seinen Leuten bewachten Stadttore.

All dessen ungeachtet hatte er seine Leute in Alarmbereitschaft versetzt.

Es klopfte an der Tür seines karg möblierten Dienstraumes.

„Ja!"

Polternd trat der wachhabende Soldat ein und salutierte. Ja, der Hauptmann hatte strenge Sitten eingeführt, als er vor acht Jahren die Stelle übernahm. Aber es hatte sich gelohnt. Von allen Seiten wurde ihm bestätigt, dass man in Pilkristhal jetzt bedeutend ruhiger und friedlicher lebte als noch vor seiner Zeit.

„Herr Hauptmann. Da sind zwei komische Gestalten, die mit Euch sprechen wollen. Behaupten, sie wären Abgesandte von Go-Ran-Goh und kämen mit einem offiziellen Hilfeersuchen der Magiergilde."

„Schon wieder Magier. Ich hasse dieses eingebildete Pack aus der Feste."

Er kratzte sich den Schädel, auf dem in jedem Jahr weniger seiner rötlichen Haare wuchsen. „Schick sie rein!"

Während der Gnom in das Zimmer schlich, dass Eneos dachte, eine Schüssel voll glibberigem Schleim würde in den Raum rutschen, trat der Minotaurus fast schon würdevoll durch die Tür. Er musste seinen mächtigen Schädel allerdings neigen, damit er mit den Hörnern nicht am Türbalken hängenblieb.

„Wir sind Sergio die Knochenzange und Claudio Bluthammer", stellte der Minotaurus sie vor.

„Eneos, Hauptmann der Stadtwache. Aber das wisst Ihr sicherlich schon. Was wollt Ihr von mir?"

Er bemerkte, dass der Minotaurus unwillig die Stirn runzelte. Offensichtlich gefiel ihm nicht, dass er wie ein Bittsteller vor dem Tisch des Hauptmanns stehen musste, während dieser dahinter saß.

„Wir kommen direkt aus Go-Ran-Goh."

„Das haben die drei anderen Magier vor ein paar Tagen auch behauptet. Allerdings sind die weitergezogen, nachdem wir sie hier mit frischen Reittieren und Proviant versorgen durften. Was also wollt Ihr? Macht es kurz. Keine Sorge, wir wissen um unsere Pflichten den Magiern der Gilde gegenüber. Also?"

Eneos konnte sehen, wie seine Behandlung dem Minotaurus missfiel. Dessen Laune verschlechterte sich von Minute zu Minute. Er hatte wohl auf mehr Entgegenkommen gehofft, vermutete der Hauptmann. Der Minotaurus griff missmutig in seine umgehängte Tasche und holte einen gewichtigen Stapel Papier hervor.

„Das sind Steckbriefe. Der Innere Ring sucht eine Verbrecherbande, die in Städten ihr Unwesen treibt." Er nahm das erste Blatt vom Stapel und reichte es dem Hauptmann. Das bärtige Gesicht eines Zwerges sah ihn an.

„Bandath. Ein Magier der Gilde. Ein Mischling aus einem Halbling und einem Zwerg. Äußerst gefährlich." Was weder die Kopfgeldjäger noch der Hauptmann wussten war, dass Bandath schon seit dem letzten Sommer keinen Bart mehr trug. Sergio legte das zweite Blatt vor Eneos auf den Tisch. „Eine Zwergin. Wir kennen ihren Namen nicht, aber sie zieht mit dem Magier umher. Einige behaupten, dass sie Elfenblut in sich hat und deshalb ausgesprochen schlank für eine Zwergin ist. Das hier", das nächste Blatt zeigte das Gesicht Rulgos, „ist Rulgo der Troll. Zusammen mit einem noch unbekannten Elfen", auf dem vierten Steckbrief war das nichtssagende Gesicht eines Elfen abgebildet – es hätte jeder beliebige Elf sein können – „und einer alten Zwergin", Waltrudes Konterfei blickte den Hauptmann an, „bilden sie eine Bande, die durchaus noch mehr Mitglieder haben kann. Diese hier sind aber die gefährlichsten. Ihre Taktik ist einfach. Sie schleichen sich meist nachts in die Stadt und überfallen dort an ruhigen Stellen unbescholtene Bürger ...“

„Diese Banditen", unterbrach der Hauptmann den Redefluss seines Gegenübers und nahm die Blätter auf, die vor ihm auf den Tisch lagen, „scheinen aber äußerst ungeschickt vorzugehen. Fünf Überfälle in der letzten Nacht, verschiedene Knochenbrüche, aber nicht eine einzige Silbermünze wurde gestohlen.“

Er blätterte langsam die einzelnen Steckbriefe durch und betrachtete jedes Gesicht. Unwirsch warf er den Steckbrief des Elfen auf den Tisch. „Das hier könnt Ihr vergessen. Wenn ich dieses Blatt aushänge, dann müssten wir alle Elfen der Stadt festnehmen.“

Dann schlug er mit der Hand auf die Steckbriefe. „Was soll der Blödsinn? Da steckt doch mehr dahinter! Wollt Ihr mir erzählen, dass der Innere Ring sich jetzt mit einfachen Banditen beschäftigt? Haben die nichts Besseres zu tun? Da unten im Süden kocht die Wüste und die schicken zwei mittelmäßige Magier los, um eine Bande von Straßenräubern zu fangen?“

Sergio war kurz davor, seine Beherrschung zu verlieren. Das obere Ende seines Magierstabes glomm in einem unheimlichen, dunkelgrünen Licht, aus seinen Nüstern stiegen Qualmwölkchen und an den Spitzen seiner Hörner knisterten Funken.

„Die Beweggründe des Inneren Ringes, Mensch, brauchen dich nicht zu interessieren. Ich hoffe, du vergisst nicht, dass ihr Go-Ran-Goh zur Hilfe verpflichtet seid!“

Er hatte recht. Seit die Magierfeste existierte und Magier ausbildete, gab es eine Vereinbarung, die nirgends niedergeschrieben war, die aber alle kannten: Die Magier von Go-Ran-Goh setzten all ihr Können ein, um Schaden von den Ländern südlich der Drummel-Drachen-Berge abzuwenden. Im Gegenzug dazu war jedermann verpflichtet, den Magiern Unterstützung zukommen zu lassen, wenn diese es verlangten. Leider gab es immer wieder Magier, die dies ausnutzten. Sergio und Claudio selbst hatten dies oft genug getan, um ihre Aufträge erfüllen zu können – Aufträge, die die Auftraggeber nur zu gerne anderen überließen.

Eneos kannte natürlich die Regeln. Er hatte erst vor ein paar Tagen drei Magiern, die auf dem Weg nach Süden waren, geholfen. Womit er sich aber keinesfalls einverstanden erklären konnte, war die Art und Weise, wie seine Unterstützung hier gefordert wurde. Für Ruhe und Ordnung in der Stadt zu sorgen, war immer noch seine Aufgabe. Verdammt noch mal, er hatte nicht vor, sich diese Aufgabe aus der Hand nehmen zu lassen. Und schon gar nicht, wenn es gegen eine so stümperhaft vorgehende Bande war, wie es hier der Fall zu sein schien.

„Also passt auf, Ihr zwei ...", er stockte kurz, bevor er deutlich verächtlich weitersprach, „... Magier. Es läuft nach meinen Regeln. Ihr dürft Eure Steckbriefe hier in der Stadt verteilen. Auf die Jagd gehen aber ausschließlich meine Leute!" Er hob sofort abwehrend die Hand, als der Minotaurus protestieren wollte. „Das hier ist meine Stadt und ich bin der Hauptmann der Stadtwache, also keine Widerrede! Wenn wir sie kriegen, dann werden wir sie in den Kerker werfen und Ihr könnt sie haben, nachdem sie ihre Strafe für die begangenen Verbrechen abgesessen oder anderweitig entgolten haben."

„Was soll das heißen?"

„Das soll heißen, dass diese Leute nach Euren Aussagen für fünf Überfälle in meiner Stadt verantwortlich sind. So, wie ich die Sache sehe, müssen sie zumindest die Behandlung der Verletzten und ein angemessenes Schmerzensgeld an diese bezahlen sowie eine noch festzulegende Summe an die Stadtkasse für die Übertretung der Gesetze. Ich gebe Euch Bescheid, wenn wir sie haben."

Er schob demonstrativ die Steckbriefe beiseite und senkte den Kopf über ein Blatt Papier. Die Zusammenkunft war beendet. Schnaubend verließ Sergio den Raum. Seine Hufe polterten Protest auf die hölzernen Dielen. Claudio folgte ihm, nicht ohne den Soldaten, der die ganze Zeit mit unbewegtem Gesicht hinter ihnen gestanden hatte, anzuzischen. Als auch dieser den Raum verlassen wollte, hielt ihn eine Handbewegung des Hauptmannes zurück. Er schloss die Tür und drehte sich zu Eneos um.

„Herr Hauptmann?"

„Schick zwei Soldaten hinter den beiden her, sie sollen sie überwachen – aber so, dass diese beiden Gesandten des Inneren Ringes es auch mitbekommen. Ich will, dass sie wissen, dass ich ihnen nicht traue. Und sag den beiden Soldaten, wenn sie sie aus den Augen verlieren, dann

werden sie in den nächsten zwölf Mondzyklen nur noch zum Klosettputzen eingesetzt. Klar?"

Der Soldat nickte, salutierte und verschwand.

„Kopfgeldjäger!", stöhnte der Hauptmann, lehnte sich im Stuhl zurück und massierte seinen Nacken. „Das gibt Ärger!"

Dann nahm er einen der Steckbriefe aus dem Stapel, den der Minotaurus auf seinem Tisch hatte liegen lassen und betrachtete das abgebildete Gesicht.

„Um dich geht es eigentlich, nur um dich, nicht wahr? Was hast du getan? Hast du die engstirnigen Dickschädel von Go-Ran-Goh einmal zu oft vor die Schienbeine getreten?"

Vom Blatt sah ihn das Gesicht Bandaths an.

Eneos behielt recht. Es dauerte keine Stunde, bis er auf dem Flur vor seiner Tür laute Stimmen vernahm. Bevor er noch reagieren konnte, wurde die Tür aufgerissen und, gefolgt von einem hilflos wirkenden Wachsoldaten, stürmte eine Elfe in das Zimmer. Sie knallte wütend ein Blatt Papier auf den Tisch.

„Was soll das?"

Eneos kannte sie, sogar sehr gut. Es war To'nella die Schmiedin. Sie arbeitete in der Waffenschmiede, in der die Stadtwache immer ihre Schwerter, Lanzen, Rüstungen und den Rest der Ausrüstung anfertigen ließ. Schlank, doch nicht so schmal wie andere Elfen, eher kräftig, mit halblangen, dunkelblonden Haaren und in der typischen Tracht der Schmiede gekleidet. Sie hatte sich nicht einmal die Zeit genommen, ihre dicke Lederschürze abzulegen, die sie zum Schutz vor Feuer und Funken trug, wenn sie am Amboss arbeitete. Er senkte den Blick und betrachtete das Papier, das sie ihm so unsanft vorgelegt hatte. Es war der Steckbrief des Magiers.

„Was soll das?", wiederholte die Elfe ihre Frage.

Eneos sah sie an. „Er wird gesucht."

„Blödsinn! Weißt du überhaupt, wer das ist?" To'nella war völlig aufgebracht. Ihre Augen blitzten und die Wangen waren gerötet.

Der Hauptmann sah an der Elfe vorbei. Hinter ihr stand noch immer hilflos der Wachsoldat, der eigentlich jede Person, die zu ihm wollte, vor der Zimmertür aufhalten und ihm ankündigen sollte. Er würde sich später mit dem Soldaten unterhalten müssen. Es durfte nicht passieren, das irgendjemand, und sei es auch der Bürgermeister persönlich, unangekündigt sein Zimmer betrat. Jetzt jedoch gab er ihm einen Wink mit den Augen. Der Soldat zog sich zurück und schloss die Tür von außen.

„Du sollst vor meinen Soldaten nicht in diesem Ton mit mir reden!"

„Quatsch mit Soße!", zischte sie. Eneos und To'nella waren vor knapp drei Jahren ein Paar gewesen, hatten sich aber wieder getrennt, da ihr das geregelte Leben an der Seite des Stadthauptmannes nicht zusagte und ihm ihr ständiges Reinreden in seine Aufgaben nicht passte. Sie wollte mehr vom Leben, wie sie ihm sagte. Er wollte seinen an den geregelten Wachdienst gebundenen Tagesablauf beibehalten. Beide waren Freunde geblieben, obwohl sie sich ihm gegenüber auch weiterhin im Ton vergriff, wenn sie der Meinung war, dass wieder einmal eine seiner Maßnahmen zur Durchsetzung der Ordnung übertrieben war.

„Das ist Bandath!", sagte sie in einem Tonfall, als würde jeder diesen Magier kennen müssen.

„Ja, ich weiß. Und?" Eneos wurde unsicher. To'nella war die Einzige, der es gelang, ihn zu verunsichern.

„Du weißt nicht, wer das ist", stellte sie fest. „Das ist typisch. Alles, was nicht deine geliebte Stadtwache angeht, blendest du aus." Sie band ihre Lederschürze ab und warf sie achtlos auf den Boden. Dann zog sie sich von der Wand einen Stuhl heran und setzte sich dem Hauptmann gegenüber an den Tisch. Jeder ihrer Handgriffe, ja ihre ganze Körperhaltung, strahlte Wut aus.

„Das ist Bandath!", wiederholte sie. „Er ist der Magier, von dem ich dir erzählt habe – der, der meine Familie und mich vor Banditen rettete, als diese das Gasthaus meiner Eltern in Konulan überfallen hatten."

Zögerlich zuckte Eneos mit den Schultern. „Vielleicht ist er in schlechte Gesellschaft geraten?"

„Schlechte Gesellschaft?" Sie wühlte in den Blättern auf seinem Schreibtisch und hielt ihm dann den Steckbrief Barellas entgegen. „Das muss die Zwelfe sein, von der in Elfenkreisen gemunkelt wird, sie sei die Tochter des Elfenfürsten der Riesengras-Ebenen."

„Nun, zumindest von einer Zwelfe habe ich vor ein paar Jahren gehört. Sie hatte sich verschiedenen Diebesbanden angeschlossen und war dabei sehr erfolgreich. Wenn das dieselbe ist – und so viele Zwelfen soll es ja nun auch nicht geben – dann ist zumindest dieser Steckbrief berechtigt." Er sah To'nella an. „Du weißt ziemlich viel von diesem Magier."

„Meine Eltern und er sind eng befreundet. Ich sage dir, er hat nichts mit den Überfällen von letzter Nacht zu tun." Sie wies aufgebracht mit ihrem Arm in eine Richtung, von der sie vermutete, dass es Norden war. „Die beiden haben im letzten Jahr das Drummel-Drachen-Gebirge gerettet, als dort der Vulkan ausbrach! Ich denke, zumindest davon wirst du etwas gehört haben. Meinst du wirklich, sie würden sich jetzt auf kleine Diebereien und stümperhafte Überfälle spezialisieren? Das ist doch überhaupt nicht deren Handschrift."

„Ich habe keine Wahl! Es waren zwei Magier hier, Abgesandte von Go-Ran-Goh. Die suchen nach den auf den Steckbriefen abgebildeten Leuten. Wie ich sehe", er wies auf das von To'nella mitgebrachte Blatt, „verteilen sie ihre Zettel schon fleißig in der ganzen Stadt."

„Aber du wirst ihnen doch nicht helfen?"

Eneos hob entschuldigend seine Hände. „Es tut mir leid, To'nella. Ich habe meine Befehle. Wenn wir sie erwischen, habe ich keine andere Möglichkeit, als sie einzusperren und später den Magiern zu übergeben."

Die Elfe ballte die Fäuste und hämmerte auf den Tisch. „Oh, du bornierter, alter, kleinkarierter … Befehlsempfänger, du!"

Sie sprang auf und schnappte sich ihre auf den Boden gepfefferte Schürze. „Richte dich darauf ein, dass ich alles versuchen werde, sie hier rauszuholen!"

Sekundenlang sagte keiner von beiden ein Wort. Stumm starrten sie einander in die Augen. Dann senkte Eneos den Blick.

„Ich denke nicht, dass du in den Kerker unter dem Südturm einbrechen kannst, auch wenn ich nicht viele Soldaten zur Bewachung abstellen kann. Sollten sie trotzdem fliehen, dann werde ich das ganze Gebiet nördlich der Stadt abriegeln. Sie werden uns wieder ins Netz gehen, wenn sie versuchen, in ihre Heimat zurückzukehren." Er griff sich wie in Gedanken an die Stirn und erhob sich. „Da fällt mir ein, dass der Umroth mir noch einen Gefallen schuldet. Du weißt schon, dieser Pferdezüchter, der südlich von Pilkristhal ein riesiges Gut besitzt. Den sollte ich bei Gelegenheit einmal einfordern. Gut, das interessiert dich aber bestimmt nicht." Er sah To'nella noch einmal in die Augen, die schweigend zurückstarrte. Dann dämmerte es ihr plötzlich, welche Botschaft Eneos ihr gerade übermittelt hatte. Sie atmete tief durch und lächelte.

„Danke", flüsterte sie.

„Wofür?", knurrte er zurück. Als sie sich umdrehte und nach dem Türknauf griff, fügte er jedoch hinzu: „Lass dich nicht erwischen."

Sergio und Claudio saßen wieder am Tisch in ihrem Wirtshaus, einen Krug Gerstenbier und einen Teller Fleisch vor sich. Der Gnom tunkte Brot in die Bratensoße und biss schmatzend ab. Dann wies er auf zwei Wachsoldaten, die einige Tische entfernt saßen, sich seit über einer Stunde an denselben Bierkrügen festhielten und die beiden Kopfgeldjäger beobachteten.

„Sie sitzen da wie Ölgötzen und starren zu uns herüber", sagte er kauend. Soße lief ihm am Kinn herunter.

Sein Kumpan nickte. „Sie wollen, dass wir über sie Bescheid wissen. Der Hauptmann lässt uns überwachen. Das soll uns nicht weiter stören. Ich habe heute Nachmittag mit dem Knopf von der Schürze der alten Vettel Finde-Magie ausprobiert. Sie sind keine Tagesreise mehr von der Stadt entfernt. Irgendwann heute Abend oder morgen früh werden sie in die Stadt kommen. Und dann werden sie geschnappt. Keine Angst. Wir müssen nur noch zusehen, dass wir sie so schnell wie möglich übergeben bekommen, am besten sofort." Er nahm einen tiefen Schluck aus seinem Bierkrug.

„Als ich vorhin mit dem Richter sprach, sicherte er mir zu, dass das kein Problem werden dürfte. Er hat die Strafe für die begangenen Vergehen auf zehn Goldstücke festgelegt. Plus noch einmal zehn Goldstücke als Schmerzensgeld und Lohn für die Ärzte, die die Verletzten behandelt haben. Ich habe sofort bezahlt. Daraufhin versprach er mir, dass ab heute Abend ein Transportwagen mit sechs Pferden bereitsteht, um die Gefangenen an den Ort zu transportieren, den wir benennen. Er will dem Hauptmann der Wache Druck machen, diese Banditen zu fangen, damit wir seine schöne Stadt von dem Übel befreien können."

Zufrieden grinsend lehnte er sich zurück. „Ich sage dir, Claudio, es könnte gar nicht besser laufen. Der Richter war im Gegensatz zum Hauptmann richtiggehend bestrebt, alles nur Mögliche zu tun, um Go-Ran-Goh zu helfen." Der Minotaurus nahm einen weiteren Schluck aus seinem Krug und wischte sich den Schaum von den Lippen. „Sie werden nur wenige Stunden im Gewahrsam der Stadtwache sein, bevor wir sie bekommen."

„Und was ist mit ...", Claudio verdrehte verschwörerisch die Augen, „... unserem Mann?"

„Der bleibt in der Truppe. Lassen wir ihn ruhig mit gefangen nehmen. Freilassen können wir ihn später immer noch. Ich traue dem Mischling nicht, auch wenn er gefangen ist. Wir lassen ...", jetzt verdrehte Sergio die Augen, „... unseren Mann bei den Gefangenen, bis wir uns ihrer hundertprozentig sicher sind. Klar?"

Der Gnom nickte und griff nach seinem Bier. Sergio machte das schon. Er hatte bisher immer alles organisiert, auch wenn lange nicht alles so glatt lief, wie sie sich das wünschten. Vor allem, wenn sie mit dem Mischling zu tun hatten.

Niesputz hatte einen kleinen Bauernhof wenige Meilen südlich von Pilkristhal ausgekundschaftet, auf dem sie Rast gemacht hatten. Ein Umweg führte sie mehrere Meilen an der Stadt vorbei, bevor sie den Hof erreichten. Die Zwergenponys und die beiden Pferde konnten sie im Stall des Bauern abstellen, gegen eine entsprechende Bezahlung versteht sich, über deren Höhe sich Korbinian beklagte. Doch der Bauer versprach, die Pferde gut zu füttern. Wohlgefällig glitt dabei sein Blick über Memoloth, Korbinians schwarzen Hengst. Als er anschließend zu einer seiner eigenen Stuten sah, protestierte Korbinian lautstark.

„Eh! Das ist kein Zuchthengst, Mann. Memoloth ist ein edles Reittier der Elfen und für nichts auf der Welt stelle ich ihn zur Zucht zur Verfügung. Komme ich zurück und stelle fest, dass er eine deiner Stuten gedeckt hat, dann seien dir alle Schutzheiligen der Pferdezüchter gnädig!"

„Das soll ein edles Ross sein?", mischte sich Waltrude ein. „Da muss ich aber so laut lachen, dass eine Schmierkrötersuppe ranzig wird. Jedes Zwergenpony kann deinen Gaul schlagen, wenn es um Ausdauer und Widerstandsfähigkeit geht."

Niesputz schwirrte zwischen die Streithähne. „Hätte ich gewusst, wie anstrengend es wird, mit euch zu reisen, wäre ich wohl doch lieber mit Bandath gezogen. Kommt nach draußen, die Sonne geht gleich unter."

Sie versammelten sich vor dem Stall.

Der einzige Unzufriedene war Rulgo. „Denk dran", maulte er Niesputz an, als dieser mit Waltrude und Korbinian zu den anderen kam, „wenn du nicht spätestens in der zweiten Stunde nach Sonnenaufgang wieder hier bist und mir sagst, wie es läuft, mache ich mich höchstpersönlich auf nach Pilkristhal und suche euch. Wie so etwas gemacht wird, hat ja Waltrude im letzten Jahr in Flussburg gezeigt."

Die Zwergin grinste wortlos.

„Ich wette", sagte Theodil ebenfalls grinsend, „die Ratsherren erinnern sich noch sehr lebhaft an diesen aufregenden Besuch."

„Trolle können von Natur aus eben nur alle Probleme mit Gewalt lösen", sagte Korbinian.

„Ja, und am liebsten nehmen wir Elfenschädel, um Türen einzuschlagen. Elfen sind nämlich von Natur aus dickköpfig."

„Also gut, Kinder!" Niesputz klatschte in die Hände. „Hört mal zu! Wir ziehen jetzt los. Korbinian, du vorneweg. Zeig uns den Weg zu diesem versteckten Eingang unter der Stadtmauer. Die anderen gehen schön artig hinterher und bitte", er sah von Waltrude über Baldurion zu Korbinian, „keinen Streit mehr heute."

Während Korbinian losging, sah Waltrude zur Sonne. „Nun", murmelte sie, „die paar Stunden bis Mitternacht halte ich schon durch."

Pilkristhal lag mitten auf einer Ebene. Gleich einem großen Haufen Bauklötze, die ein Kind auf einer Tischplatte aufgestapelt hatte, erhob es sich aus dem flachen Land, umgeben von Bauernhöfen, Schaf- und Pferdefarmen und riesigen, abgeernteten Getreidefeldern. Windmühlen zeigten an, dass hier das gewonnene Korn zu Mehl gemahlen wurde. Nördlich von Pilkristhal lag ein See.

Sie selbst folgten dem Lauf eines Flusses, der nach Pilkristhal floss. So konnten sie sich in der Uferböschung verbergen. Als sie sich der Stadt bis auf eine Meile genähert hatten, hob Korbinian die Hand. „Wir warten hier, bis die Sonne untergeht, damit wir unentdeckt bleiben."

„Wir sollten uns etwas ausruhen", stimmte Baldurion erleichtert zu.

„Ausruhen?" Waltrude fauchte den Musikanten an. „Zwerge müssen nicht ausruhen, Balduin. Flötenspieler wahrscheinlich, die müssen ja nur irgendwelche Löcher an hohlen Holzknüppeln zudrücken und reinpusten. Aber Zwerge …"

„Waltrude, bitte." Theodil legte ihr die Hand auf die Schulter und seufzte. „Lass uns einfach hier in Ruhe warten."

Eine Stunde später war der Mond aufgegangen und die Sterne strahlten am Himmel. Vergeblich warteten sie bis Mitternacht darauf, dass ein paar Wolken den Himmel verdunkelten. Doch letztendlich mussten sie im hellen Mondlicht losziehen. Der Weg führte die Gruppe zwischen abgeernteten Feldern hindurch, vorbei an kleinen Katen, unbewohnten Schuppen und einer Mühle. Fast zwei Stunden brauchten sie, um die Stadt in Richtung Westen zu umgehen.

Schließlich blieb Korbinian am Rand eines alten Kanals stehen und erklärte, dass es sich hierbei um eine der früheren Wasserstraßen handelte, die damals zur Bewässerung der Felder benutzt wurden. Auch wenn der trockengelegte Kanal noch existierte, so hatte er mittlerweile zu einer neuen Bestimmung gefunden.

„Das ... das ist ja der größte Müllhaufen, den ich je gesehen habe", stöhnte Waltrude aufgebracht, als sie am Rande des Kanals standen.

Korbinian verdrehte die Augen. „Ich habe euch nicht gesagt, dass wir die Stadt über eine Allee betreten werden."

Die Bürger Pilkristhals hatten die Reste des Kanals dazu genutzt, ihren Müll zu entsorgen. Selbst Baldurion, der bisher alle Erschwernisse der Reise friedlich über sich hatte ergehen lassen, zog die Brauen bis weit in die Stirn. „Das ist der Müll von Jahrhunderten. Da sollen wir durch?"

Korbinian nickte. „Weiter vorn ist ein Einstieg. Dann führt ein kleiner Trampelpfad am Grunde des Kanals hindurch bis zur Stadtmauer. Dort ist er mit einem Gitter versperrt, aber an der Seite ist ein Durchlass, groß genug für einen Menschen." Er sah zu Waltrude. „Nur bei dir müssen wir wohl ein wenig von hinten nachhelfen. Wer soll schieben?"

„Schieben?", zischte Waltrude, sichtlich um eine leise Stimme bemüht, was ihr aber nicht gelang. „Ich muss nicht geschoben werden! Das Loch, durch das ich nicht durchkomme, muss erst noch ..."

„Leute!" Niesputz surrte aufgeregt um ihre Köpfe. „Könnt ihr das bitte sein lassen? Ich meine, wir sind gerade dabei in eine Stadt einzubrechen und da oben", er wies auf die Stadtmauer, die in der Dunkelheit drohend vor ihnen aufragte, „laufen Wachen rum."

Waltrude brummelte halblaut etwas von Löchern und Elfen, mit denen man diese zustopfen könnte, während Korbinian still in sich hinein grinste. Selbst Theodils Mundwinkel zuckten verdächtig.

Korbinian führte sie weiter am Kanal entlang und verschwand plötzlich hinter einem kleinen Busch. Als Theodil, der hinter ihm lief, den Busch umrundete, sah er den Elfen unter sich, wie er das steile Ufer hinabstieg. Geschickt nutzte er dazu die im Ufer steckenden Steine, auf die er trat oder an denen er sich mit den Händen festhielt. Als der Zwerg ihm abwärts folgte, erkannte er, dass die Steine keinesfalls zufällig dort stecken konnten, so passend waren sie für den Ab- oder Aufstieg platziert. Sie befanden sich wahrscheinlich auf einem geheimen Schmugglerpfad, der regelmäßig benutzt wurde.

So zweckmäßig der Abstieg zum Grund des Kanals war, so ekelhaft war es dort unten. Sie wateten in einer knöcheltiefen Brühe, deren Zusammensetzung sie lieber nicht erfahren wollten. Ihr Gestank jedenfalls war bestialisch. Ratten huschten umher und rund um sie türmten sich die dunklen Buckel der Abfallhaufen. Ab und an wehte ein leichter Wind, der den von unten aufsteigenden Gestank vertrieb und durch andere, nicht weniger unangenehme Düfte ersetzte. Alle begannen zu stöhnen und zu schimpfen.

„Den Gestank werde ich doch mein Leben lang nicht mehr los!", schimpfte Baldurion.

Korbinian rechtfertigte sich. „Was soll das? Ich kann doch nichts dafür. Das ist der einzige Weg, unbemerkt in die Stadt zu kommen. Wir können es auch sein lassen und morgen früh durch das Stadttor reiten. Am besten mit einem Marktschreier vorneweg, der die beiden Kopfgeldjäger laut und deutlich auf uns hinweist!"

Niesputz unterstützte ihn. „Nun habt euch nicht so. Ihr benehmt euch ja schlimmer als die Tänzerinnen des Kaisers von Ko-Balga."

Niemand kannte den Kaiser von Ko-Balga oder gar seine Tänzerinnen. Trotzdem ebbte der Protest ab. Nur Waltrude schimpfte noch ein wenig.

Begleitet von ihrem permanenten Gemurmel über „gewisse Leute, die sich hier unten wahrscheinlich sehr wohl fühlen", schlängelten sie sich durch die Abfallberge hindurch bis zur Stadtmauer. Das Gitter aus armdicken, verrosteten Eisenstäben, das den Kanal versperrte, war an der linken Seite in mühevoller Kleinarbeit aufgesägt worden, so dass ein enger Durchgang entstanden war. Entgegen der Prophezeiung Korbinians brauchte niemand Waltrude von hinten zu schieben, um sie durch das Loch zu drücken.

„So", sagte Niesputz. „Jetzt sind wir drin. Nun auf zu der Herberge und morgen beginnen wir mit der Suche nach den beiden Halunken."

Rulgo erwachte mit dem ersten Sonnenstrahl. Er gähnte, erhob sich und verließ die Scheune, in der er geschlafen hatte. Belustigt bemerkte er, dass der Bauer Korbinians edles Elfenross zu seinen Stuten auf die Weide gesperrt hatte. Sowohl diesen als auch Memoloth schien das zu gefallen, denn der Hengst stolzierte beschwingt zwischen den aufgeregten Stuten umher.

Der Troll schlurfte zum Brunnen, holte sich einen Eimer Wasser hoch und schüttete ihn sich ins Gesicht.

„Uah, das tut gut."

„Das glaube ich dir."

Rulgo fuhr herum und sah Niesputz im Schatten des Brunnens sitzen.

„Was machst du denn hier? Ich denke, ihr seid in der Stadt? Hat es nicht geklappt? Wo sind die anderen?" Er sah sich auf der Suche nach dem Rest der Truppe um.

Niesputz surrte hoch und setzte sich seinem großen Freund auf die Schulter. „Die anderen? Gefangen."

Pilkristhal – Gefangen

Der Kerker ähnelte denen, die Korbinian schon in anderen Städten kennengelernt hatte. Theodil seinerseits kannte noch keinen Kerker. Er war das erste Mal in seinem Leben gefangen genommen worden. Waltrude hatte im letzten Jahr in Flussburg bereits mit einem Gefängnis Bekanntschaft geschlossen. Von allen Anwesenden nahm Baldurion die Gefangennahme am leichtesten.

„Es wird sich alles aufklären", sagte er schulterzuckend. Und nein, er hätte noch nie in einem Kerker gesessen.

Die Festnahme war schnell und recht unspektakulär vor sich gegangen. Sie hatten erst wenige Dutzend Schritte hinter der Stadtmauer zurückgelegt, als plötzlich über ihnen am Rande des Kanals zwischen den Trümmern des gemauerten Ufers Soldaten der Stadtwache auftauchten und mit Armbrüsten auf sie zielten. Eine energische Stimme forderte sie auf, die Waffen niederzulegen und die Hände hinter dem Kopf zu verschränken. Als sie dieser Aufforderung nicht sofort nachkamen, schlugen rund um sie einige Armbrustbolzen in das trübe Wasser, in dem sie noch immer wateten. Irgendjemand von ihnen hatte geflüstert: „Tut was sie sagen!" und sie ließen ihre Schwerter fallen. Soldaten waren zu ihnen herabgeklettert, hatten die Waffen eingesammelt und ihnen die Hände auf dem Rücken gefesselt, schnell und ohne großen Aufwand. Danach hatte man sie durch die nachtdunkle Stadt geführt und in den Kerker gesteckt. Der Hauptmann würde sie am nächsten Tag verhören, hatte man ihnen noch angekündigt. Anschließend war Ruhe eingekehrt. Sie brauchten eine Weile, um sich von dem Schreck zu erholen. Das Verließ befand sich im Keller eines Turmes, der zur Stadtmauer gehörte. Die Wände bestanden aus rohen Felsquadern die im Licht der einzigen Fackel feucht glänzten. Holzpritschen mit muffig riechenden Decken standen im hinteren Teil des Raumes. Auf einer der Pritschen lag ein großes Lumpenbündel.

Dann ging wildes Spekulieren los. Es sah ganz so aus, als hätten die Wachen sie erwartet, oder zumindest damit gerechnet, dass irgendjemand versuchen würde, diesen Zugang zur Stadt zu nutzen. Für Korbinian war zumindest die zweite Variante die angenehmere Situation, wie er den anderen erläuterte.

„Wenn sie einfach nur irgendjemand erwartet haben, dann sind wir ihnen zufällig in die Falle gegangen. Haben sie es aber auf uns abgesehen, dann werden wohl die beiden Kopfgeldjäger ihr Garn bereits gesponnen haben und wir sind ihnen ins Netz gegangen."

„Was nützen wir ihnen, wenn die Stadtwache uns hier festhält?", fauchte Waltrude. „Das ist alles nur deine blöde Idee! Wären wir wie normale Reisende am Tag durch die Stadttore gekommen, hätte uns keiner was anhaben können. Aber nein, wir müssen uns ja nachts durch Jauchegruben hindurch in die Stadt schleichen." Sie verzog das Gesicht. „Bei den Hallen der Vorväter, ich stinke, als hätte ich einen ganzen Eimer Schweinegülle ausgeschwitzt." Wütend setzte sie sich auf eine Bank und begann, ihre Schuhe auszuziehen. „Nicht, dass es groß was am herrschenden Geruch ändern würde, aber vielleicht solltet ihr versuchen, euer Schuhwerk trocken zu kriegen."

Sich leise unterhaltend folgten sie Waltrudes Beispiel, bis das Gespräch auf die Fragen kam, wann wer schon in welchen Gefängnissen gesessen hatte. Korbinians Geständnis, wegen nichtgezahlter Schulden in verschiedenen Städten gesucht zu werden und auch schon „gesessen" zu haben, entlockte der Zwergin ein gemurmeltes „Wundert mich gar nicht!"

So plätscherte das Gespräch einige Minuten vor sich hin, bis Theodil plötzlich eine neue Frage aufwarf: „Hat einer von euch Niesputz gesehen?"

Es stellte sich heraus, dass niemand ihn gesehen hatte, seit die Soldaten über ihnen erschienen waren.

„Vielleicht holt er Rulgo zu Hilfe?", wagte Baldurion eine Vermutung.

„Was soll der Troll denn machen, Balduin?", fauchte Waltrude. „Mit seiner Keule die Tür einschlagen? Vorher die gesamte Stadtwache verprügeln? Und wie stellst du dir eine Flucht vor? Glaub mir, Flötenmann, ohne Hilfe von außen werden wir hier nicht rauskommen. Aber diese Hilfe wird nicht der Troll sein. Wenn die uns gejagt haben, dann wissen sie auch, dass wir einen Troll haben. Und dann sind sie darauf vorbereitet. Trolle sind von Natur aus als Fluchthelfer ungeeignet." Korbinians

Heiterkeit über diese Feststellung verpuffte rasch, als sie schnell hinzufügte: „Und Elfen bringen einen von Natur aus in Schwierigkeiten!" Dann hielt die Zwergin kurz inne, bevor sie in sachlichem Tonfall fortfuhr: „Entweder lassen die uns morgen früh raus und entschuldigen sich für die Unannehmlichkeiten oder wir müssen mal wieder selbst sehen, wie wir das schaffen – und auf einen guten Geist warten, der sich unserer erbarmt."

Schweigen senkte sich auf die Gruppe, bis plötzlich hinter ihnen jemand hüstelte. Sie fuhren herum. Im Dämmerlicht der Fackel sahen sie, wie sich der vermeintliche Lumpenhaufen auf der Liege bewegte. Eine schlaksige Gestalt erhob sich von der Pritsche und stand etwas hilflos zwischen den Schlafgestellen – ein Mann. Er überragte sogar Baldurion, der der größte in der Gruppe war, noch fast um einen halben Kopf.

„Wer bist *du* denn?", entfuhr es Theodil.

„Ich … entschuldigt bitte … ich habe zugehört … ihr wart so laut und da bin ich wach geworden … äh … Nasfummel …"

„Was?"

„Nasfummel, Ratz Nasfummel – das ist mein Name …"

Korbinian lachte brüllend los, Waltrude, Theodil und Baldurion grinsten.

„Wer heißt denn *so*?", fragte die Zwergin.

Der Fremde kam einige Schritte nach vorn. Das Licht beleuchtete sein hageres Gesicht mit tiefliegenden Augen. Die Lippen waren kaum zu erkennen, das Kinn kantig und die Stirn floh kurz über den Augenbrauen nach hinten. Das gewaltige Riechorgan jedoch beherrschte das Gesicht und schien ihm auch den Namen gegeben zu haben. Die Nase war schlichtweg riesig. Rot und zerfurcht ragte sie hervor wie ein Erker aus einer Burgmauer.

„Ich heiße so."

„Und was machst du hier?"

„Ich bin gefangen. Konnte die Rechnungen der Herberge nicht bezahlen. Das passiert mir dauernd. Ich bin Gaukler, aber kaum einer zahlt mal eine Silbermünze für meine Darstellungen. Immer lachen sie, weil ständig etwas schiefgeht. Und im Endeffekt lande ich für drei oder vier Mondzyklen im Kerker. Danach werde ich der Stadt verwiesen und muss weiterziehen."

„Auf die Weise kommt man wenigstens herum." Korbinian konnte nachempfinden, was Ratz Nasfummel meinte.

„Schon mal darüber nachgedacht, dir einen anderen Namen zuzulegen?", fragte Baldurion.

„Aber das *ist* mein Name."

„Das mag schon sein, Ratz, aber wer solch einen Namen führt, der *kann* keinen Erfolg haben."

„Willst du damit sagen", mischte sich Waltrude ein, „dass du Erfolg hast, weil du Balduin heißt? Und heißt das etwa, dass du überhaupt als Flötenheini Erfolg hast?"

Wie meist ignorierte Baldurion den Einwurf der Zwergin. Auch Waltrudes Aufmerksamkeit wurde durch die nächsten Worte des Gauklers abgelenkt.

„Sie werden euch nicht rauslassen. Ihr werdet wegen der Überfälle gesucht." Er zählte an den Fingern ab: „Ein Troll, ein Elf, eine Zwergin, eine Zwelfe, ein Magier. Ich habe gehört, wie die Wachen sich darüber unterhalten haben, heute Abend, bevor sie euch brachten."

„Aber das ist Blödsinn!", ereiferte sich Waltrude. „Wir haben niemanden überfallen."

Theodil legte ihr die Hand auf die Schulter. „Sie suchen einen Magier!"

„Bandath", hauchte Korbinian. „Wir sind ihnen in die Falle gegangen."

Er brauchte nicht zu erklären, dass mit ‚ihnen' nicht die Stadtwache gemeint war. Jeder dachte an die beiden Kopfgeldjäger.

Ernüchtert setzte sich die Zwergin auf eine der Pritschen. „Dann können wir nur hoffen, dass Niesputz den Herrn Magier vor diesem Ochsenkopf und seinem schmierigen Kumpan findet und die drei uns hier irgendwie rausboxen." Und, als alle schwiegen, setzte sie hinzu: „Finden werden sie uns ja. Sie brauchen bloß der Nase nachzugehen."

„Apropos Nase …" Der unglücklich wirkende Gaukler machte einen weiteren Schritt auf die Gruppe zu. „Falls es klappt und eure Leute euch hier rausholen. Darf ich … darf ich dann mitkommen?"

„Warum?", knurrte Korbinian.

„Weil … die würden mich glatt noch zwei Mondzyklen länger hierbehalten, da ich sie nicht über eure Fluchtpläne informiert habe und, im Vertrauen, so gut ist die Unterkunft hier nicht." Er lächelte schief, als er den Witz versuchte. Keiner reagierte. Ratz drehte sich um und ging zu seiner Liege zurück. Die anderen hörten etwas wie „War ja zu erwarten gewesen. Warum sollte ich auch nur einmal im Leben Glück haben?" Die restliche Nacht sprach keiner mehr. Sie lagen auf den Pritschen, starrten an das steinerne Deckengewölbe über ihnen und grübelten darüber nach, was sie zu erwarten hatten.

Da liegen wir hilflos und stinken vor uns hin, dachte Waltrude, *und in der Zwischenzeit läuft ihnen der Herr Magier ebenfalls in die Falle und wir können nichts dagegen tun, absolut nichts.*

„Ranzige Schmierkrötersuppe!", entfuhr es ihr. Es war der stärkste Fluch, den sie kannte. Vielleicht sollte sie sich für solche Gelegenheiten von Korbinian oder Niesputz ein paar stärkere Flüche beibringen lassen. Den Rest der Nacht dachte sie darüber nach, was sie mit dem Gnom und dem Minotaurus machen würde, wenn sie sie erwischte. Eiserne Stäbe mit Spitzen und Widerhaken spielten bei den Gedanken eine zentrale Rolle – und Feuer, mit dem man die Stäbe zum Glühen bringen konnte. Sie hatte diese Gedanken schon in Neu-Drachenfurt gehabt. Und an dieser Stelle begann ihr kleiner Finger wieder zu schmerzen, obwohl der Bruch gut verheilt war.

Niemand bricht Waltrude ungestraft einen Finger. Niemand!

„Kein Troll, kein Magier, keine Zwelfe! Ich glaube nicht, dass wir in dieser Nacht die richtigen Banditen gefangen genommen haben." Eneos blickte die beiden Magier vor sich wütend an. Irgendjemand von seinen Soldaten hatte ihnen verraten, dass die Stadtwache in der letzten Nacht Gefangene gemacht hatte – wahrscheinlich als Gegenleistung für ein paar Silberlinge. Er würde sich seine Leute im Laufe des Tages vorknöpfen und ihnen mit einer ganzen Reihe Maßnahmen sehr deutlich machen, was er von solchem Verhalten hielt.

„Aber Ihr habt Gefangene, Herr Hauptmann, Leute, die Ihr in der letzten Nacht beim widerrechtlichen Eindringen in die Stadt erwischt habt." Auch die ausgesuchte Freundlichkeit des Minotaurus' täuschte nicht über dessen Arroganz hinweg. „Im Namen von Go-Ran-Goh bestehe ich darauf, sie zu sehen."

„Schmuggler. Eine Gruppe ganz gewöhnlicher Schmuggler haben wir erwischt."

„Herr Hauptmann, uns ist nicht entgangen, dass Ihr uns überwachen lasst. Dann dürfte Euch aber auch nicht entgangen sein, dass ich gestern über eine Stunde beim Richter war. Er sicherte mir alle Unterstützung zu, die ich benötige. Ich bin sicher, Ihr glaubt mir. Oder wollt Ihr den Richter hier in Euren Amtsräumen sehen? Versucht Euch doch einmal vorzustellen, wie es sein wird, wenn er hier hereinspaziert und Euch anweist, uns die Gefangenen zu zeigen. Was das für Auswirkungen auf die Disziplin Eurer Soldaten haben wird ...“

Der Hauptmann schoss von seinem Stuhl hoch, dass dieser krachend auf den Holzdielen landete. Eneos maß den Minotaurus von oben bis unten. Seine Augen funkelten hasserfüllt. Die Kaumuskeln pressten seine Kiefer so fest aufeinander, dass sogar der Gnom, der hinter seinem Kumpan stand, den Zahnschmelz des Mannes knirschen hörte. Dann entspannten sich seine geballten Fäuste.

„Gehen wir. Sie sind im Südturm.“ Er wartete nicht, eilte sofort um seinen Tisch herum und zwischen den beiden Magiern hindurch zur Tür. Ruckartig riss er sie auf und hetzte förmlich nach draußen. Ohne anzuhalten, bellte er den Wachsoldaten an: „In einer halben Stunde stehen alle Mann, die keinen Dienst haben, in voller Ausrüstung angetreten auf dem Exerzierplatz!“

Mit langen Schritten eilte er über den Platz vor dem Haus, ging auf die Stadtmauer zu und bestieg sie über eine hölzerne Treppe. Oben angekommen eilte er auf der Mauerkrone entlang zum Turm, in dem sich die Gefangenen befanden. Er vergewisserte sich nicht, ob die beiden Kopfgeldjäger ihm folgten. Sie würden es tun, auch wenn sie Mühe hatten, mit ihm Schritt zu halten. Er eilte an den Wachposten vorbei, nicht ohne bei jedem einzelnen etwas zu kritisieren: hier den Sitz der Uniform, dort die Haltung der Waffen oder die Aufmerksamkeit. Die Soldaten waren viel zu erschrocken über den unplanmäßigen Auftritt ihres Vorgesetzten, um mit etwas anderem, als einem verdutzten „Ja, Herr Hauptmann!“ zu reagieren.

Beim Südturm angekommen polterte er eine ähnliche Treppe herunter und gab dem Posten am Eingang des Turmes ein Zeichen zum Öffnen der Tür. Hinter ihm stolperten der Gnom und der Minotaurus die Holzstufen herab. Eneos jagte die steinerne Treppe zum Verließ hinunter. Ein zweiter Posten sprang beim Öffnen der Kellertür auf, zog sich eiligst seine Uniformjacke an und schnallte das Schwert um. Mit dem Hauptmann hatte um diese Zeit niemand gerechnet. Eneos schluckte wütend und verbarg diese Wut auch nicht. Er würde dem Soldaten nach seinem Dienst eine ‚Spezialbehandlung' zukommen lassen. Und er nahm sich vor, öfter unplanmäßige Kontrollen durchzuführen. Anscheinend war er sich der Disziplin und der Ergebenheit seiner Wachsoldaten allzu sicher gewesen. „Sind die Gefangenen verpflegt worden?" Seine Stimme klang kalt und ungewohnt dienstlich. Hinter sich hörte er den Minotaurus fluchen, der seine große Gestalt durch den engen Treppengang zwängte. Dem Soldaten waren beim Auftreten seines Vorgesetzten Schweißperlen auf die Stirn getreten. Er wusste, was ihn nach dieser Nachlässigkeit erwartete: Vor morgen früh würde er keinen Schlaf finden, dafür aber immer neue Dienste erledigen müssen.

„Jawohl, Herr Hauptmann. Wie es die übliche Regelung vorsieht. Sie bekamen dieselbe Verpflegung wie die Soldaten der Wachkompanie."

„Aufschließen!", herrschte Eneos den Wachhabenden an. Dieser beeilte sich, der Anweisung seines Vorgesetzten nachzukommen, nahm eine Fackel von der Wand und stolperte dienstbeflissen vor Eneos und den beiden Magiern in den Kerkerraum.

Dort erhoben sich die Gefangenen von den Liegen, auf denen sie gesessen hatten. Als hinter ihm die zwei Kopfgeldjäger den Kellerraum betraten, sah Eneos in den Gesichtern der Gefangenen Erschrecken, das von unbändiger Wut abgelöst wurde. Der Minotaurus grunzte zufrieden. Im selben Moment brüllte die alte Zwergin wütend auf und mit einer Behändigkeit, die der Hauptmann ihr nicht zugetraut hätte, stürzte sie sich auf den Minotaurus. Das heißt, sie versuchte es. Bereits nach dem dritten Schritt erstarrte sie mitten in der Bewegung. Ein hilfloses Stöhnen entrang sich ihrem halbgeöffneten Mund.

Erneut grunzte der Minotaurus. Eneos, der direkt vor ihm stand, sah sich über die Schulter um. Der Magier ließ die Spitze seines Stabes dunkelrot glühen. Seine Augen funkelten die Zwergin böse an. Ohne nachzudenken, winkelte Eneos seinen Arm an und rammte ihn dem Minotaurus in den Magen. Aufstöhnend klappte dieser zusammen. Der Magierstab entglitt seinen Händen und polterte auf den steinernen Boden. Das Glühen erlosch und der Bann fiel von der Zwergin. Sie schüttelte sich und wollte erneut gegen den jetzt auf dem Boden knienden Minotaurus vorgehen. Doch Eneos hatte bereits sein Schwert gezogen und hielt es der Zwergin entgegen.

„In meinem Kerker wird nicht gefoltert." Ohne das Schwert zu senken, sah er die beiden Magier an. „Diese Regel gilt seit vielen Jahren. In meinem Kerker wird auch keine Magie gegen Gefangene eingesetzt, Magier. Merk dir das. Daran wird auch kein Richter etwas ändern." Sein Blick wanderte zu Waltrude, die ihren Angriff gestoppt hatte. Ihre Kehle befand sich nur eine Handbreit von der Spitze des Schwertes entfernt.

„Und in meinem Kerker greifen Gefangene auch niemanden an. Klar?"

Waltrude nickte und trat vorsichtig ein paar Schritte zurück. Eneos steckte sein Schwert wieder in die Scheide und drehte sich zu den Kopfgeldjägern um. Sergio erhob sich keuchend, hielt sich aber noch immer mit einer Hand den Magen, während die andere den Magierstab umklammerte, als wolle er ihn gegen den Hauptmann einsetzen.

„So, Ihr habt die Gefangenen gesehen. Da ist weder Troll, noch Magier oder Zwelfe, wie ich es Euch gesagt habe. Wenn wir alle Gefangenen haben, die Ihr benötigt, dann bekommt Ihr sie auch, wie abgesprochen. Aber nicht vorher. Soldat!"

Dienstbeflissen sprang der Wachhabende vor.

„Begleite unsere Gäste vom Gelände. Anschließend meldest du dich bei mir. Ich sorge für deine Ablösung."

Der Soldat schluckte deutlich, nickte, drehte sich um und verließ den Kerker. Wortlos gingen ihm Sergio und Claudio voraus. Eneos warf den Gefangenen noch einen kritischen Blick zu, bevor er ebenfalls den Kerker verließ und die Tür hinter ihm ins Schloss fiel.

„Der Ochsenkopf steckt also doch dahinter!", sagte Waltrude wütend.

„War doch klar, bei unserem Pech!", ergänzte Korbinian.

„Pech?", meldete sich jetzt doch wieder der Gaukler aus dem hinteren Bereich der Zelle. „Wenn hier einer seit Jahren Pech hat, dann bin ich das. Wer hatte denn eben die Kakerlake in der Suppe? Ich doch wohl. Und wem ist das Brot in den Dreck gefallen? Mir. Und zu wem haben sie vier Gefangene gesperrt, die stinken, als hätten sie die städtische Kloake ausgeraubt? Zu mir. Und zu guter Letzt: Ihr wollt fliehen und wen wollt ihr nicht mitnehmen? Mich!"

Verblüfft hatten die vier den Ausbruch verfolgt. Dann zuckte Baldurion mit den Schultern. „Es tut mir leid, aber wenn du wirklich immerzu Pech hast, ist das nicht gerade ein Argument dafür, dich mitzunehmen."

„So schwer es mir fällt das zuzugeben, Balduin, aber dieses Mal hast du recht." Waltrude wies mit dem Daumen in Richtung des glücklosen Gauklers. „Der Nasenfummler bleibt hier!"

„Ich denke", schaltete sich Theodil ein, „wir sollten nicht die Zähne des Bernsteinlöwen verteilen, bevor wir ihn gejagt haben. Noch sehe ich nämlich nicht, wie wir hier rauskommen."

Eneos verließ den Turm und blinzelte in das Sonnenlicht. Der Wachsoldat mit den beiden Magiern befand sich mitten auf dem Hof. Ein leichter Wind blies Staubfahnen über den Platz. Vom Tor der Kaserne aus kam ein anderer Soldat angerannt.

„Herr Hauptmann!", brüllte er schon von Weitem. „Wir haben am Nordtor den Magier und die Zwelfe festgenommen!"

Wie von einem Hammer getroffen blieben die Kopfgeldjäger stehen und sahen dem Soldaten hinterher, der auf seinen Hauptmann zueilte. Eneos' Gesichtsausdruck sprach Bände. Der Soldat wusste, dass er einen Fehler gemacht hatte. Wahrscheinlich stand er deshalb besonders stramm, als er vor dem Hauptmann salutierte.

„Herr Hauptmann ...", wollte er seine Meldung wiederholen.

„Seit wann", zischte Eneos, wütend wie lange nicht, „schreien wir Meldungen quer über den Kasernenhof?" Er starrte dem Soldaten in die Augen, bis dieser anfing zu blinzeln.

„Wer hat euch das beigebracht?"

Es war falsch gewesen, sich auf seinen Lorbeeren auszuruhen, das sah Eneos jetzt ein. Die Disziplin in seiner Kaserne hatte beängstigend nachgelassen. Die Auffassung, die seine Soldaten vom Dienst hatten, glich eher der einer halblegalen Söldnertruppe, als der regulären Stadtwache einer der größten Städte nördlich der Todeswüste.

Sein Blick kreuzte sich mit dem des Minotauren. Der Triumph in dessen Augen war unverkennbar.

‚Wir sehen uns wieder!', sagte dieser Blick.

‚Da bin ich mir sicher!', antwortete Eneos, wortlos aber wütend.

Die Magier wurden vom Hof geleitet. Eneos ließ sich von dem Soldaten die Umstände der Gefangennahme erzählen. Die zwei Gesuchten waren in aller Ruhe zu Fuß durch das Nordtor gekommen. Von den Wachen seien sie schon lange vorher gesehen worden.

Im Bemühen, seinem Hauptmann die Laune zu verbessern, sprudelte es aus dem Soldaten nur so heraus. Der Magier und die Zwelfe hätten sich der Gefangennahme nicht widersetzt. Obwohl zumindest die Zwelfe so aussah, als könne sie dies. Wahrscheinlich habe sie aber aus Rücksicht auf ihren Gefährten nicht gehandelt, denn der machte einen seltsamen, beinahe kränklichen Eindruck. Er ließe alles unbeteiligt über sich ergehen, habe sich nicht gewehrt und ließ sich sogar widerstandslos die Hände auf den Rücken binden.

Wortlos ließ Eneos den Soldaten nach dessen Ausführungen stehen und begab sich über die Mauerkrone zurück zu dem Teil der Kaserne, in dem sich sein Raum befand. Vor dem Gebäude stand die gesamte Einheit, die dienstfrei hatte, in voller Ausrüstung, angetreten und geordnet wie zu einer Ehrenparade. Die Gesichter der Unteroffiziere waren gespannt, hatten sie doch schon mitbekommen, welche Schludrigkeiten dem Hauptmann aufgefallen waren.

Eneos blieb stehen und musterte seine Soldaten unzufrieden. Dann winkte er einen der Unteroffiziere heran.

„Der Posten am Kerker wird sofort abgelöst. Ich denke, wenn er bis Sonnenaufgang den Hof fegt, wird er wissen, was er falsch gemacht hat."

Der Unteroffizier nickte und Eneos fuhr fort:

„Die Einheit bereitet sich auf einen Nachteinsatz vor. Wir suchen einen Troll und werden mit dem Sonnenuntergang ausrücken. Diese Aufgabe hat absolute Priorität. Das heißt, alle Wachen werden auf ein Minimum reduziert. Da wir die Bande nun fast vollständig in Gewahrsam haben, dürfte das also kein Problem sein."

„Aber, Herr Hauptmann", wagte der Unteroffizier einen Einwand. „Was ist, wenn der Troll versucht, seine Kumpane zu befreien?"

„Wir haben den Kopf der Bande, den Magier. Trolle sind dämliche Muskelpakete. Keiner von ihnen wäre auch nur annähernd in der Lage, in unsere Kaserne einzubrechen und die Gefangenen zu befreien. Und aus unseren Türmen ist auch noch nie jemand ausgebrochen."

„Bis auf den Falschspieler …"

„Das war vor zehn Jahren."

„… und den Elf, den wir vor drei Jahren gefangen genommen hatten."

„Der hatte einen Soldaten bestochen."

„Dann war da noch der …"

152

„Jetzt ist genug mit der Diskussion! Ich habe einen Befehl gegeben und verlange, dass Ihr ihn durchsetzt!"

Der Unteroffizier salutierte. „Jawohl, Herr Hauptmann!"

„Wenn die Gefangenen gebracht werden, will ich mit dem Magier und der Zwelfe reden. Bringt sie sofort hierher, aber haltet sie vorerst von den anderen Gefangenen getrennt. Danach möchte ich mir noch die Zwergin und den Elf vornehmen. Erst nach dem Verhör könnt Ihr alle gemeinsam in den Kerker sperren."

Erneut salutierte der Unteroffizier und bestätigte den empfangenen Befehl.

Eine halbe Stunde später klopfte es an Eneos' Tür. Auf seinen Ruf hin öffnete ein Soldat und meldete, dass sie nun die beiden neuen Gefangenen vom Nordtor zum Verhör gebracht hätten, wie es der Herr Hauptmann befohlen habe.

„Zuerst den Magier!"

Bandath betrat das Zimmer. Der begleitende Wachsoldat zog sich auf einen Wink des Hauptmanns hin zurück.

Das Erste, was Eneos auffiel, war, dass von dem Zwergling eine Aura der Verzweiflung ausging. Der Magier schien gebrochen, seine Augen sahen blicklos durch den Hauptmann hindurch irgendwo in die Ferne, die Haut war grau, die Schultern hingen traurig herab, der Rücken war gekrümmt und die Hände öffneten und schlossen sich permanent, als wollten sie etwas fassen, das sie nicht greifen konnten. Dann erst bemerkte Eneos, dass Bandath im Gegensatz zur Zeichnung keinen Bart mehr trug. Auch die typische Zwergenmütze, die auf dem Steckbrief zu erkennen war, fehlte. Dafür wurde das graue Haar mit einem Lederband zusammengehalten.

Das also sollte der große Magier sein, der die Drummel-Drachen-Berge vor dem Untergang gerettet hatte?

Er erschien Eneos eher wie ein Mann, der sich völlig antriebslos der Trostlosigkeit und dem Selbstmitleid überlassen hatte.

„Du bist Bandath?"

Schweigen. Es schien, als habe der Zwergling die Frage überhaupt nicht gehört, als seien die Worte gar nicht in das Bewusstsein des Magiers vorgedrungen.

„Was willst du in der Stadt?" … „Wieso will der Innere Ring aus Go-Ran-Goh dich festsetzen? Warum sind jetzt dauernd Magier in Pilkristhal? Weißt du, was im Süden los ist?"

Egal, welche Frage er stellte, der Zwergling antwortete nicht, ja, er reagierte nicht einmal darauf. Erst, als Eneos ihn mit *Magier* anredete, kam ein wenig Leben in das Gesicht des Zwerglings. Wie aus weiter Ferne kehrte sein Blick in diesen Raum zurück. Er wandte sein Gesicht dem Hauptmann zu und flüsterte „Magier?". Dann schwieg er erneut und das winzig kleine Feuer, das Eneos glaubte, einen Moment in den Augen des Zwerglings gesehen zu haben, erlosch wieder.

Es erschien zwecklos. Dieser gebrochene Mann soll an den Überfällen beteiligt gewesen sein? Er glaubte nicht daran, aber da gab es noch immer die Aussagen der Zeugen und diese beiden Kopfgeldjäger. Der Hauptmann rief die Wachsoldaten und diese führten den Zwergling hinaus und die Zwelfe herein.

„Du bist die einzige von eurer Bande, die mir bekannt vorkommt", sagte er und spielte darauf an, dass weiter südlich vor Jahren eine Zwelfe gesucht worden war, die sich mit verschiedenen Räuberbanden herumgetrieben hatte. Einige sehr erfolgreiche Diebstähle sollten angeblich auf ihr Konto gehen. Beweisen ließ sich freilich nichts.

„Ich will zu meinem Gefährten."

„Das kannst du, sobald du mir gesagt hast, was ihr hier wollt."

„Ihr habt keinen Grund, uns hier festzuhalten. Lasst mich zu Bandath."

„Gleich. Was wollt ihr in Pilkristhal?"

„Ich will zu Bandath."

„Himmel!" Eneos brüllte wütend auf und schlug mit der Faust auf den Tisch. Er stand auf und stapfte zweimal um den Tisch und die Gefangene herum. „Pass auf. Seit zwei oder drei Mondzyklen gärt es unten im Süden. Geschichten von Monstern aus der Wüste machen die Runde. Man erzählt von Überfällen und von Toten. Vor einigen Tagen tauchten dann plötzlich drei Magier von Go-Ran-Goh auf, wollten verpflegt werden und zogen weiter in Richtung Todeswüste. Kurz danach erschienen hier zwei Kopfgeldjäger im Namen von Go-Ran-Goh, ein Gnom und ein Minotaurus." Obwohl die Zwelfe sich gut unter Kontrolle hatte, erkannte Eneos an ihrer winzigen Reaktion, dass dies eine neue und unangenehme Nachricht für sie war.

„Sie halten mir eure Steckbriefe unter die Nase und behaupten, ihr hättet hier in der letzten Nacht Überfälle durchgeführt. Sie fordern unsere Unterstützung bei eurer Festnahme."

Er schwieg und gab ihr Gelegenheit sich zu äußern. Und was sagte sie?

„Ich will zu meinem Gefährten!"

„Verdammt noch mal. Ist dir nicht klar, dass ich euch alle ausliefern *muss*, wenn ihr mir nicht sagt, was hier gespielt wird?"

„Lasst mich zu Bandath!"

Eneos warf seinen Stuhl um und trat mit dem Fuß dagegen. „Wache!"

Die Tür wurde aufgerissen, als hätte der Soldat mit der Hand an der Klinke (und wahrscheinlich dem Ohr an der Tür) dahinter gestanden.

„Schaff sie mir aus den Augen!", befahl Eneos erbost und beobachtete, wie die Zwölfe aus dem Zimmer geführt wurde. Dann humpelte er zu seinem Stuhl, den er in seinem Wutanfall bis an die Wand geschleudert hatte, hob ihn auf und setzte sich. Vorsichtig legte er den rechten Fuß, den, mit dem er gegen den Stuhl getreten hatte, auf das linke Knie und rieb sich die schmerzenden Zehen.

Auch die Verhöre mit Waltrude, einer besonders giftigen Zwergin, und dem Elfen Korbinian, der sich für besonders klug hielt, hatten keinerlei neue Erkenntnisse ans Licht gebracht.

Frustriert kam Eneos zu der Einsicht, dass es sich bei diesen Zeitgenossen um eine verfluchte Gruppe von Sturköpfen handeln musste. Vergeblich versuchte er, sich auf die Ereignisse der letzten Tage einen Reim zu machen. „Verflucht", murmelte er. „Was wird hier gespielt?"

Er sollte es erst viel später erfahren, sehr viel später.

Im Kerker saßen Waltrude und Theodil zusammen auf einer Pritsche. Ihnen gegenüber hockten Korbinian und Baldurion.

„Sie wissen nicht, wo Rulgo ist. Von Niesputz scheinen sie auch keine Ahnung zu haben", fasste Korbinian gerade zusammen. Er und die Zwergin hatten ihren Gefährten von den Verhören berichtet.

„Das sind aber schon alle guten Nachrichten", warf Theodil ein. „Sie werden Bandath und Barella erwarten und genauso festsetzen wie uns. Außerdem wissen Niesputz und Rulgo nicht, wo wir sind. Ich bin dafür, dass wir ihnen sagen, was wir vorhaben."

„Ach ja?", ertönte eine Stimme weit über ihnen. „Und was haben wir vor?"

Erschrocken rissen alle den Kopf hoch. Aus einem kleinen Lüftungsschacht an der Decke drang ein grünes Leuchten. Niesputz schwirrte zu ihnen herunter, setzte sich Waltrude auf die Schulter und sah die Gefangenen an.

„Ihr stinkt wie eine Horde Gnome, die durch die städtischen Kloaken gekrochen ist." Dann begann er umständlich, sich abzuklopfen.

„Es ist zwar von Vorteil, wenn man klein ist. Aber trotzdem dreckt man sich manchmal ganz schön ein." Er sah auf und bemerkte, dass alle vier ihn sprachlos anstarrten.

„Was? Ich habe euch gesucht."

„Wir freuen uns auch, dich zu sehen", bemerkte Korbinian sarkastisch.

„Oh, das Spitzohr ist auf Höflichkeit aus. Also gut: Grüße, Verbeugungen, Herzlichkeit", leierte er herunter.

„Nett, wie immer", brummte der Elf.

„Ja", entgegnete Niesputz. „Wenn ich will, kann ich echt liebenswürdig sein. Und die gute Nachricht ist: Ich habe euch gefunden. Die zweite gute Nachricht ist, dass ich den Fleischklops davon abhalten konnte, mit seiner Keule die Stadtmauern in Schutt und Asche zu legen, vorläufig jedenfalls."

„Und was ist die schlechte Nachricht?", fragte Waltrude. Doch bevor das Ährchen-Knörgi antworten konnte, klirrten die Schlüssel in der Kerkertür. Niesputz sauste zu Theodil und verkroch sich blitzschnell unter dessen Jacke.

Knarrend wurde die Tür aufgestoßen und Bandath trat ein, gefolgt von Barella. Unmittelbar danach schloss sich die Tür wieder.

Die Gefährten waren beim Erscheinen des Zwerglings aufgesprungen.

„Verdammter Gargylendreck!", fluchte Waltrude. „Mädchen, was macht ihr denn hier?"

Korbinian ließ sich wieder auf die Pritsche sinken. „Es sagte einst ein einigermaßen weiser Mann: *Wenn's scheiße läuft, läuft's scheiße.*"

„Und das, Freunde", murmelte Niesputz, während er sich aus dem Jackenaufschlag des Zwerges befreite, „ist die schlechte Nachricht."

Er flog auf und surrte über den Gefangenen in der Luft.

„Hat euch schon mal jemand gesagt, dass ihr stinkt wie eine Schar Wühlschweine?"

Niemand beachtete ihn. Während Bandath teilnahmslos mitten im Kerker stand, sprang Barella vor. „Waltrude? Was ... wie ...? Korbinian? Wie kommt ihr hierher? Wo ist Rulgo?" Ein Stimmengewirr erhob sich und jeder versuchte zu erklären oder Barella Fragen zu stellen. Bis sie mitbekamen, dass Bandath unbeteiligt neben ihnen stand und sich nicht an der Unterhaltung beteiligte, vergingen einige Minuten. Dann senkte sich Schweigen über die Gruppe und sie starrten den Zwergling an.

Waltrude machte einen Schritt auf ihn zu.

„Herr Magier, was ist mit dir?"

„Sie ...", begann Barella und stockte wieder. Dann holte sie tief Luft. „Die Magier von Go-Ran-Goh haben seinen Stab zerbrochen. Er kann keine Magie mehr weben."

Die Zwergin ging zu Bandath, fasste ihn sachte an die Schultern.

„Herr Magier?"

Er reagierte nicht, starrte ins Leere. Sie nahm sein Kinn und drehte ihm den Kopf so, dass sein Blick auf ihr Gesicht fallen musste.

„Herr Magier? Bandath?" Seit er ein kleines Kind war, hatte sie ihn nicht mehr Bandath genannt. Zwar Lümmel oder Taugenichts, ja. Und nach Abschluss seiner Ausbildung in der Magierfeste nur noch Herr Magier. Aber Bandath? Nein. Es war das erste Mal seit ... wie vielen Jahren?

„Bandath?", wiederholte sie leise.

Ganz langsam kehrte dessen Blick aus der Ferne zurück, wie von einer weiten Reise. Die Augen des Zwerglings huschten unruhig über Waltrudes Gesicht und blieben schließlich an ihren Augen hängen.

„Waltrude?", flüsterte er kaum hörbar.

Plötzlich begannen seine Schultern zu zucken und erst einen Moment später bekam die Zwergin mit, dass sie von Schluchzern geschüttelt wurden. Bandath begann zu weinen und Tränen stiegen ihm in die Augen.

„Sie haben mir die Magie genommen!", wimmerte er. Waltrude zog ihn an sich, barg sein Gesicht an ihrer Schulter und streichelte ihm den Rücken.

„Sch!", machte sie, wie Mütter es machen, wenn sie ein weinendes Kind beruhigen wollen. „Sch!"

Pilkristhal – Der Ausbruch

„Er hat seit drei Tagen nicht geschlafen."

Barella zog eine der schmuddeligen Decken über Bandaths Schulter. Der Zwergling lag auf einer Pritsche, den Kopf auf den Arm gelegt und schlief. Endlich, wie die Zwelfe sagte und dankbar Waltrude ansah. Er war in Waltrudes Armen eingeschlafen und nicht einmal aufgewacht, als ein Wächter ihnen Brot und Suppe brachte. Schweigend wechselte dieser die Fackel aus.

Wie zufällig saß Ratz Nasfummel in ihrer Nähe. Ihm fiel die Suppenschüssel runter und so musste er sich zum Abendessen mit dem Brot begnügen. Draußen musste die Nacht angebrochen sein, als Barella begann, ihnen ihre Abenteuer zu berichten.

„Die Magier von Go-Ran-Goh hatten ihn gewarnt. Er dürfe nicht weiter Richtung Süden vordringen, verlangten sie."

„Wie das? Haben sie es ihm in der Feste gesagt?", fragte Baldurion.

„Der Herr Magier kann mit mehr als nur schlichten Worten komuzieren, Balduin", fuhr ihn Waltrude an. „Halt den Mund und hör zu!"

„In Go-Ran-Goh hat er nur mit dieser Spinnenfrau in der Bibliothek gesprochen. Er war gar nicht oben in der Burg." Barella seufzte.

„Wir hatten die Bücherstadt Konulan gerade zwei Tage hinter uns gelassen, als er mir sagte, dass er mit dem Inneren Ring in Kontakt stand. Wie gesagt, sie verlangten, dass er sofort umkehren sollte. Ich hatte den Eindruck, dass es ihn mehr beunruhigte, als er mir gegenüber zugeben wollte." Barella schwieg und sah in die Runde. „Ich habe ihn sogar angeboten, unser Unternehmen um ein oder zwei Jahre zu verschieben und umzukehren."

„Oh", sagte Waltrude. „Das war genau verkehrt. Du musst den Herrn Magier wirklich erst noch kennenlernen, Mädchen. Dadurch, dass du das gesagt hast, hast du genau das Gegenteil bewirkt. Er ist ein alter Dickkopf." Sie sah auf die schlafende Gestalt, die zusammengekauert auf der Pritsche lag. „Ein sehr begabter Dickkopf. Genau wie sein Vater."

Solche Worte hätte sie nie geäußert, wenn Bandath wach gewesen wäre. Und schon gar nicht hätte sie mit ihm in diesem nachsichtigen Ton gesprochen.

„Sollte er auch nur ansatzweise mit dem Gedanken an eine Rückkehr gespielt haben, so war das in dem Moment erledigt, als du ihm angeboten hast, umzukehren."

Barella nickte zu Waltrudes Worten. „So etwas habe ich befürchtet."

Sie erzählte, wie sie ihn den Rest des Weges nach Pilkristhal geführt und wie er alles teilnahmslos über sich hatte ergehen lassen.

„Den Drummel-Drachen sei Dank, Dwego hört auf mich fast genauso wie auf Bandath", beendete sie ihre Erzählung.

Waltrude zog die Augenbrauen hoch. „Dieses Vieh lässt doch keinen an sich ran. Es scheint, er hat einen Narren an dir gefressen."

„Bandath oder Dwego?", fragte Korbinian und erntete von seiner Schwester einen bösen Blick.

„Bandath saß nachts am Feuer, stierte blicklos in die Flammen und sagte die ganze Zeit nicht ein Wort. Ab und an bewegten sich seine Lippen, als wollte er Magie weben und seine Hände zeichneten Formen in die Luft. Aber er kann es nicht mehr."

„Blödsinn", knurrte Niesputz. „Ausgemachter Blödsinn. Die Magier haben ihm was eingepflanzt. Irgendeine Sperre. Keine Ahnung. Wenn einer auf dieser Welt Magie weben kann, dann ist es Bandath." Das Ährchen-Knörgi schwirrte von Barellas Schulter zu dem schlafenden Magier und surrte über dessen Kopf mehrmals hin und her.

„Wie gesagt, diese mit Mogohani-Holz vernagelten Querdenker haben ihm eine Sperre eingepflanzt. Er ist genauso fähig wie zuvor. Sein Problem ist nur, dass er seine Fähigkeiten bisher nicht einmal ansatzweise ausgenutzt hat." Geschickt landete Niesputz wieder auf Barellas Schulter.

„Vielleicht ist das ja jetzt seine ganz große Chance, den Müll, den er in Go-Ran-Goh gelernt hat, über Bord zu werfen und endlich zu dem zu werden, was er von seiner Bestimmung her ist."

„Und diese Bestimmung kennst du?", fragte Korbinian höhnisch.

„Wenn sie überhaupt einer kennt", antwortete Barella an der Stelle des Ährchen-Knörgis, „dann Niesputz."

Der größte Teil der Stadtwache verließ Pilkristhal durch das Nordtor. Sie begaben sich „auf die Suche nach dem Troll", wie es offiziell hieß. Aufmerksamer als sonst patrouillierten die zurückgebliebenen Soldaten auf der Mauerkrone, bewachten die Tore und natürlich den Kanal. Dort hatte Eneos die meisten der noch anwesenden Soldaten positioniert. Wenn der Troll in Pilkristhal eindringen wollte, dann doch wohl hier.

Auch am Südturm und den Eingängen zur Kaserne marschierten Soldaten konzentriert auf und ab.

Dämmerlicht senkte sich über Pilkristhal, als die Soldaten im Wald nördlich der Stadt verschwanden. In der Nähe des Nordtores erhob sich im selben Moment eine dunkle Gestalt, verborgen vor den Blicken der Soldaten, auf einem der nahe gelegenen Dächer. Die Gestalt, schlank wie ein Elf, drehte sich zu einem etwas weiter entfernten Dach und winkte. Dort beugte sich zwischen zwei kleinen Türmchen ebenfalls eine dunkel gekleidete Gestalt vor, hob den Arm zur Bestätigung und huschte dann über den Giebel auf die andere Seite des Hauses. Sie winkte. Das Signal wurde von einer dritten Person auf einem weiteren Dach entgegengenommen und weitergegeben und gelangte auf diese Art über die Dächer Pilkristhals hinweg, schneller, als ein Reiter mit einem Pferd gewesen wäre, bis zu einem letzten Haus, ganz in der Nähe des Südturmes. Dort richtete sich jemand halb auf, als das Zeichen bemerkt wurde und kletterte gewandt durch ein Dachfenster auf den darunter befindlichen Boden. Zwischen Kistenstapeln suchte die Person sich ihren Weg zur abwärts führenden Treppe. Ihre Schritte waren nicht zu hören, obwohl das Holz der Stufen alt und ausgetreten war. Blitzschnell huschte sie die drei Etagen bis zum Erdgeschoss abwärts und über eine schmale Stiege in den Keller. Dort zog sie eine Maske vom Gesicht, die bisher den ganzen Kopf verhüllt und nur die Augen frei gelassen hatte. Auch der Rest des Körpers war mit diesem eng anliegenden Stoff bedeckt und so hätte es der langen, um die Schultern fallenden Haare nicht bedurft, um im Schein zweier Kerzen die Elfe To'nella zu erkennen. Um den vor ihr stehenden Tisch saßen ein knappes Dutzend ebenso gekleideter Gestalten – Elfen und Menschen sowie eine normal gekleidete, junge Frau.

„Die Wache hat die Stadt verlassen", sagte To'nella. „Es geht gleich los. Noch einmal: Ihr müsst das nicht machen."

„Wir haben dir Hilfe versprochen. Und jetzt erhältst du sie", entgegnete einer der Männer. Damit war für ihn die Diskussion beendet. Er war der einzige von ihnen, den die anderen nicht kannten und der auch weiterhin unerkannt bleiben wollte. Während die Gruppe sich mit Kartenspielen die Zeit des Wartens vertrieben hatte, saß er abseits, maskiert wie die Gestalten auf den Dächern und beteiligte sich nicht an den Gesprächen.

„Du weißt schon", sagte einer der Elfen, „dass du danach erst einmal abtauchen solltest. Eneos wird dich hinter dem Überfall vermuten. Selbst wenn er dir die Informationen zugespielt hat, kann er nicht anders, als dich zu verdächtigen. Nach deinem Auftritt gestern wird er fragen müssen!"

To'nella nickte. Ihr Blick huschte zu dem Maskierten. „Ich weiß."

Die Tür öffnete sich und ein weiterer dunkel gekleideter Mann trat ein.

„Sie haben eben die Wachen abgelöst. Wir sollten jetzt zuschlagen."

To'nella nickte, zog sich die Maske über das Gesicht und ihre Augen blitzten unternehmungslustig.

„Kommt! In letzter Zeit hatten wir viel zu wenig Spaß."

Die anderen, bis auf die Frau, folgten ihrem Beispiel. Sie nahm einen mit einem Tuch abgedeckten Korb auf, aus dem es verführerisch nach frischem Brot und Käse roch. Der Hals einer Weinflasche ragte hervor. Die Frau setzte ein kokettes Lächeln auf, schob sich den Henkel des Korbes in die rechte Ellenbogenbeuge, zupfte sich ihre Bluse zurecht, entblößte dabei eine ihrer Schultern und schlenderte unbefangen aus der Kellertür. Eine Treppe von wenigen Stufen brachte sie zur Straße hoch. Quer über den freien Platz führten ihre Schritte, als wolle sie auf der anderen Seite in einer der mittlerweile recht dunklen Gassen verschwinden. Dabei kam sie, wie unbeabsichtigt, der Kasernentorwache nahe. Die Blicke der beiden Soldaten folgten gebannt der jungen Schönheit.

„Na, Jungs, ist das nicht langweilig, so allein die ganze Nacht?"

„Oh", antwortete einer der beiden. „So lange solche hübschen Mädchen wie du hier vorbeikommen, ganz gewiss nicht."

Die junge Frau kicherte verlegen. Dann blieb sie einige Schritte entfernt von den Soldaten stehen. „Ihr findet mich hübsch?", fragte sie verführerisch und ging mit wiegenden Hüften auf sie zu. „Wollt ihr vielleicht einen Schluck Wein?"

Geschickt verstrickte sie die Soldaten in ein Gespräch, bei dem sie sehr oft kicherte, verlegen die Augen niederschlug, wenn einer der Sol-

daten eine anzügliche Bemerkung machte, gelenkig ihren Händen aus-
wich und freigiebig Brot, Wein und Käse verteilte. Keiner der Wachsoldaten bekam mit, dass hinter ihnen mehrere, in der Dunkelheit kaum zu
erkennende Gestalten an die Mauer huschten, die den Kasernenhof umgab. Flink bildeten sie aus ihren Körpern eine Räuberleiter und vier von
ihnen kletterten über die Mauer. Die anderen drei verschwanden wieder
in der Dunkelheit. All das nahm nur wenige Augenblicke in Anspruch.

„So", sagte die junge Frau, der das Treiben ihrer dunkel gekleideten
Freunde nicht entgangen war. „Ich muss dann mal wieder. Den Wein
nehme ich mit." Sie hielt die Flasche gegen das Licht der einzigen Fackel
am Tor, danach fügte sie hinzu; „Oder das, was ihr mir davon übrig gelassen habt. Brot und Käse spendiere ich euch. Wer weiß, wann ihr wieder so gutes Essen bekommt."

Die beiden wussten nicht, wie recht die Frau mit dieser Bemerkung
haben sollte, denn Hauptmann Eneos, der am nächsten Morgen zurück
erwartet wurde, würde sehr unzufrieden mit der Art und Weise sein, wie
die Soldaten während seiner Abwesenheit ihrem Wachdienst nachge-
kommen waren.

In der Zwischenzeit waren die vier eingedrungenen Gestalten auf der
anderen Seite der Mauer mit den nächtlichen Schatten verwachsen und
unsichtbar geworden. Erst der Soldat, der den Eingang des Südturmes
bewachte, spürte, dass etwas nicht stimmte. Als er es spürte, war es jedoch schon zu spät, denn das, was er dann fühlte, war der Schlag einer
Holzkeule auf seinen Hinterkopf. Lautlos brach er zusammen und sollte
erst zwei Stunden später wieder erwachen, als seine Ablösung ihn hinter
einem Holzstapel fand, gefesselt und geknebelt.

To'nella fiel es als Schmiedin nicht schwer, das Schloss der Verliestür
lautlos zu öffnen. Damit die Scharniere nicht quietschten, tröpfelte sie
ein wenig Öl aus einer mitgebrachten Flasche darauf und drückte dann
vorsichtig die Tür auf. Die Stadtmauer mit den patrouillierenden Wachen
war nicht so weit weg. Und den Soldaten, der unten im Verlies Wache
hielt, wollten sie nicht zu früh alarmieren.

To'nella und der maskierte Mann glitten in die offene Tür. Die anderen beiden huschten auf die Stadtmauer zu. Das Wetter machte es ihnen
leicht. Der Mond war noch nicht aufgegangen und eine dicke Wolkenschicht sorgte dafür, dass er nicht viel Licht verbreiten würde. Die beiden
nächtlichen Eindringlinge machten sich daran, die Mauerkrone über die

Treppe zu ersteigen, die auch die Wachsoldaten nutzten, um zu ihren Posten zu gelangen. To'nella hatte ihnen gesagt, dass sie mindestens die vier nächstgelegenen Wachposten ausschalten mussten, sobald sie das vereinbarte Signal von der Kerkertür her sähen. Am oberen Ende der Treppe wurden sie eins mit dem schwarzen Schatten des Granits, aus dem die Stadtmauer bestand.

To'nella und ihr maskierter Freund erreichten inzwischen den Vorraum zum Kerker. Der Soldat dort saß auf einem Stuhl, die Stiefel ausgezogen, die Beine auf einem Hocker vor sich, Schwert, Jacke und Mütze lagen friedlich auf dem Tisch, unter dem auch die Stiefel lagen. Eine Kerze brannte flackernd. Hauptmann Eneos befand sich mit dem Rest der Stadtwache weit im Norden im Wald auf der Jagd nach einem Troll. Da konnte man sich schon mal ein Nickerchen gönnen.

Die Elfe zog ihr Messer, schlich sich an den Soldaten heran und legte ihm behutsam die Klinge an die Kehle.

„Ein Wort von dir und meine ruhige Hand wird nervös. Verstanden?", flüsterte sie und merkte, wie der Soldat zusammenzuckte und, als er die Situation begriff, erstarrte.

Fast unmerklich bewegte der Soldat seinen Kopf auf und ab. *Das*, da war er sich sicher, würde Hauptmann Eneos ihm nie verzeihen. Er spürte, wie ihn kräftige Hände an den Stuhl fesselten. Erst banden sie ihm den Oberkörper an die Rückenlehne, dann die Arme hinter dem Rücken und der Lehne zusammen. Als ob das nicht reichen würde, legten sie seine Füße hinter die vorderen Beine des Stuhles und banden sie ebenfalls fest. Zuletzt wurde er geknebelt. Er fluchte stumm. Die beiden verstanden wirklich ihr Handwerk.

Neben dem gefesselten Soldaten befand sich ein Haken an der Wand, von dem der maskierte Mann jetzt den Schlüssel für die Kerkertür nahm. Er schloss sie auf, griff nach einer Fackel, entzündete sie an der brennenden Kerze und betrat vor To'nella den Kerker. Licht flackerte und beleuchtete die schlafenden Gestalten auf den Pritschen. To'nella trat nach dem Maskierten ein und stellte sich neben ihren Gefährten. Zwischen den Gefangenen schoss ein kleines, grün glühendes Etwas in die Höhe, blieb einige Schritte über den Liegen in der Luft hängen und dann ertönte eine helle, aber kräftige Stimme: „He, das sind keine Wachsoldaten. Jetzt nicht!"

Jetzt nicht? Was sollte das heißen? Hinter To'nella hüstelte jemand. Sie fuhr herum und gewahrte eine schlanke, aber augenscheinlich kräftige Zwergin, die das Bein einer Pritsche in den Händen hielt, zum Schlag erhoben. Die Elfe steckte betont langsam ihr Messer weg und breitete die Hände aus. Ihr maskierter Kamerad tat es ihr gleich.

„Wir sind gekommen, um euch hier herauszuholen", sagte To'nella.

Aus dem Dunkel der Kammer tauchten die anderen Gefangenen auf. Jeder von ihnen war mit Latten und Beinen der Holzpritschen bewaffnet. Auf den Liegen hatten sie Lumpenbündel drapiert, die zur Täuschung der Wachen wie Schläfer aussahen.

„Wer bist du?", fragte die dicke Zwergin.

„Ich bin To'nella die Schmiedin." Sie zog sich die Maske vom Kopf und schüttelte ihre langen Haare aus. Dann wies sie belustigt auf die „Bewaffnung" der vor ihr Stehenden. „Wolltet ihr euch damit den Weg aus der Stadt freiprügeln?"

Widerstrebend sanken die provisorischen Waffen. „Warum willst du uns helfen?"

„Weil Bandath mir und meinen Eltern vor vielen Jahren geholfen hat und er ein Freund unserer Familie ist." Sie sah sich um. „Wo ist er?"

Die Zwergin schluckte. „Er schläft ... er kann ... ihm geht es nicht gut."

„Und wie bist du hier hereingekommen?" Ein Elf trat in das Licht der Fackel und nahm sich wichtig.

„Freunde halfen mir", antwortete die Elfe mit spöttisch hochgezogenen Augenbrauen. „Wir müssen jetzt los."

Die Zwergin trat einen Schritt auf To'nella zu und reichte ihr die Hand. Das schien für die anderen Gefangenen den Ausschlag zu geben. Sie entspannten sich merklich.

„Ich bin Waltrude, Bandaths Haushälterin. Das ist Barella, seine Gefährtin", sie zeigte auf die Zwelfe und dann auf jeden einzelnen von ihnen, „ihr nichtsnutziger Bruder Korbinian, Theodil, ein langsamer, aber recht brauchbarer Zwerg aus unserem Dorf, Niesputz, ein Ähren-Knötchen ..."

„Ährchen-Knörgi", korrigierte der so unrühmlich Umbenannte knurrig.

„... und Balduin, ein Musikant. Den und diesen Nasenfummler da hinten brauchst du nicht weiter zu beachten."

Der Genannte stand auf. „Wenn ihr geht, komme ich mit!"

„Gehört er zu euch?"

Waltrude schüttelte den Kopf. „Der bleibt hier!"

„Was hast du getan?" To'nella sah über die anderen hinweg zu dem Gaukler.

„Man hat mir übel nachgeredet. Ich würde meine Rechnungen nicht bezahlen wollen."

„Und? Wolltest du?"

„Wollen schon, ich konnte bloß nicht. Habe nichts verdient."

„Er kommt mit!", entschied sie. Der Maskierte neben ihr machte eine Bewegung, als wolle er protestieren, ließ es aber dann doch bleiben.

„Es ist ja nicht so, dass wir die Situation nicht im Griff hatten", sagte Niesputz. „Uns hat nur eine zündende Idee gefehlt, hier herauszukommen."

„Gut." To'nella zog sich die Maske wieder über das Gesicht. „Dann bin ich jetzt eure zündende Idee. Wollt ihr noch weiter plaudern oder kommt ihr endlich? Wir haben nicht viel Zeit!"

Waltrude drehte sich zu Barella um. „Du solltest Bandath jetzt wecken."

Der Zwergling gähnte, als Barella ihn an der Schulter berührte, setzte sich dann auf und sah sich um. Sein Blick erschien ihnen nicht mehr ganz so glasig wie noch am Abend zuvor. Er sah To'nella an und etwas wie Erkenntnis trat in seine Augen. Aber er schwieg und auch die Elfe sagte nichts.

Wenige Minuten später standen alle hintereinander auf der Treppe, aufgereiht wie Entenküken, die ihrer Mutter hinterherwackeln. To'nella lugte vorsichtig aus der Tür. Alles wirkte ruhig. Verhalten winkte sie in Richtung Stadtmauer. Nichts war zu sehen. Hatten ihre Leute das Signal nicht mitbekommen? Sie beugte sich etwas weiter vor. Oben auf der Mauerkrone konnte sie die Silhouette eines Wachsoldaten ausmachen. Langsam entfernte er sich vom Aufgang. Plötzlich tauchte hinter ihm ein menschlicher Umriss auf, verschmolz mit dem Schatten des Soldaten und dann verschwanden beide lautlos im Schatten der Brüstung. Zufrieden lehnte sich die Schmiedin zurück. Wenn alles glatt ging, würde sie gleich das vereinbarte Signal vernehmen. Danach hatten sie nur wenige Minuten Zeit, um Pilkristhal über die Stadtmauer zu verlassen.

In einer Seitenkammer des Verlieses hatten sie das gesamte Gepäck der Gefangenen gefunden. Besonders Barella war froh über ihren und Bandaths Schultersack. Nur ihre Waffen waren nicht dabei. Diese mussten wohl in der Waffenkammer sein. To'nella versprach ihnen, dass sie morgen am Nachmittag bei einem Schmied vorbeikommen würden, der ihr noch den einen oder anderen Gefallen schulde. Dort würden sie sich wieder mit Waffen eindecken können. Nur Baldurion war unzufrieden. Seine Steinschleuder war ersetzbar, aber so eine Sammlung glatter Kieselsteine würde er nicht so schnell wiederbekommen. Auch Korbinian maulte etwas von „maßgeschneidertem Schwert", wurde aber von den anderen, allen voran Waltrude, energisch um Ruhe gebeten.

Es dauerte nicht lange, bis To'nella den dreimaligen Schrei des Granitkauzes vernahm – das Signal. Rasch huschte sie am unteren Rand der Mauer entlang bis zur Treppe. Die Gefangenen folgten. Ihr maskierter Freund beschloss den Reigen. Sie flitzte die Treppe hoch. Hinter ihr polterte es, Ratz Nasfummel war über eine der Stufen gestürzt und hatte Theodil umgerissen. Unterdrücktes Fluchen erklang.

„Ruhe!", zischte To'nella. Auf der Mauerkrone hatten ihre Gefährten in der Zwischenzeit ein Seil befestigt, an dem sie außen an der Stadtmauer herab klettern konnten.

„Klettern?" Waltrude war empört. „Sieh mich an, Mädchen. Sehe ich aus, als wenn ich mich am Seil herabschwingen könnte wie ein Rotpinienaffe, der durch die Bäume springt?"

To'nella tippte einen ihrer Männer auf die Schulter. „Ich klettere zuerst. Ihr bindet ihr das Seil um und lasst sie zu mir herunter." Sie sah kurz in die Runde und ihr Blick fiel auf den teilnahmslos neben Barella stehenden Bandath. „Ihn auch."

Ohne eine Entgegnung abzuwarten, schwang sie sich zwischen zwei Zinnen über die Brüstung und kletterte gewandt am Seil herab. Sogar Barella, die die Flinkste und Geschickteste der Gruppe war, bewunderte die Eleganz, mit der To'nella dieses schwierige Manöver hinter sich brachte. Kurz darauf stand Waltrude unten neben der Elfe. Bandath folgte, die anderen nach ihm. Der maskierte Mann zog zweimal kräftig und ruckartig am Seil und plötzlich fiel es zu den Flüchtlingen herunter.

„Da s-sind wir eben runtergeklettert?", stotterte Korbinian.

Barella zuckte mit den Schultern. „Ein Fluchtknoten. Die einfachste Sache der Welt."

To'nella hatte die Maske wieder abgenommen. Sie grinste der Zwelfe zu, als würden sie ein gemeinsames Geheimnis teilen, bevor sie leise zu allen sprach: „Ich kenne einen Pferdezüchter. Sein Landgut liegt mehrere Stunden südlich von hier. Er schuldet einem guten Freund von mir noch einen Gefallen. Dort stehen für uns alle Reittiere bereit. Meine drei Gefährten decken unseren Rückzug, verwischen unsere Spuren und legen falsche Fährten aus. Sie werden sich aber im Laufe der Nacht verabschieden. Ich werde noch ein paar Tage bei euch bleiben."

„Und wie kommen deine Männer wieder in die Stadt?" Waltrude sah die dunkel gekleideten Gestalten an.

„Sie haben es heute vorbereitet. Jeder hat irgendwo Sachen versteckt und wird im Laufe des Tages ganz normal die Stadttore passieren. Kommt jetzt. Wir haben einen weiten Weg vor uns bevor die Sonne aufgeht."

„Wieso gehen wir nicht wieder zu dem Bauernhof, bei dem wir unsere Pferde und das Gepäck gelassen haben?" Korbinian baute sich vor der Elfe auf, als wolle er ab sofort das Kommando übernehmen.

„Leise, du Hanswurst!", zischte Waltrude wütend.

„Wo ist dieser Bauernhof?", fragte To'nella. Niesputz beschrieb es ihr.

„Gibt es dort genug Pferde für uns alle und würde der Bauer uns diese unentgeltlich überlassen oder verkaufen, wenn ihr genügend Geld habt?"

„Zumindest unsere Pferde gibt es dort", er wies auf Baldurion und sich, „sowie die beiden Ponys der Zwerge."

„Denkst du, der Bauer würde uns seine drei dicken Stuten mitgeben?", fragte Theodil zweifelnd.

„Zwei Pferde, zwei Ponys und drei dicke Stuten …", begann To'nella.

„Sowie ein trampeliger Fleischklops, der dort auf uns wartet und bis zum Sonnenaufgang schläft", unterbrach sie Niesputz.

„Euer Gefährte ist ein Taglicht-Troll?"

Niesputz nickte und To'nella fuhr fort: „Also: Ponys heißt fast Schritttempo. Der Bauer ist zwar nicht weit weg, aber was glaubt ihr, wie weit wir kommen, wenn wir erst im Morgengrauen dort aufbrechen können? Spätestens nach Rückkehr der Stadtwache bei Sonnenaufgang wird es rund um die Stadt von Soldaten nur so wimmeln. Meinen Pferdehirten könnten wir am Morgen erreichen. Und er hätte Pferde für uns, richtig gute Pferde. Damit laufen wir der Stadtwache davon."

Sie sah die Gruppe an. „Wollt ihr gleich zurück in den Kerker? Dann geht an der Stadtmauer entlang bis zum nächsten Tor und klopft höflich. Ansonsten wird gemacht, was ich sage. Klar?" Der letzte Blick traf Korbinian.

„Wir können unseren Freund nicht einfach dort schlafen lassen", begehrte der Elf noch einmal auf.

„Habe ich eben das Wort *Freund* aus deinem Mund vernommen? Und hast du damit den Troll gemeint?" Niesputz surrte von Barellas zu Korbinians Schulter. „Das werde ich dem Fleischklops berichten. Ich denke, er wird eine ganze Menge dazu zu sagen haben." Flink schoss er eine Runde um den Kopf des Elfen. „Ich werde euch erst einmal verlassen und fliege zu dem Gehöft. Der Fleischklops und ich stoßen zu euch, sobald wir können." Er flog wieder auf Barellas Schulter. „Geht es nach dem Pferdehirten weiter Richtung Süden?"

Barella nickte. „Auf jeden Fall."

„Gut. Wir werden euch finden. Und pass auf deinen Magier auf. Die Welt hat noch Großes vor mit ihm."

„Bring mir Memoloth mit, wenn du kannst", bat Korbinian.

„Und mir Fiora", schloss sich Baldurion an.

Waltrude schnaubte und Niesputz protestierte. „Ja klar! Selbstverständlich! Sonst noch irgendwelche Wünsche aus der Runde? Vielleicht die Zwergenponys auch noch? Oder ein Fass Bier? Ein paar Würste? Wie stellt ihr euch das vor? Soll ich alle an einen Strick binden und durch die Luft zerren? Bin ich ein Pferdehirt? Obwohl …", spann Niesputz den Gedanken weiter, „… vielleicht nehmen wir die Vierbeiner doch mit. Immerhin braucht der Fleischklops eine Menge Proviant unterwegs."

Korbinian schrie unterdrückt auf. „Untersteh dich!"

„Ihr könnt die Pferde bei dem Bauer wieder abholen, wenn die ganze Geschichte erledigt ist."

Ohne eine Entgegnung abzuwarten, flog Niesputz Richtung Westen davon.

„Können wir jetzt endlich? Was seid ihr nur für eine verquatschte Truppe! Ich verstehe nicht, wieso sich Bandath mit euch durch die Lande quält." To'nella wippte unruhig auf den Zehenspitzen.

„Nun", entgegnete Waltrude. „Das ist etwas kompliziert. Lass es mich dir erklären."

Und während Waltrude leise anfing zu erzählen, wandte sich die Gruppe nach Süden und eilte in der Dunkelheit zwischen den Feldern hindurch, die die Stadt umgaben.

„Was ist mit deinem Reitvogel und Dwego?", fragte Theodil, der schnaufend neben Barella hereilte.

Die Zwölfe war unbesorgt. „Sie sind im Wald nördlich der Stadt. Unsere Signale können sie nicht hören, dazu sind sie zu weit weg. Aber ihnen wird nichts geschehen. Sokah wird mich finden, da bin ich mir sicher. In vier bis fünf Tagen ist er wieder bei mir, wo immer ich auch bin. Und er wird Bandaths Laufdrachen mitbringen."

Nachdem Waltrude To'nella in groben Umrissen informiert hatte, ließ diese sich bis zu Bandath zurückfallen. Barella lief neben ihnen.

„Bandath", flüsterte To'nella. „Großer Magier". Der Zwergling sah sie mit seinen glasigen Augen kurz an und stierte dann wieder in die Dunkelheit nach vorn.

„Was haben sie mit ihm gemacht?"

Barella zuckte mit den Schultern. „Niesputz meint, sie hätten ihm eine Blockade in den Kopf gepflanzt."

Die Elfe knurrte wütend. „Mein Vater hat noch nie viel von den Magiern auf Go-Ran-Goh gehalten. Er meinte immer, sie würden den jungen Magiern während ihrer Ausbildung das Hirn verkleistern."

Schweigend liefen sie eine Weile nebeneinander her.

„Du sagtest", wagte Barella eine Frage, „Bandath hätte eure Familie gerettet?"

Waltrude kam unauffällig näher. Auch die anderen scharrten sich während des Laufens um sie, als To'nella anfing zu erzählen.

„Ja, das hat er. Als der alte Fürst in Konulan gestorben war – das ist die Stadt, in der meine Familie wohnt", fügte sie erklärend hinzu, „stritten seine drei Söhne um die Nachfolge. Der Jüngste wollte nicht akzeptieren, dass der Älteste den Thron erben sollte und der Mittlere wollte keinen Streit zwischen den Brüdern. Innerhalb weniger Tage ergriffen die Bürger Konulans Partei für den einen oder anderen Sohn. Die Streitereien der Söhne wirkten sich auf die Menschen aus. Zuerst kam es zu vereinzelten Prügeleien, dann gab es ein paar Tote, schließlich Straßenkämpfe mit Barrikaden, brennenden Häusern und vielen Verletzten und Toten. Die Stadtwache bekam die Situation nicht unter Kontrolle, weil sie selbst zerstritten war. Es war die Stunde der Diebesbanden. Unbehelligt zogen diese durch die Stadt, raubten, plünderten und mordeten. Eine dieser Banden überfiel das Wirtshaus meiner Eltern. Ich war damals vierzehn, meine Schwester fünfzehn Jahre alt. Sie hatten die wenigen Gäste in einer Ecke zusammengetrieben, ausgeraubt und zwei unserer Knechte erschlagen. Drei der Räuber inspizierten unsere Ställe und bereiteten die Pferde vor, die sie stehlen wollten, einer plünderte unsere Kasse, drei weitere kamen gerade aus den Gasträumen und unserer Wohnung zurück, die Arme voll mit Dingen, die sie für wertvoll hielten. Zwei schlugen meinen Vater zusammen. Meine Mutter lag gefesselt vor der Theke und drei der Räuber zerrten meine Schwester Ro'hanna und mich in einen Nebenraum. Sie hatten schlimme Dinge mit uns vor, wirklich schlimme Dinge. Plötzlich ging die Tür auf und Bandath stiefelte durch den Raum, als würde er gar nicht mitbekommen, was los sei. Ich kannte ihn bis zu diesem Tag nur flüchtig. Er quartierte sich einmal im Jahr bei uns ein und sei stets auf der Suche nach guten Büchern, wie mein Vater mir sagte. Bandath war immer ein ruhiger Gast gewesen. Nie gab es mit ihm Probleme. Er aß gern aus der guten Küche meiner Mutter, verunreinigte sein Zimmer nicht, betrank sich nie ...", an dieser Stelle schnaufte Waltrude erstaunt, doch die Elfe erzählte unbeirrt weiter: „... und bezahlte stets seine Rechnungen. So aber, wie an diesem Abend, hatten wir ihn noch nicht erlebt. Im Raum war jede Bewegung erstorben, als der Zwergling durch die Tür schritt. Bandath ging zur Theke, stellte sich genau neben den Anführer der Bande und drehte sich um. Ob er ein Bier und ein Abendbrot bekommen könne, fragte er laut und musterte meinen blutenden Vater und meine gefesselte Mutter. Der Anführer lachte laut, zog er sein Schwert und schlug mit voller Wucht zu. Bandath riss seinen Magierstab hoch, das Schwert traf darauf, Funken stoben auf und die Waffe segelte quer durch den Raum davon. Der Anführer brach zusammen. Das war für die anderen das Signal zum Angriff. Von allen Seiten drangen die Banditen auf den Zwergling ein. Die drei, die meine Schwester und mich gepackt hatten, ließen uns zu Boden fallen und rannten los. Wie auf Kommando sprangen Ro'hanna und ich auf und fielen über einen der Widerlinge her. Wir bissen, kratzten, traten und schlugen bis er wimmernd auf dem Boden lag und um Gnade winselte. Ich bezweifele, dass wir von ihm Gnade hätten erwarten können, trotzdem ließen wir von ihm ab."

„Das unterscheidet uns von solchen Widerlingen wie den Kopfgeldjägern", zischte Waltrude.

„Als wir unseren Gegner überwunden hatten", fuhr To'nella fort, „sahen wir die anderen Mitglieder der Bande regungslos auf dem Boden liegen. Bandath hatte sie alle außer Gefecht gesetzt. Meine Mutter rief ihm daraufhin zu, dass im Stall noch drei Männer wären, aber der Magier winkte nur ab. Er hatte sie erwischt, bevor er in das Wirtshaus gekommen war. Seine erste Sorge galt meiner Schwester und mir, dann meiner Mutter und zum Schluss kümmerte er sich um meinen Vater. Mit irgendeiner Magie ließ er die Mitglieder der Diebesbande erstarren und wir stapelten sie wie die Holzscheite auf dem Hof auf. Dort blieben sie liegen, bis sie zwei Tage später von der Stadtwache abgeholt und in den Kerker gesteckt wurden. Er half uns, unsere toten Knechte zu begraben und blieb bei uns, bis die Unruhen in der Stadt wieder abebbten. Das war, als der jüngere Sohn des alten Fürsten seinen ältesten Bruder ermordete und dabei selbst umkam. Somit war der Thron frei für den mittleren Bruder, der wohl noch immer regiert. Nicht die schlechteste Lösung für Konulan, will ich meinen."

Sie atmete tief durch. „Wir werden Bandath ewig dankbar sein und haben uns geschworen, dass wir ihm helfen, wo und wann immer wir können. Deshalb ist es nur natürlich, dass ich ihn und seine Freunde aus dem Kerker befreit habe."

Einen Moment schwieg sie und drehte sich dann zu ihrem abseits gehenden, maskierten Gefährten um. „So einer wie Bandath, der überfällt keine Betrunkenen!"

Schweigend und wie entschuldigend hob der Maskierte seine Hände.

Waltrude blickte mit großen Augen zwischen der Elfe und dem teilnahmslos neben ihr laufenden Bandath hin und her.

„Warum erzählt er mir nichts davon? Nie erzählt er irgendetwas. Ich denke immer, er treibt sich in Wirtshäusern herum, trinkt Bier und zieht überhebliche Elfen über den Tisch, wenn du weißt, was ich meine", sagte sie halb entschuldigend zur Elfe. „Das ist jetzt schon das zweite Mal, dass ich durch Leute aus einem Kerker befreit werde, denen Bandath einmal geholfen hatte."

Nach To'nellas Erzählung schwiegen alle und eilten weiter durch die Dunkelheit. Die nächtliche Stille wurde in der kommenden Stunde nur durch die gelegentlichen Stürze und häufigeren Stolperer Ratz Nasfummels unterbrochen.

Dann verabschiedeten sich die beiden Männer, die ihnen auf der Mauer geholfen hatten. To'nellas maskierter Freund blieb noch eine weitere Stunde bei ihnen. Dann hielt auch er an.

„Ich muss jetzt umkehren."

„Danke", antwortete die Elfe. „Ich werde dir das nie vergessen."

„Bis du zurückkommst, haben sich sicherlich die Wogen geglättet. Aber lass dir trotzdem Zeit. Ich wünsche dir viel Glück."

To'nella sah in das maskierte Gesicht, nickte wortlos und drückte ihm die Hand. Dann drehte sie sich um und folgte Bandath und seinen Freunden. Der Maskierte wartete, bis sie sich weit genug entfernt hatten. Dann seufzte er. Mit einem hastigen Ruck zog er sich die Maske vom Gesicht. Er hatte noch viel zu tun. Hinter ihm lag die Stadt irgendwo in der Dunkelheit verborgen. Gleich fremdartigen Blumen reckten einzelne Windmühlen auf den Feldern ihre stillstehenden Arme zum Himmel. Er steckte drei Finger in den Mund und pfiff, klar und weittragend. Aus der Ferne antwortete ihm das Wiehern eines Pferdes. Zwischen den Wolken brach der Mond hervor. Ein heller Lichtstrahl fiel auf das Gesicht des Mannes. Hauptmann Eneos kniff die Augen zusammen. Er würde jetzt noch Spuren verwischen und anschließend um die ganze Stadt herumreiten müssen, um sich auf der anderen Seite im Wald zu seinen Leuten zu gesellen.

Südwärts

Gegen Morgen erreichten sie den Hof des Pferdezüchters. Ein kleiner, dicklicher Mann kam ihnen aufgeregt entgegengelaufen. Seine Arme wippten beim Rennen und das Gesicht war gerötet vor Anstrengung und Aufregung. Das musste Umroth der Pferdehändler sein.

„Seid ihr die Reisenden, die von unserem gemeinsamen Freund geschickt worden sind? Seine Nachricht hat mich erst gestern Abend erreicht. Wie viele Pferde braucht ihr?"

„Acht. Für jeden eines. Und wir konnten dir nicht eher Bescheid geben. Die Ereignisse haben sich überschlagen. Wir mussten schnell handeln."

„Kein Problem!" Er wandte sich an alle. „Wollt ihr euch frisch machen? Wir haben in der Scheune Wassertröge stehen. Dort könnt ihr euch waschen, wenn ihr wollt. Meine Frau hat auch einen Tisch mit Brot, Käse und Schinken vorbereitet – und einen Topf mit leckerer Fleischsuppe. Es wird einen Moment dauern, bis ich die Pferde vorbereitet habe." Sie nickten und Umroth wies ihnen den Weg zwischen den Stallgebäuden hindurch zur Scheune.

Korbinian hielt die Hand vor den Mund, als er sich zu To'nella beugte.

„Können wir ihm trauen?", flüsterte er verschwörerisch.

„Umroth?", antwortete diese so laut, dass der Pferdemann, der vorausgeeilt war, es hörte, stehenblieb und sich zu ihnen umdrehte. „Aber sicher traue ich ihm. Mehr als dir."

Korbinian zog den Kopf zwischen die Schultern, wurde rot und schwieg. Hinter ihm ertönte Lachen. Er drehte sich um und sah in die müden, aber heiteren Gesichter von Waltrude und Barella.

„Geschieht dir recht", bemerkte seine Schwester und eilte mit der Zwergin an ihm vorbei, Umroth hinterher, der sich wieder in Bewegung gesetzt hatte.

Das Holztor der Scheune öffnete sich knarrend, bevor sie es erreicht hatten. Eine Frau, kleiner und dicker als Umroth, erwartete sie im Halbdunkel der Scheune. Ein paar Wassertröge waren gefüllt, Baumwolltücher lagen zum Abtrocknen bereit. Auf einem langen, breiten Brett, das auf zwei Böcken stand, erwartete die Erschöpften köstlich duftendes Brot, Käse, Schinken und mehrere Flaschen Wein. Daneben hütete ein Knecht aufmerksam ein kleines Feuer, über dem ein Topf an einem Dreibein hing. Die Fleischsuppe darin duftete verführerisch. Erfreut wuschen sie sich und aßen ausgiebig, während der Pferdezüchter auf der Koppel acht weiße Stuten für sie vorbereitete.

„Was heißt hier *entkommen*?", brüllte der Minotaurus und stampfte wütend vor dem Hauptmann in den Staub der Straße.

„Entkommen heißt: Die Gefangenen sind in der letzten Nacht geflohen. Und ich bin mir sicher", entgegnete Hauptmann Eneos, „dass sie Helfershelfer hatten, Helfershelfer, die von außerhalb des Gefängnisses handelten. Meine Wachen schwören Stein und Bein, dass es bei dem Ausbruch nicht mit rechten Dingen zugegangen ist. Und so, wie die Dinge liegen, glaube ich ihnen."

„Das ist doch klar, dass die Euch entflohen sind. Ihr habt nicht auf uns gehört. Da war ein *Magier* in Eurem Kerker!"

„Ich wiederhole noch einmal: Die Hilfe für die Gefangenen kam eindeutig von außen. Und ich habe auch in Pilkristhal zwei Magier!"

„Soll das heißen, Ihr verdächtigt *uns*, den Gefangenen bei der Flucht geholfen zu haben?" Die Wut, die Sergio erfüllte, schien ihm fast den Brustkorb sprengen zu wollen.

„Ich stelle nur fest. Vermutungen können Richter anstellen, Richter und Magier", sagte Eneos kühl und beherrscht. „Ein Hauptmann der Stadtwache muss sich an Fakten halten."

„Und Fakt ist, Herr Hauptmann", Sergios Stimme klang ironisch, „dass Eure Leute die Gefangenen haben entkommen lassen. Hättet Ihr auf das gehört, was wir Euch vorgeschlagen haben, dann wäre all das nicht passiert."

„Oh, meine Leute werden schon gebührend bestraft, da könnt Ihr sicher sein." Er wies auf ein paar Soldaten, die unter Aufsicht eines der Unteroffiziere in voller Montur und mit kompletter Bewaffnung keuchend Runde um Runde um den Exerzierplatz in der Mitte der Kaserne rennen mussten. Schweiß lief ihnen in Strömen die Gesichter herunter. Der Rest der Soldaten war nicht zu sehen.

„Und wo sind die anderen? Ihnen sind Gefangene entflohen, *Herr* Hauptmann. Da solltet Ihr doch alles in Bewegung setzen, diese wieder einzufangen. Ich sehe aber keine Suchtrupps!"

„Ihr mögt vielleicht von irgendwelcher Zauberei Ahnung haben *Herr* Magier, aber über meine Soldaten habe *ich* den Befehl." Eneos' Stimme wurde scharf. „Meine Männer haben die ganze Nacht im Wald nach einem Troll gesucht, von dem Ihr mir gesagt habt, dass er sich dort draußen irgendwo herumtreibt." Das stimmte zwar so nicht ganz, aber dem Minotaurus fiel es nicht auf. „Mittlerweile frage ich mich, ob diese Information nicht ein geschicktes Ablenkungsmanöver war. Ich bin mit meinen Soldaten unterwegs und zufällig verschwinden die Gefangenen zur selben Zeit. Vielleicht sind sie ja gar nicht geflohen, vielleicht wurden sie uns ja geklaut?" Er musterte die beiden vor Wut bebenden Magier und amüsierte sich köstlich, ohne sich etwas anmerken zu lassen. „Wie dem auch sei. Meine Leute müssen sich jetzt erst einmal ausruhen. Niemandem ist geholfen, wenn ich mit müden Soldaten losziehe und die Flüchtlinge suche. In der Zwischenzeit, meine Herren, werdet Ihr die Stadt nicht verlassen. Ich bin sicher, der Richter wird noch einige Fragen an Euch haben, was das mysteriöse Verschwinden der Gefangenen angeht, denn dieses Mal habe *ich* mit ihm gesprochen."

Sergio schnaubte überreizt, drehte sich um und stapfte grußlos davon, mitten über dem Exerzierplatz, an den keuchenden Soldaten vorbei zum Tor, das ihn aus der Kaserne in die Stadt entließ. Claudio folgte ihm wie ein Schatten, nicht ohne noch kurz vor Eneos stehengeblieben zu sein und ihn anzuzischen: „Wir werden sie finden. Und dann reiben wir sie Euch, Hauptmann Eneos, stückchenweise unter die Nase!"

Als sich das Kasernentor hinter den beiden unangenehmen Besuchern schloss, winkte Eneos den Unteroffizier vom Exerzierplatz zu sich.

„Lasst die Männer in ihre Unterkünfte gehen." Er zeigte auf die rennenden Soldaten, die in der letzten Nacht das Pech gehabt hatten, Wache zu stehen, während er mit To'nella und ihren Männern die Gefangenen befreit hatten. Es sollte ihnen Lehre genug für die nächsten Mondzyklen sein. „Sie mögen sich ausruhen. In vier Stunden möchte ich alle verfügbaren Leute hier haben. Wir müssen einen Suchtrupp zusammenstellen. Ich denke, wir werden zuerst im Osten und im Westen suchen."

„Meint Ihr nicht, dass die Gefangenen eher nach Süden geflohen sind?"

„Nach Süden? Würdet Ihr im Moment nach Süden gehen, bei all den Geschichten, die man so hört? Nein, glaubt mir. Die wollen bestimmt nach Osten, um sich auf dem Heißen Strom abzusetzen, oder westwärts einen großen Bogen nach Konulan schlagen. Im Norden waren wir, dorthin sind sie nicht entflohen."

Er ließ seinen Blick zum Himmel wandern. „Es wird Regen geben. Nun, das dürfte uns das Spurenlesen erschweren." Es klang eher gleichmütig.

Er steckte die Hände in die Hosentaschen. „Ich möchte nicht, dass die beiden Magier heute noch die Stadt verlassen. Sie werden verdächtigt, den Gefangenen bei der Flucht geholfen zu haben. Der Richter wird sich wohl morgen mit ihnen unterhalten wollen. Verstärkt die Wachen an den Stadttoren und sagt ihnen Bescheid. Verstanden? Die beiden dürfen Pilkristhal nicht verlassen!" Mit den letzten Sätzen hatte die Stimme des Hauptmanns ihre Unverbindlichkeit verloren und klang wieder hart und befehlsgewohnt.

Der Unteroffizier salutierte und lief los, die Anordnungen von Hauptmann Eneos auszuführen.

„Sie bewegen sich nach Süden. Habe ich es nicht gesagt?"

Blindwütig wischte der Minotaurus die Schale mit Wasser vom Tisch, die er für den Finde-Zauber benutzt hatte – der Knopf von Waltrudes Schürze tat noch immer seine Dienste für die beiden Kopfgeldjäger. Er steckte ihn wieder in die kleine Tasche an seinem Gürtel.

„Wie lange wollen wir uns von diesem Hauptmann in der Stadt festhalten lassen?" Claudio Bluthammer lief unruhig in ihrem Zimmer auf und ab. Die Herberge, in der sie sich einquartiert hatten, der *Rumpelwicht*, lag mitten in der Stadt. Sie hatten nach dem erfolglosen Besuch bei Hauptmann Eneos ihre Zimmer gekündigt und gegen Mittag versucht, die Stadt zu verlassen. Zu ihrer Verwunderung waren sie aber von der verstärkten Wache sowohl am Südtor als auch am Westtor aufgehalten worden. Dieser Hauptmann wagte es tatsächlich, sie hier festzuhalten! Die anderen beiden Tore hatten sie gar nicht erst probiert, sondern waren frustriert und noch wütender als am Morgen in ihr Zimmer zurückgekehrt.

„In der Dunkelheit wirst du deine Bluthammer-Magie gegen das Südtor einsetzen." Sergio atmete tief durch, wie um sich zu beruhigen. Um-

176

sonst. „Sie haben einen weiten Vorsprung ... verdammter Halbling-Dreck!"

Er hoffte, dass sich der Innere Ring nicht innerhalb der nächsten Tage bei ihm melden würde.

Wenn Trolle wollen, dann können sie weite Strecken im Laufschritt zurücklegen – und das mehrere Tage lang. Rulgo wollte. Es gab fast nichts, was er noch mehr wollte, als laufen – außer vielleicht, die beiden Kopfgeldjäger in die Reichweite seiner Keule zu bekommen.

„Hätte Bandath mich doch im vorigen Jahr nicht aufgehalten. Ihre Knochen würden jetzt friedlich irgendwo in den Trollbergen vermodern."

„Das hast du jetzt bestimmt schon zwanzig Mal erwähnt, Fleischklops", sagte Niesputz, der gelassen neben dem Kopf des Trolls hersurrte. „Aber deine Wünsche ändern auch nichts an der Situation."

Rulgo war, wie immer, im Morgengrauen erwacht und Niesputz bat ihn, sofort aufzubrechen, er würde ihm später erzählen, wie alles gelaufen war. Das Ährchen-Knörgi hatte mit dem Bauern bereits über den Verbleib der Pferde gesprochen und ihm zugesichert, dass sowohl Korbinian als Eigentümer des rassigen Hengstes Memoloth, als auch Baldurion, Besitzer der wunderbaren Stute Fiora, nichts dagegen hatten, die Tiere zu Zuchtzwecken zu verwenden. Den Nachwuchs dürfe der Bauer behalten, sozusagen als Gebühr dafür, dass er diese beiden Pferde und die Zwergenponys auf seinem Gehöft beherberge, bis die Reisenden ihre Geschäfte „dort unten im Süden" erledigt hätten und die Tiere auf dem Rückweg wieder abholten. Der Bauer war hocherfreut und ging in Gedanken schon die Stuten durch, die er von Memoloth decken lassen wollte. Und die Zwergenponys? Nun, die würden zur Arbeit auf den Feldern eingesetzt werden. Alles in allem bahnte sich hier ein sehr gutes Geschäft für ihn an.

Zu diesem Zeitpunkt waren Rulgo und Niesputz schon weit von dem Gehöft entfernt und verschwendeten keinen einzigen Gedanken mehr an das Schicksal der Pferde.

„Da oben soll ich sitzen?" Waltrude blickte ein wenig verzweifelt auf das für ihre Begriffe riesige Pferd. Dabei war das Pferd gar nicht so groß. Umroth züchtete eine Rasse, die etwas kleiner als andere Pferde war und die sich durch eine unschlagbare Kombination aus Schnelligkeit und

Ausdauer auszeichnete. Seine Zucht hatte einen guten Ruf in der Gegend um Pilkristhal und weit darüber hinaus. Die acht weißen Pferde, die er für To'nella und ihre Begleiter ausgesucht hatte, standen vollständig gesattelt und mit dicken Proviantbeuteln versehen nebeneinander an einem Gatter.

„Ich habe noch nie so weit oben auf einem Pferd gesessen", stöhnte Waltrude.

„Doch", berichtigte Baldurion. „Du saßest auf meinem edlen Ross."

Ohne ihn anzusehen, ahmte Waltrude ihn nach: *„Du saßest auf meinem edlen Ross.* Ich korrigiere mich: Ich habe noch nie *alleine* auf so einem hohen Pferd gesessen. Wie soll ich denn jedes Mal dort hochkommen? Da brauchen wir doch stets einen Felsen oder einen Baumstumpf, damit ich auf- oder absteigen kann."

„Oh." Umroth rieb sich die Hände, als wolle er eine besonders gute Ware an den Käufer bringen. Sein Lächeln wurde automatisch unverbindlich, als ob er einem Kunden gegenüberstünde. „Oft werden meine Pferde auch von Zwergen gekauft. Dein Volk hat einen guten Geschmack und hohen Sachverstand, was seine Reittiere angeht. Du brauchst keine Angst zu haben. Sie sind auch, nun sagen wir mal, *kleinere Reiter* gewohnt." Dabei huschte sein Blick von Waltrude über Theodil zu Barella und Bandath.

„Um die beiden mache ich mir keine Gedanken", Waltrude wies auf den Magier und seine Gefährtin, „die kennen sich mit allen möglichen und unmöglichen Reittieren aus. Mir geht es um uns beide." Sie zeigte auf Theodil und sich selbst. „Wir können von den anderen nicht verlangen, dass sie uns ständig auf das Pferd und wieder herunterheben. Ganz abgesehen davon, dass ich das nicht möchte", jetzt sah sie Baldurion und Korbinian an, „oder dass sie dazu nicht in der Lage sind." Ihr Blick fiel auf Ratz Nasfummel, der wie selbstverständlich mitten unter ihnen stand und die Pferde betrachtete.

„Ich … äh … ich habe eine Erfindung gemacht", erklärte Umroth, der sich missverstanden fühlte. „Sieh mal hier!" Er trat zu einem der Pferde und hantierte an etwas, das wie eine kleine Rolle aussah, die an der einen Seite des Sattels angebracht war. Geschickt löste er einen Knoten und plötzlich wickelte sich eine Art Strickleiter auf, die bis zum Boden reichte und deren Sprossen aus hölzernen Stäben bestanden.

„Ich habe vier Sättel damit ausgerüstet."

Waltrude trat zu dem Pferd und zog vorsichtig an der Leiter, dann etwas kräftiger.

„Fällt das Pferd nicht um, wenn ich dort hochklettere?"

„Aber nein!", beeilte sich Umroth zu versichern. „Die Pferde sind darauf trainiert. Die kennen das. Versuch es! Bitte!"

Waltrude packte die Leiter mit beiden Händen und stellte behutsam ein Bein auf die unterste Sprosse. Dann belastete sie es und hob das andere Bein, deutlich zögerlicher als das erste, um es notfalls sofort wieder auf den Boden stellen zu können. Das Pferd verlagerte sein Gewicht etwas und stemmte sich gegen die Last, die an der einen Seite seines Sattels zog. Die Zwergin stellte das andere Bein auf die zweite Sprosse, trat auf die dritte und vierte und wuchtete sich zum Schluss in den Sattel. Insgeheim befürchtete sie, dass das Pferd unter ihr in die Knie gehen würde, aber das Tier blieb ruhig stehen, drehte nur die Ohren nach hinten und schnaubte. Waltrude tätschelte den weißen Hals der Stute. „Na, wir zwei Frauen werden uns schon verstehen, was?" Dann drehte sie sich den anderen zu, die den ganzen Vorgang gebannt verfolgt hatten. „Was steht ihr da so rum und glotzt? Wir haben ein paar Idioten auf den Fersen, also sollten wir so schnell wie möglich machen, dass wir davonkommen!"

Wie aus einer Betäubung erwachend kam wieder Bewegung in ihre Gefährten und alle saßen auf ihre Pferde auf. Nur Bandath brauchte einen Moment. „Dwego?", murmelte er, als Barella und die Elfe ihn drängten, auf das Pferd zu steigen.

„Dwego wird kommen, Bandath", flüsterte die Zwelfe. „Er kommt und bringt Sokah mit. Aber jetzt musst du erst einmal auf das Pferd."

„Dwego?" Es klang kläglich und Barella traten die Tränen in die Augen. Sie fühlte die Hand der Elfe auf der Schulter.

„Wir kriegen das schon wieder hin", sagte sie in dem Versuch, Barella Mut zu machen. „Aber dafür brauchen wir mehr Zeit. Und die haben wir jetzt nicht."

Barella nickte und zu zweit halfen sie Bandath auf die Stute.

Sie ritten den ganzen Vormittag im scharfen Tempo südwärts. Die Landschaft, die vor den Reitern lag, erschien ihnen endlos. Sie war keineswegs flach: Sanfte, meist mit Gras oder niedrigem Buschwerk bewachsene Hügel und Hügelketten wellten sich endlos bis zum Horizont, von Bachläufen und kleinen Flüssen durchzogen. Dazwischen erstreckten sich Wälder mit gewaltigen, weit auseinanderstehenden Bäumen.

Riesige, schirmartige Kronen auf kerzengeraden Stämmen verbreiteten Schatten unter sich. In der Ferne erkannten sie Herden fremdartiger Tiere, die zumindest Waltrude und Theodil noch nie zuvor gesehen hatten. Am Horizont konnten sie den dunklen Schatten von Bergen erkennen, so weit weg, dass jeder glaubte, sie gehörten nicht wirklich in diese Welt.

„Das sind die Gowanda-Berge. Hinter ihnen liegt die Todeswüste", hatte To'nella irgendwann im Laufe des Vormittages erklärt.

Ab und an unterbrach eine Siedlung das friedliche Bild der Savanne. Auf eines dieser Dörfer hielt die Elfe zu – eine kleine Ansiedlung, kaum mehr als zehn Hütten rund um eine Schmiede. Sie erreichten das Dorf um die Mittagsstunde.

„Eine Rast?" Von Korbinians großartigem Getue der Elfe gegenüber war nicht viel geblieben. Erschöpft von der anstrengenden Nacht mit der Flucht, den stundenlangen Märschen und dem ganzen Vormittag ohne Pause auf dem Pferd hing er mehr auf seinem Ross, als dass er saß – abgekämpft wie alle anderen auch. Baldurion wankte im Sattel, Ratz Nasfummel war bereits viermal auf die Erde gefallen. Dabei waren die Pferde für seine hochgewachsene Gestalt eher kleinwüchsig. Deshalb waren die Stürze fast ohne Verletzungen abgegangen, sah man von einigen blauen Flecken ab. Theodil schaute sich aus kleinen Augen um und Barella und Bandath schliefen im Sattel. Nur To'nella erschien wach und aufmerksam.

„Eine große Rast werden wir hier nicht machen, allerhöchstens eine Stunde. Wir müssen weiter. Ich will noch vor morgen Abend mit euch am Kowangi-Fluss sein. Wir halten nur, weil ihr Waffen braucht. Ich kenne den Schmied."

Sie gab dem Pferd die Sporen und führte die Truppe durch das Dorf, das in der Mittagshitze wie ausgestorben wirkte. Sie hielt geradewegs auf die Schmiede zu, aus deren Esse dicke Qualmwolken in den grauen Himmel stiegen. Die Elfe folgte dem Qualm mit den Augen, musterte den Himmel und sagte: „Es wird bald Regen geben. Das ist gut, er verwischt unsere Spuren."

Gewandt sprang sie vom Pferd und kam federnd auf der Erde auf. Dann lief sie mit einem lauten „Hallo!" beschwingt durch die Tür der Hütte.

„Wie macht sie das?" Korbinian stieß Ratz, dessen Pferd automatisch neben dem des Elfen zum Stehen gekommen war, in die Seite. Ratz verlor prompt das Gleichgewicht und landete im Sand.

Als sei nichts geschehen, redete Korbinian weiter, jetzt zu Baldurion, der desinteressiert zusah, wie Ratz Nasfummel seine schlaksigen Gliedmaßen sortierte und sich umständlich aufrappelte.

„Ich meine", sagte Korbinian, „sieh sie dir doch mal an. Schlank, kräftig und verdammt schön. Aber so hochmütig. Und wieso sieht man ihr die Nacht nicht an? Sie hatte genauso wenig Schlaf wie wir alle, ist mit uns durch diese verwünschten Felder gerannt, saß ebenfalls den ganzen Tag auf ihrem Gaul und ..."

„... interessiert sich nicht die Bohne für den einzigen anderen Elfen hier in der Truppe!", fiel ihm seine Schwester ins Wort. Sie war mittlerweile aufgewacht und fast ebenso elegant vom Pferd gesprungen wie die Elfe.

„Ich glaube, Brüderchen, *das* ist dein eigentliches Problem. Oder?"

„Quatsch!" Korbinian hob eines seiner Beine vorsichtig über den Sattel und stieg langsam ab, nicht ohne ausgiebig zu stöhnen, als er seine verkrampften Muskeln zwang, sich zu bewegen.

„Und nenn mich nicht *Brüderchen*. Schließlich bist du die Kleinere von uns beiden." Seine ganze Haltung drückte Schmerz aus, als er endlich am Boden stand. „Ich will mein eigenes Pferd zurück – und meinen Sattel. Mit so etwas hier kann ich nicht reiten."

„Hör auf zu maulen!", fauchte sie.

„Und warum sollte ich das tun?" Sein Tonfall war noch immer nörgelig.

„Regel Nummer eins! Du machst, was wir dir sagen!"

Die Tür der Hütte öffnete sich und To'nella trat in Begleitung eines Zwerges nach draußen. Korbinian schluckte. Er hatte schon viele Schmiede gesehen, darunter wirklich kräftige. Aber dieser hier hätte wahrscheinlich alle anderen seiner Zunft mit Leichtigkeit umwerfen können. Seine Beine waren zwei Säulen, die den Eindruck von direkt aus der Erde hervorwachsenden Felsen vermittelten. Sein Körper war genauso breit wie er hoch war, und jedes einzelne Gramm an ihm schien pure Muskelmasse zu sein. Mächtig wölbten sich die Arm- und Schultermuskeln rund um einen Nacken, der jedem Stier zur Ehre gereicht hätte. Und die Hände erst ... Korbinian hoffte, diesem Zwerg nie die Hand reichen

zu müssen. Er würde wohl niemals wieder seine Finger benutzen können. Die Haut des Zwerges war grau wie feiner Eisenstaub.

„Das ist Kilwin der Schmied. Er wird uns mit Waffen versorgen. Kommt rein."

Der Rest der Truppe tat es Korbinian gleich und saß stöhnend ab. In ähnlich verkrampfter Haltung standen sie unglücklich und verloren zwischen den Pferden, bevor sie sich humpelnd in Richtung Tür bewegten, hinter der To'nella und Kilwin wieder verschwunden waren.

Die Schmiede sah im Inneren genau so aus, wie Hunderte von Schmieden in und um die Drummel-Drachen-Berge herum, auch wenn sie mittlerweile sehr weit nach Süden vorgedrungen waren. In der Mitte prasselte ein Schmiedefeuer, daneben hing ein Blasebalg, der dem Elfen vorkam, wie der Urvater aller Blasebälge. Allein um den zu betreiben, hätte der Schmied, nach Korbinians Auffassung zumindest, zwei Ochsen benötigt. Dort aber stand ein einziger Schmiedegeselle, ebenfalls ein Zwerg und gleichfalls ein Koloss, der nur aus Muskeln zu bestehen schien, fast ebenso breit wie sein Meister. Mehrere verschiedene Ambosse und Wannen mit Wasser gruppierten sich um das Feuer. An Haken, die von der Decke ragten, hingen dutzende von Zangen und Hämmern. In Regalen an den Wänden stapelten sich die unterschiedlichsten Schmiedewerkzeuge.

„Kommt hier durch", sagte Kilwin. Eigentlich hätte Korbinian eine dem Körper entsprechende Stimme erwartet, einen dröhnenden, tiefen Bass. Aber der Schmied sprach mit hoher, fast schon fistelnder Stimme, die so gar nicht zu ihm passte.

Die Reisenden folgten dem Zwerg durch die Schmiede in einen hinteren Raum, in dem sie von ihm und der Elfe erwartet wurden.

„Nehmt euch, was ihr braucht", sagte To'nella und Kilwin nickte bestätigend.

„Ihr habt freie Auswahl", fistelte er.

In Regalen und auf Ständern stapelte sich alles, was ein Schmied an Waffen herstellen konnte. Sogar Bögen und Armbrüste lagen bereit. Korbinian suchte sich ein Schwert aus, das gut ausgewogen in der Hand lag. Theodil nahm sich eine Streitaxt, zweischneidig mit eisenbeschlagenem Stiel. Barella griff nach mehreren Wurfmessern, die sie in die leeren Scheiden ihres Gürtels steckte und suchte einen Bogen mit wohlgefülltem Köcher. Als ihr Bruder das sah, gesellte er sich zu ihr und suchte ebenfalls nach einem für ihn passenden Bogen. Für Bandath nahm die Zwelfe ein Messer mit einer glatten, handlangen Klinge an sich. Baldurion griff ebenfalls nach einem Dolch mit einer langen, dünnen Klinge, den er in eine im Ärmel verborgene Scheide gleiten ließ.

„Gibt es einen Ledermacher im Dorf?", fragte er den Schmied. „Ich brauche eine Steinschleuder."

Kilwin bückte sich unter eines der Regale und zog eine Kiste vor.

„Such dir eine oder zwei aus", sagte er und hob den Deckel hoch. In der Kiste befanden sich mehr als ein Dutzend Steinschleudern der verschiedensten Arten und Größen.

Ratz Nasfummel begnügte sich mit einem eisenbeschlagenen Stab in seiner Größe, mit dem er, als er nach ihm griff, einen Stapel Speere umwarf, die zwischen die Gefährten polterten. Nur Waltrude sah sich ratlos um. Ein Messer hatte sie sich ebenfalls genommen, doch dann fiel ihr Blick auf einen Stapel eiserner Stäbe, die an ihrem einen Ende mit Spitzen und Widerhaken versehen waren. In ihre Augen trat ein heimtückischer Glanz und sie nahm sich einen dieser Stäbe.

„Oh", sagte Kilwin, „das sind keine Waffen. Daraus soll ich für den Obstgarten des Ratsvorsitzenden einen Zaun schmieden."

Die Zwergin sah den Schmied an. „Zwei Stück brauche ich davon. Kannst du mir hinten noch einen Holzgriff anbringen, damit ich sie ins Feuer legen kann. Sie sollen glühen, wenn ich sie verwende!"

Kilwin nickte etwas ratlos, rief nach seinem Schmiedegesellen und gab ihm einen entsprechenden Auftrag.

„Das dauert nicht lange", sagte er zu der Zwergin.

Barella stand neben dem Schmied und spannte den Bogen. „Warum tust du das für uns, Kilwin?"

„Nun, sagen wir mal, To'nella hat mir vor einigen Jahren einen großen Gefallen getan und ich war ihr halt irgendwann auch einmal einen schuldig."

„Was passiert, wenn die Soldaten zu euch ins Dorf kommen?"

„Soldaten sind keine Räuber. Die Stadtwache von Hauptmann Eneos weiß sich zu benehmen. Und deshalb werden sie auch keine Informationen von uns bekommen."

Und wenn die Kopfgeldjäger kommen, wird Kilwin und sein Dorf dann ebenfalls schweigen? Barella stellte die Frage nicht. Sie wollte die Antwort nicht wissen.

Das schmerzhafte Stöhnen der Gefährten wurde wieder lauter, als sie draußen versuchten, auf ihre Pferde aufzusteigen. Kilwin hatte ihnen allen die Hand gegeben und eine gute Reise gewünscht. Belustigt hatte Barella verfolgt, wie ihr Bruder zögerlich in die dargebotene Hand des Zwerges einschlug. Die zierlichen Finger des Elfen verschwanden in der Pranke des Schmiedes und Korbinian verzog für einen Augenblick angstvoll das Gesicht. Anschließend betrachtete er ungläubig seine Hand, die sich in Kilwins Griff nicht zu Mus verwandelt hatte.

To'nella warnte den Schmied zum Schluss vor den beiden Magiern.

„Ich weiß nicht, wozu diese beiden durchgeknallten Typen fähig sind, Kilwin. Geh kein Risiko ein."

„Sag ihnen, wo wir lang geritten sind", ergänzte Barella und erntete erstaunte Blicke.

„Die wissen das sowieso", rechtfertigte sie sich vor den anderen. „Ich habe die Vermutung, die können unseren Aufenthaltsort bestimmen, so wie Bandath den Aufenthaltsort von Personen oder Dingen herausfinden kann. Und außerdem haben sie uns in Pilkristhal erwartet. Das heißt, sie wussten, dass wir uns dort treffen wollten."

Schweigen breitete sich aus. Woher sollten die Kopfgeldjäger das gewusst haben?

Immer noch stumm verabschiedeten sie sich von Kilwin und ritten in die Savanne hinaus, den fernen Bergen entgegen.

Nur Waltrude murmelte vor sich hin: „Du bist ein altes, blödes Weib, Waltrude. Bei den Hallen der Vorväter und den Kopfschmerzen des Ur-Zwergs als er die Gnome schuf, warum nur hast du das getan? Präsentierst diesem Ochsenkopf und seinem schmierigen Kumpan den Herrn Magier auf einem silbernen Tablett. Das ist nicht zwergisch, alte Frau. Das ist menschlich, was du hier getan hast, fast schon elfisch." Sie blickte von Korbinian zu Baldurion. Ihre linke Hand glitt nach unten. Auf dieser Seite des Sattels hatte der Schmiedegeselle ihr die Stäbe angebunden – der Leiter gegenüber, so dass sie beim Aufsteigen nicht behinderten. Und außerdem war dies auch die Seite, auf der dieser Ochsenkopf ihr den kleinen Finger gebrochen hatte. Die Stäbe vermittelten ihr ein beruhigendes Gefühl. Und irgendwann, dass schwor sie sich, würden sie mit den Spitzen im Feuer liegen und glühen.

Die Nacht breitete ihren Mantel bereits seit Stunden über Pilkristhal aus, als die beiden Kopfgeldjäger sich langsam und leise dem Südtor näherten. Ihren Drago-Zentauren hatten sie die Pranken mit Lappen umwickelt, damit das Kratzen der Krallen auf dem Straßenpflaster sie nicht verriet. Durch enge Gassen schlichen sie so weit wie möglich an den freien Platz heran, der sich vor dem Südtor erstreckte. Hätten sie das Tor auf irgendeine andere Art und Weise passieren wollen, so wäre ihnen ein offener Platz vor dem Tor sehr ungelegen gekommen. Da sie jedoch Claudios Bluthammer-Magie einsetzen wollten, kam ihnen ein wenig Freiraum gerade recht.

Das Tor wurde, wie die anderen Stadttore auch, eine Stunde nach Sonnenuntergang geschlossen. Die Kopfgeldjäger beobachteten die Wachsoldaten eine Weile, die aufmerksam vor dem geschlossenen Tor auf und ab marschierten. Auch die vier Soldaten auf der Stadtmauer in unmittelbarer Umgebung zum Tor entgingen ihnen nicht.

Schließlich schob der Minotaurus Claudio nach vorn.

„Denk daran: Du sollst nur das Tor öffnen, nicht, wie damals in Groß-Hallerau, die halbe Mauer einreißen."

Der Gnom nickte aufgeregt. Er fuhr sich mit seiner spitzen Zunge über die Lippen und kurzzeitig erweckte sein Gesicht den Eindruck, das einer Schlange zu sein. Sergio nahm ihm die Zügel seines Drago-Zentauren ab. Das Tier fauchte unruhig, verstummte jedoch, als der Minotaurus zischte. Der Gnom, ängstlich darauf bedacht, noch im Schatten der Gasse zu bleiben, stellte seine Füße schulterbreit auseinander. Konzentriert ließ er den Kopf auf die Brust sinken. Sein Gefährte bekam mit, wie sich der Atem des Gnoms beruhigte. Immer langsamer hob und senkte sich der knochige Brustkorb. Ein Stöhnen quälte sich aus den tiefsten Tiefen der Lunge und des Unterbewusstseins nach oben und drang durch die halbgeöffneten Lippen wie eine Wolke üblen Gestankes aus einem Abwasserschacht. Langsam hob sich jetzt der Kopf wieder. Die Augen waren geöffnet, aber die Pupillen so weit nach hinten verdreht, dass Sergio selbst in der Dunkelheit der Gasse das Weiß in ihnen sehen konnte. Als würden sie nicht zum Körper gehören, richteten sich jetzt die Arme nach vorn. An ihren Enden baumelten seltsam leblos die Hände mit den langen, dünnen Fingern, die wie Spinnweben in einem alten Haus nach unten hingen und sich sachte im Abendwind bewegten. Claudios Stöhnen ging in einen eigentümlichen Singsang über, der so alt war, dass die

Steine der umstehenden Häuser dagegen jung wirkten. Die Töne klangen fremd und unterschwellig gewalttätig. Magie wurde der Umgebung entrissen und der Wille des Gnoms presste sie auf eine Art zusammen, die ihrem ureigensten Charakter widersprach – sie wurde zu einer Handlung missbraucht, die ihrer natürlichen Wirkung entgegengesetzt war. So widernatürlich war der Vorgang, dass Kinder in den Häusern der angrenzenden Gassen in ihren Betten erwachten und weinten. Erwachsene träumten schlecht, Katzen flohen und Hunde verkrochen sich winselnd in ihren Hütten. Ein Schwarm Grünspatzen, der in einem Busch genächtigt hatte, flog auf und suchte panisch das Weite. Sogar die Drago-Zentauren schnaubten unruhig und zerrten an den Halftern, die von dem Minotaurus mit eisenharter Faust gehalten wurden. Selbst so eine abgebrühte Kreatur wie Sergio die Knochenzange beobachtete diesen Vorgang mit gemischten Gefühlen. Die Bluthammer-Magie war geächtet unter den Magiern, weil sie die Magie in eine Form presste, die fremdartig war, fremdartig und abschreckend. Das hielt aber Claudio nicht ab, sie immer dann einzusetzen, wenn sein Kumpan es von ihm verlangte.

Die Soldaten der Stadtwache spähten unruhig in die Dunkelheit. Ihnen war, als würde sich ein Alb auf ihre Brust legen und sie hatten Schwierigkeiten einzuatmen.

Die Fingerspitzen des Gnoms begannen in dunkelrotem Höllenlicht zu glühen und die Wachen am und über dem Tor blieben stehen, als hätten sie von Waltrude einen Schlag mit ihrer Bratpfanne vor den Kopf bekommen. Das Holz des Stadttores ächzte und es sah so aus, als würde sich die Luft rund um das Tor erwärmen. Sie flimmerte wie über Felsen, die den ganzen Tag der glühenden Sonne ausgesetzt waren. Langsam bogen sich die Balken des Tores nach außen, sie knirschten und knackten. Dann holte Claudio tief Luft, das Flimmern erstarb für einen kleinen Moment, die Balken kehrten in ihre ursprüngliche Lage zurück und die Soldaten stolperten benommen zur Seite, fassten sich an den Kopf und hatten das Gefühl, einem großen Unheil entkommen zu sein.

Claudio atmete aus und wie unter einem gewaltigen Hammerschlag zerbarst das Tor in Tausende von winzigen Holzsplittern, die von der Wucht des magischen Hiebes weit hinaus in die Dunkelheit geschleudert wurden. So groß war die Kraft des Schlages, dass es sogar die Scharniere des Stadttores aus dem Fels der Mauer riss und sie mehrere hundert

Schritt davon katapultierte. Dass die Wachen im letzten Moment zur Seite gestrauchelt waren, rettete ihnen das Leben.

Schreie wurden laut, von den Wachen und aus den Häusern der Umgebung. Der Gnom war nach der enormen Anstrengung völlig erschöpft und apathisch. Sergio packte seinen neben ihm wankenden Kumpan und warf ihn quer über den Sattel seines Drago-Zentauren. Er sprang auf seinen eigenen und pfiff schrill. Laut brüllend rasten die beiden Ungeheuer über den Platz, warfen die herbeigeeilten Soldaten über den Haufen und verschwanden außerhalb der Stadtmauer in der Dunkelheit. Einige verzweifelt nachgeschossenen Armbrustbolzen verfolgten sie, ohne ein Ziel zu finden. Sergio die Knochenzange und Claudio Bluthammer hatten die Verfolgung von Bandath und seinen Gefährten wieder aufgenommen.

Rulgo und Niesputz ließen den Bereich der Felder rund um Pilkristhal hinter sich, ohne auf eine Streife der Stadtwache getroffen zu sein. Die Savanne empfing sie mit Regen. Der Troll stand auf einem Hügel und betrachtete die Landschaft. Das Ährchen-Knörgi saß auf seiner Schulter.

„Prima", maulte Niesputz. „Wie sollen wir die finden, wenn der Regen alle Spuren verwischt?"

„Hat der kleine Magier nicht mit dir gesprochen? Hat er nicht vielleicht in einem eurer langen Gespräche erwähnt, wo er hin will?"

Niesputz schüttelte den Kopf. „Wir wollten zur Todeswüste. Die ist hinter den Gowanda-Bergen."

„Und wo sind die?" Rulgo spähte in die verregnete Landschaft, als würde er die Berge hinter den nächsten Hügeln vermuten.

„Weit im Süden."

„Hast du nicht einmal gesagt, dass du den Magier zu finden weißt, wann immer du willst?"

„Im Normalfall, ja. Aber da hilft mir die Magie. Er selbst hat aber im Moment keinen Zugang zur Magie. Also kann ich ihn nicht so einfach finden."

Der Troll stöhnte. „Gibt es vielleicht irgendeine Karte von der Gegend, wo wir hinwollen? Ich erinnere mich, das Bandath einmal so etwas erwähnt hat."

„Es gibt eine von Cora-Lega, aber die hat Barella. Es war nicht geplant, dass wir uns trennen."

Rulgo sah seinen Weggefährten an. „Es war so manches nicht geplant, kleiner Mann. Wie kommen wir jetzt zu den … Dingsda-Bergen?"

„Zu den Gowanda-Bergen? Immer geradeaus."

„Hauptsache, du kennst dich hier aus."

„Trolle sind von Natur aus misstrauisch." Er schniefte hörbar. „Blöder Regen. Wenn wir zügig marschieren, dann brauchen wir sieben bis acht Tage, um die Savanne zu durchqueren, bei dem Wetter vielleicht neun. Die anderen werden schneller sein. Die Elfe hat gesagt, dass sie Pferde für alle besorgen wollte. Und außerdem können sie vor Sonnenaufgang los und bis nach Sonnenuntergang reiten." Der letzte Teil des Satzes klang vorwurfsvoll.

„Schrumpfbirne!", kommentierte Rulgo die Bemerkung des Ährchen-Knörgis.

„Fleischklops", entgegnete Niesputz.

„Damit wäre alles geklärt. Wir sollten schneller werden." Rulgo wischte Niesputz von seiner Schulter, der aufschreiend in der Luft herumschoss und den Troll mit einer ganzen Reihe sehr unfeiner Schimpfworte belegte.

Den aber störte das nicht weiter. Er setzte sich in Bewegung und verfiel in den schnellen, typischen Trollschritt. Ein Pferd hätte im Trab laufen müssen, um mitzuhalten. Rulgo lief jetzt noch schneller als vorher. Hoch spritzte das Regenwasser auf, wenn er durch eine Pfütze rannte.

„Wir hätten den Gaul des Elfen mitnehmen sollen", knurrte der Troll. „Dann hätten wir wenigstens etwas zu beißen gehabt. So müssen wir wertvolle Zeit für die Jagd vergeuden!"

Entführt

Von den Gowanda-Bergen kommend schlängelte sich der Kowangi-Fluss gemächlich zwischen den Hügeln der Savanne hindurch. Im Vergleich zu den anderen Flüssen, die die Gefährten auf ihrer Reise schon gesehen hatten, war dieser hier eher klein, meist gerade mal so breit, dass sowohl Barella als auch Korbinian problemlos einen Pfeil auf die andere Seite schießen und das anvisierte Ziel hätten treffen können. An diesen Stellen war er zu tief, um hindurch zu waten. Schlingpflanzen machten ein Durchschwimmen unmöglich. Weitläufige Akazienwälder wuchsen dort bis an die Ufer heran und boten vielen Tieren Nahrung und Unterschlupf. Bernsteinlöwen waren hier zu finden. Vereinzelt konnte man auch dem Mantikor begegnen, dem gefährlichsten Raubtier zwischen der Todeswüste und den Drummel-Drachen-Bergen – gefährlich für alle, die durch die Savanne reisten, außer vielleicht für die Graufanten, die kleineren Brüder der gewaltigen Wüstenelefanten. An anderen Stellen wiederum wurde der Kowangi-Fluss flach und breit, so breit, dass man nicht erkennen konnte, wo der Fluss aufhörte und der ihn umgebende Sumpf anfing. Dort war das Land flach und der Fluss schickte sein Wasser weit nach rechts und links. Reisende brauchten zwei bis drei Tage, um die Sümpfe zu durchqueren. Kowangi-Mangroven wuchsen dort in dichten Wäldern – Bäume, gewaltig wie keine anderen. Ihre riesigen Wurzeln vereinigten sich erst hoch über dem Wasser zu einem Stamm. Die Höhlen, die sie bildeten, waren so groß, dass ein Troll einen anderen Troll auf die Schultern hätte nehmen können. Trotzdem hätten sie unter den Wurzeln hindurchgehen können, ohne dass sie Gefahr liefen, die Decke dieser natürlichen Höhle zu berühren. In diesen Hallen fand man ab und an auch Dörfer der Oni.

Die acht Reiter erreichten am Abend nach dem Tag, an dem sie sich bewaffnet hatten, einen der Kowangi-Mangrovenwälder – ganz so, wie es von der Elfe geplant war. To'nella erwies sich als eine unerbittliche Führerin und hatte sie lange vor Sonnenaufgang nach einer viel zu kurzen

Nacht wieder aufgescheucht. Nun, Waltrude zumindest dachte, dass es egal sei, ob sie im Regen auf der Erde lägen und ihre Decken sich voll Wasser sogen, oder ob sie im Sattel saßen und das Wasser ihnen in den Kragen hineinlief, um von den Füßen wieder herunterzutropfen. Tropfen? Was dachte sie da? Laufen! Nein, strömen! Wie konnte es nur regnen? Es war Winter und zumindest zu Hause in Neu-Drachenfurt würde der Schnee mittlerweile bis zur Fensterbank liegen, wenn nicht noch höher. Drummel-Drachen würden durch die Täler segeln und man musste auf die Lämmer achten, denn die großen Adler kämen von den Gipfeln, um weiter unten im Gebirge zu jagen. Zumindest würde im Dorf niemand Hunger leiden müssen in diesem Winter. Doch wenn es besonders kalt würde, dann könnten auch die Wölfe wiederkommen, wie damals im Hungerwinter oder auch im letzten Jahr. So schweiften Waltrudes Gedanken in die Heimat und im halblauten Selbstgespräch ließ sie Bandath, neben dem sie ritt, an ihren Gedanken teilhaben. Barellas Stute trabte friedlich auf der anderen Seite des Zwerglings. Seine Gefährtin beobachtete ihn besorgt. Schwieg Waltrude, versuchte sie, dem Magier ein Wort zu entlocken. Dessen Lippen aber blieben verschlossen, seine Augen meist glasig.

Ab und an ließ sich To'nella zurückfallen, erkundigte sich nach Bandath und ritt mit zusammengepresstem Mund wieder nach vorn. Unermüdlich führte sie die Gruppe, suchte ihren Weg stets durch die Täler zwischen den Hügeln und nahm dazu sogar längere Umwege in Kauf – eine Vorgehensweise, die sie in Barellas Augen noch mehr an Achtung gewinnen ließ. Die Zwelfe war die Einzige, die begriff, dass sie so meist vor den Augen ungebetener Beobachter verborgen blieben – auch wenn sie vermutete, dass sie auf irgendeine andere Art von den beiden Kopfgeldjägern aufgespürt werden könnten.

Ihr Nachtlager schlugen sie am Rand des Waldes unter einer Kowangi-Mangrove auf, die ihnen Schutz vor dem noch immer fallenden Regen bot. Sie hatten die Wälder schon den ganzen Tag gesehen. Am Anfang waren sie ihnen vorgekommen wie der Saum eines Gebirges am Horizont. Als sie sich nach und nach als das entpuppten, was sie waren, konnte sich kaum einer einen Ausruf des Erstaunens verkneifen.

„Bei den steinernen Hallen der Vorväter", rief Waltrude. „Das sollen Bäume sein? Jeder einzelne davon hat mehr Holz als ein ganzer Bluteichenwald im Drummel-Drachen-Gebirge. Wie können Bäume *so riesig* werden?"

„Jeder dieser Bäume hat mehr als tausend Jahre gesehen", antwortete To'nella.

Je näher sie kamen, desto höher schienen die Bäume vor ihnen aufzuragen. Die Spitzen der Wipfel verschwanden in den Regenwolken weit über ihnen. Endlich unter einem der Bäume angekommen, hatten sie den Überblick über die Mangrove verloren. Sie kamen sich vor wie in einer hölzernen Halle mit viel Platz für eine Menge Leute.

„Und das sind nur die Wurzeln", stöhnte Waltrude.

Korbinian sah die ganze Sache etwas sachlicher als die anderen. „Endlich mal im Trockenen schlafen", knurrte der Elf und wurde daraufhin von To'nella gebeten, Holz für ein Feuer zu sammeln.

„Holz?", ereiferte er sich. „Wo soll ich bei diesem Wetter trockenes Holz für ein Feuer herkriegen? Und warum werde *ich* dauernd zum Holzsammeln geschickt?"

„Regel Nummer eins!", mischte sich Barella ein.

„Das gilt aber nicht für To'nella. Die war gar nicht dabei, als ihr die Regeln beschlossen habt!"

Daraufhin baute sich Barella vor ihrem Halbbruder auf und säuselte: „Liebstes Brüderchen. Würdest du bitte Holz für uns sammeln? Den Damen ist kalt."

„Nenn mich nicht *Brüderchen!*" Wütend vor sich hin brummelnd drehte sich Korbinian um und stapfte davon. Er kam an Ratz vorbei, der es sich an einer der senkrecht nach oben wachsenden Mangrovenwurzeln, die die Ausmaße einer Hauswand hatte, bequem gemacht hatte und döste. Der Stiefel des Elfen traf seine Füße und erschrocken blickte er auf.

„Hoch mit dir, Gaukler. Wir müssen Holz sammeln." Nur wenige Minuten später verriet ein lautes Platschen, dass einer von beiden in den Sumpf gefallen war.

„Alles in Ordnung", ertönte gleich darauf Korbinians Stimme, bestrebt, die anderen zu beruhigen. „Ich zieh ihn wieder raus."

Zur selben Zeit schlief Rulgo, seinen Kopf auf einen Felsen gebettet, den er liebevoll umarmte. Regenwasser lief an seiner granitfarbenen Haut herunter und bildete unter ihm eine Pfütze. Niesputz saß mit herabhängenden Flügeln einige Schritte entfernt und betrachtete missmutig seinen großen Freund.

Das Platschen von Füßen in Pfützen ließ ihn herumfahren. Sein grünes Leuchten erlosch fast vollständig, als er das Wasser abschüttelte, sich lautlos in die Luft erhob und in Richtung des Geräusches davonflog. Nur wenige Schritte entfernt, in der fast völligen Dunkelheit der Regennacht aber kaum zu erkennen, standen zwei Tiere und ruhten sich aus: Dwego und Sokah.

„Na, das nenne ich mal eine gute Nachricht", murmelte das Ährchen-Knörgi. „Da können wir ja glatt zu viert weiterziehen."

Der Laufdrache fauchte ungnädig, als sich Niesputz näherte. Gleich darauf erkannte er jedoch den Freund seines Herrn und begann beruhigt zu knurren. Sokah hob den Kopf, betrachtete das jetzt wieder deutlich glühende Ährchen-Knörgi und steckte anschließend seinen Schnabel unter den Flügel, dessen Federn schwer von Wasser waren.

„Hauptsache der Fleischklops sieht euch nicht als willkommene Ergänzung der Speisekarte. Er hat seit gestern recht wenig gegessen, müsst ihr wissen."

Beide Tiere waren mit ihrem gesamten Zaumzeug und den Sätteln ausgerüstet. Bandath und Barella machten sich selten die Mühe, die komplizierten Schnüre und Gurte zu lösen, wenn sie die Tiere vor einer Stadt freiließen, die sie nur kurz betreten wollten.

Behutsam nahm Niesputz den Zügel Sokahs und zog den weißen Laufvogel zum Rastplatz des Trolls. Dwego folgte, verschwand jedoch in der Dunkelheit, nachdem er Rulgo gesehen hatte. Nur zwei Stunden später kam er zurück, eine Weißschwanzgazelle im Maul, die er neben dem Troll auf die Erde legte.

„Gutes Tier." Niesputz war zufrieden. Die Dinge besserten sich etwas. „Da hat Bandath dir etwas sehr Nützliches beigebracht."

Sergio und Claudio lagerten irgendwo in der Savanne. Durch den permanenten Regen konnten sie keiner direkten Spur folgen. Wege gab es in der Savanne auch kaum, da außerhalb der Regenzeit ein durchgehender Grasteppich den Boden bedeckte und während des Regens die Erde knöcheltief aufweichte. So hatten sie das Dorf, in dem sich To'nella und die Flüchtlinge beim Schmied Kilwin mit Waffen versorgt hatten, gar nicht durchquert.

Der Regen schlug ihnen aufs Gemüt und wie immer in solchen Fällen bekam es Claudio zu spüren. Sein Kumpan schnauzte ihn wegen der geringsten Kleinigkeit an und kommandierte ungnädig herum. Nichts konnte der Gnom dem Minotaurus recht machen. Entweder hatte er die Drago-Zentauren zu nah an ihrem Lagerplatz angepflockt oder er war schuld, dass keiner von beiden ein Feuer zustande brachte. Selbst mit noch so viel Magie konnten sie das nasse Holz nicht bewegen, für sie zu brennen.

„Aber dafür, dass du den Finde-Zauber nicht hinbekommst, kann ich wirklich nichts."

Sergio sah auf und starrte seinen Kumpan wütend an. Dann warf er ihm den Becher mit Wasser an den Kopf, den er benutzt hatte, um Waltrude aufzuspüren. In der sich permanent durch Regentropfen kräuselnden Wasseroberfläche war fast nichts zu sehen gewesen. Es hatte auch nur wenig genutzt, als er versuchte, den Becher vor dem Niederschlag mit seiner Jacke abzuschirmen. Der Wind schickte den Regen in langen, schrägen Fäden auf die Erde. Mehr als die Silhouette von gigantischen Bäumen hatte er nicht erkennen können.

„Such den Knopf, du Schwachkopf!", brüllte er. Waltrudes Schürzenknopf war noch in dem Becher gewesen, als er ihn in einem Anfall von Wut nach dem Gnom geschleudert hatte. Während Claudio im Schlamm herumkroch, überlegte der Minotaurus. Bäume, riesige Bäume. Dabei konnte sich nur um einen der Kowangi-Mangrovensümpfe handeln. Aber welchen? Er war mit seinem Kumpan ein einziges Mal vor vielen Jahren im Sommer hier durchgekommen. Wenn er sich an die Gegend recht erinnerte, dann gab es drei solcher Sümpfe, die sie von ihrem gegenwärtigen Standpunkt aus erreichen konnten. Was wollte dieser Mischlings-Magier dort unten? Sein ganzer Kurs wies eindeutig darauf hin, dass er nach Süden wollte. Aber wohin genau? Wollte er mit seiner Truppe von Dummköpfen in die Gowanda-Berge? Und warum? Oder sollte die Reise gar noch länger werden? Hinter den Bergen gab es nicht mehr viel, bevor die Todeswüste anfing: Eine armselige Stadt, ein paar schäbige Siedlungen, die Ruinen alter Metropolen und Dutzende von weit verstreut liegenden Bauernhöfen. Das sähe diesem Tölpel ähnlich, den beschränkten Bauern in ihrer Bedrängnis gegen die ominöse Gefahr aus der Wüste beispringen zu wollen, über die sie auf dem Marktplatz von Pilkristhal so viele Gerüchte gehört hatten. Aber es passte nicht, da der Aufbruch aus seinem verwahrlosten Bergdorf erfolgt war, noch ehe auch nur der winzigste Teil eines Gerüchtes bis dorthin hatte dringen können. Lockte ihn am Ende etwas ganz anderes? Doch was? Und wieso war der Innere Ring von Go-Ran-Goh so plötzlich daran interessiert, den Mischling aus dem Süden fernzuhalten?

Das ergab für Sergio alles keinen Sinn!

Vielleicht fand ja ihr Mann in der Truppe des Mischlings einen Weg, ihnen mitzuteilen, was diese Schwachköpfe vorhatten.

Er riss dem Gnom den Knopf aus der Hand, den dieser ihm stolz präsentierte.

„Gib her, du Idiot!"

„Wieso bin ich jetzt der Idiot? Du hast doch den Becher nach mir geworfen!"

„Ach, halt's Maul! Ich muss nachdenken!"

Das verstand Claudio. Sergio war der von ihnen, der denken musste. Claudio brauchte bloß zu machen, was der Minotaurus sagte. Auch wenn nicht immer alles so lief, wie dieser es plante – wie gesagt, besonders, wenn es mit Bandath zu tun hatte.

Draußen, außerhalb ihrer hölzernen Höhle, fiel noch immer Regen. To'nella hatte gesagt, dass das noch mehr als einen Mond so weiterginge. Furchtbare Gegend hier. Ratz Nasfummel zog die feuchte Decke enger um die Schultern und starrte in die Dunkelheit. Was hatte dieser Zwerg am späten Abend gesagt, als sie alle um das Feuer saßen? Er selbst hatte versucht, seine Kleidung zu trocknen, die vom Sturz in das Wasserloch triefend nass war, und der Elf fing an, über das Wetter zu klagen.

„Jammert nicht über den Regen", hatte Theodil sich vernehmen lassen und an seiner Pfeife gezogen. „Auf dem Weg nach Cora-Lega werdet ihr euch noch nach Wasser sehnen."

Totenstille war eingekehrt. Ruckartig hatten sowohl Korbinian als auch Baldurion den Kopf hochgerissen und „Cora-Lega?" gefragt, während er, Ratz Nasfummel, seinen Kopf resigniert auf die Brust hatte sinken lassen.

Barella war wütend zischend aufgesprungen, hatte dem Zwerg einen vernichtenden Blick zugeworfen und sich anschließend wieder gesetzt.

„Es geht also um den Dämonenschatz?" Korbinian hatte nachgefragt und seine Halbschwester angesehen. Er suchte Bestätigung.

„Regel Nummer zwei", hatte diese halblaut geantwortet. „Keine Fragen!"

Das ist wieder mal typisch für mich. Ratz Nasfummel sprach den Gedanken laut weiter: „Warum muss ausgerechnet ich an eine völlig durchgeknallte Truppe geraten, die sich auf einer irren Todesmission befindet?" Niemand hatte ihm geantwortet, bis auf die dicke Zwergin.

„Ich habe von Anfang an gesagt, dass du in der Zelle bleiben sollst!"

Damit war die Diskussion beendet gewesen. Die Truppe hatte sich schweigend in die Decken gewickelt und war, nachdem die Elfe die Wachen eingeteilt hatte, eingeschlafen. Logischerweise musste Theodil die erste Wache übernehmen. To'nella bat darum, durchschlafen zu können, da sie in den letzten beiden Nächten nicht geschlafen hatte. Waltrude schlug vor, den Rest der Nacht unter ihm, Korbinian und Baldurion aufzuteilen. Da keiner gegenteilige Vorschläge machte – Korbinians Protest wurde natürlich ignoriert –, verfuhren sie so und nach zwei Stunden Schlaf hatte Theodil ihn geweckt.

Ratz sah sich die seltsame Truppe an, in die er da geraten war. So richtig gut leiden konnten sich wohl nur die Zwölfe und der, den sie als Magier bezeichneten, auch wenn es ihm im Moment nicht so gut ging. Waltrude spielte für die beiden ein wenig die Übermutter-Rolle. Allerdings schien sich unter ihrer sehr rauen Schale ein Herz zu verbergen, das aus reinstem Gold bestand. Wie Theodil und die Elfe in die Gruppe passten, hatte er auch schon erfahren. Warum aber beteiligten sich der Elf und der Mensch an diesem Unternehmen? Beide schienen über das eigentliche Ziel der Reise bis heute Abend im Unklaren gewesen zu sein. Seltsam.

Ein Knacken im Gebüsch ließ ihn herumfahren und in die Finsternis spähen. Nach einigen Minuten entspannte er sich wieder. Da war nichts. Wer sollte auch bei diesem Wetter durch den Sumpf spazieren? Er drehte sich erneut zu den Schlafenden, machte einen Schritt auf das Feuer zu und glitt im Schlamm aus. Schmerzhaft landete er auf seinem Gesäß. Verfluchte Ungeschicklichkeit! Nach zwei vergeblichen Versuchen, wieder aufzustehen, bei denen er sich rettungslos in seine Decke verhedderte, drehte er sich auf Knie und Hände und krabbelte einen Schritt nach vorn. Dann schmatzte es im Schlamm und direkt vor ihm setzte jemand einen Fuß in den Morast. Ein zweiter folgte. Fuß? Eher der Vater aller Füße. Dieses Körperteil war mindestens doppelt so breit, wie sein eige-

ner Fuß lang war. Nackte, grünliche Haut mit vereinzelten, schweine-
borstenähnlichen Haaren zierte den Riesentreter, gekrönt von dicken
Zehnägeln, gelb und krumm gewachsen. Ratz schluckte. Wieso war sein
Mund plötzlich so trocken? Ängstlich ließ er seinen Blick an den säulen-
förmigen Beinen nach oben wandern, erkannte noch einen ungeschlachten Körper und eine Keule, die sich mit viel zu großer Geschwindigkeit
seinem Gesicht näherte. Dann vernahm er mit allen Sinnen ein dumpfes
Knacken und gleichzeitig explodierten mehrere Millionen Sterne hinter
seiner Stirn, kurz bevor sich die absolute Dunkelheit über sein Gemüt
legte …

„Ratz! Hallo Ratz! Warum hast du mich nicht geweckt? Was ist mit dir?"
Irgendjemand schüttelte ihn an der Schulter. „Ach du meine Güte! Du
blutest ja! Und wieso ist dein Gesicht so geschwollen?"

Wieder wurde er geschüttelt. Langsam hob er die Augenlider. Der helle Fleck, den er erkannte, entpuppte sich nach und nach als das Gesicht
des Flötenspielers. Ratz hob seine Hand, tastete nach der Stirn und zuckte zurück.

„Du siehst ja aus, als wenn ein Graufant auf deinem Gesicht herumge-
trampelt wäre."

„Ein grüner Troll hat mich geschlagen", brachte er mühsam hervor.
„Mit einer Keule."

„Blödsinn! Es gibt keine grünen Trolle."

Plötzlich strampelte Ratz ganz aufgeregt, befreite sich aus Baldurions
Griff und setzte sich auf. „Die haben uns ausgeraubt." Er sah sich um.
Sein noch immer etwas verschwommener Blick huschte über den Lager-
platz. „Die haben mich überwältigt und uns dann ausgeraubt!"

Nein, ihr Gepäck lag noch genauso da, wie sie es am Abend verstaut
hatten. Und rund um das glimmende Feuer schliefen seine neuen Gefährten in aller Ruhe und im Glauben, sicher bewacht zu werden. Schwan-
kend stand er auf. Hatte er alles nur geträumt? War er in Wirklichkeit auf
einen Stein gefallen? Wieso sollte jemand die Wache eines Lagers zu-
sammenschlagen und dann nichts stehlen? Noch einmal flog sein Blick
kontrollierend über die Gepäckstücke jedes einzelnen.

Nein, da war alles an seinem Platz. To'nella hatte ihren Schultersack
an einen Wurzelvorsprung weit über ihren Köpfen gehängt, direkt neben
die von Bandath und Barella. Er selbst hatte, bis auf eine zerschlissene

Decke aus dem Kerker und dem eisenbeschlagenen Stab, kein Gepäck. Das war in irgendeinem finsteren Keller in Pilkristhal. Baldurion und Korbinian nutzten ihre Schultersäcke als Kopfkissen, während Theodil und Waltrude … Waltrude? Ihr Schlafplatz war leer.

„Hast du die Zwergin gesehen?", herrschte er Baldurion an.

„Die wird wohl irgendwo in der Dunkelheit ihre Notdurft verrichten. Was ist nur los mit dir?"

Ratz aber schüttelte endgültig Baldurions Hände ab. Mit wenigen Schritten eilte er zu To'nella, kniete nieder und berührte sie sacht und ehrfurchtsvoll an der Schulter.

„To'nella!"

Als hätte sie nicht geschlafen, schlug sie die Augen auf. „Wie siehst du denn aus?" Alarmiert sprang sie auf und hielt ein Messer in der Hand. „Was ist passiert?"

„Ein grüner Troll hat mir seine Keule in das Gesicht gedroschen. Als ich wach wurde, war Waltrude weg."

Allmählich erwachten die anderen durch die Unruhe, die Ratz verbreitete. Unwilliges Stöhnen, Forderungen nach mehr Schlaf und Fragen, was denn los sei, wurden laut. To'nella gebot Ruhe und ließ Ratz noch einmal genauer erzählen, was passiert war.

„Das war kein Troll", sagte sie dann. „Das war ein Oni."

„Was ist ein Oni?" Korbinian wickelte sich aus seiner Decke.

„Oni", übernahm Barella, „sind die Herren der Kowangi-Sümpfe und eher mit den Ogern als mit den Trollen verwandt. Sie leben in Hütten aus Holz und Lehm, die sie im Schutz der Mangrovenwurzeln errichten. Ihr Leben ist einfach, ihr Denken und ihre Sprache auch. Ich kann ihre Sprache ein wenig, da ich einmal … nun sagen wir *unfreiwilliger Gast* eines Stammes war, allerdings viel weiter westlich. Im Normalfall meiden sie Kontakt zu Leuten außerhalb der Sümpfe. Sie können aber auch sehr ungemütlich werden. Man weiß nie, woran man mit ihnen ist."

„Und warum sollen sie Waltrude gefangen haben?" Ratz sah die Zwelfe ratlos an.

„Weil die Zwergin für sie eine leichte Beute war", antwortete jetzt wieder To'nella.

„Aber warum ausgerechnet sie? Warum haben sie nicht mich mitgenommen? Immerhin hatten sie mich doch schon ohnmächtig geschlagen. Ich meine, das wäre für sie halbe Arbeit gewesen."

To'nellas Gesicht blieb ernst. „Es gibt nur zwei Gründe, die ich mir vorstellen kann. Einer davon hat damit zu tun, dass Waltrude von uns allen die … wie soll ich sagen? Sie hat …"

„Sie sagt selbst immer von sich", mischte sich Theodil ein, „dass sie ein fettes, altes Weib ist."

„Du meinst", kreischte Ratz entsetzt, „sie wollen die Zwergin fressen?"

„Die Gefahr besteht", bestätigte To'nella.

Ohne zu zögern raffte der Gaukler seine Decke zusammen, schnappte sich einen Holzstab und sah die anderen auffordernd an.

„Was ist? Wir müssen sie retten!"

„Sie hat nie auch nur ein gutes Wort zu dir gesagt", wandte Baldurion ein. „Wieso hast du es plötzlich so eilig?"

„Waltrudes Zunge, mein Freund, mag spitzer und schärfer sein, als so manch ein Elfenschwert. Und wenn sie mit einem redet, dann kann es schon mal passieren, dass sie ungerecht wird, vielleicht auch ein klein wenig unsachlich. Aber merke dir eines: Ihr Herz", Ratz legte seine Hand auf die Brust, dorthin, wo das Herz schlägt und wiederholte, „ihr Herz ist nicht mit Gold aufzuwiegen. Sie würde für die ihr Nahestehenden ihr letztes Hemd hingeben und wenn es nötig ist, bis zum Horizont laufen, um sie vor Schlimmem zu bewahren. Nicht einen von uns würde sie den Oni überlassen."

„Außer vielleicht einen gewissen Flötenspieler", murmelte Baldurion, aber keiner hörte ihn.

Barella musterte den Gaukler erstaunt. „Das hätte Bandath nicht besser sagen können. Und ja, du hast recht mit deiner Bemerkung. Aber wo willst du hin?" Sie wies in die Dunkelheit und den Regen außerhalb ihres durch die Mangrovenwurzeln geschützten Bereiches. „Wir würden nichts sehen."

Ratz ließ resigniert seine Decke fallen. „Ich könnte nicht einmal sagen, woher wir gekommen sind. Niemand wird den Spuren der Oni folgen können."

To'nella trat unter den Wurzeln heraus in den Regen und sah zum Himmel.

„In einer Stunde geht die Sonne auf. Wir sollten essen und trinken. Wenn es heller wird, folgen wir ihnen. Ich denke, Barella und ich können euch zu ihrem Dorf führen."

„Du scheinst dir auffällig wenig Sorgen um sie zu machen", versetzte Korbinian. „Nur zur Erinnerung: Es besteht die Gefahr, dass sie gefressen wird!"

„Nur zur Erinnerung: Wir können nichts sehen da draußen", fauchte die Elfe ihn an. „Und die Oni werden sie nicht gleich über das Feuer binden. Wenn, dann wird das Festmahl erst heute Abend stattfinden. Bis dahin sind wir allemal im Dorf und können sie freikaufen."

Sie setzte sich an das glimmende Feuer und legte vorsichtig einige Holzstückchen auf. „Setz dich!", fuhr sie den noch immer stehenden Elf an und murmelte: „Sorgen macht mir die zweite Möglichkeit, denn dann können wir sie nur schwer freikaufen."

„Und was ist die zweite Möglichkeit?"

Aber To'nella schwieg und blickte erstaunt auf. Vor ihr stand Bandath und streckte seine Hände über das Feuer, um sie zu wärmen.

„Ich ...", mühsam kamen die Worte über seine Lippen. „Ich habe ... Hunger."

Rulgo erwachte wie immer genau in dem Moment, in dem die Sonne aufging, die an diesem Morgen hinter einer Wolkenschicht verborgen lag. Auch die Sicht war eingeschränkt. Der permanente Wind trieb ihnen schräg nach unten fallende Regenfäden ins Gesicht. Trotzdem erhöhten Niesputz und der Troll ihr Marschtempo, um Dwego und Sokah folgen zu können. Oftmals erkannten sie den Laufdrachen und den weißen Leh-Muhr nur als verschwommene Schemen irgendwo weit vor sich. Dann flog Niesputz voraus und versuchte, die zwei Tiere zu bremsen. Es war, als würden diese genau wissen, wo sich Bandath und Barella befanden. Nicht ein einziges Mal irrten sie, liefen keine Bögen, eilten im Gegenteil schnurstracks geradeaus über Hügel, ließen lichte Baumgruppen hinter sich, durchquerten ein Dorf, dessen wenige Bewohner erschrocken zur Seite sprangen, rannten Wasser aufspritzend durch riesige Pfützen, sprangen über Bäche und näherten sich am Nachmittag einem dichten Wald riesiger Bäume.

„Ein Mangroven-Sumpf", bemerkte Niesputz.

Rulgo blieb stehen und musterte die gewaltigen Bäume erstaunt. „Ich kenne wirklich große Bäume, zu Hause in den Bergen. Aber so etwas habe ich noch nie gesehen." Langsam glitt sein Blick über die Stämme, versuchte die riesigen Dimensionen der Mangroven zu erfassen. „Bei den

spitzohrigsten Haudegen, die ich aus dem Volk der Langbeine kenne, das hier müssen die Mütter aller Bäume sein!"

Niesputz wies auf die beiden Tiere, die aufgeregt unter einer der Mangroven herumschnüffelten. „Was haben die?"

Plötzlich richtete sich Dwego auf und fauchte angriffslustig. Dabei starrte er in die Dämmerung des Sumpfes. Niesputz surrte zu ihnen.

„Ein Lagerplatz", rief er Rulgo zu. Langsam näherte sich der Troll. „Sie waren hier!", schallte es ihm entgegen.

Rulgo betrachtete den Platz, ohne sich unter den Baum zu begeben. Dabei fiel ihm eine Kerbe in der Rinde einer Wurzel auf, die sich in unmittelbarer Nähe aus dem Schlamm reckte und über ihm im Grau des Regens als mächtiger Stamm verschwand. Er trat näher und kratzte mit dem Fingernagel in der Scharte. Es dauerte nicht lange und er zog ein kleines Holzstück aus der Rinde, glatt und gerade, mit einem Messer beschnitten.

„Eh, Fliegenmann, komm mal her!" Niesputz surrte heran und blickte auf das Fundstück.

„Da steht *Cora-Lega* drauf!", las das Ährchen-Knörgi fassungslos die Buchstaben vor, die jemand in das Holz geschnitzt hatte.

„Ich bin zwar ein Troll, aber ich kann trotzdem lesen. Das habe ich diesen eingebildeten Spitzohren auch schon sagen müssen."

„Weißt du aber auch, was das heißt?"

Der Troll nickte. „Da wir wissen, wo es hingeht, ist diese Nachricht nicht für uns bestimmt."

„Sie haben einen Verräter unter sich!"

Das Dorf der Oni war so groß, dass es die Höhlen dreier Mangroven umfasste. Dörfer dieser Größe gab es selten, erklärte To'nella ihnen, als sie hinter einem Busch auf etwas hockten, dass die Elfe, als *trockenen Platz* beschrieben hatte. Trockener Platz hieß hier im Sumpf, dass sie nicht weiter als bis zu den Knien im Wasser standen – außer Ratz, der langsam versank und dabei ein leidendes Gesicht zog.

„Kann mir nicht wenigstens irgendeiner von euch helfen?", jammerte er leise.

„Jetzt nicht", wehrte To'nella ab. „Halt dich an einem Ast fest, dann sinkst du langsamer."

200

Aber die Diskussion wurde abrupt unterbrochen, als es vernehmlich grunzte. Die Gruppe schoss herum und gewahrte vier Oni, die mit schlagbereiten Keulen hinter ihnen standen. Sofort wurden Schwerter und Messer gezogen, Pfeile auf Bögen gelegt und Theodil schwang drohend die Axt.

Die Oni kannten solche Waffen scheinbar, denn vom energischen Widerstand ihrer Gegner überrascht, zogen sie sich zwei Schritte zurück und grunzten erneut, ratlos dieses Mal. Einer von ihnen sagte etwas. Die Worte klangen kehlig und undeutlich.

„Sie wollen wissen, wer wir sind", übersetzte Barella.

„Sag ihnen", entgegnete To'nella, „dass wir ohne feindliche Absichten den Fluss überqueren wollen. Unser Ziel sind die Berge."

Barella sprach. Ihrer Kehle entrangen sich die grunzenden Laute nur widerwillig.

„Irgendwann wirst du mir erklären müssen, wie du die Sprache der Oni gelernt hast", flüsterte Bandath ihr zu. Seit dem frühen Morgen ging es ihm auffallend besser. Nur Magie weben konnte er nach wie vor nicht mehr.

„Sie sagen", übersetzte Barella erneut die Worte des Oni, „wir sollen weiterziehen. Der Weg zu den Bergen führt an ihrem Dorf vorbei."

Dann sagte sie selbst ein paar Worte, wartete die Entgegnung des Oni ab und schüttelte völlig verwirrt den Kopf.

„Ich habe ihnen gesagt, dass wir eine unserer Gefährtinnen suchen. Daraufhin sagte er, sie sei nicht länger unsere Gefährtin, sondern werde etwas, was ich nicht verstanden habe. Ich glaube, es hat mit ihrem Häuptling zu tun."

„Sie wird wahrscheinlich sein Festmahl heute Abend", knurrte Korbinian.

„Nein", widersprach Barella. „Das war es auf jeden Fall nicht."

„Scheiße!", entfuhr es To'nella. „Die zweite Möglichkeit."

„Du hast uns immer noch nicht gesagt, was die zweite Möglichkeit ist", drängte der Elf.

To'nella sah ins Dorf. „Wenn sie sie hätten fressen wollen, könnten wir sie auslösen. So aber wird es wohl nicht möglich sein."

„Und warum nicht?" Korbinians Stimme klang ungeduldig.

„Weil der Häuptling sie zu seiner Frau nehmen wird. Und wir müssten ihm einen gleichwertigen Ersatz anbieten. Willst du das sein?"

Die Miene des Elfen sah aus, als könne er nur mit Mühe das Lachen zurückhalten. „Der Oni-Häuptling will unsere Waltrude heiraten? Toll. Ich liebe Hochzeiten. Schwesterlein, sag diesen wilden Kriegern hier: Wir sind die Familie ihrer künftigen Herrscherin und wollen an der Feier teilnehmen. Ich will mir doch nicht entgehen lassen, wenn unsere zarte Zwergendame dem Häuptling ihr Ja-Wort in das grüne Ohr haucht."

„Nenn mich nicht *Schwesterlein*! Und warum sollte ich ihm das sagen?"

„Wir wollen doch die gute Waltrude nicht den groben Fingern der Oni überlassen, oder? Ich meine, deshalb sind wir doch hergekommen. Was kann uns also Besseres passieren, als in das Dorf dieser Grünlinge eingeladen zu werden."

Barella musterte ihren Halbbruder. Sie ahnte, dass er irgendeinen Plan hatte, wusste aber nicht, in welche Richtung seine Gedanken gingen. Und er schien nicht vorzuhaben, sie einzuweihen. Im Gegenteil: Korbinian sonnte sich in seiner Idee, amüsierte sich köstlich über die Situation, in der sich Waltrude befand und schwieg. Erst als To'nella fast unmerklich nickte, übersetzte Barella den wartenden Oni die Worte. Diese berieten sich leise, dann zuckte der Wortführer mit seinen Schultern und wies auf das Dorf. Die Gruppe steckte die Waffen weg. Flankiert von den Wärtern begaben sie sich entlang des schmalen Pfades zu den Mangroven, unter denen die Hütten standen, ihre Pferde hinter sich her führend. Ratz wurde von einem der Oni mit einem kräftigen Zug am Aufschlag seiner Jacke aus dem Sumpfloch gezerrt. Der Oni musterte den Gaukler, dann wippte er mit der Keule und grinste breit.

„Du?", entfuhr es Ratz. „Du hast mich niedergeschlagen?"

Als hätte er den Mensch verstanden, grunzte der Oni bestätigend und legte ein noch breiteres Grinsen an den Tag. Mit einer einladenden Geste forderte er Ratz auf, den anderen zu folgen.

Im Dorf schienen die Hochzeitsvorbereitungen in vollem Gange zu sein. Oni eilten geschäftig zwischen den Hütten umher und schmückten sie. Jede Aktivität aber wurde unterbrochen, als die vier Oni mit ihren „Gästen" zwischen den Mangrovenwurzeln erschienen.

„Irgendwie habe ich das Gefühl, schon wieder ein Gefangener zu sein", flüsterte Theodil den anderen zu.

„Kann ich nachvollziehen." Baldurion lief hinter ihm und sah sich aufmerksam um. „Wenn wir uns den Weg frei schlagen müssen, könnten wir Probleme kriegen." Er wies auf die große Menge Oni, die sich rund um sie sammelte und mit ihnen durch das Dorf zog. Laut grunzend tauschten sie ihre Meinung über diese seltsamen Gäste aus, von denen der Größte ihnen gerade bis zur Brust reichte. Ziel des Umzuges war eine bunt geschmückte Hütte im Zentrum. Vor ihrer Tür standen zwei bewaffnete Oni und aus dem Inneren erklang Waltrudes laute Stimme.

„Mach mich los, sag ich! Ich werde diese Klamotten nicht tragen. Mach mich los oder ich lege dir dein ganzes Dorf in Schutt und Asche!"

„Ob sie wirklich unsere Hilfe braucht?", fragte Bandath leise und Barella registrierte mit großer Erleichterung den Anflug eines Lächelns um seine Mundwinkel. Dankbar drückte sie ihm die Hand.

„Wie geht es dir?"

Bandath nickte. „Ich habe das Gefühl, als würde ich aus einem tiefen, klebrigen Sumpf auftauchen. Die haben irgendetwas mit mir gemacht. Es ist, als würdest du sprechen wollen und dir fehlten plötzlich die Worte, obwohl du weißt, dass es sie gibt."

Barella verstand.

Aus der Tür der Hütte trat ein mit Federn und vielen bunten Ketten geschmückter Oni. Er war größer und muskulöser als alle anderen. Der Wortführer der Wache erklärte, was vorgefallen war. Daraufhin musterte der Häuptling die Reisenden und grunzte ein paar Worte.

„Er will wissen", übersetzte Barella, „warum wir mit Waffen zu seiner Hochzeit kommen."

„Die Berge hinter den Wäldern der Oni sind das Ziel unserer Reise. Es ist ein gefährliches Land. Wir müssen uns dort vielleicht verteidigen. Unsere Waffen haben nichts mit den Oni zu tun", sagte To'nella.

Der Oni kratzte sich am Kopf, nachdem die Zwelfe ihm To'nellas Worte übersetzt hatte und grunzte erneut. Barella fragte zweimal nach, bevor sie ihren Gefährten erklärte: „Ich hoffe, ich habe alles richtig verstanden. Jetzt wird es kompliziert: Er fragt, wieso wir sagen, wir wollten in die Berge und warum wir seiner Wache erzählt hätten, wir wollten zur Hochzeit des Häuptlings kommen. Für ihn ist das ein Widerspruch und für mich auch." Sie sah Korbinian an. „Jetzt haben wir den Salat. Du und dein dämliches Gequatsche!"

„Nein, nein. Lass mich mal", beschwichtigte der Elf. „Sag ihm, wir waren auf dem Weg in die Berge, Verwandte besuchen. Erklär ihm außerdem, dass wir unterwegs Waltrude verheiraten wollten und uns sehr freuen, schon so früh einen Bräutigam für sie gefunden zu haben. Natürlich müssen wir nach der Hochzeit weiterziehen und erbitten von dem Häuptling die Erlaubnis, sein Land zu durchqueren."

„Was hast du vor?", zischte die Zwelfe.

Korbinian grinste seine Schwester selbstzufrieden an. „Regel Nummer zwei: Keine Fragen! Lass mich machen und übersetze, was ich gesagt habe."

Barella erklärte dem Häuptling Korbinians Worte und der wies seine Leute an, die Gäste in eine Hütte zu begleiten. Sie würden bei Sonnenuntergang geholt werden, wenn die Zeremonie begann. Ihre Pferde wurden in ein Gatter am Dorfrand gebracht. Sowohl vor der Hütte als auch bei den Pferden postierten sich bewaffnete Oni.

Theodil stand am Eingang und sah nach draußen. „Sie trauen uns nicht."

„Würdest du uns trauen?" Korbinian war der Einzige, der sich auf das einigermaßen trockene Heu gelegt hatte, dass in einer Ecke der Hütte aufgetürmt war. Er hatte die Hände hinter dem Kopf verschränkt und die Augen geschlossen.

„Ich meine, habt ihr Waltrude gehört? Wenn die Braut so lärmt, würdet ihr dann ihre Verwandtschaft einfach so in euer Haus bitten, noch dazu, wenn diese mit Schwert und Bogen am Dorfrand aufgegriffen wird, während sie die Siedlung ausspioniert?" Er gähnte. „Also, ich hätte meine Probleme mit einer solchen Verwandtschaft. Elfen sind ja auch von Natur aus misstrauisch, wie mir mal ein grauhäutiger Verwandter der Grünlinge da draußen unter die Nase rieb."

„Die Trolle sind nicht mit den Oni verwandt", korrigierte ihn To'nella.

Korbinian zuckte gleichmütig die Schultern und lächelte mit geschlossenen Augen versonnen vor sich hin.

„Was, bei Waltrudes ranziger Schmierkrötersuppe, heckst du aus?", fragte Barella.

„Schlafen", antwortete Korbinian. „Ach – und unternehmt bitte nichts in Richtung Fluchtversuch oder Befreiungsaktion. Ihr würdet meinen guten Plan zerstören."

Er genoss es sichtlich, eine Idee zu haben und die anderen im Unklaren darüber zu lassen. Bald schon kündeten tiefe Atemzüge davon, dass er wirklich schlief.

Die Gefährten saßen oder standen ratlos in der Hütte herum, bis Barella die Wächter nach einem Feuer fragte. Daraufhin brachten diese ihnen getrockneten Dung, den Theodil entzündete. An den knisternden Flammen trockneten sie ihre Kleider so gut es ihnen möglich war.

Bandath und Barella kamen jetzt endlich dazu, To'nella die Grüße ihrer Eltern auszurichten und der Elfe deren Brief zu übergeben.

„Dein Vater wäre stolz auf dich, wenn er erführe, was du getan hast", sagte Bandath, während sie den Brief las.

Später in diesen Stunden des Wartens nahm der Zwergling das erste Mal seit langer Zeit wieder das Dokument hervor, dass sie in Konulan aus der Bibliothek gestohlen hatten. Ratlos starrte er auf das Ende des Dokumentes.

„W", sagte er. „*Dagegen hilft nur W...!* Was heißt dieses W?"

„Was für ein W?" Baldurion rückte näher. Auch die anderen hoben die Köpfe.

„Als die Magier von Go-Ran-Goh mir die Fähigkeit nahmen, Magie zu wirken und die Blockade ins Hirn pflanzten ...", er stockte und seine Stimme zitterte. Barella legte ihm die Hand aufs Knie. Der Zwergling sah seine Gefährtin dankbar an, atmete tief durch und fuhr fort: „... da gelang mir ein kurzer Blick in einen Bereich ihrer Pläne, den sie eigentlich vor mir verbergen wollten. In der Todeswüste hat sich ein viele tausend Jahre alter Fluch erhoben. Ein Fluch, dessen Magie mächtiger ist, als alles, was man auf Go-Ran-Goh kennt. Anstatt nun all ihr Können einzusetzen, um diesen Fluch zu bekämpfen, haben die Magier des Inneren Ringes vor, sich die magische Kraft dieses Fluches zunutze zu machen, selbst auf die Gefahr hin, das Leben vieler Unschuldiger zu riskieren."

Bandath griff nach einem Wasserschlauch und trank einen tiefen Schluck. Noch immer fiel es ihm schwer, seine Gedanken zu ordnen. Er sprach, als würde er jedes einzelne Wort erst in seinem Hirn suchen müssen, bevor er es auf den Weg zur Zunge schickte.

„Ich fühlte mich wie eingesperrt in meinem Körper, nahm kaum wahr, was geschah. Worte, Gestalten und Ereignisse drangen zu mir, als müssten sie zuvor durch dichten Nebel und wurden dadurch unwichtig. Einzig Barella und später Waltrude konnte ich problemlos erkennen. Als ich dann heute früh durch Barella spürte, dass Waltrude in Gefahr war, wirkte das wie ein warmer Wind auf einen zugefrorenen See. Das Eis brach und ich tauchte gleichsam an meine eigene Oberfläche auf. In diesem Moment wurde mir bewusst, dass mich die Magier nicht nur entwaffnen wollten, indem sie mir die Magie nahmen. Nein, sie griffen mein Gehirn an, indem sie mir meine Erinnerungen und die Fähigkeit nehmen wollten, mit meinen Freunden zu reden. Beinahe hätte es auch geklappt. Sie haben nur nicht damit gerechnet, dass es Waltrude und Barella gibt, die auf Grund ihrer besonderen Beziehung zu mir das Eis durchbrechen konnten." Wieder trank er einen Schluck.

„Bleibt unser zweites Problem: Waltrude und der Oni-Häuptling." Er sah zu dem schlafenden Korbinian. „Unser Elf scheint sich seiner Sache sehr sicher. Machen wir zur Abwechslung mal etwas, was wir bisher noch nicht getan haben: Vertrauen wir ihm."

Dann hielt er das Pergament hoch. „Der Innere Ring verstößt gegen einen der Kerngrundsätze der Magier, der da sagt: Keinem denkenden Wesen soll durch die Anwendung von Magie Schaden entstehen. Magie ist dazu da, denkenden und fühlenden Wesen zu helfen. Dadurch, dass sie versuchen, die Kraft dieses Fluches aus der Wüste für sich zu nutzen, riskieren sie das Leben Unschuldiger.

Der Fluch muss bekämpft werden, und die Lösung dazu habe ich hier", er wedelte mit dem Papier, „und hier." Jetzt griff er in seinen Schultersack und holte den Lese-Kristall heraus, in dem das Dokument aus der Bibliothek von Go-Ran-Goh gespeichert war.

„Und?" Theodil beugte sich gespannt nach vorn. „Wie sieht diese Lösung aus?"

Bandath ließ beide Gegenstände sinken. „Ich weiß es nicht. Das Pergament endet an der wichtigsten Stelle und im Lese-Kristall ist eine Seite gespeichert, die ich nicht übersetzen kann, weil ich die Sprache nicht kenne." Er schwieg einen Moment. „Und außerdem fehlt mir die Magie, um diese Seite wieder sichtbar werden zu lassen."

„Und was werden wir jetzt machen?", fragte Theodil.

„Wir holen Waltrude hier raus. Danach gehe ich in den Süden", sagte Bandath. „Ich muss wissen, was genau der Innere Ring vorhat. Wenn möglich, sollte es verhindert werden. Der Fluch aus der Wüste darf nicht in die Hand von Magiern geraten, das spüre ich."

Bandath atmete tief durch. „Für euch, meine Freunde, ist die Reise hier zu Ende. Ihr kehrt zurück nach Neu-Drachenfurt, nach Pilkristhal oder Konulan", er sah To'nella an, „oder wohin auch immer." Sein Blick ruhte einen Moment auf Ratz und Baldurion. Dann packte er sowohl das Dokument als auch den Lese-Kristall wieder sorgfältig in seinen Schultersack. „Ich kann von euch nicht verlangen, mich auf dieser gefährlichen Mission zu begleiten."

Barella nickte. „Sicherlich. Ganz bestimmt werde ich nach Neu-Drachenfurt zurückkehren. Ich werde mich in unser Haus an den Kamin setzen und mit dem Essen auf dich warten, während ich mir die Zeit bei einem netten Gespräch mit Waltrude vertreibe, die Staub wischt. Vielleicht stricke ich dir auch einen Schal zwischendurch. Und Theodil wird draußen Holz für den Kamin hacken." Sie schüttelte den Kopf. „Sonst hast du keine klugen Ideen mehr auf Lager? Die Magier müssen deinem Hirn mehr geschadet haben, als ich dachte." Sie warf das Messer, mit dem sie an einem Holzstück geschnitzt hatte, so, dass es in der Nähe des Feuers in der Erde stecken blieb. „Vergiss diese Idee einfach. Ich bleibe bei dir."

Theodil nahm seine Axt und legte sie so vor sich, dass sie Barellas Messer fast berührte. „Die Schatzsuche wurde zu einem gefährlichen Abenteuer. Was meinst du, warum ich hier bin? Wenn du denkst, du kannst mich in meine warme Stube schicken, dann kennst du mich nicht. Ich bleibe!"

„Ich habe euch nicht aus dem Kerker geholt", ergänzte To'nella und steckte ihr Schwert neben den beiden Waffen in die Erde, „um mich bei der ersten sich bietenden Gelegenheit hinter dem Rockzipfel meiner Mutter zu verkriechen. Ich bin dabei!"

Ratz betrachtete skeptisch seinen eisenbeschlagenen Stab. „Ihr seid die ersten, die mich akzeptieren wie ich bin. Ihr habt mich aus dem Kerker geholt und nicht vor Pilkristhal stehengelassen, obwohl ihr mich nicht kanntet. Wenn ich etwas tun kann, im Rahmen meiner Möglichkeiten, dann will ich dazu beitragen, euer Problem zu lösen." Er warf seinen Stock zu den Waffen. Der Stab polterte auf die Axt, sprang wieder hoch und traf Barella am Knie. Sie grinste schief und rieb sich verstohlen das Bein.

„Wenn Waltrude hier wäre, würde sie sicherlich ihre große Bratpfanne in die Runde schmeißen und dir mindestens eine Stunde lang erklären, warum du nicht alleine gehen kannst", sagte sie zu Bandath.

Korbinian trat zur Runde hinzu. „Bei eurem Gequatsche kann ja niemand schlafen." Er zog sein Schwert und steckte es in die Erde neben To'nellas Schwert. „Cora-Lega? Nicht ohne mich, Schwager!"

„Woher dieser plötzliche Familiensinn?" Bandath sah den Elfen an.

„Ich mag ein Spieler sein, der gern und oft in Schwierigkeiten steckt. Und vielleicht hat ja meine hübsche Schwester recht, wenn sie mich einen Tunichtgut nennt. Aber wenn mir etwas gegen den Strich geht, sind es Leute, die sich selbst auf Kosten anderer skrupellos bereichern wollen. Sei es an Gold oder an Macht – und darum geht es dem Inneren Ring wohl." Er hob den Finger und sah Barella an: „Und, *Schwesterlein*, bevor du etwas sagst, ich persönlich glaube nicht an den Schatz von Cora-Lega. Ein paar Goldmünzen beim Kartenspiel gewonnen sind bedeutend realer als so eine alte Sage."

Ein Oni betrat die Hütte und grunzte. Barella erhob sich und griff nach ihrem Messer. „Du hättest deinen Schönheitsschlaf sowieso beenden müssen, *Brüderchen*. Wir sollen mitkommen. Es scheint, dass Waltrude jetzt gleich heiraten soll."

Korbinian nahm sein Schwert wieder an sich, schob es in die Scheide und klatschte in seine Hände. „Eine Hochzeit. Ich freu mich so. Es wird Musik und Tanz geben, weinende Mütter, Essen und Trinken und jede Menge süße, wohl gebaute, grüne Brautjungfern."

Bandath grinste und erhob sich. Auch Barella konnte sich ein Lächeln nicht verkneifen, als sie dem Oni folgte. Der Rest der Gruppe schloss sich ihnen an.

An den senkrecht aus der Erde ragenden Wurzeln der Mangrove brannten, rund um das Dorf verteilt, mehrere kleinere Feuer. Auf dem zentralen Platz, genau vor der Hütte des Häuptlings, loderte ein großer Haufen Holz. Das Licht riss die Gestalten der Oni, die sich um die Flammensäule gesammelt hatten, aus der Dunkelheit des Abends. Alle hatten sich mit verschiedenen Blumen und bunten Stoffen geschmückt und zeigten, wenn man das ihren Gesichtern entnehmen konnte, freudige Erregung. Immerhin würde ja ihr Häuptling heiraten. Dieser saß auf einem aus Zweigen geflochtenen Thron und war vor Schmuck und Farbe kaum zu erkennen. Nur sein ungeschminktes Gesicht schaute aus diesem Wust von Stoffen, Federn und Fellen hervor und war, im Gegensatz zu denen seiner Stammesangehörigen, nicht im Geringsten freudig erregt. Eher schien seine Miene das Gegenteil auszusagen und passte auch viel besser zu Waltrudes schimpfender Stimme, die laut und kräftig aus seiner Hütte ertönte.

„Wenn ihr denkt, ich lass mich auf diesen Spaß ein, dann habt ihr euch geschnitten! Bei den steinernen Hallen meiner Vorväter, was soll das hier werden? Eine Hochzeit? Warum schmückt ihr mich mit diesem Tand? Und wer soll der Bräutigam sein? Doch nicht etwa dieser zu klein geratene Drummel-Drachen-Ableger dort draußen? Gebt mir eine Kelle und ich verarbeite euer ganzes, armseliges Dorf zu Kleinholz!"

„Ich glaube", Korbinian schmunzelte, als er sich zu Bandath und Barella beugte, „die hat seit heute Nachmittag nicht mehr aufgehört zu schimpfen. Wo nimmt die nur die Luft dazu her?"

„Oh, glaube mir", sagte Bandath im Brustton tiefster Überzeugung, „wenn Waltrude wettern möchte, dann hat sie Luft, sehr viel Luft sogar."

Irgendwo im Hintergrund begannen Oni mit Holzkeulen auf hohle Baumstämme zu schlagen. Sowohl Waltrudes Schimpfen als auch das erwartungsfrohe Gemurmel der Oni verstummte. Dumpf hämmerten die Rhythmen in ihren Mägen, dröhnten durch den Mangrovenwald und scheuchten Vogelschwärme auf, die schrill kreischend Kreise um die Mangroven zogen. Eine Verständigung war nicht möglich. Immer schneller hieben die Musikanten auf ihre Instrumente ein und verstummten dann plötzlich. Aus der Menge löste sich ein Oni, trat vor und begann zu grunzen.

„Er ist so etwas wie ein Schamane, ein Zauberpriester", erklärte Barella halblaut. „Er sagt, dass der Häuptling mit seiner neuen Frau eine alte Tradition wahrnimmt, die wohl darin besteht, zehn Frauen aus dem eigenen Dorf und eine Frau aus einem anderen Dorf in seiner Hütte zu halten."

„Das hört sich ja an, als würden wir darüber reden, wie viele Hunde wir halten", mokierte sich Theodil.

Der Oni rief etwas und die Tür hinter dem Häuptling öffnete sich. Gehalten von vier Oni-Frauen wurde Waltrude herausgeführt und zu ihrem zukünftigen Gemahl geleitet. Die Augen der Zwergin wurden groß, als sie ihre Gefährten im Kreis der Dorfbewohner stehen sah. Sie schwieg jedoch, da sie ahnte, dass ihre Freunde sie aus dieser verfänglichen Situation herausholen wollten. Waltrude wurde neben den Sitz des noch immer grimmig dreinblickenden Häuptlings gestellt. Die vier Oni-Frauen, wahrscheinlich Ehefrauen des zukünftigen Bräutigams, blieben neben ihr

stehen, wie um zu verhindern, dass die Braut im letzten Moment fliehen konnte.

Der Trommelwirbel setzte wieder ein.

Niesputz lauschte auf die aus der Ferne heranziehenden, dröhnenden Rhythmen.

„Schade. Dort feiert jemand und ich bin nicht dabei. Hoffentlich gibt es zu dem Fest nicht einen Schmaus aus Zwergenragout, einen Elfenauflauf oder gar Zwergling am Spieß." Er sah zum schlafenden Troll hinüber. „So ein Muskelprotz kann ja unter Umständen ganz nützlich sein, sein nächtliches Geschnarche hält einen flinken Gesellen wie mich aber meistens auf."

Neben Rulgo standen der Laufdrache und sein weißgefiederter Gefährte. Niesputz surrte zu Dwego.

„Pass auf, mein zahnbewehrter Freund. Dieses Getrommel beunruhigt mich ein wenig. Ich flieg los und schaue nach, ob sich der Zauberer wieder mal in Schwierigkeiten gebracht hat. Du passt zusammen mit deinem stummelflügeligen Kumpan schön auf unseren schlummernden Fleischklops hier auf. Klar?"

Dwego schnaubte, als hätte er das Ährchen-Knörgi verstanden. Grüne Funken versprühend verschwand dieses in der Dunkelheit des Mangrovenwaldes.

Die Rhythmen der Hiebe auf die Baumstämme änderten sich, wurden schneller, heftiger und brachen erneut mit einem letzten, dröhnenden Trommelwirbel ab. Wieder redete der Oni-Schamane.

„Ich verstehe nicht alles", sagte Barella. „Aber es scheint so zu sein, dass dem Häuptling eine Frau gestorben ist. Und nach der traditionsgemäß vorgeschriebenen Trauerzeit hat der Schamane jetzt Waltrude für den Häuptling ausgesucht. Die legen hier wahrscheinlich viel Wert auf solche Traditionen. Der Priester benutzt dieses Wort sehr oft."

„Das trifft sich gut", murmelte Korbinian, während Barella den Ausführungen des Oni lauschte.

„Er will nun zur Trauungszeremonie schreiten." Barella sah ihren Bruder drängend an. „Ich denke, jetzt ist der richtige Zeitpunkt gekommen, deinen Wie-auch-immer-Plan in die Tat umzusetzen."

Korbinian nickte und trat ein paar Schritte nach vorn, heraus aus dem Kreis seiner Gefährten. Der Schamane verstummte und sah den Elfen erstaunt an. Dann grunzte er wütend. Der Häuptling hob beschwichtigend die Hand und antwortete. Es entstand ein kurzer, aber heftiger Wortwechsel. Barella trat neben Korbinian und flüsterte: „Es scheint, als ob es ein paar Meinungsverschiedenheiten zwischen dem Priester und dem Häuptling gibt, was die Hochzeit angeht. Der Ober-Oni ist wohl nicht so mit der Brautwahl zufrieden, kann aber nicht wirklich dagegen sein, weil die Wahl der Braut traditionsgemäß dem Schamanen obliegt."

„Übersetze bitte möglichst wortgetreu, was ich jetzt sage", flüsterte Korbinian, um dann laut zu rufen.

„Volk der Oni." Der Streit zwischen Häuptling und Priester brach ab, bevor Barella übersetzt hatte.

„Tapferes Volk der Oni! Wir sind glücklich, in dieser schönen Stunde an eurer Seite zu sein. Der Ruf eures Mutes und eurer Furchtlosigkeit dringt bis weit in unsere Dörfer und nicht umsonst haben wir genau diesen Weg gewählt."

Der Schamane stieß einen aufgebrachten Laut aus.

„Was willst du?", übersetzte Barella.

„Sag ihm, es ist Tradition bei uns, dass bei einer Hochzeit ein Mitglied der Familie der Braut eine Rede hält."

„Du gehörst nicht zur Familie der Braut, sagt der Schamane. Du bist ein Elf, sie eine Zwergin."

„Wer hätte gedacht, Schwesterlein, dass der kleine Fehltritt unseres Vaters vor vielen Jahren Waltrude heute vor einer Ehe bewahren wird? Sag ihm bitte, dass du meine Schwester bist."

Barella übersetzte und die Oni fingen an zu lachen, tief und dröhnend.

„Oni sind von Natur aus misstrauisch, genau wie Trolle", murmelte Korbinian und winkte den Schamanen zu sich. Argwöhnisch kam dieser näher. Der Elf öffnete sein Hemd und zeigte dem Priester ein handflächengroßes Muttermal in Form eines Schmetterlings unter dem linken Schlüsselbein. Ohne dazu aufgefordert zu werden, öffnete auch Barella ihr Hemd ein wenig. Der Oni grunzte und drehte sich zum Häuptling um.

„Er sagt, dass wir dieselbe Zeichnung auf der Haut haben."

Korbinian nickte. „Jaja, Papa war in der Weitergabe bestimmter Merkmale sehr freigiebig." Dann wandte er sich wieder an den Schamanen.

„Meine Schwester ist mit dem bartlosen Zwerg verheiratet."

„Wir sind nicht verheiratet!", fauchte Barella.

„Das interessiert jetzt nicht. Übersetze!" Er wartete, bis Barella fertig war.

„Die Braut des tapferen Oni-Häuptlings ist die Mutter dieses Zwerges. Frag den Schamanen bitte, ob das Verwandtschaft genug ist und ich jetzt endlich, gemäß unserer Tradition, meine Rede halten darf. Und betone bitte noch einmal, dass das zu *unseren* Bräuchen gehört."

Ergeben nickte der Oni, als Barella fertig war.

„Du sollst reden, sagt er."

Korbinian stellte sich in Positur, hob beide Arme und begann erneut.

„Liebes Volk der Oni. Erzählungen von eurer Tapferkeit dringen weit über die Grenzen der Kowangi-Mangrovenwälder hinaus bis in unsere Dörfer an den Hängen der Drummel-Drachen-Berge. Als die Zeit gekommen war, der tapfersten und berühmtesten Mutter unseres Volkes einen neuen Ehemann zu suchen, begaben wir uns zielgerichtet hierher …"

„Du sollst mich hier herausholen", zischte Waltrude, „nicht verkuppeln!"

„… denn wir wussten, dass nur hier ein Mann zu finden ist, der mutig genug sein könnte, unsere Zwergin zu heiraten. Ihn würde weder die große Schar ihrer Kinder abschrecken, noch ihre Lebenserfahrung, ihr Durchsetzungsvermögen oder gar ihre Krankheit."

Die letzten Worte hatte er wie nebenbei in den Satz eingeflochten.

„Welche Krankheit?", zischte Barella.

„Übersetze!", antwortete ihr Bruder.

„Welche Krankheit?", fragte Waltrude im selben Moment.

Der Häuptling und der Schamane knurrten.

„Sie wollen wissen, welche Krankheit", übersetzte die Zwelfe.

„Oh, nichts, was einem tapferen Krieger Angst machen müsste. Sag ihnen, all die Männer, die es in Waltrudes Leben vor dem Häuptling schon gegeben hat, waren tapfer, aber keiner hatte solch einen Mut wie der Häuptling. Er wird es schaffen."

„Was schaffen?"

„Könntest du dich bitte auf das Übersetzen konzentrieren!"

Barella schnaufte und übersetzte.

„Viele Männer? Wenn wir hier rauskommen, Elf, werden wir beide ein paar ernste Worte miteinander reden müssen." Waltrudes Gesicht war vor Wut puterrot angelaufen.

„Der Häuptling fragt, was er schaffen soll. Und du hättest seine Frage nach der Krankheit nicht beantwortet."

„Die Braut selbst hat keine Krankheit. Sieh sie dir doch an, Häuptling. Sie ist drall und gesund ..."

„Drall?" Waltrudes Wut kannte fast keine Grenzen mehr, ihre Stimme kippte.

Der Häuptling sprang auf, warf dabei den größten Teil seines Schmuckes von sich und stapfte wütend auf den Elfen los. Dieser blieb gelassen stehen, Barella jedoch wich zwei Schritt zurück.

„Er will jetzt sehr nachdrücklich von dir wissen, was es mit dieser Krankheit auf sich hat, Korbinian."

„Das sehe ich. Sag ihm, es ist wirklich nichts Schlimmes. Sämtliche Ehemänner sind gestorben, nachdem sie Waltrude geheiratet hätten."

Barella übersetzte und Totenstille trat ein. Alle Bewegungen erstarben und sogar das Prasseln des Feuers sank zu einem leisen Hintergrundgeräusch herab. Dann holte der Häuptling tief Luft und krächzte.

„Er will wissen, wie viele das waren und woran sie gestorben sind."

„Dreiundzwanzig! Sie haben ..."

„Dreiundzwanzig?", schrie Waltrude mit sich überschlagender Stimme. „Hol mich hier raus und ich werde dich in dreiundzwanzig kleinen Teilen an die erstbesten Gargyle verfüttern, die ich finde!"

Korbinian räusperte sich und setzte erneut an: „Sie haben noch eine ganze Weile gelebt, es ist ja nicht so, dass sie sofort gestorben wären. Es hat Waltrude auch nicht gestört, dass sie ihre Manneskraft verloren haben. Und sie hat ihre Männer auch gut gepflegt, die ganzen Jahre, als sie nicht mehr laufen konnten und ihnen das Fleisch auf den Knochen faulte, als ihre Zähne ausfielen und sie erblindeten ..."

Noch während Barella versuchte, Korbinians Rede Wort für Wort zu übersetzen, fauchte der Häuptling.

„Du sollst aufhören", sagte Barella, aber der Elf hatte es auch so verstanden.

Ehe er sich versah, wurde der Schamane vom Häuptling gepackt und auf die Erde geworfen. Erbost knurrten sich die beiden Oni an, stießen und schubsten mit den Armen, während der Rest der Dorfbewohner

schweigend und mit nun gar nicht mehr erwartungsfrohen Mienen auf das Schauspiel starrte.

„Sie machen sich jetzt gegenseitig Vorwürfe. Der Häuptling verlangt von dem Schamanen, die Zeremonie zu unterbrechen ..."

„Halt!", schrie Korbinian. „So geht das nicht!"

Die sich prügelnden Oni verharrten im Staub des Platzes und starrten den Elf an. Auch wenn Barella noch nicht übersetzt hatte, ahnten sie, was Korbinian wollte.

„So geht das nicht, Häuptling. Du kannst nicht einfach einer Frau aus unserem Volk ein Heiratsversprechen machen und dich dann zurückziehen wollen!"

„Was soll das denn?", fragte Barella. „Wir hatten Waltrude so gut wie draußen!"

„Wir haben sie draußen, Schwesterlein. Aber ich will mehr. Und jetzt übersetze endlich!"

„Nenn mich nicht *Schwesterlein*!" Barella übersetzte und die beiden Oni erhoben sich. Verlegen klopften sie den Staub von ihrer Haut.

In einer entschuldigenden Geste hob der Häuptling die Hände und trat von einem Bein auf das andere. Sein Knurren war fast nicht zu verstehen und Barella musste mehrmals nachfragen, bevor sie dolmetschte.

„Er fragt, ob es in unseren Dörfern die Möglichkeit gibt, Heiratsversprechen aufzulösen. Bei den Oni gibt es das wohl und der Bräutigam, der das macht, muss etwas von Wert an die Familie der Braut zahlen. Er will wissen, ob wir einverstanden wären, wenn er von dem gegebenen Versprechen zurücktrete und uns stattdessen etwas geben würde."

Korbinian rieb sich zufrieden die Hände. „Jetzt sind wir genau da, wo ich hin wollte. Sag ihm, das müssten wir in der Familie klären." Er drehte sich zu seinen Freunden um, stockte jedoch und wandte sich noch einmal an Barella. „Ach ja, und mach diesen grünen Trollen bitte verständlich, dass Waltrude zu unserer Familie gehört und somit zu uns kommen darf, ansonsten erhöht sich der Preis natürlich drastisch."

Eine Stunde später saßen sie in ihrer Gästehütte, die mittlerweile einem Lagerhaus glich. Die Oni verpflegten sie auf das Beste mit Obst und gebratenem Fleisch. Sie hatten die Vorräte der Gefährten aufgefüllt, sie mit neuen Taschen ausgerüstet und die Pferde versorgt. Zwei Oni würden sie morgen früh auf den kürzesten Weg durch den Mangrovensumpf zu einem Pass führen, auf dem sie schnell und problemlos auf die andere Seite der Gowanda-Berge reisen könnten. Sie hatten außerdem für den Rest ihres Lebens freies Geleit durch diesen Mangrovensumpf und die Zusicherung, dass ihnen stets alle Türen im Oni-Dorf offen stehen.

Theodil hatte vorgeschlagen, die Oni zu bitten, die beiden Kopfgeldjäger aufzuhalten. Aber Bandath hatte das vehement abgelehnt.

„Sieh sie dir an, Theodil. Was meinst du, was Sergio und Claudio hier anstellen, wenn diese grünen Waldbewohner sich ihnen mit ihren Holzkeulen in den Weg stellen? Nein, das läuft so nicht. Das haben die Oni nicht verdient. Im Gegenteil. Wir sollten sie vor dem Gnom und dem Minotaurus warnen."

Und genau das taten sie auch.

Als sie endlich nach der abgebrochenen Zeremonie in ihre Hütte zurückkamen und die Lieferungen mit frischem Obst und gebratenem Fleisch etwas nachließen, stand Waltrude auf und stellte sich vor Korbinian, breitbeinig und die Hände in die Seiten gestemmt.

„Alle meine Männer sterben unter großen Schmerzen?", knurrte sie. „Dreiundzwanzig Mal verheiratet? Viele Kinder? Dralle Zwergin?" Waltrude packte den Elfen am Ohr, wobei sie sich auf die Zehenspitzen stellen musste und zog seinen Kopf zu ihr runter. Dann grinste sie breit und gab Korbinian einen dicken Kuss auf die Wange. „Mein Mann würde neue Gänge in die ewigen Hallen der Vorfahren schlagen, wenn er deine Rede heute gehört hätte. Aber sei's drum, ich hätte nie gedacht, dass ich mal froh über so ein Schandmaul wie dich sein würde."

Sie zog Korbinian an ihre Brust. „Danke, dass du mich da rausgeholt hast."

„Was für ein seltenes Bild der Liebe", ertönte die Stimme des Ährchen-Knörgis.

Erschrocken und erfreut zugleich sprangen alle auf. Korbinian befreite sich ein wenig peinlich berührt aus den Armen der Zwergin.

„Niesputz!"

Der so Gerufene zwängte sich an der Hinterwand der Hütte durch einen Schlitz ins Innere und zog einen funkensprühenden Kreis über den Köpfen. Nach einer zusätzlichen Schleife um Bandath landete er auf seinem Lieblingsplatz, Barellas Schulter.

„Na, Zauberer, alles wieder klar bei dir?"

„Ma…“, setzte Bandath an, um wie üblich das *Zauberer* zu korrigieren. Das Wort *Magier* jedoch blieb ihm im Hals stecken und er verstummte mit gramvoller Miene.

„Mach dir nichts draus“, schnarrte Niesputz im Ton eines Vaters, der seinen Sprössling tröstet, weil er auf Grund einer Erkältung nicht mit seinen Freunden draußen spielen kann. „Das wird schon wieder! Ich habe dir doch gesagt, die Welt hat noch Großes mit dir vor.“ Dann sah er Korbinian an.

„Sieh dir einer unser Spitzohr an.“ Er nickte weise. „Du hast da draußen ja ein schönes Theater abgezogen. Ich habe euch von außerhalb des Feuerkreises beobachtet. Es wäre sicherlich sogar dir schwergefallen, den Oni zu erklären, wie ich in eure Familie passe. Wie du Waltrude da rausgeboxt hast – alle Achtung. Das hast du richtig gut gemacht.“

Korbinian genoss es sichtlich, von den anderen gelobt zu werden. Nur Waltrudes Umarmung hatte ihn doch überrascht.

„Wie seid ihr denn in diese missliche Lage gekommen?“, fragte Niesputz und Barella erzählte ihm in allen Einzelheiten von Waltrudes Entführung.

„Zuerst dachte ich“, fiel ihr die Zwergin nach einer Weile ins Wort, „die wollten mich fressen.“ Sie schüttelte empört den Kopf. „Ein Volk, wie dem Herrn Magier seine Trolle.“

„Oh, Oni sind eher mit den Ogern verwandt als mit den Trollen“, korrigierte Niesputz.

„Das hat uns Barella schon erzählt.“

„Wo ist Rulgo?“, fragte Bandath das Ährchen-Knörgi.

„Der schläft. Dwego und Sokah bewachen seine Träume.“

„Sie sind bei euch? Das ist gut. Wie lange braucht ihr morgen bis zum Dorf?“

„Drei bis vier Stunden.“

Bandath überlegte. „Wir werden nach Sonnenaufgang von zwei Oni durch den Wald geführt. Werdet ihr uns finden, wenn wir auf der anderen Seite des Waldes auf euch warten? Falls Barella den Häuptling richtig verstanden hat, dann passieren wir am Nachmittag die letzte Kowangi-Mangrove.“

Niesputz nickte. „Es wäre gut, wenn ihr wartet. Wir müssen einiges bereden.“ Und damit meinte er den Verräter, dessen Nachricht sie gefunden hatten.

„Das stimmt", bestätigte Bandath und meinte seinerseits die neuen Entwicklungen, die sie vor Waltrudes Hochzeit besprochen hatten.

„Gut. Das war kurz, aber erfolgreich. Wir sehen uns dann also morgen. Ich will nicht länger bleiben. Nicht dass eure grünen Gastgeber nervös werden und sich das mit dem Freundschafts-Dings zwischen euch und ihnen doch noch überlegen, wenn sie mich sehen."

Er zog funkensprühend eine Abschiedsrunde über den Köpfen der Sitzenden und verschwand durch denselben Schlitz wieder ins Freie, durch den er sich in die Hütte gezwängt hatte.

Der Verräter

Am nächsten Morgen verließen sie schon früh das Oni-Dorf. Sie hatten den Eindruck, dass nicht nur der Häuptling froh war, solche ungemütlichen Gäste wie die krankmachende Waltrude und ihre „Verwandtschaft" abziehen zu sehen. Nur ihre beiden Oni-Führer schienen nicht so glücklich wie der Rest des Dorfes, mussten sie doch diese gefährliche Truppe noch eine Weile durch den Wald und zu den Bergen begleiten. Ratz hatte in einem von ihnen den Keulenschwinger wiedererkannt, der ihn am Morgen zuvor niedergeschlagen hatte. Die Oni jedoch hielten sich jetzt auffällig fern von ihren Gästen.

Den Gefährten kam der Mangrovensumpf überall gleich vor: Riesige Bäume, von denen es unentwegt tropfte, dazwischen morastige Wasserflächen und kein Weg zu erkennen. Trotzdem leiteten die Oni sie sicher und ohne zu zögern hindurch. Die meiste Zeit gingen die Gefährten zu Fuß und führten die Pferde an den Zügeln. Und so waren sie von oben bis unten völlig durchnässt und mit Schlamm bespritzt, als sie den Waldrand erreichten, obwohl es endlich aufgehört hatte zu regnen.

„Sieh an." Barella blinzelte in den Himmel, auf dem sich mehrere zerfaserte Wolken zwischen blauen Flecken tummelten. „Es regnet ja gar nicht mehr. Und ich dachte, hier würde das Wasser permanent eimerweise vom Himmel fallen."

Bandath warf seinen Schultersack auf die Erde. „Pause!", ordnete er an. „Wenn möglich, die Sachen trocknen."

Wenig später lagen nur noch leicht bekleidete Gestalten im Gras, während sich ihre Sachen auf Sträucher gehängt im sachte wehenden Wind bewegten. Waltrude hätte die Kleidung zwar gern gewaschen, da allerdings weder ein Bach noch ein Tümpel in der Nähe war, musste sie den Plan verschieben. Jedoch machte sie allen begreiflich, dass so, „wie die ganze Bande hier stinkt", bei der ersten sich bietenden Gelegenheit eine große Wäsche sowohl für die Kleidung als auch ein Bad für die Gefährten vorgesehen war – selbstverständlich streng getrennt nach Männern und Frauen, versteht sich.

Obwohl die Oni schon bald zum Aufbruch drängten, blieben die Gefährten liegen. Sie warteten auf Niesputz und Rulgo. Zwei Stunden später zogen sie gemächlich ihre getrockneten Kleidungsstücke wieder an und Waltrude begann, unterstützt von Barella, mit der Zubereitung einer umfangreichen Mahlzeit.

Niesputz und Rulgo erschienen am späten Nachmittag, als Waltrudes Mahl bis zum letzten Krümel verspeist war. Die Erwarteten verließen den Wald nicht an genau derselben Stelle wie die Gefährten, sondern etwas abseits von deren Lagerplatz. Zuerst stürmten Dwego und Sokah hervor. Barella hatte Mühe, sich einerseits der Liebkosungen ihres Laufvogels zu erwehren, andererseits die Oni davon zu überzeugen, dass es sich nicht um einen Angriff handelte. Die beiden grünhäutigen Führer liefen unruhig zwischen den Gefährten umher und wogen die Keulen in den Händen, als wüssten sie nicht, ob sie zuschlagen oder nur drohen sollten.

Dann erschienen Rulgo und Niesputz. Ohne ein Wort zu verlieren, stürmte der Troll in die Gruppe, packte sich Baldurion, Ratz, To'nella und Korbinian und schleuderte sie auf den Boden. Er stemmte Baldurion sein linkes Knie zwischen die Schulterblätter und Ratz das rechte. Den Elf hielt er mit der rechten Hand am Nacken gepackt und drückte dessen Gesicht in das Gras, seine linke presste To'nella auf die Erde. Alle vier zappelten mit Armen und Beinen, als wären sie auf den Rücken gefallene Käfer. Dumpfe Töne des Schmerzes und des Protestes klangen aus der Erde hervor. Die Oni fassten das nun doch als Angriff auf und stürzten sich auf den Troll. Ohne ersichtliche Mühe legte dieser sie mit zwei Hieben seiner rechten Hand ins Gras und bevor Korbinian sich aufrappeln konnte, drückte Rulgo dessen Gesicht wieder nach unten. Die Keulen der Oni fielen nutzlos neben die erschlafften Körper ihrer Besitzer.

„Rulgo!", rief Bandath erbost. „Was soll das?"

„Ich glaube, das kann ich mir denken", sagte Barella.

„Einer dieser vier Verdächtigen ist ein Verräter!", erklärte Niesputz.

„Und ich wollte ihnen keine Chance geben, zu entkommen", fügte Rulgo hinzu und presste den Elf noch etwas fester ins Gras, so dass dessen protestierendes Gestöhn erstarb.

„Nicht so fest", befahl Bandath und der Troll lockerte seinen Griff um Korbinians Genick merklich.

„Wie kommt ihr auf die Idee?", fragte Theodil.

Niesputz surrte zu Rulgo und zog ein Stück Holz aus dessen Hosentasche. Er wedelte sich etwas Luft zu, murmelte ein paar Worte über Trollhosen, die notwendigerweise mal gewaschen werden müssten und brachte das Holz zu Bandath.

„Cora-Lega", las dieser vor.

„Wir fanden es hinter der Baumrinde an eurem Lagerplatz", erklärte Niesputz. „Das muss da gewesen sein, wo ihr das erste Mal Besuch von den netten Grünhäuten bekommen habt."

„Jetzt weiß ich auch, wieso die Kopfgeldjäger uns in Pilkristhal erwartet haben", knurrte Waltrude und machte sich an dem Gepäck zu schaffen, dass sie auf ihr Pferd geschnallt hatte.

„Du kannst To'nella loslassen", sagte Bandath bestimmt.

„Warum?", fragte Rulgo.

„Genügt dir mein Wort?"

Der Troll blickte dem Zwergling in die Augen, dann nickte er und ließ die Elfe frei. Die sprang erbost auf, spuckte Gras und Erde aus und zog ihr Messer.

„To'nella!", rief Bandath. „Lass ihn."

„Verzeih sein Ungestüm", mischte sich auch Niesputz ein und schwirrte zwischen sie und Rulgo. „Er ist nur ein grober Troll und weiß es nicht besser!"

„Niemand wirft mich auf diese Art zu Boden!", fauchte To'nella, „und schon gar nicht so ein grobklotziges Muskelpaket mit dem Hirn eines Kotkäfers."

„Stimmt schon", besänftigte Niesputz weiter, obwohl er sah, dass die erste Gefahr, To'nella könnte sich mit ihrem Messer an der Kehle des Trolls zu schaffen machen, gebannt war. „Du darfst ihn nachher auch haben und ein bisschen an ihm herumschnitzen. Aber zuerst müssen wir klären, wer uns an die beiden magischen Possenreißer verraten hat und für unsere Schwierigkeiten in Pilkristhal verantwortlich ist und …", mit diesen Worten flog er zu den von Rulgo auf die Erde gepressten Gestalten, „wem das alles noch nicht reichte. Ich will wissen, wer von euch diese Nachricht geschrieben hat!"

„Das würde mich auch interessieren", sagte Bandath und hockte sich vor dem Troll auf die Erde.

„Könnt ihr mich hören?"

Das Zappeln der unter dem Troll liegenden Gestalten hatte aufgehört. Zustimmendes und gleichzeitig protestierendes Stöhnen klang aus dem Gras.

„Prima. Wir können uns nicht wirklich gut unterhalten, während ihr Gras zwischen den Zähnen habt. Ich gehe mal davon aus, dass zwei von euch unschuldig sind. Deshalb werden wir jetzt euch dreien die Hände auf dem Rücken fesseln und danach könnt ihr euch aufsetzen. Klar?"

„Hmpf!"

„Gut, das soll wohl so viel wie ‚ja' bedeuten." Bandath richtete sich auf. „Barella, haben wir Strick?"

Kurz darauf saßen Baldurion, Ratz und Korbinian vor dem Troll auf der Erde, die Hände hinter dem Rücken gefesselt, die Füße ebenfalls zusammengebunden. Rulgo ließ seine Keule durch die Luft sausen.

„Ich liebe diese Verhöre."

„Halt deine Keule ruhig", wies Bandath ihn zurecht. „Zwei von ihnen sind unschuldig!"

„Warum nur zwei?", fuhr Korbinian auf. „Vielleicht sind wir alle drei unschuldig."

„Ein seltsamer Zufall, dass ausgerechnet an dem Tag, als Theodil verrät, wo wir hinwollen, eine Nachricht mit unserem Ziel hinterlassen wird."

„Ich kann nicht schreiben", sagte Ratz Nasfummel kläglich.

„Das kann jeder sagen", fauchte Baldurion. „Warum wolltest du denn unbedingt mit uns mit? Ist schon komisch, dass du ausgerechnet in der Stadt zu uns stößt, in der uns auch die beiden Kopfgeldjäger erwarten."

„Ich war's wirklich nicht", wiederholte der unglückliche Schauspieler.

„Ratz war der erste von uns", nahm Barella ihn in Schutz, „der nur mit seinem Knüppel bewaffnet die Oni verfolgen wollte, als sie Waltrude entführt hatten."

„Und du?", fuhr Waltrude Baldurion an. „Du wolltest doch auch unbedingt mit uns kommen. Hast dich durch nichts ablenken lassen." Sie schwenkte einen der eisernen Stäbe, die sie von dem Schmied bekommen hatte, vor Baldurions Nase herum.

„Weil ich gesehen habe, dass du mit Theodil allein gegen die beiden Magier losziehen wolltest."

„Die hatten es nicht auf Waltrude abgesehen", sagte Bandath. „Wahrscheinlich hat Sergio ihr etwas genommen, einen Stofffetzen oder ein

Messer, und verfolgte sie mit Fernsicht-Magie oder einem Finde-Zauber. Waltrude sollte nur aufgeschreckt werden. Sie haben darauf spekuliert, dass sie mir nachreist, um mich zu warnen."

„Ja", fauchte Waltrude, wütend auf sich selbst. „Und ich altes Weib bin darauf reingefallen. Einfältig wie ein Elfenkind." Sie legte den Eisenstab mit der Widerhakenspitze in das Kochfeuer.

„Gebt mir zehn Minuten und ich weiß, wer von den dreien der Verräter ist."

Die Augen der Gefesselten wurden groß und rund.

„Was willst du damit machen?", flüsterte Korbinian.

„Das wirst du gleich merken. Der Troll wird euch auf den Bauch legen und die Hosen runterziehen. Kurz danach zischt die Spitze mächtig, wenn ich sie euch in den ..."

„Waltrude!", kreischte Korbinian. „Ich weiß, wir sind nicht immer gut miteinander ausgekommen, aber glaube mir: Ich bin nicht der Verräter! Schließlich habe ich dir doch gestern Abend bei den Oni aus der Patsche geholfen."

„Ihr wäret ohne mich nicht weitergezogen. Ich musste bei der Truppe sein, damit die Magier Bandath wiederfinden. Also war es nötig, mich dort irgendwie herauszuholen. Der Verräter hätte darauf bestanden." Waltrude drehte in aller Ruhe den Stab in der Glut, als würde sie einen Braten wenden.

„Aber", Korbinians Stimme wurde immer schriller, „wenn wir das nicht geschafft hätten, dann hätten die Magier uns doch viel schneller eingeholt."

Er schluckte und zwang seine Stimme zur Ruhe. „Waltrude. Das kannst du nicht wirklich wollen!"

Die Zwergin schwieg und wendete den eisernen Stab im Feuer, dessen Spitze allmählich anfing, sich unter der Hitze zu verfärben.

„Erinnerst du dich an den *Blutigen Knochen*?", fragte Niesputz den Elf. Der nickte, konnte jedoch seinen angstvollen Blick nicht von der mit Widerhaken besetzten Spitze abwenden, an der die Flammen leckten.

„Du bist mitten in der Nacht aufgestanden. Als du wieder zurückkamst, erklärtest du mir, dass du austreten warst. Ich habe dich aber beobachtet, wie du mit dem Wirt geredet hast."

„Was?" Korbinian fiel es wirklich schwer, sich auf Niesputz' Frage zu konzentrieren.

„Du hast mich angelogen in jener Nacht. Wer sagt mir, dass du dem Wirt nicht mitgeteilt hast, dass wir nach Pilkristhal wollen?"

„Warum sollte ich?"

„Damit die Kopfgeldjäger uns dort erwarten konnten. Wenn sie Waltrude durch Zauberei verfolgten …"

„Magie!", korrigierte Bandath.

„… dann kannten sie unser Ziel nicht", fuhr Niesputz ungerührt fort. „Nur jemand aus unserer Gruppe konnte ihnen die Nachricht hinterlassen, wo sie uns erwarten sollten."

Jetzt sah Korbinian das Ährchen-Knörgi doch an. „Ich habe dem Wirt nur meine Wünsche für das Frühstück mitgeteilt. Ich habe euch nicht verraten! Warum sollte ich das tun?"

„Weil du genauso ein eingebildet bist wie unser Vater!", sagte Barella.

„Ihr wart auch in dieser Kaschemme?" Theodil hatte die ganze Diskussion schweigend beobachtet. Auch er gab sich eine Mitschuld an ihrer Situation. „Wenn die Kopfgeldjäger es vom Wirt erfahren haben, könnte es auch Baldurion gewesen sein. Er hat ebenfalls allein mit dem Wirt geredet."

„Und er hat ihm Geld gegeben", ergänzte Waltrude.

„Um unser Zimmer zu bezahlen." Baldurion hob den Kopf. „Ihr habt mir nichts getan. Ich kannte euch nicht einmal vorher. Wieso sollte ich euch an die Magier verraten?"

„Eben weil du uns nicht kanntest", knurrte Barella.

„Das ist doch absurd. Wir können hier sagen, was wir wollen, ihr dreht und wendet alles so lange, bis es zu eurem Verdacht passt. Wir haben gar keine Chance, unsere Unschuld zu beweisen."

Waltrude erhob sich vom Feuer und musterte zufrieden das rotglühende Eisen.

„Bandath", kreischte Korbinian. „Sag ihr, sie soll das lassen! Oh Mann! Ich wollte mit dir in die Wüste gehen, will es immer noch. Hilf mir!"

Er sah zu Rulgo. „Halt sie auf, bitte! Ich habe dich gegen die Wasserdrachen verteidigt. Du kannst das nicht zulassen! Komm schon, Troll!"

„Wir fangen mit Balduin an", sagte Waltrude ruhig. „Rulgo!"

Der Troll erhob sich und griff nach dem Menschen.

„Verdammt! Sie können dabei nicht einfach zusehen."

Angstschweiß brach Baldurion auf der Stirn aus. Er drehte den Kopf zum Waldrand. „So helft mir doch endlich!"

Waltrude atmete zischend ein. „*Wer* kann nicht einfach zusehen? *Wer* soll dir helfen?"

Baldurion stotterte. „Sie … sie haben gesagt … mir würde nichts passieren … sie würden mich rausholen, wenn es brenzlig wird."

„*Wer* würde dich rausholen, Flötenmann?" Die Zwergin hielt Baldurion drohend das glühende Eisen vor das Gesicht.

„Die … die Magier. Sergio die Knochenzange und Claudio Bluthammer. Sie sagten, das wäre eine einfache und gut bezahlte Arbeit. Ich sollte dich nur eine Strecke begleiten und ein wenig ausspionieren."

Die Zwergin sah Bandath an und senkte den Eisenstab. „Ich wusste es! Ich habe von Anfang an etwas gegen diesen Kerl gehabt."

„Die hätten uns sowieso gefunden, Waltrude." Der Zwergling atmete tief durch und sagte zu Theodil: „Binde die anderen beiden los. Baldurions Fesseln überprüfst du noch einmal."

Die Sonne verschwand langsam hinter dem Horizont, Bandath folgte ihr einen Moment mit den Augen. „Ich denke, wir übernachten heute hier. Was mit dem passieren soll, besprechen wir in Ruhe."

Rulgo sah auf den glühenden Eisenspieß, blickte Waltrude an und drehte sich dann zu Bandath. „Und du hast zu mir gesagt, ich soll mich zurückhalten!" Dann schüttelte er den Kopf. „Mit dieser Frau lebst du unter einem Dach? Sie führt dir den Haushalt?"

„Ihr Trolle prügelt euch doch auch bei Meinungsverschiedenheiten. Das hast *du* mir erzählt."

„Ja", Rulgo hob entschuldigend die Hände, „aber wir schieben uns keine glühenden Eisenstäbe mit Widerhaken in unsere Körperöffnungen."

„Hat sie doch auch nicht. Schließlich haben wir unseren Verräter."

„Und wenn Baldurion nicht gequatscht hätte? Hätte sie aufgehört?"

Bandath sah Rulgo an, dann den glühenden Stab in Waltrudes Hand und schwieg. Diese Frage wollte er lieber nicht beantworten.

Korbinian keuchte, als Theodil ihm die Fesseln aufschnitt, sprang auf und stieß den Zwerg von sich weg. Er schleuderte die Reste der Fesseln von den Handgelenken.

„Ich …", rief er, schnellte zu Waltrude und riss ihr den Eisenstab aus den Händen. „Ich hole dich da *nie wieder* raus!", schrie er und gestikulierte mit dem Stab in Richtung Mangroven-Wald. Dann rammte er das glühende Ende in die Erde. Zischend stiegen weiße Qualmwolken aus dem feuchten Boden.

„NIE WIEDER!" Er schnappte sich seine Sachen und stapfte wütend davon.

„Ihr seid doch verrückt! Alle seid ihr verrückt!"

Nach dem üppigen Mahl nur wenige Stunden zuvor begnügten sie sich zum Abendbrot mit dem Obst, dass sie von den Oni bekommen hatten. Ihre beiden Führer waren kurz zuvor wieder erwacht und Barella hatte ihnen unter Mühen die Situation erklärt. Trotzdem hielten sie sich von der Gruppe fern. Sie hatten ein eigenes Feuer entzündet, an dem sie ihren Proviant verzehrten und Rulgo wütend musterten, der lang ausgestreckt neben Bandath lag und schlief.

Korbinian kehrte erst spät in der Nacht zurück. To'nella, die abseits in der Dunkelheit stand und das Lager bewachte, war die Einzige, die mitbekam, wie der Elf seine Decke ausrollte, sich hinlegte und dabei Waltrude und ihrem Gepäck einen finsteren Blick zuwarf.

Am nächsten Morgen wurde die Gruppe durch das Geschrei von Ratz geweckt.

„Er ist weg! Der Gefangene ist geflohen!"

Wie auch immer Baldurion es angestellt hatte: Nur die zerschnittenen Fesseln waren zurückgeblieben, von ihm keine Spur. To'nella überprüfte den gesamten Bereich, konnte aber keine fremden Fährten erkennen. Er musste sich allein befreit haben. Wahrscheinlich hatte er irgendwo noch ein Messer in seiner Kleidung versteckt gehabt.

„Und keiner von uns ist auf die Idee gekommen, ihn noch einmal zu durchsuchen", grollte die Elfe.

„Schön, dass all die Unfehlbaren auch manchmal Fehler machen", knurrte Korbinian, noch immer wütend auf seine Gefährten wegen der gestrigen Verdächtigungen. „Macht aber bloß nicht wieder mich dafür verantwortlich. Wer hat eigentlich zuletzt Wache gehalten?"

„Theodil", murmelte Bandath und sah sich um. Der Zwerg war nirgendwo zu sehen. Erst nach einigen Minuten aufgeregten Suchens fanden sie ihn, gefesselt und geknebelt im hohen Gras liegend, mit einer mächtigen Beule an der Stirn. Baldurion musste sich befreit und an seine

Sachen geschlichen haben, wo er dann in aller Ruhe einen Schuss mit seiner Steinschleuder auf Theodil abgegeben hatte.

„Ich bin eben nur ein Zimmermann", entschuldigte sich der Zwerg. „Eigentlich tauge ich nicht für solche kriegerischen Aktivitäten." Dann seufzte er. „Jetzt habe ich zum zweiten Mal Mist gebaut. Vielleicht sollte ich euch doch lieber verlassen?"

Waltrude, die ihm eine Kräuterkompresse auf die Stirn legte, wischte diesen Einwand einfach beiseite.

„Blödsinn, Theodil Holznagel. Das hätte jedem anderen auch passieren können. Und immerhin ist dieses Mal keiner von uns entführt worden", fügte sie mit einem Blick auf Ratz hinzu.

„Wahrscheinlich war es meine Schuld", flüsterte dieser.

„Wenn er sich den Magiern anschließt", sagte Barella, „haben wir drei Leute auf unseren Fersen. Und sie erfahren doch noch, wohin wir unterwegs sind."

„Ja", entgegnete Bandath. „Aber wenigstens haben wir keinen Verräter mehr in unseren Reihen und können uns voll aufeinander verlassen. Sehr erfreut werden die Kopfgeldjäger jedenfalls nicht über seine Enttarnung sein."

Baldurion aber hatte gar nicht vor, zu Sergio und Claudio zu stoßen. Diese Typen waren ihm alle viel zu verrückt. Er zog mit seinem Pferd Richtung Westen mehrere Tage den Kowangi-Fluss entlang und überquerte ihn an einer Furt. Von dort reiste er in zwei Tagesmärschen direkt bis zu dem Bauernhof, auf dem sie ihre Pferde gelassen hatten, bevor sie nach Pilkristhal geschlichen waren. Er tauschte das von dem Pferdezüchter erhaltene Pferd gegen seine Fiora ein, weil der Bauer eine Bezahlung für die Unterbringung der Stute verlangte. Baldurion wollte einerseits seine Stute zurückhaben, andererseits hoffte er, mit ihr diesen Landstrich bedeutend schneller verlassen zu können, als mit dem Pferd, das er bis dahin geritten hatte. Die Leute, die er hier getroffen hatte, waren allesamt gefährlich oder verrückt ... oder beides. Er würde, das war sein Wille, die Gegend von den Drummel-Drachen-Bergen bis zur Todeswüste für lange Zeit, für *sehr* lange Zeit meiden.

Der Bauer war erstaunt, dass einer der Reisenden so schnell und allein zurückkam, hatten ihm doch der Troll und das Ährchen-Knörgi versichert, dass sie die Pferde erst in einigen Mondzyklen würden abholen können. Fiora war trächtig von einem der grobschlächtigen Rösser des Bauern. Das aber wusste Baldurion nicht und der Bauer hütete sich, es ihm zu sagen.

Zügig schlugen Baldurion und Fiora den Weg nach Osten ein. Dort, so hoffte der Musikant, würde er Städte finden, in denen er seine Kunst gegen Geld feilbieten konnte. Leider verlangsamte sich seine Reisegeschwindigkeit im Laufe der Zeit, weil Fioras Bauch beständig an Umfang zunahm. Den Weg der beiden Kopfgeldjäger aber kreuzte Baldurion, so wie er es gehofft hatte, nicht mehr. Auch Bandath sah er viele Mondzyklen nicht. Erst nach über zwei Jahren, als die gewaltigen Armeen der Gorgals die Drummel-Drachen-Berge bedrohten, sollten sich die Wege von Bandath und Baldurion wieder kreuzen.

„Ich hätte dir nie das glühende Eisen in den …"

Korbinian hob genervt die Hand und unterbrach Waltrude. „Lass es einfach gut sein, Waltrude."

Sie ritt eine Weile schweigend neben ihm her.

„Auch wenn du mir nicht glaubst, Korbinian", sagte sie dann. „Ich wusste, dass es nur Baldurion sein konnte. Ich spürte es. Allerdings", sie bewegte den Kopf abwägend von rechts nach links, „hatte ich auch meinen Spaß bei dieser Vorstellung. Nimm es einfach als kleine Rache für die zwanzig Kinder, die toten Ehemänner und die dralle Zwergin, von der du vor meinem … *Bräutigam* gesprochen hast."

Korbinian schwieg und starrte mit unbeweglichem Gesicht geradeaus. Wortlos ritten sie beide einige Minuten nebeneinander her, dann ließ Waltrude sich zurückfallen.

„Dreiundzwanzig", sagte Korbinian.

„Was?"

„Es waren dreiundzwanzig Kinder."

Waltrude grinste und ritt langsamer. To'nella schloss zu ihr auf.

„Weißt du", sagte Waltrude zu ihr, „wahrscheinlich ist er gar nicht so verkehrt. Er braucht bloß die richtige …"

To'nella zog skeptisch eine Augenbraue hoch und blickte der Zwergin ins Gesicht.

Waltrude räusperte sich. „… die richtige Führung, wollte ich sagen."

Der Hexenmeister

Der Weg vom Kowangi-Fluss zu den Gowanda-Bergen führte wieder über dieselbe savannenähnliche Landschaft wie auf der anderen Seite des Mangroven-Waldes.

„Wir sollten die Berge in zwei Tagen erreicht haben, wenn wir dieses Tempo beibehalten", sagte To'nella am Abend, als sie ihr Lager am Rande eines kleinen Wäldchens aufgeschlagen hatten. Rulgo schlief bereits. Die beiden Oni zogen es auch weiterhin vor, Feuer und Lagerplatz ein wenig abseits der Gefährten aufzuschlagen. Alle anderen saßen um das Feuer und knabberten an dem Fleisch, eine Art Hühnervogel, von denen Barella einige erlegt hatte und die sie an langen Spießen über die Flammen hielten. Die Unterhaltung plätscherte vor sich hin. Nur Korbinian hatte sein stures Schweigen noch nicht beendet. Das brachte seine Schwester zu der Feststellung, er wäre nachtragend. Korbinian erwiderte ihr im Gegenzug, dass er dafür keineswegs so misstrauisch wäre wie sie. Das müsse wohl das Zwergenblut in ihr machen. Währenddessen sein Elfenblut, behauptete Barella daraufhin, ihn arrogant und unhöflich mache. Als Bandath mitbekam, dass die Diskussion in einen handfesten Streit auszuarten begann, unterbrach er die beiden.

„Ihr erinnert mich mit euren Bemerkungen gerade an Gorlin Bendobath, den Meister des Lebens auf Go-Ran-Goh. Er hat uns immer als ‚Kinder missratener Eltern' bezeichnet. Für ihn waren alle Schüler dick, dumm, faul, gefräßig und frech."

Niesputz kicherte, doch Barella musterte Bandath scheinbar sehr ernsthaft und sagte dann: „Nun, zumindest dumm, faul und frech bist du nicht."

Bandath blieb der Bissen Fleisch, den er gerade von der Hühnerkeule abgerissen hatte, fast im Halse stecken, während der Rest der Gruppe, selbst Korbinian, in befreiendes Gelächter ausbrach. Der Zwergling sah die angebissene Keule an und warf sie Dwego zu, der sie aus der Luft fing und sofort schluckte.

„Willst du damit sagen, ich wäre gefräßig und dick?"

Im selben Moment knurrte Dwego warnend und auch die Pferde hoben scheu ihre Köpfe und schnaubten.

„Da kommt jemand", zischten Barella und To'nella zugleich.

Aus der Dunkelheit näherte sich eine kleine Gestalt, die ein Pferd am Zügel mit sich führte.

„Gestattet ihr mir, mich an eurem Feuer aufzuwärmen?"

Die Stimme kam Barella und Bandath bekannt vor.

„Thaim?", fragte die Zwelfe und Bandath merkte, wie er sich innerlich verkrampfte. Er hatte weder erwartet noch gehofft, den reisenden Hexenmeister jemals wiederzusehen.

„Was für ein Zufall, der Magier und seine hübsche Begleiterin", sagte Thaim und band sein Pferd bei den anderen Pferden an. Sein Tonfall allerdings verriet, dass es zumindest für ihn kein ausgesprochener Zufall zu sein schien, sie hier wiederzutreffen. To'nella wechselte einen kurzen Blick mit Barella. Als diese nickte, wies sie mit einer einladenden Handbewegung auf den Platz neben sich. Thaim blickte dankbar in die Runde, nahm seinen Schultersack vom Pferd und setzte sich zwischen die Gefährten.

Barella erklärte mit wenigen Worten, woher sie den Hexenmeister kannten, verschwieg aber Bandaths Verhalten während dieser kurzen Zusammenkunft.

Thaim zeigte ein offenes Lächeln. „Eure Truppe ist in den letzten Tagen aber ganz schön angewachsen."

Barella nickte. „Wir trafen unsere Freunde in Pilkristhal."

„Ich hörte davon." Jetzt grinste Thaim breit. „Man erzählt sich landauf und landab von eurem geheimnisvollen Ausbruch aus dem Kerker der Stadtwache." Er griff in den Schultersack und holte seinen Proviant hervor. Ein durchdringender Geruch machte sich breit. Theodil reckte die Nase nach oben und schnupperte.

„Bergstutenkäse?" Seine Augen leuchteten.

„Drei Jahre alt, mein Freund. Darf ich dir etwas anbieten?" Er reichte dem Zwerg ein Stück auf der Spitze seines Messers. Dankbar griff Theodil zu. To'nella verzog das Gesicht, Waltrude rümpfte die Nase und Niesputz surrte von Barellas Schulter herunter zu der am weitesten vom Bergstutenkäse entfernten Schulter To'nellas. Theodil aber lächelte glücklich.

„So eine Delikatesse habe ich schon seit ... Mondzyklen nicht mehr gegessen."

„Den Vorfahren sei Dank", ergänzte Waltrude.

„Na, ich zumindest halte mich an unser Fleisch", sagte Korbinian und biss in seinen Hühnerschlegel. „Das riecht viel besser", ergänzte er mit vollem Mund.

„Ihr seid weiter auf dem Weg in den Süden?", fragte Thaim beim Kauen.

„Gehen deine Fragen schon wieder los?" Bandath hatte sich bemüht, seinen Zorn im Zaum zu halten, als der Hexenmeister sich wie selbstverständlich zu ihrer Gruppe gesellte.

Thaim musterte den Zwergling. „Was haben sie dir angetan, Bandath?"

„Wie ... was ..." Bandath war irritiert. Was wollte dieser Zwerg von ihm? Und woher wusste er davon, dass die Magier ihm seine Magie genommen hatten?

„Der Innere Ring. Was hat er getan? Haben sie deinen Magierstab zerbrochen?"

„Woher weißt du ...?"

„Sie sind so kurzsichtig, haben nichts gelernt. Das ist dein Vorteil."

„Ich verstehe nicht ein Wort."

„Das ist klar. Schließlich warst du hundert Jahre von Go-Ran-Goh abhängig. Jetzt bist du frei."

„Wie *abhängig*? Ich war ein freier Magier!"

Thaim lachte laut und bitter auf. „Das glaubst du wirklich! Du bist wirklich davon überzeugt, dass die dich haben machen lassen, was du wolltest!" Es handelte sich um Aussagen, die Thaim aussprach, keine Fragen. „Wie oft, Bandath, haben sie dich gerufen? Und immer wussten sie, wo du bist. Richtig?"

Bandath schwieg. Thaim wusste, dass er recht hatte. Wozu es noch bestätigen?

„Was meinst du denn, wie die dich immer ausfindig gemacht haben? Du hast den Magierstab von ihnen bekommen, oder nicht? Er ist nicht nur dein Fokus, um die Magie zu kanalisieren. Er ist gleichzeitig *ihr* Mittel, um mit Hilfe einer einfachen Fernsicht-Magie deinen Aufenthaltsort herauszufinden."

Wie beschränkt musste Bandath gewesen sein? Er hatte große Lust sich zu ohrfeigen. Wie oft hatte er selbst die Fernsicht-Magie angewandt? Dass er darauf nicht gekommen war! Er sah zu seinem Gepäck. Dort waren noch immer die beiden Hälften seines Magierstabes verstaut. Oft in den letzten Nächten, wenn er sich unbeobachtet glaubte, hatte er die beiden Teile hervorgeholt und versucht, Magie zu weben. Nichts hatte funktioniert.

„Du hast ihn immer noch?"

Bandath nickte. Sein Zorn auf Thaim war verflogen und machte einem wachsenden, viel größeren Zorn auf den Inneren Ring Platz. Einer Wut darüber, dass sie ihn seit hundert Jahren am Gängelband und hinters Licht geführt hatten.

Worüber hatten sie noch gelogen? Er sprach den Gedanken laut aus.

„Über so viel mehr, Bandath. Glaube mir. Die Welt der Magie ist vielschichtiger, als ihr Go-Ran-Goh-Schüler es glaubt." Der Hexenmeister packte seinen Käse ein. „Wirf ihn weg, Bandath, verbrenn ihn. Du brauchst ihn nicht mehr. Wenn du Magie weben willst, dann wähle einen anderen Fokus. Noch immer können sie dich mit deinem zerbrochenen Magierstab aufspüren und dir deine Verfolger hinterherschicken."

Bandath schwieg und starrte ins Feuer.

„Bandath …" Barella, die wie alle anderen geschwiegen und angespannt der Unterhaltung zwischen dem Zwergling und dem Hexenmeister gelauscht hatte, wollte etwas sagen, doch Thaim unterbrach sie.

„Lass ihn, hübsche Zwelfe. Er muss nachdenken. Vielleicht aber kannst du mir endlich deinen Namen verraten. Das letzte Mal sind wir nicht so richtig dazugekommen."

Wie erlöst begannen die Gefährten sich gegenseitig dem Hexenmeister vorzustellen. Das Gespräch plätscherte fröhlich um Bandath herum, der wie auf einer Insel mitten unter ihnen saß, schwieg und grübelte.

Sergio!

Der Minotaurus schoss hoch und sah sich um. Wer hatte ihn gerufen?

Sergio! Du solltest Bandath in Pilkristhal aufhalten und zur Umkehr bewegen. Warum hat das nicht geklappt?

Go-Ran-Goh!

‚Es … es gab Schwierigkeiten.'

Wenn ihr nicht in der Lage seid, unsere Aufträge zu erfüllen, dann werden die Tore von Go-Ran-Goh sich nie wieder für euch öffnen.

‚Wir wollen ja. Und wir werden es schaffen. Wir haben einen Mann in seiner Gruppe, der für uns arbeitet.'

Er ist noch immer auf dem Weg in den Süden. Haltet ihn auf, bevor er die Gowanda-Berge überquert!

‚Ja, selbstverständlich.'

Dann los! Warum rastet ihr? Holt sie ein!

Sergio sprang auf und trat dem neben der Feuerstelle schlafenden Gnom in die Seite. Dieser stöhnte und hielt sich die schmerzenden Rippen.

„Was habe ich denn jetzt schon wieder angestellt?"

„Quatsch nicht! Pack unsere Sachen, wir reiten weiter."

Während Claudio sich langsam hoch quälte, nahm sich Sergio einen Becher, füllte ihn mit Wasser und ließ den Knopf von Waltrudes Schürze hineinfallen. Dann begann er, einen Finde-Zauber zu weben …

Der Hexenmeister erzählte den Gefährten gerade die vergnügliche Geschichte von einem Bauern, der ihn gebeten hatte, seine Pferde zu heilen, da die gesamte Herde an einer Kolik erkrankt war.

„Ich hatte mich als Magier ausgegeben und damit er mich auch dafür hielt, klaubte ich am Wegesrand einen alten Holzknüppel auf, um so zu tun, als wäre das mein Magierstab. Mein Problem war bloß, dass der Sohn des Bauern tags zuvor mit diesem Knüppel gespielt hatte und jetzt sowohl der Bauer als auch der Sohn mit großen Augen auf meinen Magierstab stierten, als ich …"

Mitten im Satz verstummte Thaim und hob angespannt die Augen. Dann reckte er den rechten Zeigefinger in die Luft, ein hellblauer Lichtstrahl schoss hervor und umgab die gesamte Gruppe mit einem ebensolchen Licht.

„Jemand versucht, euch mit einem Finde-Zauber aufzuspüren … einen von euch."

Unwillkürlich sahen alle Waltrude an.

„Was?", knurrte diese. „Das hatten wir doch schon geklärt. Ich kann nichts dafür."

Thaim schüttelte unwillig den Kopf. „Ruhe!"

Das Licht, das wie eine Kuppel über der ganzen Gruppe gelegen hatte, zog sich um Waltrude zusammen. Unruhig blickte sie sich um, hielt aber still. Dann flackerte das Licht des Hexenmeisters mehrmals und erlosch.

„Ich habe die Verbindung zwischen dir und dem Gegenstand, den eure Verfolger von dir haben, unterbrochen. Sie werden euch weder mit einem Finde-Zauber noch mit Fernsicht-Magie erreichen können."

Sergio schrie wütend auf und warf den Becher in die Dunkelheit. Er hatte nur einen kurzen Blick auf die Gruppe werfen können, wusste nur ungefähr, wo sie war. Aber den Abbruch des Kontaktes hatte er ganz deutlich gespürt. Hier war eine Macht am Werk gewesen, die eine völlig andere Art von Magie einsetzte. Sollte der kleine Mischlingsmagier so mächtig geworden sein?

Er würde ihn kriegen, oh ja. Und dann würde er sich rächen für all die Demütigungen und Niederlagen. Wütend sprang er auf seinen Drago-Zentauren und galoppierte davon. Claudio hatte Mühe mitzuhalten.

„Was hast du getan?", fragte Bandath. Es war das erste Mal an diesem fortgeschrittenen Abend, dass er wieder das Wort ergriff.

„Jedes Teil, das von einem anderen Gegenstand stammt, behält eine Verbindung zu seinem Ursprungsgegenstand. In diesem Fall war es etwas Kleines, dass eure Verfolger von Waltrude genommen hatten. Ich kann den Ursprungsgegenstand gegen diesen Kontakt abschirmen."

„Ich wusste gar nicht", brummelte Waltrude, „dass ich ein *Ursprungsstand* bin." Sie legte sich auf ihre Decke.

„Ursprungsgegenstand", korrigierte Thaim, doch Waltrude brummelte nur noch „Jaja" und etwas davon, dass es schon spät sei. Sie wolle jetzt schlafen.

„Das wird mir hier jetzt alles zu magisch", sagte Korbinian und legte sich ebenfalls auf seine Decke. Als spürten die anderen, dass das folgende Gespräch für Bandath allein gedacht sei, taten sie es den beiden nach und schon bald zeugten die friedlichen Atemzüge von ihrem Schlaf.

Thaim erhob sich, ging um das Feuer herum und setzte sich neben Bandath. „Du erlaubst?"

Bandath antwortete nicht. Dann stand er auf, ging zu seinem Gepäck und schnürte die beiden Hälften seines Magierstabes los. Mit ihnen in seiner Hand kehrte er zurück.

„Kannst du die auch abschirmen?"

Thaim schüttelte den Kopf. Das Ende des grauen Zwergenbartes wischte über seine breite Brust. „Nein, ich kann nur den Ursprungsgegenstand abschirmen. Du weißt, dass die Magierstäbe aus den Bäumen genommen werden, die auf dem Burghof von Go-Ran-Goh wachsen. Ich müsste dort hin, um deinen Magierstab abzuschirmen."

Bandath sah die beiden Hälften an.

„Seit fast hundert Jahren habe ich ihn benutzt, um Magie zu weben und er hat mir in so mancher Notlage geholfen." Dann warf er das nutzlos gewordene Holz ins Feuer. Gierig begannen die fast schon erloschenen Flammen an dem Stab zu nagen, fast so, als wären sie erfreut über die neue Nahrung. Dann bückte sich Bandath zu den Vorräten und nahm zwei Holzbecher hoch.

„Wein haben wir keinen", sagte er mit um Verzeihung bittender Stimme. „Vielleicht könntest du …? Ich glaube, ich könnte jetzt einen Schluck gebrauchen."

Thaim nickte ernst, griff nach seinem Weinschlauch und schenkte ihnen beiden ein. Dabei bemerkte er Tränen in Bandaths Augen.

„Du brauchst einen neuen Fokus, um die magischen Kraftlinien aufspüren und ihre Energie für dich nutzen zu können."

„Magische Kraftlinien?"

„Was haben sie euch *überhaupt* beigebracht?"

„Und woher weißt *du* das alles?", konterte Bandath, dem es schwerfiel, zugeben zu müssen, dass sein ganzes bisheriges Leben als Magier auf dem Willen und der Gnade des Inneren Ringes beruht hatte.

„Ich fand vor vielen Jahren einen guten Lehrer." Thaim stieß mit seinen Becher an den in Bandaths Hand.

Der Zwergling starrte auf den Becher, sah in das Feuer, in dem prasselnd sein alter Magierstab verbrannte, blickte dann Thaim in die Augen und nahm einen Schluck.

„Verzeih mir mein Verhalten, damals im Wald", sagte er dann.

„Welches Verhalten?" Der Hexenmeister grinste, hob den gefüllten Becher und prostete Bandath erneut zu. Bandath hob seinen Becher ebenfalls zum Gruß und trank. Er bekam nicht mit, dass Barella ihn von ihrem Platz aus beobachtete. Sie lauschte der Unterhaltung eine Weile.

„Magie ist eine Gabe, Bandath, kein Privileg." Thaim blickte ihn ernst an. „Das haben sie euch in Go-Ran-Goh nie deutlich gemacht. Man muss sie zum Wohle anderer einsetzen. Gut, wenn ab und an eine Goldmünze für einen selbst dabei abfällt, dann ist das auch in Ordnung." Er zögerte kurz und fügte dann ein „Denke ich jedenfalls" hinzu.

„Die magischen Kraftlinien, von denen ich eben sprach, durchziehen die Erde wie ein Netz", sagte Thaim dann. „Ist dir schon einmal aufgefallen, dass du an manchen Orten gut, an anderen weniger gut Magie weben kannst?"

Bandath dachte nach, nickte. „Es war, als müsse ich manchmal einen Widerstand überwinden, um magische Energie einsetzen zu können."

„Wenn du in der Nähe einer solchen Linie bist, dann kannst du besonders gut Magie weben. Es gibt Stellen auf der Erde, da kreuzen sich zwei Linien, dort ist ein großer Punkt magischer Energie. Die Magie knistert förmlich. Dort, wo sich noch mehr Linien kreuzen, können wir magische Ereignisse fast schon mit bloßem Auge sehen. Ich kenne nur drei Punkte, an denen sich mehr als fünf magische Linien kreuzen. Der erste ist Go-Ran-Goh. Soviel ich weiß, kreuzen sich dort zehn magische Kraftlinien. Acht begegnen sich im Umstrittenen Land, nördlich der Riesengras-Ebenen."

Barella erinnerte sich an die Durchquerung dieses Gebietes im letzten Jahr und an die seltsamen Wesen, die sie dort getroffen hatten.

„Der dritte Punkt, den ich kenne, ist die Oase Cora-Lega, mitten in der Todeswüste. Ich selbst bin nie dort gewesen, habe es auch nicht vor. Dort sollen sich zwölf Kraftlinien der Magie kreuzen, so sagt man. Zwölf!"

Barella schloss die Augen. Das war ja klar gewesen. Warum auch sollte es einfach sein?

Während sie in das Reich des Schlafes hinwegdämmerte, begleiteten sie die Worte von Thaim und Bandath als ständig leiser werdendes, angenehmes Gemurmel. Das letzte, was sie bewusst hörte, war Thaims Satz: „Du brauchst einen neuen Fokus, Bandath. Dann wirst du auch wieder lernen, die Magie zu nutzen. Und das musst du, wenn du weiter in den Süden willst."

Am nächsten Morgen erwachte Barella als erste. Bandath saß noch immer oder schon wieder vor dem mittlerweile erloschenen Feuer. Thaim war verschwunden. Sie erhob sich, richtete etwas Holz an und entzündete es mit ihrem Feuerstein. Knisternd griffen die Flammen um sich. Sie hängte einen Kessel mit Wasser an das kleine Holzgestell und verschwand danach im Wald, um sich an einem Bach etwas frisch zu machen. Als sie zurückkam, kochte das Wasser. Sie warf ein paar Kräuter in den Topf und begann, das Frühstück vorzubereiten.

„Wann ist er gegangen?", fragte sie wie nebenbei, als Bandath ihr zur Hand ging.

„Als wir fertig waren."

„Ich dachte, er begleitet uns."

Bandath schüttelte den Kopf. „Er hat gesagt, er hat im Westen zu tun. Da deuten sich irgendwelche Kriege an und er will nachsehen, was es damit auf sich hat. Cora-Lega, so sagte er, wäre unsere Aufgabe."

„Und du hast den Rest der Nacht am Feuer gesessen und gegrübelt?"

„Schlafen kann ich auch im Sattel. Wenn gedacht werden muss, dann muss man denken."

„Und?"

Bandath hob den Blick. „Später, Barella. Bitte."

Sie nickte. Nach und nach erwachten die anderen, verschwanden kurz im Wald, kehrten dann zum Feuer zurück und ließen sich sowohl Barellas Tee als auch das Essen schmecken. Nach dem Frühstück brachen sie auf.

Barella ritt wie immer neben Bandath.

„Was ist ein Fokus?" Barella sah ihren Gefährten an. „Ich weiß eigentlich so wenig von deiner Magie. Erklär es mir."

„Ein Fokus ist ein Gegenstand, mit dessen Hilfe ich die uns umgebende magische Energie aufnehmen, verstärken und auf mein gewolltes Ziel hin lenken kann."

„Und dafür hast du bisher deinen Magierstab benutzt?"

Bandath nickte.

„Welche Eigenschaften muss so ein Fokus haben?"

„Er muss in der Lage sein, magische Energie aufnehmen und weiterleiten zu können."

„Und das Holz war dazu fähig?"

Wieder nickte Bandath. „Go-Ran-Goh ist ein Ort großer magischer Macht. Alles, was dort wächst, wird von dieser Macht beeinflusst. Auf dem Burghof stehen seit vielen hundert Jahren mehrere Aeltian-Bäume. Ihr Holz ist im besonderen Maße für Magierstäbe geeignet. Jeder Schüler bekommt bei seiner Weihe zum Magier einen eigenen Aeltianholz-Magierstab."

„Hast du schon eine Idee, was dein neuer Fokus sein könnte?"

Bandath sah auf. „Du meinst also auch, dass ich wieder Magie weben werde?"

„He, alle sagen das. Niesputz, Thaim, warum soll ich mich da ausschließen?"

Dann öffnete sie den obersten Knopf ihres Leinenhemdes und zog die Kette um ihren Hals hervor, an dem ein Anhänger baumelte. Sie streifte das Schmuckstück über den Kopf, wog den Anhänger kurz in ihrer Hand und reichte ihn Bandath.

„Hilft dir das?"

„Barella!" Bandath riss seine Augen ungläubig auf. „Das ist dein Borium-Kristall!"

Er hatte ihn ihr im letzten Jahr geschenkt, als sie in den Höhlen der Dunkelzwerge auf der Suche nach dem Erddrachen gewesen waren. Barella hing sehr an diesem Kristall, trug ihn Tag und Nacht bei sich.

„Und jetzt gebe ich ihn dir zurück. Lass es dein Fokus sein."

Der Borium-Kristall war von den Dunkelzwergen auf Grund seiner magischen Fähigkeiten genutzt worden, eine steinerne Tür zu verschließen. Bandath wog ihn in der Hand. Vielleicht könnte es ja klappen.

„Und wie funktioniert das jetzt?", fragte Barella.

Bandath zog sich die Kette über den Kopf und platzierte den Kristall auf seiner Brust. Er hing dort neben dem Ring, der ihn bei Bedarf unsichtbar machte und der Pfeife, mit der Bandath den Laufdrachen rufen konnte.

„Nun, vom Prinzip ist es relativ einfach, hat zumindest Thaim gesagt. Man überlegt, was man tun will, bündelt die vorhandene magische Energie in seinem Fokus und richtet dann seinen Willen auf das Objekt, das man beeinflussen will."

„Angenommen, du willst ein Feuerchen entzünden, ein kleines Lagerfeuer. Dort zum Beispiel." Barella wies auf eine abseits des Weges stehende größere Baumgruppe. „Wie gehst du vor?"

Bandath wog den Kopf. „Nun, ich würde mir überlegen, wie das Feuer aussehen und wo es brennen soll und versuche dann magische Energie aufzuspüren, sie in den Fokus leiten und ..." Plötzlich verdrehte Bandath die Augen, griff nach dem jetzt leuchtenden Borium auf seiner Brust und im selben Moment explodierte die Baumgruppe in einem Inferno aus Feuer. Eine Wand aus Hitze wälzte sich auf die Gefährten wie eine erstickende Decke und nahm ihnen die Luft zum Atmen. Brüllend schlugen die Flammen über den Bäumen in den Himmel, Baumstämme kreischten, als sie unter der plötzlichen Lohe aufrissen und die Feuchtigkeit in ihrem Inneren zu kochen begann. Schwarzer Qualm stieg auf und die Hitzewolke versengte den Gefährten die Augenbrauen. Waltrude schrie erschrocken, die Pferde wieherten, scheuten, Ratz wurde auf den Boden geschleudert, dann gingen Pferde durch und die Reiter brauchten mehrere Augenblicke, um die Gewalt über sie zurückzubekommen. Selbst Barella hatte Schwierigkeiten, Sokah zu beruhigen. Rulgo zog den Kopf zwischen die Schultern und floh, die beiden Oni folgten schreiend. Nur Bandath und Dwego verharrten an Ort und Stelle. Ratz richtete sich auf und taumelte hilflos auf dem Weg umher. Korbinian, der sein Pferd als Erster wieder unter Kontrolle hatte, hieb der Stute die Fersen in die Flanke und trieb sie zu Ratz. Er zog ihn hinter sich auf das Pferd und brachte ihn von den lodernden Bäumen weg.

„Bandath!", schrie er im Vorbeireiten gegen das Brüllen der Flammen an.

Als wäre er aus einer Trance erwacht, schüttelte Bandath den Kopf und Dwego rannte zu den anderen, die sich mittlerweile in sicherer Entfernung von der brennenden Baumgruppe wieder zusammengefunden hatten.

„Was war denn das?", rief Barella, als Bandath sich näherte. „Ich habe dich gebeten, mir zu erklären, wie du ein kleines Lagerfeuer entzünden würdest. Du solltest nicht einen ganzen Wald vernichten."

„Das ... das muss an dem Borium-Kristall liegen. Es funktioniert besser, als ich zu hoffen wagte."

„Du warst das?", fragte Korbinian. „Dann kannst du also wieder Magie wirken?"

„Allerdings muss er wohl noch etwas üben, wenn er nur ein kleines Feuerchen machen sollte", sagte Waltrude, strich sich über die Augenbrauen und roch an ihren Fingern. „Das stinkt!"

„Er sollte gar kein Feuer machen. Er sollte mir nur erklären, wie er es machen *würde*", betonte Barella noch einmal.

Theodil räusperte sich. Seine Stimme klang vor Schreck belegt. „Da bin ich aber froh, dass du ihn nicht gebeten hast, das Wäldchen zu vernichten. Wahrscheinlich würde dann die gesamte Savanne in Flammen stehen."

„Zumindest", meinte To'nella mit süßsaurer Miene, „brauchen wir uns keine Gedanken mehr darüber zu machen, dass die Kopfgeldjäger unsere Spur nicht finden werden." Sie wies auf die weithin sichtbaren Qualmwolken über dem brennenden Wald.

„Du bist mir ein Zauberer", nörgelte Niesputz, ihn hatte die Druckwelle der Explosion am weitesten weggeschleudert.

„Ma…", wollte Bandath wieder einmal korrigieren, verstummte dann aber. Er war kein Magier mehr.

„Der Magier ist tot", grummelte Rulgo hinter ihm. „Es lebe der Hexenmeister!"

Und damit hatte jeder der Gefährten seine Meinung zu dem gesagt, was gerade passiert war.

Sergio und Claudio standen neben ihren Drago-Zentauren auf einem Hügel und musterten die vor ihnen liegende Savanne.

„Meinst du wirklich?", fragte Claudio.

Sergio nickte, den Blick fest auf die ferne Rauchsäule gerichtet. „Was sonst soll das sein? Eine derartige Explosion, die einen ganzen Wald in Flammen aufgehen lässt, kann nur durch Magie hervorgerufen werden. Lass uns hinreiten. Wir werden dort ihre Spuren finden. Wahrscheinlich sind sie angegriffen worden. Wir müssen aufpassen!" Wie immer sprang er, ohne auf seinen Kumpan zu warten, auf seinen Drago-Zentauren und preschte davon.

„Ich hasse es, wenn er das macht!", murrte der Gnom, glitt ebenfalls auf den Rücken seines Reittieres und ritt dem sich entfernenden Minotaurus hinterher.

„Du willst mal wieder mit mir reden?" Niesputz und Bandath hatten sich während der abendlichen Rast ein Stück von dem Rest der Gruppe entfernt. Bandath saß an einen Baum gelehnt und rauchte seine Pfeife, Niesputz hockte auf seinem Knie. Auch in seiner winzigen Pfeife knisterte Tabak.

„Ist es so, dass wir jedes Mal, wenn wir ein Abenteuer erleben, ein ernstes Gespräch führen müssen?" Das Ährchen-Knörgi sah den Zwergling an.

„Ich habe eine Frage an dich, Niesputz."

„Eine wichtige?"

„Ich denke schon."

„Das letzte Mal, als du eine wichtige Frage an mich hattest, war es die, wer ich sei." Niesputz sog tief an seiner Pfeife.

„Du hast mir darauf nie eine richtige Antwort gegeben."

„Das ist nicht wahr, Bandath. Du hast vermutet, dass ich die lebende Hälfte des Erddrachenherzens bin."

„Und du hast gesagt, dass das nicht stimmt."

Niesputz schüttelte den Kopf. „Du musst genauer hinhören. Ich habe dir gesagt, dass die Sache komplizierter ist, als du dir vorstellen kannst oder je begreifen wirst. Selbst so ein kluger Geist wie du wird nie alle Geheimnisse der Erde ergründen können." Wieder sog er an der Pfeife, bevor er weiterredete. „Mag sein, dass ich ein Teil dieses mächtigen Wesens bin, mag sein, dass ich viel mehr bin. Aber", er hob den winzigen Zeigefinger, „ich bin dein Freund. Und nur das zählt wirklich."

„Und wer bin ich?", fragte Bandath leise.

„Wären wir also bei der eigentlichen Frage angekommen, derentwegen wir hier sitzen."

„Ich bin kein Magier mehr. Aber meine Magie kehrt langsam zurück."

„Nun, ich würde das, was heute passiert ist, nicht unbedingt als *langsam* bezeichnen."

Bandath schickte einen mächtigen Rauchring in die Luft. „Wer bin ich, Niesputz?"

„Du bist jemand, mit dem die Welt noch Großes vorhat. Und damit meine ich nicht die kleinen Probleme in Cora-Lega, mein Freund." Das Ährchen-Knörgi klopfte die Pfeife auf dem Knie des Zwerglings aus und surrte in die Luft. „Wenn du selbst herausgefunden hast, wer du bist, sag mir Bescheid."

Bandath sah dem davonfliegenden grünen Funkeln hinterher, sog ein letztes Mal an seiner Pfeife, bevor er sie ebenfalls ausklopfte und sich erhob.

„Warum nur bekomme ich von ihm nie die Antworten, die ich hören will?"

Schon wieder schlechte Nachrichten

Die beiden Oni verabschiedeten sich nicht einmal von ihnen, als sie sich erleichtert auf den Rückweg in ihren Mangroven-Wald machten. Wie vereinbart hatten sie den Reisenden den Pfad am Hang der Gowanda-Berge gezeigt. Hinter den Gefährten erstreckte sich die Savanne, vor ihnen ein Gebirgsmassiv, welches in seiner Größe lange nicht an die Drummel-Drachen-Berge heranreichte, aber trotzdem einige hohe Gipfel aufwies.

„Das sollen Berge sein?" Waltrude schüttelte den Kopf. Sie war ihr ganzes Leben nur wenige Male aus den Drummel-Drachen-Bergen herausgekommen, deren höchste Gipfel selbst im Sommer von Schnee und Eis bedeckt waren. Und sie konnte sich nicht vorstellen, dass etwas anderes, das bedeutend kleiner war als „ihre" Berge, dieselbe Bezeichnung verdiente. Hier vor ihnen erhob sich ein sanft gewellter Höhenzug, dessen Hänge und Gipfel von einer für Blicke undurchdringlichen Vegetation bewachsen waren.

„Der Wald kommt mir irgendwie bekannt vor", murmelte Barella unbehaglich. Bandath stimmte ihr zu. Auf frappierende Weise ähnelte er dem Wald, den sie im letzten Jahr im Umstrittenen Land kennengelernt hatten. Nur war er nicht ganz so … gigantisch. Dieser hier erschien ihnen natürlicher.

„Aber sicher", plapperte Niesputz fröhlich. „Das ist die Heimat der Knörgis. Am Waldrand leben einige Stämme der Ährchen-Knörgis. Mein eigenes Dorf liegt allerdings viel weiter westlich. Vielleicht werde ich auf dem Rückweg einen kleinen Abstecher unternehmen. Wollt ihr nicht mitkommen?"

„Ein ganzes Dorf voller Niesputze?", stöhnte Korbinian und griff sich theatralisch an den Kopf. „Nein, danke. Allein die Vorstellung davon bereitet mir Kopfschmerzen. Ährchen-Knörgis sind von Natur aus nervenaufreibend."

„Im Wald finden wir Blüten-Knörgis und Beeren-Knörgis." Niesputz redete weiter, als hätte er Korbinians Einwurf nicht gehört. Die anderen grinsten.

„Nur Bluteichel-Knörgis werdet ihr nicht sehen. Dieses eingebildete und neunmalkluge Volk lebt weit im Süden, auf der anderen Seite der Todeswüste."

„Die bezeichnest *du* als eingebildet und neunmalklug?" Korbinian schüttelte den Kopf. „Die Ahnen meines Volkes mögen mich davor bewahren, deren Dörfer jemals zu betreten."

„Elfen sind von Natur aus nicht belastbar", tat Niesputz die Worte Korbinians ab. „Was für uns aber durchaus beachtenswert ist, sind die vielen Tiere hier in den Wäldern. Da gibt es Säbelzahn-Hunde, natürlich einige Wald-Mantikore, Gargylen-Rudel, Schnapp-Geier, Mastodonten-Herden …"

„Was sind denn Masdonten?" Waltrude zog die Augenbrauen hoch.

„*Mastodonten* sind kleine, putzige Waldelefanten, nur wenig größer als Dwego. Eigentlich ganz ungefährlich, aber wenn sie in Herden auftauchen, dann können sie unbedarfte Wanderer leicht zertrampeln.

Außerdem werden wir mit einer ganzen Menge an Tieren zu rechnen haben, die sonst nicht in diesem Wald vorkommen. Ich denke da an Skvader, Qilin und Chupacabras."

„Das sind ja rosige Aussichten", stöhnte Waltrude. „Mir reichten schon die Wasserdrachen und diese Schuppen-Dinger bei den Flößern. Kwader und Kwillis will ich gar nicht erst kennenlernen."

Niesputz grinste. „Ach ja, und dann gibt es noch diverse Giftspinnen, stechende Insekten, Schlangen und nicht zu vergessen die drolligen Giftscherenstachler."

„Giftscherenstachler?" Rulgo richtete sich auf. „Du meinst Elfenknacker?"

„Trollbrecher?", fragte Korbinian erschrocken.

„Nein, *Giftscherenstachler*!" Jetzt fauchte Niesputz Troll und Elf an. „Ich habe schon im letzten Jahr gesagt, dass meiner Meinung nach gewissen Völkern – und damit meine ich nicht die Zwerge, die Halblinge oder die Menschen – das Recht entzogen werden müsste, Tieren Namen geben zu dürfen." Er atmete tief durch.

„Das, was die Elfen im Umstrittenen Land als Trollbrecher und die Trolle als Elfenknacker bezeichnen, lebt in diesen Wäldern unter dem

Namen Giftscherenstachler, ist hier aber nicht so groß wie Dwego, sondern hat nur etwa meine Größe. Womit ich nicht gesagt haben will, dass meine Körpergröße nicht auch beeindruckend ist. Immerhin bin ich eine ganze handbreit größer als jedes einzelne Bluteichel-Knörgi!"

Niesputz stand auf seinen Lieblingsplatz, Barellas Schulter, richtete sich auf, als wolle er seine letzte Aussage unter Beweis stellen und jeden herausfordern, der etwas anderes behauptete.

„Wir sollten dann weiterziehen. Noch befinden wir uns eine ganze Weile auf Gelände, auf dem wir schon von weitem gesehen werden können."

Er hatte recht. Der vor ihnen liegende Hang der Berge war nur mit Gras und einzelnen Buschgruppen bewachsen. Erst, wenn sie einige Stunden den Pfad folgten, würden sie den Waldrand erreichen und das Gebiet der Säbelzahn-Hunde, Wald-Mantikore, Giftscherenstachler und Mastodonten-Herden betreten.

„Ach, bevor ich es vergesse", Niesputz schwirrte von Barella zu Bandath, „das Feuermachen solltest du im Wald bitte den anderen überlassen, hm?"

Der Zwergling grinste säuerlich.

Auf dem nach oben führenden Serpentinen erkannten sie nach einigen Stunden eine Gruppe Reisender, die ihnen entgegenkam.

„Das ist gar nicht gut", murmelte Bandath. „Die werden den Kopfgeldjägern erzählen, dass sie uns getroffen haben."

„Ich denke", nahm Barella einen Gedanken Bandaths vorweg, „du solltest deine Hypnosemagie an ihnen nicht anwenden."

„Keine Angst", Bandath verzog das Gesicht, „schließlich will ich nicht ihr Gedächtnis löschen. Bevor ich das nicht richtig im Griff habe, werde ich Magie wohl nur sehr vorsichtig einsetzen."

„Am besten gar nicht zaubern, Hexenmeister", schnurrte Niesputz und sauste nach vorn, um auszukundschaften, wer ihnen entgegenkam.

Hexenmeister, dachte Bandath, *daran werde ich mich erst einmal gewöhnen müssen.*

„Menschen, wahrscheinlich drei Familien", sagte Niesputz wenig später. „Männer, Frauen, Kinder. Es sieht aus, als wären sie auf der Flucht. Sie haben Pferde, Ochsenkarren, Schweine, Ziegen und Hunde dabei."

Wenig später bogen sie um eine Kurve der Serpentine und sahen die Gruppe auf sich zukommen. Vorweg ritten zwei Männer, die Frauen saßen auf den drei Wagen und lenkten die Ochsen. Ein dritter Mann ritt hinten. Zwischen ihm und den Wagen trieben Kinder mit langen Ruten einige Schweine und Ziegen den Weg entlang. Ein paar Hunde tummelten sich rechts und links des Weges im Gras. Die Menschen hatten verhärmte, sorgenvolle Gesichter, für die Kinder schien das alles dagegen eine Art Abenteuer zu sein.

„Wer spricht mit ihnen?", fragte To'nella.

„Ich denke, das solltest du tun", entgegnete Niesputz.

„Klar", grummelte Rulgo. „Elfen haben von Natur aus den besten Draht zu den Menschen."

Die Menschen hatten die ihnen entgegenkommende Gruppe entdeckt. Der Erste zügelte unentschlossen sein Pferd. Der andere Reiter folgte dem Beispiel seines Freundes, die Wagen schlossen auf und hielten ebenfalls an. Von hinten kam der dritte Mann nach vorn geritten. Ihre weiße Leinenkleidung war abgetragen, aber sauber. Sie griffen nach Knüppeln, die sie wie Schwerter an ihren Sätteln hängen hatten. Energische Rufe der Frauen ertönten aus den Wagen und die Kinder huschten in deren Schutz.

„Haltet an", sagte Bandath zu seinen Freunden. Er nickte To'nella und Niesputz zu. „Sie haben Angst. Lasst uns allein zu ihnen reiten." Auf einen kurzen Schenkeldruck hin setzte sich Dwego in Bewegung, To'nellas Pferd trabte nebenher. Niesputz surrte zwischen ihnen dahin. Als die Männer sahen, dass sich von der Gruppe vor ihnen zwei Reiter lösten, entspannten sie sich merklich und nach einer kurzen Verständigung kamen ihnen ebenfalls zwei Reiter entgegen.

Bandath stoppte Dwego auf halber Strecke. Der Laufdrache schnupperte, zeigte aber keinerlei Anzeichen von Erregung. Es schien alles in Ordnung zu sein.

„Ihr seid eine gemischte Gesellschaft", sagte einer der Männer, als sie sich bis auf Rufweite genähert und angehalten hatten.

„Ja, wir haben Geschäfte auf der anderen Seite der Gowanda-Berge", antwortete To'nella.

„Lasst es sein. Wir kommen von dort."

„Ihr seid Flüchtlinge." Der Satz enthielt keine Frage, es war eine Feststellung der Elfe.

Der Mann gab seinem Pferd einen kurzen Fersendruck in die Seite. Es schnaubte und näherte sich Bandath und To'nella bis auf Armlänge, schielte aber angespannt zu dem Laufdrachen.

„Er wird meinem Pferd nichts tun?"

Bandath schüttelte den Kopf. „Ich habe ihn im Griff."

Ihr Gegenüber nickte. „Wir haben im Wald zwei Pferde und einige Schweine durch den Angriff von Säbelzahn-Hunden verloren."

„Warum nehmt ihr diese Strapazen auf euch?"

„Wir mussten unser Dorf aufgeben. Die Sandmonster griffen uns an und vernichteten es. Nur wenige hatten so viel Glück wie wir und überlebten. Aber es gibt nun nichts mehr, was uns noch in unserem Dorf hielte. Unsere Quellen sind voll Sand, das karge Ackerland vernichtet, die Häuser stehen nicht mehr und viele der Dorfbewohner sind tot ... oder schlimmer ..." Er schluckte, sein Blick huschte in die Ferne und blieb dort.

„Schlimmer?", fragte Bandath zaghaft.

Der zweite Mann sah den Zwergling an. „Wenn ihr von weit her kommt, habt ihr es wahrscheinlich noch nicht gehört. Sandmonster kommen aus der Wüste. Einige Verrückte sprechen von dem ‚Fluch aus der Wüste'. Wie auch immer, es ist mir egal. Sie kommen, töten und verschwinden wieder. Am Anfang soll es nur eines gewesen sein, ein riesenhaftes Pferd aus Sand mit krallenbewehrten Klauen und einem Maul, das einen ganzen Menschen hätte verschlingen können. Wir lachten, als die ersten Gerüchte zu uns drangen – und gingen weiter unserer Arbeit nach. Hart genug ist das Leben am Rand der Wüste. Selbst als die ersten Flüchtlinge kamen, taten wir nichts. Es würde schon nicht so schlimm werden. Und was sollten diese Monster auch von unserem Dorf wollen? Wir hatten schließlich nie jemandem etwas getan." Er schluckte. Sein Blick durchforstete unruhig die Umgebung. „Dann kamen sie, vor etwa dreißig Tagen. Es waren nur drei Monster, mehr war für unser Dorf nicht nötig. Ich habe gehört, dass zehn von ihnen auf der anderen Seite der Wüste eine Stadt angegriffen haben sollen. Wisst ihr, was Sandmonster sind? Jedes sieht anders aus, zusammengesetzt aus den wildesten Tieren, die es auf der Welt zu geben scheint. Sie haben einen Körper aus weichem Sand. Ein Pfeil geht glatt durch sie hindurch und fliegt dahinter weiter, ein Speer ebenfalls. Schlägt man ihnen mit einem Schwert ein Körperteil ab, so geschieht gar nichts. Das abgeschlagene Körperteil bleibt, wo es hingehört und das Schwert ist nach dem dritten oder vierten Schlag stumpf. Es ist, als kämpfe man mit Waffen gegen die Wüste." Er schüttelte den Kopf, wie um die Erinnerung loszuwerden. „Es war furchtbar. Den Menschen blieb nur die Flucht. Wird jemand von solch einer Kreatur berührt, ist es, als wenn ihm das Leben, nein, der Lebenswille ausgesaugt wird. Lassen sie ihn los, ist er entweder tot oder eine leere Hülle, nicht mehr fähig zu irgendeiner vernünftigen Handlung. Diese Leute können nicht einmal mehr Wasser trinken oder essen. All diese Bemitleidenswerten sterben innerhalb weniger Tage.

Zwei Tage vor dem Angriff reisten drei Magier aus Go-Ran-Goh durch unser Dorf. Sie stritten sich. Einer wollte gegen die Monster vorgehen, die anderen beiden wollten ihn daran hindern. Es kam zu einem Kampf." Erneut schüttelte er den Kopf, dieses Mal über so viel Unverstand. „Wie kann man nur im Angesicht einer solchen Gefahr gegeneinander kämpfen, noch dazu als Magier von Go-Ran-Goh?"

Bandath räusperte sich. „Wie ist der Kampf ausgegangen?" Seine plötzlich sehr trockene Kehle ließ seine Stimme heiser klingen.

„Der Magier, der kämpfen wollte, unterlag."

„Kannst du sie beschreiben? Haben sie Namen genannt?"

„Der eine war ein Zwerg, sehr klein von Wuchs mit einer mächtigen, stahlgrauen Mähne, geflochten in etwa zwei Dutzend Zöpfen."

„Bolgan Wurzelbart, der Meister des Wachsens und Vergehens auf Go-Ran-Goh", murmelte Bandath mehr zu sich, als zu den anderen.

„Der zweite war ein Elf, noch jung an Jahren."

„Wahrscheinlich Anuin Korian. Ich kenne ihn nicht persönlich."

„Und der dritte, derjenige, der gegen die Monster kämpfen wollte, war ein Troll."

Bandath schluckte. Es gab nur einen Troll auf Go-Ran-Goh. „Malog", flüsterte er. Der Pförtner war einer der wenigen Freunde, die er je in der Magierfeste gehabt hatte. „Was passierte?"

„Der Zwerg griff den Troll an. Blitze zischten, Feuerkugeln flogen umher, wir versteckten uns. Dann sah ich jedoch, wie der Elf sich von hinten an den Troll schlich und ihn mit einem weißen Lichtstrahl niederstreckte. Elfen sind von Natur aus hinterhältig ..." Er blickte To'nella erschrocken an. „Verzeih ... ich wollte nicht ..."

„Nun", sagte diese, „solange du deine Aussage auf Magier und Fürsten beziehst, bekommst du von mir uneingeschränkt Recht." Sie wandte ihren Kopf kurz Bandath zu und sah dessen gramzerfurchtes Gesicht. „Was geschah mit dem Troll?", fragte sie den Mann.

„Die Magier ließen ihn liegen und zogen von dannen. Unsere Heilerin kümmerte sich um ihn. Er hatte überlebt, war aber geschwächt. Trotzdem stellte er sich den Sandmonstern entgegen, als diese ein paar Tage später überraschend unser Dorf angriffen." Der Mann senkte den Kopf. „Das hat er nicht überlebt."

In Bandath breitete sich eine übermächtige Wut aus, langsam und brodelnd wie die Lava in einem Vulkan, kurz bevor dieser ausbricht. *Sie haben Malog getötet!* Bandath selbst hatte sich, aus der Sicht anderer zumindest, etliches zuschulden kommen lassen. Er hatte viele Jahre von den Elfen und den Trollen Gold dafür kassiert, dass er ihnen wechselseitig das Diamantschwert stahl. Nicht immer waren diese oder andere Aufträge, die er angenommen hatte, von Waltrude diskussionslos hingenommen worden. Aber eines hatte Bandath über die ganzen Jahre hinweg stets eingehalten: Er hatte nie getötet: Keinen Mensch, keinen Zwerg, Elf, Halbling oder Gnom. Das war mehr, als die meisten anderen Magier von sich behaupten konnten. Und er war stolz darauf. Diese Einstellung war es auch, die seiner Meinung nach die Grundessenz der Lehre Go-Ran-Gohs gewesen war. Jetzt aber hatten die Magier des Inneren Ringes einen der ihren getötet – und das vor aller Augen. Hätte es noch irgendeines Beweises bedurft, irgendeines Grundes für ihn, sich von Go-Ran-Goh abzuwenden, so hätte diese erschreckende Nachricht den Ausschlag gegeben.

Der Redner sah Bandath an. „Du kanntest den Troll?"

„Und den Zwerg", bestätigte Bandath. „Der Troll aber war einer meiner Freunde."

„Das tut mir leid. Wir alle haben Freunde und Verwandte verloren."

„Was werdet ihr jetzt machen?", fragte To'nella.

„Wir gehen in den Norden. Irgendwo wird es Land geben, auf dem wir uns niederlassen können."

„Wenn ihr nichts findet", sagte Bandath und räusperte sich, „dann geht bis Pilkristhal und wartet dort den Frühling ab. Lasst euch von dort den Weg nach Neu-Drachenfurt weisen ..."

In allen Einzelheiten beschrieb er ihnen, wie sie dorthin gelangen und an wen sie sich in ihrer Not wenden konnten, um sicher ans Ziel zu kommen.

Die Männer waren zunächst sprachlos angesichts dieser unerwarteten Hilfsbereitschaft. Dann bedankten sie sich wortreich bei ihnen.

„Noch etwas", fügte To'nella hinzu. „Wir werden von zwei Kopfgeldjägern verfolgt. Magier, die vorgeben, im Auftrag von Go-Ran-Goh zu handeln. Wenn ihr ihnen begegnet, werden sie euch nach uns ausfragen. Lügt nicht, es ist es nicht wert. Sagt ihnen, was ihr wisst, bevor sie euch etwas antun."

Sie verabschiedeten sich und Bandath und seine Gefährten machten Platz, um den kleinen Tross vorbeizulassen.

Am späten Nachmittag erreichten sie die Waldgrenze. Eigentlich war Grenze kein guter Begriff. Im Gegensatz zum Umstrittenen Land, dessen Wald von einer hohen, undurchdringlichen Hecke umschlossen war, begann dieser Wald hier allmählich. Zuerst mehrten sich die Büsche, kleine Bäume tauchten zwischen ihnen auf. Dichter und dichter wurde die Vegetation, bis Waltrude irgendwann bemerkte: „So einen Wald habe ich noch nie gesehen." Zu diesem Zeitpunkt liefen sie aber schon eine Weile unter Baumkronen.

Der Wald in den Gowanda-Bergen war nicht mit den hohen Wäldern der nördlichen Gebiete zu vergleichen, aus denen sie gekommen waren. Mehr als dreitausend Meilen lagen mittlerweile zwischen ihnen und den Drummel-Drachen-Bergen. Die Bäume hier waren groß und kräftig, fleischige Blätter und riesige Blüten wuchsen an ihnen. Insekten schwirrten durch die Luft, von denen einige durchaus Niesputz gefährlich werden konnten. Vögel in bisher nicht gesehener Farbenvielfalt machten Jagd auf die Insekten. Andere ließen sich die mannigfaltigen Früchte schmecken, die an den Bäumen und Sträuchern hingen. Da gab es Nüsse und Beeren so groß wie Fäuste, Trauben und Schoten in Mengen, Obst in ungeahnter Vielfalt.

„Zumindest Hunger werden wir hier nicht leiden müssen", sagte Theodil, der den Blick bewundernd wandern ließ.

„Oh." Niesputz surrte zu dem Zwerg. „Wenn dir dein Leben lieb ist, solltest du nur essen, wenn du mich vorher gefragt hast. Der größte Teil von dem Zeug hier ist ungenießbar und verursacht im schlimmsten Fall

Durchfall – aber vom Feinsten. Du wirst nicht einmal mehr die Zeit haben, dir die Hosen herunterzuziehen, wenn es losgeht. Und ich glaube nicht, dass Waltrude dir diese dann waschen wird. Einiges allerdings ist so giftig für euch, dass ihr innerhalb weniger Minuten in den Hallen eurer Vorfahren wandeln werdet, im trauten Gespräch mit ihnen vertieft. Klar?"

Alle nickten, bis auf Korbinian und Rulgo. Beide fühlten sich an das Umstrittene Land erinnert, um das ihre Völker Jahrhunderte lang erbittert Krieg geführt hatten.

„Ich hatte fast vergessen, wie schön es war", sagte Korbinian verträumt. Er wusste gar nicht, wo er zuerst hinsehen sollte und ließ seine Blicke fast schon zärtlich durch das Dickicht gleiten.

„Die Gegend ähnelt dem Land, das ihr uns wieder und wieder genommen habt", knurrte der Troll hinter ihm.

Es schien eine Veränderung mit Rulgo und Korbinian vorzugehen, seit sie diesen Wald betreten hatten. Am Anfang der Reise hatte der Elf mit arroganter Überheblichkeit auf alle anderen Mitglieder der Gruppe herabgesehen, das galt im Besonderen für Rulgo. Im Laufe der Zeit war daraus eine stille Toleranz geworden, die am Ende sogar zu Akzeptanz wurde. Zwar würde die Behauptung zu weit gehen, er würde den Troll als seinen Freund betrachten, aber er sah ihn zumindest als gleichberechtigtes Mitglied der Gruppe an. Rulgos Einstellung seinerseits hatte eine ähnliche Entwicklung genommen. Er akzeptierte den Elf zwar nicht als ebenbürtig, da er bei Bandath die „älteren Rechte" als Freund besaß, wie er einmal gesagt hatte, aber er duldete Korbinian. Allerdings konnte er es nicht sein lassen, ihn ständig zu hänseln und ihm mitzuteilen, was Elfen von Natur aus nicht könnten oder was für nervende Eigenschaften sie hätten – ein Spiel übrigens, dass er mit Korbinians Vater im letzten Jahr sehr ausführlich gespielt hatte. Gern und oft wies er ihn auch auf *Regel Nummer eins* hin. Jetzt allerdings schienen die Erfolge der gesamten Reise, was das Verhältnis der beiden zueinander betraf, dahinzuschwinden. Unter dem Eindruck einer Landschaft, die so sehr dem uralten Streitobjekt der Elfen und Trolle glich wie nichts anderes, das sie während der letzten Monde gesehen hatten, brach die alte Feindschaft wieder auf.

Korbinian zügelte auf die letzte Bemerkung des Trolls hin sein Pferd. „*Ihr* habt es *uns* gestohlen, Troll."

„Oho, heiße ich jetzt schon nicht mehr Rulgo, bin ich jetzt nur noch *Troll* für dich, kleines Elflein." Seine Stirn furchte sich. „Kein einziger Kampf, den ihr gewonnen habt, wurde mit ehrlichen Mitteln ausgetragen!"

„Du lügst, wie alle Angehörigen deiner Rasse! Nur mit ..."

„Korbinian! Rulgo!", brüllte Bandath und lenkte Dwego zwischen die beiden Streithähne. Beunruhigt bemerkte er, dass Rulgo seine Keule fest in der Faust hielt, während Korbinians Hand griffbereit auf dem Knauf seines Schwertes lag.

Niesputz surrte hinzu und gesellte sich zu Bandath. „Spinnt ihr? Was soll das jetzt? Ich hatte euch so gut gezähmt."

In Rulgos Brustkorb grummelte es wie ein fernes Gewitter. „Halt dich da raus, Fliegenmann."

„Fliegenmann?" Das Ährchen-Knörgi schnaubte aufgeregt. „He, Troll, was machst du mich an? Weißt du eigentlich, wie schwer es ist, mit gebrochenen Fingern Zähne aufzusammeln?"

„Der Elf hat angefangen."

„Das ist nicht wahr!", protestierte Korbinian.

„*Der Elf hat angefangen!*", äffte Niesputz den Troll nach. „Du meine Güte! Sind wir hier in einer Kindergruppe? *Der hat ein Zuckerstückchen mehr als ich! Die hat mir meine Puppe weggenommen.*" Er schüttelte den Kopf und ließ sich auf Bandaths Schulter nieder.

„Wann begreift ihr endlich, dass das Umstrittene Land weder den Elfen noch den Trollen gehört oder jemals gehört hat. Und *niemand* von euch hat es in den letzten hundert Jahren einem anderen geklaut. Ihr habt es euch klauen lassen! Gebt es doch endlich zu: Elfen und Trolle hatten sich an den Frieden gewöhnt. Ihr hattet euch daran gewöhnt, dass jemand anderes, dass *Bandath* für euch die Kartoffeln aus dem Feuer holte!

Ich denke, das hatten wir im letzten Jahr bereits alles mit deinem Vater geklärt, Korbinian? Was also ist los?"

„Es ist nur ... weil hier alles ...", stotterte Korbinian.

„... fast so aussieht wie dort", beendete Rulgo.

„Der Gelbgrüne Gekrösepilz sieht auch fast so aus, wie der leckere Suppenbovist. Den Unterschied merkst du, wenn du ihn isst. Das hier ist *nicht* das Umstrittene Land und damit kein Grund, euch in die Haare zu kriegen." Niesputz musterte kurz das kahle Haupt des Trolls. „Oder so ähnlich jedenfalls. Wie auch immer, wenn das alles hier vorbei ist, ihr

Schnarchbacken, dann könnt ihr eure Völker gern hierherführen und versuchen, in den Gowanda-Bergen heimisch zu werden. Bis dahin aber haltet ihr euch an Regel Nummer eins, die da lautet: Es wird gemacht, was Bandath sagt, auch wenn er jetzt ein Hexenmeister ist!"

Korbinian und Rulgo ließen die Köpfe hängen, sahen sich unter den gesenkten Augenbrauen hervor an und schlichen dann auf dem Pfad weiter, nicht ohne einen gebührenden Abstand zwischen sich zu halten.

„Das hast du gut gemacht", sagte Bandath, als die ganze Gruppe wieder unterwegs war.

„Ich hatte einfach Angst", erwiderte Niesputz, „dass du ihnen in einem Anfall von noch nicht beherrschter Zauberkunst die Augäpfel zum Kochen bringen oder ihre winzigen Hirne noch weiter schrumpfen lassen könntest."

Da hatte er wohl recht, dachte Bandath. Und dann musste er Niesputz doch wieder korrigieren. „Es heißt trotzdem Magie und nicht Zauberkunst, auch wenn ich jetzt ein Hexenmeister sein soll."

Niesputz grinste. „Finden wir uns langsam mit der uns zugedachten Rolle ab, großer Hexenmeister mit den pelzigen Füßen?"

Jetzt musste auch Bandath grinsen. Und das war ein gutes Gefühl.

Später am Tag fanden sie ein verlassenes Nest der Blüten-Knörgis. Es klebte weit über ihnen zwischen den Ästen und sah aus wie eine mehr oder weniger geordnete Ansammlung von Ästen, Zweigen und Moos, die mit kleinen Blumen bewachsen war. Zwischen den Blüten konnte man Öffnungen sehen, die, wenn das Nest bewohnt war, als Ein- und Ausflugslöcher genutzt wurden. Niesputz surrte hoch, kam jedoch nach einer kurzen Besichtigung zurück.

„Die sind alle ausgeflogen – und zwar schon vor mehreren Tagen."

„Geflohen?", fragte Barella.

„Nun, es sah zumindest nach einem geordneten Rückzug aus, nicht nach einer Flucht. Nichtsdestotrotz, sie sind alle weg, komplett und unwiderruflich." Niesputz schien etwas traurig. Die Aussicht, hier auf Artgenossen zu treffen, hatte ihn aufgemuntert. Barella stupste ihn kurz mit dem Finger an.

„Komm schon, vielleicht treffen wir weiter drinnen im Wald welche von deinem Volk. Wahrscheinlich gibt es eine ganz einleuchtende Erklärung für ihren Weggang."

„Eine einleuchtende Erklärung, hübsche Zwelfe? Glaubst du denn daran?"

Barella schüttelte den Kopf. „Nicht wirklich. Aber du hast doch noch uns."

Niesputz grinste säuerlich. „Hiermit ernenne ich euch feierlich zu Hilfs-Knörgis."

Sergio und Claudio ließen die Menschen ziehen. Sie hatten ihnen alles gesagt, was die Kopfgeldjäger wissen wollten. „Neun Leute", zischte der Gnom. „Bandath, seine Gefährtin, der Troll, ein dürrer Mensch mit riesiger Nase, zwei Elfen, zwei Zwerge und der grüne Fliegenmann." Er wog den Kopf. „Da können wir nicht so einfach hingehen und ihnen ein paar Dinger auf die Mütze geben."

„Wo, beim stinkenden Gargylendreck, ist unser Musikant?" Sergio fluchte unflätig. „In Pilkristhal war er noch bei der Gruppe." Hätte er doch nur daran gedacht, von ihm ebenfalls einen Gegenstand an sich zu nehmen, und sei es einer dieser verdammten Kieselsteine gewesen, dann könnte er jetzt feststellen, wo sich Baldurion aufhielt. Auf Menschen war eben kein Verlass.

Auch wenn er es vor Claudio nie zugeben würde, aber Bandath hatte eine schlagkräftige Truppe um sich versammelt, das war dem Minotaurus bewusst. Es würde schwer werden, seine Rache zu vollziehen. Die gute Chance in Pilkristhal war dahin. Er fluchte noch einmal. Sie mussten die Gruppe angreifen, wenn für Ablenkung gesorgt war. Bis dahin hieß es: Verfolgen, nicht gesehen werden und abwarten. Ihre Chance würde kommen, da war sich Sergio ganz sicher. Sie mussten eigentlich nur abwarten, bis Bandath in einen Kampf mit einem dieser ominösen „Sandmonster" verwickelt war. Denn eines würde sich der Mischlings-Magier nicht entgehen lassen: Hier waren die armen und kleinen Leute mal wieder in Bedrängnis. Einer wie Bandath *musste* einfach seine Energie vergeuden und diesem Abschaum helfen.

Sie übernachteten in einer Höhle, in der sogar die Pferde Platz fanden. Nachdem sie am Tag mehrfach auf Spuren gestoßen waren, von denen Niesputz behauptete, dass sie von Säbelzahn-Hunden stammten, freuten sie sich über diese Unterkunft. To'nella und Korbinian hatten die Höhle untersucht und für gut befunden. Auf Herbergen oder Wirtshäuser durften sie in diesem Teil der Berge nicht hoffen. Ohne in der Nacht behelligt worden zu sein, zogen sie am nächsten Tag weiter. Gegen Abend hatten sie den Kamm des Gebirges fast erreicht.

Ihre Gruppe schlängelte sich weit auseinandergezogen durch den Wald. Ständig waren To'nella und Barella bestrebt, die Gefährten eng beieinanderzuhalten. Aber die Enge des Pfades und Hindernisse wie umgestürzte Bäume und in den Weg hineinwachsende Äste und Zweige vergrößerten die Abstände der Reiter untereinander immer wieder.

Als dann die Säbelzahn-Hunde angriffen, wäre es beinahe zu einer Katastrophe gekommen. Sowohl To'nella als auch Barella spürten Sekunden vor dem Angriff, dass etwas nicht stimmte.

„Rulgo!", rief To'nella den Troll, der am Anfang der Gruppe marschierte. „Halt an!" Sei es, weil er sie nicht hörte oder sei es auch, weil sie eine Elfe war und der Troll seinen Ärger auch auf sie übertrug, jedenfalls hielt er nicht an.

„Rulgo!", rief sie noch einmal. Barella hatte bereits Sokah gezügelt, ihren Bogen vom Sattel genommen und gespannt. Aufmerksam geworden, zückte Theodil seine Axt, Waltrude zog einen ihrer eisernen Stäbe hervor und Ratz nahm seinen Knüppel zur Hand. Innerhalb weniger Augenblicke verwandelte sich der Weg in eine Hölle.

Gut zwei Dutzend grauer Hunde brachen kläffend aus dem Gebüsch hervor und attackierten die Reisenden. Die Hunde waren fast so groß wie die Bernsteinlöwen, die südlich des Drummel-Drachen-Gebirges lebten und konnten somit problemlos die Hälse der Pferde erreichen. Ihre weißen Hauer, die ihnen den Namen Säbelzahn-Hunde eingebracht hatten, ragten spitz und gefährlich aus dem Maul. Die beiden Pferde, die Bandath und Barella geritten hatten, bevor Dwego und Sokah wieder zu ihnen gestoßen waren, brachen sofort laut wiehernd aus und flüchteten in den Wald. Einige der Hunde verfolgten sie. Der Angriff des Rudels teilte die Reisenden in zwei Gruppen. Vorn kämpften Rulgo, Theodil, Waltrude und Korbinian, weiter hinten auf dem Weg Bandath, Barella, To'nella und Ratz. Niesputz eilte zwischen den Gruppen hin und her und wandte seine bewährte Taktik an. Laut jaulend raste er, grüne Funken versprühend, auf sein auserkorenes Opfer zu und knallte mit voller Wucht gegen den Schädel des betreffenden Tieres. Barella hatte den Bogen fallen gelassen und hieb mit ihrem Schwert um sich. Der Bogen war für größere Entfernungen geeignet, taugte aber nicht für einen Nahkampf mitten im

dichten Wald. Auch Korbinian schwang sein Schwert. Die Hunde griffen meist zu zweit an. Der erste sprang ein Pferd von hinten an und wenn es erschrocken stieg und die Kehle entblößte, kam der zweite Hund von vorn. Ging der Angriff schief, zogen sie sich zurück. Fast sofort wurde Ratz abgeworfen und sein Pferd flüchtete panisch wiehernd in den Wald. Kurz darauf erstarb das Wiehern, allerdings in einem gurgelnden Schrei. Bandath hatte den Borium-Kristall auf seiner Brust umklammert und flüsterte, traute sich jedoch nicht, Magie anzuwenden, sondern hieb mit einem Stock ungelenk um sich. Allerdings hatten die Säbelzahn-Hunde solch großen Respekt vor dem wild beißenden Dwego, dass kaum einer dem Laufdrachen zu nahe kam.

„Bandath!", schrie Barella und schlug auf einen der Hunde ein. „Jetzt wäre ein guter Zeitpunkt, ein wenig zu zaubern!"

„Magie!", rief Bandath. Dass die das nie lernten! Er sah sich um. Und wenn er nun seine Freunde gefährdete? Ratz wurde gegen den Laufdrachen gedrängt. In der anderen Gruppe fiel Korbinian, als sein Pferd gerissen wurde. Nur dem schnell zugreifenden Troll und einer Attacke des Ährchen-Knörgis verdankte er, dass er am Leben blieb. Die Angriffe der Hunde wurden immer wilder. Lange würden sie sich nicht mehr halten können.

Bandath riss die Hände hoch, flüsterte „Illumina" und spürte, wie die magische Energie ihn durchströmte. Der Borium auf seiner Brust verströmte Wärme. Eine Feuerkugel, größer als Dwego, explodierte aus seiner Hand heraus, raste aufjaulend durch das Rudel und verschwand im Wald, eine Spur zerfetzter Äste und verkohlter Zweige hinter sich lassend. Winselnd verzogen sich einige der Angreifer ins Gebüsch, die Ruten zwischen den Hinterbeinen, die Köpfe gesenkt. Ihr Fell qualmte. Drei Säbelzahn-Hunde lagen bewegungslos auf dem Weg, fast bis zur Unkenntlichkeit verbrannt.

‚Gut!', dachte Bandath. ‚Gute Feuerkugel! Vielleicht die nächste nicht ganz so groß!'

„Nicht so viel!", rief ihm Barella in diesem Moment zu und stürmte auf die letzten beiden Hunde los, die ihre Gruppe angriffen. Ohne zu warten, wandte sich Ratz um und rannte den Weg entlang, um ihren Freunden zu helfen.

„Ratz!", schrie Bandath. „Aus dem Weg!"

Der schlaksige Gaukler fiel mehr, als dass er ins Gebüsch sprang und Bandath jagte eine Feuerkugel zu der anderen Gruppe. Sie war nicht ganz so groß wie die vorhergehende und traf drei Angreifer, die Rulgo attackierten. Sie wurden förmlich von ihm weggeschleudert und landeten zwischen den Bäumen hinter dem Troll. Nur einer erhob sich und kroch hinkend davon.

Barella hatte ihre zwei Gegner besiegt und eilte zu Bandath. Beide konnten sehen, wie neben Korbinian drei Säbelzahn-Hunde aus einem Busch hervorsprangen und ihn angriffen.

„Duck dich!", schrie Bandath den Elf an.

„Spring!" rief Barella zeitgleich.

„Was denn nun?", schrie dieser, als er sein Schwert schwang und den ersten der Hunde mit einem Hieb halbierte. Mit einem zweiten Schlag streckte er auch den anderen nieder und Niesputz schlug den letzten der Hunde in die Flucht. Schwer atmend standen die Gefährten einen Moment bewegungslos auf dem Weg und starrten in das Gebüsch, die Waffen noch immer kampfbereit, als erwarteten sie die Rückkehr der Säbelzahn-Hunde. Der ganze Kampf hatte nur einige Minuten gedauert. Vier Pferde hatten sie verloren.

Korbinian richtete sich als Erster auf, blickte in die Runde und grinste dann Bandath und seine Schwester an.

„Wie war das jetzt mit Regel Nummer eins und immer das machen, was ihr mir sagt?"

Keiner antwortete. Sie waren einfach nur froh, überlebt zu haben.

„Jemand verletzt?", fragte To'nella schließlich keuchend.

Ratz und Korbinian hatten jeder eine Bisswunde im Oberschenkel, Rulgo eine im Arm. Die Verletzungen waren aber nicht schlimm. Waltrude holte Verbandszeug aus ihrem Schultersack und kümmerte sich wortlos um Rulgo, Ratz und Korbinian. Während Rulgo und Korbinian bei der „Behandlung" mehrmals laut aufstöhnten, was von Waltrude nur mit einem „Ach, halt den Mund" quittiert wurde, legte sie bei Ratz bedeutend mehr Sorgfalt an den Tag.

„Du warst sehr mutig", sagte sie, als sie ihre Sachen zusammenpackte. Ratz zog seine Hose hoch. Der weiße Verband zeigte sich deutlich unter den Löchern des mittlerweile sehr zerschlissenen Kleidungsstückes. Er nickte und sah peinlich berührt nach unten. Die Zwergin legte ihm kurz die Hand auf den Unterarm. Sie hätte sie ihm gern auf die Schulter ge-

legt, aber da der hoch aufgeschossene Mann wieder stand, musste sie sich mit dem Arm begnügen.

„Können wir weiter?", fragte Bandath. „Ich glaube, wir sollten heute nicht mehr allzu weit gehen."

To'nella stimmte ihm zu. „Es wäre schön, wenn wir wieder eine Höhle fänden."

Sie fanden keine und lagerten nur eine knappe Stunde später auf einer Lichtung. To'nella und Barella bestanden darauf, während der ganzen Nacht ein großes Feuer brennen zu lassen. Durch den Erfolg mit den Feuerkugeln bestärkt, hatte Bandath zunächst versucht, einen Schutzzauber über die Gruppe zu legen. Das Ergebnis war jedoch, dass der einzige Baum auf der Lichtung unsichtbar wurde und der Zwergling nicht in der Lage war, diese Unsichtbarkeit wieder aufzuheben. Nachdem Ratz dreimal gegen den unsichtbaren Baum gelaufen war, steckte Waltrude den Bereich mit Stöcken ab. Dabei machte sie Bemerkungen über Hexenmeister, die noch ganz gewaltig an ihrer Magie arbeiten mussten, um einfache Leute nicht zu gefährden.

Es war wohl doch noch nicht ganz so, dass Bandath wieder die Magie beherrschte. Das bekam er auch mit, als er am späteren Abend den Lese-Kristall aus seinem Schultersack holte. Hier konnte eigentlich nichts Schlimmes passieren, dachte er jedenfalls – zumindest bis zu dem Moment, als mit einem leisen Knistern eine Unzahl winziger Funken über die Oberfläche des Kristalls kroch. Danach war der Kristall leer. Das Dokument, das ihnen den Weg nach Cora-Lega weisen sollte, war gelöscht.

„Mist!", fluchte Bandath. „Dreimal getrockneter Zwergenmist!"

„Was ist?", fragte Barella. Während die anderen bereits schliefen, hielt sie die erste Wache, streifte in der Dunkelheit um den Platz herum und kehrte in unregelmäßigen Abständen zurück, um neues Holz ins Feuer zu legen. Sie hatte Bandath mehrmals aufgefordert, sich doch schlafen zu legen, da er gegen Morgen mit der Wache an der Reihe sei. Der Zwergling jedoch war viel zu aufgeregt, um zu schlafen. Er wollte unbedingt seine neu erwachenden magischen Kräfte ausprobieren.

„Ich habe den Lese-Kristall gelöscht."

„Das alte Dokument, das du nicht lesen konntest?"

„Hm." Ein Nicken begleitete die Lautäußerung. Bandath warf den Lese-Kristall verärgert zurück in den Schultersack. „Jetzt haben wir nur noch die paar Blätter, die wir uns in Konulan besorgt haben."

„Hast du denn gar nichts aus dem gelöschten Dokument erfahren können?"

„Ich weiß, welchen Weg wir nehmen müssen. Aber das wird ein Problem werden."

„Warum?"

„Die Wegbeschreibung richtet sich anfänglich nach einem Berg, den wir noch suchen müssen, wenn wir die Gowanda-Berge überquert haben, dann aber nach einem Sternbild, dem sogenannten *Haken des Südens*. Das heißt, wir müssen nachts marschieren." Er sah auf den Troll. „Und dabei tut sich für uns ein Problem auf, ein zweihundertfünfzig Pfund schweres Problem."

„Zur Not müssen wir ihn eben tragen." Barella kam näher und wies mit dem ausgestreckten Arm in den Himmel. „Siehst du dort die vier Sterne, die in einer Linie stehen?"

Bandath folgte ihrem ausgestreckten Arm mit den Augen. „Ja."

„Links unter ihnen siehst du sieben kleine Sterne, die wie ein Angelhaken angeordnet sind, der *Haken des Südens*. Er steht immer an der gleichen Stelle, genau Richtung Süden."

„Am Rand der Wüste gibt es einen Berg, der damals Scha-Gero hieß, genau so, wie das Wort aus dem Dokument, dass ich noch nicht übersetzen konnte. Von dort müssen wird geradeaus, immer dem *Haken des Südens* folgend, bis wir zu einer auffälligen Steinformation kommen. Dort weisen uns die *Drei Schwestern* den weiteren Weg, hieß es in dem Dokument."

„Was für Schwestern?"

„Ich habe keine Ahnung. Und leider ist meine Hoffnung, in dem Dokument noch einige Hinweise zu finden, soeben erloschen. Zwergendreck!"

„Hör auf zu fluchen, davon holst du das Dokument auch nicht zurück."

Barella drehte sich um und wollte zur nächsten Runde aufbrechen. Dann blieb sie doch noch einmal stehen und sah über die Schulter hinweg zu Bandath.

„Wir müssen sehen, dass wir den Berg finden und sollten so lange wie möglich den Hinweisen folgen, die wir haben. Alles andere wird sich schon finden."

„Aber wo finden wir diesen Berg? Außer dem Namen habe ich keinerlei Merkmale."

„Er heißt heute Dämonenfürst", ließ sich plötzlich To'nellas Stimme vernehmen. „Ich weiß, wo er ist, das wird kein Problem." Sie drehte sich demonstrativ unter ihrer Decke um. „Und jetzt seid bitte still, damit ich endlich schlafen kann. Der Tag heute war echt nicht so besonders."

Dämonenfürst? Bandath schlug sich vor die Stirn. Das passte. Dann würden sie in der Wüste also nicht nur von Dämonen, sondern auch von ihrem Fürst erwartet werden.

Waltrudes Bratpfanne

Claudio hielt sich die blutende Nase.

„Warum muss so etwas immer mir passieren?", näselte er weinerlich.

„Das … das ist ein Baum!" Sergio hielt verblüfft inne. Der Mischlings-Magier hatte doch tatsächlich dafür gesorgt, dass dieser Baum unsichtbar wurde. Warum auch immer. Was hatte das jetzt wieder zu bedeuten? Die Spuren der gewaltigen Feuerkugeln im Wald waren überdeutlich gewesen. Wenn der Minotaurus auch nicht begriff, warum der Mischling auf den Angriff der Säbelzahn-Hunde mit derart gewaltiger Magie geantwortet hatte. Ist die Gruppe vielleicht noch von anderen Kreaturen angegriffen worden? Größer und gefährlicher als ein Mantikor vielleicht? Das würde die Feuerspuren erklären. Warum dann aber hier der unsichtbare Baum? Die Zeichen waren eindeutig: Die Gruppe hatte hier übernachtet. Sergio schnaufte. Auch wenn er es nicht wollte, rang die Leistung, einen Baum für mittlerweile mindestens einen halben Tag verschwinden zu lassen – und es war nicht zu erkennen, wann die Magie nachlassen würde – dem Minotaurus unfreiwillig Achtung ab. Er hatte nicht gedacht, dass die Kraft des Mischlings so enorm war. Unsichtbarkeitsmagie erforderte normalerweise eine ständige Aufmerksamkeit und damit die Anwesenheit des entsprechenden Magiers. Die Gruppe aber, da waren sich Claudio und Sergio einig, würde heute den Kamm der Gowanda-Berge überschreiten und hatte einen Vorsprung von etwa einem halben Tag.

Wieso war der Magier plötzlich so enorm fähig geworden?

„Komm weiter", herrschte er den Gnom an. Claudios Drago-Zentaur war im vollen Lauf gegen den unsichtbaren Baum gerannt. Während der Zentaur den Zusammenprall mit der Schulter abgefangen und relativ gut weggesteckt hatte, war der Gnom nach vorn geschleudert worden und mit der ganzen Kraft seines fliegenden Körpers gegen den Stamm geknallt. Jetzt klagte er über Kopfschmerzen, Übelkeit und versuchte, das aus seiner Nase hervorschießende Blut zu stoppen.

„Gib mir doch noch ein paar Minuten", jammerte er.

Sergio war gnadenlos. Hielten sie sich jetzt zu lange auf, bestand die Gefahr, dass die Bande des Mischlings ihnen auf der anderen Seite der Gowanda-Berge entkäme.

Außerdem interessierte ihn, warum Bandath die Unsichtbarkeits-Magie über diesen Baum gelegt und wie er das vollbracht hatte.

Der Gluthauch der Todeswüste traf sie, als sie gegen Mittag den Kamm erreichten und das erste Mal auf die andere Seite der Gowanda-Berge sehen konnten.

„Bei den Hallen der Vorväter ...“, murmelte Waltrude, dann schwieg sie wie der Rest der Gruppe, überwältigt vom Anblick, der sich ihr bot. Der Wald zog sich auch auf dieser Seite bis etwa zur halben Höhe der Berge, allerdings wirkte er hier nicht mehr ganz so voller Lebenskraft, sondern irgendwie ... trockener, so, als würden die von der Wüste heranwabernden Hitzewellen dem Gebirge das Wasser absaugen. Der sich an den Wald anschließende Bereich der Savanne war nicht mehr als ein schmaler Streifen, den sie innerhalb eines Tages durchqueren würden. Unten auf der Ebene schloss sich eine trockene Gegend voller roter Steine und Felsen an, die noch nicht Wüste, aber auch nicht mehr fruchtbares Land war. Wenige Täler, in denen grüne Bäume darauf hinwiesen, dass auf ihrem Grund wahrscheinlich Bäche flossen, schienen die einzigen Bereiche zu sein, in denen deutlich Leben zu erkennen war. Der Rest war steinig. Baumgerippe und trockene Büsche säumten die seltenen Wege.

... und irgendwann, es war nicht genau zu erkennen, wo, ging diese trockene Gegend in die Todeswüste über. Rötlichgelber Sand erstreckte sich in langen Dünen bis zum Horizont. Am Himmel, der sich stahlblau über der Wüste wölbte, strahlte eine unbarmherzige Sonne. Die Luft flimmerte und waberte. Es war ihnen, als würden sie in das Feuer eines Schmiedeofens schauen, in dem Eisen gekocht wurde. Der Anblick und die Hitze trieben ihnen Tränen in die Augen. Dort unten würden sie geschmiedet werden – und die Sonne mit ihren umbarmherzigen Schlägen wäre der Schmied.

„Beim unendlich langen Bart des Ur-Zwerges ...“, stöhnte Waltrude erneut und unterbrach damit die Lähmung, die sich auf die Gruppe gelegt hatte.

„Wie kann hier so eine Hitze herrschen?“, flüsterte sie. „Es ist doch Winter!“

„Nachts wird es bitterkalt werden", sagte To'nella.

Theodil nahm einen Schluck aus seinem Wassersack. „Wir werden eine Menge Wasser brauchen."

„Todeswüste ist der passende Ausdruck dafür", ächzte Korbinian. „Ich kriege schon Durst, wenn ich das nur sehe."

„Wenn es dir besser gefällt", sagte To'nella, „dann halte dich an den Namen, den die Kaufleute der Todeswüste gaben: *Flammenmeer*."

„Das klingt auch nicht viel hoffnungsvoller."

Niesputz kicherte. „Wir können die Gegend auch gern *Waltrudes Bratpfanne* nennen. Das hört sich nicht ganz so schrecklich an."

„Spätestens wenn ich dich mit meiner Bratpfanne erwischt habe", knurrte Waltrude, „weißt du, *wie* schrecklich die sein kann."

„Die Wasserdrachen haben es gemerkt", kicherte Korbinian.

„Waltrudes Bratpfanne", auch Bandath grinste. „Bisher hat mir eigentlich immer gefallen, was meine gute Waltrude in ihrer Bratpfanne zubereitet hat. Wollen wir sehen, ob das auch dieses Mal der Fall sein wird."

„Ich wage es zu bezweifeln." Barella wog ihren Kopf hin und her. Aber auch um ihre Lippen spielte ein Lächeln. „Hauptsache, wir werden nicht selber darin gebraten."

To'nella zeigte mit lang ausgestrecktem Arm südwestwärts. Die Gowanda-Berge beschrieben einen gewaltigen Bogen, gleich einer Sichel, der die Todeswüste einsperrte und nach Norden abgrenzte.

„Seht ihr den kahlen Berg?" Weit entfernt erhob sich ein Gipfel, der im Gegensatz zum Rest des Gebirges stand. Ohne Bewachsung, schroff, steil und rot wie das Land unter ihnen erhob er sich zwischen Wüste und Gebirge.

„Der Dämonenfürst. Dort in der Nähe werden wir unseren weiteren Kurs finden."

„Mit ihm im Rücken und dem *Haken des Südens* vor uns sollten wir es bis zu den *Drei Schwestern* schaffen." Bandath sah sich den Berg an, der früher Scha-Gero geheißen hatte – Dämonenfürst, der Name passte.

Sie ritten weiter. Um den Verlust der Pferde auszugleichen, musste Korbinian hinter Bandath auf Dwego sitzen und Ratz wechselseitig auf einem der Pferde mitreiten.

Bei der abendlichen Rast am Lagerfeuer, nachdem Waltrudes echte Bratpfanne ihren Dienst versehen hatte und alle satt und müde um die Flammen saßen, schrie die Zwergin plötzlich erschrocken auf. Sie holte mit ihrer Bratpfanne, die sie gerade verpacken wollte, aus und schlug mehrmals ins Gras. Dann griff sie mit zwei Fingern vorsichtig zu und hob das Opfer vom Boden auf – ein etwa handgroßes, schwarzes Insekt mit vier Scheren am gegliederten Vorderkörper und dem langen, mit einem Giftstachel versehenen Schwanz, den es im Normalfall hoch über den Körper erhoben und nach vorn gereckt hielt. Jetzt sah das Tier allerdings sehr tot aus.

„Ein Giftscherenstachler", rief Niesputz. „Da hast du aber Glück gehabt. Wenn der dich gestochen hätte, hättest du das ganze schöne Essen wieder von dir gegeben. Gleichzeitig wäre dir für bestimmt drei Tage übel gewesen. Außerdem würdest du umherlaufen, als hättest du das Pulver des Weißen Traumpilzes durch die Nase geschnüffelt."

Waltrude hielt den erschlagenen Giftscherenstachler hoch und sah Bandath an. „Wie groß, sagtest du, waren diese Viecher im Umstrittenen Land?"

„Etwas größer als Dwego."

Ihr Blick glitt über den Laufdrachen, der friedlich neben Sokah stand und einen Knochen zwischen seinen Zähnen zermalmte.

„Oh!", sagte sie und warf das tote Tier in hohem Bogen von sich, so dass es weit weg im Gras landete. Dann sah sie von Rulgo zu Korbinian, die an entgegengesetzten Seiten des Feuers saßen und auch weiterhin kein Wort miteinander sprachen. „Und ihr wollt das Land mit diesen riesigen Giftstachlern besiedeln? Gibt es da noch mehr von diesem Zeug?"

„Brenn-Fliegen", sagte Rulgo. „Eine davon hatte Bandath gestochen und wir dachten, er stirbt."

„Waldkraken", fügte Korbinian hinzu. „Riesige Tiere mit Fangarmen, die durch den halben Wald gehen."

„Gelbe Schleimer." Rulgo sah auf. „Eine Art Schwamm, aber halbflüssig. Berührst du einen, bekommst du am ganzen Körper nässende Quaddeln."

„Erinnerst du dich an die Watsch-Pilze?" Korbinian grinste jetzt, als er Rulgo fragte. Der Troll nickte.

„Klar. Die wachsen auf Bäumen", erklärte er Waltrude. „Gehst du unter einem durch, lassen sie ihre Sporen fallen und du stehst in einer Wolke grünen Staubes."

„Stundenlang muss man husten", sagte Korbinian. „Und die Haut juckt einem noch Tage später, dass man sie sich aufkratzt."

„Bei Elfen kann ich mir das vorstellen. Ihr habt von Natur aus eine zu weiche Haut."

Ehe sie sich versahen, waren sie in ihr altes Wortgeplänkel zurückgefallen und erzählten sich gegenseitig von den Gefahren des Umstrittenen Landes. Glaubte man ihnen, so war es ein Wunder, dass sowohl Trolle als auch Elfen die Zeit in diesem Landstrich überhaupt überlebt hatten.

Waltrude aber grinste Bandath an. *„Na, also, geht doch!"*, formulierten ihre Lippen lautlos. Bandath grinste zurück und während sich Troll und Elf unterhielten, wandte er sich To'nella zu: „An was hast du gedacht, als du sagtest, wir bräuchten neue Reittiere?"

„Unsere Pferde sind für einen Ritt durch die Wüste ungeeignet. Wir müssten zu viel Wasser und Nahrung mitnehmen. Bei Sokah und Dwego bin ich mir nicht sicher."

„Ich weiß es nicht." Bandath zuckte unschlüssig mit den Schultern. „Für einen Laufdrachen ist er sehr weit südlich. Sie leben normalerweise im Gebiet der Drummel-Drachen-Berge und noch weiter im Norden, aber nicht im Gebiet des ewigen Schnees. Ich möchte ihm nicht gern die Wüste zumuten."

Barella beugte sich vor, um an Bandath vorbei zu To'nella sehen zu können. „Mit Sokah kann ich nicht durch die Wüste laufen. Ich würde ihn gern hier in die Berge schicken, während wir durch Waltrudes Bratpfanne reisen." Sie sah in die Runde. „Nachdem wir die Pferde an die Säbelzahn-Hunde verloren haben, brauchen wir sowieso Ersatz. Kannst du Kamelodoone auftreiben?"

Die Elfe nickte. „Ich denke schon. Hier gibt es einige Höfe, die Kamelodoone an Reisende vermieten oder verkaufen – sozusagen als kleinen Nebenverdienst."

„Was sind Kamelodoone?", fragte Theodil.

„Das sind …", begann To'nella und verstummte wieder. Sogar Korbinian und Rulgo stellten ihr „Weißt-du-noch"-Gespräch ein. Direkt vor Theodil erschien eines der Tiere in der Luft. Das Abbild bewegte sich wie ein echtes, war allerdings nur so groß wie ein Hund. Erstaunt starrten alle auf das Kamelodoon. Das Tier hatte sechs Beine, kurz und kaum zu sehen, weil ein zotteliges, braunes Fell bis fast auf den Boden reichte.

„Sie sind etwa doppelt so groß wie unsere Pferde, trotzdem sehr genügsam. Ein Kamelodoon kann bis zu zwei Mondzyklen ohne Wasser auskommen, wenn es vorher genug getrunken hat", sagte Bandath. „Ohne Probleme können zwei von uns auf einem Tier reiten." Er bekam gar nicht mit, dass die anderen mehr über die Erscheinung des halbdurchsichtigen Kamelodoons erstaunt waren, als über das Tier selbst. Der mächtige Schädel des Kamelodoons wurde durch zwei gebogene Hörner verziert, deren Spitzen nach vorn ragten und die jedes Stadttor sprengen könnten, wenn es in vollem Lauf dagegen rannte.

„Machst du das?", fragte Korbinian dann halblaut.

„Ich?" Im selben Moment verging das Bildnis wie ein Nebelfaden in der Luft. „Ja … ich war das …" Bandath war überraschter über das, was er getan hatte, als seine Freunde. Verdutzt sah er auf seine Hände.

„Wie hast du das gemacht?"

„Ich dachte, dass es gut wäre, wenn Theodil und Waltrude ein Bild des Kamelodoons sähen, da sie ja diese Tiere noch nicht kennen. Und plötzlich war das Bild da, ohne dass ich groß an Magie gedacht habe."

„Da bin ich aber froh", polterte Waltrude. „Stell dir mal vor, du hättest an Magie gedacht und plötzlich wäre so ein Kamedoon hier gewesen, mitten in unserem Lagerfeuer. Das hätte sich die Füße verbrannt und uns dann ganz schön zu Brei getrampelt, das kannst du mir glauben. Du solltest vorsichtiger sein, mit dem, was du denkst."

Bandath nickte schuldbewusst. Trotzdem frohlockte er innerlich. In der Beherrschung der Magie war er wieder einen Schritt weitergekommen.

„Wenn das Vieh wirklich so groß ist, wie ihr sagt, dann wäre unser anderes Problem auch gelöst." Korbinian sah bei To'nellas Worten den Troll an.

Rulgo nickte zufrieden. „Ich weiß schon, was ihr überlegt habt." Dabei blickte er vorwurfsvoll zu Korbinian.

„Was soll das?", regte sich der Elf auf. „Ich habe nicht ein Wort gesagt."

„Aber gedacht. Und wir Trolle können von Natur aus die Gedanken von Elfen erraten."

„Ach! Und was habe ich gedacht?"

„Du wolltest mich schon wieder als Pferdehirt zurücklassen, genau wie in Pilkristhal. Ihr müsst nachts spazieren und keiner von euch wollte mich tragen."

„Das wäre allerdings auch ein wenig schwierig geworden", sagte Barella. „Schließlich bist du geringfügig größer als Niesputz."

„Geringfügig?", empörte sich das Ährchen-Knörgi. „Dieser Klumpen aus Fett, Fleisch und Knochen mit einer Lederhaut drumrum wiegt so viel, wie alle Knörgis der Welt zusammen nicht auf die Waage bringen. Wer also soll *den* auf die Schulter nehmen?"

Zwei Tage später verließen sie den Wald. Es wurde zusehends wärmer, die Luft trockener. Vergeblich hatten sie im Wald nach einem Pfad Ausschau gehalten, der sie am Hang des Gebirges entlang in Richtung Dämonenfürst geführt hätte. Notgedrungen zogen sie jetzt im schattenlosen Grenzgebiet zur Wüste dahin. Am Tag schleuderte die unbarmherzige Sonne Hitze auf sie herab, nachts drängten sie sich um das spärliche Lagerfeuer, um sich zu wärmen. Meile um Meile legten sie zurück und hinter ihnen markierte eine rötliche Staubfahne ihren Weg. Der Staub legte sich auf die Haut, kroch in die Kleidung, in Ohren, Mund und Augen. Gierig tranken sie und füllten all ihre Wasserbehälter an den wenigen Bächen auf, die spärlich dahin rannen. Sie sparten am Wasser und, als der Brennstoff knapp wurde, hielten sie sich auch mit dem Feuermachen zurück. Irgendwann beschwerte Korbinian sich darüber. To'nella fertigte ihn mit wenigen Worten ab. „Wir sind noch gar nicht in der Wüste, dort wird es noch viel heißer am Tag und bedeutend kälter in der Nacht. Das hier", sie machte eine Handbewegung, die alles – das Land, den Himmel, die Temperatur – umschloss, „ist noch gar nichts. Den Rand von Waltrudes Bratpfanne haben wir noch nicht einmal erreicht."

Anfangs schien es, als würden sie dem Dämonenfürst nicht näherkommen. Ohne sich zu verändern, ragte der Berg tagelang am Horizont auf. Sie kamen durch zwei Dörfer und eine kleine Stadt. Alle Straßen waren leer, die Häuser unbewohnt. Wenn es Bewohner gegeben hatte, dann waren sie geflohen. Am Rande der Siedlungen kündete eine Unzahl frischer Gräber vom Tod eines Großteils der Bevölkerung – wahrscheinlich bei Angriffen der Sandmonster. Die Gräber sagten aber auch, dass es Überlebende geben musste, die ihren Freunden und Verwandten diesen letzten Dienst erweisen konnten. Danach aber waren sie

geflüchtet. In einem der Dörfer glitt To'nella aus dem Sattel, eilte zu einem Brunnen und bückte sich. Als sie zurückkam, hielt sie ihren Freunden die offene Hand hin. Rötlichgelber Sand rieselte herab.

„Wüstensand", sagte die Elfe. „Der dürfte gar nicht hier sein."

„Monster aus Sand, so haben die Flüchtlinge gesagt." Bandath schüttelte den Kopf. „Was für eine Teufelei geht hier vor sich?"

Keiner konnte ihm darauf eine Antwort geben.

Ein paar Tage später, der Dämonenfürst war jetzt schon merklich näher gerückt, trafen sie erneut auf Flüchtlinge. Eine Gruppe Männer kam ihnen entgegen, mehrere saßen auf einem Kamelodoon, andere ritten auf Pferden, ein Teil ging zu Fuß. Alle trugen die gleiche Kleidung und sahen sichtlich mitgenommen aus.

„Soldaten", flüsterte To'nella.

Wenn es Soldaten waren – und es gab keinen Grund, an ihrer Aussage zu zweifeln –, dann hatten sie einen Kampf hinter sich, den sie ganz eindeutig verloren hatten. Sie waren auf der Flucht, waffenlos und zum Teil verletzt. Bandath gab das Zeichen zum Halt und sie warteten im Schatten eines Baumgerippes auf die Flüchtlinge.

Langsam kamen die Soldaten näher. Einige Ankömmlinge blickten zu der bunt zusammengewürfelten Gruppe hinüber, zogen dann aber teilnahmslos an ihnen vorüber. Andere sahen nicht einmal auf, heruntergekommen, verzweifelt, geschlagen. Bandath ließ Dwego stehen und ging ein paar Schritte auf die an ihnen Vorbeiziehenden zu. Er hob die Hand zum Gruß. Einer der Soldaten zügelte sein Pferd und blickte auf den Zwergling herab.

„Was willst du?"

„Wir sind fremd hier. Ihr seid Soldaten?"

„Soldaten des Kaisers. Ihr seid hier im Kaiserreich Alo Bara. Wir sind direkt dem Kaiser unterstellt. Was wollt ihr von uns?"

„Wissen, wie es dort aussieht, wo ihr herkommt."

„Sieh uns an! Kannst du dir das nicht denken? Alle flüchten oder werden getötet. Niemand kann diese Monster aufhalten, nicht einmal die beiden Magier von Go-Ran-Goh vermochten das."

„Der Zwerg und der Elf?"

„Ja", bestätigte der Soldat. „Wir waren abkommandiert, Malu Tech zu beschützen, ein wichtiger Handelsplatz am Rand der Todeswüste. Früher lebten dort fünftausend Einwohner. Meine Einheit bestand aus zweihundert Soldaten. Vor einigen Tagen stießen auch noch diese beiden Magier zu uns. Dann kamen die Sandmonster. Wir dachten, wir könnten sie aufhalten, aber die hielt nichts auf, gar nichts. Unsere Waffen waren wirkungslos. Drei Monster haben ausgereicht, den größten Teil der Stadtbevölkerung zu töten. Das hier", er wies auf seine Kameraden und seine Stimme klang bitter, „sind die Letzten meiner Einheit, der Rest von zweihundert. Wenn eines dieser Monster dich berührt, ist es vorbei. Es saugt dir die Lebenskraft aus und zurück bleibt eine Hülle. Sieh!"

Der Soldat zeigte auf einen seiner Kameraden, der sie in diesem Moment passierte. Die anderen hatten ihn mit einem langen Strick am Sattel eines Pferdes angebunden. Willenlos taumelte er hinterher, sein Blick war leer, der Mund offen.

„Boga hatte Glück, die Klaue eines dieser Monster hat ihn nur kurz gestreift, deshalb lebt er noch. Aber was ist das für ein Leben? Er redet nicht, erkennt keinen mehr, mit Mühe können wir ihm abends etwas Wasser und Suppe einflößen. Wir reiten jetzt zurück nach Cora Belaga, unserer Hauptstadt. Dort lebt seine Frau mit den drei Töchtern. Kannst du mir sagen, was ich denen erzählen soll?" Der Soldat fluchte unflätig und spuckte aus.

Bandath sah dem dahintrottenden Soldaten nach. Kurz gelang es ihm, in den Geist des Soldaten einzutauchen, aber da war nichts, gar nichts mehr. Dieser Mensch war eine leere Hülle, die lief, atmete und ab und zu etwas aß.

„Was wollt ihr hier, in unserem verfluchten Land?", wiederholte der Soldat zum dritten Mal seine Frage.

„Du sprachst von zwei Magiern. Was geschah mit ihnen?"

Der Soldat sah zurück, dorthin, wo sie hergekommen waren, als könne er auf diese Art sehen, was dort geschehen war. „Das war seltsam. Ich hatte nicht den Eindruck, dass sie gegen die Sandmonster kämpfen wollten. Eher schien mir, dass sie etwas von ihnen wollten. Erst, als eines von ihnen sie in die Enge trieb, setzten sie ihre ganze magische Kraft ein. Es nutzte ihnen nichts. Das Monster tötete den Zwerg. Der Elf konnte entkommen und floh, ohne uns zu helfen."

Er spuckte erneut aus. „Go-Ran-Goh", sagte er verächtlich. Dann musterte er Bandath.

„Es scheint, du willst mir nicht sagen, was ihr hier wollt." Uninteressiert zuckte er mit den Schultern. „Wozu auch, es ändert doch nichts. Irgendwann werden wir alle, wie die Überlebenden von Malu Tech, auf der Flucht sein. Gute Wege, Fremder, wo immer sie dich auch hinführen werden."

„Gute Wege", erwiderte Bandath den rituellen Gruß unter Reisenden. Der Soldat schnalzte und sein Pferd reihte sich wieder in seine Kolonne ein. Trübe zogen sie von dannen, geschlagen, verletzt und auf der Flucht, aber auch in dem Wissen, dass es dort, wo sie hin flüchteten, nur eine vorübergehende Sicherheit gäbe. Der Fluch aus der Wüste würde sich irgendwann auch gegen Cora Belaga wenden, da waren sie sich sicher.

Als die Gefährten weiterritten, herrschte bedrücktes Schweigen.

„So viele Tote ...", murmelte Waltrude nur immer wieder. „So viele Tote ..."

Nach zwei weiteren Tagen erreichten sie erneut ein Dorf. Gespenstische Stille herrschte in den Straßen. Auch hier wiesen frische Gräber und leere Straßen auf einen Angriff der Sandmonster hin. Am Dorfrand befand sich ein großes Gatter. Dutzende von Kamelodoonen liefen dort unruhig umher. In einem größeren Haus direkt am Gatter fanden sie die notwendige Ausrüstung: Sättel und Zaumzeug.

„Damit hätten wir unser Transportproblem in der Wüste geklärt", sagte Korbinian.

„Wir nehmen vier Tiere, das müsste reichen." Bandath sprang von Dwego. „Ich werde mit Barella auf einem reiten, eines brauchen wir für Rulgo ..."

„Ich reite mit Theodil", unterbrach ihn Waltrude. „Zwerge gehören zusammen auf so ein Kameloon."

To'nella sah Korbinian an und verzog säuerlich das Gesicht. „Wenn es denn sein muss, aber bilde dir nur nichts darauf ein!"

„Ich?" Korbinians Ton war die personifizierte Unschuld. „Würde ich nie wagen."

„Und ich?", fragte Ratz. Bei wem darf ich mitreiten?"

Theodil hob die Augenbrauen und verständigte sich mit einem Blick mit Waltrude. „Bei uns", sagte er.

„Was machen wir mit den Pferden?", fragte Korbinian.

„Erst einmal werden wir sie mitnehmen", meinte Bandath nachdenklich. „Wir gehen davon aus, dass wir zurückkehren, dann brauchen wir sie wieder. Lasst uns einen Platz suchen, wo sie bleiben können. Auf keinen Fall werden wir sie hier frei lassen oder unbeaufsichtigt in das Gatter sperren."

Aus einem Brunnen leiteten sie Wasser in die Tröge der Kamelodoone und ließen die Tiere trinken, so viel sie wollten. Bis auf die vier kräftigsten ließen sie alle anderen frei.

„Wenn wir sie nicht laufen lassen, sterben sie irgendwann", rechtfertigte To'nella ihr Vorgehen.

Theodil und Waltrude waren auf der Suche nach Proviant in verschiedenen Häusern gewesen. In einem Haus, in dem wohl ein Ledermacher gewohnt hatte, fanden sie in einem Lager leere Wassersäcke, mit denen sie ihren Wasservorrat beträchtlich aufstocken konnten. Große Pakete haltbaren Fleisches und getrockneten Obstes ergänzten ihre Wegzehrung. Die Elfe besorgte aus einem anderen Haus lange, weiße Umhänge für sie.

„Wozu sollen wir uns in der Wüste noch zusätzlich diese Tücher umhängen?", fragte Korbinian.

„Am Tag schützen diese Umhänge uns vor der Sonne, nachts werden sie uns warm halten", erklärte Barella.

Außerdem packte To'nella lange Stangen und große Tücher auf ihr Kamelodoon. Sie würde damit, erklärte sie, einen Sonnenschutz errichten, unter den sie sich am Tag, wenn sie rasten mussten, legen konnten.

Sie blieben zwei Nächte und einen ganzen Tag in dem verlassenen Dorf, bevor sie weiterzogen. Vier Tage später erreichten sie den Fuß des Dämonenfürsten. In der Nacht bestimmte Bandath ihren weiteren Kurs. Rulgo, der sich vorsorglich im Sattel eines Kamelodoons festgebunden hatte, schlief friedlich, als sie ihren Ritt Richtung Wüste begannen. Mit den Kamelodoonen kamen sie zwar langsamer voran als mit den Pferden, sie spürten aber, dass die Kraft und die Ausdauer dieser Tiere enorm waren. Selbst an den strengen Geruch, der den langen Zotteln des Fells entströmte, gewöhnten sie sich. Die Kamelodoone strahlten Ruhe und Gelassenheit aus. Der wiegende Gang und die sich unter ihnen bewegenden Muskeln vermittelten Sicherheit. Sie vertrauten diesen mächtigen Tieren.

Am Morgen erreichten sie eine Hügelkette, die sie in der kommenden Nacht überquerten. Vor ihnen öffnete sich ein Tal, das letzte vor der

Wüste. Grüne Büsche und kleine Wälder wiesen auf Wasser in dessen Sohle hin.

Während die Gruppe das Lager für den Tag aufschlug und Rulgo ihren Schlaf bewachte, erkundete Niesputz das Tal.

„Bei unserem Tempo", erklärte er ihnen am Abend, „werden wir zwei Tage durch dieses Tal marschieren. Am Ende wartet die Wüste auf uns. In der Mitte des Tales ist ein Gehöft, auf dem auch noch Menschen leben. Wahrscheinlich war es für einen Angriff der Sandmonster bisher zu unbedeutend. Ich denke, dort können wir noch einmal Rast machen. Es gibt auch eine Quelle und einen winzigen Teich dort. Wir werden also unsere Wasservorräte ergänzen können. Danach haben wir nichts mehr zu erwarten, nur noch Sand, Hitze und Trockenheit."

Die Schlacht am Thalhauser Hof

Sie erreichten das Gehöft am nächsten Morgen. Es bestand aus zwei alten Wohnhäusern und mehreren Stallgebäuden, die wie ein großes, zur Hügelkette hin offenes Hufeisen angeordnet waren. An der Stirnseite befanden sich das Wohnhaus und eine Scheune. Auf der linken Seite standen der Schweine- und der Rinderstall, ihnen gegenüber der Pferdestall und eine weitere Scheune. Der Brunnen in der Mitte des Hofes war überdacht. Einige landwirtschaftliche Geräte waren zu erkennen und in der Nähe des Pferdestalles ein Stapel Baumstämme. Rund um die Häuser hatten die Bewohner die Bäume gerodet und Weizen angebaut. Hinter dem Wohnhaus lag der winzige Teich. An einigen Stellen rückte der lichte Wald bis nahe an das Gehöft heran, an anderen wiederum lagen Äcker zwischen ihm und den Häusern.

Ihre Ankunft war nicht lange unbemerkt geblieben. Ein höchstens sechs Jahre alter Junge kam ihnen ein Stück des Weges entgegengerannt, hielt in sicherem Abstand inne, musterte sie, um anschließend wieder zurückzurennen und laut rufend den Anwohnern ihre Ankunft zu melden. Kurz darauf traten aus den Wohnhäusern und den Stallgebäuden sämtliche neun Bewohner und versammelten sich auf der Höhe des Brunnens. Die beiden Männer hatten, wie zufällig, große Mistgabeln in den Händen, die Mutter der Kinder ein langes Küchenmesser. Bandath hob die Hand und die Gefährten ließen die Kamelodoone am Rande des Hofes halten, stiegen ab und begaben sich zu den Bauern.

„Gute Wege", sagte der Bauer vorsichtig. „Willkommen auf dem Thalhauser Hof."

„Gute Wege", entgegnete Bandath. „Wir sind Reisende und wollen euch nicht zur Last fallen. Wenn ihr uns Wasser geben könntet, bevor wir in die Wüste weiterziehen, dann wären wir sehr dankbar. Wir könnten es euch sogar bezahlen."

Der Bauer schüttelte ungläubig den Kopf. „Niemand reist in die Wüste, in Zeiten wie diesen schon gar nicht!"

„Wir tun es."

Das war so energisch formuliert, dass der Bauer erstaunt den kleinen Mann ansah. „Wer bist du?"

„Ich bin Bandath und komme aus den Drummel-Drachen-Bergen. Das sind meine Gefährten."

„Eine bunt gemischte Truppe, die einen weiten Weg hinter sich hat. Ich bin Duri der Jüngere, meine Frau Resa, meine Eltern Lua und Duri der Ältere, meine Großmutter Mara und unsere Kinder Katha und Magda", er zeigte auf die beiden größeren Mädchen, dann auf die Jungen, „sowie Floran und Korban."

Korbinians Augenbrauen rutschten nach oben. „Oh, fast ein Namensvetter." Er zwinkerte dem Knaben zu, der sich an das Bein seiner Mutter klammerte. Als der Elf ihm zublinzelte, versteckte er sich hinter dem weiten Rock, um sofort danach auf der anderen Seite wieder hervorzuschauen und zu grinsen.

Die Hand um den Stiel der Mistgabel entkrampfte sich. Auch die Klinge des Küchenmessers, das Resa hielt, sank. Duri der Jüngere wies einladend auf den Brunnen. „Selbstverständlich könnt ihr euch hier mit Wasser eindecken. Eure Tiere lasst am besten im Teich hinter dem Wohngebäude trinken. Resa wird euch eine Mahlzeit zubereiten. Wann wollt ihr weiterziehen?"

„Wir halten euch nicht lange auf, nur eine kurze Rast haben wir geplant, ein paar Stunden, mehr nicht. Vielen Dank für euer Angebot." Bandath griff nach seiner Lederbörse, doch der Bauer schüttelte den Kopf.

„Wie verrückt ihr auch immer seid, um in die Wüste reiten zu wollen, die Gastfreundschaft lasse ich mir von euch nicht bezahlen."

Er sah zu den Tieren. „Wollt ihr wirklich mit den Pferden in die Todeswüste?"

Bandath schüttelte den Kopf. „Wir hofften, noch irgendwo eine Möglichkeit zu finden, sie unterzubringen. Für den Rückweg benötigen wir sie wieder."

„Die Möglichkeit habt ihr gefunden. Einer meiner Ställe ist halb leer."

„Das aber", sagte Bandath und griff erneut nach der Lederbörse an seinem Gürtel, „gehört nicht zu den üblichen Geboten der Gastfreundschaft. Sind vier Goldstücke fürs Erste in Ordnung? Wenn wir zurückkommen, können wir ja noch weiter über den Preis verhandeln."

„Vier Goldstücke? Für vier Goldstücke, kleiner Mann, kannst du die Pferde ein ganzes Jahr bei mir abstellen."

Damit war man sich handelseinig. Die Kamelodoone wurden zum Teich geführt, die Pferde in den Stall gebracht und abgesattelt. Bandath und Barella verabschiedeten sich von Dwego und Sokah. Beiden Tieren hatten sie die Sättel abgenommen.

„Mach's gut, mein Großer. Wir finden uns wieder, wenn ich zurückkomme."

Dwego schnaubte und schob seine Nüstern an Bandaths Hals. Tief sog er den Geruch des Zwerglings ein. Sie hatten sich nach einer Trennung stets wiedergefunden, wie auch immer der Laufdrache das anstellte. Nachdem er dem Zwergling noch einmal ins Gesicht geschnauft hatte, drehte er sich um und verschwand zwischen den Bäumen. Sokah folgte ihm. Barella hatte dem Leh-Mur wortlos seinen langen Hals gestreichelt. Auch der Laufvogel wusste sie stets wiederzufinden, wenn sie sich einmal für längere Zeit trennen mussten.

Bandath drehte sich zum Gehöft. Im selben Moment verharrte er mitten in der Bewegung. Barella erschien es, als ob er auf etwas Unhörbares lauschte. Sie trat von hinten an ihn heran. „Was ist?"

„Ich spüre etwas."

Aufmerksam sah sich seine Gefährtin um. „Was?" Sie griff nach ihrem Messer.

„Thaim hat mir etwas über die magischen Kraftlinien beigebracht. Seither versuche ich, diese Linien aufzuspüren und es gelingt mir von Tag zu Tag besser. Ganz hier in der Nähe verläuft eine solche."

„Und?"

„Ich spürte eben eine Erschütterung auf dieser Linie, als ob ihr jemand mit Gewalt Magie entrisse. Es war, als ob die Erde bei diesem Prozess vor Schmerz aufschrie."

„Die Kopfgeldjäger?"

Bandath schüttelte den Kopf. „Das war zu gewaltig. Zu so etwas wären die beiden nicht in der Lage, selbst wenn sie ihre Bemühungen vereinen würden."

„Kannst du herauskriegen, wo das geschehen ist?"

„Es war nicht weit von hier. Lass uns zurückgehen. Irgendetwas nähert sich uns."

Kaum auf dem Gehöft angekommen, bat Bandath Niesputz, einen Erkundungsflug zu unternehmen. Die anderen hörten aufmerksam zu, als der Zwergling berichtete. Auch Duri der Jüngere stand bei ihnen.

„Besteht Gefahr für meine Familie und den Hof?"

Bevor jemand zur Antwort ansetzen konnte, kehrte Niesputz bereits zurück.

„Ärger, Zauberer. Ganz gewaltiger Ärger!"

Bandath schluckte die übliche Korrektur herunter. „Wie gewaltig?"

„Der eine Ärger hat vier Beine und sieht fast aus wie ein Pferd, der andere hat nur zwei Beine aber dafür zusätzlich zwei kräftige Arme und ähnelt deinem Laufdrachen. Beide sind so groß wie die Kamelodoone, bestehen komplett aus Sand und sind auf dem Weg hierher."

Duri erbleichte. „Die Monster!", flüsterte er. „Wir hatten gehofft, sie würden unseren kleinen Hof nicht bemerken."

„Wahrscheinlich gibt es hier in der Nähe keine größeren Ziele mehr."

„Wann werden sie eintreffen?"

Niesputz ließ sich auf Barellas Schulter nieder. „Wenn sie ihr Tempo beibehalten, dann werden sie spätestens in einer halben Stunde hier sein."

Er sah sich um. „Was machen wir jetzt mit diesen beiden wandelnden Sandhaufen?"

„Kämpfen!", sagte Duri. „Meine Familie und ich haben geschworen, diesen Hof nicht freiwillig herzugeben."

„Und womit wollt ihr kämpfen, Bauer?", schnauzte Niesputz. „Wollt ihr Förmchen und Schäufelchen gegen die Sandmonster einsetzen?"

„Ich weiß nicht, ob du das verstehst, Knörgi", fauchte Duri, „aber dieser Hof ist alles, was wir haben. Wenn wir flüchten, dann haben wir nichts mehr, gar nichts."

„Tausenden anderen in den Städten und Dörfern rund um die Wüste ging es genauso. Und die haben durch die Flucht wenigstens ihr Leben behalten."

„Meine Großmutter würde eine Flucht nicht überleben! Und bei meinen Eltern bin ich mir auch nicht sicher, ob sie woanders neu anfangen könnten. Wir kennen nichts außer dem Leben hier am Rand der Todeswüste. Dieses Leben ist hart genug, aber wir wollen es uns nicht nehmen lassen."

Niesputz wandte sich an Bandath. „Nun sag du doch mal etwas. Hunderte Soldaten des Kaisers haben nichts gegen die Sandmonster ausgerichtet. Und der meint, mit zwei Mistgabeln und einem Küchenmesser diese Dämonen verscheuchen zu können."

Doch an Bandaths Stelle ergriff Waltrude das Wort. „Ich kann ihn verstehen, Niesputz. Wenn es im letzten Jahr irgendeine Möglichkeit gegeben hätte, wäre auch ich nicht aus Drachenfurt geflohen, aber es gab keine. Hier haben wir Möglichkeiten." Demonstrativ stellte sie sich neben Duri, der sie dankbar ansah.

Das Ährchen-Knörgi verdrehte die Augen. „Ach! Und welche wären das, verehrte Zwergendame?"

Waltrude schnaufte, als Niesputz in den Ton und die Wortwahl Baldurions verfiel, sagte aber nichts, sondern blickte Bandath an.

„Nein!", entgegnete Niesputz, als hätte irgendeiner etwas gesagt. „Nein! Nein! Nein! Ich muss das echt nicht haben! Wir sind nicht hier, um einen Bauernhof zu beschützen! Wir müssen in die Wüste. Ein Kampf hier ist dumm und gefährlich. Wir sind nicht auf die Sandmonster vorbereitet! Lasst uns den geordneten Rückzug antreten und diese Viecher erst einmal kennenlernen."

„Wenn wir in die Wüste gehen, dann werden wir dort auch diesen Monstern begegnen", entgegnete Waltrude heftig. „Und dort werden die bestimmen, wann und wo. Sie wählen den Platz und den Zeitpunkt. Ich verstehe nicht viel vom Kämpfen, bin bloß eine alte, fette Zwergin. Aber wenn *wir* den Kampfplatz und den Zeitpunkt wählen können, warum sollten wir das nicht tun? Warum wollen wir nicht die Chance nutzen, die uns geboten wird?"

„Waltrude hat recht", schlug sich To'nella auf die Seite der Zwergin. „Duri bleibt hier, ob wir kämpfen oder nicht. Sein Entschluss steht fest. Wir selbst wissen nichts über diese Monster, außer dass sie unverwundbar erscheinen. Warum also nicht eine erste Begegnung riskieren, wenn wir Zeit und Ort wählen können?"

„Hallo?" Niesputz flatterte aufgebracht zur Elfe und klopfte ihr an die Stirn. „Jemand zu Hause? Verstehe ich hier irgendetwas nicht? Die Monster haben sich den Hof als Angriffspunkt ausgesucht. Wieso wählen *wir* dann Ort und Zeit des Angriffes? Und warum wollen wir einen Kampf riskieren, wenn die sowieso unverwundbar sind?"

Er flog zu Bandath und blieb eine knappe Handbreit vor dessen Augen in der Luft hängen. „Hey, zwei deiner Kumpels von der Magierfeste sind schon tot. Sag doch auch mal etwas dazu."

Bandath trat einen Schritt zurück, um das Ährchen-Knörgi deutlich sehen zu können. „Das waren nicht meine Kumpels. Einer von ihnen war ein Freund. Und der war durch einen hinterhältigen Angriff eines anderen Magiers geschwächt. Der andere wollte nicht gegen diese Kreaturen kämpfen, er wollte ihre Magie erkennen und nutzen. Das ist ein riesiger Unterschied." Bandath sah Duri an. „Du verschanzt dich mit deiner Familie im Wohnhaus. Vernagelt alle Fenster und Türen mit Brettern, je dicker, desto besser. Verstopft den Kamin. Es darf kein Ritz übrig bleiben, durch den Sand in euer Haus dringen kann. Klar? Wenn hier einer kämpft, dann werde ich das sein!"

„Vergiss es!", knirschte Rulgo. „Ich bin auf meinen großen Füßen nicht so weit hinter dir her gelatscht, um dann von einem Zuschauerplatz aus zuzusehen, wie du dich mit irgendwelchen Monstern prügelst. Ich will ausprobieren, wie diesen Dingern meine Trollkeule schmeckt."

„Ich helfe den Bauern an ihrem Wohnhaus", sagte Korbinian. „Aber glaube nicht, dass ich mich verstecke."

„Ihr spinnt!", rief Niesputz und fuchtelte mit seinem kleinen Schwert herum. „Ihr spinnt alle miteinander!" Frustriert steckte er sein Schwert mit Wucht in die Scheide. „Oh Mann! Ich kann euch dabei einfach nicht allein lassen. Ich werde nachsehen, wo diese Kreaturen sind und euch rechtzeitig Bescheid geben." Er surrte davon. Das Letzte, was sie von ihm hörten, waren die Worte: „Die können mich alle mal …"

Der Rest der Gruppe schwieg, aber ein Blick in ihre Gesichter überzeugte Bandath davon, dass er nicht einen von ihnen bewegen konnte, sich mit der Bauernfamilie im Wohnhaus zu verbarrikadieren.

„Gut." Er nickte. „Wir teilen uns auf. To'nella, du wirst mit Korbinian, Waltrude und Theodil im Schweinestall warten. Barella, Rulgo und Ratz kommen mit mir mit. Wir gehen auf die gegenüberliegenden Seite des Hofes in die Scheune neben dem Pferdestall."

„Scheune ist gut", brummte Rulgo. „Da muss ich mich nicht so tief bücken wie im Schweinestall."

„Vom Geruch her allerdings …", sagte Waltrude, grinste breit und ließ den Rest des Satzes offen.

„Was ist mit den Kamelodoonen am Teich?", fragte Theodil.

„Die sollten wir lassen, wo sie sind. Ich glaube, Tiere interessieren diese Monster nicht, sonst hätten wir unsere Kamelodoone nicht unbeschadet in dem Gatter gefunden. Die haben es ausschließlich auf unsereins abgesehen: Menschen, Zwerge, Elfen …"

„Trolle!", ergänzte Rulgo.

„Wenn sie nicht von deren Geruch abgeschreckt werden."

Bandath strafte Waltrude mit einem strengen Blick für ihre Sticheleien.

„Zwerglinge", sagte Korbinian und grinste Bandath an.

Der straffte sich. „Ich habe keinen Plan. Wir müssen spontan bereit sein, etwas zu tun. Aber hütet euch mit all eurer Kraft davor, von diesen Wesen berührt zu werden. Zur Not flieht. Flucht ist keine Schande. Ich will keinen von euch verlieren."

Er blickte zum Wohnhaus hinüber. „Wir sollten Duris Familie jetzt helfen, sich im Wohnhaus zu verschanzen."

„Ich werde mit euch kämpfen!", sagte der Bauer entschlossen.

Bandath schüttelte energisch den Kopf, doch Waltrude sprach erneut schneller als er. „Das wirst du schön bleiben lassen, mein Junge. Du bist das Kämpfen nicht gewohnt, wir schon. Wir sind eine Bande verwegener Abenteurer und haben schon so manchen Wasserdrachen verprügelt."

„Mit Bratpfannen!", flüsterte Rulgo.

„… während andere schliefen", fauchte die Zwergin und streifte den Troll mit einem vernichtenden Blick. „Du aber, Duri, du bist ein Bauer und ein Familienvater. Dein Platz ist an der Seite deiner Frau und eurer Kinder."

Duri schluckte und drückte Waltrude die Hand. „Ich danke dir." Er blickte in die Runde. „Euch allen danke ich."

Eilig schleppten sie Bretter aus der Scheune heran und begannen, jede Öffnung des Wohnhauses zu vernageln. Als sich alle Familienmitglieder des Bauern im Haus eingefunden hatten, sicherten sie am Ende auch die Wohnungstür. Allerdings mussten sie zuvor sowohl Korban als auch Floran aus dem Schweinestall hervorholen, sowie Magda und Katha in der Scheune suchen. Die Kinder hatten sich dort versteckt, um selbst gegen die Sandmonster zu kämpfen. Besonders Korban machte einen Heidenlärm, als seine Mutter ihn energisch ins Haus zerrte. Keine Minute zu früh. Kaum hatte Theodil als Letzter den Hammer beiseitegelegt, kam Niesputz angesurrt.

„Hey, Selbstmörder. Euer Besuch kommt. Habt ihr die Schippen bei der Hand?"

„Jeder auf seinen Platz!", rief Bandath und alles stob davon. Nur Niesputz schwebte an der Stelle, an der die Gefährten soeben noch gestanden hatten.

„Aha. Toll! Und wo ist mein Platz?"

Dann war ein Stöhnen zu hören, wie aus großer Tiefe kommend, als ob sich irgendwo weit unter der Oberfläche eine Erdschicht verdichtete. Hinter den Bäumen wurde ein rötlichgelber Schemen sichtbar und kurz darauf schälte sich eine Gestalt aus dem Wald, die einem Albtraum hätte entsprungen sein können. Der Kopf des Wesens ähnelte dem eines Pferdes. Spitze Zähne im Maul und rot leuchtende Augen machten allerdings deutlich, dass sie alles andere als ein Pferd vor sich hatten. Die Vorderbeine endeten in Tatzen, die Hinterbeine in Hufen. Der Körper erschien ungenau, als ob der Sand, aus dem dieses Pferdewesen bestand, keine klare Trennschicht zur Luft bildete, als ginge der Körper *allmählich* in die Luft über. Das Wesen peitschte unaufhörlich mit seinem Schweif hin und her und schickte dabei winzige Sandfontänen in alle Richtungen. Der Sand, aus dem der Körper dieser Kreatur bestand, erschien in ständiger Bewegung. Permanent bildeten sich Schlieren, Wirbel und Wellen, die über den Körper wanderten, als wäre das ganze Wesen ein einziger, auf äußerst engen Rahmen begrenzter Sandsturm in Form eines verunstalteten Pferdes. Gleichzeitig „floss" der Sand unablässig von vorn nach hinten. Tatsächlich war das Monster sogar noch größer als die Kamelodoone. Es blieb am Waldrand stehen und sah sich um. Kurz darauf trat das zweite Wesen zwischen den Bäumen hervor. Genau wie Niesputz gesagt hatte, ähnelte es einem stark vergrößerten Laufdrachen, nur das die Greifarme des Wesens bedeutend länger waren und beinahe bis zur Erde reichten. Die Klauen an den Enden der Arme öffneten und schlossen sich, als seien sie auf der Suche nach etwas, das sie packen konnten. Unwillkürlich wartete man auf ein schnappendes Geräusch, wenn die Klauen sich schlossen. Das Einzige allerdings, was zu hören war, war das leise Geräusch unablässig rieselnden Sandes. Die wenigen Vögel hatten aufgehört zu singen, die Schweine grunzten nicht mehr, aus dem Pferdestall ertönten keine Laute und selbst das beruhigende Kollern der Kamelodoone, die hinter dem Wohnhaus am Teich standen, war verstummt.

„Wir müssen sie trennen!", schrie Niesputz und wandte die Taktik an, die er immer einschlug, wenn er gegen etwas kämpfte. Er brüllte so laut er konnte und schoss Funken sprühend auf die Brust des Drachenwesens zu. Blitzschnell tauchte er in dem Sand des Ungetüms ein und kam fast im selben Moment an dessen Rücken wieder heraus.

„Bäh!", rief er und spuckte Sand aus. Das Drachenwesen aber brüllte beunruhigt auf und drehte sich zu dem Ährchen-Knörgi um.

„Na komm nur, du wandelnder Sandkasten!" Niesputz flog provozierend langsam, so dass das Wesen nach ihm schlagen konnte, ihn aber nicht traf. Das Ährchen-Knörgi war zu flink für den Koloss. Brüllend machte der Sanddrachen einen Schritt auf Niesputz zu.

„Ja", flüsterte Bandath. „Lock ihn weg von uns."

Ratz sah den Zwergling fragend an. „Wieso kann Niesputz durch das Monster fliegen, ohne Schaden zu nehmen?"

„Niesputz ist mehr als nur ein Ährchen-Knörgi. In ihm wohnt eine uralte Magie, deren Zugang sich uns nicht erschließt."

„Mehr als nur ein Ährchen-Knörgi?"

„Später!" Barella wies nach draußen. „Wir sollten uns jetzt mit dem Pferdewesen beschäftigen."

Aus dem Schweinestall kamen ein paar Pfeile geflogen, die, ohne Schaden zu hinterlassen, durch das Monster hindurchgingen und im Wald verschwanden. Das Sandpferd drehte den Kopf in Richtung Stall und stapfte los.

„So ein Blödmann", schimpfte Barella über Korbinian. Sie ging ohne Zweifel davon aus, dass ihr Halbbruder diese Pfeile geschossen hatte und nicht To'nella.

Rulgo, der hinter der Gruppe am Fenster kniete, erhob sich. „Lasst mich mal was probieren."

Er packte seine Keule fester und eilte hinaus. Von hinten schlich er sich an das Pferdewesen heran, holte aus und trennte mit einem Schlag das linke Hinterbein vom Körper. Das Bein sank in einer Wolke aus Staub zusammen und der Körper des Monsters wankte. Es brüllte auf, fuhr herum und schlug mit einer der Vordertatzen nach dem Troll, der flink zurücksprang.

Plötzlich sauste aus dem Wald ein Feuerball heran und traf Rulgo an der Schulter. Der wurde zur Seite geschleudert und brüllte schmerzgepeinigt auf. Unter dem Hinterleib des Pferdewesens bildete sich ein Wirbel. Die winzige Windhose verband sich mit dem Körper und sog den auf der Erde liegenden Sand nach oben. Als der Sand das Monster berührte, formte sich ein neues Bein und das Pferd war wieder unversehrt.

„Was war denn das?", rief Barella, meinte damit aber den Feuerball. Bandath spähte in den Wald. „Dort ist ein Magier, der die Sandmonster unterstützt."

„Davon haben aber die Flüchtlinge nichts erzählt!"

Unschlüssig zuckte Bandath mit den Schultern. Draußen flogen wieder Pfeile und lenkten das Pferdewesen von Rulgo ab, der sich auf der Erde krümmte. Vergebens versuchte er, sich wieder zu erheben. Sein Stöhnen war bis in den Pferdestall zu vernehmen.

Dann atmete Bandath plötzlich tief ein. Er spürte, wie den Kraftlinien erneut Magie entrissen wurde, dieses Mal aber auf andere Art als zuvor bei den Sandwesen. „Magie!", keuchte er. „Hier wird Magie vorbereitet. Ich kenne das!" Er sprang zur Tür und brüllte quer über den Hof zum Schweinestall: „Raus da! Alle sofort raus!" Ein Feuerball raste auf ihn zu und Bandath hechtete zurück in die Sicherheit der Scheune.

„Schieß!", rief er Barella zu. „Schieß auf das Monster. Lenk es vom Schweinestall ab."

Die Zwelfe schoss aus dem Schutz der Dämmerung Pfeile in schneller Folge, die zwar wirkungslos durch das Monster hindurchsausten, es aber vom Schweinestall ablenkten. Aus der Tür des Stalles rannten To'nella, Korbinian, Waltrude und Theodil. Während Waltrude sich in der Mitte des Hofes hinter dem Brunnen duckte, eilten die beiden Männer bis zum Pferdestall und verbargen sich darin. To'nella hechtete, von einer Feuerkugel verfolgt, durch die Tür der Scheune.

Bandath war wieder an das Fenster getreten und spähte in den Wald. „Wo bist du, Bluthammer? Komm schon, zeige dich!"

Im selben Moment explodierte der Schweinestall. Explodieren war allerdings nicht das richtige Wort. Die Mauern des Gebäudes wurden förmlich unter dem Dach nach hinten weggefegt. Die davon geschleuderten Steine prasselten wie Geschosse auf das Feld hinter den Hof. Das Dach, jeder Stütze beraubt, krachte auf die Erde und zerbarst.

„Das sind die Kopfgeldjäger!", rief Bandath. „Wir müssen sie aus dem Wald rauslocken. Der Gnom ist jetzt schwach, die Bluthammer-Magie saugt enorm viel Kraft aus seinem Körper." Er sah To'nella an.

Die Elfe nickte. „Ich nehme Korbinian mit." Sie hockte sich hinter die Tür und rief: „Korbinian, mir nach!"

Als dieser, ohne zu wissen, worum es ging, aus dem Pferdestall gerannt kam, sprang auch To'nella aus der Scheune. Wortlos schnellte er hinter ihr her. Im Zickzack mussten die beiden über den Hof jagen, flink wie es nur Elfen können, verfolgt von unaufhörlich aus dem Wald hervorschießenden Feuerkugeln. Augenblicke später erreichten sie den Waldrand und verschwanden zwischen den Bäumen. Im Schutz dieses Gefechtes hatte sich Rulgo erhoben und war an einer anderen Stelle ebenfalls im Wald verschwunden, taumelnd, mit einem nutzlos herabhängenden linken Arm.

„Ist das alles, was du kannst, Ochsenkopf?", brüllte Waltrude aus ihrer Deckung hinter dem Brunnen hervor. Auch sie hatte die richtigen Schlüsse gezogen.

„Wir müssen sie dort wegholen", sagte Bandath zu seiner Gefährtin.

Barella sah nach draußen. „Lenke das Monster ab, ich hole sie her."

Auf halber Strecke zwischen dem Brunnen und ihrer Scheune hatte der Bauer einen Stapel Baumstämme liegen. Bandath griff mit seiner magischen Energie nach ihnen, riss einen aus dem oberen Teil des Stapels und schleuderte ihn gegen das Pferdewesen. Wie zuvor Rulgos Keule trennte der Stamm ein Hinterbein des Ungetüms ab. Brüllend wandte sich das Monstrum diesem neuen Feind zu. Während es mit einer Tatze nach dem vorbeifliegenden Stamm hieb, bildete sich hinten das Bein wieder neu. Schneller als zuvor, so kam es jedenfalls Bandath vor. Er schleuderte einen zweiten Stamm, der das Pferd in der Mitte teilte, fast genau zwischen Vorder- und Hinterbeinen.

Im selben Moment hastete Barella aus der Scheune in Richtung Brunnen. Aus dem Wald preschte ein Drago-Zentaur hervor und griff die Zwelfe fauchend an. Barella zog ihr Schwert und hieb nach dem zahnbewehrten Maul, das sie attackierte. Plötzlich schrie der Drago-Zentaur auf und knickte mit den Vorderbeinen ein. Aus seiner Flanke ragte einer der eisernen Stäbe, die Waltrude sich von dem Zwergenschmied hatte geben lassen. Die Zwergin grinste hinter dem Brunnen hervor.

„Prima Position hier!", rief sie.

„Komm zu uns!" Barella streckte den Zentaur mit einem weiteren Schwertstreich nieder und hastete weiter zum Brunnen. Waltrude schüttelte den Kopf.

„Das muss ich jetzt echt nicht haben!", sagte Bandath und verfluchte den Eigensinn der Zwergin. Er bemerkte eine Feuerwalze, die aus dem Wald hervorbrach. Auf seine Warnung hin sprang Barella hinter den Stapel Baumstämme und vergrub den Kopf unter ihren Armen. Auch Waltrude verschwand hinter dem Brunnen. Die Feuerwalze jaulte über den Hof, erstarb aber, von Bandath gelöscht, bevor sie das Wohnhaus der Bauern erreicht hatte.

Das Pferdewesen schritt wieder in Richtung Brunnen.

Barellas Kleidung qualmte. Die Stämme, hinter denen sie sich verborgen hatte, brannten. Sie eilte zur Scheunenwand. Dort standen mehrere mit Wasser gefüllten Eimer, von denen sie sich einen über den Kopf goss.

Bandath sprang aus der offenen Tür auf den Hof und begann, Feuerkugeln auf das Pferdewesen zu jagen. Dabei hielt er immer einen Blick zum Wald, um einen von dort vorgetragenen Angriff abwehren zu können.

Zur selben Zeit ertönte Geschrei zwischen den Bäumen. Die Gefährten mussten die Magier entdeckt haben. Eine Explosion war zu hören, erneut Schreie und das Fauchen eines weiteren Drago-Zentauren. Dann begann der Wald an dieser Stelle zu brennen. Unerwartet preschte Sergio die Knochenzange auf einem Drago-Zentauren über das Gehöft, Feuerkugeln nach allen Seiten jagend. Barella verschwand in der Scheune, Bandath schmiss sich auf die Erde. Ein Pfeil aus dem Wald traf den Drago-Zentauren. Er stürzte und blieb bewegungslos liegen, sein Reiter überschlug sich und landete vor dem vernagelten Eingang des Wohnhauses. Der Minotaurus riss die Hand hoch und der Eingang explodierte. Mit einem Sprung rettete sich der Magier in das Innere des Hauses.

Niesputz erschien wieder im Hof. „Der Sanddrache lässt sich nicht mehr ablenken!"

Bandath erhob sich und jagte weiterhin Feuerkugeln auf das Dämonenpferd. Sie waren fast wirkungslos. Was, beim dreimal verfluchten Zwergenmist, half nur gegen diese Monster?

Aus dem Wohnhaus raste ein riesiger Feuerball auf den Brunnen zu. Waltrude schrie auf und rollte zur Seite.

Der Feuerball traf den Brunnen. Steine flogen umher, einer von ihnen sauste durch den Oberkörper des Pferdewesens, trat auf der anderen Seite wieder aus und fiel weit hinter dem Monster zu Boden. Die Kreatur, die sich auf Bandath zubewegt hatte, blieb stehen, beugte den Kopf und besah sich die Stelle, an der der Stein in ihren Körper eingedrungen war. Gleich einem Wirbel drehte sich der Sand rund um das Loch und schloss es wieder. Das Monster hob den Kopf und blickte zur Brunnenruine. Hinter dem Steinhaufen rappelte sich Waltrude auf und starrte das Monster an.

„Waltrude!", schrie Bandath. „Lauf!"

Er hob die Hände und die Steine, die einmal die Umfassungsmauer des Brunnens gebildet hatten, schossen auf das Pferdewesen zu. Ohne sichtbare Wirkung durchdrangen auch sie den Sand und fielen irgendwo hinter dem Monster zu Boden. Barellas Kristall, den Bandath an der Kette um den Hals trug, wurde so warm, dass es Bandath schon fast auf der Haut brannte.

Das Wesen schritt unbeirrt auf Waltrude zu, die vollkommen erstarrt mitten auf dem Hof stand.

„Waltrude!", schrie Ratz. Er rannte hinter Bandath aus der Scheune quer über den Hof, stolperte, fiel hin, rappelte sich wieder auf, rannte weiter, nah am Monster vorbei, duckte sich unter einem Schlag des Pferdewesens hinweg, erreichte Waltrude, packte sie am Ärmel und wollte sie wegziehen. Aber noch immer bewegte sie sich nicht.

„Bandath!", rief Ratz hilflos. „Er hat sie mit einem Lähmungszauber belegt!"

„Magie heißt das!", knirschte Bandath. „Niesputz, stör ihn!"

„Alles klar." Niesputz sauste los, doch bevor er den Hof überquert hatte, fühlte Bandath, wie die Lähmungs-Magie auch nach ihm griff. Unwillig schüttelte er den Angriff ab und war unterbewusst darüber erstaunt, wie leicht ihm das fiel. Der Kristall an der Kette wurde immer wärmer. Ein großflächiger Angriff auf das Wohnhaus kam nicht in Frage, er wollte die Familie des Bauern auf keinen Fall gefährden. Was sollte er tun?

Niesputz flog Angriffe auf den Magier, musste aber dessen Feuerkugeln ausweichen.

Dann sah er, wie auch Barella die Scheune wieder verließ und quer über den Hof auf ihn zugehastet kam, Angst im Gesicht, Angst um ihn, Bandath.

„Hinter dir!" Barella ergriff einen der Wassereimer und schleuderte ihn auf Bandath. Erschrocken sprang der Zwergling zur Seite und stürzte

auf den Rücken. Luft wurde aus seiner Brust gepresst. Sein Blick folgte dem Flug des Eimers über ihn hinweg. Direkt hinter Bandath hatte das andere Monster gestanden. Wasser verspritzend, das noch in ihm gewesen war, traf das ungewöhnliche Wurfgeschoss den rechten Arm des Drachenwesens. Der Eimer drehte sich und mit einem Schwall floss der Rest des Wassers über die Seite des Monsters. Wie vom Blitz getroffen blieb das Sandwesen stehen und schrie auf, dass Bandath das Gefühl hatte, seine Zehennägel würden sich aufrollen. Während der Eimer fast ungehindert durch den Körper des Dämons flog, schwemmte das Wasser die komplette rechte Schulter des Wesens und den dazugehörigen Greifarm davon. Zum zweiten Mal schrie der Drache auf. Ein Wirbel entstand zwischen der Schulter und der Erde, auf der der nasse Sand lag. Vergeblich mühte sich der Sanddrache, mit dem Miniatursturm seine Gliedmaßen zu regenerieren, der nasse Sand jedoch konnte die fehlenden Teile nicht wiederherstellen.

„W!", rief Bandath und erinnerte sich an die Zeile aus der Prophezeiung des Verrückten von Konulan. Er schlug sich vor die Stirn und sprang auf. *Dagegen hilft nur W...*

Aber natürlich: *Wasser!*

Bandath stampfte mit dem linken Fuß auf die Erde. Mit all seiner zur Verfügung stehenden Macht griff er tief unter die Oberfläche, fühlte nach einer Wasserader und ließ sie steigen. Der Stein auf seiner Brust strahlte eine kaum noch auszuhaltende Hitze aus. Die mächtige Fontäne, die Bandath hervorrief, trat genau an der Stelle aus dem Boden, an der das Sandmonster stand. Sie schoss hoch in die Luft. Wasser fiel im weiten Umkreis zu Boden, vom Sand rötlich gefärbt. Die Kreatur wurde einfach davongespült. Ruckartig drehte sich Bandath wieder um. Hinter Waltrude erschien der Minotaurus in der Tür des Wohnhauses. Mit wutverzerrtem Gesicht schmetterte er einen ununterbrochenen Strom von Feuerkugeln auf Bandath, die dieser abwehren musste. Ratz rannte schreiend auf den Minotaurus zu. Als er den Magier erreichte, schlug dieser wie nebenbei mit seiner Hand zu und Ratz brach zusammen. Das Pferdewesen schritt weiter auf Waltrude zu, die sich nun aber wieder bewegen konnte. Der Minotaurus hatte sie frei lassen müssen, um die Feuerkugel-Magie weben zu können. Bandath griff mit der linken Hand nach Barellas Kristall, zum einen, um den glühend heißen Stein von seiner Haut wegzunehmen, zum anderen, um ihn noch besser als Fokus für seine Magie nutzen zu können. Er baute ein Schutzschild um sich herum auf, an dem die Feuerkugeln abprallten. Waltrude bückte sich, hob den zweiten ihrer eisernen Haken auf, wog ihn wie einen Speer in der Hand und schleuderte ihn auf den Minotaurus. Das Wurfgeschoss drang dem Kopfgeldjäger in die rechte Schulter. Zeitgleich wurde er von einem Pfeil Barellas in die Hüfte getroffen. Der Feuerkugelstrom versiegte. Niesputz prallte mit einem triumphierenden Schrei, Funken versprühend, vor die Brust des Minotauren. Sergio stöhnte unter diesen geballten Angriffen auf und taumelte in die Dunkelheit der hinter ihm offen stehenden Haustür zurück. Eine letzte Feuerkugel traf Waltrude an der Brust und warf sie nach hinten, dem Pferdewesen direkt vor die Füße. Bevor Bandath noch reagieren konnte, trat das Sandmonster nach seinem vor ihm liegenden Opfer.

„Waltrude!" Wieder griff der Zwergling mit seiner magischen Energie in die Erde, suchte Wasser und eine Fontäne, gewaltiger als die erste und spülte auch dieses Monster hinweg.

Wut erfüllte den Hexenmeister, grenzenlose Wut. Er hatte Barellas Kristall in der Hand, glühend heiß und helles Licht zwischen den geschlossenen Fingern ausstrahlend. Ohne sich um die anderen zu kümmern, rannte er zum Wohnhaus, sah aus den Augenwinkeln Barella, die ihm folgte. Neben dem Eingang rappelte sich Ratz auf.

In der Dunkelheit des Hausflures verharrte er einen Moment. Wo war sein Gegner? Dann vernahm er den unterdrückten Schrei Magdas aus der Küche. Er trat die Tür auf und erstarrte.

Mitten im Raum stand Sergio. Der Küchentisch war umgeworfen, die Stühle zerbrochen. Hinter dem Minotaurus presste Resa ihre Tochter Katha und den kleinen Korban an sich. Duri und Floran standen in ohnmächtiger Wut neben ihnen. Die schreckgeweiteten Augen aller waren auf den Magier gerichtet, der keuchend auf Bandath starrte.

„Was machst du jetzt, Mischling?" Seine linke Hand hielt Magdas Nacken umschlungen, die rechte drückte ein Messer an die Kehle des Mädchens. Blut lief aus seiner Wunde an der Schulter, die Waltrudes Eisenhaken geschlagen hatte. Barellas Pfeil steckte ihm noch in der Seite. Blut lief aber auch am Hals des Mädchens herab, weil er ihr die Messerspitze in die Haut drückte. Sie schrie angstvoll auf. Resa fiel in den Schrei ein, Duri stürzte nach vorn doch eine Handbewegung Bandaths hielt ihn auf.

„Bandath!", schrie Barella, der aber hörte nicht. Er sah den Minotaurus, hob die Hand mit dem Kristall und ließ seiner Wut mit einem Schrei freien Lauf. Ohne die Chance einer Gegenwehr, wurde Sergios Hand mit dem Messer von der Kehle des Kindes weggerissen. Das Messer flog durch die Luft und blieb federnd in der Holzdecke stecken. Licht, das aus dem magischen Kristall hervorbrach, füllte die Küche. Während Magda nach vorn geschoben wurde, schleuderte Bandaths Magie den Minotaurus mit Wucht nach hinten gegen die Wand. Knochen knackten und der Kopf Sergios sackte zur Seite, doch Bandath griff noch einmal zu. Sergio wurde hochgerissen und aus dem geschlossenen und mit dicken Brettern vernagelten Fenster katapultiert. Splitter des Holzes surrten über den ganzen Hof. Resa stürzte schluchzend und doch erleichtert zu ihrer Tochter.

Bandath eilte nach draußen, dort schloss sich ihm Ratz an. Barella folgte Bandath, nachdem sie sich mit einem schnellen Blick davon überzeugt hatte, dass es Magda gut ging.

Die Zwelfe erreichte ihren Gefährten, als dieser erneut mit seiner magischen Energie nach dem Minotaurus greifen wollte. Er hatte die Hände nach vorn gestreckt, sein Gesicht war vor Wut verzerrt, Schweiß stand ihm auf der Stirn und die Augen funkelten blindwütig. Der Körper des Kopfgeldjägers aber lag verdreht und leblos zwischen den Balken, die einmal das Dach des Schweinestalles gebildet hatten.

„Es reicht. Lass es gut sein!" Sie legte Bandath ihre Hand auf die Schulter, wollte ihn beruhigen.

Kraftlos fielen Bandaths Arme nach unten. Seine Schultern sackten herab und er blickte Barella an, mit Augen voller Wut und gleichzeitig erfüllt von Angst. Dann zeigte er auf den unbeweglichen Körper der Zwergin. „Er hat Waltrude direkt vor die Füße dieses Monsters geschleudert." Seine Stimme zitterte, wie Barella es noch nie bei ihm gehört hatte.

Rulgo kam in diesem Moment humpelnd aus dem Wald, gefolgt von Theodil und Korbinian. Der linke Arm des Trolls hing noch immer leblos herab, die Haut auf der Brust war eine einzige Wunde, aber in seiner rechten Hand baumelte schlaff die Gestalt des Gnoms.

„Dieses Mal konntest du mich nicht aufhalten, Bandath!", rief er triumphierend, blieb aber sofort stehen, als seine Augen die Szene auf dem Hof erfassten.

Hinter Bandath traten Duri und seine Familie aus der zerstörten Tür ihres Wohnhauses. Langsam schritten sie über den Hof auf die Stelle zu, die einmal ein Brunnen gewesen war.

Barella drehte sich zu dem Troll und machte zwei Schritte auf ihn zu. Der ließ den Gnom fallen wie einen Sack Äpfel und starrte entgeistert zum Brunnen. Doch noch bevor sie etwas sagen konnte, hörte sie Bandaths Schrei, einen Schrei so klagend und voller Trauer und Wut, dass ihr das Blut in den Adern gefror. Sie fuhr herum. Bandath war am Brunnen auf die Knie gefallen und hielt Waltrudes Kopf auf seinem Schoß. Tränen strömten ihm aus den Augen und erneut schrie er auf, laut und lange, wie das klagende Geheul der Wölfe im Winter.

Waltrude war tot.

... der Dämon stöhnte und es war ein Schrei in dieser und in der Welt zu hören, in die er die Geister all der Getöteten verschleppt hatte. Zwei seiner Kreaturen waren besiegt worden und das schmerzte ihn. Genau so hatte es geschmerzt, als ihm damals, als Lebender, im Kampf ein Finger abgeschlagen worden war.

Wie konnte das geschehen? Wer hatte eine solche Macht, gleich zwei seiner Geschöpfe zu vernichten?

Befand sich da jemand auf dem Marsch nach Cora-Lega?

Mit einem geistigen Befehl setzte er all die von ihm geschaffenen Kreaturen in Bewegung. Sie ließen ab von ihren Taten, egal, ob sie gerade auf dem Weg zu einer der Städte rund um die Todeswüste waren oder eine solche vernichteten. Sie alle begaben sich nach Cora-Lega. Sollte er nur kommen, wer immer das auch war. Ihn würden all die Kreaturen erwarten, die er bisher geschaffen hatte.

... und er selbst würde ebenfalls warten, denn er war mächtiger, als all seine Geschöpfe zusammen.

Fünf seiner Wächter aber schickte er zu den Drei Schwestern.

Abschied von Waltrude

„Das ist der entsetzlichste Tag meines Lebens!" Bandath flüsterte, trotzdem hörte ihn Barella.

Waltrude stand in der Tür, als er mit seinem Vater von der Beerdigung seiner Mutter zurückkehrte.

„Du denkst doch nicht etwa, Borath", hatte sie gesagt und in typischer Waltrude-Manier die Arme in die Hüften gestemmt, „dass du den Jungen jetzt alleine erziehen kannst, oder?"

Beide hatten nichts gesagt und die stämmige Zwergin nur angestarrt.

Seit diesem Tag blieb Waltrude, deren Mann vor einigen Jahren bei einem Jagdunfall ums Leben gekommen war, bei ihnen. Sie führte den Haushalt für seinen Vater, der in den Mondzyklen nach dem Tod seiner Frau nicht in der Lage war, sich um das Haus zu kümmern. Sie übernahm es, die Wäsche zu waschen, stellte morgens, mittags und abends das Essen auf den Tisch und sorgte dafür, dass der kleine Bandath stets in sauberen Sachen herumlief. Sie legte ihm Wundsalben und Kräuterverbände auf die zerschrammten Knie, flickte die zerrissenen Hosen und Jacken und zog ihm deswegen die Ohren lang, pflegte ihn, wenn er krank wurde und tröstete ihn, wenn er traurig war.

Und eines Tages rückte sie seinem Vater den Kopf wieder zurecht.

„Selbstverständlich ist es schlimm, dass deine Frau gestorben ist, Borath", sagte sie und stemmte, wie immer in solchen Situationen, die Fäuste in die Hüften. „Es ist traurig – sehr traurig und von mir aus nenn es auch ungerecht und verfluche den Ur-Zwerg dafür oder die Schutzheiligen der Halblinge, die ihre Arbeit nicht erledigt haben. Ihr Tod ist furchtbar und ein unwiederbringlicher Verlust für dich, Bandath und das ganze Dorf!"

„Die haben sie nie ...", versuchte Borath einen Widerspruch.

„Quatsch nicht rum", fuhr ihn Waltrude über den Mund. Ihre Augen blitzten. „Vielleicht haben sie deine Frau in den ersten Jahren nicht ak-

zeptiert. Aber in den letzten Jahren hat keiner auch nur ein böses Wort über deine Frau fallen lassen.

Und jetzt reiß dich zusammen. Ja, du darfst trauern. Aber Trauer heißt nicht, vom Leben Abschied zu nehmen. Vergiss über all deinen eigenen Kummer nicht, dass Bandath *seine Mutter* verloren hat. Und im Moment ist er dabei, auch noch seinen Vater zu verlieren. Für diesen Verlust aber würdest du die Schuld tragen, ganz allein du. Lass das nicht zu! Bleibe bei deinem Sohn!"

Bandath hatte auf seinem Lieblingsplatz gehockt, hinter der Luke des alten Speichers. Waltrude und sein Vater standen direkt unter ihm. Der kleine Junge hatte nicht gewusst, wo er hätte hingehen sollen, mit all dem Schmerz in seiner Brust, mit der Leere, die seine Mutter hinterlassen hatte. Seit diesem Tag aber bemühte sich Borath der Magier, besser für seinen Sohn da zu sein. Er war nie gut in den Dingen gewesen, die in Bandaths Augen einen Vater ausmachten. Stets war er unterwegs, nahm Aufträge an, wirkte Magie und immer wenn Bandath fragte, hörte er nur die Worte „Jetzt nicht. Später, mein Junge." Aber das war bisher kein Problem gewesen, seine Mutter war ja da gewesen. Nun aber waren sie plötzlich aufeinander angewiesen, der mutterlose Sohn und der verwitwete Vater. Wäre Waltrude nicht gewesen, so wäre das wohl schiefgegangen. Unter ihrer resoluten Hand jedoch wandelte sich Borath in einen Vater, auf den Bandath bald sehr stolz war.

Jetzt hinterließ Waltrude in ihm dieselbe Leere, die er nach dem Tod seiner Mutter empfunden hatte. Niesputz saß auf seiner Schulter, als sie vor dem aufgestapelten Holz standen, auf dem Waltrudes Leichnam lag.

„Sie war eine der beeindruckendsten Zwerginnen, die ich je kennengelernt habe. Und glaube mir, Hexenmeister, ich habe ein sehr langes Leben hinter mir."

Waltrude war es auch gewesen, die seine magischen Fähigkeiten erkannt hatte, gerade, als sein Vater auf einer seiner Reisen weilte. Zwar waren sie selten geworden, diese Fahrten, aber ab und an musste er einfach los und den einen oder anderen Auftrag erfüllen. Waltrude war hinzugekommen, als er sich mit Dorak Eisenbart geprügelt hatte. Dorak, bedeutend größer als Bandath und Sohn des Schmiedes, hatte Bandath problemlos auf den Boden geworfen, sich auf die Brust des Zwerglings gesetzt und ihm mit den Worten „Friss das, Mischling!" Sand in das Gesicht geschaufelt. Spuckend und hustend lag Bandath auf der Erde und konnte sich nicht wehren. Waltrude war in dem Moment erschienen, als Dorak, wie von einer unsichtbaren Faust getroffen, davon geschleudert wurde.

„Bandath!", hatte Waltrude zornig gebrüllt und ihn hochgerissen. „Was soll das?"

Der junge Zwergling stand völlig konfus auf dem Weg, wischte sich mit den Händen den Sand aus dem Gesicht und sah, wie sich Dorak mühsam aus einem Busch befreite, der mehrere Schritte entfernt stand.

„Was …?"

„Das warst du, kleiner Magier." Sie blickte ihn an. Auch wenn Bandath mittlerweile fast genauso groß war wie Waltrude, hatte er stets den Eindruck, sie würde ihn vorwurfsvoll aus großer Höhe mustern, ganz so, wie ein Erwachsener auf ein kleines Kind herabschaut. Dieses Gefühl sollte ihn auch später, als er wirklich ein paar Zoll größer war als Waltrude, nicht verlassen.

„Ich glaube", sagte sie und nahm ihn bei der Hand, „es ist Zeit, dass wir uns ganz ernsthaft mit Borath über deine Zukunft unterhalten."

So war er nach Go-Ran-Goh gekommen.

Jetzt hielt Barella seine Hand. Sie sagte kein Wort, die Tränen in ihren Augen aber sprachen Bände. Neben ihr standen Korbinian und To'nella, dahinter Rulgo. Ratz und Theodil hatten sich auf die andere Seite von Bandath gestellt. Dem Zwerg tropften die Tränen in den grauen Bart.

In der Hand des Zwerglings brannte eine Fackel, aber er brachte es nicht über sich, die drei Schritte bis zum aufgebahrten Holz zurückzulegen.

Im elften Jahr seiner Ausbildung wurde er aus dem Unterricht der Heilmagierin Moargid geholt. Der Torwächter öffnete die Tür zum Unterrichtsraum und winkte ihn heraus.

„Du hast Besuch", sagte Malog nur und führte ihn zum Eingangstor der Magierfeste. Dort stand Waltrude – außerhalb der Burg. Sie hatte ihn noch nie besucht seit er die Ausbildung begonnen hatte. Überhaupt wurde Besuch in Go-Ran-Goh nicht gern gesehen. Die zukünftigen Magier hatten sich auf ihre Ausbildung zu konzentrieren. Für die Familie und

Freunde blieb Zeit, wenn sie einmal im Jahr für zwei Mondzyklen nach Hause reisen konnten. Jetzt aber stand Waltrude vor dem Tor. Noch bevor er ihr Gesicht sah, wusste Bandath, dass sie keine guten Nachrichten brachte. Warum sonst hätte sie den weiten Weg von Drachenfurt hierher machen sollen?

Er blieb am geöffneten Tor stehen, zögernd. Er wusste, dass, wenn er den nächsten Schritt machte, irgendetwas passieren würde, was sein Leben veränderte. Er wollte nicht hören, was sie zu sagen hatte, wollte nicht, dass sie überhaupt dort stand.

Waltrude machte einen Schritt auf ihn zu. „Bandath, mein Junge …"

Sie hatte ihn nicht mehr bei seinem Namen genannt, seit er die Ausbildung begonnen hatte.

„Was ist?" Er fragte zögernd, so wie jemand, der keine Antwort hören will.

„Dein Vater, Bandath. Es war ein Unfall, ein blöder, unsinniger Unfall." Dann hielt sie ihn im Arm.

Sie hatten lange überlegt, was sie mit Waltrude machen sollten. Eine Beerdigung nach der Art der Zwerge kam nicht in Betracht. Tief im Inneren der Drummel-Drachen-Berge bahrten diese ihre Toten auf, in Höhlen, in denen sie Nischen in die Wände schlugen. Sie legten ihre Toten hinein und verschlossen die Wandvertiefungen wieder mit einem Gemisch aus Steinen und Mörtel. Nach langen Überlegungen hatte sich Bandath entschlossen, Waltrude nach Sitte der Elfen zu verbrennen. Aber er wollte ihre Asche mitnehmen und nach seiner Rückkehr eine Nische in der Höhle der toten Zwerge für sie finden. Resa stellte ihm einen Keramikkrug zur Verfügung, der verschließbar war. Sie würde, so war es abgesprochen, Waltrudes Asche darin aufbewahren, bis er aus der Wüste zurückkäme.

Somit blieb nur noch eines zu tun: Das Entzünden des Holzes.

Waltrude war wie selbstverständlich bei ihm geblieben, als er seine Ausbildung auf Go-Ran-Goh beendet hatte. Und er hatte das akzeptiert. Sie brauchten nicht darüber zu reden. Wie früher versorgte sie ihn, hielt die Wäsche und das Haus in Ordnung, führte ihm den Haushalt, kochte das Essen und packte ihm immer, wenn er auf Reisen ging, heimlich saubere Taschentücher in sein Gepäck. Sie hielt lange Vorträge über das, was er ihrer Meinung nach falsch machte, lamentierte über seine Unordnung und sprach oft mehrere Tage lang über ihr Lieblingsthema: Seine nicht vorhandene Gemahlin. Ihr eigenes Zimmer im Haus blitzte, seines war sauber bis auf den Schreibtisch und die sich auf dem Boden und in den Regalen stapelnden Bücher und Schriftrollen. Das kleine Haus, in dem sie lebten, abseits vom alten Drachenfurt auf der Lichtung mitten im Wald, stand genau da, wo nun auch sein neues Haus stand. Nur dass sich seit dem letzten Jahr im weiten Umkreis die Häuser Neu-Drachenfurts erhoben.

„Du solltest das Holz jetzt entzünden", sagte Barella. Bandath nickte. Seine Freunde hatten ihm angeboten, dies für ihn zu übernehmen. Er hatte abgelehnt.

Langsam, so, als würden seine Füße in einer klebrigen Masse feststecken, trat er vor und senkte die Fackel in den Bereich mit dem Reisig, den Duri zum Entzünden des Holzstoßes vorbereitet hatte. Als wären sie ein wildes Tier, das aus der Gefangenschaft befreit wird, griffen die Flammen zuerst zögerlich nach der dargebotenen Nahrung. Es knisterte. Dann griff das Feuer rasch um sich und Bandath zog sich zu seinen Gefährten zurück. Bald schon schlugen die Flammen hoch, angefacht von einem Wind, der die Hitze von den Freunden fernhielt. Nur Barella bemerkte die leichte Handbewegung Bandaths, mit der er die Luft bewegte. Sie konnten kaum mehr Waltrudes Gestalt erkennen. Brennende Holzteilchen wurden durch die Hitze nach oben gerissen und zerplatzten. Asche fiel vom Himmel, die Freunde aber harrten aus. Wieder und wieder wurde das Feuer angefacht, als würde es eine unsichtbare Macht antreiben, bis auch der letzte Rest Holz vollständig verbrannt war. Übrig blieb ein kleiner Haufen graue Asche – Waltrude. Bandath nahm sich Resas Gefäß und füllte Waltrudes Asche mit bloßen Händen hinein, verschloss es und fuhr einmal mit seinem Daumen um die Nahtstelle zwischen Gefäß und Deckel. Beide Teile verschmolzen zu einem untrennbaren Ganzen. Waltrudes Urne war auf immer verschlossen.

„Ich werde dich nach Hause bringen und bei den Deinen beerdigen, das verspreche ich dir."

Dann musste er daran denken, wie oft Waltrude davon gesprochen hatte, eines Tages in den Hallen der Vorväter zu wandeln, wo all die gestorbenen Zwerge hinkamen – und wie sie sich freute, ihren verstorbenen

Mann dort wieder zu treffen. Bei dieser Vorstellung schlich sich fast die Andeutung eines Lächelns in Bandaths gramzerfurchtes Gesicht. Er hob den Kopf und betrachtete den Sonnenuntergang. Dann blinzelte er eine letzte Träne weg.

„Der Mond wird gleich aufgehen. Lasst uns alles zum Abmarsch bereit machen. Die Dämonen werden uns jetzt erwarten. Unser Sieg wird nicht unbemerkt geblieben sein."

Bevor sie jedoch losmarschierten, trat Bandath an den Rand des Waldes. Unter einem Schling-Baum hatten sie die beiden Magier begraben. Still stand er da und starrte auf das Grab. Leise trat Barella hinter ihn und legte ihre Hand auf seine Schulter, leicht wie ein Schmetterling.

„Ehrst du sie?"

Wie aus einem tiefen Traum zurückkehrend, hob Bandath den Kopf. „Ehren? Ich? Die beiden?", fragte er. „Wie kommst du darauf?"

„Nun, du stehst an ihrem Grab, hältst den Kopf gesenkt und schweigst."

Er sah seine Gefährtin an. „Ich habe heute Waltrude verloren. Das war nach dem Tod meiner Eltern der schwerste Verlust meines Lebens." Bandath schwieg kurz, atmete dann tief durch und wies auf das Grab der zwei Magier. „Diese beiden hier haben mir, seit ich sie kenne, das Leben so schwer gemacht, wie sie konnten. Aber", und mit diesen Worten straffte er sich, „ich habe noch nie in meinem Leben jemanden getötet – bis heute! Deshalb stehe ich hier und denke nach."

„Und zu welchem Schluss bist du gekommen?"

„Dass ich mich an dieses Gefühl, jemandem das Leben zu nehmen, nicht gewöhnen will!"

Die Drei Schwestern

Die Magie des Ährchen-Knörgis sorgte für eine rasche Heilung der entstandenen Wunden. Nur wenige Tage nach ihrem Aufbruch waren sowohl Rulgos Verletzungen als auch die Blessuren der anderen soweit geheilt, dass sie die Gefährten nicht mehr behinderten. Die Heilung der seelischen Wunden würde weit mehr Zeit beanspruchen.

„Kennt jemand eine Steigerungsform von *am heißesten?*", stöhnte Korbinian eines Tages.

Nach der Überquerung des Passes der Gowanda-Berge hatten sie das Gefühl gehabt, die Hitze, die von der Todeswüste zu ihnen herauf waberte, wäre mörderisch. Unten, auf der Ebene zwischen der Wüste und dem Gebirge, merkten sie, das die vorher erlebte Hitze nur ein lauer Vorgeschmack dessen war, was sie wirklich in der Wüste erwartete. Die Wüste aber empfing sie mit Temperaturen, auf die sie nach dem angenehmen Klima im Tal des Thalhauser Hofes nicht gefasst waren. Sie hatten gehofft, dass ihr nächtliches Vorankommen ihnen die schlimmsten Torturen ersparen würde. Wenn sie jedoch nach Sonnenuntergang aufbrachen, wanderten sie durch Sand, der so heiß war wie das Feuer im Inneren eines Schmiedeofens. Er brauchte einige Zeit, um abzukühlen. Die Luft selbst wurde bedeutend schneller kalt … sehr kalt. Sie froren bald erbärmlich. Der Atem hing in weißen Wolken vor ihrem Gesicht und das ausgeatmete Wasser kondensierte zu Eis, das sich besonders bei Theodil im Bart niederschlug. In den langen Haaren der Kamelodoone bildeten sich Eiszapfen, die aber nie größer als ein oder zwei Handspannen wurden, denn die trockene Luft sog die Flüssigkeit förmlich auf. Rulgo schlief auf dem Rücken eines Kamelodoons einen Schlaf, um den ihn die anderen beneideten, denn sie selbst litten. Sie stöhnten tagsüber unter der Hitze und in der Nacht unter der Kälte. Am Tag konnten sie kaum ein Auge schließen, obwohl sie sich jeden Morgen unter die Tücher verkrochen, die sie als Sonnenschutz aufspannten. Ihre Lippen sprangen auf, die Haut wurde rissig und ihr Wasservorrat nahm viel zu schnell ab.

To'nella machte sich am Morgen des zweiten Tages am Bauch eines der Kamelodoone zu schaffen. Als sie sich zu den anderen umdrehte, sahen diese eine hölzerne Schale in den Händen der Elfe, die mit einer trüben, dicklichen Flüssigkeit gefüllt war.

„Was ist denn *das*?" Korbinian verzog angeekelt das Gesicht.

„Kamelodoon-Milch." Das Lächeln, das To'nella ihm zuwarf, zeugte davon, dass sie genau wusste, was in ihm vorging. „Man kann sie nicht trinken, aber wir werden uns die Haut damit eincremen. Das verhindert Sonnenbrand und Austrocknung. Besonders der Bereich um den Mund und die Nase ist wichtig. Aber schmiert es euch nicht in die Augen, die schwellen sonst zu und ihr könnt drei bis vier Tage nichts sehen."

Korbinian kam näher und hielt zögerlich seine Nase über die Schale. Als hätte er einen Schlag bekommen, zuckte er zurück.

„Das riecht ja schlimmer als Troll-Füße." Demonstrativ vergrub er seine Hände in den Hosentaschen. „Also *ich* werde mein Gesicht damit auf keinen Fall einschmieren!"

„Dann, lieber Korbinian, wird sich deine Gesichtshaut innerhalb des nächsten Tages zuerst röten. Danach fühlt sie sich gespannt an. Sie beginnt Blasen zu schlagen und sich abzuschälen. Dazu wird Fieber kommen mit einem riesigen Durstgefühl, das wir nicht stillen werden, weil wir sparsam mit dem Wasser umgehen müssen. Wenn du schließlich Wahnvorstellungen bekommst, werden wir dich wohl einfach sitzen lassen. Wir können es nicht riskieren, jemanden mitzuschleppen, der uns in der Nacht in einem Anfall von Wahnsinn die Kehlen durchschneidet."

Korbinian rührte sich nicht, aber sein Blick flackerte unsicher von To'nella zu Bandath. Der roch unerschütterlich an der Schale und obwohl er das Gefühl hatte, jemand würde ihm mit einem Steinbohrer in seinen Riechgängen herumstochern, stupste er den Zeigefinger in die glitschige Masse und begann, sich mit der Kamelodoon-Milch einzureiben.

Barella hielt seine Hand fest. „Lass mal. Ich mach das." Vorsichtig cremte sie erst ihn, danach Theodil und Ratz ein. To'nella bediente sich selbst und half dann der Zwelfe. Selbst Rulgo benutzte die übel riechende Masse.

„Ich habe das Gefühl", kommentierte er dabei, „dass meine Haut sich gleich viel zarter anfühlt."

Niesputz schnaubte vernehmlich. „Die Worte *Troll* und *zart* in einem Satz zu benutzen ist das Gleiche, als wenn man behaupten würde, dass es in der Todeswüste blühende Gärten gäbe."

„Willst du dich nicht auch eincremen?", fragte Barella.

„Liebliche Zwelfe", flötete er. „Siehst du auf meiner wahrlich zarten Haut auch nur den Schimmer eines Sonnenbrandes?"

Es stimmte. Niesputz war der Einzige, dem weder die Hitze des Tages noch die Kälte der Nacht oder die Sonneneinstrahlung etwas ausmachte. Unbeirrt flog er voraus, erkundete die Gegend am Tag, während Rulgo an ihrem Lager wachte. Nachts surrte er neben den Kamelodoonen in der Dunkelheit umher.

Wütend stapfte Korbinian heran. „Gib schon her!" Er nahm das Tuch vom Kopf, das er tagsüber als Sonnenschutz trug und begann, sich ebenfalls einzucremen.

„Ein Elfengesicht, das nach Troll-Füßen riecht." Rulgo zog seine Lippen zu einem Grinsen zurück und entblößte die langen, gelben Zähne. „Etwas Besseres hättest du dir nicht antun können."

„Schnauze, Troll!", grunzte Korbinian.

Rulgos Lächeln wurde noch breiter. „Elfen sind von Natur aus humorlos."

Zwei Farben dominierten ihr Leben, das Gelbrot des Wüstensandes und das fahle Blau des Himmels mit seiner unbarmherzigen Sonne.

Nachts hüllten sie sich in alle Gewänder, die sie hatten, wickelten sogar die langen Sonnenschutztücher um. Es war zwecklos. Die Kälte kroch ihnen in alle Poren, fand jedes noch so kleine Schlupfloch. Und der Sand folgte, angetrieben von einem leichten Wind, der beständig aus dem Zentrum der Wüste zu kommen schien und ihnen ins Gesicht wehte. Er riss feine Sandpartikel vom Boden auf und transportierte sie durch die Luft, mit dem alleinigen Zweck – so kam es den Gefährten zumindest vor –, sie in jede noch so kleine Falte ihrer Kleidung zu versenken. Bereits nach einem Tag und einer Nacht gab es keine Stelle innerhalb ihrer Kleidung und ihres Gepäckes mehr, an dem sich kein Sand befand. Er knirschte beim Essen zwischen den Zähnen, rieselte aus ihren Haaren, rieb ihnen die Füße beim Laufen und das Gesäß beim Sitzen wund. Sie fanden ihn in den Ohren und im Proviant genauso wie in ihrer unbenutzten Wäsche und dem Trinkwasser. Rulgo fand den Sand mit Vorliebe in seinen Nasenlöchern, aus denen er ihn in stundenlanger „Arbeit" am Tag wieder heraus popelte.

„Das knirscht sogar", sagte er, „wenn ich für kleine Trolle bin, mich hinter einen Hügel hocke und …"

„Rulgo!", unterbrach ihn Barella. „Ich glaube, *das* will ich gar nicht in allen Einzelheiten wissen."

Der Troll zuckte mit den Schultern. „Schade eigentlich."

Das Wasser wurde schnell ihr nächstes Problem. Die Luft war so trocken, wie die meisten von ihnen es bisher nicht erlebt hatten. To'nella war die einzige, die bereits die Randregionen der Todeswüste bereist hatte. Kein anderer hatte Erfahrungen mit Wüsten. Und so tranken sie am Anfang recht viel, was ihren Wasservorrat enorm schrumpfen ließ. Besonders Rulgo bediente sich ausgiebig an den Wasserschläuchen. Bandath sah sich gezwungen, das Wasser streng zu rationieren.

„Kannst du nicht etwas aus dem Boden hervorzaubern, so wie im Thalhauser Hof?", fragte Korbinian eines Tages, als sie wieder über ihre knappen Wasservorräte diskutierten. Sie lagen unter den flach aufgespannten Planen und konnten wieder einmal in der sengenden Sonne nicht schlafen. Rulgo saß dicht neben seinen Gefährten und versuchte, ihnen mit seinem breiten Kreuz ein wenig zusätzlichen Schatten zu spenden.

Der Zwergling schüttelte auf die Frage Korbinians hin den Kopf. „Obwohl die Nutzung der Magie in dieser Art für mich neu ist, gibt es einige Gesetze, die ich auch als Hexenmeister nicht brechen kann."

„Und die wären?"

„Ich kann keine Toten zum Leben erwecken. Ich kann nichts verschwinden lassen und nichts erschaffen, was nicht schon da ist."

„Das heißt, das Wasser, das du gegen die Sandmonster genutzt hast, war schon vorhanden?"

Bandath nickte. „Als Wasserader unter der Erde. Hier aber ist nichts. Keine Flüssigkeit in der Luft und auch keine verborgene Wasserader irgendwo unter uns. Glaube mir, ich suche seit Tagen."

Schweigen breitete sich unter den Gefährten aus, als sie die Konsequenzen des Gesagten durchdachten. Schließlich räusperte sich Barella.

„Mit anderen Worten: Wir werden sehr, sehr sparsam mit unseren Vorräten umgehen müssen."

To'nella stimmte ihr zu. „Jedenfalls so lange, bis Bandath vielleicht doch noch Wasser findet."

„Und das will ich doch sehr stark hoffen", brummte Rulgo.

„Was?", fuhr er auf, als er bemerkte, dass ihn alle anstarrten. „Ich brauche nun mal mehr Wasser als ihr."

„Klar." Niesputz surrte dem Troll um den Kopf. „So ein Fleischklops wie du würde wahrscheinlich am liebsten jeden Tag schwimmen gehen."

„Dann würde er wenigstens nicht so stinken", stänkerte Korbinian.

„Schnauze, Elf", knurrte Rulgo. Es lag aber schon lange nicht mehr die Aggressivität in den Worten, wie zu der Zeit, als sie den Wald in den Gowanda-Bergen betreten hatten. Korbinian konnte sich eine Antwort nicht verkneifen.

„Trolle sind eben von Natur aus humorlos." Er grinste breit, dann aber wischte ihm ein Gedanke das Lächeln vom Gesicht wie der beständige Wind ihre Spuren hinter ihnen auslöschte.

„Wenn du kein Wasser findest, Bandath, was machen wir dann, wenn diese Sandmonster wiederkommen?"

Bandath strich sich eine Sorgenfalte zwischen den Augenbrauen mit dem Daumen glatt. „Das frage ich mich auch schon die ganze Zeit."

Sie sollten schneller vor dieses Problem gestellt werden, als ihnen lieb war.

Am Tag, als sie den letzten Tropfen Wasser unter sich aufgeteilt hatten, eröffnete ihnen To'nella, dass sie ohne Wasser maximal zwei Tage in der Wüste überleben würden.

„Wo verschwindet denn das ganze Wasser hin, das wir trinken?", fluchte Theodil.

„Wir schwitzen das meiste davon wieder aus", Barella machte eine unbestimmte Bewegung mit der Hand, „in die Luft."

„Wo es ungenutzt verdunstet", murmelte Theodil grimmig.

Bandath setzte sich auf. „In die Luft?", brummte er. Sein Blick wanderte über die Gefährten. Trotz der Hitze dösten einige von ihnen schon mit geschlossenen Augen. Außer Theodil und Barella waren nur noch Niesputz und natürlich Rulgo wach.

„Was spukt dir im Kopf rum, Zauberer?", fragte das Ährchen-Knörgi.

„Ma...", wollte Bandath korrigieren, schüttelte aber den Kopf und zog die Stirn kraus. „Hexenmeister", sagte er dann und verfiel in Grübelei.

Korbinian erwachte durch lautes Gelächter. Die Sonne versank blutrot hinter den westlichen Sanddünen und seine Gefährten saßen im Rund unter der Plane und ließen einen Lederschlauch kreisen, aus dem jeder einen tiefen Schluck nahm.

„Wasser", krächzte Korbinian, rappelte sich auf und stolperte in den Kreis. Erregt nahm er von To'nella den Schlauch entgegen, setzte an und trank. Dabei entging ihm ihr breites Grinsen. Erst als er absetzte und Luft holte, fiel ihm das gespannte und Erheiterung verbergende Schweigen der Gruppe auf. Selbst Niesputz sah ihn erwartungsvoll an und von Rulgo kam kein Wort über Elfen, die von Natur aus …

„Was ist?", fragte er. Dann besah er sich skeptisch den Lederschlauch mit dem plötzlich aufgetauchten Wasser und drehte sich zu Bandath.

„Hast du doch eine Wasserader gefunden?"

„In gewissem Sinne schon", antwortete der und grinste.

„Magie?", wollte sich Korbinian vergewissern.

Bandath schüttelte den Kopf. „Nur ein wenig. Ein Gelehrter würde die Grundidee eher *Wissenschaft* nennen."

Korbinian ließ sich, Gesäß voran, zwischen seine Gefährten in den Sand plumpsen und forderte mit einer Geste den Zwergling auf, mit seiner Erklärung fortzufahren, nicht ohne den Wasserschlauch festzuhalten. Die anderen hatten ja wohl schon genug getrunken.

„Als Barella heute früh sagte, dass das Wasser, das wir trinken, von uns ausgeschwitzt wird und in der Luft verdunstet, fiel mir eine Zeichnung ein, die ich in einem meiner alten Bücher gesehen habe. Weit im Osten soll es einen riesigen See geben, dessen Wasser Salz enthält. Die Menschen dort gewinnen aus diesem ungenießbaren Wasser sowohl Salz als auch Trinkwasser, indem sie es an der Sonne verdunsten lassen. Das Salz bleibt in großen Pfannen zurück, das verdunstete Wasser wird in geteerten Planen, die über die Pfannen gespannt sind, aufgefangen und nach unten in Gefäße geleitet. Ich wollte probieren, ob das nicht auch mit unserem Schweiß geht und habe die Planen, unter denen wir liegen, ein klein wenig verändert. Das ist der Teil, bei dem ich Magie verwendet habe. Dann habe ich das unterste Ende der Plane mit einem Stein beschwert und in eine Schale gelegt. Mit ein wenig magischer Unterstützung funktionierte es tatsächlich. Irgendwann im Laufe des Tages habe ich Wasser in der Schale gefunden."

Korbinian verzog das Gesicht. „Ich trinke also meinen eigenen Schweiß?" Skeptisch schnalzte er mit der Zunge und spähte mit einem Auge in das Dunkel des Wasserschlauches. „Nun, es hätte bedeutend schlimmer kommen können."

„Naja", setzte Bandath an, fortzufahren. „Ich bemerkte, dass wir auf diese Art zwar Wasser fangen, es aber nicht für uns reichen würde. Also hob ich, wieder mit Hilfe von etwas Magie, eine Höhle in einem nahe gelegenen Sandhügel aus, verfestigte die Decke und Wände, grub Wasserrinnen hinein und am Boden Vertiefungen, in denen sich das Wasser sammeln konnte. Dann führte ich die Kamelodoone hinein. Der von den Tieren ausgeschiedene Schweiß verdunstete, schlug sich an den Wänden nieder, floss an den Rinnen abwärts und sammelte sich in den Vertiefungen. Auf diese Art bekamen wir ausreichend Wasser für einen knappen Tag."

Korbinian wischte sich unter dem leise hüstelnden Lachen seiner Freunde die Zunge. „Kamelodoonen-Schweiß!", stöhnte er aufgebracht. „Was tut ihr mir noch alles an?"

„Nun, der kleine Hexenmeister ist noch nicht fertig, Elf."

Korbinian sah von Bandath zu Rulgo, der sich in das Gespräch eingemischt hatte. Nur mit Mühe hielt dieser ein Lachen in seinem mächtigen Brustkorb zurück.

„Als ich sah, was für eine nette Höhle Bandath für die Kamelodoone baute, bat ich ihn auch um eine. Ich meine, ich sitze hier blöd im Sand rum und warte darauf, dass ihr wieder wach werdet, da kann ich doch wenigstens ein bisschen für euch schwitzen, oder?"

Korbinian riss die Augen auf. Langsam wanderte sein Blick wieder zu Bandath.

„Du hast ihm auch eine Höhle …"

Der Zwergling nickte vergnügt.

„Und er saß da drinnen und hat geschwitzt?"

Wieder nickte Bandath. Lachfalten bildeten sich um seine Augen.

Ganz langsam, als hielte er eine hochgiftige Flüssigkeit in der Hand, hob Korbinian den Wassersack.

„Bitte sag mir, Bandath, dass das da drinnen Kamelodoonen-Schweiß ist", flüsterte er halblaut.

Der Zwergling schüttelte vergnügt den Kopf. „Wir waren gerade dabei, den Geschmack zu vergleichen …"

„Ich habe *Trollschweiß* getrunken?!", brüllte Korbinian plötzlich. Der Rest ging im brüllenden Gelächter der Gefährten unter. Es war das erste Mal seit ihrem Aufbruch vom Thalhauser Hof, dass sie lachen konnten, laut und herzlich, aus voller Kehle. Bandath hatte kein schlechtes Gewissen dabei, obwohl er an Waltrude dachte. Und die Tränen, die ihm die Wangen herunterliefen, kamen nicht nur vom Lachen.

Korbinian sah sich entsetzt um. Als das allgemeine Gelächter zu einem Röcheln und Kichern abgeklungen war, lächelte er säuerlich und hob den Wasserschlauch an.

„Und ich habe mich gewundert, woher der Geschmack nach Bergziegenkäse im Wasser kommt. Du hättest dich vielleicht doch mal waschen sollen, Rulgo."

Die neue Methode, Wasser zu gewinnen, würde ihnen nicht lange helfen. Zum einen fehlte dem Wasser das, was Bandath *Minerale* nannte, wichtige Zusätze, die jedes Wasser enthielte, dem kondensierten Wasser aber fehle, wie er den anderen erklärte. Auf die Dauer würde das Wasser ihrem Körper mehr Minerale entziehen, als gut für sie wäre. Außerdem benötigten sie mehr Wasser, als sie durch diese Methode bekamen. Das stellten sie bereits innerhalb der nächsten zwei Tage fest. Erst, als sie ein paar Tage später bei den *Drei Schwestern* ankamen, sollte sich das ändern.

„Sind sie das?" Ratz wies nach vorn. Alle folgten seinem Blick.

„Kann schon sein", bestätigte Bandath. „Der Kurs der Sterne führt uns genau zu ihnen."

In der Morgendämmerung zeichneten sich am Horizont drei Felssäulen ab, die glatt und kerzengerade nach oben ragten. Gegen den hellen Himmel erschienen die Felsen schwarz. Von ihrem Standpunkt aus wirkten sie groß und wuchtig, aber das konnte täuschen. Es war die erste andere Geländeform außer Sanddünen, die sie seit vielen Tagen zu Gesicht bekamen. Erstaunlicherweise brauchten sie noch fast zwei ganze Nächte, bis sie die Felsen endlich erreicht hatten. Dabei erwiesen sich die Säulen, als bedeutend größer und wuchtiger, als sie bei der ersten Sichtung angenommen hatten.

„So etwas habe ich noch nicht gesehen", murmelte Bandath und legte seine Hand auf den glatten, schwarzen Stein, der direkt vor ihm senkrecht in die Höhe ragte.

„Sind die künstlich oder natürlich?" Korbinian reckte in dem Bestreben, das obere Ende der Säulen zu erkennen, den Kopf in den Nacken und blinzelte in der Sonne.

„Keine Ahnung." Niesputz surrte aufgeregt zwischen den Säulen umher. Jede von ihnen war mächtig und kam übergangslos aus dem Sand, um im Himmel zu verschwinden. Sie kamen sich vor wie Ameisen, die die Beine eines gigantischen Wüstenelefanten bestaunten.

„Wenn die jemand gemacht hat", flüsterte To'nella, „dann ist das viele tausend Jahre her." Sie besah sich Trümmer des schwarzen Steines, die rund um die Säulen im Sand lagen, groß wie Häuser und klein wie Köpfe. Einige waren scharfkantig, als wären sie erst vor kurzem irgendwo weit über ihnen aus dem Stein der Säulen gebrochen. Andere hatten vom ewig fliegenden Sand abgerundete Kanten, sie lagen wohl schon Jahrhunderte hier. Der Wind hatte den Wüstensand rund um die Schwestern angehäuft, so dass es aussah, als würden sie aus einem Berg entspringen, den die Gefährten erst besteigen mussten, bevor sie ihre Hände auf den Stein legen konnten. Sie kamen sich winzig vor, wie sie da im Schatten der riesenhaften Säulen standen, die Hände am Stein, der irgendwo weit über ihnen endete.

Niesputz verschwand surrend in der Höhe.

Dann fielen zwei Bemerkungen zur selben Zeit.

„Das ist ein Ort großer Macht", sagte Bandath. „Hier treffen sich mindestens drei magische Linien."

„Da sind Schriftzeichen auf dem Stein." Korbinian wies auf ein Trümmerstück in der Größe eines Kamelodoons.

Bandath taumelte plötzlich und musste sich an To'nella festhalten.

„Was ist?", fragte sie besorgt.

„Wir kriegen Besuch", keuchte der Hexenmeister. „Sanddämonen. Stärkere und mehr als am Thalhauser Hof. Ich habe gespürt, wie sie den Kraftlinien Magie entrissen haben."

Alarmiert ließ To'nella Bandaths Arm los und sprang elegant auf einen der größeren Felsen, so dass sie einen Aussichtsplatz weit über den Kamelodoonen bezog. Korbinian folgte, langsamer und nicht ganz so elegant, aber immer noch schneller als es ein Mensch gekonnt hätte.

„Weißt du, aus welcher Richtung?", rief die Elfe Bandath von oben zu, während sie die Augen beschattete und sich umsah. Bandath schüttelte den Kopf, setzte jedoch noch ein lautes „Nein" hinzu, als ihm einfiel, dass To'nella ihn nicht ansah und somit seine Bewegung nicht hatte sehen können.

„Zwei aus dem Norden", hörten sie die Stimme des Ährchen-Knörgis, das von seinem Ausflug zurückgekehrt war. „Zwei aus dem Süden, aber die sind noch bedeutend weiter weg. Und eines nähert sich aus westlicher Richtung."

„Fünf?" Theodil schluckte. „Fünf Monster? Die sind bestimmt nicht zufällig hier. Bei den Hallen der Vorväter, wieso schickt uns der Wer-auch-immer gleich fünf seiner Monster auf den Hals."

„Eine gute Frage", sagte Bandath, „darüber werde ich nachdenken, wenn wir die fünf Monster weggespült haben. Auch wer der ‚Wer-auch-immer' ist."

„Moment mal", rief Korbinian von seiner erhöhten Position herab. „Sagtest du gerade weggespült? Das hieße ja ..."

„... dass es hier eine Wasserader gibt", bestätigte Bandath. „Nicht so groß und nicht so weit oben wie am Thalhauser Hof, aber ganz eindeutig Wasser."

Rulgo setzte sich grinsend in den Sand und scheuerte sich den Rücken am Stein. „Dann mach mal, kleiner Hexenmeister mit den pelzigen Füßen. Spül diese Dinger weg und dann sag uns, wie wir den Weg nach Cora-Lega finden."

„Wenn das mal alles so einfach wäre", murmelte Bandath und sah zu den beiden Elfen hoch. „Seht ihr sie?"

To'nella nickte, ohne den Blick von der Wüste zu nehmen, und Korbinian machte eine bestätigende Handbewegung.

„Das habe ich mir gedacht. Nun", Bandath sah sich unschlüssig um, musterte die steilen Kanten des Felsens, „ich glaube, ich muss dort irgendwie hoch."

„Das wäre sicherlich kein Problem", ließ sich die spöttische Stimme des Ährchen-Knörgis vernehmen, „wenn ein gewisser Hexenmeister bei seiner Ausbildung auf Go-Ran-Goh nicht das Fach Levions-Zauberei abgewählt hätte. Im Gegensatz zu anderen Leuten bin ich nämlich der Meinung, dass nicht alles Schrott war, was die Magier auf der Festung ihren Schülern beibringen."

„Ich kann ihn auch hochwerfen, wenn er nicht von alleine fliegen kann", ließ sich Rulgo vernehmen.

Bandath schnaubte verärgert. „Wir brauchen jetzt keine klugen Sprüche, Vorhaltungen und ungebetenen Ratschläge. Das gilt sowohl für neunmalkluge Fliegerlinge, als auch für überschlaue Fleischklopse." Er steckte wütend die Hände in die Hosentaschen. „Und außerdem hieß das Fach Levitation, und das heißt so viel wie ‚etwas mit Magie fliegen lassen'."

„Kannst du dich denn nicht jetzt fliegen lassen, wo du ein Hexenmeister bist?" Theodil war um Entschärfung der Situation bemüht.

Niedergeschlagen schüttelte Bandath den Kopf. „Das Prinzip der Magie bleibt dasselbe. Ich kann alles, was ich prinzipiell schon vorher konnte, nur etwas besser. Was ich aber nicht konnte, kann ich jetzt auch noch nicht."

„Wenn ihr noch weiterredet, haben wir Besuch, ehe ihr eine Entscheidung gefällt habt", rief To'nella von oben. „Die Typen haben eine kolossale Geschwindigkeit drauf. Wirf mir ein Seil zu." Der letzte Satz galt Rulgo. Der erhob sich, nestelte am Sattel eines Kamelodoons ein Seil los und trat neben Bandath.

„Und du bist sicher, dass ich dich nicht lieber …" Der Blick des Hexenmeisters ließ ihn verstummen. „Schon gut, schon gut", murmelte er. „War halt so eine Frage." Er holte Schwung und warf das Seil der Elfe zu, die es geschickt fing. Sie knotete es auseinander und ließ das eine Ende wieder herunter.

„Binde es dir um die Brust, Bandath, wir ziehen dich hoch."

Der Zwergling tat, wie sie ihm sagten und kurz darauf zogen To'nella und Korbinian ihn gemeinsam nach oben. Korbinian konnte sich eine Bemerkung nicht verkneifen.

„Eh, was soll das?", rief er. „Habt ihr Rulgo dort unten angebunden?" Damit war es um Bandaths Laune endgültig geschehen.

„Ihr könnt auch allein gegen die Sandmonster kämpfen", knurrte er auf halber Strecke zwischen dem Wüstensand und den beiden Elfen an der senkrechten Wand hängend, sich mit seinen pelzigen Zehen in jeder noch so kleinen Ritze festklammernd und mit seiner zunehmenden Höhenangst kämpfend. „Wie erfolgreich das war, haben wir ja am Thalhauser Hof gesehen."

„Bandath!", fauchte Barella. „Jetzt wirst du ungerecht!"

Bandath schwieg. Sie hatte ja recht. Aber mussten sie ihn alle auch immer wieder ärgern? Dass er Levitations-Magie nicht beherrschte war nicht unbedingt seine Schuld. Und dann noch darauf herumhacken, dass er eben ein Zwerg von Statur war und kein Elf.

Oben angekommen schnürte er sich mit finsterer Miene los und sah nach Westen, Süden und Norden. Glücklicherweise lag der Fels so, dass keine der *Drei Schwestern* die Sicht verdeckte.

„Niesputz", rief Bandath. „Vergewissere dich bitte noch mal, dass diese fünf Monster auch wirklich die einzigen sind, die sich uns nähern."

Das Ährchen-Knörgi verschwand wortlos hinter den Felsensäulen. Bandath musterte die Staubsäulen, die sich ihnen näherten.

„Und ihr könnt erkennen, ob es sich um ein oder zwei Monster handelt?" Seine Frage klang unwirsch, er war noch immer verärgert. To'nella musterte ihn wortlos.

„Schon gut", sagte er und hob die Hände. „War halt auch bloß so eine Frage." Er selbst konnte nicht unterscheiden, von welcher Seite sich ein und von welcher sich zwei der Sandkreaturen näherten. Vorsichtig, ohne einen Blick über die steilen Abbruchkanten des Felsens zu riskieren, kniete er sich hin, legte die Hände auf den Stein und fühlte nach unten. Ja, da war Wasser, eher ein schmales Rinnsal als eine Wasserader, aber es war zweifelsohne da, kroch irgendwo weit unter ihnen um die Fundamente der Schwestern, die mindestens so tief in den Sand griffen wie sie nach oben in den Himmel ragten. Es würde schwer werden, das Wasser nach oben zu holen. Vielleicht sollte er es sammeln. Jetzt griff er mit seiner Magie nach unten, formte eine Höhle und verstopfte den Ausgang. Ja, das war besser. Nun sammelte sich das Wasser in der Kaverne. Er würde einen Vorrat haben, wenn die Kreaturen einträfen. Als hätten seine Freunde gemerkt, dass er etwas tat, hatten sie ihn mit ihren Bemerkungen in Ruhe gelassen. Sein Blick wanderte wieder in die Wüste und Bandath erschrak. Das Tempo der Kreaturen war wirklich enorm. Jetzt konnte sogar er deutlich erkennen, dass sich aus Westen eine, von Nord und Süd hingegen jeweils zwei dieser Sandwesen näherten. Das würde knapp werden. Die einzelne Kreatur aus dem Westen war bereits bedeutend näher als die anderen.

„Es geht gleich los", sagte To'nella im selben Moment. „Uns bleiben nur noch Minuten. Die sind ja fast so schnell wie ein Sandsturm."

„Kein Wunder", entgegnete Korbinian. „Die sind doch auch so eine Art gebändigter Sturm, oder?"

Bandath nickte. „So in der Art."

Niesputz kehrte zurück. „Gute Nachrichten", rief er schon von weitem. „Keine weiteren Monster im Anmarsch."

Barella schnaubte. „Fünf reichen auch." Dann sah sie zu Bandath auf. „Ich werde auch hochklettern." Der Satz war eine halbe Aufforderung an Theodil. Der Zwerg hob abwehrend die Hände. Wie alle seine Artgenossen teilte er Bandaths Abneigung gegen große Höhen. „Ich glaube, ich bleibe hier unten bei Rulgo. Geh mal ruhig. Wir halten euch hier den Rücken frei."

Barella huschte flink wie To'nella den Felsen nach oben. Theodil sah ihr nach und schüttelte den Kopf.

„Die zwei könnten unterschiedlicher nicht sein", meinte Rulgo hinter ihm, so leise, dass Barella es nicht hörte. Theodil nickte. Der Troll hatte seine Gedanken erraten. Dann drehte er sich zu ihm um. „Wir drei bleiben hier unten. Ich kann mich nicht ebenfalls heraufziehen lassen wie Bandath. Wir Zwerge sind einfach nicht für solche Höhen geschaffen. Mir wird schon schwindelig, wenn ich auf einem Kamelodoon sitze. Ratz würde es auch nicht hinaufschaffen ohne dreimal abzustürzen und du …"

Theodil stockte und sah sich um. „Wo ist Ratz?"

Der Kopf des Trolls ruckte von rechts nach links, dann drehte sich der massige Körper auf der Stelle. „Keine Ahnung." Er legte den Kopf in den Nacken.

„Eh, ihr da oben. Könnt ihr die gewaltige Nase unseres Pechvogels irgendwo sehen?"

„Nein", schallte es nach wenigen Augenblicken von oben herab. Sie sahen Niesputz auf der Suche nach dem verlorengegangenen Tollpatsch zwischen den Felsen verschwinden. Kurz darauf kam er zurück und hielt wenige Handbreit vor dem Auge des Trolls.

„Du musst mitkommen. Irgendetwas ist mit ihm. Der Typ steht mitten zwischen den drei Säulen, summt und bewegt sich nicht mehr."

Rulgo fuchtelte vor seinem Gesicht herum, als wolle er eine lästige Fliege verscheuchen. „Ein Lähmungszauber?"

Geschickt wich Niesputz den wedelnden Pranken aus. „Nein, das hier ist … irgendwie anders. Komm einfach. Pack ihn dir auf die Schulter und schlepp ihn her, bevor die Sandmonster hier sind."

Rulgo stapfte los und verschwand nach wenigen Schritten zwischen den herumliegenden schwarzen Felsen. Bevor er zurückkam, brach rechts neben Theodil eine Wassersäule aus dem Sand hervor. Sie rotierte wie ein Wirbelsturm, schraubte sich in den Himmel und verschwand, schlank und gebogen, für Theodil nicht weiter sichtbar, in der Wüste. Er wagte sich nicht hinter dem Felsen vor, um zu sehen, ob das Wasser sein Ziel getroffen hatte. Von seiner Position konnte er aber seine Gefährten oben auf dem Felsen auch nicht sehen.

„Und?", rief er nach oben. „Hast du sie getroffen?"

„Nur eines", antwortete Barella an Bandaths Stelle.

„Dann schieß die anderen auch ab." Theodil trampelte vor Aufregung im Sand herum. „Mach sie nass. Spritz sie voll. Was auch immer."

„Das geht nicht." Dieses Mal antwortete Bandath selbst und Theodil hörte förmlich, wie er den Kopf schüttelte. „Sie sind zu weit weg und haben angehalten."

Jetzt wagte sich der Zwerg doch bis an die Kante des Felsens und spähte in die Wüste. Außer Dünen konnte er nichts entdecken. Die Dämonen waren wohl sehr weit draußen in der Wüste. Nun, das war zu erwarten gewesen.

„Was geschieht denn jetzt?", rief er nach einer Weile, als sich nichts tat und seine Gefährten auf dem Felsen so leise miteinander tuschelten, dass er sie zwar hörte, aber kein Wort verstand.

„Keine Ahnung", gab Barella ihm Nachricht. „Die Dämonen laufen hin und her, als suchten sie etwas. Ist Rulgo schon zurück?"

Theodil sah sich um und gewahrte den Troll, wie er sich mit Ratz über der Schulter näherte. Niesputz sauste an ihm vorbei nach oben auf den Felsen.

„Kommt gerade", rief der Zwerg, obwohl sie von dem Ährchen-Knörgi sicherlich die entsprechende Information bekommen hatten. Rulgo schmiss den schlaksigen Menschen achtlos in den Sand neben Theodil.

„Gibt's was Neues?"

Theodil unterrichtete ihn kurz über die Entwicklungen.

„Sie laufen in der Wüste hin und her? Warum das denn?"

Der Zwerg zuckte mit den Schultern. „Barella sagt, es sähe aus, als suchen sie etwas." Dann nickte er zu Ratz Nasfummel. „Was ist mit ihm?"

Der Blick des Trolls durchforstete die fernen Sanddünen. „Was suchen die dort?". Dann kehrte sein Blick zurück, als hätte er die Frage des Zwerges erst jetzt gehört. Ratlos zuckte er die Schultern. „Weiß nicht. Als ich ihn fand, stand er genau zwischen den Säulen, den Kopf nach oben gereckt, die Augen geschlossen und summte. Ganz so, als sei er von Bandath hypnotisiert worden. Er war nicht ansprechbar, also hab ich ihn mir einfach über die Schulter gelegt und hierher geschleppt."

Der glücklose Gaukler lag im Sand, summte leise, machte ansonsten aber den Eindruck, als würde er schlafen. Theodil beugte sich über ihn und lauschte dem Summen. Er stutzte, eilte zur nächstgelegenen Felssäule und legte beide Hände an den Stein. Dann rannte er zurück zu Rulgo und lauschte erneut dem Summen des Gauklers.

„Das gibt es doch gar nicht", murmelte er, erstaunt über die scheinbare Übereinstimmung des Summtones zwischen den Felsensäulen und Ratz Nasfummel.

Plötzlich sprang Rulgo über ihn hinweg und schwang seine Keule. Das Wesen, das vom Schlag des Trolls hinweggefegt wurde, ähnelte einem Wurm. Es war etwas größer als Theodil und seine Hautfarbe so an den Wüstensand angepasst, dass es kaum zu sehen war, als es mehrere Dutzend Schritte entfernt im Sand aufschlug und bewegungslos liegen blieb. Ein rundes Maul mit Dutzenden Zähnen öffnete sich ein letztes Mal. Der in geringelte Segmente unterteilte Körper krümmte sich und blieb dann still liegen. Theodil griff nach seiner Streitaxt, die er auf dem Rücken trug, und stellte sich vor den summenden Schläfer. Zeitgleich mit dem wütenden Röhren der hinter Felsen verborgenen Kamelodoone, die sich wohl denselben Angreifern gegenübersahen, erblickte Theodil mehrere dieser Sandwürmer, die sich ihnen näherten. Sie ringelten sich über den Sand wie Schlangen. Einige von ihnen waren so lang wie ein Mensch groß war, andere noch länger. Das erste Exemplar schien eher ein kleiner Vertreter seiner Art gewesen zu sein. All diesen augenlosen Würmern war das gierig geöffnete Maul gemein. Stumm schlängelten sie sich auf ihren Felsen zu.

„Das also haben die Dämonen gesucht", knurrte Theodil.

„Nun, Zwerg." Rulgo grinste ihn an. „Ich habe schon mit und gegen Elfen gekämpft, noch nie aber mit einem Zwerg. Lassen wir Seite an Seite die Waffen sprechen!"

Theodil meinte, dass sie schon nebeneinander gekämpft hatten, als sie von den Hunden im Wald angegriffen worden waren, sagte aber nichts, da er ahnte, wie der Troll es meinte. Er spuckte in die Hände und hob die Axt, bereit zum Schlag.

To'nella nahm die Bewegung im Wüstensand zuerst wahr. „Was ist das?" Von ihrem Standpunkt sah es aus, als würde der Sand lebendig werden. Gleich dem Kräuseln einer Wasseroberfläche, wenn eine Windböe darüber streicht, kam Bewegung auf, die sich in Schüben von Nord und Süd den *Drei Schwestern* näherte. Dann erkannte sie die Gefahr.

„Verdammt. Das sind Raubanneliten!"

„Raub… was?" Korbinian sah sie verständnislos an.

„Mist", sagte Bandath. „Anneliten. Raubanneliten. So etwas wie riesige Regenwürmer, die sich allerdings von Beute in unserer Größe ernähren." Er sah in die Wüste. Weit vor ihnen bewegten sich die Sanddämonen in ihrem geisterhaften Tanz. „Jetzt weiß ich auch, was die dort treiben."

„Du meinst, die schicken uns die Anneliten auf den Hals?"

Bandaths Schweigen war Antwort genug.

„Deshalb also drängten viele der um die Wüste lebenden Tiere nach Norden", flüsterte Barella. Im selben Moment ertönte von unten Kampfgeschrei.

„Theodil und Rulgo!", entfuhr es Bandath. Niesputz sauste sofort davon, einen grünen Funkenschweif hinter sich her ziehend.

„Du bleibst hier und lässt dir was einfallen. Wir müssen diese Würmer und die Monster loswerden." To'nella huschte hinterher. Barella folgte und auch Korbinian machte sich an den Abstieg.

„Lasst mir ein paar von den Würmern übrig", rief er den schnelleren Frauen zu. Bandath vernahm die wütenden Rufe des Trolls und das Röhren der Kamelodoone. Sein Blick wanderte wieder zu den Dämonen, die mit ihrer Magie die Anneliten riefen und auf die Drei Schwestern zutrieben. Er fühlte, wie sie den magischen Kraftlinien beständig Energie entrissen, gerade so, als würde sich ein Raubtier über seine Beute hermachen und ihm Fetzen von Fleisch aus dem Körper reißen. Durch seine Verbindung zur Magie fühlte er bei der Vorgehensweise der Dämonen fast so etwas wie körperlichen Schmerz.

Mittlerweile schien der gesamte Wüstenboden zwischen ihm und den Dämonen in Bewegung geraten zu sein. Es war nur noch eine Frage der Zeit, bis seine Kameraden und die Kamelodoone unten von den Würmern überwältigt wären. Er musste die Dämonen ausschalten und zwar so schnell wie möglich.

Da war eine Bemerkung gewesen, die ihn hatte stutzen lassen. Was war das nur? To'nella hatte etwas über die Schnelligkeit der Dämonen gesagt. Und ... Korbinian, ja der Elf hatte ihr geantwortet. Irgendetwas über das Wesen der Dämonen, sie wären ... sie wären ... ja. Sie wären gebändigte Sandstürme. Wenn es ihm nun gelang, diese Bändigung zu brechen? Sein Vater hatte ihm einmal gesagt, dass man Waldbrände durchaus auch mit Feuer bekämpfen kann. Er hatte sich diese Idee zu Eigen gemacht und bei seiner magischen Tätigkeit immer versucht, die bereits vorhandene Energie nur zu verstärken, nie gegen sie zu arbeiten. Wenn diese Kreaturen dort hinten in der Wüste tatsächlich so etwas wie gebändigte Sandstürme wären, dann könnte man sie vielleicht auch mit ... Wind bekämpfen. Da wäre also wieder ein W, wie es in der Offenbarung des Verrückten von Pukuran vorgekommen war.

Gut, dann würde er also für ein wenig Wind sorgen. Bandath stellte sich hin und hob die Hände. Dieses Mal streckte er seine magischen Fühler nach der Kraft aus, die in der Luft steckte. Ein Windstoß packte sein Hemd und zerrte an ihm. Bandath stemmte sich dagegen. Er musste den Wind nach Norden und nach Süden schicken. Als wolle er ein Seil greifen, reckte er die Arme nach Westen und zog. Wieder traf ihn ein Windstoß, heftiger als der vorhergehende. Er zog erneut und streckte dann beide Hände ruckartig nach Norden und Süden. Das Ergebnis war eher kläglich.

Bandath wiederholte diese Bewegungen wieder und wieder, wollte eine größere Welle aufbauen und beobachtete das Resultat. Unzufrieden schüttelte er den Kopf.

„Kümmerlich", murmelte er. Der erzeugte Wind erreichte die Dämonen nicht einmal annähernd. Das musste besser werden.

Der Zwergling ließ sich auf sein rechtes Knie nieder, legte eine Hand auf den Fels, umklammerte mit der anderen den Borium-Kristall, senkte den Kopf und konzentrierte sich. Mit seinen Gedanken griff er weit hinaus in die Wüstenluft, nutzte die magische Energie, die ihn durchfloss und schuf weit draußen eine Luftwalze, wie er schon früher Feuerwalzen geschaffen hatte. Er lenkte sie auf die Schwestern zu, fütterte sie auf ihrem Weg mit Kraft, Luft und Sand, erhöhte ihre Geschwindigkeit und schrieb ihr den Weg vor. Sie würde sich auf Höhe der Felsen teilen und mit ungebrochener Wucht nach Norden und Süden weiterrasen, um die Sanddämonen in ihre Einzelteile aufzulösen. Tief durchatmend erhob er sich und sah nach Westen. Dort hatte er die Luftwalze erzeugt. Sein Unterkiefer klappte nach unten und die Augen wurden ihm so groß, dass er im Unterbewusstsein befürchtete, sie würden ihm ausfallen. Er schluckte zweimal, dann entfuhr ihm ein: „Uups!"

Der westliche Horizont war verschwunden. Stattdessen raste eine schwarze Wand, höher als die Felsen der Schwestern mit einer Geschwindigkeit auf ihren Standort zu, die die der Dämonen verblassen ließ. Im Inneren der Wand wirbelten gigantische Mengen Sand, aufgepeitscht durch Winde, wie sie die Wüste in dieser Stärke wohl lange nicht gesehen hatte.

„Das ist kein Wind", flüsterte er. „Ich habe die Mutter aller Sandstürme erschaffen."

Brausen wurde hörbar und steigerte sich zu einem infernalischen Heulen, das alle anderen Töne in Sekundenschnelle auslöschte. Höher und höher wölbte sich der Rand der Sandwolke, die schwarz und drohend heran raste. Sie verdunkelte die Sonne und innerhalb von wenigen Sekunden brach die Nacht über die Wüste herein. Bandath kam sich vor wie eine Fliege, die auf die Fliegenklatsche starrte.

„Das ist jetzt aber blöd", dachte er noch, dann brach der Sturm über ihm los. Das Letzte, was er wahrnahm, war, dass sich direkt vor ihm ein Spalt in dem Sturm zu bilden schien. Trotzdem wurden die Schwestern von einem schrecklichen Luftschlag getroffen, der den Zwergling von den Füßen riss. Bandath hatte keine Chance. Der Orkan katapultierte ihn in die Luft und er wurde wie ein Blatt im Herbstwind hinweggefegt. Ein Schlag gegen den Kopf und Dunkelheit senkte sich auf ihn.

Die Gruppe am Fuß des Felsens kämpfte verbissen gegen die immer größer werdende Anzahl der Raubanneliten. Rulgo schwang die Keule und mit jedem Schlag wurde einer der Würmer davon geschleudert. Theodil schlug mit der Axt zu, Korbinian, To'nella und Barella mit ihren Schwertern und schon bald wateten sie knietief in der grünlichen Körperflüssigkeit, die aus den Wunden der erschlagenen Würmer drang. Ihre Körper bildeten einen Wall, hinter dem sich die Gefährten verschanzten.

Als sie das Brausen des herannahenden Sturmes vernahmen, sagte Barella zwischen zwei Schwerthieben, dass sich Bandath wohl etwas hatte einfallen lassen. Fast im selben Moment stellten die Würmer ihren Angriff ein. Deren Angst vor dem Sturm war größer als die vor den Sanddämonen.

„Oh oh!", entfuhr es Rulgo, als sich die Sonne verdunkelte, weil sich die gigantische Wand aus aufgepeitschtem Sand davorschob.

„Hierher!", schrie To'nella und rannte zu dem am Felsen liegenden Ratz. Sie schmiss sich in den Sand, drehte den Gaukler auf den Bauch, legte sich über ihn und verdeckte ihren Kopf mit den Armen. Die Gefährten folgten ihrem Beispiel. Sie hörte noch, wie Barella fluchte. „Was zum betrunkenen Drummel-Drachen hat Bandath jetzt wieder angestellt?"

Dann brach der Sturm über sie herein. Gleich einem schweren Sack Getreide schlug der Sand auf ihre Körper.

Der Weg nach Cora-Lega

Das Erste, was Bandath fühlte, war ein nasser Lappen, mit dem ihm irgendjemand das Gesicht abwischte. Wenn er nach seinem Flug mitten in der Wüste mit etwas nicht gerechnet hätte, dann war es Feuchtigkeit. Nach und nach kehrte das Gefühl in seine Glieder zurück. Bandath stöhnte.

„Er lebt", flüsterte jemand. Das könnte Korbinian gewesen sein.

„Das will ich doch stark hoffen", antwortete eine andere Stimme. „Schließlich möchte ich ihm noch ganz ausführlich meine Meinung zu dem Sturm sagen, den er da heraufbeschworen hat." Nun, das war ganz eindeutig Barella. Bandath ließ die Augen geschlossen. Der Schoß, in dem er mit dem Kopf lag, war warm und weich und die dazugehörigen Hände strichen liebevoll über sein Gesicht. Er roch Barellas leichten Geruch nach Minze und wusste, dass er gut aufgehoben war. Das wollte er einen Moment lang auskosten. Zu selten waren in der letzten Zeit die Momente der Nähe mit seiner Gefährtin gewesen. Zuerst dieser unselige Streit am Anfang ihrer Reise, dann seine vorübergehende Gedächtnisstörung, die Gefangenschaft und seitdem waren ständig ihre Gefährten in der Nähe gewesen. Einen Moment nur für sich allein hatten sie seit vielen Mondzyklen nicht mehr gehabt. Er genoss ihre Nähe. Unauffällig begann er seinen Körper zu erforschen. Zwar schmerzte ihn der linke Arm und der Kopf von einem Schlag, woher auch immer der gekommen war, alles in allem schien es aber keine größeren „Schäden" zu geben. Wohlig reckte sich Bandath und bekam sofort das nasse Tuch an die Stirn geworfen, mit dem Barella ihm noch Sekunden zuvor vorsichtig das Gesicht abgetupft hatte.

„Der Herr ist also wach, ja?" Unsanft stieß sie seinen Kopf von ihrem Schoß und erhob sich. „Dann kannst du ja auch die Augen aufmachen."

Mühsam kam er dieser Aufforderung nach und merkte, dass es Barella nicht gelungen war, sämtliche Sandkörner aus seinem Gesicht zu entfernen. Eigentlich hätten seine Augenlider knirschen müssen, als er sie öffnete.

„Seid ihr in Ordnung?", krächzte er und versuchte gleichzeitig, sich zu erheben und die Sehschärfe seiner Augen so einzustellen, dass er die ihn umgebenden, schemenhaften Gestalten erkennen konnte.

„Rulgo schläft. Die Dämonen sind verschwunden, die Würmer auch. Von uns ist niemand verletzt oder von dem Sturm, den du heraufbeschworen hast, davongeweht worden." Korbinian streckte ihm die Hand entgegen und half ihm hoch. Bandath kam auf die Beine, musste sich jedoch auf Korbinian stützen. Seine Knie waren noch sehr weich und im Kopf fühlte er Schwindel und eine leichte Übelkeit. „Dreh-Dumm-rum" hatte Waltrude diese Krankheit genannt, die einen befallen konnte, wenn man einen mächtigen Schlag auf den Kopf erhielt.

Er griff sich an die Stirn. „Mir geht es nicht besonders."

„Ach!" Das war Barella. „Das ist ja auch kein Wunder, immerhin hast du die Wüste ganz ordentlich aufgemischt. Du kannst von Glück sagen, dass dich der Sturm gegen eine der *Drei Schwestern* geschleudert hat. So haben wir durch Zufall einen Schuh von dir entdeckt, der am Fuße der Felssäule lag. Nur deshalb haben wir da gegraben. Sieh dir bitte das Loch an!" Sie wies auf ein Loch im Boden, unweit der Stelle, an der sie standen, in dem man leicht ein Kamelodoon hätte verstecken können.

„Meinst du nicht, dass ein vielleicht *etwas geringerer* Sturm ausgereicht hätte? Musstest du unbedingt die ganze Wüste umkippen?"

Kläglich zog Bandath die Schultern hoch. „Ich wollte das eigentlich gar nicht in der Stärke." Dann fasste er sich erneut an die Stirn. „Können wir das vielleicht etwas später besprechen? Mir geht es wirklich nicht so besonders im Moment."

To'nella legte der Zwelfe begütigend die Hand auf den Arm. „Lass ihn ausruhen. Morgen ist auch noch ein Tag."

Sie führten Bandath zu einem Felsen, den sie sich als neuen Lagerplatz ausgesucht hatten. Der alte war zu sehr durch Anneliten-Blut und die Körper der toten Würmer verunreinigt. Sie halfen ihm, sich auf die ausgebreiteten Decken zu legen.

„Schlaf ein paar Stunden", sagte To'nella. Aber es war Barella, die ihm noch einen Becher mit Wasser brachte.

Am nächsten Morgen ging es ihm besser. Zwar fühlte er noch immer einen leichten Schwindel. Dazu hatten sich Kopfschmerzen gesellt. Das alles aber hielt sich im Rahmen und seine Übelkeit war auch verflogen.

Nach dem Frühstück setzte sich die Gruppe um Bandath in den Sand. Der sah sich um. „Wo ist Ratz?"

Niesputz, der wie meist auf Barellas Schulter saß, legte den Kopf schief und starrte Bandath an. „Der steht zwischen den Felsen und summt mit ihnen um die Wette." Bandath hatte das Gefühl, als würde Niesputz ihm zwischen die Augen sehen, genau auf seine Nasenwurzel.

„Der summt?" Ihn irritierte dieser Blick des Ährchen-Knörgis, deshalb wandte er sich an Korbinian. Der Elf nickte wortlos und stierte ebenfalls auf Bandaths Stirn. Dann drehte er sich zu Niesputz.

„Und ich sage, es ist ein Zeichen. Da bin ich mir sicher."

„Was?", fragte Bandath verständnislos.

„Irgendeine alte Rune", ließ sich To'nella vernehmen.

„Was?" Bandath wurde ungeduldig.

„Genau wie auf den Felsen rund um uns, nur deutlicher", sagte Barella.

„Kann mir vielleicht einer von euch sagen, worüber ihr euch unterhaltet?"

Rulgo grinste breit. „Du bist gezeichnet, kleiner Hexenmeister." Er hob seinen Daumen und fuhr sich damit über die Stirn, als wolle er eine Rune malen.

Bandath hob die Hand und fasste sich an die Stirn. Er spürte den Schorf einer Wunde.

„Es sieht aus", kommentierte Niesputz, „als hättest du den Felsen weit dort oben geküsst", er wies mit der Hand unbestimmt in den Himmel, „und dabei unfreiwillig mit deiner Stirn den Abdruck einer der Runen mitgebracht."

„Wenn wir also den Weg nach Cora-Lega wissen wollen", mischte sich jetzt auch noch Theodil ein, „dann sollten wir wahrscheinlich die Steine befragen."

„Und herausbekommen, warum Ratz Nasfummel genau in der Mitte der drei Felsensäulen steht und summt wie auch sie summen."

Erst jetzt nahm Bandath das feine Summen wahr, das in der Luft hing. Zuvor hatte er es für Nachwehen seines Schlages gegen den Kopf gehalten. Er fuhr sich vorsichtig mit den Fingern über die Wunde und starrte zu den Felsen hoch.

„Das ist eine gute Frage", murmelte er grübelnd. „Seit wann summen die Felsen?"

„Seit dem Sturm", antwortete Korbinian, doch Rulgo widersprach.

„Ich habe Ratz vorher rausgeholt. Er stand schon vor dem Sturm dort und summte vor sich hin. Und ich denke, dass die Felsen ihm da schon antworteten."

„Was heißt das: Sie antworteten ihm?"

„Die Felsen begannen zu summen, als unser Gaukler sich zwischen sie stellte und summte", beharrte Rulgo.

To'nella schüttelte den Kopf. „Glaubst du, dass diese riesigen Felsen auf unsere Witzfigur gewartet haben?"

„Also … ähm", Theodil räusperte sich und begann noch einmal. „Also ich habe gestern etwas mitbekommen, was Rulgos These bestätigen könnte."

Alle sahen ihn an.

„Und?", fragte To'nella dann. „Lässt du uns an deiner Weisheit teilhaben?"

„Hört genau hin!", sagte der Zwerg und schwieg wieder.

„Ja, worauf denn?", fuhr Korbinian auf, als wolle er To'nella unterstützen und erntete dafür von ihr einen bösen Blick.

„Hört zu", wiederholte Theodil noch einmal.

Alle schwiegen und lauschten, auch wenn im ersten Moment niemand wusste, worauf. Dann hellte sich Barellas Gesicht auf. „Du meinst die *Schwestern!*"

Und plötzlich vernahmen es alle. Das von den Steinen ausgehende Summen veränderte sich, schwoll an, sank ab, wurde tiefer, wenn es absank, erhöhte die Tonlage, wenn es lauter wurde und veränderte dabei den Rhythmus. Darin lag aber nichts Kompliziertes, wie es bei den Gesängen der Elfen vorzufinden ist. Es war einfacher gestrickt, glich eher einer Zwergenweise oder einem Trinklied der Menschen, lediglich langsamer, nur dann zu erkennen, wenn man aufmerksam lauschte.

„Als ich das erste Mal die Hände an den Stein legte", sagte Theodil, „war da ein gleichmäßiges Summen."

Barella bestätigte das.

„Nachdem Rulgo den Gaukler hier in den Sand geworfen hatte …"

„Gelegt!", korrigierte der Troll.

„… hörte ich dessen Töne. Es war, als ob er einen Rhythmus vorgab, den die Steine aufnahmen, weiterentwickelten und wiedergaben."

Bandath rappelte sich hoch. „Ich muss zu Ratz." Noch immer etwas schwach in den Knien stapfte er zwischen den Felsen hindurch auf die Mitte der *Drei Schwestern* zu. Sie kamen an den Kamelodoonen vorbei. Die Anneliten hatten ihnen nicht viel anhaben können. Ihr langes Fell hatte die Kamelodoone vor den Bissen der Raubwürmer geschützt. Zwar hatten die Würmer mächtige Lücken in das Haarkleid gerissen, doch Verletzungen hatten die Kamelodoone kaum davongetragen. Genau wie die Gefährten hatten sie den Platz gewechselt und warteten geduldig darauf, wieder gebraucht zu werden.

„Sie könnten neues Wasser gebrauchen, genau wie wir", bemerkte To'nella zwischendurch.

Bandath nickte. „Morgen werde ich die Wasserader noch einmal anzapfen. Dann können wir uns mit neuen Vorräten eindecken."

Ratz Nasfummel stand exakt in der Mitte zwischen den drei steinernen Säulen, das Gesicht gen Osten gerichtet und summte.

„Wie lange steht er schon hier?"

Die Gefährten zuckten mit den Schultern. Unschlüssig sahen sie sich an.

„Das wissen wir nicht so genau", antwortete schließlich Barella. „Rulgo hat ihn kurz vor dem Sturm geholt. Nach dem Sturm hatten wir zuerst damit zu tun, mehrere Eimer Wüstensand aus Augen, Ohren, Nase, Mund und Kleidung zu entfernen. Bis dahin lag er noch friedlich im Sand, zwischen all den toten Würmern. Dann bemerkten wir, dass du nicht mehr auf dem Felsen warst und sind auf Suche gegangen. Nachdem wir deinen Schuh entdeckt und dich ausgebuddelt hatten, stellten wir fest, dass Ratz bereits wieder zwischen den *Schwestern* stand und friedlich mit ihnen um die Wette summte."

„Hat das was mit den Runen auf den Steinen zu tun?", fragte Rulgo.

„Ich glaube nicht", entgegnete Bandath. Er schwieg und senkte den Kopf. Als Korbinian etwas sagen wollte, hob Bandath ohne hinzusehen die Hand und gebot Schweigen. Nur das Summen der Felsen, der ewige Wind und das leise Geräusch beständig rieselnden Sandes waren minutenlang zu hören. Bandath drehte sich mit geschlossenen Augen, gerade so, als suche er etwas, das für die anderen unsichtbar blieb. Dann hob er den Kopf, näherte sich Ratz bis auf wenige Schritte und sah ihn an.

„Ratz. Kannst du mich hören?" Keine Reaktion. „Ratz!" Nichts.

Der Zwergling drehte sich zu seinen Freunden um. „Hier treffen sich fünf magische Kraftlinien, nicht drei, wie ich erst dachte. Das ist eine ganze Menge und damit ist die Magie an dieser Stelle sehr mächtig. Wer immer diese Säulen vor vielen Tausend Jahren errichtete, wollte damit keinen Wegweiser nach Cora-Lega erschaffen. Wozu sie aber wirklich errichtet worden sind, weiß ich nicht. Die Runen sind älter, als die ältesten Aufzeichnungen aus Go-Ran-Goh, das habe ich gleich gesehen.“ Er wedelte unwillig mit der Hand. „Das alles hier hat nichts mit Cora-Lega zu tun.“

Dann stockte er und sein Blick wanderte über die ihn umgebenden Türme. „Ich kenne etwas Ähnliches, auch wenn es ganz anders aussieht. Unter den Höhlen unterhalb der Magierfeste gibt es eine, die gefüllt ist mit Tropfsteinen. Der uralte Stalagnat im Zentrum dieser Höhle, der Tropfstein, der von der Decke bis zum Boden gewachsen ist, enthält einen kopfgroßen Kristall. Dieser Kristall kann so viel magische Energie bündeln, dass er von den Magiern als Orakel genutzt werden kann. Die Magier kennen einige Sprüche, die ihnen gestatten, als Medium zu fungieren, als Personen, die in Kontakt mit dem Kristall treten können. Das hier fühlt sich so ähnlich an.“

„Und Ratz?“, brach es aus Theodil heraus.

„Es gibt Personen, die als natürliches Medium leben, ohne das zu wissen“, entgegnete Bandath.

„Du meinst“, fragte Rulgo, „der Gaukler ist ein natürliches Medium und kann zaubern, ohne dass er es weiß?“

„Ein Medium kann keine Magie anwenden, es kann nur in Kontakt mit einem mächtigen Fokus treten. Die *Drei Schwestern* hier müssen sehr mächtig sein … und die Begabung unseres Gauklers sehr groß. Ich würde gern in Kontakt mit Ratz treten und ihm ein paar Fragen stellen.“

„Moment“, sagte Barella und schob sich zwischen Ratz und Bandath. „Was heißt *mit ihm in Kontakt treten*?“

„Nun, ich werde ein wenig Magie anwenden und in seinen Geist eindringen …“

„… und dabei seinen Kopf leeren, wie du aus Versehen den Lese-Kristall gelöscht hast?“

„Nein!“ Bandath hob abwehrend die Hände. „Ich würde nie …“

„Du würdest nie einen Wald in Brand setzen oder einen Sandsturm ins Leben rufen, wie ihn die Welt noch nicht gesehen hat!“

„Barella." Bandath klang verzweifelt. „Ich möchte einfach nur die Chance nutzen, von Ratz den Weg nach Cora-Lega zu erfahren und ..."

„Kein *und*!" Barella stellte sich vor ihren Gefährten und sah ihn streng in die Augen. „Ich kenne dich und deinen Wissensdrang. Du würdest nicht aufhören. Nachdem du den Weg erfahren hast, wirst du ihn nach einer Möglichkeit fragen, die Dämonen zu bekämpfen, dann vielleicht danach, die Magie allumfassend zu beherrschen. Du würdest wissen wollen, warum Wüsten sich ausbreiten, warum Elfen spitze Ohren haben und wie die Welt entstanden ist. Kein Rätsel wäre vor dir sicher!"

Betreten schluckte Bandath, sah nach unten und bohrte demonstrativ mit einer Fußspitze im heißen Sand. Wie kam es nur, dass alle wichtigen Frauen in seinem Leben ihn lesen konnten wie ein Kochrezept? In dieser Beziehung ähnelte Barella sehr Waltrude. Wahrscheinlich hatten sie sich deshalb so gut verstanden. Konnte er sich nicht, wie andere Magier auch, wenigstens ein klein wenig mit einer Aura des Rätselhaften, Geheimnisvollen und Undurchschaubaren umgeben? Scheinbar nicht.

„Also gut", knurrte er ungehalten. „Ich verspreche es. Nur der Weg, weiter nichts."

Barella sah ihn schweigend an und ging nicht zur Seite.

„Ja", stöhnte Bandath genervt. „Und ich bin ganz vorsichtig."

„Gut, du kannst es jetzt tun. Aber ich will nicht, dass du ihm das Gedächtnis löschst, dass er brennt oder davon geweht wird. Klar?" Sie winkte Rulgo näher. „Sobald ich mitbekomme, dass irgendetwas nicht stimmt, gebe ich unserem grobschlächtigen Freund hier ein Zeichen und er wird dich mit seiner Keule niederschlagen. Das ist nur zu deinem eigenen Schutz – und zu dem von Ratz. Verstanden?"

Rulgo entblößte seine gelben Hauer. „Das ist mal eine Aufgabe nach meinem Geschmack." Er wippte ein wenig mit der Keule und grinste Bandath zu.

Ergeben nickte dieser. „Manchmal kannst du echt motivierend sein."

„Deshalb, mein Lieber", sie lächelte süffisant und kraulte ihn am Kinn, „sind wir ja auch zusammen."

Bandath stapfte wütend um sie herum und stellte sich vor den Gaukler, der sich noch immer mit halbgeschlossenen Augen leise summend vor und zurück wiegte. Rulgo trat hinter den Hexenmeister, sah dessen Hinterkopf an und wippte erwartungsvoll mit der Keule, gerade so, als könne er es nicht erwarten, Bandath niederzuschlagen.

„Nicht so doll", knurrte dieser den Troll über die Schulter hinweg an, dann suchte er den Blickkontakt zu Ratz.

Für die Umstehenden sah es im selben Moment so aus, als würde Bandath einen mächtigen Schlag gegen die Stirn bekommen. Es riss ihn von den Füßen und er wurde gegen die Brust des Trolls geschleudert. Beide krachten in den Sand. Mühsam sortierten sie ihre Arme und Beine auseinander, als Barella, die erschrocken aufgeschrien hatte, auch schon heran war und Bandath half.

„Alles in Ordnung?" Besorgnis sprach aus ihrer Stimme. Erneut genoss Bandath diesen Moment.

„Mir brummt der Kopf, als hätte Rulgo zugeschlagen."

Sie legte ihm die Hand auf die Stirn. Wie machte sie das bloß, dass ihre Hände trotz der Gluthitze rings umher, immer so kühl sind? Angenehm fühlte sich das für Bandath an. Die anderen waren ebenfalls herangeeilt.

„Kannst du uns sagen, was passiert ist?", fragte To'nella.

Bandath griff nach der Hand auf seiner Stirn und hielt sie dort fest, wo sie war. „Es geht schon, lasst mich nur einen Moment zu Atem kommen."

„Und ich?", dröhnte Rulgo aus dem Hintergrund. „Interessiert sich irgendjemand dafür, wie sich mein zerquetschter Brustkorb anfühlt?"

„Oh." Korbinian entblößte seine Zähne zu einem schadenfrohen Grinsen. „Du armer Rulgo. Hast du Aua-aua? Bist du heute ein Weichtroll?"

„Ich kann dir ja mal einen dicken Zwergling vor die Brust werfen. Du würdest glatt bis zur nächsten Oase fliegen."

„Zumindest wüssten wir dann den Weg", murmelte To'nella.

„Dick?" Bandath richtete sich auf.

„Nun." Barella piekte ihm mit dem Finger in die Hüfte. „Ein wenig abnehmen könntest du schon. Manchmal bist du ganz schön schwer."

„Das liegt an dem Zwergenblut in meinen Adern."

„Wir Zwerge sind nicht dick", widersprach Theodil. „Wir sind stämmig, untersetzt und kräftig, aber nicht dick."

„Was ist mit ihm?" Ratz stand hinter der Gruppe und sah dem im Sand sitzenden Bandath an.

„Ratz!", entfuhr es den Gefährten wie aus einem Mund.

Der so Gerufene erschrak derart über diese Reaktion auf seine Frage, dass er eingeschüchtert zwei Schritt zurücktaumelte, stolperte und sich in den Sand setzte.

Bandath war vergessen.

„Was hast du da gemacht?"

„Warum hast du mit dem Stein gesummt?"

„Bist du aufgewacht?"

„Was war denn nur los?"

Die Fragen prasselten nur so auf den Gaukler ein, der gar nicht wusste, welche er zuerst beantworten sollte.

„Danke", unterbrach Bandath mürrisch seine Freunde. „Mir geht es schon wieder besser." Er stand auf, ging zwischen den Gefährten hindurch zu Ratz und reichte ihm die Hand. Der griff zu und erhob sich mit Hilfe des Zwerglings aus dem Sand.

„Wir müssen reden!", sagte Bandath.

„Mir war einen winzigen Moment", erklärte er später, als sich alle beruhigt hatten und an ihrer Lagerstelle zusammensaßen, „als wäre ich in einer Art Bibliothek, einer riesengroßen … unendlichen Bibliothek ohne Bücher, aber mit dem gesamten Wissen aller Zeiten. Ich habe Ratz in die Augen gesehen und ganz vorsichtig", sein Blick schoss von Barella zu Rulgos Keule, „nach seinem Geist getastet. Im selben Moment, als ich Kontakt aufnahm, öffnete sich mir dieser unendliche Fundus an Wissen. Mir war nur ein winziger Blick, ein verschwindend kleiner Atemzug vergönnt, denn da war etwas, eine Art Wächter, ein Wille, der mich nicht einlassen wollte. Ich war dort nicht willkommen." Bedauernd atmete er tief durch. „Ich wusste, mir könnten hier alle Fragen beantwortet werden. Alle, die ich stellen würde und noch mehr, die mir bisher noch gar nicht eingefallen sind. Zu jedem Rätsel der Welt gäbe es hier die Lösung. Aber nicht für mich. Ich hatte nicht die Erlaubnis, dort zu sein. Deshalb schmiss mich der Wächter wieder raus, bevor ich auch nur eine einzige Frage stellen konnte."

Ratz blickte in die Runde. „In dem Moment, als wir hier ankamen, fühlte ich den Ruf. Es war, als hätte irgendetwas schon viele tausend Jahre lang auf mich gewartet. Und gleichzeitig spürte ich, wie mein ganzes bisheriges Leben einen Sinn bekam. All meine Misserfolge als Gaukler, meine Stürze, Fehltritte und Gefängnisaufenthalte wegen unbezahlter

Rechnungen waren eine logische Aufeinanderfolge, die mich letztendlich zum richtigen Zeitpunkt in den Pilkristhaler Kerker führte. Die Befreiung durch euch und die Flucht aus Pilkristhal hatten nur ein Ziel gehabt: Mich hierher zu bringen. Ich trat in die Mitte der Steine und war sofort willkommen." Er blickte zurück zu den Felsen, die sich stumm und gravitätisch in die Hitze des Wüstenhimmels reckten. Die Gefährten merkten, dass sich eine Veränderung mit Ratz Nasfummel vollzogen hatte. Seine permanente Unsicherheit, sein ständig um Verzeihung bittender Blick waren verschwunden. Er machte nicht mehr den Eindruck, für all das Elend auf der Welt verantwortlich zu sein, ohne zu wissen, warum.

„Es eröffnete sich mir eine völlig neue Welt. Ich konnte Fragen stellen und alle wurden beantwortet, alle, bis auf eine."

„Welche?" Alle fragten gleichzeitig.

„Langsam, Freunde." Ratz hob lächelnd die Hände. „Ich fragte nach Cora-Lega und erfuhr den Weg. Es ist nicht mehr weit. Etwa zehn Tagesreisen in diese Richtung." Er hob die Hand und wies bestimmend nach Südost.

„Die Oase liegt fast im Zentrum der Todeswüste und der Dämon wird uns den Weg dorthin nicht leicht machen. Auch wenn wir ihn durch den zweimaligen Sieg über seine Sandmonster bereits geringfügig geschwächt haben."

„Der Dämon?", fragte Bandath.

„Als der erste Minister des Kaisers von Cora-Lega vor sechstausend Jahren den Fluch aussprach und sich in sein Schwert stürzte, da tat er etwas mit der Magie, etwas, was die heutigen Hexenmeister und Magier nicht mehr können. Bandath nutzt die magischen Kräfte, wie man die Kraft des Wassers nutzt, um Baumstämme stromab zu flößen. Claudio Bluthammer hat die Magie für seine Zwecke verbogen, er schickte, sozusagen, die Baumstämme stromaufwärts. Der Minister aber entriss den magischen Linien die Kraft. Gerade so, als entnehme man dem Fluss Wasser, um die Baumstämme darauf zu transportieren. Das ist das, was Bandath spürt, wenn sich die Sandmonster uns nähern. Diese Sandmonster sind übrigens keine eigenständigen Wesen. Sie sind ein Teil des Dämons, seine weit weg geschickten Hände, Augen und Füße. Mit der Vernichtung dieser Monster raubte Bandath ihm schon einen kleinen Teil seiner gigantischen Kraft.

Ich denke, diese Art der Magie war es auch, worauf die Magier aus Go-Ran-Goh aus waren.

Vor sechstausend Jahren entriss der Minister den Kraftlinien die Magie, um seinen Fluch wirksam werden zu lassen. Und ohne es zu wollen, verwandelte er sich dadurch in den mächtigen Dämon, der er heute ist."

„Scha-Gero", entfuhr es Bandath. Wütend schlug er sich gegen die Stirn und jaulte gleich darauf wegen des Schmerzes auf, den seine Wunde ihm bereitete. „Was habe ich gegrübelt, als ich das alte Dokument studierte. Scha-Gero stand oft in Verbindung mit dem Wort Scho-Bakka, das heißt Fluch. Ich dachte stets, mit Scha-Gero sei immer nur der Berg am Rand der Todeswüste gemeint, nach dem wir unseren Kurs ausgerichtet haben. Jetzt erst wird mir klar, dass die Lösung schon lange vor mir lag. Der Minister ist der Dämon, der sich an den rund um die Todeswüste lebenden Nachkommen des Herrscherhauses von Cora-Lega rächen will."

„Jedes Herrscherhaus in allen an die Wüste grenzenden Reichen rühmt sich der direkten Abkunft aus dieser Linie", sagte To'nella.

„Dein Vater sagte es mir bereits in Konulan. Und wahrscheinlich wird es auch wahr sein."

„Es ist so", bestätigte Ratz. „Und in sehr vielen Menschen hier fließt dieses Blut. Die Nachkommen des Kaisers waren auch außerhalb ihrer Ehen sehr fleißig, was die Verbreitung ihres Erbes angeht."

„Aber warum jetzt?" Bandath nahm sich das Lederband von der Stirn, strich die Haare zurück und legte das Band wieder an. Geistesabwesend griff Barella zu und korrigierte den Sitz des Bandes, während Bandath weiterredete.

„Wieso erst jetzt, sechstausend Jahre nach dem Fluch? Warum nicht schon damals oder ein paar hundert Jahre später?"

Der linke Zeigefinger von Ratz wanderte zu seiner langen Nase und bog sie nach unten. „Weil der Dämon Kraft sammeln musste. Es hatte bereits einen Versuch gegeben." Er blickte in die Runde. „Erinnert ihr euch, dass Bandath von der Vernichtung der Stadt Pukuran vor fünfhundert Jahren erzählte und an die Offenbarungen des Verrückten? Das war ein erster Anlauf, kostete den Dämon aber zu viel Kraft. Er brauchte einen anderen Weg. Jetzt endlich hat er einen gefunden. Und er will nicht nur den Tod der Nachkommen Ibn A Sils, er will nicht nur die Herrschaft über die Todeswüste und die angrenzenden Reiche. Seine Gedanken gehen bereits darüber hinaus und greifen Tausende von Meilen weit in das Land. Nie wieder soll sich rund um die Todeswüste jemand niederlassen können und dazu muss er einen weiten Bereich entvölkern. Er hat sechstausend Jahre lang seinen Hass gepflegt und nun sieht er seine Tage kommen, um diesen Hass auf die Menschen hier loszulassen. Deshalb schuf er sich die Sanddämonen."

Bandath seufzte. „Wie viele?"

Ratz ließ seine Nase nach oben schnipsen. „Das habe ich nicht gefragt. Tut mir leid."

„Ich kann sie mit Wasser und Wind vernichten. Gibt es noch eine Möglichkeit, die Sandmonster zu besiegen?"

„Du musst den Dämonenfürst besiegen, dann besiegst du auch die Sandmonster."

„Und wie?"

Erneut zuckten Ratz' Schultern nach oben. „Das habe ich auch nicht gefragt."

„Was hast du die vielen Stunden lang überhaupt gefragt?"

„Ich ...", Ratz zog grübelnd die Augenbrauen zusammen, „... ich ...", sein Gesicht nahm einen gequälten Ausdruck an, „... ich weiß nicht mehr."

„Du weißt es nicht mehr?" Korbinian schlug überrascht die Hände zusammen. „Du bist stundenlang dort drinnen, lässt uns mit ekeligen Würmern und der Mutter aller Sandstürme allein und weißt nicht, was du gemacht hast? Im Ernst? Oder ist das wieder so eine bescheuerte Regel, dass ich nichts erfahren darf?"

Der Gaukler schüttelte den Kopf. „Nein, das ist es nicht. Es ist ganz anders." Er klopfte sich an die Stirn und ignorierte Rulgos Bemerkung, dass das hohl klänge.

„Es ist hier drin, ich weiß es. Ich habe irgendetwas zu tun in Cora-Lega. Aber ich weiß nicht, was. Es ist, als fehle mir der Schlüssel zu einer Tür, hinter der Kisten sind, die ich selbst dorthin geräumt, von denen ich aber den Inhalt vergessen habe. Und den Schlüssel finde ich in Cora-Lega."

„Und wenn du jetzt aufstehst, dich wieder zwischen die Steine stellst und eine romantische Melodie summst?", fragte Niesputz.

„Das würde nicht helfen. Es ...", Ratz wies unbestimmt in den Himmel über den *Drei Schwestern*, „hat mich gehen lassen. Ich bin erst wieder willkommen, wenn ich in Cora-Lega war."

Die Gefährten sahen ihn erstaunt an. Dann erhob sich Barella. Sie trat zu ihrem Gepäck und wühlte einen Moment in ihrem Schultersack. Der längliche Gegenstand, den sie zu Tage förderte und zu den Gefährten brachte, entpuppte sich als stabile Lederhülle. Sie öffnete den Verschluss und zog vorsichtig eine uralt erscheinende Karte heraus.

„Der Stadtplan von Cora-Lega. Vielleicht hilft dir das weiter. Nach Aussagen des Händlers, von dem ich ihn habe, abgezeichnet von einer Karte aus den Geheimarchiven der Großen Bibliothek von Konulan."

Niesputz hob die Augenbrauen. „Ist der Händler vertrauenswürdig?"

„Absolut", bestätigte die Zwelfe.

„Für die Echtheit der Karte", sagte Bandath und wies auf die Schriftzeichen am Rande des Pergaments, „sprechen diese Runen. Barella und ich haben diese Karte über ein halbes Jahr studiert. Ich ...", er räusperte sich und sah entschuldigend zu seiner Gefährtin, „... wir haben herausgefunden, dass es Schriftzeichen sind, die die alte Sprache des Kaiserreiches Ibn A Sils wiedergeben. Sie werden heutzutage überhaupt nicht mehr verstanden. Niemandem ist bisher die Entschlüsselung geglückt. Nun gut, sie sind ja auch sechstausend Jahre alt.

Das hier", er wies auf das Zentrum der Karte, das gleichzeitig auch das deutlich erkennbare Zentrum der Stadt war, „ist der Kaiserpalast, in dem wir die sterblichen Überreste des Kaisers finden werden – und wohl auch den Dämon.

In den Häusern in der Nähe des Kaiserpalastes wurde der Hofstaat eingemauert. Die Gebäude am Stadtrand dienten den Bediensteten zur Unterkunft, jenen Unglücklichen, die dann der Sage nach in der Wüste von den Truppen des Ministers abgeschlachtet wurden. Inwieweit die Gebäude nach sechstausend Jahren noch erkennbar sind, bleibt abzuwarten. Wahrscheinlich werden wir nicht mehr als ein paar überwucherte Steine finden.

Rund um die Stadt erstreckt sich ein weiter Wald, in dem drei große Seen liegen. Die Oase ist riesig, aber wir werden die Stadt nicht verfehlen."

Er hob den Kopf und sah Ratz an. „Und? Irgendwelche Türchen, die bei dir aufgehen?"

Ratz sah ihn mit großen Augen an. Sein zitternder Zeigefinger wanderte über die Karte und blieb über dem Palast hängen.

„Ich muss da rein", sagte er, ohne auf die Karte zu sehen.

Er hatte ihnen nicht sagen können, wieso. Und eine neue Kontaktaufnahme mit dem Orakel der *Drei Schwestern*, wie Bandath es genannt hatte, war nicht möglich. Aber das hatte Ratz ihnen ja bereits gesagt. Also beschlossen sie, den Rest des Tages und die folgende Nacht zu nutzen, um sich auszuruhen. Bandath griff mit seinen magischen Fähigkeiten tief in die Erde und schuf eine Quelle, deren Wasser bis zum Morgen einen kleinen Teich füllte. Die Kamelodoone tranken sich satt, nachdem die Gefährten ihre eigenen Wasservorräte ergänzt hatten. Schon bald darauf rüsteten sie zum Aufbruch. Sie bestiegen die beladenen Kamelodoone, wie immer über die Strickleitern, die an den Seiten der Sättel befestigt waren. Ratz kletterte hinter Theodil die Leiter empor und wollte auf dem Sattel Platz nehmen. Jedoch hob er sein Bein mit zu viel Schwung über den Rücken des Kamelodoons, so dass es ihn auf der anderen Seite hinterher zog. Mit einem Aufschrei rutschte er über den Sattel und knallte hinter dem Tier in den Wüstensand.

„Nichts passiert", ertönte seine gedämpfte Stimme aus der aufstiebenden Sandwolke. „Mir geht es gut!"

„Das ist beruhigend", murmelte Bandath der hinter ihm sitzenden Barella zu und meinte damit nicht die Äußerung des Gauklers. „Ich befürchtete schon, er hätte sich allzu sehr verändert."

Barella verstand. Sie drückte seine Hand und lehnte sich vertrauensvoll an ihn. „Lass uns die letzte Etappe in Angriff nehmen."

Sie einigten sich, den letzten Rest der Strecke tagsüber zurückzulegen. Die Wüste empfing sie mit derselben unbarmherzigen Hitze, die ihnen zwischen den *Schwestern* gar nicht mehr so mörderisch vorgekommen war.

Bereits am zweiten Tag erfuhren sie, dass der Dämonenfürst ihnen auch weiterhin ihr Vordringen erschweren wollte.

„Ein Sturm", rief Korbinian, der auf dem ersten Kamelodoon hinter To'nella saß. Sein ausgestreckter Arm wies auf eine Staubwolke am westlichen Horizont.

Die Elfe schüttelte den Kopf. „Zu klein und zu eng begrenzt."

Korbinian und sie beobachteten die Staubwolke einen Moment. Dann legte er ihr die Hand auf die Schulter. „Tiere?"

Sie drehte sich zu ihm um, sah ihn an, blickte dann wieder nach vorn. Ihre Hand griff nach seiner und nahm sie von der Schulter.

„In der Entfernung und bei der Größe der Staubwolke wahrscheinlich sehr viele und sehr große Tiere."

„Was gibt es denn für große Tiere in der Wüste? Kamelodoone?"

„Die könnten sich nie so schnell bewegen, um solch eine Wolke aufzuwirbeln." Die Elfe starrte angestrengt zu der Erscheinung. „Es scheint, als ob sich die Wolke bewegt." Ihre Stimme klang alarmiert. „Und zwar auf uns zu!"

„Was sind das für Tiere?", wiederholte Korbinian und griff erneut nach ihrer Schulter. To'nella duldete die Berührung jetzt. „Große Tiere. Bedeutend größer, viel schneller und wahrscheinlich um etliches wütender als unsere Kamelodoone." Sie zog am Zügel und brachte damit ihr Kamelodoon zum Stehen. Es dauerte einen Moment, bis die anderen aufgeschlossen hatten.

„Dort hinten nähert sich uns eine riesige Herde wild gewordener Wüstenelefanten."

Alle Augen richteten sich auf die Sandwolke.

„Können wir ausweichen?", fragte Bandath.

To'nella verneinte. „Die Kamelodoone sind zu langsam dafür und die Elefanten zu schnell. Hast du nichts in den magischen Kraftlinien gespürt?"

„Doch, schon vor ein paar Stunden, aber es war zu weit weg, zu schwach, um ihm Bedeutung beizumessen."

„Und wann gedachte der Herr Hexenmeister uns darüber in Kenntnis zu setzen?", säuselte Niesputz.

„Es war schwach, wie ein Echo aus großer Ferne. Weil nichts passierte, setzte ich es nicht mit uns in Verbindung", rechtfertigte sich Bandath.

„Der Dämon lernt", sagte Niesputz. „Er wird von Mal zu Mal vorsichtiger. Aber viele Tiere gibt es in der Wüste nicht mehr, die er noch gegen uns hetzen könnte. Bald muss er wieder seine Monster schicken."

„Was für eine beruhigende Vorstellung", knurrte Korbinian.

„Hosen voll?", fragte Rulgo und wandte sich an To'nella. „Wenn der Gestank bei euch zu groß wird, kannst du gern auf mein Kamelodoon kommen."

„Einigen wir uns darauf, Bandath", sagte To'nella, die Bemerkung Rulgos ignorierend, „dass du uns jedes Mal, wenn du dieses Gefühl hast, informierst. Ich möchte einfach vorbereitet sein. In Ordnung?"

Theodil wies auf die Staubwolke, die jetzt schon deutlich näher gekommen war. „Was tun wir?"

Stille, dann Barella: „Sind Sandmonster dabei?"

Bandath schloss kurz die Augen, konzentrierte sich und schüttelte dann den Kopf. „Nein, ich fühle nur Tiere, etwa eintausend."

„Eintausend wild gewordene Sandelefanten?" To'nella stöhnte. „Wie sollen wir mit denen fertig werden?"

Wieder Stille, ratlos dieses Mal. Bis sich Ratz schüchtern zu Wort meldete: „Diese Wüstenelefanten sind doch groß, oder?"

„Fast doppelt so groß wie unsere Kamelodoone", antwortete die Elfe. „Ihre Füße könnten einen von uns mit Leichtigkeit zerstampfen. Im Schatten ihrer Ohren fänden wir alle Platz, vielleicht mit Ausnahme von Rulgo. Einer ihrer vier Stoßzähne könnte zwei Pferde aufspießen und trotzdem würden die Elefanten noch ihre Köpfe hochreißen und trompeten. Hundert von ihnen walzen einen Weg platt, so breit, dass ganz Pilkristhal darauf Platz hätte. Worauf willst du hinaus?"

„Ein Ausweichen nach rechts oder links …"

„… ist mit unseren Kamelodoonen so gut wie unmöglich. Aber das sagte ich bereits."

Ratz nickte, als wären das genau die schlechten Nachrichten, die er bei seinem Glück erwartet hätte. Mittlerweile schwiegen alle und sahen den Gaukler an, als erwarteten sie jetzt von ihm die ultimative Überlebensidee.

„Eine Höhle", sagte er.

Korbinian sah sich demonstrativ um. „Das wäre schön, aber leider", er legte die Hand über die Augenbrauen, um die Sonne abzuschirmen, „gibt das die Landschaft im Moment nicht her."

„Bleib sachlich", zischte Barella ihren Bruder an und bemerkte dann erstaunt seine Hand, die noch immer auf To'nellas Schulter lag. War ihr da irgendetwas entgangen?

„Ich meine", sagte Ratz, „Bandath hat doch schon Höhlen gezaubert …" Er stockte, sah Bandath an, wurde rot. „Ich meine, mit Magie … gemacht eben, in den Tagen vor den *Drei Schwestern*. Ich meine, wenn er jetzt wieder eine … machen würde, von hier, wo wir stehen in diese Richtung." Er wies auf die sich nähernde Staubwolke. „Eine richtig große Höhle, in die wir alle reinpassen. Diese Viecher dort sind furchtbar sauer und furchtbar schnell. Die würden doch glatt an dem Eingang vorbeirennen. Oder?" Er sah sich um, blickte in die schweigenden Gesichter. „Oder?"

Rulgo sprang von seinem Kamelodoon. Wütend trat er in den Sand. „Die Wüste reicht mir langsam. Früher war alles so einfach. Wir haben die Elfen verprügelt oder sie uns, das war's. Und hier? Sandmonster, Dämonen, ekelige Würmer, Riesenelefanten. Nichts, wogegen ich mit meiner Keule etwas ausrichten kann. Und überall Sand. Sogar wenn ich mal für kleine Trolle gehe, knirscht mir der elende Sand zwischen den …"

„Will das jetzt irgendjemand wissen?", herrschte ihn Niesputz an. „Außerdem hast du dich darüber bereits beklagt. Wir haben ein viel größeres Problem als deine knirschenden und wundgeriebenen Sitzbacken. Eines, das noch dazu gar nicht mal mehr so weit weg ist." Jetzt, wo Niesputz es sagte, konnten sie das Stampfen der sich nähernden Herde wie ein leises, fernes Donnergrollen wahrnehmen.

„Ich will", wiederholte Ratz energischer, „dass Bandath uns eine Höhle macht. Nichts kleines, das kann er noch nicht. Eine richtig große Höhle mit einem Hügel in der Mitte für uns und die Kamelodoone." In dem Bestreben, seine Idee zu beschreiben, fuhrwerkte er mit den Armen durch die Luft. Theodil, der vor ihm im Sattel saß, duckte sich.

„Klar." To'nella sah ihn begeistert an. Jetzt erwärmten sich auch Niesputz und Korbinian für die Idee.

„Gar nicht schlecht", sagte das Ährchen-Knörgi. „So eine große Schutzhöhle für uns, das müsste doch zu machen sein. Da ist keinerlei Fingerspitzengefühl gefragt. Ich meine, wenn ich an den brennenden Wald und den Sandsturm denke, so eine Höhle ist doch was …"

„… was Grobes", ergänzte Korbinian.

„Sicher", knurrte Bandath ungehalten. „Ich bin der Mann fürs Grobe. Die Feinarbeit können wir ja das nächste Mal Rulgo und seiner Keule überlassen." Er kletterte vom Kamelodoon und stapfte zu einer etwas entfernt aufragenden Düne. Die Zurückgebliebenen hörten, wie er murmelte: „Das müsste doch zu schaffen sein, Bandath. Wer Wälder anzünden und Sandstürme hervorrufen kann, der wird doch wohl eine Höhle für uns hinkriegen, Bandath … nur keine Feinarbeit … was Grobes eben …"

„Habe ich ihn irgendwie beleidigt?" Ratz blickte Barella um Entschuldigung bittend an.

„Ist schon in Ordnung." Die Zwelfe winkte ab. „Der kriegt sich wieder ein."

Sie beobachteten, wie Bandath sich auf eine kleine Düne hocharbeitete. Oben angekommen reckte er seine Hände gegen die dahinter aufragende große Sanddüne. Im selben Moment wirbelte Sand auf, als würde sich ein unterirdischer Sturm aus den Fesseln der Erde befreien. Kurze Zeit später senkte sich die Sandwolke. Bandath, der bis zur Hüfte in angewehtem Sand stand, hustete, schüttelte sich den Sand aus den Haaren und befreite sich mühsam.

„Schön, dass wir ihn nicht schon wieder ausbuddeln müssen." Niesputz grinste breit. Auch der Blick, der ihm von Bandath zugeworfen wurde, wischte das Grinsen nicht von seinem Gesicht.

„Tolle Freunde", murmelte der Zwergling und stapfte in die von ihm geschaffene Höhle. „Die Grobarbeit ist erledigt. Ihr solltet jetzt kommen, bevor die Elefanten hier sind und sehr grob zu euch werden."

Das Stampfen der Herde war deutlicher geworden. Vereinzelt konnte man Sand erkennen, der an den Hängen der Dünen durch die Erschütterungen ins Rutschen geriet. Ab und an drang ein fernes Trompeten an ihr Ohr, wütend und gepeinigt zugleich. Ihre Kamelodoone blökten unruhig, als spürten sie die sich nähernde Gefahr. Die Gefährten stiegen ab, nahmen die Kamelodoone an den Zügeln und führten sie in die Höhle. Bandath begrüßte sie mit einer einladenden Geste und den Worten „Grob genug?"

„Lass es gut sein", murmelte Barella ihm im Vorbeigehen zu.

Es glitzerte an den Wänden wie Wasser. Als Barella jedoch mit der Hand darüber strich, war die Wand steinhart. Kleine Kristalle blieben an ihren Fingern haften.

„Glas?", fragte sie.

„Ich habe die Wände etwas mit Hitze verfestigt, damit uns die Decke nicht auf den Kopf fällt, wenn die Herde darüber hinwegzieht."

Das Dröhnen schwoll an. Der Boden bebte jetzt merklich unter ihren Füßen. Mitten in der Höhle erhob sich ein steiler Hügel.

„Rauf da!", rief Bandath. Sie eilten auf die Kuppe und Bandath riss hinter ihnen die Schräge ein, über die sie den Hügel erklommen hatten.

Sand rieselte von der Decke und die Wände begannen zu knirschen, als das Dröhnen in ein Donnern überging. Sie verstanden ihre eigenen Worte nicht mehr. Was für eine Macht musste diese riesige Anzahl an Elefanten in Bewegung gesetzt haben, um Bandath und seine Gefährten zertrampeln zu lassen? Eine Sandwolke wallte zu ihnen herein. Das Trompeten der Elefanten übertönte einen Moment das Donnern ihrer Füße. Dann war es vorbei. Obwohl sie die wild gewordene Herde noch immer hörten, erklang das abschwellende Dröhnen in ihren Ohren nach dem Inferno fast so, als würde Ruhe einkehren. Die Höhle hatte gehalten.

Im selben Moment, als sie dachten, es wäre zu Ende und sie könnten ihren Unterschlupf verlassen, schälten sich die Umrisse dreier Wüstenelefanten aus dem aufgewirbelten Staub. Gequält hob der Mittlere den Rüssel und trompetete. Sie waren wirklich größer als die Kamelodoone. *Einer von ihnen würde ausreichen, mein Haus problemlos in Grund und Boden zu stampfen*, überlegte Bandath. Aufgeregt pendelten die Rüssel hin und her. Ein Schlag von ihm hätte Rulgo eine halbe Meile weit weggeschleudert. Die gewaltigen Stoßzähne fuhren wieder und wieder in den Boden und wühlten den Sand auf, gerade so, als würde dort der Grund für ihre Pein liegen. Die Augen quollen ihnen fast aus dem Kopf und die Ohren wedelten in einem fort. Unermüdlich stampften sie mit den Vorderbeinen. Als der Erste die Gefährten entdeckte, trompetete er wild und setzte sich in Bewegung. Er war groß genug, um sie mit seinen Stoßzähnen und seinem Rüssel zu erreichen.

„Beim Ur-Zwerg!", flüsterte Korbinian und nahm seinen Bogen in die Hand.

„Nicht!" To'nella legte ihre Hand auf die seine und drückte den bereits gespannten Bogen wieder nach unten. Mit einem Kopfnicken deutete sie auf Bandath. Der hatte die Augen halb geschlossen. Das ganze Gesicht war pure Konzentration.

Als wären sie gegen eine Wand gelaufen, hielten die Elefanten an, um dann panisch aufzuschreien und, sich dabei gegenseitig anrempelnd, das Weite zu suchen. Es war, als wären für sie die Gefährten weitaus schlimmer, entsetzlicher (Korbinian fiel keine weitere Steigerungsform mehr ein), als der Schrecken, der sie in der Wüste erwartete.

„Was war denn das?" Rulgo sah von oben auf Bandath herab.

Der zuckte gleichmütig mit den Schultern. „Ich habe Angst in ihren Geist gepflanzt, mehr nicht. Einfache, nackte Furcht. Da braucht man kein Fingerspitzengefühl. Das ist was Grobes."

Nach und nach löste sich die Sandwolke am Eingang wieder auf und Bandath, der sicher war, dass jetzt keine Gefahr mehr drohte, schob mit seinen Kräften Sand zusammen und schuf eine Rampe, auf der sie ihren Hügel verlassen konnten. Draußen erwartete sie ein Bild des Grauens. Direkt am Eingang lagen mehrere Wüstenelefanten, die von der Düne herabgestürzt waren und sich das Genick gebrochen hatten. Bandath schüttelte den Kopf, doch Barella legte ihm die Hand auf die Schulter.

„Es ist nicht deine Schuld", flüsterte sie.

Bandath nickte stumm, bevor er kaum hörbar zu ihr sagte: „Weißt du, für einen Moment habe ich in sie hineinfühlen können. Die Wüstenelefanten wollten uns nicht angreifen. Der Dämon hat den Geist dieser armen Kreaturen völlig gelöscht und mit nichts anderem als Angst und Wut gefüllt. Jemand muss diesen Dämon aufhalten! Ich will, dass das aufhört!"

Er atmete tief durch, riss sich das Lederband von der Stirn und strich sich die Haare zurück. Anschließend versuchte er vergebens, die Haare wieder unter dem Band zu bändigen. Erst Barella schaffte es. Sie hielt seine zitternden Hände fest, drückte sie nach unten und zog ihm anschließend das Band wieder über die Stirn. Dann strich sie ihm sanft über die verheilte Narbe zwischen den Augen.

Gemeinsam umschritten sie die toten Elefanten und bestiegen die Düne. So weit das Auge reichte, kündeten die Spuren der Elefanten von dem Inferno, welches hier eben noch geherrscht hatte. Weit entfernt raste die Herde dahin. Die Staubwolke entfernte sich von ihnen. Von ihrem Standplatz bis zur Herde zog sich eine breite Spur, auf der, immer kleiner werdend, Hunderte von toten Wüstenelefanten lagen. Schweigend schaute die Gruppe auf das Zeugnis eines Willens, der keinerlei Rücksicht auf unschuldiges Leben nahm. Auch die Richtung, aus der die Herde gekommen war, war übersät mit den Kadavern der bedauernswerten Geschöpfe.

„Menschen, Tiere, es ist dem Dämon egal, Hauptsache er erreicht sein Ziel." Wütend trat To'nella in den Sand.

„Warum hast du nicht gesagt, dass du die Herde in die Flucht schlagen kannst?", fragte Theodil.

„Ich wusste nicht, ob es funktioniert." Bandath starrte die toten Elefanten an, deren Körper in der Ferne nur noch so groß wie Fliegen wirkten. Schwarze Punkte, die sich bis zum Horizont hinzogen. Sein Blick kehrte zurück zu den Gefährten. „Außerdem wusste ich nicht, ob alle Elefanten dafür empfänglich sind. Und an wem hätte ich es ausprobieren sollen?"

„An Rulgo", warf Korbinian ein. „Ich hätte ihn gern einmal vor Angst schreiend davonrennen sehen."

„Trolle schreien von Natur aus nicht vor Angst", brummte Rulgo. „Elfen dagegen schon."

Bandath ignorierte das Geplänkel. „Außerdem war die Idee mit der Höhle wirklich gut."

Ratz' Gesicht begann sofort rot zu glühen. „Wirklich? Ich meine ... ich dachte ..." Er verschluckte sich vor Aufregung und begann zu husten. Rulgo klopfte ihm auf den Rücken. Der Schlag schleuderte den Gaukler mehrere Schritt weit durch die Luft, bevor er kopfüber in einer Erhebung stecken blieb. Korbinian und Theodil eilten hinzu und zogen den Unglücklichen aus dem Sand. Hustend und spuckend kam der Kopf des Gauklers wieder zum Vorschein.

Dieses Mal klopfte Korbinian ihm auf den Rücken. „Ich hasse es ebenfalls, wenn er das tut."

Nur wenig später setzten sie ihren Marsch nach Cora-Lega fort.

Am späten Nachmittag des übernächsten Tages machten sie eine dunkle Linie am Horizont aus. Zuerst erwarteten sie einen neuen Angriff. Als Ratz jedoch „Cora-Lega" sagte, glaubten sie ihm.

In der Oase

Barella breitete die Karte von Cora-Lega vor ihnen aus.

„Die Oase ist sehr groß. Es gibt drei wichtige Seen rund um die Stadt. Hier", ihr Finger wies auf die entsprechenden Stellen der Karte, „hier und hier. In ihrer Nähe werden wir wahrscheinlich Palmenwälder vorfinden. Genau zwischen den Seen liegt die Dämonenstadt. Von jedem Gewässer führen Kanäle in die Stadt und unter ihr hindurch bis zum Burggraben rund um den Palast. Sie versorgten damals Stadt und Palast mit Wasser. Im Zentrum des Palastes steht ein riesiger Turm. Der Palast ist von einer achteckigen Mauer umgeben. An jeder Ecke ragt ein Verteidigungsturm hervor.

Über den Burggraben führt nur eine einzige Brücke. Hier." Sie zeigte auf die Zugbrücke.

„Zwischen der Stadt und dem Burggraben ist ein breiter Park eingezeichnet. Ich rechne aber nur mit wenigen Bäumen. Wir werden kaum Deckung vorfinden, wenn wir uns dem Palast nähern. Das Überraschungsmoment können wir also vergessen.

„Du hast doch nicht wirklich daran geglaubt, dass wir uns heimlich anschleichen können?", warf Niesputz ein.

Barella ignorierte ihn und fuhr fort: „Die Geisterstadt besteht aus acht ringförmigen Straßen, die in konzentrischen Kreisen den Palast umgeben." Die Zeichnung der Stadt ähnelte ein wenig dem Bild, das ein Stein hervorruft, den man ins Wasser wirft. Zwischen den Straßen hatten die Erbauer vor sechstausend Jahren jeweils zwei Häuserreihen errichtet. Vier Querstraßen verbanden jeweils zwei Ringstraßen. Wollte man die folgende Ringstraße erreichen, musste man sich zur nächsten Querstraße begeben, wofür man ein Viertel des Ringabschnitts zu seiner Linken oder Rechten hinter sich bringen musste.

„Vermutlich werden wir den Dämonenfürst dort finden", sagte Barella und deutete dabei auf den Palast. Ihr Satz war jedoch als halbe Frage formuliert. Dabei sah sie Ratz an, auf einen Hinweis hoffend.

Der nickte wortlos.

„Ja", murmelte Bandath, „und vermutlich wird unser Problem sein, genau dort hinzukommen."

„Er wird seine restlichen Sandmonster in der ganzen Stadt verteilt haben." To'nellas Hand fuhr über den Plan, als wolle sie winzige Sandmonster darüber streuen.

„Viel dürfte aber nach sechstausend Jahren von den Straßen und Häusern nicht mehr übrig sein", warf Theodil ein. „Ich meine, er hatte keine Zwerge. Wir bauen für die Ewigkeit, wenn wir wollen. Menschen können so etwas nicht."

„Gut." Niesputz sauste wie zu einem Erkundungsflug über die Karte. „Das Herumsitzen und Vermutungen anstellen bringt uns nicht wirklich weiter. Mein Vorschlag: Ihr nähert euch den am nächsten gelegenen See und ich kundschafte in der Zwischenzeit die Stadt aus. Wir treffen uns am Ufer. Einverstanden?"

Alle nickten.

„War ja klar", knurrte das Ährchen-Knörgi und ignorierte dabei völlig, dass es selbst gerade diesen Vorschlag gemacht hatte. „Immer wenn ihr jemanden braucht, der zwischen die Zähne des Drummel-Drachen fliegt, ist euch der kleine und schwache Niesputz gerade recht."

Vor sich hin brummend verschwand Niesputz im unendlichen Blau des Wüstenhimmels.

Die anderen bestiegen wieder die Kamelodoone. Dabei fiel Ratz zweimal von der Strickleiter, die sie benutzten, um die Sättel dort oben zu erreichen.

„Alles in Ordnung", rief er nach dem zweiten Sturz. „Nichts passiert."

Seine neue Rolle, als mächtiges Medium der *Drei Schwestern*, schien wirklich keinerlei Einfluss auf seine Geschicklichkeit genommen zu haben. Theodil streckte ihm bei seinem dritten Versuch hilfreich die Hand entgegen und zog ihn mit einem kräftigen Ruck zu sich in den Sattel aus Holz und Leder. Gemächlich wie immer setzten sich die Kamelodoone in Bewegung. Ihre letzte Etappe nach Cora-Lega hatte begonnen.

Als die Sonne noch zwei Handbreit über dem Horizont stand, beratschlagten sie kurz. Das Tempo der Kamelodoone war zu gering, um die Oase noch vor der Dunkelheit zu erreichen. Andererseits wollte die Gruppe die nächste Nacht nicht in der Wüste verbringen, jetzt, wo Bäume und Wasser so nah erschienen. Rulgo schlug vor, als Späher vorauszueilen und einen geeigneten Lagerplatz zu suchen.

„Ich könnte mich am Kamelodoon anbinden, bevor die Sonne untergeht. Aber dann liege ich wieder die ganze Nacht im Sattel, da ich nicht annehme, dass mich einer von euch dort rausheben kann. Und in meinem Alter tut mir morgen wieder den ganzen Tag der Rücken weh." Rulgo sprang aus dem Sattel und landete Staub aufwirbelnd im Wüstensand.

„Trolle sind eben von Natur aus nur Federbetten gewohnt." Korbinians Einwurf verhallte unbeachtet.

„Aber wir haben doch schon einen Späher in der Oase", warf Theodil ein.

„Niesputz späht die Stadt aus. Ich will uns nur einen sicheren Rastplatz suchen."

„Gut." Bandath nickte Rulgo zu und wandte sich dann an To'nella. „Aber du gehst mit. Während Rulgo dort auf dem Platz bleibt, kommst du zurück und führst uns."

Die Elfe glitt gewandt aus dem Sattel und stellte sich neben Rulgo. Barella beobachtete Korbinian, mit dem sich To'nella den Sattel teilte. Ihr schien, er hielte die Hand, die er der Elfe hilfreich beim Absteigen reichte, etwas länger als nötig. Die Augenbrauen der Zwelfe rutschten nach oben. Da lief wohl wirklich etwas zwischen den beiden, von dem sie noch nichts mitbekommen hatte.

„Spürst du etwas in den magischen Kraftlinien?", fragte To'nella den Zwergling.

„Nein. Jedenfalls nichts, das dem ähnelt, was den bisherigen Angriffen vorausging. Allerdings fühlt sich die Magie auch nicht ...", er suchte ein passendes Wort, „... *normal* an. Es ist, als wären die Kraftlinien straff gespannt, wie eine Angelsehne, wenn du einen großen Berglachs am Haken hast." Bandath strich sich hilflos durch das Haar, unfähig, genauer zu erklären, was er fühlte.

Korbinian lenkte sein Kamelodoon näher an Bandath und Barella heran. „Wirst du die Magie nutzen können?"

„Ich denke schon."

„Du *denkst schon?* Wir nähern uns dem größten Monster aller Zeiten und du *denkst*, dass du *wahrscheinlich* zaubern könntest ..."

„Es muss *Magie weben* heißen, nicht *zaubern*", korrigierte Bandath.

„Das weiß ich mittlerweile. Bei dem größten Stinkehaufen, den ein Drummel-Drache je irgendwo hat hinter sich fallen lassen – kannst du

nicht probieren, ob du diese ominösen Kraftlinien irgendwie … entspannen kannst?"

„Sicherlich." Bandath blieb ruhig. „Aber das wäre nicht nur, als ob wir an die Haustür klopfen und mit einem lauten ‚Hallöchen' die Wohnung betreten würden. Ich würde dem Dämonenfürst außerdem zeigen, was ich kann. Und darüber möchte ich unseren Gegner so lange wie möglich im Unklaren lassen."

„Von mir aus!" Korbinian warf verzweifelt die Hände in die Luft. „Macht doch, wie ihr denkt. Ich habe doch eh nichts zu sagen hier."

„Gut, dass dir das inzwischen aufgefallen ist", bemerkte Barella.

„Richtig." Rulgo nickte. „Und warum fragst du dann immer wieder?"

Damit war die Diskussion beendet. To'nella und Rulgo nahmen außer ihren Waffen nichts weiter mit. Bandath ermahnte sie noch einmal, sich auf keinerlei Risiko einzulassen und bat To'nella, sofort zurückzukommen. Beide nickten und selbst Rulgo machte zu den Selbstverständlichkeiten, die Bandath äußerte, keine dummen Bemerkungen.

Während die Elfe leichtfüßig lostrabte und kaum Spuren hinterließ, stapfte Rulgo schwerfällig, aber mit langen Schritten neben ihr her. Schon bald hatten sie die Kamelodoone weit hinter sich gelassen.

Der Rest der Gruppe ritt weiter im gemächlichen Marschtempo ihrer massigen Reittiere. Theodil hatte auf Rulgos Kamelodoon Platz genommen und so ritten jetzt er, Ratz und Korbinian jeweils allein.

Je näher sie der Oase kamen, desto weiter erstreckte sie sich nach rechts und links. Cora-Lega war riesig.

„Bei Waltrudes Urinella-Tee", entfuhr es Bandath, als der Sonnenuntergang die Wipfel der Bäume in rotes Licht tauchte. „Wenn ich nicht wüsste, dass es sich um eine Oase handelt, würde ich glatt denken, die Wüste wäre hier zu Ende."

„Cora-Lega kann Tausende ernähren", erklärte Ratz mit einer Stimme, die Gewissheit verriet. Wieder glaubten ihm die Gefährten aufs Wort.

Vor ihnen wuchs der grüne Saum über den gesamten Horizont, als würde die Wüste schlagartig enden und der Wald direkt an den Sand anschließen.

„Jetzt könnten unsere Kundschafter aber langsam zurückkommen." Barella blickte besorgt zwischen die nahen Bäume. Als hätte er auf dieses Stichwort gewartet, surrte der leuchtende Niesputz aus dem Grün hervor, das ihren Augen nach der langen Zeit in der Wüste so guttat.

„Nanu", rief er sofort. „Wo ist denn der grauhäutige Großfuß und die zarte Elfe?"

Bandath wies auf den Palmenwald vor ihnen. „Irgendwo dort drinnen. Sie sollen uns einen Rastplatz auskundschaften."

„Ja, sind wir denn hier auf einem Ausflug mit Mutti und den Kleinen, oder was?", rief das Ährchen-Knörgi aufgebracht. „Ich glaub', mich knutscht ein Troll. Falls ihr es noch nicht mitbekommen habt", er wies mit dem Arm in das Zentrum der Oase, wo in der Ferne wie eine spitze Nadel der Turm des Palastes aufragte, „dort hinten irgendwo lauert der Dämonenfürst, der nur darauf wartet, dass ihr einen Fehler macht. Und ihr schickt nach Ratz und Korbinian den Trotteligsten aus unserer Runde direkt in den tiefen, dunklen Wald."

„Nach mir", murmelte Korbinian. „Schönen Dank auch."

„Jetzt beruhige dich erstmal wieder." Bandath hob die Hand mit der Handfläche in Richtung Niesputz, als wolle er dessen Vorwürfe abprallen lassen. „Rulgo wollte nicht die ganze Nacht im Sattel sitzen. Und außerdem ist To'nella bei ihm. Und die müsste jeden Moment zurückkehren." Er strich sich eine Strähne aus der Stirn und schob sie unter das Lederband. „Was hast du herausgefunden?"

„Nichts", knurrte Niesputz.

„Nichts?"

„Die ganze Stadt ist wie ausgestorben, im wahrsten Sinne des Wortes. Der Wind hat etwas Sand angeweht. Aber es sieht nicht so aus, als wäre dort irgendetwas sechstausend Jahre alt. Nicht eines der Häuser ist eine Ruine. Sie machen den Eindruck, als wären die Bewohner mal eben zu Nachbars, um ein neues Schmierkrötersuppen-Rezept von Waltrude auszuprobieren. Sämtliche Fenster und Türen der Häuser der vier inneren Straßen sind zugemauert. Wahrscheinlich lebten dort die Angehörigen des Herrschers und seines Hofstaates. Arme Schweine. Sie wurden lebendig eingemauert.

Ansonsten, wie gesagt, habe ich nichts bemerkt. Und *nichts* heißt: *wirklich nichts!* Kein Dämonenfürst, der aufmerksam durch die Straßen schlendert, keine hinter Ecken versteckten Sandmonster, keine Wüstenelefanten, Bartgeier , Sandwürmer oder anderes Getier – gähnende Leere in der ganzen Stadt. Aber auch keine Fische im Burggraben, keine Vögel in den Bäumen, nicht einmal ein Blaumäuschen, das über den Weg

huscht oder einen ängstlichen Grashasen. Und *das* ist wirklich beunruhigend."

„Wie sieht es im Wald rund um die Stadt aus?"

„Je weiter man von der Stadtmauer entfernt ist, desto belebter wird der Wald. Vögel, Hasen, Rehe, Mäuse, Affen. Das ganze Programm."

„Stimmt Barellas Karte?"

„Soweit ich das sagen kann: Bis auf die kleinste Schuppe am gewaltigen Körper eines Drummel-Drachen."

„Gut." Bandath atmete tief durch und sah in den Wald. „Dann sollten wir keine Zeit vertrödeln. Niesputz, könntest du bitte zum See ...“

„Selbstverständlich." Das Ährchen-Knörgi unterbrach Bandath und warf die Ärmchen in die Luft. „Wer, wenn nicht ich?" Brummelnd surrte es davon.

Barella glitt von dem Kamelodoon. „Ich werde Rulgos Spuren folgen und uns führen."

Sie schritt auf den Wald zu. Die anderen folgten, ohne abzusitzen. So dicht, wie es von Weitem den Anschein gehabt hatte, war der Wald nicht. Problemlos konnten die großen Kamelodoone zwischen den Palmen hindurchschreiten. Von Anfang an begleitete sie das Geschrei der Affen, die gegen die Eindringlinge protestierten – die ersten, seit wer weiß wie vielen tausend Jahren. Aufgeregt sprangen die kleinen, hellbraun gestreiften Gestalten von Baum zu Baum und flankierten den Trupp rechts und links des Weges. Sie spannten Hautlappen zwischen Armen und Beinen auf und segelten größere Entfernungen mit atemberaubender Gewandtheit. Vögel wurden aufgescheucht und flatterten protestierend davon und schon bald herrschte rund um die Reisenden ein Gekreische der lautesten Tierstimmen, die man sich nur vorstellen konnte.

„So viel zum Thema *heimlich ankommen*", knurrte Korbinian. Aber Bandath, der als einziger die Bemerkung gehört hatte, reagierte nicht. Für ihn war dieser Lärm zweitrangig. Er lauschte auf einer anderen Ebene, auf der Ebene der Magie. Und da herrschte absolute Ruhe, beunruhigende, nervös machende Stille. Für den Zwergling stand fest: Der Dämonenfürst wusste genau, wo sie waren. Er kannte ihre Anzahl und ihre Marschrichtung. Und er erwartete sie. Er lauerte auf den richtigen Moment, um zuzuschlagen. Diesen Moment musste Bandath einen winzigen Augenblick vorher erkennen, wenn sie überleben wollten. Und so waren all seine magischen Sinne gespannt, während die Kamelodoone zwischen den Palmen hindurchschritten und ab und zu ein riesiges Büschel saftigen Grases abrissen, um es im Gehen zu verschlingen. Nur das beruhigende Kollern ihrer Mägen war von ihnen zu hören. Sie störten sich nicht am Lärm, der aus den Baumkronen erschallte.

Der plötzliche, angstvolle Schrei Ratz Nasfummels ließ die Gefährten alarmiert herumschnellen. Dann lachte Korbinian los und lenkte sein Reittier zurück. Eine Liane, die quer über dem Weg hing und unter der sich die Gefährten ducken mussten, war der Aufmerksamkeit des Gauklers entgangen. Als sie plötzlich vor ihm auftauchte, hatte er sich vor Schreck an ihr festgehalten und war so aus dem Sattel gezogen worden, weil das Kamelodoon unter ihm ungerührt weitergelaufen war. Nun baumelte der Gaukler hilflos in vier Schritt Höhe in der Luft und strampelte mit seinen schlaksigen Beinen. Korbinian ritt auf seinem Kamelodoon genau unter den hilflosen Ratz und pflückte ihn aus der Luft, wie die Affen rings in den Bäumen kleine Nüsse von den Lianen pflückten, um damit nach den Reisenden zu werfen.

Der Blitz zischte aus heiterem Himmel herab und traf Ratz' reiterloses Kamelodoon einen Sekundenbruchteil, bevor Bandath einen bläulich schimmernden Schutzschirm über ihnen errichten konnte. Blökend brach das Kamelodoon zusammen und verging in einer Wolke schmierigen, schwarzen Qualms, der den Gefährten in den Augen brannte und dessen Gestank sie würgen ließ. Panisch schreiend flüchteten die Affen aus dem gefährlichen Bereich und verschwanden zwischen den Wedeln der riesigen Palmen in der Ferne. Stille machte sich breit – unheimlich und beklemmend.

„Zwergenmist!", fluchte Bandath. Frustriert haute er sich auf den Oberschenkel. „Dreimal verfluchter Zwergenmist!" Alle anderen waren starr vor Schreck.

Dann flüsterte Ratz, ungeschickt hinter Korbinian sitzend: „Das war mein Kamelodoon … da hätte ich drauf sitzen können …"

„Hast du was gespürt?", fragte Barella. Bandath keuchte noch einmal, eher dem Schreck, als der magischen Anspannung geschuldet und ließ dann den Schutzschirm vergehen.

„Die magischen Linien haben kurz vor dem Angriff vibriert."

„Vibriert?"

„Ja, so, als würde jemand an der gespannten Sehne eines Bogens zupfen. Dann kam auch schon der Blitz. Verfluchter Zwergenmist!"

Bandaths Stimme zitterte. Barella kletterte auf das Kamelodoon und setzte sich hinter ihn. Sie legte ihre Hand auf seine Schulter und ihren Kopf gegen seinen Nacken.

„Es ist gut", flüsterte sie. „Es ist nichts passiert."

Die anderen sagten nichts. Ratz blieb hinter Korbinian sitzen, nachdem er seinen eisenbeschlagenen Stock aufgehoben hatte. Der war bei seinem unfreiwilligen Abstieg heruntergefallen und glücklicherweise nicht mit dem Kamelodoon verbrannt. Die anderen Kamelodoone blökten unruhig, als sie weiterliefen.

Als die Dunkelheit endlich vollständig hereinbrach, erreichten sie den See. Das Ufer fiel flach zum Wasser hin ab und war sattgrün bewachsen.

„Jetzt ein Bad", stöhnte Barella sehnsuchtsvoll und sah Bandath an.

Niesputz flatterte heran. „Daraus wird wohl nichts werden, liebliche Zwelfe. So gerne ich dir auch beim Baden zusehen würde." Er nahm den ihm zustehenden Platz auf ihrer Schulter ein. „Sie waren hier, alle beide. Ich habe sogar die Spur des liegenden Fleischklopses entdeckt. Er muss also eingeschlafen sein. Aber jetzt ist er weg."

„Wie *weg*?" Korbinian half Ratz beim Absteigen.

„Eben weg. Nicht mehr da. Verschwunden. Sie haben sich aufgelöst. Davongeflogen. Wie auch immer. Es gibt keine Spuren, die vom Lagerplatz wegführen. Sie führen nur hin, aber dort ist niemand."

„Und wenn sie verbrannt sind wie das Kamelodoon?", fragte Korbinian angsterfüllt. In Gedanken war er bei To'nella.

„Nein." Ratz' Stimme klang klar und sicher. „Er hat sie. Er will, dass wir gehen. Sie leben, aber er lässt sie erst frei, wenn wir verschwinden."

„Du stehst mit ihm in Kontakt?" Bandath kletterte ebenfalls von seinem Kamelodoon.

„Nein. Ich ... ich weiß es einfach. Sie leben. Aber ich weiß auch, dass er mit dem Rest lügt. Er hat nicht vor, einen von uns am Leben zu lassen."

Bandath zuckte mit den Schultern. „Ich hatte sowieso nicht vor, ohne meine Freunde hier zu verschwinden."

Es stimmte, was Niesputz gesagt hatte. Natürlich stimmte es. Die Spuren von Rulgo, in der sternenübersäten Nacht gut zu erkennen, endeten hier. Beide waren ans Ufer gekommen. Barella konnte, wenn auch nur mit Mühe, sogar To'nellas Spuren sehen. Der Troll hatte hier im Gras gelegen, war wahrscheinlich sogar eingeschlafen. Und dann – nichts mehr. Es war, als wären sie in den Himmel geflogen.

Während die übergebliebenen Kamelodoone bis zu den Bäuchen im See standen und Unmengen an Wasser soffen, bauten die Gefährten das Lager auf. Zwischendurch fraßen die Tiere Schilf und soffen dann erneut. Barella wunderte sich im Stillen, dass der Spiegel des Sees nicht sank.

„Was bezweckt er damit? Kann er sich nicht denken, dass wir darauf nicht eingehen?" Jeder wusste, wen Bandath meinte.

„Warum schickt er nicht seine Sandmonster, um uns anzugreifen?" Theodil schmiss verärgert einen Ast in das Feuer, um das sie saßen.

„Weil er uns aufspalten will. Vereinzelt sind wir schwächer als alle zusammen", sagte Barella.

„Oder", ergänzte Niesputz, „weil er die Sandmonster für später aufheben will."

„Wer weiß, wie viele uns in der Stadt erwarten werden", knurrte Korbinian.

„Fünfzehn." Ratz starrte ins Feuer, als würde er die Antwort in den Flammen sehen.

„Bist du dir sicher?"

„Ja. Er hatte insgesamt zweiundzwanzig Monster geschaffen. Sieben hat Bandath getötet, zwei am Thalhauser Hof und fünf bei den Schwestern."

„Und wenn er sich neue schafft?"

„So einfach geht das nicht. Er braucht bis zu zwei Monde, um eines dieser Monster zu erschaffen."

„Wenn du alles weißt", Korbinians Stimme klang verärgert, „warum sagst du es uns nicht vorher?"

Ratz schüttelte den Kopf. Er schien selbst unzufrieden mit seinen Antworten zu sein. „Das geht so nicht. Es ist, als ob eine bestimmte Situation oder die richtige Frage von euch eine Tür bei mir aufstößt, hinter der dann die Antwort zu finden ist."

„Das heißt, wir müssen dir nur die richtige Frage stellen?"

Ratz nickte.

„Gut. Wo ist To'nella?"

„Falsche Frage." Der Gaukler wirkte niedergeschlagen. „So einfach funktioniert das nicht."

„Und jetzt?", ließ sich Niesputz von Barellas Schulter aus vernehmen. „Was machen wir jetzt?"

„Ihr ruht euch aus, bis Sonnenaufgang." Bandath erhob sich. „Da wir sowieso entdeckt worden sind, werde ich mich ein wenig magisch betätigen und eine schützende Kuppel über uns errichten."

„Oh!" Korbinian sprang nervös auf. „Erstens habe ich nicht vor, hier ruhig im Gras zu liegen, während der Dämon irgendwelche Sachen an To'nella ausprobiert und zweitens ... Bandath ... entschuldige, aber unter einer von dir gewebten Schutzkuppel ... ich weiß nicht ... so, wie du die Magie im Moment beherrschst."

„Das war ein Test." Bandath grinste.

„Das heißt, du willst gar keine Schutzkuppel errichten?"

„Nein. Es heißt, dass du schon lange unter einer Schutzkuppel sitzt. Ich wollte nur eure Reaktion testen."

Korbinian wurde blass und sah sich unsicher in der Luft über dem Lagerplatz um, konnte aber nichts erkennen.

„Es wird Zeit, dass ihr mir ein wenig vertraut." Bandath machte ein paar Schritte von der Gruppe weg. „Womöglich kommen wir in der Stadt in Situationen, in denen ihr ohne Rückfrage sofort auf eine Anweisung von mir reagieren müsst. Tut es einfach!"

„Regel Nummer eins. Ich sag's doch." Niesputz klang zufrieden.

„Wir waren also eine Art Versuchskaninchen, ohne es zu wissen?", fragte Korbinian missgestimmt.

„So kannst du es bezeichnen, wenn du willst. Und was To'nella *und Rulgo* angeht, so denke ich nicht, dass wir im Moment irgendetwas für sie tun können."

„Ihnen wird erstmal nichts passieren", unterstützte Ratz den Hexenmeister. „Er ist unsicher, was wir unternehmen werden. Und deshalb sind seine Gefangenen sicher vor ihm – vorerst. Seine ganze Aufmerksamkeit ist auf uns gerichtet."

„Morgen werden wir weitersehen." Bandath wandte sich an Ratz. „Weißt du schon Genaueres zu deiner Aufgabe?"

„Nein." Der Gaukler schüttelte den Kopf.

To'nella erwachte. Sie lag auf Sand, nasskaltem Sand. Und es war absolut dunkel. Selbst mit ihren guten Elfenaugen konnte sie nichts erkennen, nicht einmal die sprichwörtliche Hand vor den Augen. Sachte, ohne die Lage ihres Körpers zu verändern, tastete sie zuerst mit der einen, dann mit der anderen Hand die nähere Umgebung ab. Zugleich lauschte sie, konnte aber noch weniger hören, als sie sehen konnte. Stille und Dunkelheit. Neben ihr lag ihr Bogen, das Schwert hatte sie noch am Gürtel, der Köcher mit den Pfeilen befand sich ebenfalls da, wo er hingehörte. So weit, so gut. Messer und Wasserflasche waren auch da, noch besser. Sie nahm einen Schluck. Nichts von dem, was sie bei sich trug, als sie mit Rulgo unterwegs gewesen war, war verschwunden. Wie aber war sie hierhergekommen, wo immer das war?

„Rulgo?", flüsterte sie leise. Der Klang ihrer Stimme hallte nach, als ob sie sich in einem leeren Raum befände.

„Rulgo!" Lauter diesmal. Sie lauschte dem Hall nach. Ein großer Raum, zumindest hoch musste er sein.

Ihr Rufen nach dem Troll blieb ohne Antwort. War eigentlich auch klar. Selbst wenn er hier wäre, dann würde er nicht antworten. Es war stockdunkle Nacht und Rulgo schlief. Richtig, seine Atemzüge hätte sie hören müssen.

Vorsichtig richtete sie sich auf, lauschte und starrte in die Dunkelheit, jederzeit bereit, einen Angriff aus dem Nichts zu parieren. Aber es kam kein Angriff. Lautlosigkeit umgab sie.

Sie waren am See gewesen, Rulgo hatte sich hingelegt, als die Sonne unterging und sie wollte zu ihren Gefährten zurück. Dann war es dunkel geworden. Ihr Zeitempfinden, wie bei allen Elfen gut ausgeprägt, war durcheinander gekommen. Sie wusste, dass es noch Nacht war. Aber wie lange noch? Eine Stunde? Drei? Fünf?

Auf allen vieren tastete sich To'nella langsam vorwärts. Überall auf dem Boden derselbe nasskalte Sand. Einmal krabbelte etwas Glitschiges unter ihrer Hand weg und die Elfe schüttelte sich. Dann griff sie wieder in klebrigen Schleim. Ganz allein schien sie hier also nicht zu sein. Aber die unsichtbaren Bewohner der Dunkelheit flohen vor ihr.

Sie fand keine in der Finsternis versteckten Abgründe. Ihre Finger berührten glatten, kalten Stein. Eine Wand. Nach innen gekrümmt. Sie zog mit dem Messer eine Furche in den Sand und tastete sich an der Wand entlang vorwärts. Es hätte der Furche nicht bedurft, um festzustellen, dass sie sich im Inneren eines kreisrunden Raumes befand. So hoch sie auch tastete, sie konnte keine Tür entdecken, kein Fenster, keinen Sims. Sie war rundum eingeschlossen von Granitquadern, die eine massive Wand bildeten.

Nach diesem Exkurs setzte sie sich in die Mitte des Raumes, das Schwert neben sich im Sand, den Bogen über den Knien, einen Pfeil in der Hand und wartete. Sollte sie nur kurz ohnmächtig gewesen sein, so würde in fünf, spätestens in sechs Stunden die Sonne aufgehen. Gäbe es dann eine Veränderung in der Helligkeit, würde sie weitersehen.

To'nella war schon in so manch einer aussichtslos erscheinenden Situation gewesen. Und die erste Regel, die sich dabei bewährt hatte, war stets die gleiche geblieben: Nachdenken und nicht die Ruhe verlieren. Es gibt immer einen Weg da raus, wo man auch reingekommen ist.

Mitten in der Nacht erwachte Barella. Wolken hatten sich über der Oase zusammengezogen. Die magische Schutzkuppel über ihr glühte in einem orangefarbenen Licht. Weiße Entladungen krochen wie kleine Blitze über die Oberfläche. Es knisterte und knackte. Dann schlug ein Blitz ein. Nicht aus den Wolken kommend, sondern flach über den Wald war er heran gejagt. Ohrenbetäubender Donner rollte über den See. Bandath stand in der Mitte der Kuppel und hatte die Hände nach oben gereckt. An seinen Fingern leuchteten blaue Funken. Die Kette mit dem Borium hing frei auf seiner Brust. Der Kristall glühte. Ein zweiter Blitz leckte über die Schutzhülle, verästelte sich und versuchte, einzudringen. Mit urgewaltigem Donner folgte ein dritter Blitz, noch stärker als sein Vorgänger. Das Farbspiel variierte von Gelb nach Blau und weiter zu Rot. Flammenzungen leckten am unteren Rand des magischen Schutzschildes entlang und verbrannten das Gras.

Der Angriff dauerte länger als eine halbe Stunde, dann war mit einem Mal Ruhe. Bandath sackte erschöpft zusammen. Barella sprang auf und führte den Taumelnden zu seiner Lagerstelle. „Alles in Ordnung?"

„Wasser", krächzte er. Seine Stimme klang, als hätte er sich tagelang in der Todeswüste herumgetrieben, ohne einen Schluck trinken zu können. Die Zwelfe reichte ihm den Wassersack.

„Was war denn das?" Korbinian keuchte. Er hatte erst jetzt seine Sprache wiedergefunden.

„Der erste richtige Angriff des Dämonenfürsten", erklärte Niesputz. „Wir sind nicht umgekehrt, wie er wollte. Also hat er zugeschlagen."

„Und? Hat er seine ganze Kraft eingesetzt?"

„Nein." Noch immer krächzte Bandath. „Ich hatte den Eindruck, dass wir glauben sollten, es wäre seine ganze Kraft. Aber da steckt bedeutend mehr dahinter. Wahrscheinlich wollte er nur meine Fähigkeiten testen."

„Hast du deine ganze Kraft einsetzen müssen?" Theodil trank ebenfalls einen Schluck Wasser. Dass er Bandath so gierig trinken sah, machte ihn selbst durstig.

„Hätte ich meine ganze Kraft eingesetzt, würde ich jetzt nicht mehr stehen können." Endlich stöpselte er den Wassersack zu und räusperte sich. Seine Stimme klang fast wieder normal. „Ich habe versucht, den Eindruck zu erwecken, dass ich den Angriff gerade noch so abwehren konnte. Der morgige Tag wird die Entscheidung bringen. Ihr solltet jetzt wieder schlafen. Morgen werdet ihr eure Kraft brauchen."

Ohne auf eine Entgegnung zu warten, legte er sich auf seine Decke und fast sofort kündeten tiefe und regelmäßige Atemzüge davon, dass Bandath schlief. Der Rest der Gruppe wälzte sich jedoch auf ihren Lagern herum und fand kaum noch Schlaf.

„Aufstehen!", brüllte Niesputz vor Sonnenaufgang in Korbinians Ohr. Der Elf war dann doch noch eingeschlafen. „Nur der frühe Elf befreit seine Liebste!"

„Was soll denn das für eine Weisheit sein?", knurrte Korbinian und richtete sich auf. Bandath und Barella saßen bereits am Feuer. Auch Ratz und Theodil räumten ihre Sachen zusammen.

„Altes Ährchen-Knörgi-Sprichwort. Noch nicht gehört? Oh, wir haben eine ganze Reihe davon. Wenn du willst, kann ich bei Gelegenheit ein paar zum Besten geben. Ja?" Er sah zu Bandath und Barella. „Zum Beispiel hat meine Großmutter immer gesagt: Wer zu spät aufsteht, bekommt keinen Tee mehr."

„Du hattest eine Großmutter? Ich denke, du bist in Wirklichkeit gar kein Ährchen-Knörgi?"

„Sei doch nicht immer so kleinlich. Und überhaupt: Was heißt hier *in Wirklichkeit*? Was bitte ist denn die Wirklichkeit? Das, was du siehst. Oder? Und was schwebt hier vor deiner Nase in der Luft und redet mit dir? Ein leibhaftiges Ährchen-Knörgi. Und Ährchen-Knörgis haben

Großmütter. Punkt. Also, was soll das Gequatsche? Komm, wir wollen heute noch einen Dämonenfürst ganz gewaltig in den Allerwertesten treten."

Korbinian hockte sich zu den anderen ans Feuer.

„Wir sollten ihm nicht mehr allzu viel Ruhe gönnen", begrüßte Bandath den Elf. Ohne nachzufragen wusste Korbinian, dass Bandath den Dämonenfürst meinte.

Mittlerweile hatte sich auch Ratz zu ihnen gesellt und ließ sich von Barella die zweite Tasse Tee einschenken. Die erste hatte er verschüttet, als sie ihm aus der Hand geglitten war.

„Ich habe Angst um To'nella", gab Korbinian offen zu.

„Ja." Bandath trank einen Schluck. „Ich auch. Aber noch leben sie und sind unversehrt. Ratz sagt es und ich fühle es auch."

„Du *fühlst* es?"

„Das ist so ähnlich wie die Magie, die Sergio und Claudio angewandt haben, um Waltrude zu finden. Nur brauche ich keinen Gegenstand, um unsere Freunde zu finden. Mir reicht es, dass ich Rulgo und To'nella berührt habe. Als ich letzte Nacht auf euch aufpasste, vor dem Angriff des Dämons, habe ich bemerkt, dass ich es kann. Fast wie nebenbei. Allerdings noch nicht mit großer Genauigkeit. Aber ich kann jemanden aufspüren und auch herausbekommen, wie es ihm geht."

„Wo sind sie?"

„In der Stadt, irgendwo im Zentrum, ich vermute im Palast."

„Vielleicht ist es auch eine Falle und der Dämon will uns genau dorthin locken."

„Möglich. Vielleicht, weil er dort am stärksten ist", gab Bandath zu. „Auf jeden Fall sollten wir aktiv werden und seine Aufmerksamkeit auf uns lenken. Welche andere Alternative bliebe uns sonst?" Er schüttete den Rest des Tees ins Feuer. Es zischte. „Bisher haben wir nur reagiert. Wir haben uns gewehrt und auf den nächsten Angriff gewartet. Wir sollten anfangen, Druck auf ihn auszuüben." Er erhob sich, die anderen folgten seinem Beispiel.

„Und was willst du jetzt tun?"

„Wir müssen etwas machen, womit er nicht rechnet. Gleichzeitig aber muss es auch weiterhin so aussehen, als ob wir auf seine Angriffe reagieren, als ob er das Heft in der Hand hält. Lasst uns aufbrechen. Wir nehmen nur unsere Waffen mit, alles Überflüssige bleibt hier!"

„Haben wir denn einen Plan?" Korbinian war noch immer nicht zufrieden mit den Auskünften, die er erhielt.

Niesputz mischte sich ungehalten ein. „Plan? Klar. Wir gehen los, Bandath schafft uns die Sandmonster vom Hals und dann treten wir dem Dämon ganz kräftig in den Hintern!"

Korbinian strich sich die Haare aus der Stirn. „Das ist unser Plan? Hm. Und wenn er schiefgeht?"

„Dann tritt unser Reserveplan in Kraft."

„Reserveplan? Wie sieht der aus?"

„Das, lieber Elf, erfährst du, wenn es so weit ist. Und jetzt hör auf, uns Löcher in die Bäuche zu fragen und komm!"

Die Sonne ging auf und schickte ihr Licht durch mehrere winzige Löcher weit oben im Gemäuer. Tief unter den Löchern, im Dämmerlicht kaum zu erkennen, begann sich eine graue Masse zu regen. Es grunzte, dann schälte sich ein Kopf aus der Dunkelheit.

„Da brat mir doch einer einen Elf!", grummelte der Troll. „Wo bin ich denn gelandet?"

Verwundert schaute er sich um, musterte die glatten Steinwände, die sich aus dem Halbdunkel schälten und bis in die unerreichbare Höhe der Fenster ragten. Türlos präsentierte sich ihm die Mauer bis unter das Dach.

„Welcher betrunkene Drummel-Drache hat mich den hier abgelegt?"

Beinahe fugenlos reihten sich die Quader rund um ihn aneinander und übereinander.

„Hm." Rulgo erhob sich. „Das habe ich bestimmt diesem Dämon zu verdanken. Na warte." Er bückte sich und hob seine Waffe auf. „Wenigstens die Keule hat er mir gelassen."

Sein Blick glitt über die Quader. Er ging bis dicht vor die Wand, schnupperte, leckte am Fels und legte zum Schluss fast zärtlich seine Hand an den Stein. „Kühl, glatt, sauber geschnitten. Ein guter Granit. Wo haben die Erbauer diesen Stein denn mitten in der Wüste gefunden?"

Er griff mit seinen Fingern in eine Fuge. Es knirschte und kleine Steinbröckchen rieselten herab. Mit der bloßen Hand brach Rulgo eine Handvoll Stein aus der Mauer.

„Aber mit einem Taglicht-Troll aus den Drummel-Drachen-Bergen haben sie nicht gerechnet. Wir stammen in direkter Linie von den legendären Steintrollen ab, nahe Verwandte der sagenumwobenen Felsenrie-sen aus den Dunklen Tälern."

Rulgo brach problemlos ein zweites Stück Fels aus der Wand.

„Prima. Irgendwo ist jede Wand zu Ende." Er kicherte und dachte an Niesputz. „Alte Troll-Weisheit."

Dann machte er sich an die Arbeit.

Der Dämonenfürst

Als die Sonne aufging, erreichten die Gefährten die Stadtmauer. „Du hattest recht", sagte Bandath zu Niesputz. „Die Stadt sieht keineswegs aus, als wäre sie eine seit sechstausend Jahren verlassene Ruine."

„Natürlich hatte ich recht. Ich bin ein Ährchen-Knörgi. Ich bin Niesputz. Was erwartest du?"

Die Stadtmauer blendete sie mit dem strahlenden Weiß eines Putzes, der aus dem vorherigen Jahr hätte stammen können. Dreißig wehrhafte Schritte reckte sich das Bollwerk in den Himmel und die Türme legten noch einmal so viel oben drauf. Fast erwarteten die Gefährten, auf den Wehrgängen das Blitzen silbern polierter Helme und Speere der Stadtwache zu sehen. Oder zumindest ein Sandmonster. Aber da war nichts. Tot und still lag Cora-Lega vor ihnen. Bis auf die Wiesen vor der Stadtmauer und den im leichten Wind wogenden Grashalmen gab es keinerlei Lebenszeichen.

Rechts von ihnen gewahrten sie ein Stadttor – natürlich verschlossen. Zusätzlich war die Zugbrücke über den Stadtgraben hochgezogen worden. Das Wasser im Graben wirkte dunkel und trügerisch. Beiderseits des Tores drohten wehrhafte Türme, Erker und Söller den ungebetenen Besuchern. Ansonsten war von der Stadt selbst nicht viel zu sehen. Nur die perlmuttfarbenen Kuppeln des Palastes weit im Zentrum und dessen zentraler Turm, dünn und spitz, überragten die Zinnen.

Bandath hob die Hände, führte die Handflächen nahe zusammen und blies hindurch. Eine kaum sichtbare Scheibe Luft entstand und flimmerte zwischen seinen Fingerspitzen, als ob sie heiß wäre. Er stieß die Hände ruckartig nach vorn und die Luftscheibe zischte davon, genau auf die Zugbrücke zu.

„Als ob wir uns von so einem Mäuerchen aufhalten ließen." Niesputz grinste. „Da wir ja noch immer nicht fliegen können, weil ein gewisser Magier unter uns vor vielen Jahren den Kurs Levions-Zauberei abgewählt hat, müssen wir eben etwas unsanfter anklopfen."

„Das ist jetzt nicht der richtige Zeitpunkt, mit mir zu streiten!", zischte Bandath. „Und außerdem muss es Levitations-Magie heißen."

Die flimmernde Scheibe schoss auf die Ketten zu, die die Zugbrücke hielten. Sie durchschnitten die erste Kette, als wären sie weich wie eine Frühlingsbeerengrütze. Auch die zweite Kette setzte der Luft keinen Widerstand entgegen. Klirrend rutschten die Ketten nach unten. Die Zugbrücke aber bewegte sich nicht.

„Na?", fragte Barella. Bandath tippte vorsichtig den auf der Schulter der Zwelfe sitzenden Niesputz an. „Gib dem Tor einen Schubs."

„Aber sicher, mein Herr und Meister." Niesputz schoss davon.

„Äh, Bandath", meinte Korbinian. „Meinst du nicht, dass Niesputz ein wenig zu klein für solch eine Aufgabe ist? Ich meine, sieh dir doch diese Brücke mal an."

Bandath reagierte nicht. In der Zwischenzeit erreichte Niesputz die gewaltigen Bohlen, aus denen die Brücke gefertigt war. Sie war *wirklich* groß. Auf ihr konnten wahrscheinlich vier Kamelodoone nebeneinander in die Stadt marschieren, aber dazu musste sie erst einmal über dem Stadtgraben liegen. Als hätte er es mit einer Tür in seiner Größe zu tun, legte sich Niesputz mit der Schulter von innen gegen die oberste Bohle, die über die Stadtmauer hinausragte, und drückte.

„Komm schon!", stöhnte er. „Nun komm schon!" Dann flog er eine Handbreit zurück und trat im Takt seiner Schimpftirade gegen das Holz.

„Wenn du jetzt nicht endlich umfällst, du blödes Ding, dann werde ich ernstlich sauer."

Ein Krachen ertönte, als der Rost explosionsartig von den Scharnieren sprang. Dann knirschte es. Langsam zuerst, aber rasch schneller werdend, sauste die Brücke herunter und schmetterte in einer aufwirbelnden Staubwolke auf den gegenüberliegenden Rand des Stadtgrabens. Sie federte nach und blieb dann still liegen. Die Gefährten spürten den Boden vom Aufschlag vibrieren.

„Man könnte es als eine Art Anklopfen bezeichnen", sagte Barella.

Niesputz kam zurück und wischte sich zufrieden den Staub von der Hose. „Ab und an tut ein wenig körperliche Arbeit ganz gut. Man wird sonst nur träge und verfettet. Stimmt's, Bandath?"

Bandath atmete tief durch und beschloss, heute nicht auf die Sticheleien seiner Freunde einzugehen. Dann zischte er aufgeregt.

„Sandmonster!"

„Was ist mit dem Wasser?" Korbinian wies auf den Stadtgraben. Der Wasserspiegel sank plötzlich beängstigend schnell. „Er will uns das Wasser abgraben."

Bandath streckte die Hand aus und griff mit seiner Magie in den sich schnell leerenden Stadtgraben. Eine Wassersäule entstand. Fast doppelt so hoch wie die Stadtmauer und so breit wie das noch immer verschlossene Stadttor. Hinter der Brücke hatte sich nämlich ein Doppelflügeltor verborgen, das ihnen weiterhin den Zugang zur Stadt verwehrte.

Hinter ihnen näherten sich fünf Sandmonster aus dem Wald. Jedes hatte eine andere Gestalt, als hätte ihr Schöpfer sie aus mehreren Tieren zusammengesetzt. Da war ein Drache mit dem Schädel eines Elefanten, ein Kamelodoon auf langen, dünnen Beinen, ein riesiger Affe mit Adlerkrallen an Stelle der Hände und Füße und zwei ähnelten entfernt dem Pferdemonster, das sie am Thalhauser Hof besiegt hatten. Es schien fast so, als mache es dem Dämon Spaß, möglichst seltsame Karikaturen von Lebewesen zu schaffen.

Bandath vollführte eine komplizierte Geste und aus der Wassersäule über dem Graben schossen fünf armdicke Strahlen heraus, die die Sandmonster trafen. Sie schnitten sie entzwei oder trennten Gliedmaßen ab, die als nasser und nutzloser Sand auf dem Gras liegenblieben. Die Monster kreischten auf und fielen. Eines der Pferdewesen und der Drache brachen zusammen. Dem zweiten Pferdemonster wurde das Hinterteil abgetrennt. Es versuchte kreischend mit seinen Vorderbeinen weiterzulaufen und kroch mehr, als es lief, auf die Gefährten zu. Dem Kamelodoon hatte der Wasserstrahl die Beine abgeschnitten. Kopf und Rumpf lagen hilflos auf dem Boden. Mit seinen langen Hörnern riss es wütend Grasbatzen aus und schleuderte sie umher. Auch der Hinterleib des Affen lag in Form eines nassen Sandhaufens nutzlos hinter ihm. In seinem Bestreben, sich wieder zu vervollkommnen, schickte er unentwegt Sandwirbel in die Gegend. Einer dieser Sandwirbel traf den Vorderkörper des Pferdewesens und bevor beide Monster es sich versahen, verschmolzen sie zu einem einzigen. Brüllend und klagende Töne ausstoßend wollte jedes vorwärtsgehen und versuchte, das andere in seine Richtung zu zwingen.

„Mach ein Ende", sagte Barella und wies auf das makabere Geschehen. Bandath schickte weitere Wasserstrahlen zu den Monstern und die vergingen, wie eine Sandburg unter einer großen Welle.

Die Wassersäule neben dem Stadttor war um die Hälfte geschrumpft, das Wasser im Graben verschwunden. Bandath wandte sich wieder dem Stadttor zu, hob die Faust und schleuderte eine Feuerkugel gegen das mit Eisenbeschlägen gesicherte Tor. Sie traf den linken Türflügel und fetzte ein mehr als zwei Schritt großes Loch in das Holz. Qualmende Splitter und glühende Eisenreste ragten hervor und die Gefährten nahmen sich in Acht, als sie das Tor passierten.

„Du meine Güte", sagte Ratz bewundernd und meinte die Kraft der Feuerkugel. Die Holzbalken des Tores waren fast so dick, wie sein Unterarm lang war.

„Nicht wahr", sagte Niesputz neben ihm stolz, als wäre er für das Loch verantwortlich. „Wir sind *so* böse!"

Vor ihnen lag ein großer Platz, auf dem von rechts und links die erste Ringstraße mündete, breit und von Palmen gesäumt. Die Straßen waren gepflastert. Statuen wechselten sich mit den Palmen ab. Stattliche zwei- und dreigeschossige Häuser säumten Platz und Straße. Hinter dem Platz sahen sie die erste Querstraße, die zur nächsten Ringstraße führte. Niesputz sauste los, hoch über die flachen Dächer und kam fast sofort wieder zurück.

„Sandmonster", meldete er. „Mehr als zehn."

„Zehn?", rief Korbinian. „Das werden ja immer mehr statt weniger."

„Sie kommen von allen Seiten", ergänzte das Ährchen-Knörgi und wies in die Straßen.

„Er macht Fehler. Sehr gut", murmelte Bandath.

„Fehler?! Bist du verrückt? Zehn Sandmonster sind keine Fehler. Das ist ein eindeutiger Mordversuch!"

„Er könnte viel mehr", knurrte der Hexenmeister. „Das hat er in der letzten Nacht gezeigt. Er setzt alle verbliebenen Sandmonster gegen uns ein, obwohl er weiß, dass ihr Verlust ihn schwächt. Er wird ungeduldig, wütend. Allerdings weiß ich nicht, ob mein Schutzschirm diese Monster aufhalten wird."

„Ähem", hüstelte Korbinian. „Wir wollen mein neugewonnenes Vertrauen in deine Schutzschirme bitte nicht auf die Probe stellen. Ja?"

Bandath wandte sich an Niesputz. „Sind sie nur in der Stadt oder kommen auch welche von draußen?"

„Nur innerhalb der Stadtmauer", bestätigte das Ährchen-Knörgi.

Mit beiden Händen griff Bandath hinter sich in die Luft. Ein dicker Wasserstrahl schoss über die Stadtmauer. Er wickelte sich vor den Gefährten zu einer Spirale auf, die schneller und schneller rotierte, bis sie als in der Luft befindlicher Wasserstrudel vor ihnen wogte.

Nach einer Handbewegung von Bandath setzte sich die Wasserhose nach rechts in Bewegung und folgte dem gekrümmten Straßenverlauf, bis sie hinter der Biegung in etwa zweihundert Schritt Entfernung verschwand. Schon folgte ein neuer Strahl und eine zweite Wasserhose bewegte sich nach links.

„Das war's." Bandath sah nach vorn, wo gleich die Sandmonster erscheinen müssten. „Es ist kein Wasser mehr da. Weder im Stadtgraben noch unter der Stadt. Jedenfalls kann ich nicht darauf zugreifen."

„Bitte keinen Sturm, lieber Schwager", flüsterte Korbinian, aber niemand hörte ihn. Niesputz, der zu einem Erkundungsflug aufgebrochen war, kehrte zurück.

„Prima, du hast in der Ringstraße alle erwischt. Die vorn aus der Querstraße haben sich zurückgezogen und erwarten uns weiter hinten."

„Dann wollen wir sie nicht warten lassen", sagte Bandath und stapfte los.

„Sollten wir uns nicht vielleicht erstmal in den Häusern verschanzen?" Korbinian hielt inne. Tiefe Zweifel sprachen aus seinem Blick. Er machte einige Schritte auf den nächsten Hauseingang zu.

„Besser nicht", entgegnete Bandath. „Wir dürfen dem Dämon keine Atempause mehr gönnen. Außerdem solltest du dich nicht von uns entfernen. Sonst bist du nicht mehr unter dem Schutz meines magischen Schirms."

Korbinian bekam große Augen und beeilte sich, zur Gruppe aufzuschließen.

Sie liefen durch die erste Querstraße und sahen sich beim Einbiegen auf die nächste Ringstraße einer geschlossenen Phalanx aus Sandmonstern gegenüber.

„Oh je", sagte Niesputz.

„Und wir haben kein Wasser mehr", setzte Korbinian hinzu und sah Bandath ängstlich an.

Rulgo durchbrach die Mauer mit einem letzten Stoß seiner Schulter und fand sich in einem Gang wieder, der nach oben führte. Der Gang war zu niedrig für den Troll, weshalb er gebückt stehen musste.

„Das ist doch schon mal was", brummte Rulgo zufrieden. Mit langen Schritten, aufmerksam ins Halbdunkel spähend und lauschend, schritt er aufwärts. Er kam an mehreren Räumen vorbei, deren Ausstattung auf ehemalige Wachstuben hinwies. Es schlossen sich Zellen und noch mehr Wachstuben an. Er durchbrach weitere Granitwände und passierte Säle, die prunkvoll mit wuchtigen Säulen und Emporen ausgestattet waren. Er musste in dem Palast im Inneren der Stadt gelandet sein, wie auch immer der Dämon das angestellt hatte. Irgendwann endete der Gang vor einem stählernen Tor.

„Toll", brummte er und begann, sich mit seinen Händen durch den Fels neben dem massiven Tor zu graben. Wenig später durchbrach er sie und fand sich auf einer niedrigen Empore wieder, die rund um einen der Innenhöfe des Schlosses führte. Direkt auf der ihm gegenüberliegenden Seite erhob sich das Tor, das aus dem Palast herausführte. Kleinere Gebäude rechts und links begrenzten den Hof, auf dem ein gelangweilter Herrscher hunderte von steinernen Kriegerstatuen aufgestellt hatte.

Rulgo überlegte gerade, ob er zum Tor gehen und es öffnen sollte oder ob es besser wäre, sich erst ein wenig umzusehen, als eine der Statuen mit einem vernehmlichen Knirschen seinen Kopf zu ihm drehte.

„Oh", sagte der Troll. Irgendwo auf dem Hof nahm er eine weitere Bewegung wahr. Entschlossen hob er seine Keule. „Das nenne ich mal eine Herausforderung!"

To'nella hatte bei Sonnenaufgang ebenfalls die kleinen Fenster weit über sich entdeckt. Sie befestigte ein dünnes, aber äußerst haltbares Seil an einem Pfeil. Kurz darauf bohrte sich der Pfeil in einen Holzbalken über dem Fenster, wo er vibrierend steckenblieb.

„Elfen können von Natur aus gut klettern", murmelte sie, packte das Seil mit einer Hand und krallte sich mit der anderen in die kaum erkennbaren Ritzen zwischen den Felsquadern. Ebenso verfuhr sie mit den Füßen. Langsam, aber stetig arbeitete sie sich an der Wand empor. Elegant schwang sie sich oben in das Fenster, drehte sich und saß kurz darauf auf dem Sims. Sie löste den Pfeil aus dem Balken und wickelte ihr Seil wieder auf, während sie aufmerksam auf den Schlosshof spähte. Von ihrem hohen Standpunkt aus konnte sie die Hälfte der gesamten Anlage sehen. Ihr Gefängnisturm befand sich im zentralen Gebäudekomplex. Drei ähnliche Türme standen in ihrer Nähe, wurden aber von einem riesigen Schatten überdeckt – wahrscheinlich der zentrale Turm dieses Schlosses, den sie schon von Weitem gesehen hatten. Leider konnte sie ihn von ihrer Position aus nicht sehen, er lag hinter ihrem Turm. Direkt unter ihr befanden sich drei durch Quergebäude abgetrennte Schlosshöfe. Auf jedem Hof standen mehr als einhundert Kriegerstatuen. Auch auf den Mauern des Schlosses, besonders in der Nähe des Tores befanden sich überaus viele dieser steinernen Exemplare.

Sie ließ den Blick über die Stadt schweifen. Auch auf den flachen Dächern der Stadt erkannte sie die Kriegerskulpturen. Hm, das war seltsam. Und noch etwas war „nicht normal" (wenn die Bezeichnung „normal" überhaupt auf irgendetwas innerhalb der Stadtmauern angewandt werden konnte): Es sah aus, als würden mehrere eng begrenzte Wirbelstürme durch die Straßen toben. Bandath war im Anmarsch. Nun, vielleicht konnte sie ihn von hier drinnen irgendwie unterstützen. Sie verknotete das Seil innen am Dachgebälk. Als sie den Fluchtknoten knüpfte, musste sie an ihren Disput mit Korbinian vor den Mauern Pilkristhals denken. Ein Lächeln stahl sich auf ihre Lippen, ein Lächeln, das so gar nicht zu ihren schroffen Bemerkungen dem Elfen gegenüber passte. Sie ließ das Seil außen am Turm herab und begann den Abstieg.

Nachdem Bandath ein knappes Dutzend kleiner Wirbelwinde geschaffen hatte, die selbstständig durch die Straßen fegten und Jagd auf Sandmonster machten, begab er sich mit seinen Gefährten zügig in Richtung Palast.

In der Querstraße vom dritten zum vierten Ring schrie Ratz plötzlich auf und wurde nach hinten geschleudert. Zuerst glaubten sie an eine seiner Ungeschicklichkeiten, doch dann sahen sie den sich ausbreitenden Blutfleck auf dem linken Ärmel und den Armbrustbolzen, der in seinem Oberarm steckte. Sofort zogen sie sich an eine Hauswand zurück und Bandath verstärkte fluchend die Schutzkuppel. Er hatte mit magischen Angriffen gerechnet, nicht mit dem Beschuss durch Pfeil und Bogen oder Armbrüste. Ratz hatte Glück gehabt. Der Bolzen steckte so weit in seinem dünnen Arm, dass die Spitze mit dem Widerhaken auf der anderen Seite herausschaute. Barella sagte ihm das – und dass sie den Bolzen herausziehen würde.

„Das nennst du Glück? Du ziehst mir einen Armbrustbolzen durch den Arm und ich soll froh darüber sein?"

Korbinian zog ein Messer. „Wir könnten ihn auch seitlich heraus-schneiden. Ich habe das schon einmal bei einem Freund von mir ge-macht."

Ratz stierte mit großen Augen auf das Messer. „Herausschneiden?", stöhnte er tonlos.

„Du hattest Freunde?", zischte Barella ihren Bruder an und zog mit einem Ruck an der Spitze des Bolzens. Ratz schrie auf, aber da hatte Ba-rella das Geschoss schon längst achtlos fallen lassen. Mit einem weißen Tuch, das sie aus ihrer Tasche gezaubert hatte, verband sie den Arm des Gauklers.

„Danke für die Ablenkung", sagte sie zu Korbinian und erhob sich.

„Keine Ursache."

„Es wird wehtun und ein wenig bluten." Sie half Ratz hoch. „Aber es ist nur eine Fleischwunde, kein Grund zur Besorgnis."

„Das …", keuchte Ratz und sah den Elfen an, „… das war ge-mein … aber gut. Danke."

Barella und Korbinian grinsten. Obwohl der Elf viel größer als die Zwelfe war, konnte man in diesem seltenen Moment der Einigkeit in ih-ren Gesichtern die Ähnlichkeit erkennen, die sie von ihrem Vater geerbt hatten.

In der Zwischenzeit hatten Bandath, Theodil und Niesputz die Dächer der Umgebung ausgespäht. Die Straßen waren leer und die Fenster der Häuser geschlossen. Nur von oben konnte geschossen worden sein. Niesputz war unmittelbar nach dem Schuss nach oben gesaust. Zeitgleich mit seinem Warnruf blieb ein weiterer Armbrustbolzen im Schutzschild wie in einer unsichtbaren Holzwand stecken. Theodil zeigte auf ein Dach, drei Häuser vor ihnen. Hinter der hüfthohen Brüstung des Flach-daches, das wie bei allen anderen Häusern eher einer unvollendeten Eta-ge ähnelte, sahen sie einen silberglänzenden Helm.

„Es scheint also doch Soldaten hier zu geben", murmelte Korbinian, langte nach seinem Bogen, legte einen Pfeil auf und zielte. Dann ließ er den Bogen wieder sinken und sah Bandath an. „Bleibt mein Pfeil von innen in deiner magischen Kuppel stecken?"

„Gut, dass du das sagst." Bandath hob die Hand und bläuliche Funken krochen knisternd über die flimmernde Luftschicht, die die innere Grenze der fast unsichtbaren Schutzkuppel darstellte.

„Jetzt nicht mehr."

Erneut spannte Korbinian den Bogen und zielte. Niesputz sauste von der Seite heran und knallte vor den Helm des Soldaten. Irritiert richtete der sich auf. Die Sehne an Korbinians Bogen surrte und der Pfeil bohrte sich tief in den glänzenden Brustharnisch des Mannes. Der war ansonsten komplett in eine weiße, wallende Tunika gekleidet, die sogar sein Gesicht bedeckte. Nur der Brustharnisch, der Helm und der breite Gürtel mit dem gewaltigen, gebogenen Schwert glänzten silbern. Er senkte den Kopf und betrachtete den Pfeil in seiner Brust. Seine Hand, mit einem schwarzen Handschuh bekleidet, griff nach dem Pfeil und brach das herausschauende Ende ab. Die Armbrust fiel polternd auf den Boden. Er zog das Schwert, stützte sich mit der freien Hand auf der Balustrade des Daches ab und sprang ungeachtet der Höhe darüber. Staub aufwirbelnd landete er unten auf der Straße, federte die Wucht nur kurz in den Knien ab.

Korbinian jagte dem Krieger einen zweiten Pfeil in die Brust, gleich neben den ersten, der aber ebenso wirkungslos sein Ziel traf wie das vorherige Geschoss.

„Das gibt's doch gar nicht", murmelte Korbinian.

„Das ist kein echter Krieger, das ist ein Geschöpf des Dämonenfürsten." Bandath hob die Hände und schleuderte dem Wüstenkrieger eine Feuerkugel entgegen. Der Feuerball raste über den Krieger hinweg und zerplatzte an der Hauswand dahinter. Die weiße Tunika glimmte und qualmte an drei oder vier Stellen, brachte ihn aber nicht zu Fall.

„Hm. Wollen doch mal sehen, wie dem komischen Vogel eine Zwergenaxt schmeckt. Der gehört mir!", rief Theodil, zückte seine Waffe und rannte auf den Krieger zu. Jetzt erwachte der Krieger aus seiner Erstarrung und rannte mit langen Schritten dem Zwerg entgegen. Klirrend prallte dessen Schwert auf die Zwergenaxt. Theodil zog kurz an seiner Waffe, verdrehte den Stiel etwas und hakte das Schwert zwischen Axtstiel und der geschwungenen Klinge seiner Waffe fest. Mit einem kräftigen Ruck entwand er seinem überraschten Gegner das Schwert, das im hohen Bogen davonflog.

„Den Trick habe ich von meinem Großvater gelernt", rief Theodil, holte mit der Axt weit aus und schlug nach den Beinen des Wüstenkriegers. Die lange Tunika bauschte auf, als die Axt ungehindert unter dem Brustharnisch hindurchsauste. Es sah aus, als würde Theodil mit einem Bettlaken kämpfen, das Waltrude zum Trocknen auf die Leine gehängt hatte.

„Das ist ein Gespenst!", rief er wütend, nutzte den Schwung der Axt aus, um sie hochzureißen und in einer fließenden Bewegung gegen den Brustharnisch zu führen. Der Schlag kam zu schnell und zu unerwartet für den Krieger. Von der Wucht des Hiebes wurde er zu Boden gerissen. Sofort sprang Theodil auf die Brust seines Gegners, riss die Axt aus dem Harnisch und köpfte den Liegenden. Der Geist verging in einer Wolke grünlichen Nebels. Nur Brustharnisch, Helm und Gürtel blieben auf der Straße liegen.

„Es war der Kopf", rief Theodil und riss triumphierend seine Axt hoch. Im selben Moment klirrte ein Armbrustbolzen gegen die Schneide.

„Hierher!", schrie Bandath.

Im Zickzack rannte Theodil zurück zu seinen Freunden. Rund um ihn schlugen Armbrustbolzen in das Pflaster der Straße und sprengten kleine Granitsplitter aus den Steinen. Mit einem Hechtsprung katapultierte sich Theodil zwischen seine Gefährten. Bandath hatte den Schutzschirm für den Zwerg kurz zusammenfallen lassen und errichtete ihn neu, noch bevor Theodil zu seinen Füßen auf das Pflaster krachte. Hinter ihm blieben drei Armbrustbolzen in der Luft hängen.

„Der Kopf also", murmelte Korbinian. Er zielte erneut auf ein Flachdach. Dem Surren der Sehne folgte kurz darauf das Poltern eines Helmes, der auf den Boden fiel. Eine grüne Nebelwolke stieg auf. „Na also. Geht doch."

Barella stellte sich neben ihren Bruder und gemeinsam beschossen sie die Wüstenkrieger.

„Kommt weiter", sagte Bandath. „Ich muss in den Palast."

„Ich auch." Ratz stand auf und hielt sich mit der Hand den verletzten Oberarm. „Und zwar schnell."

Der Hexenmeister sah ihn an und nickte.

Niesputz kam zurück. „Spart eure Pfeile. Von hier bis zum Palast wimmelt es auf den Dächern nur so von diesen Kriegern."

„Ich kann den Schirm auch weiterhin aufrechterhalten. Wir müssen nur zusammenbleiben."

„Dann los!" Barella ließ den Bogen sinken. Die Gruppe löste sich aus dem Schatten des Hauses und bewegte sich die Straße entlang. Gut ein Dutzend Armbrustbolzen schlugen in den Schirm ein. „Es ist, als ob sie hoffen, Bandath damit zu schwächen." Korbinian sah den Zwergling prüfend an. Kleine Schweißtropfen standen auf dessen Stirn. Der Elf wünschte, sie kämen von der Hitze und nicht von der magischen Anstrengung, denn mittlerweile schien die Sonne kräftig und es wurde warm in den Straßen. Sie verließen die Querstraße und bogen auf die Ringstraße Nummer vier ein. Weitere vier Ringstraßen lagen noch vor ihnen, wobei die letzte direkt an die freie Fläche grenzte, die die Schlossmauer umgab.

Barella konsultierte die Karte. „Dort lang!", rief sie und wies nach rechts. Wie überall wurde die Ringstraße von Palmen und Statuen gesäumt. Je näher sie dem Zentrum kamen, desto prachtvoller wurden die Straßen. Sowohl der helle Granit des Straßenpflasters glänzte in der Sonne als auch der Marmor der Statuen und der Häuser, der dem weißen Putz gewichen war. In der fünften Ringstraße waren die Gebäude sogar noch prachtvoller. Vier- und fünfgeschossige Häuser aus glänzend weißem, mit hellroten Schlieren durchzogenem Marmor standen hier, auf deren Flachdächern sich die Wüstenkrieger tummelten. Nur die hässlich mit Ziegeln zugemauerten Fenster und Türen wiesen darauf hin, dass in diesen Häusern Menschen eingemauert worden waren.

„Was meint ihr", fragte Theodil Korbinian und Barella, die immer dann einen Pfeil abschossen, wenn sich ihnen ein gutes Ziel bot. „Wie viele Menschen sind hier damals eingemauert worden?"

Barella zuckte mit den Schultern. „Wenn man den Sagen glaubt, so zwischen drei- und fünftausend."

„Viertausendfünfhundertdreiundachtzig", warf Ratz ein.

„Viertausendfünfhundert?!", rief Theodil und seine Stimme schwankte zwischen Erstaunen und Wut. „Was für ein kranker Kaiser muss das gewesen sein!"

Wahrscheinlich lag es an der Umsicht des Zwergs, dass er die nächste Gefahr bemerkte. Eine der Statuen auf der Straße, ein gewaltiger Krieger, bewaffnet mit einer riesiger Lanze und einem Schild, drehte seinen Kopf in ihre Richtung.

„Oh oh! Jetzt wird auch noch die Straße lebendig."

Der steinerne Kopf der Statue zerplatzte unter der Trollkeule zu weißem Staub und winzigen Splittern. Polternd fiel der leblose Torso auf das Pflaster.

„Gut", knurrte Rulgo, holte aus und zerschmetterte den nächsten steinernen Krieger. Er würde sich quer über den Hof seinen Weg zum Tor bahnen und es öffnen. Vielleicht liegt ja dahinter die Stadt, dachte er. Und irgendwann würden seine Freunde kommen. Er packte die Keule fester mit beiden Händen und begann, Hiebe nach allen Seiten austeilend, den Hof zu durchqueren. Anfangs mähte er sich problemlos durch die Krieger, standen die Skulpturen doch bewegungslos in der Sonne. Bald jedoch schien es, als würde eine Art langsames Erwachen durch die Reihen gehen. Er sah Bewegungen, die sich wie eine Welle von Krieger zu Krieger fortpflanzten. Köpfe auf steinernen Hälsen wandten sich ihm zu, Speere senkten sich und Schwerter wurden gehoben. Dann kam der erste Schritt eines Kriegers in seine Richtung. Rulgo lebte auf. Das hier war endlich etwas nach seinem Geschmack.

To'nella beobachtete Rulgos Kampf gegen die erwachende Armee aus Stein von der Zinne der Mauer aus, auf der sie hockte. Dort unten würde sie ihm nichts nützen, wäre wahrscheinlich eher sogar seiner sausenden Keule im Weg. Sie bewunderte, mit welcher Geschwindigkeit und Eleganz dieser grobe, grauhäutige Klotz seine Keule auf die Köpfe der gegen ihn vordringenden Soldaten krachen ließ. Im alltäglichen Leben wirkten Trolle tollpatschig und träge. Beobachtete sie Rulgo jedoch jetzt, dann konnte sie erkennen, warum sich die Elfen viele hundert Jahre lang in den erbitterten Kriegen gegen die Trolle um das Umstrittene Land aufgerieben hatten. Es war nicht so, dass sie Rulgo auf Anhieb hatte leiden können. Trolle und Elfen sind einfach zu verschieden und die über Generationen währende Feindschaft beider Völker hatte auch vor ihr nicht Halt gemacht. Ihr Vater hatte die Riesengras-Ebenen verlassen, nachdem er an seinem ersten Kampf gegen die Trolle teilgenommen hatte. Er war kein Feigling gewesen, beileibe nicht. Allein die Tatsache, sein Volk aus Protest gegen diesen unsinnigen Krieg zu verlassen, zeugte von mehr Mut, als Generationen von Elfen gezeigt hatten. Und diesen Mut, aber auch die ablehnende Einstellung zu diesem unsinnigen Krieg, hatte er versucht, seinen Töchtern zu vermitteln. To'nella nahm für sich selbst in Anspruch, nach diesen Grundsätzen zu leben. Was nicht hieß, dass sie keine Gewalt einsetzte, wenn sie es für nötig hielt. Manchmal brauchte es neben Worten auch ein Schwert und einen Bogen. So wie jetzt.

Es glich mehr einem Tanz als einem Kampf, was Rulgo unten im Hof aufführte. Sie bewunderte es, bis sie aus den Augenwinkeln eine Bewegung auf der Mauer wahrnahm. Zwei Krieger in weißen Gewändern positionierten sich und legten mit Armbrüsten auf Rulgo an. Sie hatten die Elfe bisher nicht bemerkt. Langsam griff sie nach ihrem Bogen, legte einen Pfeil auf und zielte.

Bandath schickte erfolglos eine Feuerkugel gegen den steinernen Krieger. Niesputz sauste los, knallte Funken sprühend gegen den Kopf der Statue und landete auf dem Pflaster der Straße. Er schüttelte den Kopf und griff sich an die Stirn. „Oh man, ich fühle mich wie nach drei Krügen schlechten Trollbieres."

„Konzentriere du dich auf die Geister oben auf den Dächern!", rief Bandath. Niesputz hatte eine sehr erfolgreiche Taktik entwickelt, um sie in grünen Dunst aufzulösen und somit ihren Beschuss zu unterbinden. Er flog ihnen mit voller Wucht durch den Kopf, drang dabei durch den Augenschlitz ein, den die Helme besaßen.

„Jetzt könnten wir Rulgos Keule gebrauchen", knurrte Korbinian.

„Dann sollten wir uns schleunigst auf dem Weg zu ihm machen." Bandath machte eine komplizierte Handbewegung und hinter einer Häuserecke kam lärmend eine Gruppe Schwert schwingender Zwerge gerannt.

„Wo kommen die denn her?", rief Theodil, erfreut über die unerwartete Unterstützung.

„Phantome", sagte Bandath und ließ die Zwerge anhalten, als ob sie gerade eben erst den steinernen Krieger entdeckt hätten. Die Statue machte einen Schritt in Richtung der Zwerge. Es war, als müsse sie dabei erst den steinernen Widerstand in ihren Gelenken überwinden.

„Gut", murmelte Bandath, „lasst sie eine Weile spielen. Wir müssen schneller vorwärtskommen."

Sie rannten los. Hinter ihnen setzte der Krieger den Phantom-Zwergen nach, die sich lärmend in die entgegengesetzte Richtung bewegten.

Im selben Moment, als sie unter stetigem Beschuss und weiteren sich bewegenden Statuen die vorletzte Ringstraße erreichten, blieb Bandath so abrupt stehen, dass die anderen auf ihn aufliefen.

„Was ist?" Barella sah sich um. „Neuer Ärger?"

„Kein Wind von allen Seiten", flüsterte der Zwergling. Wirklich. Der stetige, leichte Wind, der sie begleitete, seit sie die Wüste betreten hatten, war völlig abgeflaut.

„Seht euch doch mal diesen Himmel an", rief Theodil.

Niesputz kam angesurrt. „Was ist jetzt wieder los?"

Das Blau des Himmels hatte eine fast bleierne Farbe angenommen. Die Sonne erschien ihnen wie ein fahlgelber Käse. Ihr Licht war blass und kraftlos. Irgendwo vor ihnen in der Luft erschien ein Riss. Es war, als würde sich das Gefüge der Welt öffnen. Grüne Flammen züngelten am Rand des Nichts. Heulend strömte Luft in diesen Riss wie in einen leeren Raum. Der plötzliche Sturm zerrte an ihren Kleidern, zerzauste ihnen die Haare und wirbelte Sand auf, der auf diesen Riss zugetragen wurde.

„Was ist das?", schrie Barella.

Bandath schüttelte den Kopf. „Zu früh!", rief er, riss beide Arme hoch und schickte zwei lange Blitze nach oben. Gleich schlanken, beweglichen Fingerverlängerungen stellten die Blitze eine Verbindung zwischen seinen Händen und den Rändern des Loches her. Das Knistern übertönte sogar den heulenden Lärm des Sturmes. Bandath kniff die Augen zusammen. Zwischen seinen Lippen erschien die Zungenspitze und Schweiß perlte auf der Stirn. Er klatschte in die Hände und die Blitze verschlossen den Riss. Schlagartig erstarb der Sturm und alle taumelten einen Moment, als das Zerren an ihren Körpern aufhörte. Nur Ratz konnte sich nicht halten und krachte stöhnend auf seinen verwundeten Arm.

Auch Bandath ächzte. Er beugte sich nach vorn und stützte die Hände auf die Knie. Barella legte eine Hand auf seine Schulter. „Was war das?", wiederholte sie die Frage. Bandath schüttelte nur erschöpft den Kopf.

„Der Dämon hat versucht, in die Welt zu gelangen", erklärte Niesputz an seiner Stelle.

„In die Welt?" Korbinian sah ratlos von einem zum anderen. „Ich dachte, er ist schon längst da. Wie soll er denn noch mal ‚in die Welt' gelangen?"

„Der Dämon existiert. Das ist richtig." Niesputz surrte zu Bandath und ließ sich auf dessen Schulter nieder. „Aber er ist nicht von unserer Welt. Er existiert außerhalb all dessen, was wir sehen und hören können. Irgendwo außerhalb unserer Welt gibt es andere Welten. In einer von ihnen lebt der Dämon. Und er hat einen Übergang geschaffen, um hierherzugelangen. Was hattest du für ein Gefühl, als du in den Riss geschaut hast? Was hast du dort gesehen?"

Korbinian zögerte, als wäre ihm die Erinnerung daran unangenehm.

„Das war … schwarz. Aber eine ungewohnte Schwärze, eher so wie … nichts. Ein falsches Nichts. Mir wurde übel, als ich da hineinsah."

„Du hast einen Blick in seine Welt getan. Ich denke, er wollte einen Übertritt vollziehen. Er wollte in unsere Welt kommen. Und dann wäre es wirklich böse geworden, wirklich böse."

„Es war zu früh für ihn, wie auch für uns." Bandath atmete noch immer schwer, richtete sich aber wieder auf. „Wir müssen noch etwas erledigen, bevor ich einen Übertritt endgültig verhindern kann."

„Der Übertritt war von Anfang an sein Plan." Ratz bestätigte die Erklärung von Niesputz. „Vielleicht haben wir mit unserem Auftauchen diesen Übertritt nur ein wenig … nun sagen wir mal, beschleunigt."

„Ist das jetzt gut oder schlecht?" Korbinian kratzte sich an der Nase.

„Gut für uns, schlecht für ihn. Es war zu früh. Er war noch nicht richtig vorbereitet und es hat ihn wahrscheinlich geschwächt. Andererseits weiß er jetzt, was Bandath kann. Es bleibt aber weiterhin sein Wille, in unsere Welt zu kommen. Er wird es also noch einmal versuchen. Wir müssen das auf jeden Fall verhindern. Und ich weiß jetzt auch, wie."

Alle sahen ihn an.

„Und?", fragte Korbinian dann, als der Gaukler schwieg. „Lässt du uns an deiner Weisheit teilhaben?"

„Dazu müssen wir in die Spitze des Turmes." Ratz wies auf den schlanken Turm in der Mitte des Palastes, der sich deutlich hinter der nächsten Häuserreihe erhob.

„Na, wenn das alles ist."

To'nella hatte die beiden Armbrustschützen erledigt. Die Pfeile, die sie ihnen in den Rücken gejagt hatte, zeigten zu ihrer Verwunderung keinerlei Wirkung. Es folgte ein kurzes Gefecht, in dem die Armbrustbolzen und die Pfeile zwischen To'nella und ihren Gegnern hin und her zischten. Eher durch Zufall erkannte die Elfe schließlich, dass sie diese seltsamen Wüstenkrieger nur durch einen gezielten Schuss in den Kopf erledigen konnte. Diese Erkenntnis musste sie allerdings mit einem Treffer bezahlen. Der Bolzen steckte tief in ihrem Oberschenkel und die Wunde blutete. Zum Glück war aber keine größere Ader verletzt worden. Nach einem Blick auf einen der herumliegenden Armbrustbolzen ließ sie ihren in der Wunde. Das Geschoss hatte an seiner Spitze ein paar beweglich angebrachte Dornen. Würde sie es herausreißen, dann würde sie die Wunde im Oberschenkel extrem vergrößern. Zum Herausschneiden bliebe später noch Zeit. Sie riss sich ein Stück Stoff von ihrer Bluse ab und verband die Wunde.

Unten auf dem Hof kämpfte Rulgo noch immer gegen die steinernen Krieger. Er schien sich den Weg zum Tor freischlagen zu wollen. Allerdings strömten jetzt unentwegt weitere Krieger aus einem Haus und drängten gegen den Troll. Dessen Vormarsch war ins Stocken geraten. Wenn sie ihm helfen könnte, dann würde er bis zum Tor kommen und es von innen öffnen. Noch konnte sie kein Zeichen des Ermüdens bei Rulgo erkennen, aber bei der Menge an Feinden war das nur eine Frage der Zeit.

Im selben Moment nahm der Himmel eine bleigraue Färbung an. Erschrocken sah sich die Elfe um. Über der Stadt, vielleicht eine oder zwei Häuserreihen entfernt, konnte sie etwas Schwarzes sehen, dicht über den Dächern schwebend. Wind kam auf, heftig und heulend. Dann schossen Blitze zwischen den Häusern hervor und verschlossen die schwarze Öffnung. Der Wind flaute ab und das normale Blau kehrte an den Himmel zurück.

„Bandath", flüsterte sie. Sie waren schon so nah. Irgendwo weit hinter der Stelle, an der sie Bandath vermutete, stieg Staub aus den Straßen auf. Was war das? Aber darum musste Bandath sich kümmern. Sie eilte auf der Mauer entlang, so schnell es ihr verletzter Oberschenkel zuließ. Ein Stück weiter führte ein Bogengang auf das Dach des Hauses, aus dem die steinernen Krieger auf den Hof eilten. To'nella humpelte über den Bogengang und hastete zu einer Luke. Im Inneren des Hauses gelangte sie auf eine Galerie, die rings um das Haus führte. Keine Wände behinderten den Blick zur anderen Seite. Unter ihr bildete das Gebäude einen überdachten Innenhof, auf dem sich die Steinsoldaten vorwärtsdrängten. Sie strömten aus einem schwarzen Loch in der Wand, stapften durch das ganze Haus und verschwanden durch die Tür zum Schlosshof. Rund um den Innenhof standen mächtige Monumente aus Granit. Sie stellten wohl Nachbildungen von Kreaturen dar, die einst in der Wüste gelebt hatten. Die Elfe erkannte einen dem Bartgeier ähnlichen Vogel, aufrecht stehende Sandwürmer und Wüstenelefanten. Ihr kam eine Idee. Vorsichtig kletterte sie über die Balustrade, die die Galerie in der Nähe des schwarzen Loches abgrenzte. Direkt vor ihr ragte die Skulptur eines Sandwurmes auf. Sie stemmte sich mit dem Rücken gegen die Balustrade und den Beinen gegen den Wurm. Dann drückte sie. Der Wurm bewegte sich eine Winzigkeit und schwang zurück. Prima, es könnte klappen. Erneut drückte sie mit aller Kraft, ließ den Wurm zurückkippen und drückte wiederholt, als er von ihr weg schwang. Langsam stieg der Pegel, in dem der steinerne Koloss vor und zurück kippte, weiter und weiter. To'nella stöhnte. Die Wunde am Oberschenkel machte ihr zu schaffen. Dann war es soweit: Ein letztes Mal schwang der Wurm zurück und verharrte den Hauch eines Augenblicks auf dem Gipfelpunkt seines Schwunges. Schließlich fiel er. Mit einem mächtigen Krachen landete er auf dem Boden, zersprang in mehrere Teile und versperrte das Loch, aus dem die steinernen Krieger quollen. To'nella schnaufte und quälte sich über die Brüstung zurück auf die Balustrade. Sie fiel auf den Boden und keuchte vor Schmerz. Mühsam rappelte sie sich hoch und blieb wankend stehen.

In diesem Moment traten zwei in weiße Burnusse gekleidete Wüstenkrieger hinter einer Säule hervor. Ihre stählernen Säbel blitzten bedrohlich. Die Elfe lehnte sich gegen die Balustrade und atmete erschöpft aus. „So ein Mist!"

Der endlos erscheinende Strom der steinernen Krieger ließ allmählich nach. Rulgo schwang seine Keule fleißig weiter und konnte sich schließlich wieder bewegen. Er stapfte über den Haufen Steine, der sich rund um ihn angehäuft hatte, drosch wütend auf die letzten Steinköpfe ein und trabte zum Tor. Es wurde Zeit, das hier zu beenden. Seine Arme zitterten von der Anstrengung, als er endlich die Keule sinken lassen konnte. Er gönnte sich einen Blick zurück. Über den gesamten Hof verteilt kündeten die zerborstenen Krieger von seinem Kampf. Was für eine Schlacht! Ha, das hätte mal das Elflein sehen sollen.

Der Troll ging zum Tor und zerschmetterte mit einem Schlag den Riegel, der das Tor von innen verschloss. Einer der Flügel schwang ein wenig auf. Im selben Moment drang ein Schrei an seine Ohren. Rulgo fuhr herum und musterte die Gebäude. Wenn er sich nicht täuschte, musste das To'nellas Stimme gewesen sein. Erneut erklang der Schrei, erschöpft und wütend zugleich. Er war aus dem Haus erklungen, aus dem bis eben noch die Steinkrieger herausgekommen waren. Rulgo ließ vom Tor ab und hetzte zum Ursprung des Schreies. Tief musste er sich bücken, als er seine vierschrötige Gestalt durch die Tür zwängte. Im Inneren des Hauses brauchte er einen Moment, bis sich seine Augen an das Dämmerlicht gewöhnt hatten. Dann sah er die Elfe. To'nella stand auf der Balustrade mit dem Rücken an der Wand und setzte sich gegen einen Wüstenkrieger zur Wehr, der heftig mit dem Schwert auf sie eindrang. Sie blutete aus einer Wunde am Bein. Ihren linken Arm hielt sie an den Körper gepresst. Auch er war blutig. Rulgo stürmte vor. Hinter ihm sauste ein Schatten von der Balustrade. Bevor der Troll sich wappnen konnte, drang ihm ein Schwert in die Hüfte. Rulgo brüllte auf und fiel zur Seite. Ein weißgewandeter Wüstenkrieger sprang nach vorn und erhob das blutige Schwert zu einem letzten Schlag.

Niesputz schloss von hinten zur Gruppe auf.

„Das ist der Zeitpunkt, an dem wir eine mächtig große und feste Mauer zwischen uns und unsere Verfolger bringen sollten. Und zwar schnell!"

„Warum?", rief Korbinian und schoss einen Pfeil auf einen Wüstenkrieger, der sie mit Armbrustbolzen eindeckte. Der Krieger verging in einer Wolke grünen Nebels.

„Das willst du nicht wirklich wissen. Ich habe einen Blick nach hinten geworfen." Er wies auf eine Staubwolke, die sich hinter ihnen erhob. „Es reicht, wenn ich dir sage, dass wir verfolgt werden. Und Feuerkugeln oder Elfenpfeile helfen da genauso wenig wie Phantomzwerge oder Theodils Axt."

Korbinian drehte sich um. Hinter den Häusern reckten sich drei Insektenbeine in die Luft. Jedes von ihnen war so dick wie Rulgo und lang genug, dass sie bis über das Dach der drei- und vierstöckigen Häuser reichte. Sie endeten in Klauen, die Korbinian einen Schauer über den Rücken jagten. Der Körper dieses Rieseninsektes war noch nicht zu sehen. Er musste gigantisch sein, größer als alles, was sich ihnen bisher in den Weg gestellt hatte.

„Niesputz hat recht!", rief er aufgeregt.

Bandath wies nach vorn. Sie hatten die letzte Querstraße hinter sich gelassen. Vor ihnen erstreckte sich der Park, hinter dem die Schlossmauer aufragte. Das Tor stand erfreulicherweise einen Spalt offen.

„Schnell!", rief er. Die Gruppe eilte durch den Park auf das Tor zu. Hinter ihnen ertönte ein wütender Schrei. Es hörte sich an, als würde einem Dutzend Gargylen bei lebendigem Leibe die Ohren abgeschnitten. Erneut drehte sich Korbinian um.

„Sieh nach vorn", mahnte ihn Niesputz. Korbinian stolperte und Barella hielt ihn am Arm, damit er nicht fiel.

Völlig außer Atem erreichten sie das Tor und quetschten sich durch den schmalen Spalt.

„Schließen!", kommandierte Niesputz. Bis auf Bandath stemmten sich alle gegen den Torflügel. Der Zwergling lief noch ein paar Schritte weiter, drehte sich um und reckte seine Hände gegen das Tor. Im selben Moment, als es den Gefährten gelang, den Torflügel zu schließen, schien gelbes, körniges Licht aus Bandaths Fingern zu rieseln und das Tor zu beleuchten. Die hölzernen Bohlen der beiden Torflügel verschmolzen und innerhalb weniger Augenblicke versperrte eine kompakte Holzwand den Zugang. Keinen Wimpernschlag zu früh. Ein mächtiger Schlag donnerte von draußen gegen das Tor. Es dröhnte, als wäre ein kolossaler Gong geschlagen worden. Aus dem Mauerwerk rund um das Tor rieselte Staub.

„Wir sollten hier nicht warten, bis dem klopfenden Wanderer Einlass gewährt wird." Niesputz surrte aufgeregt um die Gruppe. „Zum Turm. Schnell."

Ein Schrei ließ Korbinian herumfahren. „To'nella!"

Barella zeigte quer über den von Steintrümmern übersäten Hof auf ein Haus. „Das kam von dort drüben."

Erneut donnerte ein gewaltiger Schlag gegen das Tor.

„Ich muss zum Turm!", rief Ratz.

Bandath sah sich kurz um. „Niesputz, Theodil, Ratz, ihr kommt mit mir mit. Barella, du gehst mit Korbinian."

„Vergiss es. Ich lass dich nicht allein."

„Ich bin bei ihm, liebliche Zwelfe", flötete Niesputz. „Du brauchst dir keine Sorgen zu machen.

Ein dritter Schlag krachte gegen das Tor. Das Holz ächzte unter der Belastung und zeigte Risse. Aus der Steinmauer brachen kleinere Brocken und polterten über die Erde. Korbinian hatte das Ende der Diskussion nicht abgewartet. Er rannte bereits quer über den Hof, sprang dabei elegant über die Steintrümmer und verschwand im Eingang des Hauses.

„Korbinian!", schrie Barella wütend, hin- und hergerissen zwischen dem Drang, bei Bandath zu bleiben und dem, ihrem Bruder hinterher zu eilen.

„Barella! Geh zu Korbinian!" Auch Bandath war wütend. Aber die Entscheidung wurde ihr abgenommen. Der vierte Schlag von außen ließ das Tor bersten. In einem Inferno aus durch die Luft sausenden Steintrümmern und Holzsplittern wurde das Tor förmlich zermalmt. Riesige Insektenbeine griffen aus dem aufsteigenden Staub in den Innenhof. Hinter der Staubwolke erkannten die Gefährten die Umrisse eines gewaltigen Kopfes. Ein wütender Schrei erklang, hoch, schrill und in den Ohren ein leises Pfeifen hinterlassend.

Barella stöhnte. Der Bogen fiel ihr aus der Hand und sie sackte kurz zusammen. Bandath eilte die wenigen Schritte zu ihr und hielt sie. Aus ihrer linken Schulter ragte ein scharfkantiger Holzsplitter, fast so lang wie ihr Unterarm. Blut floss.

„Ich kann den Arm nicht mehr bewegen." Sie griff an das Holz und riss es mit einem Ruck aus der Wunde. Knirschend presste sie ihre Kiefer aufeinander.

„Warum muss ich euch am Ende jedes Abenteuers drängen?", rief Niesputz aufgebracht. „Wir müssen hier weg!"

Bandath schnappte Barella an ihrem unverletzten Arm und zerrte sie in den Schutz eines Mauervorsprunges. Theodil und Ratz folgten. Der Zwergling spähte um die Ecke und sah, wie das Rieseninsekt mit seinen vorderen Beinen auf das Haus einschlug, in dem Korbinian verschwunden war. Erneut wallte Staub, als es das Dach zertrümmerte und die Mauern einriss.

„Es sieht aus wie eine Mischung aus flügelloser Wespe und Spinne", keuchte er, als er sich zu den anderen umdrehte.

„Gut, ich lenke es ab", knurrte Niesputz, „aber du führst Ratz zum Turm und du", fuhr er Theodil an, als sei dieser für die gesamte Situation verantwortlich, „kümmerst dich um Barella und lässt Bandath nicht im Stich!"

„Was schnauzt du mich so an?", grollte der Zwerg. „Ich habe doch gar nichts getan!"

„Eben!" Niesputz surrte davon. Sie hörten noch, wie er dem Rieseninsekt Beleidigungen entgegenbrüllte, dann mahnte Bandath zum Aufbruch.

Korbinian hatte im selben Moment den Eingang des Hauses erreicht, als das Rieseninsekt das Tor zerschmetterte. Mit einem Sprung in das Halbdunkel brachte er sich vor den herumsausenden Holz- und Gesteinssplittern in Sicherheit. Er hatte sein Schwert gezogen und schlug sofort nach dem Kopf des Wüstenkriegers, der den auf der Erde liegenden Rulgo attackierte.

„Den hätte ich auch allein geschafft", knurrte der Troll und erhob sich. Der Versuch, seine Wunde zu ignorieren, schlug fehl. Verstohlen presste er seine Pranke auf den blutenden Stich. Korbinian hatte die Worte des Trolls überhaupt nicht mitbekommen. Er war schon weitergeeilt und kletterte an einer der übergroßen Steinfiguren empor zur Balustrade, auf der sich To'nella noch immer einen Kampf mit dem Wüstenkrieger lieferte. Der Blutverlust hatte sie geschwächt und so fiel ihre Gegenwehr immer kraftloser aus. Es war nur noch eine Frage der Zeit, bis sie ihrem Angreifer unterlag. Korbinian schnellte hinter diesem über die Brüstung und schlug mit seinem Schwert zu. Der Wüstenkrieger verging im Nebel. Hohl polterte der nutzlose Helm auf den Steinboden.

To'nella lächelte. „Ich hätte nicht gedacht, dass ich dir so schnell sagen würde, wie froh ich bin, dich zu sehen."

Sie rutschte an der Wand nach unten. Noch ehe Korbinian sie auffangen konnte, bebte das Haus. Fast zeitgleich erschien auch Rulgos Kopf über der Balustrade.

„Wir müssen hier weg. Ich habe durch die Tür eine wirklich zornige Riesenwespe gesehen."

Erneut krachte es. Balken der Dachkonstruktion stürzten nach unten.

„Nun hilf mir schon, verdammter Elf!" Es war Rulgo anzusehen, welche Überwindung ihn diese Worte kosteten. Korbinian fasste zu und mit vor Anstrengung hochrotem Gesicht wuchtete er den Troll über die Balustrade. Hinter diesem brach das Dach des Hauses unter einem weiteren Schlag völlig zusammen.

„Wir müssen hier weg!", wiederholte Rulgo unnützerweise.

To'nella wies mit einer Hand vage in die staubgeschwängerte Luft: „Ich habe vorhin dort hinten eine Tür gesehen."

Sie griff nach Korbinians Arm und zog sich hoch. Korbinian registrierte, dass sie seinen Arm auch nicht mehr losließ, als sie bereits stand, etwas wackelig zwar, aber sicher.

„Dann los", keuchte Rulgo und humpelte voran. „Ich habe im Moment keinen Appetit auf geröstete Riesenheuschrecken."

Im Gewirr der Balken über ihnen krachte es erneut und eines der Insektenbeine schälte sich aus der staubigen Luft. Die Kralle am keulenförmigen Ende des Beines knallte auf den Steinboden vor ihnen und sprengte ein faustgroßes Stück aus dem Granit. Bevor noch jemand reagieren konnte, war Korbinian schon vorgesprungen und hieb das Ende des Insektenbeines ab. Ein lang gezogener Schrei ertönte, schrill und schmerzgepeinigt. Das verwundete Bein wurde zurückgezogen und verspritzte grünes Blut über die beiden Elfen und den Troll.

Rulgo ließ seine Keule fallen und griff nach dem abgeschlagenen Insektenbein. Er wog es in der Hand. Es hatte ungefähr dieselbe Größe wie seine Keule. Dass er sich mit dem grünen Blut die Hände vollschmierte, störte ihn nicht. Probeweise schlug er gegen die Balustrade. Es krachte und der Stein zeigte einen Sprung.

„Prima", sagte er zufrieden. „Weiter geht's." Seine alte Keule blieb unbeachtet liegen.

Am Ende der Balustrade öffnete sich eine kleine Tür. Die Elfen eilten hindurch, Rulgo zwängte sich hinterher. Sie kamen in einen langen Flur. Hinter ihnen fiel der Rest des Hauses in Trümmer. Zwei steinerne Krieger stapften aus dem Halbdunkel auf sie zu.

„Das sind meine", knurrte der Troll, schob sich an den Elfen vorbei und schlug mit dem Insektenbein auf die Steinsoldaten ein. Ihre Schädel zersprangen zu feinem, weißem Steinmehl und die Körper fielen leblos zu Boden.

„Schön, dass die so eine Schwachstelle haben", grollte Rulgo und musterte seine neue Waffe zufrieden. „Wo sind die anderen?"

„Bandath will zum großen Turm."

„Das wird nicht der gewesen sein, in dem ich saß. Aber wo ist der?"

Hinter ihnen zerbarst die Wand. Erneut war der schrille Schrei des Untiers zu hören, dass sie, ungeachtet der Gebäude, verfolgte. Irgendwo in diesem Lärm glaubte To'nella die Stimme des Ährchen-Knörgis zu vernehmen.

„Nicht in dieser Richtung, schätze ich", sagte sie.

Die drei hasteten durch den Gang, während hinter ihnen die Riesenwespe weitere Mauern zertrümmerte.

„Schneller", keuchte To'nella.

„Schneller ist gut." Korbinian wies nach vorn. „Aber wohin?"

Vor ihnen endete der Gang blind, ohne Türen oder Fenster.

„Kein Problem." Rulgo legte einen Spurt hin und schmiss sich mit der Schulter gegen die abschließende Wand. Krachend brach er durch. Er erhob sich aus dem Trümmerhaufen, den er verursacht hatte und blickte auffordernd durch das Loch in der Wand zu den beiden Elfen zurück. Allerdings verzog er schmerzgepeinigt sein Gesicht und presste die Hand auf die blutende Wunde.

To'nella und Korbinian folgten dem Troll in das nächste Gebäude. Sie schienen dem Zentrum des Palastes näherzukommen, denn nun befanden sie sich in einem prunkvollen Saal mit mächtigen Säulen. Links neben ihnen gähnte ein Loch in der Wand.

„Oh." Rulgo sah durch das Loch in den nächsten Raum. „Dort lang geht es nicht zum großen Turm. Wir müssen da weiter." Er wies direkt nach vorn.

„Woher willst du das wissen?" Korbinian blieb zögernd stehen, obwohl der Troll weiterhastete.

„Das Loch da in der Wand stammt von mir."

Korbinian musterte die Felsquader, aus der diese Wand war.

„Auch mit dem Kopf?", rief er und eilte mit To'nella dem Troll hinterher. „Das erklärt einiges. Allerdings musst du ganz schöne Kopfschmerzen haben. Nicht, dass ich dich bemitleide."

Rulgo blieb kurz stehen, griff mit einer Hand an eine Steinsäule und brach mühelos ein faustgroßes Stück heraus. „So macht das ein ordentlicher Taglichttroll aus dem Clan derer von Steinbrech."

„Du kannst mit bloßer Hand Stücke aus einem Stein herausbrechen?"

„Sag ich doch. Wir Trolle sind eben von Natur aus vielseitige Burschen."

„Und wieso hast du dann mit meinem Vater monatelang auf dem komischen Berg gesessen?"

„Abgesehen davon, dass der Berg zu groß war, um Stufen hinein zu brechen, meinst du etwa im Ernst, ich hätte einen *Elfen* auf die Schulter genommen? Obwohl", er musterte Korbinian von oben bis unten, „vielleicht würde ich bei dir eine Ausnahme machen. Unter deiner ganzen Elfenarroganz steckt ein weicher Kern."

Intuitiv wandten sie sich nach links und kamen in einen lang gezogenen Bogengang aus festen Quadern, der leicht aufwärts führte. Der Lärm der Riesenwespe blieb allmählich hinter ihnen zurück. Entweder erlahmten ihre Kräfte oder die Menge an Mauern, die sie auf der Jagd nach ihren Opfern wegbrechen musste, wurde zu groß für sie.

Sie folgten dem Gang in einem langen Bogen, der ihrem Empfinden nach immer enger wurde und stetig aufwärts führte. Kleine Fenster auf der linken Seite bestätigten, dass sie sich um das Zentrum des Palastes herumbewegten und sich schon mehrere Etagen über dem Erdboden befanden. Am anderen Ende eines schmucklosen Raums konnten sie eine Treppe erkennen, die sich in engen Spiralen nach oben wandte.

„Na, knutsch mich doch ein Elf, wenn das nicht unser gesuchter Turm ist", grummelte Rulgo. Dann sah er Korbinian und To'nella an.

„Äh, vielleicht soll mich doch lieber eine Elfe knutschen." Er grinste und eilte zur Treppe. „Kommt schon, ihr zwei Süßen. Für Elfen seid ihr gar nicht so verkehrt."

Er polterte die Treppe empor.

„War das jetzt ein Lob oder eine Beleidigung?", fragte Korbinian.

„In seinen Augen wahrscheinlich ein Lob." To'nella grinste fast so wie Rulgo.

Niesputz war es endlich gelungen, das riesige Insekt von der Verfolgung der Elfen und des Trolls abzulenken. Kreischend schlug das Insekt mit seinen Beinen um sich, um das angreifende Ährchen-Knörgi zu treffen, das immer wieder Attacken gegen dessen Kopf flog. Dabei hinterließ jede Attacke eine Wunde, aus der das grünliche Blut des Insektes rann. Bei dem Versuch, den Quälgeist zu erwischen, drehte das Rieseninsekt sich beständig um sich selbst und demolierte die Gebäude rund um den Burghof. Es riss Teile der Schlossmauer ein, zermalmte die Reste des Tores und ließ Ställe und Wachhäuser in Schutt und Asche versinken. Schlussendlich raste es auf Niesputz zu, der es aus dem Schlossgelände lockte. Das Insekt jagte hinter Niesputz die Straßen der Stadt entlang, bis sie die Oase erreichten. Hier verließ das Ährchen-Knörgi seinen Jäger. Kreischend brach die Riesenwespe durch den Wald, entwurzelte Bäume und schleuderte auf der Suche nach Niesputz mit seinen Krallen Erde weit in den Himmel. Affen, Vögel und anderes Getier flohen panisch, dabei nicht weniger Lärm verursachend als das Insekt.

„Ja, such du mich nur, du zu groß geratener Floh!" Zufrieden sah Niesputz dem Insekt hinterher. „Und da sag noch einer, wir Kleinen können nicht nerven."

Er wandte sich um und flog mit seiner höchsten Geschwindigkeit zurück. Tief unter ihm breitete sich die Stadt aus. Der Weg, den er und das Rieseninsekt genommen hatten, war gesäumt von zerstörten Häusern, aufgerissenen Straßen und zerschmetterten Mauern.

„Oh oh! Hoffentlich muss ich das nicht alles aufräumen."

In gerader Linie jagte er auf den Turm zu, der sich wie ein Dorn im Zentrum des Palastes erhob.

Bandath, Theodil, Ratz und Barella erreichten relativ unbehelligt die steinerne Treppe, die sie zur Spitze des Turmes bringen sollte.

„Hoch!", rief Ratz und stolperte schon bei der ersten Stufe. Theodil packte ihn am Arm und bewahrte ihn somit vor einem Sturz. Sie begannen den Aufstieg.

„Nicht so schnell", mahnte Barella. „Wir haben einen weiten Weg vor uns und Ratz ist verletzt."

„Du ebenfalls", meinte Theodil und wies auf ihre Schulter. Sie hatten die Wunde provisorisch mit einem sauberen Taschentuch verbunden. Ein Blick auf das Tuch hatte Bandath zu der Frage veranlasst, wo sie denn jetzt noch immer die sauberen Tücher hernahm.

„Vier Dinge sind auf einer Reise wichtig", hatte sie geantwortet. „Als erstes das Ziel, als zweites der Weg dorthin, deine Reisegefährten sind der dritte Punkt. Und, als viertes, immer ein sauberes Tuch zur Hand haben, wenn man eines braucht. Das habe ich von Waltrude." Bandath hatte darauf nichts erwidert, aber Barella sah, dass ihm Tränen in die Augen stiegen.

Die Treppe, auf der sie den Turm bestiegen, führte an der Außenwand entlang nach oben. In regelmäßigen Abständen trafen sie auf Fenster im Mauerwerk, so dass sie immer wieder einen Blick über die Stadt werfen konnten. Unbehelligt keuchten sie Stufe um Stufe nach oben. Die Beine

wurden schwer und schon bald stützten sie sich mit den Händen auf den Knien ab, um die nächste Stufe zu nehmen.

„Pause", schnaufte Bandath irgendwann. Er lehnte sich mit dem Rücken an das Mauerwerk und schnappte nach Luft. Barella blieb neben ihm stehen, Theodil gesellte sich hinzu. Ratz ging langsam, aber gleichmäßig weiter.

„Keine Zeit!" Seine Stimme war kaum zu verstehen. Schweiß bedeckte sein Gesicht und tropfte von der langen Nasenspitze nach unten, wo er auf dem Granit dunkle Flecken hinterließ.

Bandath fluchte lautlos, stieß sich von der Wand ab und nahm die nächste Stufe in Angriff. Ab und an öffnete sich neben ihnen ein Raum, von dem Türen abgingen. Einige waren zugemauert, andere standen offen und gewährten Einblick in leerstehende Räume. Stufe für Stufe bezwangen sie den Turm, bis sie zu guter Letzt nach unzähligen Stufen die letzte nahmen.

Sie befanden sich in einer kleinen, schmucklosen Kammer, aus der nur eine einzige, reich verzierte Tür führte. Sie war verschlossen, aber einige Schläge Theodils mit seiner Axt ließen das Holz splittern und gaben den Weg in den obersten Raum des Turmes frei. Als ob sie aus einem Keller kämen, mussten sie noch einige Stufen in einem schmalen Gang nach oben steigen, bevor sie den Raum als Ganzes überblicken konnten. Er war riesig und nahm den gesamten oberen Bereich des Turmes ein. Mächtige Säulen trugen die Decke, die sich weit über ihnen befand. Rund um die Säulen liefen steinerne Verzierungen in Form von Pflanzenranken, die sich schlangengleich nach oben wanden. Der Fußboden bestand aus verschiedenfarbigem Marmor, der zu Ornamenten gelegt war, die wohl das Leben am Königshof widerspiegelten. Statuen alter Könige erhoben sich, wahllos im ganzen Saal verteilt. Stolz und erhaben spähten sie in die Ferne und entschieden über das Wohl und Wehe ihrer Reiche – so sahen jedenfalls ihre Gesichter aus. Unter der Decke des kreisrunden Prunksaales verlief eine Reihe von bunt verglasten Fenstern. Sonnenstrahlen, die von außen eindrangen, warfen bunte Reflexe auf die gegenüberliegende Wand. Im Zentrum der Halle erhob sich ein reich verziertes Podest. Eine Treppe umlief das Podest und führte zu dem darauf befindlichen Baldachin. Unter diesem lag, auf einem Sockel aus weißem Marmor gebettet, ein Leichnam. Krone, Kleidung und Ort wiesen darauf hin, dass es sich um den Herrscher von Cora-

Lega, Ibn A Sil, handeln musste, der hier seit sechstausend Jahren aufgebahrt lag. Allerdings sah er aus, als wäre er erst gestern gestorben. Seine Hände lagen gefaltet auf seiner Brust und hielten einen Gegenstand, der in einem kalten, blauen Licht funkelte.

„Dort muss ich hin!" Ratz wies auf das Podest.

„Nun denn", sagte Bandath und machte einen Schritt auf das Podest zu. Im selben Moment traf ihn der Hieb einer steinernen Liane vor die Brust und schleuderte ihn gegen die Wand. Barella und Theodil eilten sofort zu ihm. Ratz ließ sich auf den Boden fallen. Es knirschte und knackte im ganzen Saal und an den Säulen lösten sich die steinernen Lianen. Sie reckten sich nach Bandath, schlugen auf den Boden, dass der Marmor Sprünge bekam, krachten gegen die Wände rund um ihn und rissen kopfgroße Brocken aus dem Stein. Barella hatte sich mit gezücktem Schwert vor Bandath gestellt, Theodil mit seiner Axt. Beide wehrten Lianen ab, die ihnen zu nahe kamen. Doch die Zahl der Lianen war zu groß für sie. Bandath rappelte sich auf und hob die Hände. Dann passierten zwei Dinge gleichzeitig. Erneut öffnete sich weit über ihnen ein schwarzer Spalt in der Luft, angefüllt mit Schlieren, ein Fenster ins Nichts. Rötliche Flammen spielten am Rand der schmutzigen Leere. Aus den Schlieren bildeten sich lange, bewegliche, schwarze Finger, griffen in die Luft, als suchten sie einen Halt um etwas aus dem Loch heben zu können.

Zeitgleich brach neben Bandath ein Stück der Wand zusammen. Rulgo schoss aus dem Loch hervor und hieb mit seinem Insektenbein auf die angelnden Lianen ein.

„Wusste ich doch, dass der kleine Hexenmeister unsere Hilfe braucht." Sie hatten einen anderen Weg zur Spitze des Turmes gefunden. Korbinian und To'nella folgten dem Troll. Alle bildeten eine dichte Phalanx um den Zwergling, der seine Arme hob. Knisternd brachen lange Blitze aus seinen Fingern und griffen, wie schon zuvor in der Stadt, nach den Rändern des Spaltes. Während seine Gefährten ihn mit ihren Waffen gegen die angreifenden Lianen absicherten, versuchte Bandath mit seiner Magie, den Übergang des Dämons von dessen Welt in ihre zu verhindern.

Wild peitschten die schwarzen Finger auf Bandaths Blitze ein, rissen einige von ihnen vom Rand des Spaltes weg. Diese Blitze erloschen zischend. Andere sprangen aus Bandaths Fingern und nahmen deren Platz ein. Der Borium-Kristall auf seiner Brust begann zu glühen. Ein grellroter Lichtstrahl schoss hervor und verschwand im Nichts des Spaltes. Ein zweiter folgte. Einer der schwarzen Finger verging in der Luft wie die Rauchfahne einer Pfeife.

Rulgo wurde seitwärts von einer Liane getroffen und zu Boden geschleudert. Eine andere Liane schlängelte sich um seine Füße, fesselte sie und zog den Troll blitzartig aus dem Kreis der Gefährten.

Korbinian sprang hinterher, zerhieb die Liane mit seinem Schwert. Doch bevor er sich mit Rulgo wieder zurückziehen konnte, wurde er von einer anderen Liane attackiert. Sie drang ihm durch die Schulter und nagelte in an eine Säule. Korbinian schrie schmerzgepeinigt auf. Von hinten legte sich eine Schlingpflanze um seinen Hals. Das Gesicht des Elfen wurde puterrot und die Augen quollen ihm aus den Höhlen. Andere Lianen umschlangen Rulgo erneut, bevor dieser sich erheben konnte. Jetzt sprang To'nella hinzu und zerhieb die Schlinge. Eine Ranke riss ihr die Beine weg und, genau wie Rulgo, war sie innerhalb weniger Augenblicke gefesselt. In diesem kritischen Moment, als Theodil den Gefährten zur Hilfe eilen wollte, hörte er seinen Namen. Irritiert sah er sich um.

Da wieder: „Theodil!"

Es kam von weiter oben. Der Zwerg sah hoch. Dort, weit oberhalb des Chaos' aus steinernen Lianen, knisternden Blitzen und schwarzen, ins Leere greifenden Dämonenfingern, stand Ratz. Er hatte unbeachtet von allen die Treppe zum Podest erklommen und befand sich direkt bei der Leiche Ibn A Sils.

„Theodil, deine Axt!" Ratz griff zu und entwand den Händen des toten Herrschers das, was sie seit sechstausend Jahren hielten. Er schob den Herrscher achtlos von seinem Totenbett und legte den leuchtenden Stein auf den Granit.

„Wirf mir deine Axt zu!", rief er.

Theodil sah sich um. To'nella und Rulgo lagen auf der Erde, von Steinlianen gefesselt. Korbinian stand an der nächsten Säule, festgenagelt am Granit und schnappte nach Luft, die er nicht bekam. Barella schwang ihr Schwert mit einer Hand. Es war ihr anzusehen, dass sie nicht mehr lange kämpfen konnte. Er war der einzige, der noch in der Lage war, Bandath zu beschützen. Aber wie lange noch?

„THEODIL!" Wie konnte Ratz' Stimme nur so mächtig hallen? Der Zwerg zerschmetterte mit seiner Waffe zwei Ranken, die von der Seite auf Barella hatten eindringen wollen, dann stellte er den linken Fuß vor, holte mit der rechten Hand aus und warf die Axt mit aller Kraft.

„Die fängt er nie", murmelte er dabei. In dem Moment, als die Axt den Höhepunkt ihrer Flugbahn erreicht hatte und begann, nach unten zu sinken, gerade, als Theodil bemerkte, dass er zu kurz geworfen hatte, explodierte eines der Fenster. Ein kleiner, grüner Funken schoss herein. Niesputz. Das Ährchen-Knörgi raste auf die Axt zu, griff danach und verlängerte die Flugbahn gerade so weit, dass die Axt förmlich in die ausgestreckten Hände des Gauklers fiel. Dieser fasste den Griff mit bisher nicht gekannter Geschicklichkeit, nutzte den Schwung der fallenden Waffe und schmetterte die Klinge auf den leuchtenden Stein vor sich. Der Stein zerbrach und das Leuchten erlosch.

Im selben Moment erschien es allen, als bliebe die Welt stehen …

Der Dämonenschatz

... aber nur für einen kurzen Augenblick. Aus dem Loch des Dämons erklang ein klagender Schrei, der sämtliche Fenster der Halle bersten und als winzige Glassplitter zu Boden rieseln ließ. Dann verschwand der Durchbruch. Er schloss sich nicht und wurde von Bandath auch nicht verriegelt, er verging. Die schwarzen Finger zerfaserten wie ein Nebelstreif im Wind, die Flammen erloschen und das Nichts in der Luft löste sich auf. Bandaths knisternde Blitze verschwanden. Stille senkte sich über die Halle. Dann knirschte es und die Lianen zerfielen zu Staub. Korbinian stöhnte und rutschte an der Säule nach unten. Er war zu schwach, um sich noch auf den Beinen halten zu können.

„Korbinian", keuchte To'nella und kroch zu ihm. Ihr provisorischer Verband um den Oberschenkel war verrutscht. Die Wunde blutete heftig.

Rulgo wälzte sich herum und setzte sich mühsam auf, presste dabei seine riesige Pranke auf seine Hüftwunde. Zwischen den Fingern trat Blut hervor. Trotzdem blickte er sich aufmerksam um und ließ die freie Hand nicht von dem als Keule genutzten Insektenbein.

Barella ließ ihr Schwert fallen und sackte auf die Knie. Ihr Verband war rot durchsetzt. Sie stöhnte leise und sah zu Bandath.

Der Hexenmeister fiel um, drehte sich aber auf den Rücken und starrte an die Decke. Quer über seine Stirn zog sich eine Platzwunde, aus der ihm das Blut am Kopf herunterlief. Er war zu erschöpft, als dass es ihn gekümmert hätte.

Theodils Hände zitterten. Auch er ließ sich auf die Knie nieder.

„Ist es vorbei?", fragte er leise.

Ein Tschilpen ertönte weit über ihnen. Durch eines der zerborstenen Fenster flog ein Grünspatz in die Halle, drehte neugierig eine Runde und verschwand wieder.

„Ist es vorbei?", wiederholte Theodil.

„Ich denke schon", antwortete Bandath ebenso leise. Es war fast, als wünschten sie sich leise Töne nach dem Chaos, das eben noch geherrscht hatte.

Ratz erschien wieder bei ihnen. Auch sein Verband um den Oberarm war blutgetränkt. Er legte die Axt neben Theodil auf den Boden und hielt Bandath seine geöffnete Hand hin. Die beiden Hälften des Steines lagen darin. Jedes Leuchten war verschwunden. Kalt, grau und gewöhnlich lagen sie in der Hand des Gauklers. Die Zwergenaxt hatte den Stein sauber gespalten.

„In diesem Stück Granit war der Fluch gebannt. Es musste zerstört werden. Erst dadurch wurde der Dämonenfluch gebrochen und der Dämon vernichtet."

„Und seit wann wusstest du es?" Theodils Stimme klang noch immer leise.

„Erst, als ich vor ihm stand, wusste ich, dass ich ihn zerstören muss."

„Dann waren wir hier nur ..."

„... die Ablenkung." Niesputz klang unbeschwert. „Aber das habt ihr toll gemacht. Auch wenn ihr alle jetzt etwas ... *mitgenommen* ausseht."

„Mitgenommen?", krächzte Barella. Sie presste die Hand auf ihre Schulterwunde. „Außer dir und Theodil ist keiner von uns unverletzt."

Der Zwerg schob den Ärmel am linken Unterarm hoch. Eine böse aussehende Fleischwunde, die allerdings nur wenig blutete, kam zum Vorschein.

„Ich korrigiere mich. Außer dir, Niesputz, ist keiner unverletzt."

„Nun ja, ich gebe es zu, ihr seid ein trauriger, mitgenommener, verletzter Haufen. Aber", Niesputz hob seine Hand, „ihr seid vollständig und am Leben. Das ist mehr, als der Dämon von sich behaupten kann. Und nun rafft euch auf, ich muss euch was zeigen."

Lautes Stöhnen und Ächzen erfüllte die Halle, als sie sich aufrafften.

„Sollten wir nicht zuerst unsere Verwundungen behandeln?", fragte Korbinian.

„Du wirst schon nicht gleich sterben." Niesputz grinste den Elf an. „Keine Angst. Dir bleiben noch viele schöne Jahre mit deiner Elfe."

Korbinian wurde rot und schaute verlegen zu To'nella. Die tat, als hätte sie die letzte Bemerkung des Ährchen-Knörgis nicht gehört.

„Was ist denn so wichtig, dass du es uns zeigen musst?", fragte Bandath und band sich ein weißes Tuch um die Stirn, dass Barella aus einer Tasche ihrer Hose gezaubert hatte.

„Kommt nur. Ihr werdet staunen." Niesputz surrte davon und die Gefährten folgten humpelnd und murrend. Sie wollten nur noch ihre Ruhe haben.

Das Ährchen-Knörgi lotste sie zu einer Tür, die hinaus auf eine Balustrade führte.

„Kommt!", rief Niesputz noch einmal. „Das müsst ihr gesehen haben!"

Sie traten auf die Balustrade hinaus, wo sie vom Sonnenlicht in Empfang genommen wurden. Unter ihnen erstreckten sich die Palastanlage, der Park und dahinter die Stadt. Sie hatten einen guten Überblick, konnten fast in jede Straße schauen. Zunächst fiel ihnen die Zerstörung auf, die das Rieseninsekt angerichtet hatte.

„Warst du das?", fragte Korbinian entgeistert.

„Nun", meinte Niesputz etwas verlegen, „ich habe keinen anderen Weg gesehen, euch zu retten, als dieses Riesenvieh richtig wütend auf mich zu machen."

„Das scheint dir ja auch gelungen zu sein", murmelte Barella.

„Da", rief Ratz plötzlich und wies auf eine der Straßen. „Das gibt es doch gar nicht!"

„Bei Waltrudes ranzigem Schmierkröterauflauf", entfuhr es jetzt auch Bandath. Und dann entdeckten auch die anderen, was Ratz und Bandath in solch eine Aufregung versetzte.

Die vormals ausgestorbenen Straßen füllten sich mit Menschen, die aus den angrenzenden Gebäuden kamen. Erst jetzt fiel ihnen auf, dass die Fenster und Türen nicht länger durch Mauern verschlossen waren. Aufgeregt traten die Menschen durch Türe und Tore, kletterten aus Fenstern und von Balkonen, blieben stehen und beschatteten die Augen vor der Sonne, um sich umzusehen.

„Was zum betrunkenen Drummel-Drachen geht hier vor?", keuchte Barella. „Wo kommen all diese Menschen her?"

„Das, liebliche Zwelfe, ist der wahre Schatz von Cora-Lega. Über viertausend Menschen sind damals hier bei lebendigem Leib eingemauert worden. Als Ibn A Sil starb und sein erster Minister den Fluch aussprach, fiel der auch auf die Eingemauerten. Jetzt ist der Bann gebrochen und diese Menschen sind wieder frei."

Niesputz wandte sich an Ratz. „Und du, Ratz Nasfummel, bist der neue Herrscher dieser Stadt, denn du hast diese Menschen erlöst."

„Aber ..." Ratz taumelte aus Angst vor der gewaltigen Verantwortung, die ihm Niesputz da aufbürden wollte. „Aber ... das ist völliger Blödsinn. Ich will gar kein Herrscher sein. Ich wusste nur, dass dieser Stein gespalten werden musste." Er sah entgeistert in die Augen seiner Gefährten. „Was wäre ich denn für ein Herrscher?"

„Das musst du schon selbst entscheiden. Aber ich bin mir sicher, dass die Menschen Cora-Legas zufrieden sein können."

„Das denke ich auch", sagte Bandath.

„Herr!"

Sie fuhren herum. In der Tür standen zwei Frauen und zwei Männer. Unbeirrbar hielten sie ihren Blick auf Ratz gerichtet.

„Herr!" Der Vorderste machte einen Schritt auf Ratz zu. „Wir waren Minister unter Ibn A Sil. Wir müssen reden, Herr!"

Ratz schluckte. Dann nickte er. Steifbeinig stakste er an seinen Gefährten vorbei zu den vier Ministern. Die nahmen ihn in ihre Mitte und führten ihn in die Halle.

„Wollt ihr ihn alleine lassen?", fragte Barella aufgebracht.

„Ganz ruhig, liebliche Zwelfe. Der kriegt das schon hin. Unser Ratz ist erwachsen geworden." Niesputz grinste und sah der sich entfernenden Gruppe hinterher. „Nur einen anderen Namen müsste er sich zulegen. Nasfummel der Erste, nee, wie das klingt."

Und da brachen alle in ein befreiendes Gelächter aus.

Bandath legte den Arm um Barellas Schulter. „Nun haben wir doch noch deinen Dämonenschatz gefunden, wenn auch anders, als wir dachten."

Er wollte Barella einen Kuss auf die Wange geben, da flog Niesputz heran und setzte sich zwischen die beiden Gesichter auf Barellas Schulter.

„Und nun, Hexenmeister? Was machen wir jetzt?"

Bandath sah zum Horizont, wo sich das Blau des Himmels mit dem Rotgelb des Wüstensandes in einer verwaschenen Linie traf.

„Wir? Wir ruhen uns ein paar Tage aus, pflegen unsere Wunden und dann gehen wir wieder nach Hause."

„Nach Hause? Nach Neu-Drachenfurt? Hast du nicht noch ein paar Hühnchen mit den Magiern von Go-Ran-Goh zu rupfen? Immerhin war doch der Pförtner-Troll dein Freund."

„Das ist wahr, Niesputz. Aber es gibt eine Zeit für Ruhe und es gibt eine Zeit, sich um Probleme zu kümmern. Und mein Bauchgefühl sagt mir, dass jetzt eine Zeit der Ruhe eintritt."

Niesputz grinste breit. „Dein Bauchgefühl oder Barella?"

Jetzt endlich lächelte Bandath. „Beide", murmelte er leise. „Beide, mein Freund."

Auf Bitten der vier Minister und des neuen Herrschers – Bandath fiel es noch immer schwer, Ratz sich als solchen vorzustellen – wollten die Gefährten noch einige Tage bleiben. Sie bezogen Räume im unzerstörten Teil des Schlosses unweit einer Halle, in der in wenigen Tagen die Krönungszeremonie gefeiert werden sollte. Mit Hilfe des Ährchen-Knörgis und seiner Heilmagie genasen sie rasch von ihren Wunden und konnten das erwachende Leben in Cora-Lega beobachten.

Die Bewohner erwartete ein gewaltiger Berg an Arbeit. Natürlich mussten die durch das Rieseninsekt beschädigten Bereiche der Stadt und des Palastes repariert werden. Das dringendste Problem aber war die Nahrungsbeschaffung für die mehr als viertausend Menschen. Zum Glück war damals den Eingemauerten nicht nur Nahrung und Wasser mitgegeben worden, sondern auch Saatgut, damit sie, ihrem Glauben nach, in der jenseitigen Welt sofort Felder bestellen konnten. Nun würde es im Diesseits von Nutzen sein. Diese Felder würden aber nicht sofort Nahrung liefern. Eine der ersten Maßnahmen des neuen Herrschers war also, eine Handelskarawane auszurüsten. Gnadenlos plünderte er dafür die Räume des Palastes und gab alles her, von dem er meinte, dass die Menschen am Rand der Wüste dafür Nahrungsmittel eintauschen würden. Auf den Streifzügen durch den Palast wurde Ratz neben seinen Ministern oft von Korbinian begleitet. Die beiden entdeckten riesige Keller mit Vorräten, die die ärgsten Probleme linderten. Und endlich, jedenfalls nach Korbinians Meinung, fanden sie auch einen Raum, der durchaus die Bezeichnung Schatzkammer verdiente. Auf langen Regalen reihten sich Diamanten, die in Größe und Qualität ihresgleichen suchten.

„Handelsware", entschied Ratz sofort und ließ den Keller bewachen. „Das hier gehört ausschließlich den Bürgern von Cora-Lega und ist keine Belohnung für eine anstrengende Reise."

Korbinian schmollte. Ratz aber blieb hart, tat allerdings so, als bemerke er nicht, dass der Elf sich vier der Diamanten einsteckte. Aber dabei ließ Korbinian es auch bewenden.

Bandath bot Ratz an, die erste Karawane zu begleiten und die Menschen Cora-Legas bei ihren Handelsgeschäften zu unterstützen. Damit war dann auch der Tag der Abreise festgelegt – einen Tag nach der Krönungszeremonie für Ratz Nasfummel, Herrscher von Cora-Lega. Diese Zeremonie sollte ein Freuden- und Dankesfest der Menschen werden, die von ihrem Jahrtausende währenden Bann erlöst worden waren.

Übrigens weigerte sich Ratz, dem Rat des Ährchen-Knörgis zu folgen und sich einen neuen Namen zuzulegen. Und das nicht nur deshalb, weil ihm dessen Vorschläge (Ratzius der Erste, König Nase, Meister Riechorgan) nicht gefielen.

„Ich war schon immer Ratz Nasfummel. Und der werde ich auch bleiben, ganz egal, ob ich Gaukler, Gefangener im Kerker von Pilkristhal oder Herrscher von Cora-Lega bin."

Doch als er sich von Niesputz entfernte, um einem Rat der Minister beizuwohnen, stolperte er über eine Treppenstufe und fiel der Länge nach hin. Aufgeregt eilten die Minister hinzu, um ihren Herrscher aufzuheben.

Niesputz kicherte. „Allerdings hat er recht. Er wird immer Ratz Nasfummel bleiben."

Mitten in der Nacht vor der Krönungszeremonie weckte Bandath Barella.

„Was ist?", fragte sie, mürrisch wegen der Unterbrechung ihres Schlafes.

„Dein vernagelter Hexenmeister möchte dich etwas fragen."

Sie öffnete ein Auge. „Dann frag. Ich will weiterschlafen."

Bandath schüttelte den Kopf. „Du musst mitkommen. Bitte."

Barella öffnete das andere Auge. „Muss ich?"

Er reichte ihr die Hand. „Bitte!"

Sie stand auf. Ein leichtes, blaues Leuchten kroch wie Nebelschwaden über die Wände ihres Gemaches. Kleine Funken rieselten von der Decke und verloschen kurz über ihren Köpfen. Ihre Füße versanken in einem bläulich leuchtenden Dunst.

„Was …?" Barella sah sich staunend um. „Machst du das?"

Bandath reichte ihr die Hand. „Komm. Ich möchte dir etwas zeigen."
Sie fasste zu und Hand in Hand verließen sie den Raum. Auch die Zimmer und Korridore, die sie betraten, leuchteten im gelben und roten Licht der von der Decke rieselnden Funken. Bandath führte Barella durch den verlassenen Palast. Alle schliefen. Schließlich erreichten sie einen der kleineren Türme. Es erschien Barella, als würde die Wendeltreppe von innen heraus glühen. Jede Fuge im Stein zeichnete sich schwarz vor einem warmen, gelben Licht ab. Jetzt huschten blaue Funken an den Wänden nach oben und kleine Flammen spielten am Geländer, ohne das Barella einen Eindruck von Hitze empfand. Sie stiegen die Stufen nach oben und gelangten schließlich auf die oberste Ebene des Turmes, die von einer hölzernen, reich verzierten Balustrade umgeben war. Über ihnen war nichts als der Himmel. Bandath bat Barella, sich an die Balustrade zu stellen und in Richtung Wüste zu schauen. Dann murmelte er ein paar Worte. Plötzlich erblühte am Himmel über der Wüste eine riesige Rose aus rotem Licht. Die Blütenblätter öffneten sich, verwandelten sich dabei in Kraniche, die davonflogen, während das Innere der Rose zu einer Lilienknospe wurde. Die Farbe änderte sich von rot zu gelb. Dann öffnete sich die Knospe und Tausende von kleinen Lichtvögeln brachen hervor, umschwärmten minutenlang die Knospe, bevor sie verblassten. Die Knospe wurde zum Umriss eines Berges, aus dessen Gipfel Feuer ausbrach. Der Widerschein des Feuers legte sich über ganz Cora-Lega. Nur nebenbei bekam Barella mit, dass sich die Bewohner der Oase auf den Straßen versammelten und dem Spektakel schweigend beiwohnten.

„Der Wolkenzahn", murmelte Barella.

Ein riesiger Drummel-Drache erschien, umrundete den Berg und verschwand wieder. Der Berg öffnete sich und gab den Blick auf einen See frei. An Stelle des Wassers allerdings peitschte unruhige Lava die Ufer. In der Mitte des Sees lag friedlich schlafend ein weiterer, noch gewaltigerer Drache.

„Der Erddrache!" Barella wurde immer aufgeregter.

Fließend waren die Übergänge dessen, was Bandath ihr mit seiner Magie über der Wüste zeigte. Der Lavasee wurde zu einem roten Kristall – das Flammenauge, die unbelebte Hälfte des Erddrachenherzens. Der Kristall wuchs und wurde zu einem Fels, der auf einer grünen Lichtung lag.

Barella drehte den Kopf und sah Bandath mit großen Augen an. „Dort sind wir uns das erste Mal begegnet."

„Sieh", sagte Bandath und nickte mit dem Kopf in Richtung Wüstenhimmel. Jetzt wechselten die Bilder in schneller Reihenfolge: Neu-Drachenfurt und ihr Haus, Flussburg, die Fähre in der Nähe von Go-Ran-Goh, eine Herde Wasserdrachen, Sokah wie er mit Dwego über eine Grassteppe rannte, ein Rudel Kamelodoone ...

Mehr und mehr Bilder ihrer gemeinsamen Abenteuer leuchteten am Nachthimmel und endeten mit dem Gesicht Waltrudes. Schelmisch lächelte das Antlitz der alten Zwergenfrau auf sie herab und verwandelte sich wieder in die rote Rose, mit der der ganze Zauber angefangen hatte.

Bandath, der jetzt ganz dicht hinter Barella stand, räusperte sich.

„Ich möchte dich etwas fragen. Waltrude hätte gewollt, dass ich dich das frage, schon lange hatte sie das gewollt. Aber vernagelt, wie ich manchmal bin, brauche ich halt mehr, als nur einen Anschubs dazu."

Barella drehte sich zu Bandath um. Ihre Augen leuchteten feucht von Tränen.

„Ich will, dass du weißt, dass ich dich das nicht nur Waltrudes wegen frage. Ich möchte dich wegen uns fragen, wegen dir und mir."

„Die Antwort lautet: Ja."

Jetzt war Bandath irritiert. „Aber ich habe dich doch noch gar nichts gefragt."

„Na, dann frag mich doch endlich und rede nicht so viel drumherum."

Bandath räusperte sich noch einmal. „Barella, willst du meine Frau werden?"

Barella schluchzte auf, legte ihre Hände um seinen Hals, zog ihn an sich und küsste ihn lange.

„Ja", sagte sie dann. „Ja, mein kleiner, vernagelter Hexenmeister." Und dann küsste sie ihn wieder.

Viel später in dieser Nacht standen die beiden erneut an der Brüstung und sahen über das jetzt wieder schlafende Cora-Lega. Sie wussten, dass die Menschen der Oase ihre Probleme in den nächsten Jahren meistern würden. Und sie wussten, dass sie ihren eigenen Schatz gefunden hatten. Fest hielten sie sich bei den Händen.

Morgen würde Ratz Nasfummel von den Menschen Cora-Legas zum Herrscher gekrönt werden. Sie liebten ihn schon jetzt, ihren tollpatschigen Erlöser. Selbstverständlich würde es zu einer kleinen Panne bei der Krönung kommen. In dem Moment, wo Ratz vor den Minister treten musste, um die Krone in Empfang zu nehmen, sollte er ausrutschen und dem Minister die Krone aus der Hand schlagen. In dem Versuch, die fallende Krone zu fangen, würden Ratz und der Minister zu Boden gehen und die Krone auf Ratz' Ellenbogen landen. Die Menschen Cora-Legas würden ihren Herrscher daraufhin „König Ellenbogen" nennen. König Ellenbogen aber würde in den nächsten Jahren ein geachteter und gerechter Herrscher werden, nicht zuletzt deshalb, weil er ja immerhin ein mächtiges Medium des Orakels der *Drei Schwestern* war.

Ein großes Fest sollte der Krönung folgen, mit Musik und Tanz bis spät in die Nacht. Trotzdem planten Bandath und seine Gefährten, früh am nächsten Morgen mit der Karawane aufzubrechen. Am Rande der Wüste würde sie den Thalhauser Hof erreichen und dort Waltrudes Asche in Empfang nehmen, noch immer verschlossen im Tongefäß. Sie sollten sowohl ihre Pferde als auch Sokah und Dwego wiederfinden.

Danach würden sie die Karawane bis zur Stadt Cora-Belaga begleiten und bei den ersten Handelsgesprächen dabei sein. Ihr Erscheinen sollte eine wahre Flut an Neuigkeiten quer durch das Land auslösen. Im Gegensatz zur Hinreise würde ihre Rückreise ohne größere Abenteuer abgehen. To'nella und Korbinian würden fürs Erste in Pilkristhal bleiben, Bandath und Barella aber versprechen, zu ihrer Hochzeit zu kommen, die für den Spätsommer geplant war.

Bei ihrer Rückkehr nach Neu-Drachenfurt würden sie neben dem *Rülpsenden Drummel-Drachen* eine Herberge errichtet finden, der man den Namen *Zum Wolkenzahn-Blick* gegeben hatte, was Niesputz zu der Äußerung „*Zum Wolkenzahn-Blick*? So geschmacklos in der Namensgebung können nur Menschen sein!" verleiten sollte.

Bandath und Barella würden Waltrudes Asche nehmen und zusammen mit ihren Töchtern und deren Familien die Urne in der Begräbnishöhle der Zwerge beisetzen.

Das alles aber lag noch weit vor ihnen, und selbst Bandath der Hexenmeister konnte mit seinen gewachsenen magischen Kräften nicht in die Zukunft sehen, sonst hätte er für das übernächste Jahr das kommende Unheil erkennen können.

Zur selben Zeit in der Magierfeste

„Bandath hat also endgültig die Seiten gewechselt?"

Anuin Korian nickte zu den Worten des Meisters. „Die Nachrichten unserer Leute sind eindeutig. Der Zwergling hat mächtige Magie gewirkt. Es geht das Gerücht, dass er den Dämon vernichtet und den Bann über Cora-Lega gebrochen hat. Seit er in die Wüste gegangen ist, hat man keinen der Sanddämonen mehr gesehen. Er hat genau das getan, was wir verhindern wollten." Der Elf atmete tief durch. „Er hat sich gegen uns gestellt, Meister, gegen den Inneren Ring, gegen Go-Ran-Goh!"

Romanoth Tharothils gewölbte Stirn legte sich in Falten. „Es sieht ganz so aus, als hätte er uns schon wieder einen Strich durch die Rechnung gemacht."

„Die Menschen rund um die Wüste geben Go-Ran-Goh die Schuld an den Vorkommnissen, Meister. Unser Stand ist schlecht dort unten im Süden. Sie reden von den Magiern, als hätten wir all das hervorgerufen."

„Sie werden eines Besseren belehrt werden."

„Aber wann, Meister?"

„Wenn es so weit ist, Schüler!" Die Stimme des Halblings klang zurechtweisend. Anuin Korian senkte den Kopf.

„Es geht das Gerücht, in der Wüste wäre ein mächtiges Artefakt wieder erwacht, ein Wüstenorakel, stärker und bedeutender als unseres. Sie nennen es *Die drei Schwestern*. Und der neue Herrscher von Cora-Lega soll ein Medium dieses Orakels sein."

„Auch darum werden wir uns zu gegebener Zeit kümmern."

Noch tiefer senkte Anuin Korian seinen Kopf nach dieser zweiten Zurechtweisung.

„Was du angeordnet hast, Meister, habe ich mitgebracht." Vorsichtig holte der Elf ein gläsernes Fläschchen hervor. In ihm waberte eine zierliche Sandwolke, als würde hinter den Glaswänden ein Miniatursandsturm toben. „Es ist mir gelungen, ein wenig Magie der Sandmonster einzufangen, genau wie es mein Auftrag war."

Der Meister des Inneren Ringes nahm die Glasflasche entgegen. Dabei fuhr seine andere Hand in die Tasche seiner Kutte. Dort befand sich ein ähnliches Fläschchen. Es enthielt Splitter des Diamantschwertes.

„Wie konnte er Magie weben, Meister, wenn du ihm den Stab zerbrochen hast?" Der Elf sprach erneut Bandaths Handeln an.

„Er ist jetzt ein Hexenmeister. Wir werden den Bann auf ihn legen." Die Worte kamen nachdenklich, mehr nebenbei. Dann winkte der Halbling nachlässig mit der Hand und Anuin Korian entfernte sich.

Romanoth Tharothil wanderte zwischen den Stalaktiten der Höhle umher und umkreiste dabei den Stalagnat in ihrer Mitte, ein von der Decke bis zum Boden reichender Tropfstein, in dessen Zentrum ein weißlicher Kristall von der Größe eines Kopfes eingewachsen war – das Orakel von Go-Ran-Goh. Eine einzelne Fackel spendete spärliches Licht.

„Läuft alles nach Plan?" Die Stimme, tief und grummelnd, kam aus der Dunkelheit des Felsendoms, aber sie klang … *unfertig.*

„Ja", bestätigte der Magier, aber seine Stirn war von Falten des Nachdenkens zerfurcht. „Es läuft alles so, wie wir geplant haben."

„Wird er auf die Suche nach dem Drachenfriedhof gehen?"

„Bandath? Aber sicher. Gib uns nur noch etwas Zeit."

„Zeit? So viel ist davon nicht mehr da. Es drängt."

„Du bist noch nicht soweit. Wir müssen jetzt die dritte Art Magie anwenden. Erst dann kannst du los. Wir müssen warten. Erst im übernächsten Sommer werden die Heere kommen. Dann wird sich Bandath auf die Suche begeben. Da bin ich mir ganz sicher."

Im Dunkel der Höhle regte sich ein gewaltiger Schatten. Zwei mächtige Flügel breiteten sich aus, streiften dabei die Decke und rissen Steine aus dem Fels.

– Ende –

Das Ende nach dem Ende

Irgendwo – nicht mehr in dieser Welt und noch nicht in jener …

Ihr Geist existierte. Das war das Erste, was sie wahrnahm. Tot? Sollte das der Tod sein? Wo waren die Hallen der Vorväter, in denen sie wandeln wollte? Wo war der Ur-Zwerg? Dort musste auch ihr Mann sein, ihre Eltern, all die gestorbenen Zwerge vergangener Generationen!

Hier war nichts als Schwärze, Finsternis, Dunkelheit. Das sollte nach dem Tod sein? Nichts?

Doch halt, da war mehr als Nichts. Da war eine Leere, die bisher ausgefüllt gewesen war. Wie von einem mächtigen Geistwesen, das verschwunden … erlöst war. Hieße das etwa, dass sie, Waltrude, jetzt hier weilte, wo zuvor der mächtige Dämon des Ersten Ministers geherrscht hatte?

Nun gut, wenn es hier Platz zum Ausfüllen gab, dann wollte sie dies tun. Die Ärmel hochkrempeln konnte sie nicht, sie hatte keinen Körper mehr. Aber so tun als ob konnte man auch als Geist. Sie spuckte in Gedanken in ihre nicht vorhandenen Hände und begann, die Leere, die der Dämon hinterlassen hatte, auszufüllen. Nur ganz am Rande wurde ihr bewusst, dass, wenn der Dämon diese Leere hinterlassen hatte, ihr Herr Magier – Entschuldigung, der *Herr Hexenmeister* – mal wieder seine Aufgabe erledigt hatte. Nun, etwas anderes hatte sie nicht von ihm erwartet. Auch wenn ihr eigener Tod ihr etwas überraschend und, zugegebenermaßen, äußerst ungelegen gekommen war.

Aber wann kam einem schon der eigene Tod gelegen?

So, wie sie begann, die Leere auszufüllen, schwand die Dunkelheit. Ein Licht füllte das Nichts, hell genug, schimmernd und energisch.

Energisch? Konnte Licht energisch sein? Sicher. Wenn es von Waltrude ausging, konnte sogar Licht energisch sein.

Dann plötzlich vernahm sie Wimmern und Schluchzen. Schwarzen Nebelflecken ähnlich waberten die Laute durch das Licht. Das mussten die von dem Geist Ermordeten sein. Keine Angst, jetzt war Waltrude hier und würde sich um sie kümmern. Gleich einem riesigen Schwamm nahm sie die Nebelflecken auf, hüllte sie in eine Aura der Mütterlichkeit, spendete ihnen Trost und Zuversicht und das Wimmern verklang.

Aber zufrieden war Waltrude nicht. Sie konnte nicht zufrieden sein, sie gehörte hier nicht her, genauso wenig wie die anderen Ermordeten. Entweder man war tot und wandelte in den Hallen der Vorväter oder man lief mit nackten Füßen über das taufrische Gras der Erde und ärgerte sich über den Herrn Magier, oder von ihr aus über den *Herrn Hexenmeister*. Aber das hier? Niemals.

Nun, sie wäre nicht Waltrude, wenn sie nicht einen Weg hier heraus finden würde …

– Endgültiges Ende dieses Buches –

Die mehr oder weniger wichtigen Personen

Neu-Drachenfurt

Bandath	ein kleiner, aber fähiger Magier, ein Zwergling, Sohn des Borath
Barella Morgentau	eine Diebin, Gefährtin Bandaths, Tochter des Elfenfürsten Gilbaths und der Zwergin Menora
Waltrude Birkenreißig	eine Zwergin, mehr als nur Bandaths Haushälterin, Mitglied des Rates von Neu-Drachenfurt
Niesputz	ein Ährchen-Knörgi – wirklich?
Theodil Holznagel	ein Zwerg, Ratsmitglied, Zimmermann
Menach	ein Mensch, Ratsmitglied
Kendor	ein Mensch, Wirt des Gasthauses *Zum Rülpsenden Drummel-Drachen*

Go-Ran-Goh

Romanoth Tharothil	ein Halbling, der Schulleiter der Magierfeste
Malog	ein Troll, Pförtner, Bandaths Freund
Moargid	ein Mensch, Heilmagierin
Menora	ein Mensch, Meisterin der Fernsicht
Bolgan Wurzelbart	ein Gnom, Meister des Wachsens und Vergehens
Anuin Korian	ein Elf, neu im Inneren Ring
Bethga	eine Yuveika, eine Spinnendame, Meisterin der Bücher

Holzhafen

Kudak, Zidor	Menschen, Flößer, Brüder
Zudora	eine alte Frau

Konulan

Farutil	Elf, Wirt des *Verirrten Wanderers*
Tharwana	dessen Frau
Kaugos Bücherwurm	ein Zwerg, einer der Bibliothekare in der Großen Bibliothek von Konulan

Pilkristhal

Eneos	ein Mensch, Hauptmann der Stadtwache
To'nella	eine Elfe, Tochter Farutils und Tharwanas aus Konulan, Schmiedin
Umroth	ein Mensch, Pferdezüchter
Kilwin	ein Zwerg, Schmied

Andere

Gilbath	ein Elfen-Fürst, Vater von Barella und Korbinian
Korbinian	Elf, Sohn des Gilbath
Rulgo	ehemaliger Anführer der Taglicht-Trolle
Baldurion Schönklang	Fahrender Musikant und Flötenspieler
Ratz Nasfummel	ein vom Pech verfolgter Reisender, ein Gaukler
Claudio Bluthammer, Sergio die Knochenzange	Gnom und Minotaurus, zwei gestrauchelte Magier und Kopfgeldjäger
Thaim	ein Zwerg, ein reisender Hexenmeister
Duri der Jüngere	ein Mensch, Bauer am Rande der Todeswüste
Resa	dessen Frau
Floran, Korban, Magda, Katha	deren Kinder

Ganz andere

Dwego	ein Laufdrache, Bandaths Reittier
Sokah	ein weißer Leh-Muhr, Barellas Reittier
Memoloth	schwarzer Hengst, Korbinians Reittier
Fiora	weiße Stute, Baldurions Reittier

Leseprobe „Die Drachenfriedhof-Saga"

„Nuzze nit de drey sorten zauberey. Gar mechtic wesen wird erscheyn, vol bosheyt unt fillt land mit finsternis."
Prophezeiung von Um-Ba-Tha,
1.000 Jahre vor den Drummel-Drachen-Kriegen

Der Troll schmetterte die Hand auf den Tisch, dass das Holz krachte. „Ihr habt ja keine Ahnung!" Das Gespräch am Tisch, das in den letzten Minuten immer lauter geworden war und beinahe in einen Streit ausgeartet wäre, brach abrupt ab. Stille breitete sich auch im restlichen Schankraum aus und die Blicke wandten sich dem Tisch und dem Verursacher des lauten Rufes zu. Der fremde Troll griff nach seinem Bierkrug, aus dem der Schaum bei seiner heftigen Attacke geschwappt war, und nahm einen Schluck, der den Krug leerte. Krachend landete der Krug wieder auf der Tischplatte. Ein Geräusch, das unnatürlich laut in der Totenstille des Wirtshauses wirkte. Der Troll wischte sich den Schaum von den Lippen. „Keine Ahnung habt ihr." Jetzt klangen die Worte schon bedeutend leiser und eher verbittert als zornig.

„Wir waren eine stolze Truppe, sag' ich euch, unser Hauptmann und wir – zweihundert Soldaten. Bis wir in den Hinterhalt der Gorgals gelaufen sind. Ich sage euch, so etwas habe ich noch nicht erlebt und ich habe schon so manchen Strauß ausgefochten. Gegen Wasserdrachen habe ich gekämpft und gegen Elfen", ein provozierender Blick schoss an den Nachbartisch, an dem unter anderem zwei Elfen saßen.

„Nichts hatten wir zu fürchten, kein Gegner war uns zu stark. Und jetzt? Ich bin der letzte Überlebende unserer Truppe. Die haben uns einfach aufgerieben mit ihren langen Speeren, den großen Schilden, ihren gezackten Schwertern und ihrer höllischen Kampfweise. Kamen plötzlich von allen Seiten und haben alle niedergemacht, bis auf den letzten Mann."

„Und wie hast du überlebt?", erklang eine Frage aus der Zuhörerschaft. Der Troll durchforstete den Schankraum auf der Suche nach dem

Fragesteller. „Ich war auf einem Botengang. Als ich zu meiner Einheit zurückkam, lagen alle erschlagen auf dem Boden der Schlucht, in der sie von den Gorgals getrieben worden waren."

Er sah zum Wirt. „Was ist? Kriege ich noch ein Bier, bevor ich mich schlafen legen muss?" Er war ein Taglicht-Troll und die Dämmerung brach herein. Ihn würde bald die typische Müdigkeit seiner Rasse überfallen und nichts könnte ihn dann vom Schlafen abhalten.

„Kannst du denn auch bezahlen?", fragte Kendor, der Wirt.

„Das geht auf mich", mischte sich ein kleiner Mann ein, der bei den Elfen am Tisch saß. Der Troll drehte sich ihm zu und sein Blick wanderte langsam an der kleinen Gestalt abwärts und wieder hoch.

„Wer ... was bist du? Ich sehe Halblingsfüße, dein Gesicht scheint aber eher zwergisch zu sein, wenn auch ohne Bart."

Der Angesprochene tippte sich zum Gruß mit den Fingern an das Lederband an der Stirn, das seine Haare zusammenhielt. „Bandath", entgegnete er. „Freier Hexenmeister und seit einem Jahr Ratsmitglied von Neu-Drachenfurt. Ich bin ein Zwergling."

„Ein Zauberer?", knurrte der Troll und machte Anstalten, das Bier von sich zu schieben, das Kendor in diesem Moment vor ihn hinstellte.

„Vorsicht, Freund", knurrte ein Troll, der neben Bandath am Tisch saß und knackte mit den Fingern. „Du hast gerade ein Bier von meinem Freund spendiert bekommen und ich rate dir nicht, es abzulehnen. Und außerdem ist Bandath kein Zauberer und auch kein Magier. Er ist ein *Hexenmeister*. Und das ist viel mehr als die Strohköpfe von Go-Ran-Goh jemals zugeben werden."

Mit neu erwachtem Interesse nahm der Flüchtling aus dem Westen jetzt doch das Bier und musterte die Runde am Nachbartisch. Außer den beiden Elfen, dem Hexenmeister und dem Troll, der gerade mit ihm gesprochen hatte, saßen dort noch ein Zwerg, eine ausgesprochen schlanke und sehr hübsche Zwergin und auf der Tischplatte erkannte er die winzige Gestalt eines Knörgis.

Er trank einen Schluck, hob den Bierkrug dann nachträglich dem Spender entgegen und nickte Bandath zu. „Und was willst du dafür?"

„Mich morgen mit dir unterhalten, ohne großes Publikum. Ich will genau wissen, was im Westen los ist."

Der Troll nickte schweigend, leerte den Krug und stand auf. „Wenn da noch ein ordentliches Mahl für mich drin ist."

„Pass auf, Troll", tönte die Stimme des Knörgis von der Tischplatte. „Übertreib es nicht. Schon manch einer hat gedacht, uns ausnutzen zu können und es hinterher bitter bereut ... wenn er noch bereuen konnte." Dem Troll, solcherart angesprochen, rutschten die Augenbrauen hoch. Weil aber niemand im Umkreis über die Worte des Kleinen lachte, dachte er, dass es besser sei, die Truppe am Tisch ernst zu nehmen. Keiner von ihnen machte den Eindruck, als ließen sie sich die Knack-Vogel-Eier vom Frühstückstisch stehlen. Und da ihm außerdem der Name Bandath vage bekannt vorkam, nickte er einfach ein weiteres Mal zum Abschiedsgruß, gähnte und begab sich zu seinem Schlafplatz außerhalb des Wirtshauses. Er hatte nicht gelogen, was seine Flucht betraf. Und noch weniger, was die Gorgals und seine Truppe anging. Und er würde dem Hexenmeister alles erzählen, was ihn interessierte. Kein Problem. Er schätzte, dass die Gorgals spätestens Mitte des Sommers hier sein würden, denn die Drummel-Drachen-Berge waren das erklärte Ziel ihrer Heerführer. Aber keiner hatte es bisher hören wollen, weder auf dem Weg hierher, noch hier in den Bergen. An einigen Stellen hatte er sogar den Eindruck gehabt, mit seinen Erzählungen auf Unwillen, wenn nicht sogar Verdruss gestoßen zu sein. Es würde ja gar nicht so schlimm sein und außerdem trage sich das alles so weit im Westen zu, dass die Gegend hier gar nicht davon betroffen sein könne. Er solle nicht die Dörfler beunruhigen. Man habe noch nie davon gehört, dass ein Heer den weiten Weg aus den westlichen Urwäldern bis hier in die Drummel-Drachen-Berge zurückgelegt habe. Wieso solle das jetzt plötzlich der Fall sein? Was sollen die Gorgals hier wollen? Außerdem gäbe es zwischen den Urwäldern und den Drummel-Drachen-Bergen so manch ein wehrhaftes Reich mit einer starken Armee.

... und überhaupt ...

Der Troll kratzte sich an verschiedenen Stellen seines Körpers, als er sich in das trockene Laub des Vorjahres gelegt hatte, hier unter den Bäumen am Waldrand. Nun, zumindest der Hexenmeister schien ihn ernst zu nehmen. War ihm recht. Er würde erzählen, was er wusste und spätestens übermorgen weiterziehen. Irgendwo weit im Osten würde er einen Platz finden, den die Gorgals nicht erreichen mochten ... so hoffte er jedenfalls.

... und kurz bevor er einschlief, fiel ihm ein, dass er von einem fahrenden Musikanten über Bandath gehört hatte. Dieser Musikant hatte von

einem Vulkan erzählt und von einer Dämonenstadt. Und Bandath und seine Freunde hätten beide Male eine herausragende Rolle gespielt.

Nachdem der fremde Troll das Wirtshaus verlassen hatte, griff Bandath nach dem Bierkrug und schob ihn der Zwergin neben sich hin. „Was ist los, Barella? Du hast doch sonst kein Problem mit einem guten Bier?"

„Ich mag heute nicht." Sie schob das Bier zur Seite. „Lass mich einfach."

„He, Schwesterlein." Der Elf neben Bandath beugte sich nach vorn. „Du wirst doch auf deine alten Tage nicht zum Antialkoholiker werden?"

„Lass sie!" Die Elfe neben Korbinian stieß ihm den Ellenbogen in die Seite. Korbinian nickte und griff nach seinem eigenen Krug. To'nella hatte einen guten Einfluss auf Korbinian. Vor zwei Jahren noch war er eher ein Galgenstrick gewesen, keinem Streit und Händel aus dem Weg gehend, mit Schulden in jeder Stadt von den Riesengras-Ebenen bis zur Todeswüste im Süden und einem Hang, sich unter Alkohol in Schwierigkeiten zu bringen.

Der Troll neben Bandath gähnte ebenfalls. „Manchmal ist das Leben als Taglicht-Troll recht lästig. Kaum geht die Sonne unter, müssen wir uns hinlegen, während ihr eure wohlverdienten Stunden im Gasthaus beim Bier absitzen könnt." Er griff nach seinem Bierkrug und leerte ihn auf einen Zug. „Euer Freund Rulgo geht noch mal für kleine Trolle und legt sich dann auf sein hübsches Ohr, das ...", er beugte sich mit einer Schnelligkeit zu Korbinian über den Tisch, die man ihm auf den ersten Blick gar nicht zugetraut hätte und zupfte an dessen Ohrspitze, „... nicht so spitz ist, wie das Ohr gewisser anderer Leute hier am Tisch." Breit grinsend erhob er sich und ließ im Vorbeigehen seine Hand auf die Schulter des Elfen krachen. Den schleuderte es nach vorn gegen die Tischkante.

„Bandath", beklagte sich Korbinian. „Sag ihm, er soll das lassen."

„Sind wir wieder ein Weichelf heute?" Der Winzling auf dem Tisch hob seinen kleinen Bierkrug. Niesputz zwinkerte dem Troll zu, der hinter dem Rücken Korbinians die Augenbrauen hochzog und sich am Gesäß kratzte.

Der Zwerg neben Barella stöhnte genervt. „Nimmt das denn nie ein Ende mit euch?" Theodil Holznagel drehte sich zu Rulgo um. „Lass ihn doch einfach in Ruhe."

„Aber keinen Elf kann man so schön ärgern wie den Sohn meines Lieblingsfeindes."

„Weißt du was, Rulgo? Du bist doch nur neidisch, dass du nicht so schöne, haarlose Ohren hast wie ich."

„Ich? Neidisch?", dröhnte Rulgos Stimme. „Auf haarlose Ohren? Elfen sind von Natur aus neidisch auf Ohrenhaare. Das weiß doch jedes Ährchen-Knörgi. Stimmt's?"

Die letzte Frage galt Niesputz, doch er kam nicht zu einer Antwort, denn die Sticheleien am Tisch wurden durch ein Röcheln unterbrochen. Alle drehten sich Bandath zu. Dessen Augen waren geschlossen, die Augenbrauen tief herabgezogen, sein Mund in einem nicht ausgestoßenem Schrei halb geöffnet und seine Hände klammerten sich an die Tischkante.

„Bandath?" Barellas Stimme klang besorgt. Niesputz schlug mit seinen Flügeln und starrte Bandath an. Dann blickte er in seinen Bierkrug und stellte ihn zur Seite. Die Bemerkung jedoch, die er über die Qualität des Bieres machen wollte, erstarb ihm auf den Lippen, als zwischen Bandaths Fingern Qualm von angesengtem Holz aufstieg.

„Bandath!" Barella wollte ihren Gefährten an der Schulter packen und ihn vom Tisch wegziehen. Ein Blitz aus Bandaths Körper fuhr ihr in die Hände noch bevor sie ihn berührt hatte, gefolgt von einem Krachen, das die Scheiben im Wirtshaus zersplittern und nach außen fliegen ließ. Barella wurde davon geschleudert und erst von vier Zwergen gestoppt, die gerade die Schankstube betreten hatten. Die sich aufrappelnden Zwerge am Eingang und die hinzueilende To'nella kümmerten sich um Barella. Menschen, Zwerge und Halblinge, hauptsächlich Bewohner Neu-Drachenfurts, die durch die Druckwelle auf ihre Stühle gedrückt worden waren, sprangen auf und drängten zu dem Tisch, an dem Bandath in einen Krampf verfallen war. Er hatte den Kopf nach hinten gerissen und jetzt die Augen weit geöffnet. Schweißperlen sammelten sich auf seiner Stirn und der Oberlippe. Erneut drang ein Stöhnen aus seinem Körper, ein Geräusch, das eher klang, als würde in den Tiefen der Unterwelt die Erde reißen. Der Qualm, der zwischen seinen Fingern aufstieg, wurde stärker und die ersten Flammen züngelten, bis irgendjemand auf die Idee kam, seinen Bierkrug über den Händen des Zwerglings auszuleeren. Es zischte. Bläuliche Flammen, wie sie manchmal von Seemännern des Nordmeeres an den Mastspitzen beobachtet wurden, glitten an Bandath auf und ab. Um den Hexenmeister breitete sich eine Aura der Dunkelheit aus und es schien, als würden von außen, von irgendwoher, Wellen gegen diese Aura branden. Der Stein, der an einer Kette um seinen Hals hing, war aus seinem Hemd hervor gerutscht. Er glühte, wie von einem inneren Feuer erfüllt. Korbinian und Theodil standen hilflos neben ihrem Freund. Sie wollten helfen, wussten aber nicht wie. Niesputz surrte hoch. „Fasst ihn nicht an!", rief er, handelte jedoch selbst nicht nach seiner Aufforderung, als er sich auf Bandaths Brust niederließ. Doch selbst Niesputz wurde mit einem gewaltigen Blitz quer durch den Schankraum geschleudert und flog aus dem letzten, bis dahin noch nicht zerborstenen Fenster. Zusammen mit den Glasscherben wurde er weit hinaus in die Dunkelheit katapultiert. Im selben Moment sackte Bandath zusammen und rutschte vom Stuhl.

„Bei dem größten Haufen, den je ein Drummel-Drachen hinter sich hat fallen lassen", sagte Rulgo, der entgegen seiner Ankündigung im Schankraum geblieben war und den magischen Angriff auf den Hexenmeister beobachtet hatte. „Wer hat Bandath denn so zugesetzt?" Dann fiel er der Länge nach um und krachte auf einen Tisch, der unter der Masse des Taglicht-Trolls zerschmettert wurde.

„Die Drachenfriedhof-Saga. Die Abenteuer von Bandath, dem Zwergling"

Mehr Informationen zu Bandath und den Büchern unter:
www.bandath.blog.de

402

Danksagung

Der Roman ist der zweite Teil der Bandath-Saga.

Die Idee für Bandath entstand, als ich im Sommer 2006 mit meinem damals neunjährigen Sohn Matthes auf dem Radfernweg Berlin-Kopenhagen in Richtung Dänemark unterwegs war. Er hat auch den zweiten Roman der Saga von Anfang an begleitet, kritisch gelauscht, wenn ich ihm abends vorlas und mich stets angespornt, korrigiert und immer wieder gefragt, wie es denn weitergehe – danke, mein Junge.

Ein Dank geht auch an meine beiden gnadenlosen Probe-Leserinnen Kerstin und Antonia. Wie gesagt, ohne euer Verständnis könnte ich nicht schreiben.

Ganz besonders stolz bin ich auf die von meiner Tochter gezeichneten Karten in diesem Buch.

Ich liebe euch alle drei!

Ich bin froh über die weiterhin sehr gute und angenehme Zusammenarbeit mit dem ACABUS Verlag, allen voran Frau Sechtig, Frau Müllerchen und Frau Bauer.

Ein ganz besonderer Dank in diesem Zusammenhang an Herrn Steffen Gaiser für das wirklich gute Lektorat und Frau Sechtig für das „Feintuning" am Manuskript.

Mittlerweile gibt es auch schon eine ganze Menge Fans, die mich online, schriftlich oder mündlich nach den weiteren Abenteuern Bandaths und seiner Freunde fragen, ein Ansporn, der mir die Arbeit immer dann erleichtert, wenn ich denke, dass es nicht mehr weitergeht. Ich hoffe, auch dieses Abenteuer ist nach eurem Geschmack.

Im Namen von Barella und Bandath: Danke. Ihr alle habt dafür gesorgt, dass auch diese Reise ein glückliches Ende nahm.

Carsten Zehm

Der Autor

Carsten Zehm, geboren 1962 in Erfurt, aufgewachsen dort und in Bad Langensalza, studierte Lehramt in Halle und arbeitet als Berufsschullehrer in Oranienburg. Er ist verheiratet und hat zwei Kinder.

Er schreibt schon seit seiner Jugend. Bereits damals entstand in einer Kurzgeschichte die Idee von der „Schwelle", die im Roman „Staub-Kristall" verarbeitet wurde. Der Schwerpunkt seines Schreibens galt immer wieder der Fantasy, auch wenn ihn Ausflüge in den Bereich der Märchen, des Krimis und der Horrorgeschichten führten.

Seit 2004 erfolgte die Veröffentlichung vieler Kurzgeschichten in Anthologien und der Tagespresse. 2009 erschien sein erstes Kinderbuch.

„Staub-Kristall", der erste Roman des Autors, erschien im März 2010 im ACABUS Verlag, 2011 folgte der erste Teil der Bandath-Trilogie.

Weitere Informationen zum Autor sind unter www.carsten-zehm.de und www.carstenzehm.blog.de zu finden.